देवेंद्र चौबे

बिहार के अहिरौली (बक्सर) में 29 दिसंबर 1965 में जन्म। कथाकार और आलोचक। राँची विश्वविद्यालय से हिंदी में एम.ए. (प्रथम स्थान) करने के बाद जवाहरलाल नेहरू विश्वविद्यालय से एम.फिल. और पीएच.डी.।

एक कहानी संग्रह 'कुछ समय बाद'(2004) और तीन आलोचना पुस्तकें 'कथाकार अमृतलाल नागर'(1994), 'समकालीन कहानी का समाजशास्त्र'(2001) और 'आधुनिक साहित्य में दलित विमर्श'(2009) प्रकाशित। नयी पीढ़ी के आलोचकों के आलोचनात्मक लेखों के संग्रह 'साहित्य का नया सौन्दर्यशास्त्र'(2006), बद्रीनारायण और हितेंद्र पटेल के साथ '1857: भारत का पहला मुक्ति संघर्ष'(2008) एवं चीनी साहित्य पर सून वेई गो और तङ पिङ के साथ क्रमशः छङ रूङ के 'अधेड़ आयुवाले'(1998) उपन्यास तथा 'समकालीन चीनी कहानियाँ'(1993) का संपादन। 2007 में 'विश्व साहित्य : चुनिंदा रचनाएँ', 2000 में श्यौराज सिंह बेचैन के साथ 'चिंतन की परंपरा और दलित साहित्य' और 1991 में 'पल प्रतिपल' के समकालीन फ्रांसीसी साहित्य विशेषांक का हेमंत जोशी के साथ संपादन। कुछ वर्षों तक बाल पत्रिका 'तरुण' एवं लघु पत्रिकाओं मे 'उत्तरा', अग्निचेतना', और 'जेएनयू परिसर' के संपादन कार्य से संबद्ध।

संस्कृति मंत्रालय, भारत सरकार द्वारा 2000 में आलोचना पुस्तक 'दलित पाठ का अर्थ' पर राष्ट्रीय फेलोशिप प्राप्त। पिछले कुछ वर्षों से सामाजिक अस्मिता से जुड़े साहित्य पर लगातार लेखन। कुछ कहानियों का उर्दू, रूसी, जापानी और चीनी भाषा में अनुवाद। फिलहाल जवाहरलाल नेहरू विश्वविद्यालय, नई दिल्ली के भारतीय भाषा केंद्र में एसोसिएट प्रोफेसर।

आधुनिक साहित्य में दलित-विमर्श

देवेंद्र चौबे
एसोसिएट प्रोफेसर
भारतीय भाषा केंद्र
भाषा, साहित्य और संस्कृति अध्ययन संस्थान
जवाहरलाल नेहरू विश्वविद्यालय

ओरियंट ब्लैकस्वॉन

आधुनिक साहित्य में दलित विमर्श

ओरियंट ब्लैकस्वॉन प्राइवेट लिमिटेड

मुख्य कार्यालय

3-6-752 हिमायत नगर, हैदराबाद 500 029(आंध्र प्रदेश), भारत

ई-मेल: centraloffice@orientblackswan.com

शाखाएँ

बंगलौर, भोपाल, भुवनेश्वर, कोलकता, चेन्नई, एर्नाकुलम, गुवाहाटी, हैदराबाद, जयपुर, लखनऊ, मुंबई, नई दिल्ली, पटना

सर्वप्रथम प्रकाशित 2009

आवरण एवंम पुस्तक सज्जा

ISBN: 978 81 250 3791 0

लेजरटाइपसेटर

ग्राफिक्स केयर, नई दिल्ली

मुद्रक

ताज प्रेस, नोएडा

प्रकाशक

ओरियंट ब्लैकस्वॉन प्राइवेट लिमिटेड

1/24 आसफ़ अली रोड

नई दिल्ली 110 002

ई-मेल: delhi@orientblackswan.com

महाश्वेता देवी, राजेंद्र यादव, मैनेजर पांडेय,
तुलसी राम, माता प्रसाद, ओमप्रकाश वाल्मीकि,
शरणकुमार लिंबाले, विमल थोरात, श्यौराज सिंह बेचैन,
जयप्रकाश कर्दम, विभांशु दिव्याल
और प्रेमकुमार मणि के लिए सादर,
जिनकी सोच और बौद्धिक बहसों ने
दलित और हाशिये के समाज में
मेरी दिलचस्पी जगाई
और
उन सभी अनगिनत साथियों के लिए
जिनके बिना यह किताब–
किताब न बन पाती।

अनुक्रम

प्राक्कथन

आधुनिक साहित्य में दलित विमर्श पुस्तक देवेंद्र चौबे के आलेखों का विशिष्ट संग्रह है, जिसमें दलित विमर्श के विभिन्न आयामों को देखने, समझने और जानने की कोशिश की गई है। परंपरा, अवधारणा, आत्मकथा, कविता, कहानी, उपन्यास, आलोचना, पत्रकारिता आदि खण्डों में विभाजित इस पुस्तक के लेखों से उन तमाम सवालों को, जो दलित साहित्य को लेकर उठाए जा रहे हैं, खंगालने की और विश्लेषित, व्याख्यायित करने की कोशिश दिखाई देती है। *दलित अस्मिता और स्वीकृत परंपराएँ, नए संघर्ष का चरित्र, दलित पाठ के अंतर्विरोध, दलित कविता का समाजशास्त्र, आलोचना का अर्थ और हिंदी की दलित आलोचना* आदि लेखों में दलित विमर्श और आंतरिक चेतना के सरोकार पर गंभीर आलेख हैं जो दलित विमर्श और साहित्य की अंत:चेतना के संदर्भों की गहन पड़ताल करने की कोशिश करते हैं। देवेंद्र चौबे के ये आलेख साहित्य अध्येताओं के समक्ष उन प्रश्नों को भी रखते हैं, जिन्हें लेकर साहित्य में अभी भी ऊहापोह की स्थिति है। आत्मकथा खण्ड में वे दलित आत्मकथाओं के मार्फत हिन्दी साहित्य में स्थापित उत्कृष्टता और पवित्रता के महत्त्वपूर्ण बिन्दु को रेखांकित करते हैं।

हिन्दी साहित्य में उभरे दलित साहित्य के जीवन-मूल्यों से जिस नई ऊर्जा का विस्तार हुआ है, उसे भी यह पुस्तक बेहतर ढंग से सामने रखती है। पुस्तक के परिशिष्ट में शामिल सामग्रियाँ दलित विमर्श को समझने के लिए जरूरी हैं। दलित साहित्य की वैचारिकता को दलित जीवन-मूल्यों और सरोकारों के साथ समझने में यह पुस्तक विशिष्ट भूमिका निभाएगी।

– **ओमप्रकाश वाल्मीकि**

वरिष्ठ दलित लेखक, चिंतक और विचारक

भूमिका

दलित साहित्य: एक नए सौंदर्यशास्त्र की ज़रूरत

1

पिछले एक डेढ़ दशक में साहित्य और विचारधारा की दुनिया में अवधारणात्मक स्तर पर बदलाव आए हैं। खासकर बीसवीं सदी के आखिरी दशक में मंडल कमीशन, बाबरी मस्जिद के ध्वंस और आर्थिक उदारीकरण एवं वैश्वीकरण की प्रक्रिया ने आम आदमी की सोच को ही नहीं बदला है, बल्कि बौद्धिक विचार-विमर्श की दुनिया को भी यह सोचने को बाध्य किया है कि निर्मित हो रही व्यवस्था में मनुष्य के लिए क्या और कहाँ जगह है? या जगह है भी या नहीं? हम यूँ ही एक-एक करके सारी प्रतिबद्ध संरचनाएँ तोड़ते जा रहे हैं और गढ़ने के नाम पर पुरानी ही निर्मितियों की आवृत्ति करते जा रहे हैं? अथवा हम कुछ ऐसा कर रहे हैं जिससे कि विचारधारात्मक स्तर पर दुनिया परिवर्तन एवं विकास के साथ संघर्ष और संवाद करते हुए कुछ ऐसा गढ़ रही है जिससे सोच की दुनिया विस्तार पाती है एवं मनुष्य के लिए थोड़ी और जगह बन जाती है। इसलिए हाल के दशकों में जब विचारधारा की दुनिया में अस्मितावादी संरचनाओं ने आकार ग्रहण करना शुरू किया, तब पारंपरिक और प्रगतिशील विचारधारा की दुनिया पहले तो चौंकी; फिर उसमें हलचल होनी शुरू हुई, चाहे वह स्त्री समाज का मसला हो अथवा दलित या आदिवासी समाज का। खासकर महाराष्ट्र में जो पहल और प्रतिरोध उन्नीसवीं सदी के मध्य में जोतिबा फुले ने और पिछली सदी के तीसरे दशक में अंबेडकर ने दलित समाज को सामने रखते हुए किया, ठीक उसी तेवर के साथ हिंदी पट्टी में भी जगजीवन राम ने पारंपरिक और कांशी राम एवं उन जैसे दलित चिंतकों ने सोच और विचार के स्तर पर किया। पर हिंदी साहित्य एवं विचरधारा की दुनिया पर उनका कोई गहरा असर नहीं पड़ा। एक धारा थी जो बहती रही, परंतु ज्योंहि मंडल कमीशन के बाद इस सदी के अंतिम दशक में पारंपरिक सामाजिक वर्ण एवं जाति केंद्रित व्यवस्था के खिलाफ दलित प्रतिरोध ने आकार लेना शुरू किया, साहित्य एवं विचारधारा की दुनिया में हलचल मचनी शुरू हो गई। आखिरी दशक में एक बड़ी संख्या

में हिंदी क्षेत्र में दलित लेखकों का आना परिवर्तन एवं विकास की इन्हीं नई संभावनाओं की देन के रूप में देखा जा सकता है। इस दौरान हमले सब पर हुए। पारंपरिक एवं प्रगतिशील दोनों धाराओं के लेखकों एवं विचारकों ने किए, परंतु उन्हीं में से कुछ ऐसे विचारक भी उभरकर आए जिन्होंने हिंदी में स्त्री एवं दलित लेखन को अवधारणात्मक स्तर तक पहुँचाया। चाहे वह दलित लेखकों में डॉ. धर्मवीर हों अथवा ओमप्रकाश वाल्मीकि, चंद्रिका प्रसाद जिज्ञासु हों अथवा तुलसी राम या गैर-दलित लेखकों में राजेंद्र यादव हों अथवा मैनेजर पांडेय; और स्त्री लेखिकाओं में कृष्णा सोबती हों या मन्नू भंडारी, मृदुला गर्ग हों या नासिरा शर्मा, चित्रा मुद्‌गल हों या मैत्रेयी पुष्पा, गीतांजलिश्री हों या अनामिका अथवा कात्यायनी–इन लेखकों और विचारकों ने प्राथमिक स्तर पर हिंदी के दलित एवं स्त्री लेखन को स्थापित किया, उसकी एक भूमिका तय की तथा दलित और स्त्री साहित्य को अवधारणात्मक स्तर तक लेकर गए; साहित्य और विचारधारा की दुनिया में दलित एवं स्त्री विमर्श को स्थापित करने में मदद की।

दरअसल यह वह दौर था जब एक तरफ विश्वव्यापी व्यवस्थाओं में संरचनात्मक स्तर पर परिवर्तन हो रहे थे तथा आस्थाओं की दीवारें ढह रही थीं, तो दूसरी तरफ नए-नए लौह स्तंभ भी खड़े हो रहे थे। यहाँ राजनीतिक दबाव अधिक थे जिन्हें हिंदी पट्टी के विचारकों ने भी महसूस किया, पर ऐसा कोई बड़ा विकल्प भी नहीं था जो सीधे दबाव को चुनौती दे सके अथवा मुक्ति का रास्ता दिखा सके। कुछ-एक लेखकों एवं विचारकों ने ज़रूर सामाजिक स्तर पर अवधारणात्मक निर्मितियों को खंगालना एवं नए सिरे से पुनर्गठित करना शुरू किया, पर एक हद से आगे वह भी इसलिए नहीं जा पाए कि एकाध को छोड़कर उनके अंदर स्त्री और दलित सवाल पर स्थापित लेखकों और विचारकों का विरोध करने का साहस नहीं था; चाहे वह प्रगतिशील धारा का लेखक हो या पारंपरिक, इन दोनों धाराओं के लेखकों ने इस साहित्य के मार्ग में उसी प्रकार के रोड़े अटकाए जैसा कि राजनीति में पेरियार और अंबेडकर के सामने स्वाधीनता एवं मजदूर आंदोलनों के नाम पर उस दौर के स्थापित राजनेताओं ने (अवरोध) खड़े किए। पर समय ने उन अवरोधों को तोड़ा। ठीक उसी प्रकार साहित्य और विचारधारा की दुनिया में नए लेखकों और विचारकों ने पुरानी पीढ़ी के कुछ प्रगतिशील और उदार चिंतकों के साथ मिलकर आगे बढ़ने की राह को आसान बनाया। इसी का परिणाम था कि पिछली सदी के आखिरी दशक में साहित्य को लेकर हो रही बहसों एवं विमर्शों ने रचना और विचार की दुनिया को बदलना शुरू किया। उसे (दलित विचार को) बहस और विमर्श तक

पहुँचाया। उन बहसों एवं विमर्शों से एक नया अर्थ निकालने की कोशिश की, चाहे वह स्त्री-विमर्श हो या दलित अथवा अन्य अस्मितावादी विमर्श। खासकर स्त्री के सवाल पर अंतर्राष्ट्रीय समर्थन एवं विचार-विमर्श के कारण स्त्री-विमर्श की राह तो आसान हुई, परंतु दलित-विमर्श को, चाहे वह वैश्विक धारणाओं का सवाल हो या भारतीय, कोई बहुत बड़ा समर्थन नहीं मिला। उसे लगातार नकारने की कोशिशें होती रहीं, जबकि यह भी एक नया विमर्श था तथा इन मुद्दों पर हो रहे लेखन को लेकर बातें होनी चाहिए थीं। पर हाल के वर्षों तक दलित साहित्य को लेकर हिंदी की मुख्यधारा के लेखन में कोई ठीक-ठाक विचारधारात्मक राय नहीं बन पाई है। कभी जाति के मसले पर इस विमर्श की अर्थवत्ता को नकारने की वैचारिक कोशिशें होती हैं तो कभी सामाजिक असमानता के सवाल को श्रम से जोड़कर उसे अविवेकशील बताने की। पर सच यह है कि पिछले कुछ वर्षों में साहित्य की इस नई धारा (दलित साहित्य) ने रचना और विचार की दुनिया को बुनियादी स्तर पर प्रभावित किया है और एक स्तर तक समकालीन सोच को बदला भी है। आज विचारधारा की दुनिया में दलित लेखन को लेकर हो रही बहसें और विमर्श के मुद्दे मुख्यधारा की सोच और साहित्य में समांतर खड़े हैं उन्हें नकारने की स्थितियाँ अब धीरे-धीरे खत्म हो चली हैं, फिर भी कई ऐसे सवाल हैं जिन्हें लेकर विचार की दुनिया में एक नए प्रकार की गतिशीलता दिखलाई पड़ती है।

2

दलित विमर्श क्या है? यह सवाल जितना आसान है, उसका जवाब ढूँढ़ना उतना ही मुश्किल। कारण, ज्योंहि हम किसी लेखन को 'दलित साहित्य' कहना शुरू करते हैं, उसकी खास संरचनाएँ आकार ग्रहण करना शुरू कर देती हैं। 'दलित' से संबंधित सभी चीज़ें दलित हैं अथवा दलित द्वारा रचित या व्यवहृत समस्त संरचनाएँ एवं संकेत 'दलित-विमर्श' हैं—ये कुछ ऐसे सवाल और संदर्भ हैं जिनसे दलित साहित्य के विचारकों को बार-बार टकराना पड़ता है। इनमें सौंदर्यशास्त्र का मसला सर्वाधिक महत्त्वपूर्ण रहा है। दलित विचारक बार-बार यह कहते रहे हैं कि प्रचलित साहित्य के मुद्दे और उनके मूल्यांकन के प्रतिमान भिन्न हैं, इसलिए उनके आधार पर न तो दलित लेखन हो सकता है और न ही उनका मूल्यांकन। 'दलित' अथवा 'दलित साहित्य' का मसला 'जाति' से जुड़ा हुआ है। इसलिए इनके मूल्यांकन के प्रतिमान भी इन्हीं सूत्रों से विकसित होंगे। जहाँ तक प्रचलित साहित्य का सवाल है, वहाँ पाठ के मूल्यांकन के लिए भारतीय

काव्यशास्त्र के मानदंडों से लेकर मूल्यांकन की पाश्चात्य धारणाएँ एवं पद्धतियाँ मौजूद हैं, चाहे वह यूनानी साहित्यशास्त्र की मान्यताएँ हों या आधुनिक साहित्य की रोमांटिक अथवा मार्क्सवादी धारणाएँ। इन धारणाओं ने लंबे समय तक साहित्य और विचारधारा की दुनिया पर राज किया है। पर दलित लेखकों की मान्यता है कि इन धारणाओं के आधार पर दलित साहित्य का मूल्यांकन संभव नहीं है। इस साहित्य की व्याख्या और स्थापना के लिए एक नए सौंदर्यशास्त्र की ज़रूरत है।

तब सवाल है कि दलित साहित्य का मूल्यांकन किस प्रकार होगा? उसके लिए कोई नया सौंदर्यशास्त्र रचा जाएगा अथवा मार्क्सवाद जैसी धारणाओं के अंदर से ही दलित पाठ के मूल्यांकन के प्रतिमान अथवा मानदंड विकसित होंगे? यह एक अहम सवाल है क्योंकि 'मार्क्सवाद' पर ज़ोर देने के कारण ही दलित विचारकों ने प्रगतिशील साहित्य की इस विचारधारा (मार्क्सवाद) के खिलाफ कड़ा प्रतिरोध दर्ज किया है। कारण, उनका मानना है कि मार्क्सवादी विचार पद्धति में दमन, शोषण और उत्पीड़न का बुनियादी कारण आर्थिक माना जाता है, जबकि दलित लेखन की बुनियाद वर्ण एवं जाति-केंद्रित असमान सामाजिक व्यवस्था पर टिकी है। यहाँ सवाल आर्थिक असमानता का नहीं, जातीय संरचना (जाति एवं जन्म) का है। अंबेडकर ने तो साफ-साफ कहा था कि 'जाति प्रथा केवल श्रमिकों का विभाजन नहीं है। वह वंशगत है जिसमें श्रमिकों का वर्गीकरण एक के ऊपर दूसरा सीढ़ीनुमा है', इसमें 'जिसका जन्म जिस तल, जाति में होता है वह उसी तल में मरता है।' (**डॉ. बाबा साहब अंबेडकर; भाषण और लेखन**, खण्ड पाँच, पृ. 376)

यह भारतीय सामाजिक संरचना का वह दलित संदर्भ है जिसकी बुनियाद पर आधुनिक दलित साहित्य टिका हुआ है। ऐसा नहीं कि इस पर पारंपरिक विचारधारा का असर नहीं है, पर प्राथमिक तौर पर आधुनिक दलित साहित्य अंबेडकर के विचारों से नियंत्रित और संचालित होता है। इसीलिए जब हिंदी के प्रगतिशील लेखक, दलित लेखक अथवा विचारक के रूप में अश्वघोष, कबीर, संत रैदास, हीरा डोम, प्रेमचंद, राहुल सांकृत्यायन, सूर्यकांत त्रिपाठी निराला, गोपाल उपाध्याय, मदन दीक्षित, अमृतलाल नागर आदि की चर्चा करते हैं तो दलित समुदाय के विचारक उनके खिलाफ उठ खड़े होते हैं। प्रेमचंद पर सबसे अधिक हमले इसलिए हुए हैं कि प्रगतिशील लेखकों ने उनकी रचनाओं को दलित साहित्य के रूप में प्रोजेक्ट करना शुरू कर दिया। उनका तो कुछ नहीं बिगड़ा; पर इस वैचारिक आँधी में प्रेमचंद की विश्वसनीयता और वंचित समाज

के प्रति उनकी पक्षधरता ज़रूर विवाद के घेरे में आ गई। बहरहाल यह बहस तो लंबी चलेगी, पर इन लेखकों को दलित लेखन के बाहर रखने की माँग इसलिए भी होती है कि वर्ण एवं जाति केंद्रित सामाजिक व्यवस्था के खिलाफ ये लेखक एक सीमा के बाद आगे नहीं जाते और न ही उसके खिलाफ खड़े होने का साहस ही दिखाते हैं। जैसे मार्क्सवादी विचारक सामंती और पूँजीवादी व्यवस्था को ध्वस्त कर श्रमिकों की एक जनतांत्रिक व्यवस्था (समाजवाद) कायम करना चाहते हैं, ठीक वैसे ही दलित विचारक वर्ग एवं जाति केंद्रित सामाजिक व्यवस्था को समाप्त कर एक जन व्यवस्था कायम करना चाहते हैं। ऐसी व्यवस्था जहाँ जाति के नाम पर किसी भी व्यक्ति अथवा समुदाय का शोषण नहीं हो। 'बहुजन' समाज की धारणा इसी आधार पर टिकी हुई है। बहुजन की यह धारणा ही दलित लेखन और आंदोलन के केंद्र में है जहाँ मनुष्य वर्ण एवं जाति के घेरे से मुक्त है। दरअसल यह वर्ण एवं जाति व्यवस्था ही दलित साहित्य की संरचना का वह प्रस्थान बिंदु है जिस पर आधुनिक दलित-विमर्श गतिशील होता है। वर्ण एवं जाति केंद्रित इस असमान सामाजिक व्यवस्था का गौतम बुद्ध ने पहली बार विरोध किया था तथा इसे मनुष्य के विकास के लिए सबसे बड़ा अभिशाप बताया था। महत्त्वपूर्ण बात यह है कि इन्होंने दो कदम आगे बढ़कर इस व्यवस्था को खत्म करने के लिए एक नई सामाजिक व्यवस्था की परिकल्पना की। उन्होंने साफ-साफ कहा कि सभी मनुष्य बराबर हैं और जाति अथवा जन्म के आधार पर उनमें कोई मौलिक भिन्नताएँ नहीं हैं। देखें,

न जच्चा वसलोहोति, न जच्चा होति ब्राह्मणों।
कम्मना वसलोहोति, कम्मना होति ब्राह्मणों।।

अर्थात् जन्म से न कोई शूद्र होता है, न जन्म से कोई ब्राह्मण। कर्म से ही शूद्र होता है और कर्म से ही ब्राह्मण।

जाहिर है, गौतम बुद्ध ने जिस नई सामाजिक व्यवस्था एवं उसमें मनुष्य की स्थिति की बात की उसे पारंपरिक विचारकों ने एक सिरे से खारिज किया। अगर आज भी भारतीय सामाजिक व्यवस्था (हिंदू) में जाति प्रथा विद्यमान है तो उसका सबसे बड़ा करण यही है कि मुख्यधारा के नियंताओं ने कभी भी उसे बदलने की कोशिंश नहीं की। हाँ, सुधार की बात ज़रूर की जैसा कि गाँधी करते हैं; जबकि पूँजीवाद के उदय के बाद किसी-न-किसी रूप में जनतांत्रिक प्रक्रियाओं के साथ जुड़कर इस प्रकार की (रूढ़िवादी पारंपरिक) सामाजिक व्यवस्थाओं का अंत हो जाना चाहिए था। मार्क्सवाद ने वर्गीय समाज के माध्यम से एक नई सामाजिक व्यवस्था की परिकल्पना ज़रूर प्रस्तुत की, उसे सफलता

भी मिली, पर वामपंथी (कम्युनिस्ट) आंदोलनों को मनुष्य विरोधी बता पारंपरिक व्यवस्था के प्रवर्त्तकों एवं संचालकों ने उसे लगातार खारिज करने की कोशिश की। यहाँ इस बात पर विचार करना ज़रूरी है कि समाजवादी व्यवस्था ने संपत्ति को व्यक्तिगत अधिकार क्षेत्र से बाहर मानते हुए उसे राज्य के अधीन माना। बुद्ध ने भी संसार को दुखों का सागर कहा। दुःख से उनका आशय संपत्ति से था। वे कहते भी थे कि 'किसी भिक्षुक की कोई व्यक्तिगत संपत्ति नहीं होनी चाहिए।' अर्थात् कहीं-न-कहीं बुद्ध और मार्क्स संपत्ति पर व्यक्तिगत अधिकार के खिलाफ थे। अंबेडकर भी बौद्ध धर्म के तीन सिद्धांतों को महत्त्वपूर्ण मानते थे जो अन्य धर्मों में दुर्लभ हैं। वे हैं- प्रज्ञा, करुणा और समता। इनमें दुःख के निवारण के लिए अंबेडकर भी बौद्ध मार्ग को सुरक्षित मानते थे। कहा जा सकता है कि यह दुःख दलित साहित्य का केंद्रबिंदु है जिसे जाति एवं जन्म के कारण यह उपेक्षित समुदाय शोषण, उत्पीड़न और दमन की सामाजिक सांस्कृतिक प्रक्रियाओं के कारण भोगता है। हिंदी के अधिकांश दलित लेखकों ने अपने रचनात्मक लेखन में जन्म एवं जाति के कारण हो रहे शोषण, दमन और उत्पीड़न को केंद्रीय आधार बनाते हुए दलित समाज के इन्हीं दुःखों से मुक्ति की परिकल्पना की है, चाहे वह ओमप्रकाश वाल्मीकि की **जूठन** जैसी आत्मकथात्मक कृतियाँ हों अथवा कौशल्या बैसंत्री कृत **दोहरा-अभिशाप**। मोहनदास नैमिशराय की **अपने-अपने पिंजरे** हो अथवा सूरजपाल चौहान कृत **तिरस्कृत**। जयप्रकाश कर्दम की **नो बार** जैसी कहानियाँ हों अथवा सुशीला टाकभौरे की **सिलिया**। श्यौराज सिंह बेचैन का आत्मकथात्मक अंश **बेवक्त गुजर गया माली** हो या प्रह्लाद चंद्र दास की कहानी **लटकी हुई शर्त**। इन लेखकों ने दलित समाज के उत्पीड़न (दुःख) का सबसे बड़ा कारण वर्ण एवं जाति केंद्रित भारतीय (हिंदू) सामाजिक व्यवस्था को ही माना है जिसके कारण उन्हें सामाजिक जीवन की मुख्यधारा में हाशिये की जिंदगी व्यतीत करनी पड़ती है।

यहाँ ध्यान देने की बात है कि वर्ण-व्यवस्था को लेकर पारंपरिक और आधुनिक समाज में अनेक प्रकार की बहसें हुई हैं, परंतु यह सत्य है कि भारतीय समाज में वर्ण एवं जाति केंद्रित सामाजिक व्यवस्था को मजबूत करने वाली मुख्यतः दो संरचनाएँ (विचारधाराएँ) रही हैं- एक, सामंतवाद और दो, ब्राह्मणवाद। सामंतवाद के केंद्र में ताकत (power) है जो उसे ज़मीन (land) से प्राप्त होता है। जिसके पास ज़मीनें होती हैं, वही अपने लिए घर से लेकर कुएँ तक बनवाता है, खेती-बाड़ी करता है तथा अन्नोत्पादन की प्रक्रिया से जुड़ता है। जिसके पास ज़मीन नहीं होती है, वह न तो अपने लिए घर बना सकता है

और न ही पानी पीने के लिए कुआँ खुदवा सकता है तथा खाने के लिए अन्न का उत्पादन कर सकता है। इसी प्रकार, ब्राह्मणवाद के केंद्र में ज्ञान (knowledge) है जो उसे शिक्षण संस्थान (प्राचीन काल में जैसे-गुरुकुल) से प्राप्त होता है। जिसके पास ज्ञान है, वह समाज में गतिशील रह सकता है। जिसके पास इन दोनों (ताकत और ज्ञान) की मिश्रित संरचना है अथवा ये दोनों हैं– वह सत्ता अथवा समाज को संचालित करने वाली संरचना के केंद्र में होता हैं या यूँ कहें कि वह सत्ता और सामाजिक विकास से जुड़े समस्त कारकों को संचालित और नियंत्रित करने में सक्षम होता है। भारतीय समाज में दलित और स्त्री प्रारंभ से ही ताकत और ज्ञान की प्रक्रिया से बाहर रहे हैं अथवा यूँ कहें कि हमारी सामाजिक निर्मितियों में इन्हें ज्ञान और ताकत से वंचित रखा गया है। समाज को नियंत्रित और संचालित करने वाली ताकतों ने इन्हें ज्ञान और ताकत के केंद्र से दूर रखा, यद्यपि इतिहास में ऐसे कुछ उदाहरण मिलते हैं, जहाँ उन्हें ताकत मिली; पर उससे सामुदायिक स्तर पर इनकी सामाजिक जिंदगी में कोई बड़ा बदलाव नहीं आया। ज्ञान की प्रक्रिया में 1848* के पहले तो ये कभी शामिल ही नहीं रहे। कहा जा सकता है कि केंद्र और हाशिये की परिवर्तन संबंधी प्रक्रियाओं में इन्हें हमेशा हाशिये पर रहना पड़ा। प्रसिद्ध संरचनावादी और उत्तर-आधुनिकतावादी विचारक जॉक देरिदा और मिशेल फूको ने विखंडनवाद (deconstructionism) और ज्ञान के केंद्रों की चर्चा करते हुए सामाजिक निर्मितियों एवं विकास की प्रक्रिया के उन्हीं तथ्यों की तरफ संकेत किया है जिनसे केंद्र एवं परिधि के संबंध और परिधि से केंद्र तक पहुँचने की प्रक्रियाएँ एवं मार्ग में आने वाली बाधाओं और उनसे संबंधित संरचनाओं को समझने में मदद मिलती है।

यहाँ एक गंभीर सवाल उठ खड़ा होता है कि क्या भारतीय समाज (खासकर हिंदू समाज) की संरचना इतनी जटिल है कि दलित के प्रसंग में उसे समझने के लिए संरचनावादी (विचार) पद्धतियों की मदद लेनी पड़ेगी अथवा उन कारकों का सहारा लेना पड़ेगा जो इस पूरी व्यवस्था (वर्ण एवं जाति केंद्रित) में निर्णायक भूमिका निभाते हैं तथा जिनकी चर्चा हमने प्रारंभ में सामंतवाद एवं ब्राह्मणवाद के रूप में की थी? कारण, दलित-विमर्श की केंद्रीय विचारधारा (जिसे दलित विचारकों ने रचा है) भारतीय समाज की इसी केंद्रीय व्यवस्था (वर्ण एवं जाति केंद्रित व्यवस्था) का विरोध करती है तथा इसे संरक्षण देने

*इसी वर्ष सावित्रीबाई फुले बुधवार पेठ (पुणे) में लड़कियों के लिए विद्यालय खोलती हैं। इस तरह बाद में दलित समाज के लिए शिक्षा का रास्ता खुलता है।

वाली सामंती एवं ब्राह्मणवादी संरचनाओं को छिन्न-भिन्न करने का प्रयास करती है।

तो क्या हम मान सकते हैं कि दलित साहित्य का सौंदर्यशास्त्र इन्हीं सारी प्रक्रियाओं से विकसित होगा? इस बात पर गहराई के साथ विचार-विमर्श करने की ज़रूरत है।

3

यहाँ इस बात का उल्लेख करना ज़रूरी है कि कोई भी विचारधारा अथवा व्यवस्था कभी भी अपने आप में पूर्ण नहीं होती है। परिवर्तन अथवा विकास की प्रक्रिया में या तो उसमें सुधार होता है अथवा संशोधन; नहीं तो वे नष्ट हो जाती हैं या हाशिये पर चली जाती हैं। कई बार इस प्रक्रिया में कुछ छोटे और कुछ बड़े संघर्ष भी होते हैं, चाहे वे राजनीतिक हों अथवा सामाजिक। ये संघर्ष ही समकालीन परिस्थितियों में प्रचलित विचारधाराओं अथवा व्यवस्थाओं का मूल्यांकन करते हुए उनकी अवधि तय करते हैं। दलित साहित्य के समर्थन अथवा विरोध में जो संघर्ष अथवा वैचारिक बहसें हो रही हैं, वे निश्चित रूप से साहित्य और विचारधारा की दुनिया में 'दलित-विमर्श' का वास्तविक स्थान (space) तय करेंगी। यह अवधि क्या होगी, फिलहाल कुछ कहना मुश्किल है। कारण, अनुमान करना भविष्यवाणी की तरह है जिसके विरोध में दलित साहित्य की धारणाएँ विद्यमान हैं। पर यह निश्चित है कि साहित्य और विचार की परंपरा में दलित साहित्य का वजूद अब स्थायी रूप ले चुका है। इसलिए दलित साहित्य के मूल्यांकन अथवा सौंदर्यशास्त्र को लेकर जो बहसें होंगी, वह निश्चय ही इस नए साहित्य और विचार का कुछ निश्चित आधार तय करेंगी। कहना न होगा कि वह आधार 'वर्ण' और 'जाति' पर विचार-विमर्श की प्रक्रियाओं के साथ संवाद, संघर्ष और प्रतिवाद करते हुए ही निर्मित होगा। अगर स्त्री और दलित साहित्य के सर्वाधिक महत्त्वपूर्ण समर्थक राजेंद्र यादव यह कहते हैं कि यह पूरी सदी 'दलित और स्त्रियों' (साथ में आदिवासी और अन्य अस्मितावादी विमर्श भी हमें शामिल करना चाहिए) की होगी तो कहीं-न-कहीं यह संकेत इस बात का भी है कि इस सदी में दलितों और स्त्रियों के संघर्ष, विचार और साहित्य-व्यवस्था, संस्कृति और सभ्यता के केंद्र में होंगे। और जाहिर है, ये दोनों समाज (स्त्री और दलित) सबसे अधिक प्रभावित वर्ण-व्यवस्था केंद्रित सामाजिक व्यवस्था से ही रहे हैं तथा पारंपरिक व्यवस्था में इन दोनों को ही ज्ञान और सत्ता से वंचित रखा गया है। प्रसिद्ध इतालवी विचारक अंतोनियो ग्राम्शी ने यदि इसी प्रकार के शोषित,

गौण, उत्पीड़ित और वंचित समाज को ध्यान में रखते हुए निम्नवर्गीय समाज अर्थात् सबॉल्टर्न (Subaltern) की धारणा विकसित की थी और पॉओलो फ्रेरे ने उत्पीड़ितों का समाजशास्त्र रचा तो कहीं-न-कहीं यह तथ्य भी स्थापित होता है कि शोषित, दलित और प्रताड़ित समाज की समस्याएँ, संघर्ष एवं उनके विचार वैश्विक समाज की चिंता के केंद्र में रहे हैं। जाहिर है, निम्नवर्गीय अथवा दलित समाज की समस्याएँ कोई छोटी नहीं हैं, समाज को संचालित एवं नियंत्रित करने वाली व्यवस्थाओं से जुड़ी हुई हैं और इसलिए रचना और विचार की दुनिया में इन पर बड़ी-बड़ी बहसें हो रही हैं। ये बहसें विचार-विमर्श की दुनिया में दलित साहित्य का स्थान क्या है, यह तो समय आने पर बताएँगी; पर इतना तो तय है कि अब एक नया साहित्य हमारे सामने आ चुका है। वह दलित साहित्य, जिसमें अतीत की स्मृतियों के सहारे सामाजिक इतिहास और सभ्यताओं के संघर्ष की अनेक परतें गढ़ी जा रही है। इन परतों में 'जन्म' और 'जाति' के कारण मुख्यधारा में हाशिये की ज़िंदगी व्यतीत कर रहे एक बड़े समाज का मौखिक इतिहास दर्ज है। जितनी जबानें, उतनी कथाएँ, जितने दर्द, उतनी दास्तानें, जितनी ज़िंदगियाँ, उतनी कहानियाँ – यह यथार्थ इतना जीवंत और ऐतिहासिक है कि एक पूरी सदी इसे बयान करने में लग जाएगी। अब सवाल सामाजिक पसंद या नापसंद का नहीं रह गया है और न ही भाषायी अथवा वैचारिक विखंडता को दरकिनार करने का। सवाल है कि जीवंत अनुभवों से रचित एक यथार्थ और व्यक्ति के विचारों से संरचित एक नया सामाजिक साहित्य आपके सामने है। अब आप पर यह निर्भर करता है कि आप इससे मुठभेड़ करते हुए इसे खारिज करते हैं या इससे संवाद करते हुए रचना और विचार के नए सूत्र ढूँढ़ते हैं और उनके सहारे दलित सौंदर्यशास्त्र का ढाँचा खड़ा करते हैं। एक रास्ता यह भी है कि आप चुपचाप उसकी बगल से निकल जाएँ पर कितनी बार? आज नहीं तो कल, कल नहीं तो परसों, साहित्य की इस नई धारा से आपको टकराना ही होगा तब आपके पास न विकल्प होंगे, न विचार; बल्कि एक गहरा शून्य बोध होगा जिससे संवाद करना और कुछ नए सूत्र निकालना एक मुश्किल प्रक्रिया से गुजरने जैसा होगा।

दरअसल दलित साहित्य पर विचार और विमर्श की प्रक्रिया में कुछ ऐसे संकेतों और प्रतीकों से टकराना पड़ता है जिन्हें वर्ण-व्यवस्था के सहारे रचा अथवा गढ़ा गया है। उदाहरण के लिए, हमने परंपरा में कुछ चीजों को 'उत्कृष्ट' और 'पवित्र' घोषित कर रखा है– जैसे ज्ञान के संस्थान, गुरु, पुस्तकें (**गीता**, **मनुस्मृति**, **रामचरितमानस** आदि), स्थान (देवस्थान) और कुछ परंपराएँ जैसे मूर्तिपूजा की खास पद्धतियाँ, सामुदायिक संहिताएँ जिसे खास समाज [स्त्री]

अथवा जाति [दलित] पर थोपा जाता है आदि-आदि। ये निर्मितियाँ परिवर्तन और विकास की प्रक्रियाओं को रूढ़ बनाती हैं। दलित साहित्य की खास विशेषताएँ हैं कि यह इनसे मुक्ति की बातें करता है तथा विशेष परिस्थितियों में इनके वजूद का प्रतिरोध करते हुए उसे परिवर्तन और विकास का सबसे बड़ा शत्रु घोषित करता है। वह मानता है कि ये संरचनाएँ सामाजिक गुलामी का सबसे बड़ा कारण हैं। बिना इनसे मुक्ति के स्वाधीनता* का कोई अर्थ नहीं है। सामाजिक गुलामी से मुक्त होकर भी दलित समाज, असमान सामाजिक व्यवस्था में आत्मसम्मान के साथ जीवन व्यतीत कर सकता है। कहा जा सकता है कि दलित समाज के आत्म गौरव का यह भाव दलित साहित्य का केंद्रीय भाव है जिसे सामाजिक व्यवस्था (वर्ण एवं जाति केंद्रित) से जोड़कर दलित लेखकों ने इस नए साहित्य का समाजशास्त्र रचा है। जाहिर है, यहाँ एक बड़े समाज की आकांक्षा और यथार्थ का वह द्वंद्व मौजूद है जिसे दलित लेखकों ने अतीत (इतिहास) में हुए शोषण, दमन एवं उत्पीड़न के सहारे रचा है। नए आलोचकों का इस साहित्य से टकराना, अपने समय और समाज के दबाव से टकराना भी है। उस समय और समाज से, जहाँ (जिसमें) समाज और साहित्य के चिंतकों और विचारकों ने तीसरी क्या, दूसरी धारा के लिए भी ठीक से जगह नहीं छोड़ी है। दरअसल दलित साहित्य, इस अकाल समय का ऐसा साहित्य है जो भारतीय समाज खासकर हिंदी में उस समय आया जब समाज और साहित्य की दुनिया तरह-तरह के दबावों से घिरी हुई थी। चाहे वह बाबरी मस्जिद के ध्वंस का दबाव हो अथवा आर्थिक उदारीकरण और वैश्वीकरण का। साहित्य की इस धारा ने समय के इन दबावों को तोड़ा है और सदियों से उत्पीड़ित एवं वंचित समाज के लिए एक बेहतर स्थान (space) बनाने का प्रयास किया है। यह एक बड़ी बात है जिसे हमारे समय और समाज के लोगों और साहित्य के विचारकों को महसूस करना चाहिए। यह अच्छी बात है कि नए आलोचक दलित सवाल को गंभीरता के साथ ले रहे हैं।

4

आधुनिक साहित्य में दलित-विमर्श पर केंद्रित यह पुस्तक भारतीय समाज की इन्हीं (वर्ण एवं जाति) संरचनाओं को समझते हुए दलित साहित्य के सौंदर्यशास्त्र

---

*स्वाधीनता यानी कि भारत की अंग्रेज़ों से मुक्ति। जोतिबा फुले, अंबेडकर से लेकर ओमप्रकाश वाल्मीकि, मोहनदास नैमिशराय, डॉ. धर्मवीर आदि समकालीन लेखक भी सामाजिक मुक्ति पर जोर देते हैं।

को खड़ा करने की दिशा में एक प्रयास है। पुस्तक के अनुक्रम में भिन्न-भिन्न खंड, अध्ययन की सुविधा के लिए हैं तथा इनसे दलित साहित्य का विधागत ढाँचा थोड़ा साफ होता है। यहाँ इस बात का उल्लेख करना भी ज़रूरी है कि 1991 में मैंने अपना शोधकार्य 'समकालीन हिंदी कहानी में हाशिये के लोग' पर शुरू किया था। बाद में यह शोध 'समकालीन कहानी का समाजशास्त्र'(2001) के नाम से प्रकाशित हुआ। उसी समय मुझे महसूस हुआ था कि दलित कहानियों पर भी एक पाठ होता। पर, तब तक हिंदी में दलित कहानियाँ न के बराबर थीं। परंतु इस कमी का मुझे बार-बार एहसास होता था। इसलिए ज्यों ही 1996 में मेरा शोधकार्य समाप्त हुआ, साहित्य में दलित का सवाल एक बड़े सवाल के रूप में उभरकर मेरे सामने आया। आप कह सकते हैं कि यह पुस्तक उसी ज़रूरत का हिस्सा है कि लिखने के लिए 'तर्क' से अधिक 'कारण' की ज़रूरत होती है। कहना न होगा कि ये लेख समय-समय पर लिखे गए हैं, पर इनकी वैचारिकता भारतीय समाज की वर्ण एवं जाति केंद्रित विमर्शों के सहारे रची गई है। इसीलिए पुस्तक में कुछ रचनाओं की चर्चा बार-बार दिखलाई पड़ेगी, चाहे वह ओमप्रकाश वाल्मीकि की रचनाएँ हों या मोहनदास नैमिशराय की, डॉ. धर्मवीर की हो अथवा जयप्रकाश कर्दम की, कंवल भारती की हो अथवा सूरजपाल चौहान की। ऐसा इसलिए है कि इन लेखकों की रचनाएँ दलित साहित्य की सामाजिक एवं वैचारिक संरचना को समझने में मदद करती हैं। इनसे हिंदी के दलित साहित्य की पहचान बनती है। यद्यपि कुछ पुस्तकें अथवा रचनाएँ पुस्तक के प्रेस में जाने के बाद आईं। खासकर 'तद्भव' में प्रकाशित तुलसीराम की आत्मकथा **मुर्दहिया** या **हंस** के दिसंबर 2007 अंक में प्रकाशित लोकप्रिय दलित साहित्य की धारा से जुड़े लेखकों में चंद्रिका प्रसाद जिज्ञासु, के. नाथ, गुरु प्रसाद मदन, बुद्धशरण हंस, ए.आर. अकेला आदि की रचनाएँ। इसी प्रकार रमाशंकर आर्य की आत्मकथा **घुटन**, अजय नावरिया का कहानी संग्रह **पटकथा और अन्य कहानियाँ**, उमेश कुमार सिंह का **पहली रात का अंत** आदि।

5

यद्यपि इस पुस्तक में शामिल लेख समय-समय पर हिंदी और अंग्रेज़ी में देश की चर्चित पत्र-पत्रिकाओं में छपते रहे हैं, समय का यह अंतराल करीब दस वर्षों का है। कुछ दुहराव भी आपको दिखलाई पड़ेंगे, जिन्हें चाहकर भी प्रसंगवश होने के कारण मैं हटा नहीं पाया। फिर भी पांडुलिपि बनने की प्रक्रिया में इसे ओमप्रकाश वाल्मीकि, शरणकुमार लिंबाले और बद्रीनारायण ने देखा। बीच-बीच

में कुछ ज़रूरी प्रसंगों को लेकर गोपाल गुरु, बद्रीनारायण, जयप्रकाश कर्दम, श्यौराज सिंह बेचैन, वरयाम सिंह, हितेन्द्र पटेल, प्रेमपाल शर्मा, संजीव, हरीश नारंग, अशोक कुमार, रामशरण जोशी, चमनलाल, दुर्गा प्रसाद गुप्त, रश्मि चौधरी, संजीव दुबे, हेमलता महीश्वर, रामचंद्र, बजरंग बिहारी तिवारी, विवेक कुमार, प्रेम कुमार मणि, प्रवीण उपाध्याय, दीपक राय, प्रो.टी.वी. कट्टीमनी, जी.जे.वी. प्रसाद, सुबोध नारायण मालाकार, पी.ए. जार्ज, आशीष अग्निहोत्री, इकरार अहमद आदि से भी बातचीत होती रही। कुछ महत्त्वपूर्ण सुझाव इन लेखकों और विद्वानों की तरफ से आए, जिन्हें इस पुस्तक में शामिल कर लिया गया है।

पुस्तक के कुछ अंश धर्मशाला में भाषा और संस्कृति विभाग (हि.प्र.) के संस्कृति सदन (writer's home) में रहने के दौरान लिखे गए। चारू शर्मा, राजेंद्र प्रसाद पांडेय, ब्रजेंद्र त्रिपाठी और प्रत्यूष गुलेरी से हुई बातचीत और धर्मशाला के शासकीय महाविद्यालय में हिंदी आलोचना पर आयोजित एक संगोष्ठी के दौरान हुई बहसों ने दलित साहित्य संबंधी मेरे विचारों को और दृढ़ बनाया। शायद, समय और समाज के दबाव हमेशा आपको चुनौती देते हैं। इससे विचार-विमर्श और सैद्धांतिक स्थापनाओं की प्रक्रिया और गतिशील होती है।

ओरियंट ब्लैकस्वॉन प्राइवेट लिमिटेड के हिंदी संपादकीय विभाग के प्रति मैं विशेष आभार प्रकट करना चाहूँगा जिनके कारण यह पुस्तक आप तक पहुँच रही है। संतोष भारद्वाज, श्रीनिवास त्यागी, अभिषेक रोशन, उदय कुमार, शीतांशु, वीणा सुमन, रीना चंदेल, गणपत तेली और विनय कुमार ने इस पुस्तक पर काम के दौरान कुछ ज़रूरी पुस्तकें उपलब्ध करवाने एवं पांडुलिपि तैयार करने में सहयोग किया। इनमें शीतांशु ने पुस्तक की नामानुक्रमणिका तैयार करने में मदद की। शिव प्रताप जी ने कुछ लेखों की सॉफ्ट कॉपी तैयार की। सबके प्रति आभार!

जवाहरलाल नेहरू विश्वविद्यालय **देवेंद्र चौबे**
नई दिल्ली 110 067
29 मई 2009

भाग एक : परंपरा

1

आधुनिक समाज में साहित्य और उसके वास्तविक पाठक

इन दिनों हिंदी साहित्य में रचना की सामाजिक स्वीकृति और पाठकीय संस्कृति के संकट की चर्चा जोरों पर है। एक तरफ जहाँ इसका कारण पिछले सौ वर्षों के साहित्य के इतिहास में दलितों, स्त्रियों और आदिवासियों की अनुपस्थिति माना जा रहा है, वहीं दूसरी तरफ कुछ ऐसे विचारक भी हैं जो पिछले तीन-चार दशकों में विकसित नई बाजार व्यवस्था और उपभोक्तावाद को नकारते हुए यह मानकर चल रहे हैं कि प्रत्येक काल के साहित्य में "कुछ" ऐसा लिखा जाता रहा है, जिसे पाठक वर्ग स्वीकार लेता है और बेशक यह "कुछ" ही उनकी दृष्टि में साहित्य के अस्तित्व की सार्थकता प्रमाणित करता है। यह "कुछ" क्या है, इसकी तरफ ये विचारक इशारा नहीं करते हैं। बहरहाल, इन दोनों प्रकार की बहसों और विचारों के अनेक स्तर हैं, जिनपर आज का समाज, खासकर उत्तर-आधुनिक समाज गहराई के साथ विचार कर रहा है लेकिन इतना तय है कि जिस पाठक वर्ग के लिए साहित्य लिखा जाता है, उसको लेकर आज यह विचार करना ज़रूरी हो गया है कि आखिर वह कौन है तथा वह कौन-सा रास्ता है, जिसे पार कर कोई भी असाहित्यिक, उपेक्षित और बिखरा हुआ कथन साहित्य बनकर पाठकों के दिल में समा जाता है। इस कथन पर विचार करने के लिए हमें प्रसिद्ध संरचनावादी विचारक मिशेल फूको के उस साक्षात्कार की तरफ ध्यान देना होगा जो पहली बार फ्रांसीसी पत्रिका **ला मोंद** में 16 सितंबर 1986 को प्रकाशित हुआ था।

मिशेल फूको का यह साक्षात्कार रोजे पॉल द्रुआ ने 20 जून 1975 को लिया था, जिसमें उत्कृष्ट साहित्य और उसके पाठक पर विचार करते हुए फूको ने इस बात के विश्लेषण पर बल दिया था कि 'सारे वर्णनों में से क्यों कुछ ही को पवित्र या उत्कृष्ट मानकर साहित्य में शामिल' कर लिया जाता है तथा उन्हें तुरंत ही "एक संस्था" के साथ जोड़ दिया जाता है। इस संस्था को वह उदाहरणस्वरूप "विश्वविद्यालय" कहते हैं और इन तथ्यों को उपस्थित करते हैं कि अब तक की अकादमिक दुनिया

के इतिहास में विश्वविद्यालय जैसे शैक्षणिक संस्थानों को प्रामाणिक रूप में आम जनता और बुद्धिजीवियों के बीच उत्कृष्ट और पवित्र साहित्यिक संस्था के रूप में मान्यता प्राप्त है।

निस्संदेह, जब मिशेल फूको उत्कृष्ट साहित्य को ध्यान में रखते हुए साहित्यिक संस्था के रूप में "विश्वविद्यालय" जैसे संस्थानों की चर्चा करते हैं तो यह अकारण नहीं है। क्योंकि, किसी भी भाषा के संपूर्ण साहित्य के एक काल विशेष में यह "कुछ" ही है, जिसे पवित्र अथवा उत्कृष्ट मानकर छात्रों के उस विशाल पाठक वर्ग से जोड़ दिया जाता है, जिसकी तलाश किसी भी सच्चे रचनाकार को होती है। और यहीं से शुरू होता है उस "कुछ" साहित्य पर विचार–विमर्श की प्रक्रिया का दौर, जिसे पवित्र अथवा उत्कृष्ट मानकर विश्वविद्यालय या महाविद्यालय के प्राध्यापक परंपरागत साहित्य से जोड़कर व्याख्यायित करते हैं, छात्र उनका अनुकरण करते हैं, स्वतंत्र पत्रकार और आलोचक उनकी सार्थकता–निरर्थकता पर बहस करते हैं। उन्हीं के बीच से कुछ ऐसे विचारक भी निकलते हैं जो परंपरा से कुछ सीखते, परंतु उसके प्रभाव से मुक्त होकर उस रचना की एक नई व्याख्या करते हैं, जैसा कि प्रगतिशील आंदोलन के दौरान आचार्य हजारीप्रसाद द्विवेदी ने संत कवि कबीर का अपने समय के एक बड़े क्रांतिकारी और भक्त कवि के रूप में किया और पिछले दिनों दलित लेखक डॉ. धर्मवीर ने उन्हीं कबीर के बहाने **कबीर के आलोचक** में हिंदी के संत साहित्य और उसके व्याख्याकारों का आकलन एक नए दृष्टिकोण से किया। यदि उन्हीं के शब्दों में कहें तो इस पुस्तक के माध्यम से उन्होंने 'कबीर के ...' 'उन ब्राह्मणवादी समीक्षकों ...' को समझने की कोशिश की है जिन्होंने 'कबीर के दर्शन और सामाजिक संदेश के प्रति तनिक भी सम्मान नहीं बरता। उन्होंने कबीर की नहीं, बल्कि कबीर के भीतर रामानंद ब्राह्मण को बैठाकर उसकी प्रशंसा की है। मूल कबीर से ये सभी बचते हैं। इनकी यह भी कोशिश रही है कि कहीं यह सिद्ध न हो जाए कि कबीर दलितों के किसी पुराने धर्म के प्रचारक या अपने किसी नए धर्म के प्रवर्तक थे।' विचार–विमर्श की इस प्रक्रिया में किसी भी रचना अथवा रचनाकार की इस प्रकार की नई व्याख्या एक ऐसे तथ्य को बौद्धिक समाज के सामने लाकर उपस्थित कर देती है, जिसकी व्याख्या-पुनर्व्याख्या तथा समर्थन-विरोध में संपूर्ण बुद्धिजीवी समाज जुट जाता है।

आम तौर से साहित्य की यह नई व्याख्या पारंपरिक आलोचकों और विश्वविद्यालयों **के अध्यापकों के एक वर्ग** को परेशान करने लगती है। वास्तविक दिक्कत यहीं से शुरू होती है, **क्योंकि महाविद्यालय और विश्वविद्यालय** के छात्र तो उस गीली मिट्टी की तरह होते हैं, जिन्हें गढ़ने का काम इसी प्रकार के संस्थान और खासकर उनके

अध्यापक एवं आलोचक करते हैं। परिणामत: उनके निकट रहनेवाला छात्रों का समुदाय उनकी इस अकादमिक राजनैतिक परेशानी से सर्वाधिक प्रभावित होता है। कारण, किसी भी नए साहित्य अथवा विचारों की ऐसी व्याख्याएँ, जो परंपरा के खिलाफ होती हैं, उनके अस्वीकार की इस मुहिम में उन छात्रों को जानबूझकर, अनायास शामिल कर लिया जाता है जो उन पारंपरिक अध्यापकों और आलोचकों के निकट होते हैं। उदाहरण के लिए, हिंदी में आचार्य हजारीप्रसाद द्विवेदी, रामविलास शर्मा, अज्ञेय, मुक्तिबोध, नामवर सिंह, धूमिल, राजकमल चौधरी आदि को लिया जा सकता है, जिनके साहित्य और विचारों का विरोध पारंपरिक अध्यापकों और आलोचकों के साथ ही उनके निकट रहनेवाले छात्रों ने गत शताब्दी के पाँचवें, छठे एवं सातवें दशक में सबसे अधिक किया। एक दूसरे उदाहरण के रूप में, हम लोग **इकोनॉमिक एण्ड पॉलिटिकल वीकली** के 18 मार्च 1995 अंक में प्रकाशित के. सत्यनारायण के उस पत्र को ले सकते हैं, जिसमें उन्होंने कर्नाटक सरकार द्वारा एच.एस. शिवप्रकाश के कन्नड़ नाटक **महाचैत्र** को गुलबर्ग और कुवेम्पु विश्वविद्यालयों के पाठ्यक्रमों से बाहर निकालने का उल्लेख किया है। इसका कारण बताते हुए उन्होंने लिखा है कि धार्मिक मठों के लिंगायत विद्वानों को **महाचैत्र** के दस वर्षों के प्रचार-प्रसार के बाद लगा कि इस नाटक में एक चरित्र के माध्यम से कुछ ऐसी आपत्तिजनक और अपमानजनक टिप्पणियाँ की गई हैं, जो समाज-सुधारक बासवन्ना के खिलाफ हैं। ध्यान रहे कि बासवन्ना एक धर्म-निरपेक्ष समाज-सुधारक थे, जो जाति और दमन के दूसरे रूपों के खिलाफ लड़े थे। यद्यपि इस घटना के जनक प्रत्यक्षत: महाविद्यालय अथवा विश्वविद्यालय के अध्यापक या आलोचक नहीं थे, परंतु विरोधियों को ऐसा लगा कि **महाचैत्र** जैसे उत्कृष्ट साहित्य के बहाने पवित्र समझे जानेवाले संस्थानों के छात्रों के बीच एक गलत संदेश जा रहा है। और यह गलत संदेश उस व्यापक पाठक वर्ग को प्रभावित कर रहा है जो भविष्य के समाज, संस्कृति और राजनीति का नियंता है अथवा हो सकता है।

वास्तव में साहित्य में और वह भी विश्वविद्यालय जैसी संस्था के भीतर जब किसी नई कृति अथवा विचार के खंडन-मंडन की प्रक्रिया शुरू होती है तो उसका एक संदर्भ होता है, क्योंकि आम जनता को और यहाँ तक कि बौद्धिक वर्ग को भी यह विश्वास होता है कि विश्वविद्यालय अथवा अन्य शिक्षण संस्थाओं में व्यवहृत कोई भी पाठ उतना ही पवित्र होता है जितना कि गंगा का जल, हवनकुंड की आग और पूजा के फूल। इसलिए एक ज़माने में और आज भी जब किसी शब्द की बनावट अथवा उसकी स्थिति पर संदेह होता है, तब इस संशय और दुविधा की स्थिति में हम शिक्षण संस्थाओं में व्यवहृत पाठ (text), शब्दकोश अथवा पढ़ाने वाले

शिक्षकों की मदद लेते हैं। यह हमारी परंपरा और संस्कृति ही है जो हमें इस बात का एहसास कराती है कि शैक्षणिक संस्था से जुड़ी सारी चीजें पवित्र (pure) और उत्कृष्ट (super) होती हैं। कई बार बच्चे भी विद्यालय के शिक्षकों की विद्वता को, अपने अध्यापक माँ-पिता की तुलना में अधिक महत्त्व देते हैं और यह अकारण नहीं है। यहाँ सवाल आस्था का है। यह आस्था ही है जो हमारे अंदर किसी चीज़ के प्रति एक रागात्मक लगाव पैदा कर देती है। इसी कारण जब किसी साहित्यिक पाठ को किसी शिक्षण-संस्था से जोड़ा जाता है, तब वह पाठ समाज द्वारा निःसंकोच पवित्र और उत्कृष्ट मान लिया जाता है तथा संबंधित भाषा-भाषी में यह आम धारणा फैल जाती है कि शिक्षण संस्था में व्यवहृत वह "पाठ" निश्चय ही उत्कृष्ट और किसी महान रचनाकार का ही होगा तथा उसने ज़रूर अपनी रचनाओं के माध्यम से किसी काल विशेष की सामाजिक, राजनीतिक और साहित्यिक धारा को प्रभावित किया होगा, इसलिए जब कभी किसी विश्वविद्यालय अथवा अन्य शिक्षण-संस्थान में पढ़ाए जाने वाले "साहित्यिक पाठ" (literary text) पर बातचीत अथवा बहस होती है तो उसका एक अर्थ परंपरा का समर्थन अथवा विरोध करना भी माना जाता है। शब्दों और वाक्यों की बनावट तथा भाषा का कलात्मक सौंदर्य तो मात्र उसके बाह्य आवरण होते हैं जो बहस को और तेज बनाते हैं। मूल बात है, वह पाठ और उसका संदर्भ जो किसी भी रचना के होने या न होने की घोषणा करता है। यह काम विश्वविद्यालय और उससे जुड़ा बौद्धिक समाज ही करता है, जिसमें छात्रों की महत्त्वपूर्ण भूमिका होती है।

कई बार बातचीत अथवा बहस की इस प्रक्रिया में कुछ पारंपरिक आलोचक और अध्यापक उस पाठ को व्यर्थ और बकवास घोषित कर एक विचित्र स्थिति पैदा कर देते हैं जिसमें साहित्य को आगे ले जाने की क्षमता होती है। उदाहरण के लिए, आज हिंदी के दलित और स्त्री साहित्य के संदर्भ में हो रहा है। खासकर आज दलित साहित्य को एक "अपूर्ण गद्य" (incomplete prose) मानकर उसकी मनमानी व्याख्या की जा रही है। इस व्याख्या में पारंपरिक आलोचकों और विश्वविद्यालयों एवं महाविद्यालयों के अध्यापकों का एक बड़ा वर्ग शामिल है क्योंकि वह नहीं चाहता है कि दलित, स्त्री अथवा आदिवासी साहित्य भी शिक्षण-संस्थाओं के पाठ्यक्रमों में शामिल होकर पवित्र और उत्कृष्ट साहित्यिक पाठ का दर्जा पा जाए। इसीलिए इस प्रकार के रूढ़ पारंपरिक अध्यापकों और आलोचकों द्वारा यह भ्रम फैलाया जा रहा है कि यह अपूर्ण और साहित्य विभाजक लेखन वर्षों से चली आ रही साहित्य की परंपरा को नष्ट कर देगा; नष्ट कर देगा उन पात्रों को, उन विचारों को, उन संदर्भों को, जिन्हें अब तक हम उत्कृष्ट, पवित्र और महान समझते आ रहे थे। क्योंकि कुछ

लोगों को विश्वास है कि यह साहित्य एक आँधी है, तूफान है, बवंडर है जो किसी को नहीं पहचानता है। जो भी इसके सामने आएगा या समानांतर खड़ा होने की कोशिश करेगा, उसे इसकी राक्षसी अथवा मायावी ताकत उड़ा ले जाएगी। परिणामतः खत्म हो जाएगी वह परंपरा, वह संस्कृति, वह विचार, जो अब तक अभेद्य, उत्कृष्ट और पवित्र थे। साथ ही यह नष्ट कर देगा उस अनुशासन को जो अब तक समाज को शिष्टाचार की सभ्यता बतलाता और सिखलाता था। जबकि ऐसा कुछ भी नहीं है क्योंकि दलित अथवा स्त्री या आदिवासी साहित्य के आने से न तो तुलसीदास के **रामचरितमानस** की महत्ता कम होने वाली है और न ही प्रेमचंद के **गोदान** अथवा फणीश्वरनाथ रेणु के **मैला आंचल** या श्रीलाल शुक्ल के **राग दरबारी** की। दलित अथवा स्त्री साहित्य के आने से न ही लोग मुक्तिबोध के **चाँद का मुँह टेढ़ा है** को पढ़ना छोड़ देंगे और न ही मनोहरश्याम जोशी के **कुरू-कुरू स्वाहा** अथवा मन्नू भंडारी के **महाभोज** या मंजूर एहतेशाम के **सूखा बरगद** को। लेकिन यह डर और भ्रम ही ऐसा है कि पारंपरिक आलोचक तथा विश्वविद्यालय के अध्यापक दलित साहित्य को शिक्षण-संस्थानों से जोड़ने में झिझक रहे हैं। कारण, उन्हें लगता है कि एक बार जहाँ यह साहित्य शिक्षण संस्थानों से जुड़ा कि यह भी उसी तरह उत्कृष्ट, पवित्र और प्रसिद्ध हो जाएगा, जैसा कि आज हिंदी साहित्य के इतिहास में भक्ति-काव्य अथवा नई कहानी आंदोलन है। ठीक उसी तरह प्रसिद्ध हो जाएँगे ओमप्रकाश वाल्मीकि, डॉ. धर्मवीर, मोहनदास नैमिशराय, कौसल्या बैसंत्री, सुशीला टाकभौरे, विमल थोरात, जयप्रकाश कर्दम जैसे दलित साहित्यकार; जैसा कि आज समाज और शिक्षा की दुनिया में सूरदास, तुलसीदास, कबीर, जायसी, बिहारी, भारतेंदु हरिश्चंद्र, रामचंद्र शुक्ल, प्रेमचंद, अज्ञेय, धर्मवीर भारती, अमृतलाल नागर, भीष्म साहनी आदि हैं। कारण, इनके सामने फिर होगा छात्रों का वह विशाल पाठक वर्ग जिसकी पाठकीय संस्कृति रचना को सर्वव्याप्त बनाती है। यही कारण है कि साहित्य के इतिहास में प्रारंभ से ही ऐसे विचार और रचना के विरोध की कोशिशें दिखलाई पड़ती हैं, जिनमें कुछ ऐसा नया होता है जो पारंपरिक आलोचकों और अध्यापकों को परेशान करता है और बिना किसी संकोच के ये आलोचक और अध्यापक नए विचार अथवा साहित्य की नकारात्मक व्याख्या कर उसे निकृष्ट तथा अपवित्र घोषित करते हुए छात्रों के लिए अनुपयोगी करार देते हैं। इस काम में उनका सबसे बड़ा तर्क यह होता है कि नया साहित्य अथवा विचार अधूरा है, उसका गद्य अपूर्ण है, पाठ अतार्किक और असंबद्ध है। जबकि अगर वह गद्य अधूरा या पाठ अतार्किक और असंबद्ध है तो उसे कम-से-कम विचार अथवा बहस का केंद्र तो बनाया ही जा सकता है, जैसा कि कबीर के पाठ के साथ उनके अध्येताओं ने

किया। परंतु ऐसा कुछ नहीं होता है और साहित्य का वह "पाठ" (text) जो महत्त्वपूर्ण तथा स्थायी हो सकता था और साहित्य को नई दिशा दे सकता था, वह इन सारी रूढ़ पारंपरिक व्याख्याओं के बाद सामान्य पाठक और छात्र वर्ग के लिए निषिद्ध हो जाता है।

परंतु क्या वास्तव में ऐसा होता है? क्या किसी नए विचार अथवा नई साहित्यिक संरचना को मुख्यधारा में आने से रोका जा सकता है? शायद कुछ समय के लिए ऐसा संभव हो, परंतु निर्णय अंततः रचना अथवा विचार के पक्ष में ही जाता है। कारण, किसी भी काल-विशेष में नया विचार अथवा नया साहित्य अपने वास्तविक पाठक की तलाश कर ही लेता है। और यह पाठक वर्ग इतना शक्तिशाली होता है कि उसे पारंपरिक आलोचकों अथवा अध्यापकों की कोशिशें रोक नहीं पाती हैं। एक तूफान की तरह यह नया साहित्य अथवा विचार उनके (पाठक) मस्तिष्क में जगह बनाकर उन्हें उद्वेलित कर देता है। जाहिर है, यह पाठक वर्ग कोई और नहीं छात्रों का वह विशाल समुदाय है जो थोड़े समय के लिए तो भ्रमित होता है, पर शीघ्र ही संभल जाता है क्योंकि पारंपरिक आलोचकों और अध्यापकों की तरह उसे अपनी सत्ता बचाने की परवाह नहीं होती है। उसका मन तो उस खाली स्लेट की तरह होता है, जिसपर अपने प्रभाव से थोड़े समय के लिए कोई कुछ भी लिख देता है। लेकिन एक समय ऐसा आता है, जब उसका मस्तिष्क किसी भी नए विचार अथवा साहित्य को पहचान लेता है। कारण, यह विचार-विमर्श की एक ऐसी प्रक्रिया है जिसमें एक ओर जहाँ "पाठ" अपने वास्तविक पाठक की तलाश कर लेता है, वहीं दूसरी ओर "पाठक" भी पारंपरिक विचार अथवा साहित्य से ऊबकर अपने "नए पाठ" को खोज लेता है। स्पष्टतः यह पाठकीय संस्कृति का सर्वाधिक महत्त्वपूर्ण पक्ष है कि पाठक किसी-न-किसी तरह अपने पाठ को ढूँढ़ लेता है। दूसरे शब्दों में कहें तो, पाठ का वह सही अध्येता मिल जाता है जो उस पाठ को सदियों तक जीवित रखता है, जैसा कि हिंदी में कबीर और तुलसीदास के साथ हुआ। कभी-कभी तलाश की इस प्रक्रिया में एक समय ऐसा आता है जब ये दोनों मिल जाते हैं। विचार-विमर्श की दुनिया में यह एक ऐतिहासिक क्षण होता है जब कोई भी पाठ अपने वास्तविक पाठक की तलाश कर लेता है अथवा दूसरे शब्दों में कहे तो पाठक अपने सही पाठ को ढूँढ़ लेता है जैसा कि सूर, कबीर, तुलसी, मीराबाई, रवींद्रनाथ टैगोर, सुब्रह्मण्यम भारती आदि के साथ हुआ।

वास्तव में भारत का आधुनिक और उत्तर-आधुनिक समाज आज बदल रहा है। यह नया समाज, वह समाज नहीं है जिसकी बहुत गहरी रुचि पारंपरिक सभ्यता और संस्कृति में हो। यह नया समाज उस सभ्यता और संस्कृति को छूना तो चाहता है,

पर उसमें जीना नहीं। इसलिए एक हद तक अब यह समाज न तो पारंपरिक साहित्य पढ़ना चाहता है और न ही उस सांस्कृतिक समाज में रहना, जो उसे एक "आदर्श चरित्र" के रूप में उदारीकरण और भूमंडलीकरण के इस दौर में विश्व समाज के सम्मुख उपस्थित करता हो। यद्यपि आज समाज में एक वर्ग अभी भी ऐसा है, जो अपनी पहचान को राष्ट्रीय अस्मिता और पारंपरिक संस्कृति के साथ जोड़ता है और यह वर्ग हमेशा रहेगा भी। लेकिन इधर के भारतीय समाज में एक वर्ग ऐसा विकसित हुआ है जो अपने आपको अति आधुनिक मानता है। बेशक, यह वही वैश्विक समाज है, जिसके लिए राष्ट्रीय पहचान बहुत मायने नहीं रखती है। यह वर्ग उस खतरे के प्रति भी चिंतित नहीं है जो धीरे-धीरे एक ऐसी प्रवृत्ति के रूप में उसके व्यक्तित्व में समाहित हो रहा है, जहाँ उसके लिए "स्वयं" (self) ही सब कुछ है। इसे बढ़ावा देने में महाविद्यालय और विश्वविद्यालय जैसी शिक्षण संस्थाओं के साथ ही उन निजी स्कूलों की भी महत्त्वपूर्ण भूमिका रही है, जहाँ "उपयोगितावाद" आगे बढ़ने का सबसे सरल माध्यम बताया जाता है। इसके साथ ही इस प्रवृत्ति को बढ़ावा देने में रूढ़ पारंपरिक अध्ययन, चिंतन और मनन की एकरस प्रक्रिया, प्रवृत्ति तथा स्थिति भी कम जिम्मेदार नहीं रही हैं। यदि यह वर्ग साहित्य और संस्कृति के पाठ से कटा है तो इसमें उस पारंपरिक और पिछले कई दशकों से चली आ रही उस "ऊबाऊ पाठ" की भी अहम भूमिका रही है, जिसे शिक्षण संस्थाओं में लंबे समय तक चलाया गया और न चाहते हुए भी छात्रों के विशाल वर्ग ने पढ़ा। इधर के कुछ दशकों में एक अन्य विडंबनापूर्ण स्थिति यह पैदा हुई है कि "पाठ" के बौद्धिक विचार-विमर्श की प्रक्रिया से जुड़े वर्ग ने छात्रों के इस विशाल पाठक वर्ग पर उस तरह से कभी ध्यान नहीं दिया, जिस तरह से उपभोक्तावाद के विकास से जुड़ी संस्थाएँ दे रहीं हैं। एक तरह से हमने अपने उस विशाल पाठक वर्ग को खो दिया है जिसके माध्यम से गहरी पाठकीय संस्कृति का विकास होता है। और इसी का परिणाम है कि आज हम इस बात से चिंतित हैं कि हमारे "पाठ", खासकर "साहित्यिक पाठ" का वास्तविक पाठक वर्ग कहीं खो गया है, जबकि वह कहीं खोया नहीं है। वह हमारे बगल में खड़ा है और हम उसे देखने की बजाय, पाठ के स्थापित व्याख्याकारों की तरफ देख रहे हैं।

संदर्भ

1. "हस्तक्षेप", **राष्ट्रीय सहारा**, दैनिक, 18 और 25 जनवरी, 1997.
2. **पल प्रतिपल**, सितंबर, 1992.
3. **पश्यंती**, जनवरी-मार्च, 1999.
4. डॉ. धर्मवीर, **कबीर के आलोचक**, वाणी प्रकाशन, दिल्ली, 1997.
5. मैनेजर पांडेय, **मेरे साक्षात्कार**, किताबघर, दिल्ली, 1999.
6. श्यौराज सिंह बेचैन/देवेन्द्र चौबे, सं. **चिंतन की परंपरा और दलित साहित्य**, नवलेखन प्रकाशन, हजारीबाग, श्री साहित्यिक संस्थान, दिल्ली, 2001.

2

आधुनिक साहित्य में विचारात्मक संघर्ष और हाशिये का समाज

पिछले डेढ़-दो सौ वर्षों में भारतीय समाज का सामंतवाद और साम्राज्यवाद के खिलाफ जो संघर्ष हुआ है, उससे जनता विकास एवं परिवर्तन की प्रक्रिया में एक संक्रमण के दौर से गुज़री है तथा उसका गहरा असर भारतीय और हिंदी साहित्य पर भी पड़ा है। खासकर हिंदी में उपन्यास, आलोचना, खड़ी बोली काव्य जैसी विधाएँ एवं रचनाएँ भारतीय सामंतवाद एवं अंग्रेज़ी साम्राज्यवाद के खिलाफ प्रतिरोध दर्ज कराने के दौरान ही विकसित हुई हैं। दूसरे शब्दों में, भारत में उपन्यास के उदय एवं आधुनिक विचारधाराओं (खासकर सामाजिक) की निर्मिति के प्रमुख कारणों में ईस्ट इंडिया कंपनी की दमनकारी एवं शोषणकारी नीतियों के साथ ही 1857 के बाद की अंग्रेज़ी शिक्षा तथा ब्रिटिश सरकार की औपनिवेशिक नीतियों की भी एक महत्त्वपूर्ण भूमिका रही है।

बंगला के बंकिमचंद्र (**दुर्गेशनंदिनी** (1865), **आनंदमठ** (1882)), मराठी के जोतिबा फुले (**तृतीय रत्न** (1355), **गुलामगीरी** (1873)), ओड़िया के फकीर मोहन सेनापति (**छ माण आठ गुंठ** (1897)), हिंदी के लाला श्रीनिवास दास (**परीक्षागुरु** (1882)) आदि के उपन्यासों को इस नज़रिए से देखा जा सकता है। इसका अनुमान इस बात से भी लगाया जा सकता है कि बालकृष्ण भट्ट जैसे लेखक अपने आलोचनात्मक लेखन के कारण ही ब्रिटिश सरकार की दमनकारी नीतियों के शिकार होते हैं और उनके द्वारा प्रकाशित पत्रिका **हिंदी प्रदीप** 1908 में एक सरकारी अध्यादेश के बाद बंद हो जाती है।

महावीर प्रसाद द्विवेदी अपने आलोचनात्मक लेखों में कवियों की नायिका भेद चित्रण जैसी सामंती प्रवृत्तियों का विरोध 1903 में **सरस्वती** का संपादक बनने के साथ ही शुरू कर देते हैं। प्रेमचंद 1918 में प्रकाशित अपने पहले उपन्यास **सेवासदन** से लेकर 1936 में प्रकाशित **गोदान** में क्रमशः एक तरफ जहाँ भारतीय सामंतवादी

व्यवस्था का विरोध करते हुए समाज में सुमन जैसी स्त्रियों की दुर्दशा का बयान करते हैं, वहीं दूसरी तरफ भारतीय सामंती प्रवृत्तियों एवं अंग्रेज़ी साम्राज्यवादी नीतियों की आलोचना भी करते हैं। महादेवी वर्मा 1942 में प्रकाशित **शृंखला की कड़ियाँ** में भारतीय समाज की पितृसत्तात्मक सामाजिक व्यवस्था में महिलाओं की दुर्दशा का बयान करती हैं और स्त्री मुक्ति की बातें करते हुए विकास के लिए उन्हें ज्ञान की परंपरा से जुड़ने की सलाह देती हैं। ध्यान देने की बात है कि यह सब एक खास दौर में यानी कि स्वाधीनता आंदोलन के दौरान होता है। लेकिन इस कारण अचानक हिंदी में 1965 के बाद, खासकर 1967 में नक्सलबाड़ी की घटना के बाद, एक नए प्रकार का साहित्य आना शुरू हो जाता है।

महत्त्वपूर्ण बात यह है कि यह आंदोलन और इससे उपजा साहित्य भी 1947 में देश की आज़ादी के बाद पहली बार उन्नीस सौ सत्तर के दशक में खेतिहर मज़दूरों और किसानों सहित समाज के कमज़ोर तबके की एक नए प्रकार की गुलामी और सामंती व्यवस्था की चर्चा करने लगते हैं और 22 अप्रैल 1969 में गठित भारत की कम्युनिस्ट पार्टी (मार्क्सवादी-लेनिनवादी) चारु मजूमदार के नेतृत्व में उत्पीड़ित समाज की मुक्ति के लिए एक नई लोकतांत्रिक व्यवस्था की माँग करने लगती है। महाश्वेता देवी इसी दौरान नक्सलबाड़ी आंदोलन से जुड़े युवाओं की पुलिस द्वारा की जा रही नृशंस हत्याओं पर **1084वें की माँ**(1974) जैसा उपन्यास लिखती हैं और हिंदी में, सातवें दशक में धूमिल, राजकमल चौधरी जैसे कवि भी यह घोषणा करने लगते हैं कि यह आज़ादी झूठी है, तत्कालीन लोकतांत्रिक पद्धतियाँ आदमी को नपुंसक एवं अपाहिज़ बना रही हैं, इसीलिए अब एक दूसरे प्रजातंत्र यानी कि एक नई लोकतांत्रिक व्यवस्था की ज़रूरत है।

इसी समय कृष्णा सोबती 1967 में प्रकाशित उपन्यास **मित्रो मरजानी** में एक ऐसे स्त्री चरित्र को लेकर आती हैं जो पितृसत्तात्मक सामाजिक व्यवस्था की सारी हदों को पार करते हुए स्त्री के एक स्वतंत्र वजूद की माँग करती है। जगदीशचंद्र 1973 में प्रकाशित अपने उपन्यास **धरती धन न अपना** में भारतीय सामंती व्यवस्था में जीवन-यापन कर रहे काली जैसे दलित चरित्र की मार्मिक दशा का बयान करते हैं जो बाद में, सही मायने में क्रमशः 1995, 1997, 2002 एवं 2006 में प्रकाशित मोहनदास नैमिशराय के **अपने-अपने पिंजरे**, ओमप्रकाश वाल्मीकि के **जूठन**, सूरजपाल चौहान के **तिरस्कृत** (एवं 2006 में **संतप्त**) और श्यौराज सिंह बेचैन के **बेवक्त गुज़र गया माली** (**हंस**, फरवरी: 2006) में दिखलाई पड़ता है, जहाँ अपनी-अपनी ज़िंदगी की हकीकतों का बयान करते हुए ये दलित आत्मकथाकार भारतीय वर्ण-व्यवस्था की विसंगतियों का विरोध करते हुए गैर-दलित समाज के

प्रति अपना प्रतिरोध दर्ज करते हैं। रही-सही कसर 2004 में आकर निर्मला पुतुल जैसी आदिवासी लेखिकाएँ **अपने घर की तलाश** जैसे काव्य-संग्रह में पूरा कर देती हैं, जो शेष भारतीय समाज से यह सवाल करती हैं कि बिना उनकी (आदिवासी समाज की) रज़ामंदी के और उनकी ज़िंदगी की हकीकतों को समझे उनकी ज़मीनों पर बाँध क्यों बनाया जा रहा है अथवा सड़कें क्यों और कैसे बन रही हैं और उन्हें बनाने वाले लोग कौन हैं?

इसलिए इतना जरूर पूछना चाहूँगी
कि नदी पर बाँध क्यों बन रहा है?
किसलिए नाप-जोख हो रही है हमारे
गोचर ज़मीन की?
क्या चीज़ का सर्वे चल रहा है?
और यह जो सड़क बन रही है
कितने के बजट की है?
इसका ठेकेदार कौन है?
कहाँ का है?
जरूर पूछना चाहूँगी।[1]

(**सारांश**: 2004, पृ. 98)

यह सवाल इसलिए भी महत्त्वपूर्ण है कि इस प्रकार के परिवर्तन और विकास का गहरा असर संबंधित समाज पर पड़ता है तथा एक निश्चित अवधि के लिए संबंधित समाज संक्रमण की अवस्था में चला जाता है। "नर्मदा बचाओ" आंदोलन से जुड़ी मेधा पाटेकर विस्थापन की अवस्था से गुज़र रहे आदिवासी समाज की जिन चिंताओं को लेकर पिछले कई दशकों से आंदोलनरत हैं, वह परिवर्तन और विकास की इन्हीं असमान प्रक्रियाओं की देन है। इसे वीरेंद्र जैन के उपन्यास **डूब**(1991) और पूरन हार्डी की कहानी **बुड़ान** में देखा जा सकता है, जहाँ दोनों कथाकार विकास योजनाओं के नाम पर विनाश के लिए अभिशप्त एवं संक्रमण की ज़िंदगी जी रहे समाज के विस्थापन से लेकर सरकारी तंत्र की नाकाम्यियों की त्रासदियों तक का बयान मार्मिकता के साथ करते हैं। यहाँ तक कि इस प्रकार के परिवर्तन और विकास समाज को ऐसी स्थिति में ला पटकते हैं जहाँ से उन्हें मुक्ति का रास्ता दिखलाई नहीं पड़ता है; शेष समाज को बेहतर विकल्प और विकास के लिए मौका ज़रूर मिल जाता है, जिसकी तरफ निर्मला पुतुल की उपर्युक्त पंक्तियाँ भी संकेत करती हैं। **बुड़ान** की निम्नलिखित पंक्तियाँ विस्थापित समाज की जिन विडंबनाओं की तरफ संकेत करती हैं, वहाँ विकास की तस्वीरें तो दिखाई पड़ती हैं, पर ज़िंदगी के नाम

पर अब वहाँ सिर्फ जल है-मनुष्य तो लुप्त हो ही गया है, ज़िंदगी की तलाश में गई डोंगरी की विशाल परछाईं भी कहीं विलीन हो गई है:

> जब वे वापस लौट रहे थे तब उनकी लंबी परछाइयाँ पानी पर थिरक रही थीं। कुछ देर बाद किनारे में फैली हुई उजाड़-काली और पथरीली डोंगरी की विशाल परछाईं भी लुप्त हो गई। अब वहाँ सिर्फ जल था। शांत और बँधा हुआ जल।[2]
>
> 'ईंट बिठाओ, ईंट बिठाओ शनीचरी। कहाँ आई तू, किस देश में-कुछ समझ में आया? रहमत का बच्चा पेट में लेकर दूर-दूर तक फैले धान के खेत को उदास आँखों में आँसू लिए देखती रहती हो। ऐसा बँधुआपन! तुम शायद जानती हो, यह तुम्हारा कैदखाना है। तू जानती नहीं इस देश की भाषा। किस रास्ते से आई थी, शायद उसका पता भी भूल गई है।'[3]
>
> (**सारांश**: 2004, पृ. 15)

ज़ाहिर है, यहाँ सिर्फ परछाइयाँ ही लुप्त नहीं हुई हैं, बल्कि एक समाज का पूरा वजूद ही लुप्त हो गया है, जिसकी खोज में गन्नू और चोंई एक छोटी-सी डोंगी और पतवार लेकर जाते हैं। वह समाज अब चाहे जहाँ कहीं भी हो, पर अपने मूल स्थान पर तो नहीं ही है। टिहरी के लोग भी विकास की इन्हीं विडंबनाओं के शिकार हैं। पर कई बार विकास की प्रक्रिया से जुड़ने की अनिवार्यता भी व्यक्ति अथवा समाज को हाशिये पर ढकेलने में बड़ी भूमिका निभाती है, जब स्थान-परिवर्तन होते हैं। इस स्थिति में स्थान-परिवर्तन के कारण संक्रमणकालीन जीवन जी रहा वह व्यक्ति अथवा समाज एक निश्चित अवधि के लिए हाशिये का आदमी या हाशिये का समाज बन जाता है। **शनीचरी** कहानी में महाश्वेता देवी ने विकास के लिए जंगल से बाहर मुख्यधारा में गए आदिवासी समाज की स्त्रियों की संक्रमणकालीन स्थितियों एवं दुर्दशा का चित्रण करते हुए लिखा है:

महाश्वेता देवी की **शनीचरी** कहानी की उपर्युक्त पंक्तियाँ बताती हैं कि संक्रमणकाल में एक आदिवासी स्त्री को किस प्रकार की अमानवीय स्थितियों से गुज़रना पड़ता है। ये स्थितियाँ एक तरफ जहाँ अमानवीयता की सीमाओं को पार करती हैं, वहीं दूसरी तरफ इस बात का भी संकेत करती हैं कि अपने मूल स्थान से दूर जाने और नई जगह पर व्यवस्थित होने के बीच आदिवासी या कोई भी समाज अपनी संस्कृति, भाषा और भूगोल से भी दूर होने लगता है। उसकी आदतें बदल जाती हैं। उसके चरित्र में परिवर्तन आने लगता है। यहाँ तक कि अगर कोई आदिवासी विकास की प्रक्रिया से जुड़ने के लिए अपना मूल स्थान छोड़कर शहर जाता है, तो नए स्थान पर व्यवस्थित होने तक उसे एक संक्रमण की ज़िंदगी जीनी पड़ती है। कभी-कभी संक्रमण की यह ज़िंदगी इतनी लंबी होती है कि नए स्थान

पर वह (आदिवासी) अनेक तरह की विडंबनापूर्ण स्थितियों का शिकार होता है। संथाल परगना को छोड़कर दिल्ली गई एक आदिवासी युवती की विडंबनापूर्ण ज़िंदगी का बयान करते हुए **तुम कहाँ हो माया?** में निर्मला पुतुल ने लिखा है:

दिल्ली के किस कोने में हो तुम?
मयूर विहार, पंजाबी बाग या शाहदरा में?
कनॉट प्लेस की किसी दुकान में
सेल्सगर्ल हो
या किसी हर्बल कंपनी में पैकर
वसंत विहार की किस मार्केट में काम कर रही हो?
किसी एस.टी.डी. बूथ में ऑपरेटरी
या किसी घरेलू कामगार महिला संगठन से
जुड़कर
बन गई हो किसी घर की आया?
किसी गर्ल्स हॉस्टल में रहते
जाती हो रात-बिरात कॉल-गर्ल बन
होटलों में
या फिर शांति के नाम पर किसी मिशन ने
बनाकर रख लिया है तुम्हें नन?
कहाँ हो तुम माया?
कहाँ हो?
कहीं हो सही-सलामत या
दिल्ली निगल गई तुम्हें?...अब तो जान गई न
कि यह जो दूर से चमचमाता हुआ शहर है
दिल्ली
नहीं हम जैसों के लिए
क्या तुम्हें ऐसा नहीं लगता माया
कि वह ऐसा श्मशान है जहाँ
ज़िंदा दफन होने के लिए भी लोग लाइन
में खड़े हैं?[4]

इतना ही नहीं संक्रमण काल में हाशिये की ज़िंदगी जी रही माया को कवयित्री सलाह देती हैं: 'तुम उस लाइन को तोड़कर बाहर आ जाओ माया/लौट जाओ, जहाँ भी हो।' उस माया को जो उसके अपने समाज की है तथा विकास की प्रक्रिया से जुड़ने के लिए अपना मूल स्थान छोड़कर एक नए स्थान दिल्ली यानी कि देश की राजधानी आती है तथा संक्रमणकालीन विडंबनाओं का शिकार होकर अपना सब कुछ गँवाकर हाशिये का आदमी बन बैठती है। यहाँ तक कि अपनी सामाजिक और

सांस्कृतिक पहचान तथा स्त्रीत्व तक भी खो देती है जैसा कि महाश्वेता देवी की शनीचरी के साथ होता है! शनीचरी के पेट में तो रहमत का बच्चा है, पर माया के पेट में किसका है, किसी को पता नहीं:

उस वक्त पेट में तुम्हारे
पल रहा था किसी
का बच्चा भी
शायद किसी पंजाबी का ज़िक्र कर रही थी
...उससे पहले भी कइयों के
ज़िक्र की थी
किसी वकील, किसी टैक्सी-ड्राइवर, बैंक-अधिकारी
और एक छुटभैया नेता का
यहाँ तक कि मिशन के किसी
बूढ़े फादर का भी।[5]

दरअसल निर्मला पुतुल की चिंता इस बात को लेकर भी है कि सामाजिक ज़िंदगी की मुख्यधारा में वह स्त्री भी हाशिये की स्त्री बन जाती है जिसकी संतान या तो अनैतिक होती है अथवा वर्ण-संकर चरित्र की। सीमोन द बोउवार ने **द सेकेंड सेक्स** में लिखा है कि विवाह 'औरत की एक नियति होती है' जिससे मुक्त होना उसके लिए असंभव होता है। इस संबंध से उत्पन्न संतानें समाज में सम्मान की दृष्टि से देखी जाती हैं, इसलिए कि वे संपत्ति का वास्तविक उत्तराधिकारी होती हैं। आगे उन्होंने लिखा है कि इस संबंध के बाद 'पुरुष बड़ी चालाकी से पत्नी से पवित्र बनी रहने की शपथ ग्रहण करवा लेता है, पर वह स्वयं इस सामाजिक व्यवस्था से संतुष्ट दिखाई नहीं पड़ता।' यानी कि स्त्री तो पवित्र बनी रहे, पर उसकी यह ज़िम्मेदारी नहीं है कि नैतिकता के उन मानदंडों को वह भी माने। क्या इसलिए कि अघोषित रूप से समाज ने पुरुष को नैतिक रूप से यह ज़िम्मेदारी दे रखी है कि वह स्त्रियों को नियंत्रित करे, पर खुद व्यभिचारी बना रहे? पर माया की संतान का क्या होगा जिसके पति के बारे में यह तय नहीं है कि वह कौन है? उसके पेट में किसका बच्चा है? इतना ही नहीं, सवाल यह भी है कि क्या समाज उसे इस कारण व्यभिचारिणी समझेगा? शेष समाज का तो पता नहीं, पर निर्मला पुतुल ज़रूर माया से यह कहती है कि वह मुख्यधारा के समाज को छोड़कर वापस पुनः अपने आदिवासी समाज में आ जाए जहाँ स्त्री-पुरुष का कोई भेद नहीं है, सब बराबर हैं।

पर मुख्यधारा के समाज का क्या करें? खासकर उस पुरुष-वर्चस्ववादी समाज का, जिसकी निगाह में संक्रमणकालीन जीवन जी रही एक स्त्री की अस्मिता कुछ होती भी नहीं है, फिर आदिवासी स्त्री के वजूद के क्या मायने? निर्मला पुतुल ने

लिखा है: वैसे भी 'रसोई और बिस्तर के/गणित से परे/एक स्त्री के बारे में...' पितृसत्तात्मक समाज की राय कुछ होती भी नहीं है। संभवत: इसीलिए एक स्त्री अपने अंदर एक पूरे घर को समेटे हुए भी ज़िंदगी भर अपने होने का अर्थ ढूँढ़ती रहती है:

धरती के इस छोर से उस छोर तक
मुट्ठी भर सवाल लिए मैं
दौड़ती-हाँफती-भागती ...
तलाश रही हूँ सदियों से
निरंतर ...
अपनी ज़मीन, अपना घर
अपने होने का अर्थ।[6]

और यही स्त्री जब पितृसत्तात्मक समाज में अपना स्वतंत्र वजूद निर्मित करना चाहती है, तब मुख्यधारा का समाज उसके साथ कितना क्रूर एवं अमानवीय व्यवहार करता है, यह **उसे कुछ मत कहो सजोनी किस्कू!** की निम्नलिखित पंक्तियों के माध्यम से समझा जा सकता है:

बस! बस!! बस!!!
कुछ मत कहो सजोनी किस्कू!
मैं जानती हूँ सब
जानती हूँ कि अपने गाँव
बागजोरी की धरती पर
जब तुमने चलाया था हल
तब डोल उठा था
बस्ती के माँझी थान में बैठे देवता का सिंहासन
गिर गई थी पुश्तैनी प्रधानी कुर्सी पर बैठे
मगजहीन माँझी हाड़ाम की पगड़ी
पता है बस्ती की नाक बचाने की खातिर
तब बैल बनाकर हल में जोता था
जालिमों ने तुम्हें
खूँटे में बाँधकर खिलाया था
भूसा।[7]

जबकि इस स्त्री समाज का एक गौरवशाली इतिहास रहा है। संथाल-विद्रोह के समय आदिवासी समाज की इन्हीं स्त्रियों ने जीवन-यापन के आर्थिक स्रोतों एवं संसाधनों को सँभाला तथा सँजोया था। निर्मला पुतुल आदिवासी स्त्रियों के गौरवमय इतिहास को याद करते हुए पुरुषों से यह सवाल करती हैं कि क्या—

वे भूल गए संथाल-विद्रोह के समय
जब छोड़ गए थे तुम पर सारा घर-बार
तुम्हीं ने किए थे तब हल जोतने से लेकर
फसल काटने तक के सारे कार्य-व्यापार
तब नहीं गिरी थी उनकी पगड़ी
धरती नहीं पलटी थी तब
कटी नहीं थी किसी की नाक।[8]

दरअसल आदिवासी समाज में स्त्री के जिस सामाजिक यथार्थ की तरफ यह कविता संकेत करती है, वह स्त्रियों के बारे में मुख्यधारा के समाज और उनकी सोच से बहुत भिन्न नहीं है। स्त्री जीवन का यह यथार्थ इस बात की तरफ भी संकेत करता है कि धर्मों और शास्त्रों ने स्त्रियों की गुलामी को बढ़ाने में एक बड़ी भूमिका निभाई है। **मनुस्मृति** में कहा गया है कि

नास्ति स्त्रीणां क्रिया मत्रैरिति धर्मे व्यवस्थितिः।
निरिन्द्रिया ह्यमंत्राश्च स्त्रियेऽनृतमिति स्थितिः ॥9.18॥

अर्थात् 'धर्मशास्त्र की आज्ञा है कि स्त्री का जातिकर्मादि-संस्कार मंत्र-विहीन हो, क्योंकि वह अज्ञानी होती है। मंत्र की अनाधिकारिणी होने से उसकी स्थिति मिथ्या ही होती है।' यानी कि वह सामाजिक जीवन की मुख्यधारा में होते हुए भी दलित की तरह उन अधिकारों से वंचित है जिनसे सामाजिक जीवन में किसी का एक स्वतंत्र वजूद निर्मित होता है। दूसरे शब्दों में, मुख्यधारा के लिए उनका अस्तित्व ही मिथ्या है। यह कितनी बड़ी विडंबना है कि एक तरफ तो यही पुरुष-समाज धर्म और शास्त्र के सहारे उनको (स्त्रियों को) उत्कृष्टता एवं पवित्रता का प्रतीक बना उन्हें देवी जैसे मिथकीय चरित्रों में तब्दील कर देता है तो दूसरी तरफ उन्हें गुलाम बनाकर उनकी उन जातीय स्मृतियों एवं इतिहासों को भी नष्ट कर देता है जिनसे उनका एक स्वतंत्र वजूद बनता है तथा जिनकी तरफ संथाल-विद्रोह के माध्यम से निर्मला पुतुल संकेत करती हैं। सीमोन द बोउवार ने स्त्री के मिथकीकरण की चर्चा करते हुए इस बात की तरफ संकेत किया है कि स्त्री का मिथ मानो एक स्वतंत्र व्यक्ति के वास्तविक संबंधों को मृगतृष्णा पर आधारित विचार में बदल देता है।[9] दूसरे शब्दों में, मानो पितृसत्तात्मक समाज ने उनके चरित्र को इतना अधिक रहस्यमय बना दिया है कि उनका स्वतंत्र व्यक्तित्व ही कहीं खो गया है! उनका होना न होने के बराबर है। उनकी कोई ज़मीन है ही नहीं, जिस पर खड़ी होकर स्त्री-शरीर के परे वह अपने होने का अहसास करा पाएँ।

कहना न होगा कि यह वही संक्रमणकालीन दौर होता है जब कोई स्त्री, व्यक्ति

अथवा समाज हाशिये का आदमी या हाशिये का समाज में तब्दील हो जाता है। हिंदी की अर्चना वर्मा, शुभा, कात्यायनी, अनामिका, निर्मला गर्ग, सविता सिंह, नीलेश रघुवंशी आदि महिला कवयित्रियों की तरह निर्मला पुतुल भी इस बात की तरफ संकेत करती हैं कि स्त्री भी सामाजिक जीवन की मुख्यधारा के अंदर और बाहर एक हाशिये का वजूद लिए हुए है तथा जिसे वह ज़िंदगी भर ढोने के लिए बाध्य है। वह, उस दरवाज़े की तरह है जिसे खोलने के लिए लगातार पीटा जाता है, इतना अधिक कि वह खुलती ही जाती है:

मैं एक दरवाज़ा थी
मुझे जितना पीटा गया
मैं उतनी खुलती गई।[10]

मृणाल पांडे ने अपनी कहानी **लड़कियाँ** में भी यह सवाल उठाया है कि लड़कियों को पवित्र समझकर पूजा तो जाता है, पर लड़कों की तरह मुख्यधारा का आदमी नहीं समझा जाता, इसे महसूस करते हुए मँझली लड़की परिवार में यह सवाल उठाती है कि 'जब तुम लोग लड़कियों को प्यार ही नहीं करते तो झूठ-मूठ में उनकी पूजा क्यों करते हो?'[11] दरअसल स्त्रियों की ज़िंदगी का यह वही नैतिक द्वंद्व होता है जो उनके होने के वजूद को लेकर उन्हें परेशान करने लगता है तथा जिसकी तलाश में संघर्ष जैसी स्थितियाँ पैदा होती हैं। प्रसिद्ध समाजशास्त्री रॉबर्ट इ. पार्क ने इस स्थिति में एक स्त्री या हाशिये के लोगों के चरित्र में आ रही तब्दीलियों को लेकर लिखा है: 'संक्रमण-काल में उनके चरित्र में नैतिक द्वंद्व और संघर्ष की भावना विकसित होने लगती है, जिसके परिणामस्वरूप वे पुरानी आदतें छोड़ने के लिए बाध्य हो जाते हैं। लेकिन नई आदतें इतनी जल्दी बन नहीं पाती हैं, जिसके कारण अपने आपको वे हाशिये पर खड़ा महसूस करते हैं।'[12]

स्थान-परिवर्तन की प्रक्रिया में संक्रमणकालीन जीवन की तीन स्थितियों की चर्चा करते हुए समाजशास्त्री एवर्ट वी. स्टॉनक्वीस्ट ने इस बात का उल्लेख किया है कि 'कई बार व्यक्ति अथवा समाज को यह पता ही नहीं चलता है कि वह दो संस्कृतियों के बीच पल रहा है। वह इस बात से अनभिज्ञ रहता है कि उसका व्यक्तित्व किन समस्याओं से गुज़रने वाला है।' दूसरी स्थिति, 'संकट के चक्र की होती है जिसमें व्यक्ति को इस बात का अहसास हो जाता है कि वह दो संस्कृतियों के अंतर्द्वंद्व के बीच जी रहा है। इस अवस्था में व्यक्ति के अंदर कुछ विशेष प्रकार के लक्षण दिखलाई पड़ने लगते हैं उसकी बेचैनी बढ़ जाती है तथा वह अन्य लोगों से खिंचा-खिंचा रहने लगता है। किसी बड़ी घटना से उसकी आँखें खुल जाती हैं तथा दोनों संस्कृतियों के बीच के खिंचाव को महसूस करते हुए उसकी एक

महत्त्वपूर्ण आदत क्रियाशीलता बन जाती है।' तीसरी स्थिति, 'संक्रमणकाल की चरमावस्था प्रतिरोध की होती है। इसमें व्यक्ति अथवा समाज अपनी दिशा तय कर लेता है।'[13]

इतना ही नहीं, इस अवस्था की चर्चा करते हुए स्टॉनक्वीस्ट ने इस बात की तरफ भी संकेत किया है कि संक्रमणकाल में रह रहा व्यक्ति अथवा समाज ऐसी स्थिति में कई बार ताकतवर समूह की ओर बढ़कर उसमें शामिल होने की कोशिश करता है या कई बार उस प्रभावशाली समूह के प्रति विरोध जाहिर कर क्रांतिकारी अथवा उग्र राष्ट्रवादी बन जाता है या कई बार इन सारी स्थितियों से अपने आपको विमुख कर लेता है, जैसे कि कुछ हुआ ही न हो! इस संदर्भ को भुजंग मेश्राम द्वारा संपादित एवं गोंडी भाषा में प्रकाशित आदिवासी कविता संग्रह **मोहाल** में शामिल प्रभुराज गडकर की कविता **महाकाय शहर** की निम्नलिखित पंक्तियों के माध्यम से समझाया जा सकता है, जिसमें अपने मूल स्थान से रोजगार के लिए शहर गए एक आदिवासी की उस त्रासदी का बयान किया गया है जिसके अंदर क्रांति की आग तो है, पर पेट की आग संक्रमणकाल में क्रांतिकारी मानसिकता का गर्भपात करा देती है और वह सारी स्थितियों से विमुख हो जाता है:

बोलता येते, क्रांतिचिभाषा
पण येते
भकास सुकून डबक झलेल्या
पोरात काहीचन्बहते
म्हाणूस भाक्ष्या क्रांतीच्या भार्षचाच
गर्भपात झाला।[14]

अर्थात् बोलना भी आता है, क्रांति की भाषा भी आती है/वीरान सूखकर डबरा बने पेट में/कुछ नहीं था/ इसलिए मेरी क्रांति की भाषा का ही गर्भपात हो गया।

जाहिर है, संक्रमणकाल जहाँ एक तरफ व्यक्ति समूह अथवा समाज को प्रतिरोध के लिए तैयार करता है, वहीं दूसरी तरफ उन्हें तोड़ता भी है।

पर कई बार संक्रमणकाल में निर्मित अजनबीयत या बेचैनी की स्थितियाँ किसी बड़े विद्रोह को जन्म देती हैं या विद्रोह को ताकत प्रदान कर उसे एक बड़े आंदोलन में तब्दील कर देती हैं। ब्रिटिशकालीन भारत में आदिवासियों द्वारा किए गए विद्रोहों को भी इसी नज़रिए से देखा जा सकता है। उदाहरण के लिए, बिरसा मुंडा द्वारा 1899-1900 में किए गए मुंडा विद्रोह को हम ले सकते हैं जिसमें मुंडा एक तरफ जहाँ जमींदारों के शोषण से उत्पीड़ित थे, वहीं दूसरी तरफ अपनी जाति और धर्म छोड़कर ईसाई बनने के बाद भी नई सामाजिक ज़िंदगी में दोहरा जीवन जीने को बाध्य थे - धोबी के उस गदहे की तरह जो न घर का होता है, न घाट का। इसीलिए

आज भी जब आदिवासी समाज अपने आपको संकट में पाता है, बिरसा मुंडा को सबसे पहले याद करता है:

हमने नहीं देखा तुझे पहले
लेकिन केवल तुम ही
हमारे विद्रोह को
दिशा देते हो तब तुमने ही तो किया था संघर्ष
गोरों को खदेड़ने की खातिर
...आज न गोरे हैं
न सपनों की आज़ादी
आज न घने बीहड़ हैं
ना तू है
है केवल बीहड़ों में फैलता असंतोष
होंठों पर तेरा नन्हा-सा गीत
ऊलगुलान! ऊलगुलान! ऊलगुलान!
जो बन गया है हमारी संस्कृति की लड़ाई
...बिरसा तुम्हें कहीं से भी
आना होगा
...कहीं से भी आ मेरे बिरसा
खेतों की बयार बनकर
लोग तेरी बाट जोहते![15]

ज़ाहिर है, भुजंग मेश्राम की यह कविता जहाँ एक तरफ संक्रमणकाल में जी रहे आदिवासी समाज की त्रासदियों का चिंताजनक चित्र खींचती है, वहीं दूसरी तरफ बिरसा मुंडा को संक्रमण या किसी भी प्रकार की समस्या से मुक्ति दिलाने वाले सबसे बड़े विद्रोही (ऊलगुलानी) नायक के रूप में स्थापित करती है। यह एक बड़ी बात है। पीटर पॉल एक्का ने अपने उपन्यास **जंगल के गीत** (1999) में करमा भगत के इसी विद्रोही चरित्र का चित्र खींचा है तथा बताया है कि करमा भगत के इस विद्रोही चरित्र के निर्माण का एक बड़ा कारण सामंती एवं औपनिवेशिक व्यवस्था की लूट की नीति का विरोध है। विरोध की इस प्रक्रिया में करमा भगत अंग्रेजों से बचने के लिए स्थान परिवर्तित करता रहा है। स्थान-परिवर्तन की इस प्रक्रिया में करमा भगत उस क्रांति की बातें करता है जिसकी तरफ इशारा करते हुए एवर्ट वी. स्टॉनक्वीस्ट संक्रमणकालीन चरित्र की चर्चा करते हुए क्रियाशील आदतों का उल्लेख करते हैं। देखें, **जंगल के गीत** की निम्नलिखित पंक्तियाँ:

'ऊलगुलान हो जाए तो मेरा जीवन सार्थक हो जाएगा। यहाँ मेरा दम घुटता है, जी चाहता है धनुष-तीर लेकर सामने निकल जाऊँ।' करमा की मुट्ठियाँ भिंच गई थीं।[16]

इसीलिए कई बार संक्रमणकालीन स्थितियाँ व्यक्ति अथवा समाज को अपने वास्तविक शत्रुओं की पहचान और उनसे मुक्ति के रास्ते भी बताती हैं। इसे शेखर जोशी की **दाज्यू** और संजीव की **दुनिया की सबसे हसीन औरत** जैसी कहानियों से भी समझा जा सकता है। दोनों कहानियों के केंद्र में पहाड़ से मुख्यधारा में आए पात्र नायक हैं। शेखर जोशी की **दाज्यू** का नायक मदन संक्रमणकालीन समय में अपने ही समाज के जगदीश बाबू और हेमंत जैसे शत्रुओं की पहचान कर अपने आपको उनसे यह कहकर विमुख कर लेता है कि 'बॉय कहते हैं शा'ब मुझे!'[17]

अर्थात् मेरी पहचान सिर्फ यही है कि मैं होटल में ग्राहकों की सेवा करने वाला एक बॉय हूँ और इसके अतिरिक्त मेरी कोई और पहचान नहीं है। जबकि जगदीश बाबू उसके पहाड़ी गाँव की तरफ के हैं, हर स्थान पर समय के हिसाब से उनकी शख्सियत बदलती रहती है। जब अकेले होते हैं तो मदन उनके लिए आत्मीय हो उठता है और जब किसी के साथ हैं तो होटल का बॉय। मदन के ठीक विपरीत उराँव जाति की सब्ज़ी बेचकर गुज़ारा करने वाली महिला विकास की असमानता और मुख्यधारा की अराजकता का शिकार होती है। उसकी गलती सिर्फ यही है कि वह पढ़ी-लिखी शहरी लड़कियों को बहन कहकर संबोधित करती है। पर वह उपेक्षा का शिकार होती है। आदिवासी समाज की स्त्री होने के कारण उसे लगता है कि शेष लोग विकसित हैं तथा विकास की प्रक्रिया में उसकी मदद करेंगे। और इसी भ्रम के कारण वह अपमान का शिकार होती है और दोष देती है भाग्य को: 'रो रहा है हम अपन नसीब पे'।[18] जबकि यह आदिवासी महिला उसी उराँव(महिला) समाज की है जिसके पूर्वजों ने कभी बिहार के रोहतास ज़िले के आस-पास के जंगलों में सरहुल के पर्व में नशे में डूबे पुरुषों के नहीं जगने पर स्वयं सैनिकों की पोशाक धारण कर मध्यकाल में तुर्कों की सेना द्वारा रोहतासगढ़ किले पर फतह के लिए किए गए तीन-तीन हमलों को नाकाम किया था। संजीव ने इस कहानी में बताया है कि बाद में जब लड़ती हुई कुछ बहादुर औरतें पकड़ी गईं, तब तुर्कों को पता चला कि उनका युद्ध तो उराँव महिलाओं से हो रहा था। इस अपमान का बदला लेने के लिए तुर्कों ने पकड़ी गई महिलाओं के चेहरे को तीन बार दागा। बाद में उराँव महिलाओं ने इसे अपनी ताकत और प्रतिरोध की क्षमता मान श्रृंगार के रूप में अपना लिया। ज़ाहिर है, रेलगाड़ी में सब्ज़ी लेकर जाती वह उराँव महिला जब टी.टी. और कुछ यात्रियों से अपमानित होती है, तब अपने भाग्य को दोष देती है, जबकि उसका अपमान अपने समाज से निकलकर एक दूसरे समाज में जाने, संवाद करने एवं जगह पर कब्जा करने की प्रक्रिया में होता है।

कहना न होगा कि समकालीन हिंदी और भारतीय साहित्य में पिछले तीन-चार

दशकों में स्त्री, दलित और आदिवासी केंद्रित जो साहित्य आया है, उसकी निर्मिति में संक्रमणकालीन स्थितियों की बड़ी भूमिका रही है। और सच यह भी है कि इस संक्रमण में स्थान-परिवर्तन एक निर्णायक भूमिका निभाता है। पर इस बात को भी ध्यान में रखना ज़रूरी है कि स्थान-परिवर्तन मात्र में कम-से-कम स्थान अथवा मूल-स्थान में परिवर्तन होता है तथा जो पुराने बंधन होते हैं, वे टूटते हैं तथा व्यक्ति अथवा समाज हाशिये पर जाने के लिए बाध्य होते हैं। अर्थात् व्यक्ति, समूह अथवा समाज का घर से नाता टूटता है। उदाहरण के लिए, यदि प्रभा खेतान के उपन्यास **छिन्नमस्ता** की नायिका विवाह करना नहीं चाहती है, या ओमप्रकाश वाल्मीकि की कहानी "प्रमोशन" का दलित नायक सुरेश साथी मज़दूरों की निगाह में दलित से मज़दूर न बनकर अस्पृश्य यानी कि दलित ही बना रहता है, अथवा अरुण प्रकाश की कहानी "बेला एक्का लौट रही है" की बेला गैर-आदिवासी समाज में शिक्षिका के बदले एक आदिवासी स्त्री ही बनी रहती है तो कहीं-न-कहीं ये वही भयावह स्थितियाँ हैं जो किसी व्यक्ति या सामाजिक समुदाय को जन्म-स्थान से दूर जाने से रोकती हैं अथवा स्थान-परिवर्तन के बाद की संक्रमणकालीन स्थितियों (जैसे-अस्थायीपन, बेचैनी, संकट, तनाव, अजनबीपन, अशांति, मानसिक एवं शारीरिक क्लेश आदि) से जूझने के लिए छोड़ देती हैं, जैसा कि सुरेश या बेला एक्का के साथ होता है। पर इस पूरे परिदृश्य में यह भी याद रखना होगा कि स्त्री, दलित या आदिवासी समाज स्थान-परिवर्तन के साथ-साथ अपनी पैदाइशी एवं शारीरिक अथवा सामाजिक संरचना के कारण भी हाशिये की ज़िंदगी व्यतीत करने को विवश होता है। यहाँ यह कहना अतिशयोक्तिपूर्ण नहीं होगा कि यह एक ऐसी स्थिति है जिससे आज बहुलांश भारतीय अथवा वैश्विक समाज गुज़र रहा है, भले ही हम अपने आपको एक-दूसरे की तुलना में बेहतर स्थिति में क्यों न महसूस करें।

संदर्भ

1. **अपने घर की तलाश में**, रमणिका फाउंडेशन, दिल्ली।
2. हरिनारायण, सं. **कथादेश**, फरवरी 2003.
3. प्रमोदकुमार सिन्हा, **ईंट के ऊपर ईंट**, बंगला से अनुवाद: पृ. 68.
4. **अपने घर की तलाश में**, पृ. 31-32.
5. वही।
6. वही, पृ. 3.
7. वही, पृ. 20.

8. वही।
9. **स्त्रीः उपेक्षिता**, पृ. 119.
10. अनामिका, स. **कहती है औरतें**।
11. गोपेश्वर सिंह, **साहित्य से संवाद**।
12. **दी अमेरिकन जरनल ऑफ सोशियोलॉजी**, मई 1928, अंक-6 पृ. 893.
13. एवर्ट वी. स्टॉनक्वीस्ट, "द प्रॉब्लेम ऑफ मार्जिनल मैन", **दी अमेरिकन जरनल ऑफ सोशियोलॉजी**, अंक जुलाई 1935, नं. 1, पृ. 1.
14. रमणिका गुप्ता, सं. **युद्धरत आम आदमी**: अंक-55, 2001, पृ. 49.
15. भुजंग मेश्राम, **आ मेरे बिरसा**, मराठी में अनुवाद: विमल थोरात, **युद्धरत आम आदमी**, सं. रमणिका गुप्ता, अंक-55, विशेषांक: 2001.
16. पीटर पॉल एक्का, **जंगल के गीत**, सत्यभारती प्रकाशन, राँची, 1999 पृ. 134.
17. शेखर जोशी, **मेरा पहाड़**, लोकभारती प्रकाशन, इलाहाबाद, पृ. 1989, पृ. 34.
18. संजीव, **दुनिया की सबसे हसीन औरत**।

3

स्वीकृत परंपराएँ और दलित अस्मिताओं का प्रतिरोध

पिछले कुछ दशकों में भारतीय साहित्य की तस्वीर बदली है। यद्यपि बीसवीं शताब्दी के पहले दशक में शिमाजाकी तोसोन (1872–1943) ने अपने उपन्यास **हाकाई** (1906) के माध्यम से जापानी साहित्य की तसवीर बदलने की कोशिश की थी; पर साहित्य की तो नहीं, खुद उनकी तकदीर बदल गई थी। जापानी समाज में अस्पृश्य समझे जाने वाले एक समुदाय बुराकु (एता) को कथा का केंद्र बनाकर उन्होंने कथानायक सेगावा उशिमात्सु के माध्यम से जापानी साहित्य में यथार्थवादी लेखन की परंपरा की शुरुआत की थी। यद्यपि तोसोन स्वयं दलित नहीं थे, लेकिन तत्कालीन जापानी शासन की साम्राज्यवादी विस्तार की नीति के खिलाफ जापानी लेखकों के विरोध ने इस प्रकार के साहित्य के विकास के लिए ज़मीन तैयार की, खासकर चीन एवं रूस पर क्रमशः 1894 तथा 1905 में जापान की विजय के बाद। जापानी साहित्य के मेइजी काल (1968–1911) के लेखकों का मानना था कि जब जापानी समाज में इतनी विसंगतियाँ है तो पहले उन्हें ठीक करना ज़रूरी है, साम्राज्य का विस्तार करना नहीं, जबकि भारतीय दलित साहित्य के प्रसंग में विचार करने पर यह पता चलता है कि सामाजिक विसंगतियों (हिंदू समाज की वर्ण–व्यवस्था) के खिलाफ मराठी साहित्य में तो दलित–लेखन डॉ. अंबेडकर के साथ ही शुरू हो जाता है, परंतु हिंदी में बहुत देर से यानी कि 1975 के बाद और वह भी 1990 में मंडल कमीशन के बाद तेज़ी से आता है। तो क्या यह मान लिया जाए कि हिंदी का दलित–लेखन सामाजिक कम राजनीतिक अधिक है? पर ऐसा नहीं है। हिंदी का दलित–लेखन सामाजिक अस्मिता से जुड़े सवालों से अधिक टकराता है, राजनीतिक मुद्दों से उससे कम। कारण, हिंदी क्षेत्र में अधिकांश दलित लेखक अपने समाज के शोषण के कारणों की तलाश करते हुए वर्ण केंद्रित सामाजिक व्यवस्था से ही टकराते हैं। यद्यपि जोतिबा फुले और अंबेडकर की तरह हिंदी क्षेत्र को कोई बड़ा दलित

विचारक नहीं मिलता है और हो सकता है, इसी कारण हिंदी में मराठी की तुलना में दलित-लेखन काफी देर से आता है। पर ऐसा नहीं है कि इस कारण हिंदी का दलित-लेखन सामाजिक सवालों से नहीं जूझता है। यह दलित समाज के शोषण के उन मूल कारणों की तलाश भी करता है जिसके चलते इस समाज के विकास की सारी प्रक्रियाएँ रुक गईं, खासकर ज्ञान के सवाल को लेकर। ज्ञान एवं सत्ता और केंद्र एवं हाशिए के संबंध को लेकर मिशेल फूको, जुलिया क्रिस्तोवा और जॉक देरिदा जैसे विचारकों की आधुनिक धारणाएँ तो बहुत बाद में आईं, पर यदि हम भारतीय समाज के प्रसंग में विचार करें तो पता चलता है कि ज्ञान द्वारा सत्ता और समाज को नियंत्रित करने की कोशिशें प्राचीनकाल से ही दिखाई पड़ती हैं। दूसरे शब्दों में, प्राचीन सामाजिक संगठनों को देखने पर पता चलता है कि ज्ञान और उसके माध्यम से सत्ता पर एकाधिकार के लिए सामाजिक संरचनाकर्ताओं ने कैसी-कैसी व्यवस्थाएँ की थीं। यहाँ मैं **मनुस्मृति** के कुछ प्रसंगों का उल्लेख करते हुए हिंदी के दलित साहित्य और उसी प्रसंग में जापानी कथाकार शिमाजाकी तोसोन के **हाकाई** पर बातचीत करने का प्रयास करूँगा। उदाहरण के लिए, **मनुस्मृति** के पहले अध्याय में एक श्लोक है-

> अध्यापनमध्ययनं यजनं याजनं तथा।
> दानं प्रतिग्रह चैव ब्राह्मणनामकल्पयत्॥88॥

अर्थात् पढ़ाना, पढ़ना, यज्ञ कराना, करना, दान देना और लेना-इन कर्मों को ब्राह्मणों के लिए बनाया गया है। यानी कि ज्ञान से संबंधित समस्त कार्यों का कर्त्ता ब्राह्मण होगा, कोई दूसरा नहीं! ज़ाहिर है, जो जन्म से ब्राह्मण होगा वही, कर्म से नहीं; क्योंकि कर्म तो व्यवस्था ने जन्म के आधार पर निर्धारित कर दिए हैं। देखें-

> लोकानां तू विवृद्धयर्थ मुखबाहूरूपादत:।
> ब्राह्मणं क्षत्रियं वैश्य शूद्रं च निरवर्तयत्॥1.31॥

अर्थात् लोकवृद्धि के लिए ब्रह्मा ने मुख, बाहु, उरु और पैर से क्रमशः ब्राह्मण, क्षत्रिय, वैश्य और शूद्र की सृष्टि की है। और जाहिर है, जापानी सामाजिक व्यवस्था में वर्चस्व की दृष्टि से जो स्थान तय है, उसका क्रम इस प्रकार है - सामुराई, किसान, कारीगर और व्यापारी। इसके अलावा बौद्ध भिक्षुओं का समुदाय भी जापान में उत्कृष्ट माना जाता है। इनमें सबसे नीचे है, बुराकु अर्थात् एता। ऊपर के क्रम में तो इनका कोई स्थान ही नहीं है! जाहिर है, जापानी समाज में जो स्थान एता का है, भारतीय सामाजिक व्यवस्था में वही स्थान शूद्र यानी कि दलितों का है, और इस दलित समाज की व्यवस्था में स्थिति और हैसियत क्या है?

एकमेव तु शूद्रस्य प्रभुःकर्म समादिशत्।
एतेषामेव वर्णानं शुश्रूषामनसूयया॥1.91॥

अर्थात् ब्रह्मा ने ब्राह्मण आदि तीनों वर्णो की शिकायत किए बिना निष्कपट भाव से सेवा करना ही शूद्रों के लिए प्रधान कर्म बनाया है। शिमाजाकी तोसोन के **हाकाई** से भी पता चलता है कि एता समुदाय के लोगों का भी मुख्य काम यही है कि वे अपने से ऊपर की जातियों के लिए उन सभी कार्यों को करें जिन्हें अस्पृश्य समझा जाता है, चाहे वे चमड़े से जुड़े कार्य हों या कब्र की खुदाई जैसे कार्य। कसाई का काम भी वे ही करते हैं।

और यदि यह चतुर्थ वर्ण, यानी कि दलित पढ़ लें, किसी समस्या पर विचार कर लें तो क्या होगा? अथवा समाज में उत्कृष्ट और पवित्र परंपराओं से जुड़े ज्ञान के अक्षरों को सुन लें तो क्या होगा? उन शब्दों का अर्थ क्या है, यह तो इस समाज के लोगों को पता नहीं, पर धर्मशास्त्र इन्हें क्या दंड देगा, यह तो तय है–

यस्य शूद्रस्तु कुरुते राज्ञो धर्मविवेचनम्।
तस्य सीदति तद्राष्ट्रं पंके गौरिव पश्यतः॥8.21॥

अर्थात् जिस राज्य में विचार शूद्र करता है, उस राजा के देखते-देखते उसका राज्य कीचड़ में फँसी हुई गाय के समान दुःखित होता है। इसीलिए ऐसे विचार करने वाले या तत्कालीन समाज में ज्ञान की परंपरा के केंद्र या प्रवक्ता ब्राह्मण पर आक्षेप करने वाले शूद्र को 'उसकी जीभ काटकर दण्डित करना चाहिए' (8.270) एवं 'मुख में जलती हुई दश अँगुल लोहे की कील डाल देनी चाहिए' (8.271)। कल्पना कीजिए, जिस सामाजिक व्यवस्था में एक विशेष सामाजिक समुदाय के ज्ञान प्राप्ति की प्रक्रिया से जुड़ने पर राष्ट्र का नेतृत्व एवं शेष समाज गर्त्त में डूबा महसूस करे तथा उसे दंडस्वरूप मुँह में कील डलवानी पड़े, उस समाज में रहकर वह क्या करेगा? यद्यपि जापानी या किसी अन्य देश के समाज में ज्ञान की प्रक्रिया से जुड़ने पर कोई समाज इस रूप में दंडित नहीं होता होगा, परंतु शिमाजाकी तोसोन के शब्दों में दलित-चिंतक (एता इनाको सेनसेइ) को लोग पागल और जंगली जरूर करार देते हैं।

'खाक चिंतक, ... वह खाली दिमाग से सपना देखते रहता है ... एक तरह का पागल है।' या 'जंगली है' (**हाकाई**, पृ. 199-200)

इतना ही नहीं, जापानी समाज में सामुराई को यह अधिकार है कि यदि कोई उसकी अवज्ञा करे तो वह उसकी हत्या कर दे- चाहे वह एता हो या कोई अन्य। ऐसी स्थिति में अनुमान लगाइए कि उस उच्चवर्गीय समाज की निम्न अथवा दलित समाज के अंदर कैसी छवि निर्मित होती होगी? इस हालत में अगर यह दलित जाति

उस सामाजिक व्यवस्था का विरोध करती है तो गलत क्या करती है?

कहना न होगा कि एशियाई साहित्य में इस प्रकार की सामाजिक विसंगतियों एवं विडंबनाओं के प्रति किसी औपन्यासिक कृति में पहली बार कोई चेतना जापानी कथाकार शिमाजाकी तोसोन के **हाकाई** में दिखाई पड़ती है, जहाँ उपन्यास का कथानायक सेगावा उशिमात्सु 'एता' होने के कारण उच्चवर्गीय समाज से बहिष्कृत होने की मानसिक पीड़ा से गुजरता रहता है–

> 'अगर ओ-शिओ को पता लग गया कि मैं एता जाति का हूँ ...' उसकी कल्पना मात्र से, एता होने की हैसियत से अपने अर्थहीन जीवन की कटुता उसे महसूस होने लगी। ...हृदय को चुभने लगी। (**हाकाई**, पृ. 155)

महत्त्वपूर्ण बात यह है कि जिस ओ-शिओ को लेकर सेगावा आत्म-मंथन की प्रक्रिया से गुजर रहा है, वह पुराने अध्यापक कजामा केइनोशिन की बेटी है तथा रेंगजी मंदिर की सेवा में समर्पित है, यानी कि पारंपरिक समाज में उत्कृष्ट और पवित्र समझी जाने वाली व्यवस्था या संकेत से जुड़ी हुई है। एक एता होने के कारण सेगावा को सबसे बड़ा भय इस बात का है कि उसके निम्न होने की खबर उसे मुख्यधारा के समाज से बहिष्कृत कर देगी। ठीक यही भय ओमप्रकाश वाल्मीकि को भी एक गैर-दलित ब्राह्मण लड़की से प्रेम करने की प्रक्रिया में होता है, जिसे वे आत्मकथा **जूठन** में व्यक्त करते हैं–

> मिसेज कुलकर्णी ने गुसलखाने में गर्म पानी से नहलाया था। मुझे लगातार एक अज्ञात भय सता रहा था कि यदि इन्हें इसी वक्त पता चल जाए कि मेरा जन्म एक अछूत जाति 'चूहड़ा' में हुआ है तो अंजाम क्या होगा? ...सविता का मेरी ओर झुकते जाना मुझे भयभीत कर रहा था। (**जूठन**, पृ. 115)

आखिर इस भय के कारण क्या हैं? अगर ध्यान दें तो स्पष्टतः पता चलता है कि इस भय का केंद्रीय कारण वह अस्पृश्यता है, जिसे पारंपरिक सामाजिक व्यवस्था में इन्हें अपने कर्म के कारण सामाजिक संबंधों से प्राप्त होता है। दलित समाज का यह मुख्य कर्म क्या है? तोसोन ने **हाकाई** में लिखा है कि 'एता जाति के लोग आज भी शहर के बाहर एक अलग बस्ती में रहते हैं। वे चमड़े के जूते बनाते हैं'। ठीक इसी प्रकार की अभिव्यक्ति मोहनदास नैमिशराय की आत्मकथा **अपने-अपने पिंजरे** में भी दिखलाई पड़ती है–

> 'हमारी बस्ती भी शहर की अन्य बस्तियों की तरह थी। बस्ती का नाम चमार गेट था, फिर चमार दरवाज़ा हुआ। ...बस्ती में हमारी जाति के लगभग अस्सी घर थे। वे सभी मेहनत मज़दूरी करते थे। कुछ जूतियाँ बनाते थे, कुछ चप्पलें और कुछ पल्लेदारी करते थे।' (पृ. 17)

चमड़े का कार्य, यानी कि मृत पशुओं का कारोबार! और सामाजिक यथार्थ तो यही है न कि जीवित पशु तो बलि के रूप में मंदिर आ सकता है, पर चमड़े की कोई भी वस्तु या भंगी जैसे पेशे अथवा कार्य से जुड़ा व्यक्ति पारंपरिक समाज में उत्कृष्ट और पवित्र समझे जाने वाले प्रतीकों से नहीं जुड़ सकता है। चाहे वह प्रतीक कोई मंदिर हो या गुरुकुल जैसे शिक्षा संस्थान। यहाँ तक कि वह (दलित) अन्य (सामाजिक) जातियों के घरों के अंदर प्रवेश नहीं कर सकता है। इस प्रसंग में पारंपरिक भारतीय और जापानी समाज की स्थिति एक जैसी है। देखें–

> ...तुम लोगों ने यह भी देखा होगा कि जब वे आते हैं तब तुम्हारे घरों के अंदर नहीं आ सकते। बाहर के दालान में मिट्टी के फर्श पर ही उनको घुटने टेककर, सिर झुकाकर रहना पड़ता है। उनकी अलग प्लेटें होती हैं, उसी में वे अपने लिए दिया हुआ खाना खा सकते हैं। (**हाकाई**: शिमाजाकी तोसोन, पृ 229)

> ब्राह्मण मास्टर कक्षा में हमसे छुआछूत मानते हैं, यह महसूस न होता। परंतु घर पर मास्टर साहब बहुत ही अलग तरह का व्यवहार करते। ... घर में प्रवेश करने की मनाही थी ... स्कूल के मास्टर और घर के मास्टर में बहुत अंतर दिखाई देता। ऐसा लगता कि घर पर आते ही उन्होंने खूँटी पर टँगी अपनी जाति का जनेऊ फिर चढ़ा लिया हो। (**अछूत**: दया पवार, पृ. 41–42)

> निर्गुन उठने को मजबूर हुई। ... मेहतरानी आवाज़ देती है। वह पाखाने में दो बाल्टी पानी डालती है ... पाखाना धोकर झाड़ू कोने में खड़ी करके पाखाने वाली दहलीज की मोरी में मिट्टी से रगड़कर कोहनियों तक अपने हाथ, पैर और मुँह ... धोके ठीहे पर बैठ गई। (**नाच्यौ बहुत गोपाल**: अमृतलाल नागर, पृ.61–62)

> उसे लगा जाति सुनकर मौसीजी एक मिनट के लिए चौंकी। ... तब मौसी जी ने अतिरिक्त प्रेम जताते हुए कहा कि, 'कोई बात नहीं बेटा, हमारा भैया साइकिल पर बिठा के छोड़ आएगा।' ऐसा कहते हुए मौसीजी पानी का गिलास लेकर वापिस अंदर चली गईं। सिलिया को प्यास लगी थी, मगर वह मौसीजी से पानी माँगने की हिम्मत नहीं कर सकी। (**सिलिया**: सुशीला टाकभौरे: पृ. 64)

स्पष्टतः उपर्युक्त पंक्तियों में जापानी और भारतीय कथाकारों ने समाज में दलितों के स्थान, शेष समाज के साथ उनके संबंध और सामाजिक व्यवस्था में उनकी स्थिति की तरफ संकेत किया है। ये संकेत बताते हैं कि दलितों की स्थिति और स्थान समाज में क्या हैं? उन्हें 'मिट्टी के फर्श पर ... घुटने टेककर, सिर झुकाकर रहना पड़ता है', 'वे घर के कमरों में अंदर नहीं आ सकते।' (**हाकाई**), क्योंकि उन्हें 'घर में प्रवेश करने की मनाही' होती है (**अछूत**)। यदि कभी उन्हें किसी कारण घर के नजदीक आने का मौका मिलत भी है तो उनका स्थान निश्चित होता है– 'पखाने

वाली दहलीज की मोरी में मिट्टी से रगड़कर कोहनियों तक अपने हाथ, पैर और मुँह ... धोके ठीहे पर बैठ गई।' (**नाच्यौ बहुत गोपाल**) अर्थात् शेष समाज के घरों में उनके बैठने का स्थान 'ठीहा' होता है। ठीहा यानी कि 'ज़मीन से गड़ा हुआ लकड़ी का वह कुंदा, जिस पर वस्तुओं को रखकर श्रमिक पीटने या ठोकने का काम करते हैं।' और कई बार अनजाने में कोई दलित किसी सवर्ण के घर में प्रवेश कर भी जाता है तो उसके साथ लोग प्रेमचंद के **सद्‌गति** के दुखी चमार की तरह अभद्र व्यवहार करते हैं या सुशीला टाकभौरे के **सिलिया** की नायिका सिलिया की तरह हाथ में पानी देकर जाति पता चल जाने पर 'पानी का गिलास लेकर वापस अंदर' चले जाते हैं। क्यों? क्योंकि वे अछूत हैं और अछूतों के साथ शेष पारंपरिक समाज स्पर्श का व्यवहार नहीं रखता है। शिमाजाकी तोसोन ने लिखा है कि जापानी समाज में भी दलितों को खिलाने वाली 'अलग प्लेटें होती हैं' और 'उसी में वे अपने लिए दिया हुआ खाना खा सकते हैं।'

आखिर, इसके कारण क्या हैं? जैसा कि जापानी सामाजिक व्यवस्था से पता चलता है कि चूँकि एता चमड़े का कार्य या मृत जानवरों के माँस बेचने (कसाई) अथवा कब्र की खुदाई जैसे निम्न श्रेणी के काम करते हैं, ठीक उसी तरह भारतीय समाज में दलित भी। चाहे वे चमड़े के कार्य हों या मल-मूत्र उठाने जैसा घिनौना कार्य करते भंगी अथवा श्मशान घाट पर चिता जलाने जैसा अस्पृश्य कार्य करते डोम। दूसरी बात, इनसे अपने आपको अलग करने के लिए शेष भारतीय समाज (हिंदू) ने 'उपनयन संस्कार' जैसी संस्कृतीकरण की कुछ प्रक्रियाएँ बना रखी हैं, जिनसे दलितों को वंचित रखा जाता है। हिंदू समाज में लोगों को पवित्र बनाने की यह वही प्रक्रिया है, जिसमें शामिल होकर ब्राह्मण, क्षत्रिय और वैश्य समाज के लोग ज्ञान (शिक्षा) पाने के अधिकारी बनते हैं। इतना ही नहीं, वैदिक संस्कार द्वारा प्रदत जनेऊ (तीन, पाँच या सात धागे की माला, जिसे शरीर में तिरछा पहना जाता है) धारण करने के बाद ये सवर्ण जातियाँ अपने आपको पवित्र और महान समझने लगती हैं और शेष को अपवित्र एवं निकृष्ट! स्कूली जीवन को याद करते हुए यदि दया पवार अपने ब्राह्मण शिक्षक के बारे में यह टिप्पणी करते हैं कि 'घर पर आते ही ... खूँटी पर टँगी अपनी जाति का जनेऊ फिर चढ़ा लिया हो' तो कहीं-न-कहीं ब्राह्मणवाद की सबसे बड़ी ताकत उपनयन संस्कार की तरफ ही संकेत करते हैं जो यज्ञोपवीत हुए व्यक्ति को पवित्र एवं अदृश्य शक्तियों का स्वामी बना देता है। वह शक्ति कहीं नष्ट न कर दे, इसीलिए पारंपरिक समाज में दलित ब्राह्मणों से डरते थे, जैसाकि पंडित घासीराम से प्रेमचंद के **सद्‌गति** का दुखी चमार डरता रहता है। दलित समाज के साथ शेष समाज के स्वामित्व का यह भाव ही दलित और गैर-दलित

के बीच के संबंध का आधार बनता है। इसीलिए यदि दलित वर्ण-व्यवस्था के वर्चस्व से निर्मित सामाजिक संबंधों की इस संस्कृति का विरोध करते हैं तो क्या गलत करते हैं? क्योंकि यही वह समाज है जो एक तरफ तो बताता है कि शेष जातियों की सेवा करना ही उनका कर्तव्य है तथा दूसरी तरफ उन्हें मुख्यधारा की ज़िंदगी में शामिल करने से परहेज करता है। कारण, वे निम्न कोटि का कार्य करते हैं। महत्त्वपूर्ण बात यह है कि दलितों के लिए ये निम्न श्रेणी के कार्य भी उनकी योग्यता से निर्धारित नहीं होते, बल्कि दलित जाति में उनका जन्म ही उन्हें अस्पृश्य समझे जाने वाले कार्यों को करने के लिए निर्धारित कर देता है और इस जन्म पर किसी का वश नहीं होता।

दरअसल दलित समाज के साथ शेष समाज के संबंध की जो तस्वीर जापानी कथाकार शिमाजाकी तोसोन से लेकर भारतीय कथाकारों में दया पवार, ओमप्रकाश वाल्मीकि, शरणकुमार लिंबाले जैसे दलित एवं प्रेमचंद, अमृतलाल नागर जैसे गैर-दलित लेखकों ने बनाई है, वह है जन्म के कारण निर्धारित कार्यों के समझने की मानसिकता। यद्यपि अमृतलाल नागर ने **नाच्यौ बहुत गोपाल** की भूमिका में जन्म के बदले निम्न श्रेणी के कार्यों को युद्ध में हारे हुए लोगों का कार्य माना है, परंतु भारतीय प्रसंग में इतिहास तो यहाँ बताता है कि हारे हुए लोगों को जलील करने के लिए ही विजेताओं ने इस प्रकार के निकृष्ट कार्य करवाए जो कि पूर्व में, जन्म के कारण शूद्र करते रहते थे। कहना न होगा कि जन्म एवं जाति के कारण निर्मित यह अस्पृश्यता ऐसी है कि जो कभी खत्म ही नहीं होती! और इसका सबसे बड़ा कारण है, वह व्यवस्था जिसे हम वर्ण-व्यवस्था (जाति-प्रथा) के रूप में जानते हैं। यह आज भी भारतीय सामाजिक समुदायों के बीच किसी-न-किसी रूप में मौजूद है। दलितों के शोषण और दमन के प्रसंग में इसे किसी जाति विशेष से न जोड़कर प्रभुत्वशाली समाज की निर्मितियों के रूप में देखना अधिक उचित होगा। उदाहरण के लिए, ओमप्रकाश वाल्मीकि की कहानी **सलाम** में जिस तरह चाय वाला रामपाल, दलित युवक हरीश की शादी में आए हुए गैर-दलित कमल उपाध्याय के साथ व्यवहार करता है, वह भारतीय समाज की दलितों के बारे में बनी उसी धारणा को पुख्ता बनाता है कि दलित के साथ रहने वाला व्यक्ति भी दलित अर्थात् निकृष्ट और अपवित्र होगा-

> 'चूहड़ा है। खुद कू बामन बतारा है। जुम्मन चूहड़े का बाराती है। इब तुम लोग ही फैसला करो। जो ये बामन है तो चूहड़ों की बारात में क्या मूत पीणे आया है? जात छिपाके चाय माँग रा है। मैन्ने तो साफ कह दी। बुद्धू की दूकान पे तो मिलेगी न चाय चूहड़ों-चमारों कू, कहीं और ढूँढ ले जाके।' (**सलाम**, पृ. 13)

यह भारतीय समाज का वह यथार्थ है जिसका सामना दलित समाज को रोज करना पड़ा है। यहाँ तक कि वहाँ उपस्थित लोगों में से किसी की यह हिम्मत नहीं होती है कि आगे बढ़कर कहे कि दलित की बारात में आया है तो क्या हुआ, है तो आदमी ही न? ठीक शिमाजाकी तोसोन के रेन्तारो की तरह जिसे कॉलेज से निकाले जाने के वक्त सहयोगी अध्यापकों में से कोई यह कहने नहीं आता है कि 'एता जाति का है तो क्या, वह भी मानव ही तो है!' (**हाकाई**, पृ. 12) पर ऐसा होता नहीं है, 'एता वाली बात को लेकर लोग उसे बहिष्कृत करने को उतावले होने' लगते हैं। क्या यह सामाजिक सोच की उस भयावहता का उदाहरण नहीं है जिसके चलते एक सामाजिक समूह (दलित) को शेष समाज के साथ जीवन की मुख्यधारा में हाशिए की ज़िंदगी गुजारने के लिए विवश होना पड़ता है? यह कैसी विवशता है कि हम अपने ही समाज के एक समुदाय के साथ अमानवीय व्यवहार करते हैं? तोसोन के शब्दों में यहाँ तक कि 'एता जाति में जन्म लेने के दुर्भाग्य से समाज में अपदस्थ ...' कर देते हैं। लोग उन्हें जंगली कहकर पुकारते हैं। जाहिर है, जानवरों के साथ मुख्यधारा के लोग मनुष्य-सा व्यवहार नहीं करते हैं। उसे अपने साथ या आसपास नहीं रहने देना चाहते-

'मुसलमान और महारों को हम घर किराए से देना नहीं चाहते।' (**अक्करमाशी**: शरणकुमार लिंबाले: पृ. 163) क्यों? क्योंकि वे गंदे होते हैं, सफाई पर ध्यान नहीं देते। मराठी कथाकार शरणकुमार लिंबाले लिखते हैं कि 'मैं रोज साबुन से नहाता हूँ। टूथपेस्ट से दाँत साफ करता हूँ। मुझमें कहीं पर भी अस्वच्छता नहीं। फिर भी मैं अछूत क्यों? गंदा सवर्ण आदमी यहाँ स्पृश्य होता है तथा शुद्ध चरित्र का, साफ रहन-सहन वाला अछूत अस्पृश्य।' कितनी बड़ी पीड़ा है एक दलित की, उस ज़िंदगी के बारे में जिसे एक मनुष्य होने के नाते वह शेष समाज के साथ जीना चाहता है! पर भारतीय सामाजिक व्यवस्था (हिंदू) में दलितों के साथ ऐसा संभव नहीं है। कारण, 'प्रत्येक शहर जातिवादी। प्रत्येक गाँव जातिवादी। प्रत्येक घर जातिवादी। जाति ने यहाँ के लोगों को भीतर से इतना तोड़ दिया है कि कहीं पर मनुष्य ही शेष नहीं है।' (वही, पृ. 163)

कल्पना कीजिए, जब इसी दलित समाज का कोई युवक शिक्षा संस्थान से जुड़ता है तब पारंपरिक समाज की मान्यताएँ ऊँची जातियों द्वारा उनके साथ कैसा व्यवहार करवाती हैं? ब्राह्मण गुरु के बारे में दया पवार ने **अछूत** में जो लिखा है, उस पर हमने चर्चा की। पर इससे फर्क क्या पड़ता है- गुरु, गुरु होता है चाहे वह किसी भी जाति का हो! अगर उसे पता है कि सामने वाला लड़का (छात्र) दलित है, तब एक शिक्षक का अपने छात्र के साथ क्या संबंध होता है, उसका बयान

ओमप्रकाश वाल्मीकि की निम्नलिखित पंक्तियाँ करती हैं–

> एक रोज हेडमास्टर कलीराम ने अपने कमरे में बुलाकर पूछा 'क्या नाम है बे तेरा?'
>
> 'ओमप्रकाश' मैंने डरते-डरते धीमे स्वर में अपना नाम बताया। हेडमास्टर को देखते ही बच्चे सहम जाते थे। पूरे स्कूल में उनकी दहशत थी।
>
> 'चूहड़े का है?' हेडमास्टर का दूसरा सवाल उछला।
>
> 'जी।'
>
> 'ठीक है, ... वह जो सामने शीशम का पेड़ खड़ा है, उस पर चढ़ जा और टहनियाँ तोड़ के झाड़ू बना ले। पत्तों वाली झाड़ू बनाना और पूरे स्कूल को ऐसा चमका जैसा सीसा। तेरा तो ये खान्दानी काम है। जा ...फटाफट लग जा काम पे।'

जाहिर है, एक दलित छात्र को उसके स्कूल में उसका खानदानी पेशा याद दिलाया जाता है और जब कोई छात्र इस तरह के कार्य करने से मना कर देता है तो उसके साथ कैसा व्यवहार होता है इसका बयान भी निम्नलिखित पंक्तियाँ करती हैं–

> तीसरे दिन मैं कक्षा में जाकर चुपचाप बैठ गया। थोड़ी देर में उनकी दहाड़ सुनाई पड़ी, 'अबे, ओ चूहड़े के मादरचोद कहाँ घुस गया ... अपनी माँ ...'
>
> उनकी दहाड़ सुनकर मैं थर-थर काँपने लगा था। एक त्यागी लड़के ने चिल्लाकर कहा है, 'मास्साब, वो बैट्ठा है कोणे में।'
>
> हेडमास्टर ने लपककर मेरी गर्दन दबोच ली थी। उनकी अँगुलियों का दबाव मेरी गर्दन पर बढ़ रहा था। जैसे कोई भेड़िया बकरी के बच्चे को दबोचकर उठा लेता है।
>
> (वही पृ. 15)

स्पष्टत: यहाँ एक दलित छात्र के साथ गुरु के संबंध की जो तस्वीर निर्मित होती है, वह है– शोषण, भय, आतंक, दमन और उत्पीड़न की तस्वीर, जिसे ज्ञान देने वाला गुरु बनाता है। निम्नवर्गीय समाज के प्रसंग में अंतोनियो ग्राम्शी गरीबों के शोषण एवं उत्पीड़न के इन्हीं रूपों की तरफ संकेत करते हैं। एक दलित छात्र को आतंकित करने वाले ये शब्द बतलाते हैं कि शिक्षण–संस्थानों में भी दलित छात्रों के उत्पीड़न का एक अलग शास्त्र होता है। जाहिर है, यह शास्त्र सामान्य ज़िंदगी में दलितों के उत्पीड़न से भिन्न नहीं है। महावीर प्रसाद द्विवेदी द्वारा संपादित सितंबर 1914 की **सरस्वती** में प्रकाशित हीरा डोम की भोजपुरी कविता **अछूत की शिकायत** दलितों के शोषण और दमन की जो तसवीरें दिखलाती हैं, वह कितनी भयानक हैं, इसे निम्नलिखित पंक्तियों में देखा जा सकता है–

> हमनी के राति दिन दुखवा भोगत बानी,
> हमनी के सहेबे से मिनती सुनाइबि ...।

हमने के इनरा के निगिचे न जाइलेजा
पॉके में से भरि भरि पिउतानी पानी। ...
पनहीं से पिटि पिटि हाथ गोड़ तुरि दैलैं,
हमनी के एतनी काहीं के हलकानी॥ ...

अर्थात् हम दलित लोग रात-दिन दुःख भोग रहे हैं। हमने कई बार साहब से विनती भी की। हमें कुएँ के निकट जाने भी नहीं दिया जाता। कीचड़ से गंदे पानी निकाल-निकालकर हम पी रहे हैं। हम हलकाते इसीलिए हैं कि हमें जूतों से पीटा जाता है, हमारे हाथ-पैर तोड़ दिए जाते हैं।

अब जिस समाज में दलितों के साथ इस तरह का बर्ताव होता हो, पीने के लिए साफ पानी नहीं मिलता हो, तब वह क्या करेगा और क्यों रहना चाहेगा उस समाज में जहाँ उसे जूतों से पीटा जाता है? इसलिए कि वह दलित है? अछूत है? जबकि हीरा डोम कहते हैं कि उनका समाज रात-दिन ऊँची जाति के लोगों की सेवा करते रहता है। **मनुस्मृति** (1.91) में भी इसी बात का उल्लेख है कि शेष समाज की बिना शिकायत किए सेवा करना ही उनका कर्त्तव्य है। और इतिहास इस बात का साक्षी है कि सदियों से दलित अन्य लोगों की सेवा करते आए हैं। पर, इस सेवा का फल उन्हें क्या मिलता है? देखिए-

> उधर दुखी की लाश को खेत में गीदड़ और गिद्ध, कुत्ते और कौए नोच रहे थे। यही जीवनपर्यन्त की भक्ति, सेवा और निष्ठा का पुरस्कार था। (**सद्गति**)

> ...मुख्याध्यापक बता रहे थे कि स्कूल इंस्पेक्टर की भी यही राय है कि उशिमात्सु को फिलहाल नौकरी से निकाल दिया जाए। लेकिन वकील साहब, स्कूल के मामले को मैं देख लूँगा। जैसा आपने सुझाया है, सेगावा का हित इसी में है कि वह जल्द-से-जल्द ईइयामा से निकल जाए। ... (**हाकाई**, पृ. 240)

जाहिर है, दुखी चमार बेटी की विदाई की साइत निकलवाने के चक्कर में पंडित घासीराम के घर (में) झा ड़ू लगाते, गोबर से लीपते, और लकड़ी फाड़ते इस दुनिया से गुज़र जाता है और ईइयामा स्कूल के मास्टर अच्छे शिक्षक होने के बावजूद विद्यालय छोड़ने को मजबूर हो जाते हैं। कारण, दोनों दलित हैं और एक दलित की ज्ञान की परंपरा से जुड़े समाज में कोई जगह नहीं होती है। **हाकाई** में सेगावा के पश्चात्ताप का चित्रण जिस मार्मिकता के साथ तोसोन ने किया है, वह शेष समाज में दलित होने की त्रासदी का सबसे बड़ा उदाहरण है-

> ...लेंकिन बच्चो, सच मानो नीची जाति में जन्म लेकर भी मैंने भरसक यही कोशिश की है कि तुम सबको हमेशा ऊँची बात बताऊँ, सच्चाई और ईमानदारी का पाठ पढ़ाऊँ। ... आज तुम घर जाओगे तो अपने माता-पिता से ये सारी बातें कहना जो मैंने

तुमको बताईं! उनसे कहना कि मैंने सच छिपाने की गलती के लिए तुम सबसे माफी माँग ली है ... हाँ बच्चो! मैं एता जाति का हूँ। मैं कुजाति हूँ। मैं भ्रष्ट हूँ। मैं एक अशुद्ध प्राणी हूँ। (**हाकाई**, पृ. 230)

अगर किसी स्कूल का कोई शिक्षक सिर्फ इसलिए पश्चात्ताप प्रकट करे कि वह एता है और एता यानी कि दलित होने के कारण भ्रष्ट एवं अशुद्ध प्राणी है तो इसे उस समाज की विडंबना नहीं तो और क्या कहा जाएगा? और वह भी अपने छात्रों के सामने? विडंबना यह भी देखिए कि उसके पश्चात्ताप का असर छात्रों पर तो पड़ता है, पर स्कूल एवं शिक्षा प्रशासन पर नहीं! परिणामतः सेगावा स्कूल छोड़ देने पर मजबूर हो जाता है। लोग कहेंगे कि उसने तो खुद त्यागपत्र दिया है, फिर स्कूल या प्रशासन इसमें क्या कर सकता है? पर ऊपर के उदाहरणों से स्पष्ट है कि सेगावा को स्कूल छोड़ने के लिए विवश किया जाता है। क्यों? क्योंकि स्कूल नहीं छोड़ने पर वह भी गैर-एता (दलित) समुदायों, खासकर सामुराइयों के दंड का भागी हो सकता था, जैसाकि भारतीय सामाजिक व्यवस्था में शिक्षा से जुड़ने की प्रक्रिया में दलितों के लिए है? (**मनुस्मृति**, 8.270 या 8.271)। क्या सेगावा दंड के डर से ही स्कूल छोड़ता है और वह भी माफी माँगते हुए? देखें-

उशिमात्सु ने आवेश में आकर अपने सहयोगियों के सामने टेक कर माथे को फर्श पर रख दिया था। जैसे वह अपनी मान-मर्यादा सब कुछ वहीं पर, धूल और गंदगी पर, दफना दे रहा हो। ...'त्सचिया, मुझे माफ कर दो। मुझे माफ कर दो।' और उसकी आँखों से आँसुओं की धारा निकलकर गालों पर बह रही थी। (**हाकाई**, पृ. 230)

स्पष्टतः यहाँ सेगावा आर्थिक कारणों से बहिष्कृत नहीं होता है बल्कि उसकी स्थिति इस बात का बयान करती है कि जाति अथवा सामाजिक व्यवस्था में निम्नतर समुदाय ऊँची जातियों के शोषण का शिकार होकर बहिष्कृत होने के लिए बाध्य होते हैं। क्यों? क्योंकि दलित होने के कारण ये अस्पृश्य हैं एवं सामाजिक जीवन की मुख्यधारा में नहीं रह सकते। सेगावा ने अपने पिता को दिए गए वचन के अनुसार अपनी जाति छिपाई, क्योंकि उसके पिता को पता था कि जिस दिन वह मुख्यधारा के सामने अपनी जाति को प्रकट कर देगा, उसी दिन से वह विकास की प्रक्रिया से वंचित हो जाएगा- 'जिस घड़ी तुम उसे भुलाओगे, उस घड़ी समाज में पतित होकर बहिष्कृत हो जाओगे।' (**हाकाई**, पृ. 220) और सेगावा के साथ होता भी यही है! पर सवाल है, जिस समाज ने लोगों के विकास को जातियों के आधार पर तय कर रखा है, उस समाज में लोग विकास के लिए जाति नहीं छिपाएँगे तो करेंगे क्या? **अक्करमाशी** के शरणकुमार लिंबाले जाति छिपाकर ही रहने के लिए साफ-सुथरी कॉलोनियों में किराये पर घर प्राप्त कर पाते हैं। इतना ही नहीं, आत्मकथा **तिरस्कृत**

का नायक जाति छिपाकर ही कॉलेज में ठीक से पढ़ाई कर पाता है।

> दिल्ली के भगतसिंह कॉलेज (सांध्य) में बी.ए. करते समय ऐसे ही हालात से गुजरना पड़ा। जब लगा कि इन हालातों पर काबू नहीं पा सकता तो समझौता कर लेना पड़ा। मैंने अपने नाम के साथ अपना गोत्र 'चौहान' का प्रयोग करना शुरू कर दिया। अब कॉलेज के साथी मुझे राजपूत या ठाकुर समझते। (**तिरस्कृतः** सूरजपाल चौहान, पृ.13)

जाहिर है, सूरजपाल चौहान ऐसा इसलिए करते हैं कि वह ज्ञान की प्रक्रिया के साथ जुड़कर अपना तथा अपने समाज का विकास कर सकें। कारण, उन्हें लगता है कि बिना ज्ञान के वर्ण-व्यवस्था केंद्रित शोषण, अत्याचार और दमन की प्रक्रिया से मुक्ति संभव नहीं है। ज्ञान के सहारे ही दलित समाज अपना पिछड़ापन दूर कर, अंधकार से बाहर निकल सकेगा- 'मेरा प्रयास है कि समाज से यह अज्ञान और पिछड़ापन दूर हो तथा निराशा और अंधकार के साए में जी रहे समाज में आशा और विश्वास पैदा हो।' (**छप्पर**: जयप्रकाश कर्दम, पृ. 78)

जयप्रकाश कर्दम के उपन्यास के नायक चंदन का यह कथन जोतिबा फुले और अंबेडकर के अभियान के उसी हिस्से को सामने लाता है जो सदियों से उत्पीड़ित दलित समाज की सबसे बड़ी ज़रूरत है। सत्यशोधक समाज की स्थापना के बाद पूना में जोतिबा फुले ने सन् 1851 ई. में सावित्री बाई फुले के सहयोग से शुरू की गई रात्रि पाठशाला के माध्यम से दलितों को अज्ञानता के इसी अंधकार से मुक्ति दिलाने के लिए अभियान शुरू किया था। फुले की भी स्पष्ट मान्यता थी कि दलितों को ज्ञान की परंपरा से दूर रखने में जितनी बड़ी भूमिका मनुवादी (**मनुस्मृति**) ब्राह्मणों की रही है (देखें, फुले द्वारा 1855 में रचित नाटक **तृतीय रत्न**[1], पृ. 45), उतनी ही बड़ी अंग्रेज़ों की 'इस दयालु सरकार' की (देखें, 1873 में रचित नाटक **गुलामगीरी**[2], पृ. 147)। इसीलिए उन्हें लगता है कि बिना ज्ञान के दलित समाज की मुक्ति संभव नहीं है और ज्ञान का यह अभियान कहीं-न-कहीं बुद्ध के **सूतपीटक**[3] के उस प्रसिद्ध कथन का भी हिस्सा है जो जन्म के बदले सामाजिक जीवन में कर्म की महत्ता को स्थापित करता है-

> न जच्चा वसलोहोति, न जच्चा होती ब्राह्मणों।
> कम्मुना वसलोहोति, कम्मुना होति ब्राह्मणों॥
> (**सुत्त निपात** 9-6-26)

अर्थात् जन्म से न कोई शूद्र होता है, न कोई ब्राह्मण। कर्म से ही कोई शूद्र होता है और कर्म से ही से ब्राह्मण। इसीलिए जो भी सामाजिक विकास की प्रक्रिया में उत्कृष्ट कार्य करेगा, वह उत्कृष्टता का प्रतीक होगा और पवित्र उन समस्त संकेतों

को माना जाएगा जो किसी भी समाज के विकास में सकारात्मक भूमिका निभाएँगे, चाहे वह शिक्षण-संस्थान से संबद्ध ज्ञान देने वाला गुरु हो या मध्यकाल के हिंदी के कवि संत रैदास की तरह ज़िंदगी के अनुभवों से प्राप्त गैर-संस्थानिक ज्ञान। इसीलिए जापानी साहित्य के शिमाजाकी तोसोन के **हाकाई** की तुलना में भारतीय भाषाओं अथवा हिंदी की दलित रचनाएँ समाज में पवित्र और उत्कृष्ट समझी जाने वाली प्रचलित मिथकीय संरचनाओं एवं संकेतों पर कड़ा प्रहार करती हैं, उन्हें तोड़ती हैं, खारिज करती हैं तथा वास्तविक एवं विवेकशील परंपराओं का समर्थन करती हैं। खासकर दलित लेखकों की रचनाओं ने गुरु एवं शिक्षण संस्थान की महान समझी जाने वाली उच्च एवं वर्ण-व्यवस्था केंद्रित परंपराओं पर प्रहार करते हुए उनकी विवेकशीलता पर बड़ा प्रश्नचिह्न खड़ा किया है। उदाहरण के लिए, ओमप्रकाश वाल्मीकि और शिमाजाकी तोसोन ने शिक्षण संस्थाओं में दलितों के साथ होने वाले व्यवहारों का जिस तरह से चित्रण किया है, वह ज्ञान के केंद्र इन संस्थानों की पारंपरिक छवि एवं मान्यताओं को ही खारिज करता है और उनकी समानता एवं भाईचारा की धारणाओं को ध्वस्त करता है। यह एक तरह के सामाजिक जीवन में स्वीकृत परंपराओं के खिलाफ दलित अस्मिताओं का कड़ा प्रतिरोध है

दरअसल चाहे वह जापानी कथाकार शिमाजाकी तोसोन का उपन्यास **हाकाई** हो या भारतीय लेखक दया पवार की आत्मकथा **अछूत** अथवा ओमप्रकाश वाल्मीकि की **जूठन** - ये सभी कृतियाँ एशियाई साहित्य की उस नई धारा का निर्माण करती हैं जिसे लेखकों ने पारंपरिक सामाजिक व्यवस्था से संवाद और उसके खिलाफ संघर्ष करते हुए बनाया है। दलित समाज पर केंद्रित ये कृतियाँ यह भी बतलाती हैं कि जाति के नाम पर शोषण, दमन, उपेक्षा, बहिष्कार एवं अत्याचार की ऐतिहासिक परंपराएँ कभी भी बेहतर समाज का निर्माण नहीं कर सकतीं। खासकर, उस समाज का जहाँ जन्म के आधार पर किसी मनुष्य को अस्पृश्य और ज्ञान जैसी समृद्ध एवं विकासशील प्रक्रियाओं से वंचित समझ लिया जाता है। दलित साहित्य की यह नई धारा यह भी बतलाती है कि प्रतिरोध सिर्फ आर्थिक शोषण के खिलाफ ही नहीं होता है, बल्कि कई बार किसी विशेष समाज में जाति व्यवस्था भी प्रतिरोध का कारण बन जाती है, जैसा कि भारत और जापान में दिखलाई पड़ता है।

टिप्पणियाँ

क) **तृतीय रत्न**(1855): प्रसिद्ध मराठी लेखक और समाज सुधारक जोतिबा फुले की चर्चित कृति है। इस नाटक में फुले ने दलितों की दुर्दशा के लिए ब्राह्मणवाद को दोषी ठहराया है।

ख) **गुलामगीरी**(1873): जोतिबा फुले की ही एक और चर्चित वैचारिक किताब है। जोतीराव और घोंड़ीराव संवाद के माध्यम से फुले ने इस किताब में ब्रह्मा की उत्पत्ति, ब्राह्मणों की सत्ता और इस व्यवस्था में अछूतों पर हो रहे जुल्म और शोषण का वर्णन किया है। एक तरह से यह पुस्तक ब्राह्मण सत्ता को चुनौती दे रही है।

ग) **हाकाई**(1906) शिमाजाकी तोसोन के सर्वाधिक चर्चित उपन्यासों में से एक है। इस उपन्यास में तोसोन ने जापानी सामाजिक व्यवस्था में सामुराई, काश्तकार, कारीगर और व्यापारी के नीचे निम्नतर समझे जाने वाले हिनन के अंतर्गत आने वाले अस्पृश्य एता को कथा का केंद्र बनाया है। जिस तरह अब भारत में हरिजन की जगह दलित शब्द प्रचलित है, ठीक उसी प्रकार जापान में बुराकु। जापान में इस समुदाय के लोगों को न तो पढ़ने का अधिकार था और न ही हथियार रखने का। एक तरह से ये ज्ञान और ताकत, दोनों से वंचित थे। यदि कभी कोई एता समुदाय का बालक जाति छिपाकर पढ़ भी लेता था तो उसे नौकरी नहीं मिलती थी, अर्थात् जापानी समाज में इनके पास विकास के अवसर नहीं के बराबर थे। **हाकाई** इसी प्रकार के एक एता (दलित) पात्र सेगावा उशिमात्सु की कहानी है जो अपने पिता के दिए हुए वचन के अनुसार जाति छिपाकर एक स्कूल में पढ़ाने का काम करता है और कभी भी भेद खुलने की पीड़ादायक स्थिति से गुजरता रहता है। चूँकि उसने अपने मरणासन्न पिता को वचन दिया था कि वह अपने एता होने की बात किसी को नहीं बताएगा, इसलिए उसकी ज़िंदगी नरक बन जाती है। वह अपने विचारों को खुलकर सहयोगियों के बीच नहीं रख पाता है। अपनी वास्तविक पीड़ा बताते हुए उसे उस लड़की से भी डर लगता है जिससे उसे प्यार है। पर एक दिन वह अपना भेद स्वयं खोल देता है। परिणामत: उसके सहयोगी उसका मज़ाक उड़ाने लगते हैं। शहर के लोग स्कूल प्रशासन से बच्चों को निकालने की धमकी देने लगते हैं। यहाँ तक कि कभी सहयोगी रहे शिक्षक भी उसे गंभीर परिणाम की चेतावनी देने लगते हैं। शहर का प्रशासन भी स्कूल पर इस बात के लिए दबाव डालता है कि जितनी जल्दी हो सके सेगावा को विद्यालय से निकाल दिया जाए और अंततः उसे स्कूल से निकाले जाने का फरमान जारी हो जाता है। कथा यहाँ पर आकर खत्म होती है कि सेगावा नई नौकरी के लिए जापान छोड़कर टेक्सस जाने की तैयारी में है और छात्र उसे विदा कर रहे हैं। उधर एता विरोधी प्रशासन से इसलिए खफा हैं कि वह छात्रों को इतनी छूट क्यों दे रहा है।

संदर्भ

1. **मनुस्मृति**, अनु. कुल्लुका भट्ट और हरगोविंद शास्त्री एवं पं. काशीनाथ वाजपेयी की भाषा टीका, बाबू बैजनाथप्रसाद बुकसेलर, बनारस सिटी, द्वितीय संस्करण, 1937.

2- Shimazaki Toson, *The Broken Commandment* translated by Kenneth Strong; University of Tokyo Press, Tokyo; First paperback: 1977.

3. शरणकुमार लिंबाले, **अक्करमाशी**, अनु, सूर्यनारायण रणसुभे, ग्रंथ अकादमी, दिल्ली, 1987.

4. एल. जी मेश्राम विमलकीर्ति, सं. **महात्मा जोतिबा फुले रचनावली**, राधाकृष्ण प्रकाशन दिल्ली, भाग–एक और दो, प्रथम संस्करण, 1994.

5. ओमप्रकाश वाल्मीकि, **जूठन**, राधाकृष्ण प्रकाशन, प्रथम संस्करण, 1997.

6. ओमप्रकाश वाल्मीकि, **सलाम**, राधाकृष्ण प्रकाशन, पहला संस्करण, 2000.

7. रामशरण शर्मा, **शूद्रों का प्राचीन इतिहास**, मैकमिलन इंडिया, दिल्ली, पहला हिंदी संस्करण, 1979.

8. जयप्रकाश कर्दम, **छप्पर**, संगोता प्रकाशन, दिल्ली, पहला संस्करण, 2001.

9. प्रेमकुमार मणि, **सच यही नहीं है**. पुस्तक भवन, दिल्ली, प्रथम संस्करण. 2001.

10. अमृतराय, **मंजूषा**, प्रेमचंद चयन, हंस प्रकाशन, इलाहाबाद, संस्करण, 1982.

11. रामविलास शर्मा, **महावीर प्रसाद द्विवेदी और हिंदी नवजागरण**, राजकमल प्रकाशन, दिल्ली, पहला संस्करण, 1977.

12. मोहनदास नैमिशराय, **अपने-अपने पिंजरे**, वाणी प्रकाशन, दिल्ली, पहला संस्करण, 1995.

13. सूरजपाल चौहान, **तिरस्कृत**, अनुभव प्रकाशन, गाजियाबाद, पहला संस्करण, 2002.

14. अमृतलाल नागर, **नाच्यौ बहुत गोपाल**, राजपाल एण्ड सन्ज, दिल्ली, पहला संस्करण, 1978.

15. रमणिका गुप्ता, सं. **दलित कहानी संचयन**, साहित्य अकादमी, दिल्ली, पहला संस्करण, 2003.

16. डॉ. भीमराव रामजी अंबेडकर, **भगवान बुद्ध और उनका धर्म**, अनुवादक: डॉ. भदंत आनंद कौसल्यायन, बुद्धभूमि प्रकाशन, 1997

17. Antonio Gramsci, *Selections from the Prison Notebooks*, Secker & Warburg, London. 1971.

4

नए संघर्ष का चरित्र

यह एक मुश्किल सवाल है कि नए संघर्ष का चरित्र क्या होगा? चरित्र पर बात करना एक महत्त्वपूर्ण सवाल है, चाहे वह किसी व्यक्ति का चरित्र हो या किसी रचना के पात्र का। पर किसी संघर्ष को नया कहना थोड़ा चौंकानेवाला लगता है। क्योंकि संघर्ष, संघर्ष होता है, चाहे वह वर्तमान का हो या अतीत, का ठीक उसी प्रकार, जैसे कि किसी साहित्य को वैदिक साहित्य कहना अथवा किसी को प्रगतिशील साहित्य कहना। पर ऐसा सदियों से संदर्भों को वर्गीकृत करने के लिए कहा जाता रहा है। लेकिन हाल के दशकों में जब साहित्य में उभरी एक नई धारा को दलित साहित्य कहा जाने लगा, तब विचारकों-विद्वानों ने नाक-भौं सिकोड़ी। तरह-तरह की बातें होने लगीं तथा एक समय ऐसा आया, जब कुछ विचारकों ने इस साहित्य को ही खारिज करना शुरू कर दिया। उनके तर्क थे – यह नया साहित्य उस परंपरा को खत्म कर देगा जिस पर हम गर्व करते आए हैं; उस सामाजिक व्यवस्था को तहस-नहस कर देगा जिसे हम अब तक बचाते आए हैं और उन समस्त शब्दों एवं साहित्य के पन्नों को काला कर देगा जिन्हें हम अब तक उत्कृष्ट और महान समझते आए हैं। पर क्या ऐसा संभव है? या ये सारी बातें कहीं उन सामाजिक संदर्भों को एक नई पहचान देने के लिए तो नहीं हैं जो एक नई आर्थिक व्यवस्था और भूमंडलीकरण की प्रक्रिया में अप्रासंगिक होती जा रही हैं? क्योंकि भारतीय प्रसंग में यह संघर्ष उन दो ध्रुवों के बीच दिखाई पड़ता है जिनमें एक सामाजिक जीवन की मुख्यधारा में है तो दूसरा हाशिए पर। हमने केंद्रीय धारा तो बनाए रखी, पर उस धारा में सबको शामिल नहीं किया; खासकर उन समाजों और समुदायों को जिन्हें हम हाशिये के समाज अथवा समूह या समुदाय के रूप में जानते रहे हैं। चाहे वह दलित समाज हो या स्त्री अथवा आदिवासी। ये समाज अथवा सामाजिक समूह मुख्यधारा में रहते हुए कभी भी केंद्रीय धारा का हिस्सा नहीं बन पाए। यदि हम उत्तर-आधुनिकता के एक प्रमुख विचारक जॉक देरिदा को ध्यान में रखकर बातें करें तो ये समाज हमेशा संपूरक (supplement) रहे अर्थात् फालतू,

अनावश्यक या बिना काम के। पर अब ये समाज संवाद करने लगे हैं, खासकर दलित समाज। हिंदी क्षेत्र के साहित्य के प्रसंग में यदि बातें करें तो यह समाज उन्नीस सौ अस्सी और ठीक से कहें तो उन्नीस सौ नब्बे के दशक के प्रारंभ में मंडल कमीशन लागू होने के बाद केंद्रीय धारा के साथ सीधा संवाद करता है। ऐसा संवाद जो अपने होने के बोध को लेकर कोई भी समान करता है और वर्चस्व को बनाए रखने के लिए कोई भी पहल करने को तैयार रहता है।

दरअसल इस संवाद के दौरान पिछले दशकों से हिंदी में दलित लेखकों ने जो साहित्य रचा, उसका केंद्रीय आधार उस व्यवस्था के खिलाफ संघर्ष करते चरित्रों का निर्माण करना रहा है, जिसे हम वर्ण–व्यवस्था के रूप में जानते हैं। भारतीय समाज (हिंदू) की यह वही केंद्रीय व्यवस्था है जो मुख्यतः ताकत अर्थात् power (सामंतवाद) और ज्ञान अर्थात् knowledge (ब्राह्मणवाद) पर आधारित है। इस ताकत के सहारे ही भारतीय समाज (हिंदू) की इस केंद्रीय व्यवस्था (वर्ण–व्यवस्था) ने सदियों तक स्त्रियों और शूद्रों को ज्ञान की परंपरा (knowledge of tradition) से वंचित रखा, वह ज्ञान जो किसी भी व्यक्ति या समाज को विकास की प्रक्रिया से जोड़ता है। यहाँ हिंदी साहित्य की जिस नई धारा की बात मैं कर रहा हूँ वह विकास की इन्हीं प्रक्रियाओं से न जुड़ पाने के उत्पीड़न (oppression) का बयान करते हुए संघर्ष का समाजशास्त्र (sociology of struggle) रचता है। साहित्य के मूल्यांकन में अब तक हमने यही किया है कि केंद्र अथवा केंद्रीय परंपरा की खोज तो की, पर जो कुछ भी हाशिए पर था, उसे (दलित) समझने की कोशिश हमने कभी नहीं की। साहित्य के प्रसंग में जॉक देरिदा जिस विकेंद्रीकरण (decentralization) की बातें करते हैं, वह रचना के केंद्र की खोज के साथ हाशिए पर मौजूद तत्त्वों के वजूद के बारे में भी है। हाल के दशकों में हुआ यह है कि साहित्य में हाशिए पर मौजूद यह समाज स्वयं अपना वजूद लेकर आ खड़ा हुआ है तथा बार–बार उस केंद्रीय परंपरा और उसकी संरचनाओं के विरोध की बातें करता है जिसे मुख्यधारा के समाज ने हाशिए पर जीवन व्यतीत कर रहे उत्पीड़ित समाज के प्रसंग में अनदेखा किया। दलित साहित्य के सर्वाधिक महत्त्वपूर्ण लेखकों में से एक ओमप्रकाश वाल्मीकि ने लिखा है: 'मेरे सामने वे तमाम लोग प्रश्नचिह्न बनकर खड़े हैं जो मेहनतकश हैं, शोषित पीड़ित और दलित हैं, जिन्होंने भारतीय समाज व्यवस्था का निकृष्टतम रूप चक्रवाती झंझावातों की तरह सहा है। उनकी बेबस चीखों ने मुझे हमेशा झिंझोड़ा है। कहानी हो या कविता, मैं अपने ही शब्दों से क्षत–विक्षत हुआ हूँ हिंदी साहित्य की सामंती, ब्राह्मणवादी प्रवृत्तियों ने जिन विषयों को त्याज्य माना, जिन्हें अनदेखा किया, उन पर लिखना मेरी प्रतिबद्धता है।'[1]

यहाँ ओमप्रकाश वाल्मीकि जिन विषयों पर लिखने की बातें करते हैं, उनका गहरा संबंध उस हाशिए के समाज से है, जिसे हम दलित के रूप में जानते हैं। और यही दलित जब साहित्य के केंद्र में अपना वजूद लेकर आते हैं, तब शेष सामाजिक धाराएँ उनका बहिष्कार करने लगती हैं। कोई उन्हें वामपंथ विरोधी मानता है तो कोई केंद्रीय परंपराओं का उल्लंघन करने वाला। हिंदी के एक सर्वाधिक चर्चित और विद्वान आलोचक तो उसे अमूर्तवादी, कटा-कटा दर्शन और फोर्ड फाउंडेशन से संचालित बताते हैं।[2] कारण, उन्हें लगता है कि यह वह 'Politics of Identity' है, जो उत्तर-आधुनिकता या उत्तर-संरचनावाद के नाम पर आई है और जिसे वास्तव में नव-उपनिवेशवाद या नव-साम्राज्यवाद के निर्माताओं द्वारा दलितों पर थोपा गया है। ये आलोचक तो यहाँ तक कहते हैं कि 'अस्मिता के नाम पर उपनिवेशवादियों द्वारा अंबेडकर का इस्तेमाल करने की कोशिश की गई है।'[3]

गौर कीजिए, उत्तर-आधुनिकता या उत्तर-संरचनावाद के सर्वाधिक महत्त्वपूर्ण व्याख्याताओं में से एक जिस जॉक देरिदा को लेकर आज बहसें हो रही हैं, उनके विचारों पर एक प्रकार के आलोचक जाने-अनजाने एक बड़ा प्रश्नचिह्न खड़ा करते हैं। इसलिए कि समाज को नियंत्रित एवं संचालित करने वाली केंद्रीय विचारधाराएँ सुरक्षित रहें जिससे कि ज्ञान और सत्ता पर सदियों से कब्ज़ा जमाए इन विचारकों का पारंपरिक (या स्कूली या पारिवारिक?) वर्चस्व भी बरकरार रहे। यहाँ, इस प्रसंग में, इस सवाल पर विचार करना भी ज़रूरी है कि भारतीय प्रसंग में ये दलित किस अस्मिता की बात कर रहे हैं? देरिदा अपने शुरुआती दिनों में जिन संकटपूर्ण घड़ियों से गुज़रते हुए मुख्यधारा के समाज में प्रवास (migration) के कारण हाशिए के उत्पीड़न का सामना करते हैं, क्या उसी प्रकार की स्थितियों का सामना भारतीय समाज में ये दलित नहीं करते रहे हैं? दूसरी बात, आज साहित्य में दलित जिन अस्मिताओं को लेकर आ रहे हैं, उन अस्मिताओं का अर्थ क्या है? क्या आपको यह नहीं लगता है कि दलित अस्मिता के बहाने ये दलित लेखक उन रूढ़िवादी मान्यताओं का विरोध और उस गुलामी से मुक्ति की बातें करते हैं जिसे जन्म के कारण इन्हें ढोना पड़ता है? चाहे वह ज्ञान की परंपरा के प्रतीक ब्राह्मण को शूद्र द्वारा कटु वचन कहने का प्रसंग हो[4] या ब्राह्मण, क्षत्रिय, एवं वैश्य जैसे तीनों वर्णों की शिकायत किए बिना निष्कपट भाव से सेवा करने का मसला।[5] यदि हम **मनुस्मृति** के प्रथम अध्याय के उस श्लोक पर ध्यान दें जिसमें इस प्रसंग का उल्लेख है कि तीनों उच्च वर्णों की सेवा करना शूद्रों का कर्त्तव्य है[6] तो भारतीय प्रसंग में यह दलित समाज की किसी-न-किसी रूप में दूसरी प्राथमिकताएँ ही हैं, जिनकी तरफ देरिदा अपने समाज के प्रसंग में संकेत करते हैं। इसलिए कि ये (शूद्र) पहले प्राथमिक वर्ण

(ब्राह्मण, क्षत्रिय और वैश्य) की सेवा करते हैं, उनकी कमियों को पूरा करते हैं, उनके संशोधनों को उन्नत एवं परिष्कृत करते हैं। यह स्थिति सिर्फ भारत में ही नहीं है, बल्कि जापानी भाषा और संभवतः दलित समाज पर लिखित पहले एशियाई उपन्यास **हाकाई** (1906) में भी दिखलाई पड़ती है जहाँ शिमाजाकी तोसोन इसी प्रकार की जापानी सामाजिक व्यवस्था की चर्चा करते हैं जिसमें एता (बुराकु) शेष समाज (सामुराई, काश्तकार, कारीगर और व्यापारी) की सेवा करने के लिए बाध्य होते हैं। उसी एता समुदाय का सेगावा उशिमात्सु जब ज्ञान की परंपरा से जुड़कर सामाजिक विकास की प्रक्रिया में सक्रिय हिस्सेदारी निभाना चाहता है, तब सामाजिक जीवन की मुख्यधारा को संचालित करने वाली व्यवस्थाएँ उसे स्कूल से बाहर निकाल फेंकती हैं।[7] मिशेल फूको इन्हीं शिक्षण संस्थाओं को आधुनिक युग में बहिष्कार अथवा वास्तविक अधिकारों से वंचित रखने का सबसे बड़ा हथियार मानते हैं।[8] इसीलिए अगर हम जॉक देरिदा की उन मान्यताओं पर विचार करें जिनमें वह प्रकृति एवं संस्कृति में प्रकृति को आधारभूत तत्त्व मानकर संस्कृति को संपूरक मानने की मान्यता का विरोध करते हैं तो कहीं-न-कहीं केंद्र के समानांतर हाशिए के महत्त्व को ही स्थापित करते हैं, यद्यपि इस बात को लेकर विचारकों के बीच बहस है कि उनकी यह मान्यता भी कोई नई बात नहीं है। मार्क्सवाद जैसी आधुनिक विचारधाराएँ भी इन्हीं शोषितों और वंचितों की बातें करती रही हैं। पर मुझे लगता है, फर्क है और वह यह कि मार्क्सवादी विचारधारा शोषण का मूल कारण जहाँ आर्थिक मानती है, वहीं इस प्रकार की विचारधाराएँ (दलित अथवा हाशिए के समाज से संबंधित) मानसिक गुलामी की बातें करती हैं। दलित प्रसंग में तो इनके शोषण और दमन का मूल कारण वर्ण-व्यवस्था, यानी कि जाति (व्यवस्था) है।

दरअसल पारंपरिक विचारधारा में कभी भी उन मतों को महत्त्व नहीं दिया गया जो उनके समानांतर अथवा धर्मशास्त्र[9] की तथाकथित असंगतियों के विरोध में खड़े होते हैं। इसीलिए दलित समाज का कोई युवक जब ज्ञान की परंपरा से जुड़कर सामाजिक विकास की प्रक्रिया में शामिल होकर आगे बढ़ना चाहता है तो समाज की केंद्रीय धारा को नियंत्रित और संचालित करने वाली ताकतें उसका विरोध करने लगती हैं। यहाँ तक कि ज्ञान की परंपरा से जुड़े संस्थानों में भी उनके साथ एक अध्येता की तरह नहीं, बल्कि एक गुलाम की तरह व्यवहार किया जाता है। इसे ओमप्रकाश वाल्मीकि की निम्नलिखित पंक्तियों में देखा जा सकता है:

> एक दिन हेडमास्टर कालीराम ने अपने कमरे में बुलाकर पूछा, 'क्या नाम है बे तेरा?'
>
> 'ओमप्रकाश,' मैंने डरते-डरते धीमे स्वर में अपना नाम बताया। हेडमास्टर को देखते ही बच्चे सहम जाते थे। पूरे स्कूल में उनकी दहशत थी।

'चूहड़े का है?' हेडमास्टर का दूसरा सवाल उछला।

'जी'

'ठीक है... वह जो सामने शीशम का पेड़ खड़ा है, उस पर चढ़ जा और टहनियाँ तोड़ के झाड़ू बनाना और पूरे स्कूल को ऐसा चमका दे जैसा सीसा। तेरा तो ये खानदानी काम है। जा... फटाफट लग जा काम पे।"[10]

उपर्युक्त उद्धरण के कुछ वाक्यों पर ध्यान दीजिए–'क्या नाम है बे तेरा?' 'चूहड़े का है?', 'पूरे स्कूल को ऐसा चमका दे', 'तेरा तो ये खानदानी काम है', 'लग जा काम पे' आदि-आदि। गौर कीजिए, ये वाक्य अथवा वाक्यांश सिर्फ शब्दों की संरचना नहीं हैं और न ही इनका अर्थ सामान्य तरीके से निकाला जा सकता है। अगर आप इन वाक्यों का सामान्य अर्थ खोजना चाहेंगे तो यही निकलेगा कि यह पारंपरिक विद्यालयों की सामान्य कार्यशैली है, जहाँ छात्रों को हर तरह से शिक्षा देने के लिए इस प्रकार के अभ्यास कराए जाते हैं। पर ओमप्रकाश वाल्मीकि के **जूठन** की इन पंक्तियों के कुछ विशेष अर्थ हैं। इन वाक्यांशों में एक छात्र को जिस तरह से संबोधित किया गया है और जो कार्य उसे सौंपे गए हैं, वे सभी को नहीं सौंपे जाते हैं। भारतीय समाज की संरचना में एक खास समुदाय के लोगों के लिए ही इस प्रकार के संबोधन का प्रयोग किया जाता है। और जाहिर है, वह समुदाय और कोई नहीं दलित समुदाय ही है जिसे वर्ण-व्यवस्था में शूद्र के रूप में व्याख्यायित किया गया है।

यहाँ इस बात पर भी ध्यान देना ज़रूरी है कि आखिर दलित समाज का खानदानी काम क्या है? इसे तय कौन करता है? और क्यों एक खास सामाजिक तबके को हम जन्म के कारण निम्न एवं अस्पृश्य काम करने के लिए बाध्य करते हैं? ये कुछ ऐसे सवाल हैं जिन पर बात होनी चाहिए। कारण, सामाजिक संरचना को व्यवस्थित, संचालित और नियंत्रित करने वाली ताकतें कहने को तो पारदर्शी बताई जाती हैं पर वे होती नहीं हैं। उनका अपना एक अलग चरित्र होता है, जिसके खिलाफ संघर्ष करके ही नए, स्वाधीन प्रगतिशील एवं विवेकशील समाज की बुनियाद पड़ती है। अपने चरित्र में ये ताकतें हमेशा नियंत्रित सामाजिक समुदायों को परंपरा अथवा शास्त्र के नाम पर संयोजित एवं संचालित करने की कोशिश करती हैं। इस प्रक्रिया में कई बार परंपरा अथवा शास्त्र, नियंत्रित समुदाय अथवा समाज के शोषण तथा उत्पीड़न के कारण भी बन जाते हैं, जैसा कि भारतीय समाज में वर्ण द्वारा दलित-प्रसंग में दिखलाई पड़ता है। शिमाजाकी तोसोन के **हाकाई** का नायक इसी प्रकार उच्च समाज की पारंपरिक व्यवस्था द्वारा उत्पीड़ित और बहिष्कृत होकर सागाजिक संघर्ष की प्रक्रिया में एक भिन्न प्रकार का चरित्र विकसित करता जाता है। यद्यपि जापान के वामपंथी आलोचकों द्वारा तोसोन पर इस उपन्यास में सामाजिक संघर्ष के बदले नायक के मानसिक संघर्ष पर अधिक बल देने का आरोप लगाया

गया है, पर सच यह भी है कि आत्मसंघर्ष की ये प्रक्रियाएँ ही कई बार सामाजिक संघर्षों की नींव तैयार करती हैं। कम-से-कम **हाकाई** में यह मजबूत नींव शिक्षण-संस्थानों के दोहरे चरित्रों का पर्दाफाश करती दिखाई देती है। सेगावा के चरित्र में आया क्रांतिकारी परिवर्तन एक नए प्रकार के सामाजिक संघर्ष की तरफ ही संकेत करता है। 20 जून, 1975 को रोजे पॉल द्रुआ को दिए एक साक्षात्कार में उत्तर-आधुनिकतावादी विचारक मिशेल फूको ने ज्ञान की परंपरा से जुड़े संस्थानों की सत्ता के साथ संबंध की चर्चा करते हुए इसी बात की तरफ संकेत किया था कि सदियों से शिक्षण-संस्थानों ने उत्कृष्टता अथवा पवित्रता के आधार पर कुछ खास लोगों या विचारों को ही प्रोत्साहित किया है एवं शेष को निष्कासित तथा उत्पीड़ित[11]। भारतीय सामाजिक व्यवस्था में (ज्ञान के संदर्भ में) दलित समाज के प्रसंग में इस बात को समझा जा सकता है।

जूठन में ओमप्रकाश वाल्मीकि एक दलित छात्र की जिस पीड़ा का बयान करते हैं, वह एक शिक्षण संस्थान में दलितों की वास्तविक स्थिति को ही दर्शाता है। और इस पीड़ा का सबसे बड़ा कारण यही है कि दलित समाज के बारे में आम तौर से यह राय बना ली गई है कि समाज की गंदगी को साफ करना या उन निकृष्ट कार्यों को करना उनका मुख्य काम है, जिन्हें कोई और नहीं करना चाहता। इसलिए मुख्यधारा का समाज उनसे आशा करता है कि दलित समाज उनकी ज़िंदगी में व्याप्त उन तमाम असंगतियों (गंदगियों) को निकाल बाहर करे जो उनके विकास में बाधक हैं। अर्थात् इन बातों से यह अर्थ भी ध्वनित होता है कि समाज में अनेक प्रकार की असंगतियाँ यानी कि गंदगियाँ विद्यमान हैं और हाशिए का समाज इन असंगतियों, यानी कि गंदगियों से मुक्त है अथवा मुक्तिकारक की भूमिका निभा सकता है। इतना ही नहीं, वह सर्वाधिक कर्मठ और गतिशील भी है। अर्थात् इन संदर्भों को देरिदा की मान्यताओं से जोड़ें तो प्राथमिक समाज की तुलना में यह द्वितीयक समाज (दलित) अधिक महत्त्वपूर्ण है जो समस्त समाज की जरूरतों को पूरा करता है। पर विडंबना यह है कि जीवन की मुख्यधारा में हमने इस हाशिए के समाज को महत्त्व दिया ही नहीं। यद्यपि पारंपरिक विचारकों की एक धारा के अनुसार धर्मशास्त्र ऐसा कहता है और कई बार यह तर्क भी दिया जाता है कि कर्म यानी कि श्रम की प्रकृति के कारण दलित समाज के साथ शेष समाज का संबंध अस्पृश्यता से (के अनुसार) निर्धारित होता है, पर सवाल फिर वही है कि इस अस्पृश्यता का निर्धारण कौन करता है? किसके लिए करता है? और इसके पीछे क्या 'श्रम की प्रकृति' के बदले जन्म की भूमिका नहीं होती? **प्रमोशन** कहानी में ओमप्रकाश वाल्मीकि या **नो बार** में जयप्रकाश कर्दम स्पष्टतः दिखलाते हैं कि दलित

समाज में जन्म के कारण ही इन कहानियों के कथानायकों को सवर्ण समाज से बहिष्कृत कर दिया जाता है, जबकि दोनों योग्य हैं। **प्रमोशन** के सुरेश को तो लगता है कि तमाम संघर्षों और आंदोलनों के बाद भी वह शेष समाज (गैर-दलित मजदूरों) की निगाह में दलित ही रहा, मजदूर नहीं बन पाया। उसके लिए 'मजदूर-मजदूर भाई-भाई' का नारा बेमानी होकर अपना अर्थ खो बैठता है।[12] सुरेश का एक मजदूर के बदले अपने दलित होने का बोध उन विचारधाराओं के लिए एक बड़ा सवाल है, जो अपने को आधुनिक एवं प्रगतिशील मानती हैं। महत्त्वपूर्ण बात यह है कि यह सब उस नए समाज में हो रहा है जिसे हम श्रमिक समाज के रूप में जानते हैं तथा मार्क्सवादी विचारधारा में जिसे सर्वाधिक प्रगतिशील और परिवर्तनकामी समझा जाता है। इन्हीं मजदूरों के बीच श्रमिक सुरेश की स्थिति उस हाशिए के मनुष्य (marginal man) जैसी दिखलाई पड़ती है जिसके बारे में गॉर्डन चार्ल्स रोडरमल कहते हैं कि वह 'स्वयं को अपने संसार के केंद्र में महसूस नहीं कर पाता...'[13]; यहाँ तक कि 'वह स्वयं अपनी पहुँच से परे होता है।'[14] और यही कारण है कि सुरेश मजदूरों के बीच दलित होने के कारण बहिष्कृत होकर मानसिक अंतर्द्वंद्व की प्रक्रिया से गुजरने लगता है। ऐसे ही चरित्रों का उल्लेख करते हुए समाजशास्त्री रॉबर्ट इ. पार्क और एवर्ट वी. स्टॉनक्वीस्ट ने यह संकेत किया है कि ऐसी स्थिति में व्यक्ति आंतरिक ऊहापोह[15] की स्थिति से गुजरने लगता है और उसके अंदर दोहरी चेतना का विकास हो जाता है।[16] यह चेतना ही उसे एक नए संघर्ष की तरफ ढकेलती है जिसके बाद या तो वह मुख्यधारा के बाहर जाकर हाशिए की ज़िंदगी व्यतीत करने लगता है अथवा विद्रोही होकर नेतृत्वकारी भूमिकाएँ निभाने लगता है। कहना न होगा कि दलित समाज पर रचित ये कहानियाँ उस नए संघर्ष की तरफ संकेत करती हैं, जिसे पिछले एक-दो दशकों में दलित लेखकों ने दलित चरित्रों के माध्यम से पारंपरिक सामाजिक व्यवस्था का विरोध करते हुए निर्मित किया है।

वास्तव में हिंदी साहित्य की इस नई धारा ने साहित्य के प्रश्न को फिर वहाँ लाकर खड़ा कर दिया है, जहाँ जॉक देरिदा **द पोस्टकार्ड** (1980) में यह मूलभूत सवाल उठाते हैं- 'Who is writing? To Whom?[17] अर्थात् 'कौन लिख रहा है? किसके लिए?' ज़ाहिर है, दलित साहित्य के प्रसंग में, दलित ही अपनी ज़िंदगी की कथा का बयान कर रहे हैं; अपने लिए नहीं, उस शेष समाज के लिए जिसने कभी भी उनकी मुश्किलों और तकलीफों को नहीं समझा। यह समाज, एक तरह से, अपने ही समाज का विखंडन कर रहा है। वर्ण-व्यवस्था को मजबूत बनाने वाली सामंतवादी और ब्राह्मणवादी मान्यताओं पर हमला कर रहा है, सिर्फ इसलिए कि उसकी बात सुनी जाए। यह पहल उस संघर्ष की तरफ भी संकेत है, जिसके बाद

भारतीय समाज की मुख्यधारा में दलित समाज को एक भिन्न, पर सकारात्मक नजरिए से देखा जाएगा। इसका अनुमान हम इसी बात से लगा सकते हैं कि जिस तरह हिंदी के ओमप्रकाश वाल्मीकि, मोहनदास नैमिशराय, धर्मवीर, सुशीला टाकभौरे, कंवल भारती, जयप्रकाश कर्दम, सूरजपाल चौहान, तेज सिंह, श्यौराज सिंह बेचैन, रूप नारायण सोनकर, दयानंद बटोही, प्रह्लाद चंद दास, शरद रोरस, एस.आर. हानोट, कर्मशील भारती, अजय नावरिया, सत्यप्रकाश आदि रचनाकार अपनी रचनाओं के माध्यम से पारंपरिक विचारधारा अथवा रूढ़िवादी शास्त्रीय मान्यताओं के खिलाफ स्वयं के वजूद को रखते हुए आवाज़ उठाते हैं तो कहीं-न-कहीं उस संघर्ष की शुरूआत भी करते हैं जो अब तक यदि लड़ा भी गया है तो ताकत द्वारा, ज्ञान के माध्यम से नहीं। कहना न होगा कि ज्ञान के माध्यम से नए संघर्ष की शुरुआत करने वाला यह साहित्य (दलित) लेखन की दुनिया में एक भिन्न प्रकार के चरित्र को स्थापित करेगा, जो पारंपरिक साहित्य से बिल्कुल अलग होगा। और ये चरित्र बिना किसी अवरोध के अपने जन्म के कारण हो रहे शोषण और दमन के कारणों की खोज करेंगे जैसा कि हिंदी में ओमप्रकाश वाल्मीकि ने **जूठन**, मोहनदास नैमिशराय ने **अपने अपने पिंजरे**, सूरजपाल चौहान ने **तिरस्कृत** आदि; मराठी में दया पवार ने **अछूत**, शरणकुमार लिंबाले ने **अक्करमाशी** आदि और जापानी में शिमाजाकी तोसोन ने **हाकाई** के माध्यम से किया है।

(**हाकाई** में शिमाजाकी तोसोन ने जापानी कथा साहित्य में पहली बार जापान के दलित समुदाय 'एता' की समस्या को उठाते हुए जापानी सामाजिक व्यवस्था की विसंगतियों को दिखाया था। यद्यपि विकास की प्रक्रिया से जुड़ने के साथ ही धीरे-धीरे जापान में इस समस्या का समाधान होता गया तथा जैसा कि जापानी भाषा के विद्वान प्रो. तेजी सकाता, डॉ. उनीता सच्चिदानंदन, डॉ. पी.ए. जॉर्ज ने बताया— आज के जापान में अब यह समस्या नहीं के बराबर है।)

संदर्भ

1. ओमप्रकाश वाल्मीकि, **आत्मकथ्य, दूसरी दुनिया का यथार्थ**, सं. रमणिका गुप्ता, नवलेखन प्रकाशन, हजारीबाग, 1997, पृष्ठ 1.
2. **नया पथ**, अंक 26, जनवरी 1998, पृष्ठ 11.
3. वही, पृष्ठ 12.
4. देखें, **मनुस्मृति** का निम्नलिखित श्लोक:

धर्मोपदेशं दर्पेण विप्राणामस्य कुर्वतः
तप्तमासेचयेत्तैलं वक्त्रे श्रोत्रे च पार्थिवः (8.272)
अर्थात् यदि घमंड से शूद्र विप्रों को धर्मोपदेश करे तो राजा उसके मुख, कानों में जलता तेल छिड़कावे।

5. देखें, **मनुस्मृति** का निम्नलिखित श्लोकः
एकमेव तू शूद्रस्य प्रभुः कर्म समादिशत्
एतोषामेव वर्णानं शुश्रूषामनसूयया (1.91)
अर्थात् ब्रह्मा ने ब्राह्मण आदि तीनों वर्णों की शिकायत किए बिना निष्कपट भाव से सेवा करना ही शूद्रों के लिए प्रधान कर्म बनाया है।
6. वही।
7. देखें, शिमाजाको तोसोन के उपन्यास **हाकाई** की निम्नलिखित पंक्तियाँ:
'...स्कूल इंस्पेक्टर की भी यही राय है कि उशिमात्सु को फिलहाल नौकरी से निकाल दिया जाए ....सेगावा का हित इसी में है कि वह जल्द-से-जल्द ईईयामा से निकल जाए।' (पृष्ठ 240.)
8. देखें, **पल प्रतिपल** के अप्रैल-सितंबर, 1991 के समकालीन फ्रांसीसी साहित्य अंक में प्रकाशित मिशेल फूको से रोजे पोल द्रुआ की बातचीत।
9. जैसे **मनुस्मृति** अथवा **भगवद्गीता** में स्त्री अथवा दलित के बारे में विचार।
10. ओमप्रकाश वाल्मीकि, **जूठन**, प्रथम संस्करण, 1997, पृ. 14.
11. देखें, **पल प्रतिपल**, अतिथि संपादकः हेमंत जोशी एवं देवेंद्र चौबे; सं. देश निर्मोही, अप्रैल-सितंबर 1991 में मिशेल फूको की निम्नलिखित पंक्तियाँ:
'दूसरी ओर हमें विश्लेषण करना है कि सारे वर्णनों में से क्यों कुछ ही को पवित्र या उत्कृष्ट मानकर साहित्य में शामिल मान लिया जाता है? वे तुरंत ही एक संस्था के साथ जोड़ दिए जाते हैं, जो मूलतः बहुत अलग हैं- जैसे विश्वविद्यालय।' पृ. 47.
12. ओमप्रकाश वाल्मीकि, **घुसपैठिए**, प्रथम संस्करण, 2003, पृ. 50.
13. गॉर्डन चार्ल्स रोडरमल, **हिंदी कहानीः अलगाव का दर्शन**, अक्षर प्रकाशन, दिल्ली 1982, पृ. 13.
14. वहीं।
15. देवेंद्र चौबे, **समकालीन कहानी का समाजशास्त्र**, प्रकाशन संस्थान, दिल्ली, 2001, पृ. 41.
16. वहीं, पृ. 42.
17. विस्तृत चर्चा के लिए देखें: *The Post Card: From Socrates to Freud and Beyond* by Jaques Derrida in 1980 (English translation in 1987 by Alan Bass) & *The Rhetoric of Affirmative Resistance* by Julian Wolfreys; Macmillan Press, Hampshire & London; 1997, P. 198.

भाग दो : अवधारणा

5

साहित्य में उत्तर-आधुनिक दलित-विमर्श

'साहित्य क्या है' को जानने के लिए मैं इसकी आंतरिक संरचनाओं को नहीं पढ़ना चाहूँगा। इसके बजाय मैं उसकी गति, उसकी प्रक्रिया को जानना चाहूँगा जिसमें एक असाहित्यिक, उपेक्षित और बिसरा हुआ कथन साहित्य के क्षेत्र में आ जाता है।

...दोनों के बीच वही प्रश्न है– वह दहलीज कौन सी है जिसके परे एक कथन (साहित्य के क्षेत्र में आ जाता है।)

– मिशेल फूको, **लॉ मोंद**, 16 सितंबर, 1986

अपने निधन से कुछ ही वर्ष पूर्व रोजे पॉल द्रुआ को 20 जून 1975 को दिए गए साक्षात्कार के उपर्युक्त उद्धरण में प्रसिद्ध फ्रांसीसी संरचनावादी विचारक मिशेल फूको ने पाठ की पवित्रता और उत्कृष्टता की चर्चा करते हुए यह सवाल उठाया था कि सारे वर्णनों में से क्यों कुछ ही को पवित्र अथवा उत्कृष्ट मानकर साहित्य में शामिल कर लिया जाता है तथा उन्हें तुरंत ही विश्वविद्यालय जैसी संस्था से जोड़कर उसे स्थापित करने की कोशिश की जाती है। यहाँ मैं इस बहस में न उलझकर सिर्फ पाठ की पवित्रता और उत्कृष्टता के बहाने दलित साहित्य पर बात करना चाहूँगा। क्योंकि अगर ध्यान दें तो दलित समाज और दलित साहित्य का पूरा संघर्ष इसी पवित्रता और उत्कृष्टता के खिलाफ है। सामाजिक जीवन में जहाँ जाति, उनके और अन्य समाजों के बीच दहलीज का काम करती है, वहाँ साहित्य में उनका यथार्थ जीवन और भोगा हुआ अनुभव तथा उनकी भाषा उनके "दलित पाठ" की मान्यता के खिलाफ दीवार बनकर खड़ी हो जाती है और हम उन्हें इसीलिए स्थान देने अथवा स्थापित करने से हिचकने लगते हैं कि न तो वह समाज ही पवित्र है और न ही उसका "पाठ" "उत्कृष्ट", फिर कैसी माँग और कैसी मान्यता तथा कैसा उनका संघर्ष? इस दहलीज पर आकर शेष समाज तथा उसकी मान्यताएँ वंचित समाज के खिलाफ आकर खड़ी हो जाती हैं।

यह ध्यान देने की बात है कि आज के उत्तर-आधुनिक समाज में साहित्यिक पाठ के पाठकों की संख्या लगातार घटती जा रही है और हम उनके कारणों की

तलाश किए बगैर जाने-अनजाने लगातार ऐसे पाठ पाठकों के सामने प्रस्तुत किए जा रहे हैं जिनकी न तो भाषा इन्हें आकर्षित कर पा रही है और न ही भाव। अनुभव और विचार में भी अब वह नवीनता नहीं रह गई है जो उत्तेजना पैदा कर सके और समाज तथा राजनीति के लिए मार्गदर्शन का काम कर सके, जबकि एक समय इसी साहित्य ने स्वाधीनता की लड़ाई में निर्णायक भूमिका निभाई थी और सुभद्रा कुमारी चौहान, श्यामनारायण पाण्डेय, बंकिम चंद्र चटर्जी, माखन लाल चतुर्वेदी, बालमुकुंद गुप्त, बालकृष्ण शर्मा 'नवीन', निराला, गोपाल सिंह नेपाली, गयाप्रसाद शुक्ल 'सनेही', रांगेय राघव, यशपाल, मोहम्मद इकबाल, साहिर लुधियानवी, अली सरदार जाफरी, रामप्रसाद बिस्मिल, सुब्रह्मण्यम भारती, पांडेय बेचन शर्मा 'उग्र' आदि जैसे लेखकों और कवियों ने अपनी रचनाओं के माध्यम से जनमानस को झकझोरते हुए "साहित्यिक पाठ" को एक नया आयाम दिया था। आज जब हिंदी साहित्य के सामने दलित पाठ के रूप में एक नया साहित्यिक पाठ आकर खड़ा हो गया है और अपने विचार तथा अनुभव के कारण यह पाठक के अंदर उत्तेजना एवं वंचित समाज के पक्ष में सर्जनात्मक मानसिकत का विकास कर रहा है, तब हम सिर्फ पवित्रता और उत्कृष्टता जैसी परंपरागत दहलीज के कारण उसे पाठ के रूप में स्वीकार करने में हिचक रहे हैं। जबकि विचारकों के लिए इस वंचित समाज की परंपराएँ, मान्यताएँ और अनुभव आकर्षण का केंद्र बने हुए हैं, लेकिन यह पवित्रता और उत्कृष्टता हमारे बीच इस तरह से आकर खड़ी हो गई है कि हम साहित्य में व्यक्त हो रहे इस नए अनुभव और सामाजिक आंदोलन के व्यापक महत्त्व पर ध्यान दिए बगैर इसे नकारने पर तुले हुए हैं अथवा मनचाहे विचार के साथ जोड़कर देखने की वकालत कर रहे हैं? दूसरी तरफ, रचना के इस व्यापक परिदृश्य के बीच से तथा कुछ खास कारणों से, केवल 'कुछ' ऐसे साहित्य को अच्छा मानकर स्वीकार कर लेते हैं जिसमें न तो कोई ऐसा नया अनुभव है और न ही आंदोलन। दलित रचनाओं, खासकर ओमप्रकाश वाल्मीकि की **जूठन**, डॉ. धर्मवीर की **कबीर के आलोचक**, मोहनदास नैमिशराय की **अपने-अपने पिंजरे** जैसी कृतियों में पवित्र और उत्कृष्ट परंपराओं के खिलाफ प्रतिरोध की चेतना देखी जा सकती है। बावजूद इसके कुछ साहित्यिक विचारक यह भ्रम पाले हुए हैं कि प्रत्येक काल में लिखा हुआ यह "कुछ" ही साहित्य के अस्तित्व और उसकी अर्थवत्ता को बनाए रखता है।

स्पष्ट है, इस प्रकार के अधिकांश रचनाकारों में महान बनने की आकांक्षा होती है जो प्रत्येक काल में नए आंदोलनों और अनुभवों से परे इस "कुछ" जैसी महत्त्वपूर्ण रचनाओं के सृजन में व्यस्त रहते हैं, परंतु उनके अधिकांश लेखन में ऐसा कोई निश्चित आधार अथवा दिशा नहीं होती है जिसे पढ़कर समाज अथवा पाठक अक्षरों

की एक नई दुनिया में प्रवेश कर सकें, जैसा कि वे कबीर, रैदास, हीरा डोम, आदि के माध्यम से करते हैं। अगर थोड़ा-सा और आगे आएँ तो जगदीश चंद्र, देवेन्द्र कुमार, बिहारीलाल हरित आदि अपनी कुछ रचनाओं के माध्यम से दलित साहित्य अथवा दलित आत्मकथाओं की एक ऐसी नई दुनिया से हमारा परिचय कराते हैं जो अन्य समाजों की निगाहों में पवित्र और उत्कृष्ट न होने के कारण सदियों से भारतीय सामाजिक जीवन की मुख्यधारा के अंदर और बाहर हाशिए का जीवन व्यतीत करती आ रही हैं। और जब यह समाज अक्षर की दुनिया में प्रवेश करता है तो इसके अतीत की स्मृतियाँ हमारे सामने इस समाज की एक ऐसी तस्वीर प्रस्तुत कर देती हैं कि हम अचंभित रह जाते हैं, 'क्या वास्तव में कहीं ऐसा भी होता है?'

यद्यपि हिंदी में दलित-विमर्श की परंपरा बहुत पुरानी नहीं है, फिर भी आत्मकथात्मक कृतियों में **जूठन** (ओमप्रकाश वाल्मीकि), **अपने अपने पिंजरे** (मोहनदास नैमिशराय); काव्य-कृतियों में **बस्स बहुत हो चुका** (वाल्मीकि), **दर्द के दस्तावेज** (संपादक: एन. सिंह), **सुनो ब्राह्मण** (मलखान सिंह), **सिंधु घाटी बोल उठी** (सोहनपाल सुमनाक्षर), **क्रौंच हूँ मैं** (श्यौराज सिंह बेचैन), **तब तुम्हारी निष्ठा क्या होती** (कंवल भारती), **दलित पचासा** (मसाराम विद्रोही); औपन्यासिक कृतियों में **छप्पर** (जयप्रकाश कर्दम), **बंधन मुक्त** (रामजीलाल सहायक); कहानी संग्रहों में **आवाजें** (मोहनदास नैमिशराय), **चार इंच की कलम** (कुसुम वियोगी), **दिन प्रतिदिन** (परदेशी राम वर्मा); नाट्यकृतियों में **अंतिम अवरोध** (एस.आर. सागर); आलोचनात्मक कृतियों में **हिन्दी की आत्मा** और **कबीर के आलोचक** (डॉ. धर्मवीर); शोध में **हिन्दी दलित पत्रकारिता पर पत्रकार अंबेडकर का प्रभाव** (श्यौराज सिंह बेचैन), **हिन्दी काव्य में दलित काव्यधारा** (माता प्रसाद) आदि कुछ ऐसी पुस्तकें जरूर आई हैं जिनके मूल्यांकन की ज़रूरत है। लेकिन वहीं पवित्रता और उत्कृष्टता के मापदंड वाली दीवार अन्य साहित्य की तुलना में इनके सामने अधिक शक्तिशाली रूप में आकर खड़ी हो जाती है। यद्यपि **हंस, युद्धरत आम आदमी, राष्ट्रीय सहारा** आदि जैसी पत्र-पत्रिकाएँ और राजेंद्र यादव, मैनेजर पांडेय, रामशरण जोशी, राजकिशोर, अजय तिवारी तथा विभांशु दिव्याल जैसे वरिष्ठ और बद्रीनारायण, कर्मेंदु शिशिर, प्रेमकुमार मणि, बजरंग बिहारी तिवारी, रामचंद्र, विवेक कुमार जैसे कुछ साहित्यिक चिंतकों के कारण हिंदी में दलित साहित्य की चर्चा हो रही है, परंतु अभी भी पारंपरिक अध्यापकों और आलोचकों की एक लंबी कतार ऐसी है जो दलित साहित्य को स्वतंत्र अथवा हिंदी साहित्य की एक नई मुख्यधारा नहीं मान केवल सामान्य प्रवृत्ति के रूप में व्याख्यायित कर रही है। वह भी एक सीमा के अंदर ही। परिणामत: चाहे वह ओमप्रकाश वाल्मीकि की **जूठन** हो अथवा

डॉ. धर्मवीर की **कबीर के आलोचक**, ये पुस्तकें पाठकों द्वारा बहुत धीरे-धीरे पढ़ी जाएँगी, क्योंकि अब तक की परंपरा यही बताती है कि बिना शिक्षण-संस्थानों से जुड़े और अध्यापकों द्वारा व्याख्यायित हुए किसी भी कृति ने (अगर एकाध अपवाद जोड़ दिया, जैसे **रामचरितमानस**, **सूरसागर** आदि) कालजयी होने का गौरव नहीं प्राप्त किया है, चाहे वह प्रेमचंद कृत **गोदान** हो अथवा फणीश्वरनाथ रेणु कृत **मैला आँचल**।

लेकिन क्या वास्तव में ऐसा होता है? क्योंकि यदि फ्रांसीसी विचारक रोला बार्थ कृति को लेखक से मुक्त करके पढ़ने की सलाह देते हैं तो जाहिर है, उनका सारा ध्यान "पाठ" पर है। उनके लिए "पाठ" ही महत्त्वपूर्ण है। उसके सिवाय सब कुछ नगण्य है– न आलोचक, न अध्यापक। हाँ, पाठ जरूर एक ऐसा कारक है जो निःस्वार्थ भाव से रचना को लोकप्रसिद्ध बनाने में महत्त्वपूर्ण भूमिका निभाता है। इस दृष्टि से दलित पाठ, खासकर दलित आत्मकथाओं, में यह क्षमता है कि वह पाठक को गहराई के साथ प्रभावित कर सके क्योंकि दलित आत्मकथात्मक कृतियों की सबसे बड़ी विशेषता यह है कि जहाँ गैर-दलित आत्मकथाएँ केवल स्वयं से संबोधित होती हैं, वहाँ दलित आत्मकथाएँ "स्वयं" से आगे बढ़कर उस राजनीति से भी टकराने की कोशिश करती हैं, जिसके कारण उनका समाज हाशिये की जिंदगी व्यतीत करने को विवश होता है। ओमप्रकाश वाल्मीकि कृत **जूठन** और मोहनदास नैमिशराय कृत **अपने-अपने पिंजरे** में ये बातें देखी जा सकती हैं। दूसरी बात, ये आत्मकथाएँ भारतीय (हिंदू) वर्ण व्यवस्था की राजनीति से टकराने के साथ-साथ उस सामंजस्यपूर्ण स्थिति का भी विरोध करती हैं जो उनके दमन और उत्पीड़न का कारक बनती है।

वास्तव में आज साहित्य का उत्तर-आधुनिक पाठ बदलता जा रहा है और उसमें जरा भी संदेह नहीं है कि इसे बदलने में दलित पाठ की महत्त्वपूर्ण भूमिका है। कुछ लोगों को इस बात पर आपत्ति हो सकती है कि जब भारतीय समाज आधुनिक हुआ ही नहीं तो उत्तर-आधुनिकता पर बातचीत करना कहाँ तक सही है? पर हमें यह नहीं भूलना चाहिए कि परिवर्तन की प्रक्रिया अत्यंत सूक्ष्म होती है। इसका छोटा-सा उदाहरण भारत के पारंपरिक पेय पदार्थों की जगह धीरे-धीरे उनकी जगह लेते विदेशी शीतल पेय पदार्थों के रूप में देखा जा सकता है। इसमें संदेह नहीं कि संचार माध्यमों ने इस बदलाव को लाने में एक बड़ी भूमिका निभाई है पर कहीं-न-कहीं इसमें उन शैक्षणिक संस्थानों की भी महत्त्वपूर्ण भूमिका रही है जो अत्यंत आधुनिक उपकरणों से लैस हैं। आज दलित पाठ, अपनी ऊर्जा और जीवंतता से इन सारे माध्यमों को उद्वेलित कर रहा है। मिशेल फूको अपने कथन में जिस "धीमी प्रक्रिया"

के जानने की बात करते हैं, यही वह रास्ता है जिस पर चलकर आज "दलित पाठ" साहित्य के उत्तर-आधुनिक परिदृश्य में अत्यंत महत्त्वपूर्ण हो उठा है। और बिना इस पाठ से टकराए, आज साहित्य की प्रासंगिकता और व्यापकता पर सार्थक बातचीत नहीं हो सकती है।

6

दलित साहित्य की वैचारिक संरचना

हिंदी साहित्य में विचार और रचना के इतिहास की एक लंबी परंपरा रही है। इस बीच साहित्य के इतिहास में अनेक परिवर्तन हुए, जिन्होंने हिंदी साहित्य की मुख्यधारा को प्रभावित किया। आदिकाल में वीरगाथा साहित्य के समानांतर नाथों और सिद्धों का साहित्य, भक्तिकाल में राम और कृष्ण के पारंपरिक काव्य के समानांतर कबीर और रैदास जैसे संतों की रचनाएँ और आधुनिक काल में ब्रिटिश साम्राज्यवाद के प्रतिरोध में रचित राष्ट्रीय साहित्य के समानांतर हीरा डोम, अछूतानंद, सूर्यकांत त्रिपाठी 'निराला', प्रेमचंद, राहुल सांकृत्यायन आदि की कृतियों और परवर्ती काल में प्रगतिशील आंदोलन के प्रभाव में बाबा नागार्जुन, जगदीश चंद्र, मदन दीक्षित, मन्नू भंडारी, अमृतलाल नागर आदि की रचनाओं के साथ ही अभिव्यक्ति के नए-नए माध्यमों ने साहित्य की पारंपरिक मुख्यधारा को अनेक दिशाओं में मोड़ने का प्रयास किया। मुख्यधारा में आए इन मोड़ों, परिवर्तनों और प्रभावों ने समय-समय पर कुछ ऐसी रचनाएँ प्रस्तुत कीं जिन्हें केवल वही अनुभूत कर सकते थे, जो वास्तव में रचना के सामाजिक, राजनीतिक और सांस्कृतिक संदर्भ से गुजरे हों। संदर्भ इसलिए कि साहित्य की मुख्यधारा को प्रभावित करने वाले ये रचनाकार और उनकी रचनाएँ जाहिर है एक ऐसे परिवेश से आ रही थीं जहाँ कुछ भी निश्चित नहीं था। न रहने का स्थान, न अभिव्यक्ति की स्वतंत्रता और न ही जीवन का कोई निश्चित लक्ष्य। ग्रामीण जीवन की मुख्यधारा के बाहर सीवान और शहरी जीवन की मुख्यधारा के अंदर झोंपड़पट्टियों के माध्यम से आम तौर पर इनकी पहचान बनती थी।

अपनी आवश्यकता की प्रत्येक वस्तु के लिए इस परिवेश में रहने वाले ये लोग गुलामों की तरह दूसरों पर आश्रित थे तथा चाहकर भी अपने जीवन से संबंधित महत्त्वपूर्ण पक्षों पर निर्णय नहीं ले पाते थे। उनके जीवन से संबंधित लगभग सभी चीजें बाहरी लोगों द्वारा तय की जाती थीं, जिसे मानने के लिए वे बाध्य थे। भारतीय सामाजिक जीवन की मुख्यधारा के अंदर हाशिये की ज़िंदगी व्यतीत कर रहे इन लोगों ने एक तरह से पारंपरिक हिंदू सामाजिक व्यवस्था में गुलामी की यातना को

सहा था तथा जब भी मौका मिला, अपने मन की बातों तथा दुःख-तकलीफ़ों को टूटे-फूटे शब्दों में समाज के सामने रखा। दलित समाज से जुड़े इन लोगों ने समय-समय पर अपनी भावनाओं को जिस मार्मिकता के साथ प्रस्तुत किया, वह निश्चय ही त्रासदपूर्ण और दिल को झकझोरने वाली है- चाहे वह रैदास की वाणी हो अथवा हीरा डोम की **अछूत की शिकायत**। संत कवि रैदास की भक्तिभावना अन्य समाज की निगाह में चाहे कितनी भी ऊँची अथवा महान क्यों न हो, अंततः उन्हें भी इस सत्य को स्वीकारना पड़ा कि

रैदास जन्म के कारणै, होत न कोई नीच।
नर को नीच करि डारि है, औछे करम की कीच॥

जाहिर है, हिंदू समाज की वर्ण-व्यवस्था और जाति-प्रथा को श्रम विभाजन के सहारे हम कितना भी तर्कसंगत क्यों न बनाएँ कि इसका आधार श्रम विभाजन है, न कि जन्म – रैदास की उपर्युक्त पंक्तियाँ और उनमें अभिव्यक्त उनके मन की पीड़ा यह स्पष्ट कर देती है कि गैर-दलित भारतीय समाज की मानसिक बनावट में वर्ण-व्यवस्था और जाति-प्रथा की मुख्य भूमिका रही है तथा उसका गहरा असर इस वर्ण और जाति व्यवस्था में सबसे नीचे रहने वाले शूद्रों (दलितों) पर पड़ा है। रैदास की यह आत्म-स्वीकृति दलित जाति और जीवन से जुड़ी जिस दूसरी पीड़ा की ओर संकेत करती है, उसे वही लोग समझ सकते हैं जो उससे गुजर चुके हैं।

यदि हम दलितों के जीवन के वास्तविक अनुभव और उनकी अभिव्यक्ति के प्रसंग में मैनेजर पांडेय के एक साक्षात्कार में उद्धृत ज्योतिबा फुले के उस कथन को ध्यान में रखें कि 'गुलामी की यतना को जो सह सकता है, वही जानता है और जो जानता है वही पूरा सच कह सकता है। सचमुच राख ही जानती है जलने का अनुभव, कोई और नहीं' तो साफ पता चलता है कि दलित जीवन की वास्तविक पीड़ा को वही व्यक्त कर सकता है जो स्वयं दलित है। इसलिए दलित साहित्य पर जब भी चर्चा होती है, यह सवाल बार-बार हमारे सामने उठ खड़ा होता है कि दलित साहित्य क्या है? केवल दलितों द्वारा लिखित साहित्य को साहित्य माना जाएगा अथवा गैर-दलित लेखकों में सूर्यकांत त्रिपाठी 'निराला', प्रेमचंद, राहुल सांकृत्यायन, बाबा नागार्जुन, अमृतलाल नागर, शैलेश मटियानी, गोपाल उपाध्याय, मन्नू भंडारी, गिरिराज किशोर आदि द्वारा लिखित साहित्य को भी दलित साहित्य माना जाए?

दलित साहित्य और चिंतन से जुड़े अधिकांश विचारकों तथा लेखकों का मानना है कि वास्तविक दलित साहित्य वही है जो दलितों द्वारा लिखा गया है चाहे दलित लेखकों में ओमप्रकाश वाल्मीकि, डॉ. धर्मवीर, मोहनदास नैमिशराय, तुलसीराम, जयप्रकाश कर्दम, श्यौराज सिंह बेचैन आदि हों अथवा गैर-दलित लेखकों में राजेंद्र

यादव, मैनेजर पांडेय, चमनलाल, प्रेमकुमार मणि, वीरभारत तलवार, भवदेव पांडेय आदि। राजकुमार सैनी, रजनी तिलक जैसे लेखक दलित साहित्य में गैर-दलित लेखकों के दलित लेखन को भी शामिल करने की माँग करते हैं, परंतु इस प्रकार के गैर-दलित लेखकों के दलित साहित्य को अधिकांश दलित चिंतक 'दलित चेतना का साहित्य' अथवा 'दलित सहानुभूति का साहित्य' मानते हैं। यहाँ यह स्पष्ट कर देना जरूरी है कि तुलसीराम जैसे कुछ दलित विचारकों का मानना है कि 'आत्मकथा' को छोड़कर कोई भी लेखक (गैर-दलित) अन्य साहित्यिक विधाओं में दलित समाज का चित्रण कर सकता है और उसे दलित साहित्य ही माना जाना चाहिए, बशर्ते उसमें वर्ण के प्रतिरोध की चेतना हो। वीरभारत तलवार भी 'दलित चेतना' पर जोर देते हैं, उस वर्गीय चेतना पर नहीं जिसमें भले ही दलितों की उपस्थिति हो। पर दलित लेखन से जुड़े कुछ लेखक तुलसीराम की इस मान्यता का विरोध करते हैं और स्पष्टतः मानते हैं कि दलितों द्वारा लिखित रचना ही दलित साहित्य है, चाहे वह कहानी हो या कविता, उपन्यास हो या नाटक।

वास्तव में दलित साहित्य की अवधारणा को लेकर सारी लड़ाई पाठ, पाठ की विषयवस्तु, पाठ की अंतर्वस्तु, पाठ के स्वरूप और उसमें आए विचार तथा समाज-दर्शन को लेकर है। दलित लेखक बार-बार व्यापक भारतीय समाज के सामने यह ज़ाहिर करते हैं। अब तक का इतिहास दलित समाज की उपेक्षा, शोषण, दमन और तिरस्कार का रहा है। फिर कैसे और कितना एक दलित, गैर-दलित समाज और उसकी चिंता पर भरोसा करे? कारण, भारतीय सामाजिक संरचना में यदि एकाध अपवाद को छोड़ दिया जाए तो गैर-दलितों का, दलित जीवन में प्रवेश लगभग नगण्य रहा है। इसीलिए ओमप्रकाश वाल्मीकि जैसे लेखक गैर-दलित लेखकों द्वारा लिखे दलित पाठ, उसमें आए समाज और व्यवहार को लेकर साफ कहते हैं कि 'दलित यदि गैर-दलित के पास आता है तो वह एक गुलाम की तरह आता है। गैर-दलित जब दलित के पास जाता है तो मालिक की तरह। उसका जातीय अहं, श्रेष्ठता-भाव उसके साथ होता है। उसके संस्कार उसके साथ होते हैं। सबकी बहुलता में वह दलित जीवन को नहीं देख पाता है।' स्पष्टतः वाल्मीकि और उन जैसे अधिकांश दलित लेखक, गैर-दलितों के दलित लेखन को शंका की दृष्टि से देखते हैं।

अगर हम विचार करें तो दलित साहित्य से जुड़े विचारकों को इस प्रकार की धारणाएँ यों ही नहीं बनानी पड़ीं क्योंकि गैर-दलित रचनाकारों द्वारा प्रस्तुत दलित जीवन से जुड़ी रचनाओं की संवेदना और स्वर में एक गहरा फर्क है। उदाहरण के लिए, अमृतलाल नागर अपने उपन्यास **नाच्यौ बहुत गोपाल** में जहाँ मेहतरनी

निर्गुणियाँ के मुख से संस्कृत के श्लोक का पाठ करवाते हुए अंततः उसे ब्राह्मणवादी संस्कारों में ढाल देते हैं, वहीं गिरिराज किशोर अपने उपन्यास **परिशिष्ट** के नायक अनुकूल को गांधीवाद अर्थात् दूसरे अर्थों में कहें तो वर्णाश्रमवाद के फ्रेम में फिट कर देते हैं। स्पष्टतः वर्ण और जाति से मुक्ति की सारी बातें अंततः वहीं आकर समाप्त हो जाती हैं, जहाँ से शुरू हुई थीं।

मैनेजर पांडेय ने अनूप शुक्ल को दिए गए एक साक्षात्कार में ठीक ही लिखा है कि 'हिंदी में दलितों के जीवन पर उपन्यास और कविता लिखने वाले गैर-दलितों ने अपने वर्ग और वर्ण के संस्कारों से मुक्त होकर ही दलित जीवन पर लिखा है। फिर भी, उनके लेखन में अनजाने ही सही, सवर्ण संस्कार की छाया आ गई है।' नागर जी के उपन्यास में सवर्ण संस्कार हनुमान जी की मूर्ति के सामने प्रकट होते हैं। इस संस्कार की छाया कहीं-कहीं गोपाल उपाध्याय के उपन्यास **एक टुकड़ा इतिहास** में भी है। अगर हम किसी हरिजन पाठक को ही प्रमाण मानें तो नागार्जुन की कविता **हरिजन गाथा** में वहाँ सवर्ण संस्कार की छाया आती है, जहाँ वह जिंदा जलाए गए हरिजनों को मनुपुत्र कहते हैं और उनको जिंदा जलाने वाले सवर्णों को भी। जाहिर है, नागार्जुन की इस कविता के दलित पाठक अपने को मनु का पुत्र कहना अपना अपमान समझते हैं

यदि गैर-दलित रचनाकारों में प्रेमचंद को छोड़कर कोई भी लेखक सवर्ण संस्कार से मुक्त दिखाई नहीं पड़ता है तो इसका सबसे बड़ा कारण यही है कि प्रेमचंद के समय का भारत पराधीन था। प्रेमचंद पराधीनता के इस सवाल को वर्ण और जाति व्यवस्था से जोड़कर देखते थे तथा इनका अंत भारतीय राष्ट्रीयता की पहली शर्त मानते थे। 1934 में प्रकाशित लेख 'क्या हम वास्तव में राष्ट्रवादी हैं?' में वह भारत की जाति-व्यवस्था और राष्ट्रीयता पर बातचीत करते हुए स्पष्टतः कहते हैं कि 'राष्ट्रीयता की पहली शर्त है समाज में साम्यभाव का दृढ़ होना।' इस संदर्भ में उनकी **दूध का दाम**, **सद्गति**, **ठाकुर का कुआँ**, **मंत्र** और **आहुति** जैसी कहानियों को देखा जा सकता है, जिनमें वह वर्ण और जाति व्यवस्था के कारण भारतीय समाज में छाई विषमता का पर्दाफाश करते हुए दलितों के पक्ष में जा खड़े होते हैं। इतना ही नहीं, 1927 में अंबेडकर द्वारा महाद में चलाए गए आंदोलन और 1930 के बाद के मंदिर-प्रवेश आंदोलन का भी वह समर्थन करते हैं, जिसका प्रभाव उनकी उपर्युक्त कहानियों में देखा जा सकता है। शायद यही कारण है कि दलित लेखक और दलित साहित्य के समर्थक गैर-दलित लेखक बार-बार इस सत्य को प्रकट करते हैं कि अंबेडकर के जीवन और दर्शन ने उनके समाज और साहित्य को एक नई दिशा प्रदान की है तथा उन्हें लड़ने की ताकत और जूझने का साहस दिया

है, जबकि गैर-दलित लेखकों और विचारकों का साहित्य तथा चिंतन सहानुभूति, संवेदना और सम्मान से अधिक उन्हें कुछ नहीं देता।

जब दलित साहित्य के सबसे अधिक समर्थ समझे जाने वाले रचनाकार ओमप्रकाश वाल्मीकि यह कहते हैं कि 'वर्ण व्यवस्था से उपजी घोर अमानवीयता, स्वतंत्रता-समता-विरोधी सामाजिक अलगाव की पक्षधर सोच को परिवर्तित कर बदलाव की प्रक्रिया को तेज करना दलित साहित्य की मूलभूत संवेदना है'[1] तथा इसी क्रम में उनका यह स्वीकारना कि 'अंबेडकर और जोतिबा फुले की जीवन दृष्टि दलित साहित्य की ऊर्जा है', तो यह मान लेना पड़ता है कि दलित जीवन से जुड़ी समस्याओं, विचारों और पीड़ा की वास्तविक अभिव्यक्ति वही कर सकता है जो स्वयं दलित है और इस संदर्भ में मार्क्सवाद अथवा अन्य प्रगतिशील विचारों की तुलना में ज्योतिबा फुले और डॉ. अंबेडकर के विचार और जीवन सर्वाधिक महत्त्वपूर्ण भूमिका निभाते हैं। इसलिए विचारधारा के स्तर पर दलित लेखक जहाँ अपने आप को अंबेडकर और ज्योतिबा फुले के निकट खड़ा महसूस करते हैं और उनसे ऊर्जा प्राप्त करते हैं, वहीं अधिकांश गैर-दलित चिंतक मार्क्सवाद के तहत ही उस पर विचार करना अधिक तर्कसंगत समझते हैं। इतना ही नहीं, कुछ प्रगतिशील वामपंथी विचारक तो मार्क्सवाद में ही दलित साहित्य की सार्थकता समझते हैं तथा बार-बार दलित लेखकों को यह सीख देते हैं कि जब तक वे मार्क्सवाद से नहीं जुड़ेंगे, वे और उनका साहित्य कालजयी नहीं हो पाएगा। यद्यपि दलित लेखकों का भी मानना है कि 'मार्क्सवादी विचार और आंदोलन ने दुनिया में जबर्दस्त बदलाव की प्रक्रिया तेज की है, बल्कि मनुष्य को अधिक चैतन्य, जागरूक और क्रांतिकारी बनाया है'[2] लेकिन इन्हें दिक्कत तब होती है, जब भारतीय संदर्भ में वामपंथी विद्वान, कार्यकर्त्ता और लेखक 'वर्ग चेतना' के साथ यदि मैनेजर पांडेय के शब्दों में कहें तो 'वर्ण चेतना के वास्तविक तथा संभावित संबंधों की उपेक्षा करते हैं।'[3]

ओमप्रकाश वाल्मीकि भारत के वामपंथी आंदोलन पर आरोप लगाते हुए स्पष्टतः कहते हैं कि 'इस आंदोलन ने जातिभेद को अनदेखा ही नहीं किया, बल्कि अपने बीच किसी दलित नेतृत्व को उभरने भी नहीं दिया।'[4] यही कारण है कि हिंदी का दलित साहित्य मार्क्सवाद की अपेक्षा ज्योतिबा फुले और डॉ. अंबेडकर से अधिक प्रभावित है तथा इस तरह कहीं-न-कहीं वह अपनी परंपरा और पहचान को मराठी के दलित साहित्य से जोड़ता है। यह गलत भी नहीं है क्योंकि हिंदी के दलित साहित्य को देखने पर साफ पता चलता है कि उसके रचनाकार मराठी के दया पवार, बाबूराव बागोल, नामदेव ढसाल, शरणकुमार लिंबाले, लक्ष्मण गायकवाड़ आदि की रचनाओं से अधिक प्रभावित हैं तथा उनके लिखने और पढ़ने का तरीका भी लगभग वही है, जो मराठी में रहा है।

मराठी की तरह हिंदी में भी दलित साहित्यकारों ने कहानी, कविता, आत्मकथा, आलोचना, उपन्यास आदि के साथ ही समय-समय पर लेखों और टिप्पणियों के माध्यम से अपने विचारों को व्यक्त किया है तथा अनुवाद एवं पत्रकारिता के माध्यम से हिंदी के दलित साहित्य को समृद्ध किया है। इन कृतियों में एक तरफ जहाँ दलित रचनाकारों ने मनुवाद का विरोध करते हुए भारतीय समाज में असमानता और अस्पृश्यता पर आक्षेप किया है, वहीं दूसरी तरफ अंबेडकर की विचारधारा और दर्शन को आत्मसात करते हुए मानव हित में न्याय और समतामूलक समाज की स्थापना पर बल दिया है।

हिंदी में दलित जीवन से जुड़ी रचनाओं की शुरूआत यद्यपि कबीर, रैदास, हीरा डोम, निराला, प्रेमचंद और राहुल सांकृत्यायन जैसे रचनाकारों से होती है, लेकिन उनकी रचनाओं की पहचान दलित साहित्य के रूप में कम, हाशिये अथवा निम्नवर्गीय समाज पर केंद्रित साहित्य के रूप में अधिक होती है। 1960 के आसपास मराठी में दलित आंदोलन के उभार के साथ ही धीरे-धीरे हिंदी में दलित जीवन से जुड़ी रचनाओं का आना शुरू हुआ तथा 1980 तक आते-आते हिंदी में दलित साहित्य के रूप में रचनाएँ स्थापित होनी शुरू हो गईं। इसी बीच 1976 में नागपुर में पहली बार दलित साहित्य सम्मेलन का आयोजन हुआ तथा इस आयोजन ने यह सिद्ध कर दिया कि दलित साहित्य के आंदोलन की प्रक्रिया अब धीमी नहीं, तेज़ होगी। इसी दौरान हिंदी में दलितों द्वारा हिंदू समाज और साहित्य की परंपरा के प्रति विद्रोह के रूप में छिटपुट लेखन की शुरूआत हुई, जिसने धीरे-धीरे एक विशेष प्रकार के साहित्य के रूप में अपनी पहचान स्थापित की।

आज हिंदी में जो दलित साहित्य लिखा जा रहा है, उसका एक बड़ा हिस्सा स्वयं दलितों द्वारा रचित है। हिंदी में इधर जिन दलित लेखकों ने अपनी पहचान बनाई है, उनमें ओमप्रकाश वाल्मीकि, डॉ. धर्मवीर, मोहनदास नैमिशराय, जयप्रकाश कर्दम, श्यौराज सिंह बेचैन, कौशल्या बैसंत्री, सूरजपाल चौहान, कंवल भारती, एन. सिंह, एन.आर. सागर, सोहनपाल सुमनाक्षर, कुसुम वियोगी, माता प्रसाद, प्रह्लाद चंद्र दास, बिहारी लाल हरित, कर्मशील भारतीय, पुरुषोत्तम सत्यप्रेमी, प्रेम कपाड़िया, दयानंद बटोही, मंसाराम विद्रोही, विमलकीर्ति, कुसुमलता मेधवाल, विपिन बिहारी, तेजसिंह, तेजपाल सिंह, रजनी तिलक, विमल खांडेकर, शत्रुघ्न कुमार, रजत रानी मीनू, सुखबीर सिंह, चंद्रकुमार बरठे, रामरतन पासी, तारा परमार, शरद कोकस, लालचंद राही, रामलखन पाल, कावेरी, रत्नकुमार सांभरिया, राज वाल्मीकि, डी.आर. जाटव जैसे रचनाकार कहानी, कविता, आत्मकथा, उपन्यास, नाटक, संस्मरण, आलोचना आदि विधाओं में लिख रहे हैं।

हिंदी के इन रचनाकारों में ओमप्रकाश वाल्मीकि, मोहनदास नैमिशराय, डॉ. धर्मवीर, जयप्रकाश कर्दम, श्यौराज सिंह बेचैन, कंवल भारती, कुसुम वियोगी, सूरजपाल चौहान, प्रह्लाद चंद्र दास, पुरुषोत्तम सत्यप्रेमी, सुशीला टांकभौरे, प्रेम कपाड़िया, कर्मशील भारतीय, रजनी तिलक आदि का महत्त्वपूर्ण स्थान है। ये रचनाकार अपने-अपने क्षेत्रों में गंभीर कार्य कर रहे हैं। इनमें ओम प्रकाश वाल्मीकि ने कहानी, कविता, आलोचना और आत्मकथा के क्षेत्र में सर्वाधिक महत्त्वपूर्ण कार्य किया है तथा उनकी प्रकाशित कृतियों में **सदियों का संताप**, **बस्स! बहुत हो चुका** (काव्य संग्रह); **जूठन** (आत्मकथा), **सलाम** (कहानी-संग्रह) आदि चर्चित हैं। उन्होंने अपनी कहानियों में एक ओर जहाँ ज्ञान और सत्ता के प्रतीक ब्राह्मणवाद और सामंतवाद पर आक्रमण करते हुए दलितों के शोषण, दमन और तिरस्कार का मार्मिक चित्रण किया है, वहीं दूसरी ओर कविताओं में वर्ण और जाति व्यवस्था पर तीखा प्रहार करते हुए परंपरागत मायाजाल को तोड़ने की कोशिश की है। उदाहरण के लिए, "जाति" कविता की ये पंक्तियाँ वर्ण-व्यवस्था और धर्म के मायाजाल को तोड़ने की सार्थक कोशिश करती हैं:

स्वीकार्य नहीं मुझे
जाना, मृत्यु के बाद
तुम्हारे स्वर्ग में।
वहाँ भी तुम
पहचानोगे मुझे
मेरी जाति से ही!

– **बस्स! बहुत हो चुका** से

जूठन ओमप्रकाश वाल्मीकि और हिंदी की सर्वाधिक चर्चित आत्मकथात्मक कृति है, जिसमें उन्होंने भारतीय समाज, संस्कृति, धर्म और इतिहास में पवित्र तथा उत्कृष्ट समझे जाने वाले तीन प्रतीकों– क्रमशः "शिक्षण संस्थान", "गुरु" यानी शिक्षक एवं 'प्रेम' पर कड़ा प्रहार किया है तथा यह दिखलाने की कोशिश की है कि दलित समाज को अपने व्यक्तित्व निर्माण और सामाजिक विकास की प्रक्रिया में इन तीनों प्रतीकों की नकारात्मक भूमिकाओं का सामना करना पड़ता है। **जूठन** के नायक मुंशीजी शिक्षण संस्थानों में मार खाते हुए इसीलिए पढ़ाई जारी रखते हैं कि 'पढ़-लिखकर जाति सुधारनी है।[5] लेकिन यह जाति क्या सिर्फ पढ़ने-लिखने से सुधर जाएगी? पढ़-लिखकर और नौकरी प्राप्त कर यह जीवन में पद और धन तो जरूर प्राप्त कर लेगी, परंतु समाज में मान और प्रतिष्ठा कहाँ से मिलेगी? क्योंकि इतना तो तय है कि जब तक इनके साथ "दलित" की पहचान जुड़ी हुई है, शेष समाज चाहे इन्हें जिस रूप में अथवा बंधन में स्वीकार कर ले, परंतु विवाह-संबंध

के प्रसंग में स्वीकारने वाला नहीं है। **जूठन** के कुलकर्णी जैसे लोग कितने भी प्रगतिशील क्यों न हो जाएँ, जब भी प्रेम अथवा विवाह का प्रसंग आएगा, 'जाति' नामक यह ताकतवर दीवार इनके बीच आकर खड़ी हो जाएगी और फिर ये कभी भी पारंपरिक पवित्रता की उस दहलीज को पार नहीं कर पाएँगे जिसके चलते समाज की मुख्यधारा के अंदर इन्हें हाशिये पर रखा जाता है।

इसी प्रकार मोहनदास नैमिशराय ने आत्मकथा **अपने-अपने पिंजरे**, कहानी-संग्रह **आवाजें** और अन्य साहित्यिक, सामाजिक तथा ऐतिहासिक लेखों के माध्यम से दलित रचनाकारों में एक अलग स्थान बनाया है। 1995 में प्रकाशित **अपने-अपने पिंजरे** हिंदी की पहली आत्मकथात्मक कृति है जिसमें उन्होंने भारतीय सामाजिक व्यवस्था में वर्ण तथा जाति के कारण हाशिए की ज़िंदगी व्यतीत कर रहे दलित समाज की महत्वाकांक्षा, समस्या एवं संघर्ष को मार्मिकता के साथ चित्रित किया है। उनकी आत्मकथा का यह अंश जिस मार्मिकता के साथ भारतीय समाज में एक तिरस्कृत जाति के साथ मुख्यधारा के संबंध और व्यवहार का चित्रण करता है, वह अत्यंत अमानवीय है:

> 'खतना के अवसर पर बकरे को काटा जाता था। ऐसे अवसरों पर रंडियों को भी बुलाया जाता था। वे रात भर नाचतीं। इस जश्न में मुसलमान रात भर पान खाते, हुक्के गुड़गुड़ाते, रंग-बिरंगे खुशबूदार फूलों के गजरे सूँघते, वाह-वाह करते। उनकी पर्दानशीन औरतें दूर से ही यह सब देखती थीं। और हमारी जाति के लोग घड़ी-घड़ी उनके हुक्के भरते थे। उगालदान अपने-अपने हाथों में पकड़े सामने खड़े होते। वे कब थूकें पता नहीं। जब भी वे थूकते, झट से उगालदान आगे कर देते थे। पर पान को हाथ न लगाते थे। जो चीज वे खाएँ, उसे छूने का अधिकार नहीं था। ... पान खाना उन दिनों बड़ी बात समझी जाती थी जिसे तथाकथित बड़े लोग ही खाते थे। हमें सार्वजनिक रूप से पान खाने की मनाही थी।'[6]

आत्मकथा, कहानी और लेख के अलावा मोहनदास नैमिशराय ने कई महत्त्वपूर्ण कविताएँ भी लिखी हैं। डॉ. धर्मवीर इन लेखकों में सर्वाधिक विचारोत्तेजक हैं तथा अपनी नई-नई मान्यताओं के कारण उन्होंने हिंदी के स्थापित आलोचकों को झिंझोड़ा है। उदाहरण के लिए, संस्कृत भाषा को लेकर उनका यह कथन कि 'मैं दिल से चाहता हूँ कि कोई भाषाविद् मेरे लिए यह सिद्ध कर दे कि अपनी बनावट में संस्कृत शूद्र विरोधी भाषा नहीं है।'[7] इसी प्रकार वह आचार्य रामचंद्र शुक्ल के **हिंदी साहित्य का इतिहास** की प्रथम पंक्ति को ही गलत मानते हैं: 'प्राकृत की अंतिम अपभ्रंश अवस्था से ही हिंदी साहित्य का आविर्भाव माना जा सकता है।' ऐसा इसलिए कि इस देश में कभी भी एक भाषा, साहित्यिक भाषा नहीं रही है। 1997 में प्रकाशित **कबीर के आलोचक** उनकी सर्वाधिक महत्त्वपूर्ण कृति है, जिसमें उन्होंने कबीर के

कुछ समीक्षकों (अयोध्या सिंह उपाध्याय हरिऔध, श्यामसुंदर दास, आचार्य रामचंद्र शुक्ल, आचार्य हजारीप्रसाद द्विवेदी, आचार्य परशुराम चतुर्वेदी आदि) से सीधी मुठभेड़ की है। उदाहरण के लिए, आचार्य हजारीप्रसाद द्विवेदी पर आक्रमण करते हुए उन्होंने लिखा है: 'लेकिन आचार्य हजारीप्रसाद द्विवेदी ने कबीर के चिंतन से लड़ने का एक निराला रास्ता अपनाया। उन्होंने सीधी टकराहट के बजाय इसे भीतर से निस्तेज और निष्प्रभावी करना चाहा। वास्तव में, उन्होंने इस मध्यकालीन वेद विरोधी विस्फोट को फ्यूज करने की कोशिश है। उन्होंने कबीर के चिंतन की सारी आग और चकाचौंध खत्म कर दी है। उन्होंने कबीर को इस तरह का बना दिया है कि अब वेद कबीर के हृदय की आग में जल नहीं जाएँगे और ब्राह्मणवाद कबीर के तेज के सामने अंधा नहीं हो जाएगा। उनकी व्याख्या की वजह से वेद और ब्राह्मणवाद कबीर की आग और चकाचौंध में मजे से खेल सकते हैं। हाँ, डॉ. हजारीप्रसाद द्विवेदी के लिए कबीर का दर्शन एक खेल ही है– इसे ज्यादा से ज्यादा एकेडेमिक खेल कहा जा सकता है।'[8]

स्पष्टत: आचार्य हजारीप्रसाद द्विवेदी द्वारा कबीर के मूल्यांकन को लेकर दी गई इस दृष्टि से स्पष्ट हो जाता है कि डॉ. धर्मवीर कबीर का पुनर्मूल्यांकन करना चाहते हैं। कारण, उन्हें लगता है कि 'कोई भी ब्राह्मणवादी विद्वान शूद्रों और दलितों के ज्ञान और उनकी भाषा को सम्मान की दृष्टि से नहीं देखता। वह जब भी देखता है, दलितों के साहित्य को हेय की दृष्टि से देखता है।' जाहिर है, कबीर के मूल्यांकन से असंतुष्ट डॉ. धर्मवीर दलित साहित्य के प्रति सवर्ण, खासकर किसी ब्राह्मण के मूल्यांकन को शंका की दृष्टि से देखते हैं तथा इस क्रम में वह किसी पर भी विश्वास नहीं करते हैं। किंतु इतिहास इस बात का गवाह है कि तत्कालीन समय और सवर्ण समाज के खिलाफ जाकर आचार्य हजारीप्रसाद द्विवेदी ने पहली बार कबीर के व्यापक महत्त्व को हिंदी की दुनिया में स्थापित किया तथा बतलाया कि कबीर का चिंतन और दृष्टि पारंपरिक आस्था और प्रतिबद्धता की मोहताज नहीं है। उनके "राम" अपने राम हैं तथा वह सब जगह विद्यमान हैं। उन्हें किसी खास विचारधारा में नहीं बाँधा जा सकता है।

इसी प्रकार एन. सिंह जहाँ अपनी रचना और आलोचना के माध्यम से दलित रचना को परंपरा के विरोध की रचनाएँ मानते हैं, वहीं जयप्रकाश कर्दम दलित साहित्य को हिंदू समाज तथा साहित्य के खिलाफ दलित समाज की एक रचनात्मक अभिव्यक्ति मानते हैं। ज्ञातव्य है कि 1996 में प्रकाशित उनका उपन्यास **छप्पर** दलित साहित्य में पहली औपन्यासिक कृति के रूप में चर्चित है, जिसमें भारतीय समाज में व्याप्त असमानता तथा अस्पृश्यता का सीधा कारण हिंदू धर्म ठहराया गया है।

उनका मानना है कि यह धर्म ही है जो समाज के कुछ लोगों को शोषण और दमन का विशेष अधिकार सौंप देता है। इस क्रम में श्यौराज सिंह बेचैन कृत **हिंदी की दलित पत्रकारिता** के माध्यम से डॉ. अंबेडकर की विचारधारा के दलित और अन्य समाज पर पड़े प्रभाव को दिखलाया गया है। उपर्युक्त कृतियों के अतिरिक्त कंवल भारती कृत **तब तुम्हारी निष्ठा क्या होती** (काव्य), कुसुम वियोगी कृत **टुकड़े-टुकड़े दंश** (काव्य), प्रह्लाद चंद्र दास कृत **पुटुस के फूल** (कहानी संग्रह), सूरजपाल चौहान कृत **हैरी कब आएगा** (कहानी संग्रह) और **तिरस्कृत** (आत्मकथा), प्रेम कपाड़िया कृत **हरिजन** (कहानी संग्रह) और **माटी की सौगंध** (उपन्यास), सुशीला टाकभौरे कृत **तुमने उसे कब पहचाना** (काव्य), पुरुषोत्तम सत्यप्रेमी कृत **द्वार पर दस्तक** (काव्य) और **दलित साहित्य और उसकी भषा** (आलोचना), सत्यप्रकाश कृत **जस तस भई सबेर** (उपन्यास), दयानंद बटोही कृत **कफनखोर** (कहानी-संग्रह), रजनी तिलक कृत **करोड़ों पदचाप हूँ** (काव्य) आदि दलित साहित्य की महत्त्वपूर्ण पुस्तकें हैं।

वास्तव में दलित समाज ने भारतीय सामाजिक जीवन की मुख्यधारा के अंदर एक लंबी लड़ाई लड़ी है। वे बार-बार गिरे हैं, फिर उठे हैं। उन्होंने अपनी तथा अपने समाज की समस्याओं को लेकर संघर्ष किया है, तब जाकर उन्हें हाशिये से केंद्र में थोड़ी-सी जगह मिली है। पर यह जगह इतनी नहीं है कि वे पाँव पसारकर बैठ सकें। हिंदी साहित्य में भी जिस ढंग से आलोचकों की एक लंबी कतार दलित साहित्य को हिंदी की एक नई मुख्यधारा न मान, केवल प्रवृत्ति के रूप में व्याख्यायित कर रही है, वह चिंतनीय है। परंतु इधर दलित साहित्य में नए लेखकों की जो कतार आई है तथा पुराने लेखकों ने जो नई पुस्तकें लिखी हैं, उन्हें देखकर साफ पता चलता है कि दलित साहित्य में सामाजिक संघर्ष और पहचान की प्रक्रिया तीव्र हुई है तथा इससे लेखकों की रचनात्मक ऊर्जा को बल मिला है। यह हिंदी साहित्य के लिए भी एक अच्छा संकेत है क्योंकि पारंपरिक पाठ से अब हिंदी का पाठक वर्ग ऊब रहा है तथा दलित पाठ अपनी विषयवस्तु और नए स्वरूप के कारण पाठकों को आकर्षित कर रहा है।

संदर्भ

1. **प्रज्ञा साहित्य**, अंक: मार्च-जून 1995, पृ. 8.
2. ओमप्रकाश वाल्मीकि, ''हिंदी साहित्य में ढूँढने पर भी हमें अपना चेहरा दिखाई नहीं देता'', **कल के लिए**, दिसंबर 1998 पृ. 18.

3. **मेरे साक्षात्कार**, किताबघर, दिल्ली, 1998, पृ. 128.
4. **कल के लिए**, दिसंबर 1998, पृ. 19.
5. **जूठन**, राधाकृष्ण प्रकाशन, दिल्ली, 1997, पृ. 40.
6. **अपने-अपने पिंजरे**, वाणी प्रकाशन, दिल्ली, 1995, पृ. 20.
7. **हिंदी की आत्मा**, समता प्रकाशन, दिल्ली, पृ. 198.
8. **कबीर के आलोचक**, वाणी प्रकाशन, दिल्ली, पृ. 73-74.

7

दलित पाठ: कुछ सवाल

पिछले कुछ वर्षों से हिंदी पत्रकारिता में दलित-विमर्श चर्चा के केंद्र में है। इस बीच अनेक पत्र-पत्रिकाओं के दलित-विमर्श पर केंद्रित अंक आए जिनसे एक हद तक उसका रूप और अंतर्वस्तु स्पष्ट हुआ तथा पाठक वर्ग में स्वीकृत हुआ। पर यह सवाल अब भी विवाद और बहस का विषय बना हुआ है कि दलित साहित्य किसे माना जाए? केवल दलितों द्वारा लिखा गया साहित्य अथवा गैर-दलितों द्वारा दलित जीवन पर लिखा गया साहित्य? यद्यपि एक सीमा तक यह बहस अब समाप्त हो चली है कि गैर-दलित द्वारा लिखा गया साहित्य भी दलित साहित्य है। कारण, अधिकांश दलित और गैर-दलित विमर्शकार अब मानने लगे हैं कि दलित जीवन की पीड़ा का वास्तविक चित्रण दलित ही कर सकते हैं, खासकर आत्मकथा लेखन के रूप में। यहाँ यह स्पष्ट करना जरूरी है कि तुलसी राम जैसे कुछ दलित विचारक यह मानते रहे हैं कि कोई लेखक 'आत्मकथा' को छोड़कर अन्य साहित्यिक विधाओं में दलित समाज का चित्रण कर सकता है और उसे दलित साहित्य ही माना जाना चाहिए। पर दलित लेखन से जुड़े कुछ रचनाकार इस मान्यता के विरुद्ध हैं और दलितों द्वारा लिखित रचना को ही दलित साहित्य मानते हैं, चाहे वह कहानी हो या कविता अथवा आत्मकथा, क्योंकि यहाँ सवाल पाठ, पाठ की विषयवस्तु, पाठ की अंतर्वस्तु और उसके स्वरूप को लेकर है। दूसरी बहस, दलित साहित्य के वैचारिक आधार को लेकर है। दलित लेखक विचारधारा के स्तर पर जहाँ अपने आपको अंबेडकर के करीब खड़ा महसूस करते हैं और उनसे ऊर्जा प्राप्त करते हैं, वहाँ अधिकांश गैर-दलित चिंतक मार्क्सवाद के तहत ही विचार करना अधिक तर्कसंगत समझते हैं। कारण, यह विचारधारा अत्यंत वैज्ञानिक है और समाज के अध्ययन के लिए हमारे सामने ठोस वर्गीय आधार उपस्थित करती है। दिसंबर 1998 में प्रकाशित पत्रिका **कल के लिए** (सं. जयनारायण) का दलित साहित्य पर केंद्रित अंक, दलित-विमर्श के इन्हीं मुद्दों से टकराने की कोशिश करता है। पत्रिका में छपे लेख और साक्षात्कार इस बात को स्थापित करते हैं कि बिना मार्क्सवाद से टकराए और

उसकी अवधारणाओं को लिए दलित साहित्य पर बात नहीं हो सकती है। दूसरी बात, दलित साहित्य के मूल्यांकन का आधार, अगर हम उसे साहित्य मानकर चल रहे हैं, तो साहित्य के मूल्यांकन के प्रचलित मानदंड ही हो सकते हैं, अन्य नहीं।

कल के लिए में दलित साहित्य पर केंद्रित रचनाओं में रामविलास शर्मा और जबरीमल्ल पारख के लेख; जयप्रकाश कर्दम, कर्मशील भारती, नमिता सिंह की कहानियाँ; श्यौराज सिंह बेचैन, महेन्द्र बैनीवाल की कविताएँ; विश्वनाथ त्रिपाठी, ओमप्रकाश वाल्मीकि, अजय तिवारी से क्रमशः संजीव, महेन्द्र बेनीवाल, नीरज कुमार की बातचीत; कुंवरपाल सिंह की मदन दीक्षित के उपन्यास **मोरी की ईंट** की समीक्षा और दलित साहित्य पर एक परिसंवाद आदि शामिल हैं। परिसंवाद में राजेंद्र यादव, मुरली मनोहर प्रसाद सिंह, मोहनदास नैमिशराय और श्यौराज सिंह बेचैन शामिल हैं। पत्रिका की सूची से स्पष्ट है कि संपादक मानकर चल रहा है कि दलित जीवन से जुड़ी सारी रचनाएँ दलित साहित्य हैं, चाहे वे गैर-दलितों द्वारा क्यों न लिखी गई हों। इसलिए इस अंक में दोनों तरह के लेखक शामिल हैं और अनुपात लगभग साठ-चालीस का है। इसकी संपादकीय पढ़कर लगता है कि जयनारायण ने दलित गैर-दलित रचनाकारों-विचारकों के बीच एक अंतर्संबंध विकसित करते हुए दलित साहित्य को समझने का एक सुसंगत दृष्टिकोण विकसित करना चाहा है। साथ ही, सर्जनात्मक रचनाओं की प्रस्तुति के बहाने कुछ निष्कर्ष निकालने का प्रयास और इस निष्कर्ष के कुछ संकेत और स्रोत संपादकीय में देखे जा सकते हैं, क्योंकि बिना संपादकीय पढ़े और समझे इस अंक की तैयारी और स्वरूप को समझा नहीं जा सकता है। संपादकीय की प्रत्येक पंक्ति और अनुच्छेद में दलित साहित्य को लिखने के लिए कुछ निर्देश और समझने के लिए कुछ ठोस सुझाव दिए गए हैं। ये बातें कहीं दलित साहित्य की अवधारणा पर आम राय विकसित करने की प्रक्रिया पर ज़ोर देती हैं तो कहीं दलित साहित्य की एक अघोषित अवधारणा सामने रखते हुए उसकी भाषा और भाव को लेकर अपनी मान्यता भी व्यक्त करती हैं। कहीं-कहीं संपादक की इन बातों में एक गहरा अंतर्विरोध भी है जिसे निम्नलिखित पंक्तियों को पढ़ते हुए समझा जा सकता है:

> 'दलित रचनाकार भावना से अभिभूत हैं और वे अपनी तकलीफों को ही साहित्य का सच बनाना चाहते हैं। साहित्य की दुनिया भी अजीब दुनिया है। यहाँ कभी-कभी सच को भी नेपथ्य में जाना पड़ता है, अगर पाठक उसमें प्रस्तुत सच को अतिरंजित मान ले। कभी-कभी कल्पना ऐसे-ऐसे चरित्र गढ़कर रख देती है जो वास्तविक से अधिक वास्तविक प्रतीत होते हैं। हमारे दलित साहित्य कर्मियों को यह अंतर महसूस करना चाहिए। कहानी और कविता लिखने के लिए सिर्फ अनुभव के कच्चे माल से काम नहीं चलता है। यह दलील बहुत दिनों तक उनका साथ नहीं देगी कि हमने तो

अभी-अभी पढ़ना-लिखना सीखा है। हाँ, अनुभव का ताप भी रचना को उत्कृष्ट बना सकता है, बशर्ते वह इतना तेजस्वी हो, जितना कबीर का था। दर्द आज हर आदमी की ज़िंदगी का हिस्सा है और भाषा भी थोड़ी बहुत हर आदमी के पास है, पर दर्द और भाषा मिलकर साहित्य नहीं बनाते, यह बात समझ में आ जाए तो बेहतर होगा।'

(संपादकीय, पृ. 4)

स्पष्टत: उपर्युक्त पंक्तियों में जहाँ एक तरफ 'सच' को पीछे ठेलते हुए साहित्य में कभी-कभी कल्पना का सहारा लेने की बात कही गई है, वहीं दूसरी तरफ दलित साहित्य की भाषा और रचनाकार के अनुभव को 'कच्चे माल' की संज्ञा दी गई है। इसी तरह की अनेक बातें उपर्युक्त अंश में हैं। विचार के स्तर पर उपर्युक्त पंक्तियाँ दलित साहित्य को लगभग शून्य मानती हैं, जबकि दलित साहित्यकार बार-बार इस बात की घोषणा करते हैं कि वे फुले और अंबेडकर के जीवन दर्शन तथा विचार से प्रभावित हैं। इस अंक की एक बातचीत में ओमप्रकाश वाल्मीकि साफ शब्दों में कहते हैं कि 'दलित शब्द जब साहित्य के साथ जुड़ता है तो एक ऐसी साहित्य की धारा की ओर संकेत करता है जो मानवीय संवेदनाओं और सरोकारों की यथार्थवादी अभिव्यक्ति है। इसके पीछे अंबेडकर का जीवन-दर्शन और जोतिबा फुले का सामाजिक संघर्ष ऊर्जा-स्रोत की तरह जुड़ा हुआ है।' "हिंदी साहित्य में ढूँढने पर भी हमें अपना चेहरा दिखाई नहीं देता" पृ. 18)।

जाहिर है, जब दलित रचनाकार अपने आपको ज्योतिबा फुले और अंबेडकर के विचार तथा जीवन-दर्शन के निकट पाते हैं तब यह बार-बार कोशिश क्यों की जाती है कि वे किसी अन्य विचारधारा के अंतर्गत अपने को समाहित कर लें, चाहे वह कितना ही तर्कसंगत और वैज्ञानिक क्यों नहीं हो। ऐसा नहीं है कि दलित लेखक अपने को मार्क्सवादी विचारधारा के करीब नहीं पाते हैं अथवा वामपंथी आंदोलन की रचनात्मक चेतना को महसूस नहीं करते हैं, बल्कि ओमप्रकाश वाल्मीकि का मानना है कि 'मार्क्सवादी विचार और आंदोलन ने दुनिया में जबर्दस्त बदलाव की प्रक्रिया तेज़ की है, बल्कि मनुष्य को अधिक चैतन्य, जागरूक और क्रांतिकारी बनाया है, लेकिन इन्हें दिक्कत तब होती है जब भारतीय संदर्भ में वामपंथी विद्वान, कार्यकर्त्ता और लेखक आँखें बंद कर लेते हैं। वाल्मीकि तो यहाँ तक आरोप लगाते हैं कि 'इस आंदोलन ने जाति भेद को अनदेखा ही नहीं किया बल्कि अपने बीच किसी दलित नेतृत्व को उभरने भी नहीं दिया।' साहित्य की दुनिया में जिस कबीर का उदाहरण संपादक ने दिया है उसकी अनुभूति और भाषा को लेकर लंबे समय तक साहित्य के इतिहास में अस्वीकृति का माहौल बना रहा, क्योंकि वह लोकधर्म के पारंपरिक साँचे में सही नहीं बैठता था। आज अगर दलित साहित्य के वर्तमान स्वरूप को

लेकर संपादक अपनी आपत्ति दर्ज करता है तो कहीं-न-कहीं उसके अंदर भी दलित साहित्य की अस्वीकृति की भावना बैठी हुई है। संपादकीय के अंतर्विरोधों का आलम यह है कि जिस भाषा और अनुभूति को लेकर वह एक जगह दलित साहित्य की मूल संवेदना को अस्वीकृत करता है, दूसरी जगह खुद यह सवाल खड़ा करता है कि 'क्या हिंदी के दलित साहित्य में एक भी ऐसा नाम नहीं है जिसमें कलात्मक सौंदर्य मौजूद हो? कितने समीक्षकों ने उस पर अपनी कलम चलाई है?' (संपादकीय, पृ. 4) संपादक की यह बात कतई समझ में नहीं आती है कि उसकी दृष्टि में जिस दलित साहित्य की अवधारणा और उसका स्वरूप अभी स्थिर नहीं हो पाया है, किस तर्क से समीक्षकों द्वारा उस "कलात्मक सौंदर्य" पर कलम चलाने की माँग करता है?

वस्तुतः दलित साहित्य को लेकर पिछले एक-दो वर्षों में जिस तरह का विपरीत माहौल विकसित हुआ है, वह इसकी ऊर्जा को नष्ट कर रहा है। लेखन की बजाय दलित लेखक तरह-तरह के आरोपों का जवाब देने में लगे हैं, जो सामान्य साहित्य के विकास के लिए भी बहुत बढ़िया संकेत नहीं है। कारण, ज्ञान की जगह इसमें व्यक्तिवाद अधिक हावी होता जा रहा है, रचनात्मक विमर्श कम। पिछले वर्ष हुई एक संगोष्ठी में नामवर सिंह और मैनेजर पांडेय ने इस बात की ओर संकेत किया था कि दलित साहित्यकारों को अपने दोस्तों और दुश्मनों में फर्क करना चाहिए। इधर के कुछ वर्षों में यह फर्क स्पष्ट होने की बजाए और धुँधला हुआ है। और इसे बढ़ाने में एक हद तक कुछ गैर-दलित लेखकों के साथ दलित लेखक भी जिम्मेदार रहे हैं। बहरहाल, दलित साहित्य पर केंद्रित इस अंक में दो लेख हैं, एक रामविलास शर्मा का "आज का भारत", "इतिहास की समस्याएँ और डॉ. अंबेडकर" तथा दूसरा, जबरीमल्ल पारख का "दलित चेतना और साहित्यः कुछ बुनियादी सवाल"। दोनों के लेखों में कुछ बुनियादी एकता है। रामविलास शर्मा जहाँ अंबेडकर को मार्क्सवाद के करीब खड़ा करते हैं* वहीं जबरीमल्ल पारख दलित बुद्धिजीवियों को आज के जीवन में वर्ण-व्यवस्था केंद्रित समाज को अप्रासंगिक घोषित करते हुए उन्हें भौतिक समाज से संघर्ष करने की सलाह देते हैं। लेकिन ध्यान देने की बात है कि सिर्फ शहरी समाज भौतिक समाज में परिवर्तित हुआ है, ग्रामीण समाज आज भी वर्ण-व्यवस्था से टकरा रहा है और भारत के गाँवों में आज जातीय संघर्ष विकराल रूप ले चुके हैं। यह समाज आज भी चेतना के स्तर पर मध्यकालीन बर्बर सामाजिक व्यवस्था में जी रहा है।

---

* यहाँ अंबेडकर हिंदू-मुसलमान, छूत-अछूत की बात नहीं करते, गरीब-अमीर की बात करते हैं। इसीलिए अमीरों के विरुद्ध गरीबों का संगठित होना ज़रूरी है।

वास्तव में दलित साहित्य पर विचार और उसका मूल्यांकन पारंपरिक अथवा पाश्चात्य आलोचना या अन्य विचार पद्धति से संभव नहीं है। यदि विश्वनाथ त्रिपाठी अपने साक्षात्कार में इसकी चर्चा 'जीवन है ऊर्जा है' कहते हुए करते हैं तो इसका कारण यही है कि आज के उत्तर-आधुनिक समाज में दलित साहित्य ही ऐसा साहित्य है जो अपनी प्रस्तुति के कारण व्यापक पाठक समाज को आकृष्ट करेगा। वह पाठक समाज, जो पारंपरिक साहित्यिक पाठ के अतिरिक्त कुछ 'नया और जीवंत पाठ' पढ़ना चाहता है। जाहिर है, इस दलित पाठ का मूल्यांकन अन्य पाठों से भिन्न दलितों द्वारा ही लिखा जा रहा है और आगे भी लिखा जाएगा तथा वह विचार के स्तर पर जोतिबा फुले और अंबेडकर से ही जुड़ेगा, चाहे हम जितनी भी बहस कर लें।

8

दलित साहित्य: एक उत्तर-आधुनिक विचार-विमर्श

उत्तर-आधुनिकता 1960 के दशक में अस्तित्ववाद के बाद फ्रांस का सर्वाधिक प्रभावित करने वाला साहित्यिक चिंतन है जिसने पिछले कुछ वर्षों से हिंदी साहित्य की वैचारिक चेतना खासकर दलित पाठ को प्रभावित कर रखा है। यह एक तरफ जहाँ इतिहासवाद के बहाने मार्क्सवाद का विरोध करता है, वहीं दूसरी तरफ मानवतावाद के बहाने सार्त्र के अस्तित्ववाद का। मार्क्सवाद जहाँ रचना के उद्भव के कारणों की खोज ऐतिहासिक संदर्भ में करता है, वहीं अस्तित्ववाद मनुष्य की स्वाधीनता और स्वाधीनता के सामने की कठिनाइयों और विकल्पों पर विचार करता है। खासकर 9 मई 1968 के फ्रांस के नानतेयर विश्वविद्यालय के छात्रों के आंदोलन और उसके नेता फ्रेंच जाक सोरवॉत का स्मरण करें तो इस प्रसंग में इस आंदोलन की यह स्पष्ट माँग थी कि उन्हें नियम-कायदे में कुछ छूट मिलते हुए "सोशल चेंज" (सामाजिक परिवर्तन) चाहिए। बाद में ज्याँ पॉल सार्त्र इस आंदोलन के नेता बन गए थे जिसके फलस्वरूप फ्रांस के बौद्धिक समाज में एक बड़ा परिवर्तन आया था। उत्तर-आधुनिकता का विकास इन्हीं सब परिस्थितियों में हुआ तथा फ्रांस के मुख्यत: पाँच बुद्धिजीवियों (लेवी स्त्रोस, रोला बार्थ, मिशेल फूको, जॉक देरिदा और जॉक लाका) द्वारा इसकी रूपरेखा बनी। इनके अतिरिक्त रचना की भाषा और उसके संदर्भों के बहाने रोमन याकोब्सन ने कृति के मूल्यांकन का एक महत्त्वपूर्ण आयाम प्रस्तुत किया था, जिसकी जॉन फिस्के ने 1986 में प्रकाशित अपनी पुस्तक **इंट्रोडक्शन टू कम्यूनिकेशन स्टडीज़** में गंभीर व्याख्या की है। इसके अध्ययन में रोमन याकोब्सन के बहाने फिस्के ने इस बात की ओर संकेत किया है कि शब्द का कोई निश्चित अर्थ नहीं होता, बल्कि वह अर्थ प्रक्रिया से पैदा होता है और इस प्रक्रिया की पहचान ज़रूरी है। दलित साहित्य के संदर्भ में यह बात और सटीक बैठती है। कारण, दलित पाठ का अर्थ, जिसे हम एक निश्चित अर्थ कह सकते हैं,

सामाजिक प्रक्रिया से पैदा होता है। स्योमूर का संदर्भ देते हुए **मेरे साक्षात्कार** की एक बातचीत में मैनेजर पांडेय ने ठीक ही लिखा है कि उत्तर-आधुनिकता में "भाषा" मनुष्य से अधिक महत्त्वपूर्ण हो गई। तात्पर्य यह है कि भाषा केवल मनुष्य के भावों और विचारों की अभिव्यक्ति का साधन ही नहीं रही बल्कि वह भावों और विचारों के बोध का माध्यम बन गई। इतना ही नहीं, वह एक कदम आगे बढ़कर भावों और विचारों के स्वरूप को निर्धारित करने वाली शक्ति बन गई। 'जाहिर है किसी पाठ के मूल्यांकन की यह एक ऐसी प्रक्रिया है जो समय और समाज से मुक्त होकर रचना पर बातचीत करने का इशारा करती है। दूसरे शब्दों में, हम कह सकते हैं कि यह परंपरा से मुक्त होकर स्थितियों पर बातचीत करने का प्रयास करती है, क्योंकि इसके एक मुखर प्रवक्ता जॉक देरिदा का मानना है कि 'परंपराएँ भ्रम मात्र हैं और इनके खिलाफ गुरिल्ला युद्ध लड़कर ही जीवन अथवा रचना का सही अर्थ ढूँढ़ा जा सकता है।'

वास्तव में उत्तर-आधुनिकता के प्रवक्ताओं की पृष्ठभूमि अलग-अलग है। इनमें मिशेल फूको जहाँ दर्शन के व्याख्याकार हैं, वहाँ जॉक देरिदा इतिहास के, जॉक लाका जहाँ मनोविज्ञान से जुड़े हैं, वहाँ लेवी स्त्रोस और रोला बार्थ क्रमश: आदिम समाज, उसकी संस्कृति और मिथकों के निर्माण की प्रक्रिया के बहाने जीवन, साहित्य, समाज आदि पर बात करने की कोशिश करते हैं। इसीलिए कई बार उत्तर-आधुनिकता को समग्र विचार और चिंतन का विज्ञान अर्थात् ज्ञान का विज्ञान भी कहा जाता है, क्योंकि इसके सिद्धांतकार सिर्फ साहित्य पर ही बात नहीं करते हैं बल्कि उसे एक राजनीतिक विमर्श मानकर जीवन का नया अर्थ खोजने की भी माँग करते हैं। जैसा कि आज हिंदी में दलित साहित्य के साथ हो रहा है, क्योंकि दलित साहित्य एक साहित्यिक विमर्श ही नहीं है बल्कि यह एक सामाजिक पद्धति (भारतीय) को समझने की कोशिश भी है, जहाँ सिर्फ जाति के आधार पर एक पूरे समूह को अस्पृश्य मान लिया जाता है। फ्रांस में इस प्रकार की नई राजनीति और उसकी चेतना को ही ध्यान में रखकर मिशेल फूको ने रोजे पॉल द्रुआ को 20 जून 1975 को दिए गए एक साक्षात्कार में कहा था कि 'हमें इस बात का विश्लेषण करना चाहिए कि सारे वर्णनों में से क्यों कुछ ही को पवित्र या उत्कृष्ट मानकर साहित्य में शामिल कर लिया जाता है' तथा उन्हें तुरंत ही विश्वविद्यालय जैसी संस्था के साथ जोड़कर मान्यता दे दी जाती है। जाहिर है, फूको का ध्यान साहित्य की उस राजनीति की ओर है जिसमें किसी रचना अथवा रचनाकार को एक राजनीति के तहत मुख्यधारा में शामिल कर लिया जाता है और शेष को हाशिये पर, और जाहिर है, वही लोग समाज अथवा साहित्य में हाशिये पर जाते हैं जिनकी मुख्यधारा में कोई

जगह नहीं होती है। जैसा कि हिंदी में दलितों, स्त्रियों, आदिवासियों के साथ होता रहा है। यह उत्तर-आधुनिकता का एक ऐसा विमर्श है जो रचना और उसकी अंतर्वस्तु में निहित संदर्भों की व्याख्या एक नए परिप्रेक्ष्य में करने की माँग करता है। कारण, मुख्यधारा अर्थात् केंद्र और हाशिये का संबंध हमेशा एक-सा नहीं रहता है, समय के हिसाब से उसमें परिवर्तन आता रहता है। इसीलिए कई बार जो वस्तु लंबे समय तक हाशिये पर होती है, वह समय के अंतराल में शक्तिशाली होकर केंद्र में पहुँच जाती है। जॉक देरिदा इसी प्रकार के विमर्श को विकेंद्रीकरण की धारणा "डिसेंटरिंग" के रूप में व्याख्यायित करते हैं। वे कहते हैं, 'अगर आप रचना के केंद्र की खोज करते हैं और उसके हाशिये पर जो कुछ है उसको भूल जाते हैं तो रचना को ठीक से नहीं समझ सकते हैं।' क्योंकि कई बार कुछ हाशिये की चीजें केंद्र से अधिक महत्त्वपूर्ण हो जाती हैं। उदाहरण के लिए, प्रेमचंद के **गोदान** का होरी केंद्रीय पात्र है लेकिन अगर आप गोबर, मातादीन, प्रो. मेहता, मालती आदि के साथ ही मगरूशाह, दातादीन, सिलिया, भोला अहीर आदि को भूल जाते हैं तो **गोदान** का वास्तविक अर्थ ढूँढ़ना मुश्किल होगा। इसी प्रकार अगर आप भारतीय समाज को समझना चाहते हैं तो साहित्य उसका सर्वोत्तम माध्यम है। पर यह नहीं है कि यदि आप हिंदी साहित्य का अध्ययन करने जा रहे हैं तो मुख्यधारा के साहित्य के साथ, दलित साहित्य को न देखें।

स्पष्टतः विकेंद्रीकरण की धारणा, उत्तर-आधुनिकता की एक ऐसी मान्यता है जो रचना के साथ ही समाज और सामाजिक संबंधों की पुनर्व्याख्या की माँग करती है। कारण, शासक समुदाय अथवा बुद्धिजीवी समाज, साहित्य और कला के क्षेत्र में शुरू से ही एक केंद्रीय परंपरा बनाए रखना चाहते हैं तथा जो भी विचार अथवा रचना उस केंद्रीय परंपरा के खिलाफ विकसित होती है, वह उनकी आलोचना, विरोध एवं दमन का पात्र बनती है। उदाहरण के लिए, आज के संदर्भ में हम हिंदी के दलित साहित्य को ले सकते हैं जो एक तरफ जहाँ सामाजिक व्यवस्था की सबसे सशक्त परंपरा "वर्णभेद" का विरोध करता है, वहीं दूसरी तरफ संरचना के स्तर पर अपने अपूर्ण गद्य के माध्यम से पारंपरिक भाषिक मान्यता की अवहेलना भी नहीं करता है। यद्यपि एक अकादमिक विमर्श के लिए दलित साहित्य की ये प्रवृत्तियाँ तथा मान्यताएँ मुश्किलें पैदा करती हैं, परंतु पाठ के स्तर पर तो उसे बहस का केंद्र बनाया ही जा सकता है क्योंकि प्रत्येक रचना के पाठक सभी नहीं हो सकते हैं। एक तरफ जहाँ रचना अपने सही पाठक की तलाश में रहती है, वहीं दूसरी तरफ पाठक भी सही रचना की तलाश में रहता है। इसलिए जब कोई नई रचना आती है तो हर पाठक अपने लिए उस रचना की पुनर्रचना करता है। दूसरे शब्दों में, हम कह सकते

हैं कि पाठक अपने अनुसार प्रत्येक रचना के अर्थ की खोज करता है, वह आलोचक द्वारा रचना की नई व्याख्या पर ही निर्भर नहीं होता।

वास्तव में उत्तर-आधुनिकता रचना को अपने आप में एक सुनिश्चित चीज मानने से इन्कार करती है। इसीलिए जब यह तय है कि रचना अपने आप में सुनिश्चित चीज़ नहीं है, तब जाहिर है उसका अर्थ भी सुनिश्चित नहीं होगा। पाठ का अर्थ हमेशा पाठक पर निर्भर करता है। इसलिए रोला बार्थ जब अपने प्रसिद्ध लेख द्वारा इसकी रूपरेखा बनी। "द डेथ ऑफ द ऑथर" में कहते हैं कि 'पाठ (रचना) उक्तियों का ताना-बाना है जो संस्कृति के असंख्य स्रोतों से उपजता है', तब उनका संकेत स्पष्टत: उस तरफ है जहाँ पाठ को एक बहुआयामी क्षेत्र मानने की बाध्यता होती है। यही सही भी है, क्योंकि रचना की संरचना अनेक ऐसी मन:स्थितियों में होती है जहाँ तरह-तरह के विचार आपस में संवाद करते हैं और लेखक उन विचारों को व्यवस्थित कर पाठकों के सामने प्रस्तुत करता है। इसीलिए बहुत से विचारक उत्तर-आधुनिकतावाद को एक सांस्कृतिक राजनीतिक समस्या समझते हैं। कारण, जब भी चयन की बात आती है, रचना की प्रक्रिया में लेखक अपनी जातीय परंपरा से कुछ लेते हुए और कुछ छोड़ते हुए ही कुछ तथ्यों एवं संदर्भों को रचना का विषय बनाता है और पाठक उसे पढ़ने को विवश होता है। आलोचक उसकी मनमानी व्याख्या करता है और आशा करता है कि पाठक उसकी बात मानेगा ही, जैसा कि हिंदी में लिखित दलित साहित्य के साथ हो रहा है, जबकि उसका (आलोचक का) यह भ्रम होता है। पाठक अपनी चेतना और संस्कृति के अनुसार ही रचना के संदर्भों एवं तथ्यों की छानबीन करता है, कोश अथवा संदर्भ ग्रंथ की सहायता नहीं लेता है। इसलिए लेखन की प्रक्रिया में उसका स्थान न होना अथवा मानना एक दु:खद पहलू है। उत्तर-आधुनिकता इस प्रकार के भ्रम को तोड़ती है तथा केंद्रीय परंपरा में हाशिये की बात को महत्त्व देती है और यही इसकी सबसे बड़ी विशेषता है।

9

साहित्य में उत्कृष्टता और पवित्रता का सवाल

अपने निधन से कुछ ही वर्ष पूर्व रोजे पॉल द्रुआ को 20 जून 1975 को दिए गए एक साक्षात्कार[1] में प्रसिद्ध उत्तर-आधुनिकतावादी विचारक मिशेल फूको ने "पाठ की पवित्रता और उत्कृष्टता", की चर्चा करते हुए यह सवाल उठाया था कि 'सारे वर्णनों में से क्यों कुछ ही को पवित्र अथवा उत्कृष्ट मानकर साहित्य में शामिल कर लिया जाता है तथा उन्हें तुरंत ही विश्वविद्यालय जैसी संस्था से जोड़कर उसे स्थापित करने की कोशिश की जाती है।' यहाँ मैं उत्तर-आधुनिकता की मान्यताओं पर बातचीत न करके सिर्फ "पाठ" की पवित्रता और उत्कृष्टता के बहाने ओमप्रकाश वाल्मीकि की आत्मकथा **जूठन** और अन्य दलित आत्मकथाओं का उल्लेख करना चाहूँगा। क्योंकि अगर आप ध्यान दें तो दलित समाज और साहित्य का लगभग पूरा संघर्ष इसी पवित्रता और उत्कृष्टता के खिलाफ है, खासकर भारतीय संदर्भ में। सामाजिक जीवन में जहाँ "जाति" उनके(दलित समाज) और अन्य समाज के बीच दहलीज का काम करती है, वहीं साहित्य में उनके जीवन का यथार्थ, अनुभव, संघर्ष और भाषा उनके पाठ की मान्यता के खिलाफ दीवार बनकर खड़ी हो जाती है। परिणामत: हम उन्हें इसलिए कोई स्थान देने अथवा उनसे संबंध स्थापित करने से हिचकने लगते हैं कि भारतीय परंपरा और संस्कृति में न तो वह समाज(दलित) ही पवित्र है और न ही उसका पाठ "उत्कृष्ट"। फिर कैसी माँग और कैसी मान्यता तथा कैसा उनका संघर्ष? यहीं पर आकर सब कुछ गड़बड़ होने लगता है और शेष समाज (गैर-दलित समाज) तथा उसकी मान्यताएँ, इस वंचित समाज जिसे हम एक अन्य अर्थ में "हाशिये का समाज" (marginal society) भी कह सकते हैं, के खिलाफ आकर खड़ी हो जाती हैं।

थोड़ा-सा विषयांतर होते हुए, परंतु इसी साहित्यिक पाठ और आज के उत्तर-आधुनिक परिदृश्य में उसके घटते पाठकों की संख्या को ध्यान में रखते हुए मैं यह बात भी आपके सामने रखना चाहूँगा कि क्या हमने कभी इस बात पर विचार किया है कि क्यों आज हमारे "साहित्यिक पाठ" के पाठक कम नहीं तो बहुलांश

केवल साहित्यिक ही रह गए हैं? और हम अपने साहित्य की चिंता किए बगैर एक ऐसे साहित्य के खिलाफ आकर खड़े हो जाते हैं जिसके अंदर गैर-साहित्यिक वर्ग के 'पाठक' पैदा करने की क्षमता है। इसके सर्वोत्तम उदाहरण के रूप में हम आदिवासी समाज को ले सकते हैं जिसकी परंपराएँ, मान्यताएँ और अनुभव समाज वैज्ञानिकों के लिए आकर्षण का केंद्र बने हुए हैं। लेकिन यह पवित्रता और उत्कृष्टता हमारे बीच इस तरह आकर खड़ी हो गई हैं कि हम साहित्य के इस नए अनुभव तथा समाज के आंदोलन के व्यापक महत्त्व पर ध्यान दिए बगैर इसे (दलित साहित्य को) नकारने पर तुले हुए हैं। दुर्भाग्य यह कि हम कई बार रचना के बड़े परिवेश के बीच से तथा कुछ खास कारणों से केवल ''कुछ'' ऐसे साहित्य को अच्छा मानकर स्वीकार कर लेते हैं जिनमें न तो ऐसा कोई नया अनुभव होता है और न ही आंदोलन, जैसा कि **जूठन** (ओमप्रकाश वाल्मीकि), **अपने-अपने पिंजरे** (मोहनदास नैमिशराय), **दोहरा अभिशाप** (कौशल्या बैसंत्री) अथवा मराठी के **अछूत** (दया पवार) या **अक्करमाशी** (शरणकुमार लिंबाले) में है। बावजूद इसके कुछ साहित्यिक विचारक यह भ्रम पाले हुए हैं कि यह "कुछ" ही साहित्य के अस्तित्व और उसकी अर्थवत्ता को बनाए रखता है। कई बार मैं यह समझ नहीं पाता हूँ कि इन विचारकों की दृष्टि में इस "कुछ" की अवधारणा आखिर क्या है और यदि कुछ है भी तो उसका रूप इतना संकुचित क्यों है? क्या हवा पानी की मधुर सनसनाहट को लेकर लिखी गई कोई कविता या किसी बाबा की महिमा का गुणगान करती कोई कथाकृति भी इस "कुछ" के अंदर है? या कुछ और जो सामान्य समाज के परे है? कई बार इसी तरफ विचारक इशारा नहीं करते हैं, परंतु अपनी रचना और विचार प्रक्रिया को लेकर आजीवन यह व्याख्यान ज़रूर देते रहते हैं कि पता नहीं कब, क्या उनके हाथ से "कुछ" ऐसा निकल जाए और वे भी महानता की उस श्रेणी में आकर खड़े हो जाएँ, जहाँ आज कबीर, तुलसी, प्रेमचंद, निराला, महादेवी वर्मा, फणीश्वरनाथ रेणु, मुक्तिबोध, कृष्णा सोबती और मन्नू भंडारी जैसे साहित्यकार खड़े हैं।

जाहिर है, इस प्रकार के अधिकांश रचनाकारों में महान बनने की आकांक्षा तो होती है परंतु अपनी रचना अथवा विचार को कोई ऐसा निश्चित आधार और दिशा देने की वह ऊर्जा नहीं होती, जो अपने आपको किन्हीं सामाजिक-राजनीतिक आंदोलनों से जोड़ सके या जिनके साहित्य को पढ़कर हम सामाजिक-राजनीतिक जीवन की उस एक भी सच्चाई से परिचित हो सकें जिनका प्रवेश अक्षर की दुनिया में अब तक नहीं हो पाया है। इस प्रसंग में कबीर या हीरा डोम की रचनाओं को देखा जा सकता है जिसमें वे ज्ञान की दुनिया में मौजूद वर्चस्ववादी ताकतों की प्रासंगिकता पर सवाल उठाते हैं एवं सामंतशाही का विरोध करते हैं।* अगर थोड़ा-सा

और आगे आएँ तो कथाकार जगदीशचंद्र, कवि देवेन्द्र कुमार और बिहारी लाल हरित अपनी रचनाओं के माध्यम से दलितों के उत्पीड़न के खिलाफ आवाज उठाते हैं। ओमप्रकाश वाल्मीकि भी अपनी रचनाओं में एक ऐसी दुनिया से हमारा परिचय कराते हैं जहाँ लोग अन्य समाजों की निगाहों में पवित्र और उत्कृष्ट न होने के कारण हाशिये का जीवन व्यतीत करते आ रहे हैं तथा जब ये लोग अक्षर की दुनिया में प्रवेश करते हैं तो इनके अतीत की स्मृतियाँ, इनके समाज और उसकी समस्याएँ एक शक्तिशाली ऊर्जा के साथ हमारे सामने उपस्थित होती हैं। हम उन्हें पढ़ते हुए हतप्रभ रह जाते हैं कि "क्या कहीं ऐसा भी होता है?" उदाहरण के लिए, **जूठन**, **अपने-अपने पिंजरे** और **दोहरा अभिशाप** के निम्नलिखित उद्धरणों को देखा जा सकता है जिनमें दलित जीवन का यथार्थ मार्मिकता के साथ दर्ज है:

एकः

'जोहड़ी के किनारे पर चूहड़ों के मकान थे, जिनके पीछे गाँव भर की औरतें जवान लड़कियाँ बड़ी बूढ़ी यहाँ तक कि नई नवेली दुल्हनें भी इसी डब्बो वाली के किनारे खुले में टट्टी फरागत के लिए बैठ जाती थीं। रात के अंधेरे में ही नहीं, दिन के उजाले में भी पर्दों में त्यागी महिलाएँ घूँघट काढ़े दुशाले ओढ़े इस सार्वजनिक खुले शौचालय में निवृत्ति पाती थीं। तमाम शर्म लिहाज छोड़कर वे डब्बोवाली के किनारे गोपनीय जिस्म उघाड़कर बैठ जाती थीं। इसी जगह गाँव घर के लड़ाई-झगड़े गोलमेज कॉन्फ्रेंस की शक्ल में चर्चित होते थे। चारों तरफ गंदगी होती थी। ऐसी दुर्गंध कि मिनट भर में साँस घुट जाए। तंग गलियों में घूमते सूअर, नंग-धड़ंग बच्चे, कुत्ते, रोजमर्रा के झगड़े बस यह था वह वातावरण जिसमें बचपन बीता। इस माहौल में यदि वर्ण व्यवस्था को आदर्श व्यवस्था कहने वालों को दो-चार दिन रहना पड़ जाए तो उनकी राय बदल जाएगी।'[2]

दोः

'हमारी बस्ती भी शहर की अन्य बस्तियों की तरह थी। बस्ती का नाम चमार गेट था, फिर चमार दरवाजा हुआ। जिसे लोग चमार दरवज्जा ही अधिक बोलते थे। बस्ती के सिरे पर एक बड़ा गेट था। पहले हमारी बस्ती शहर के भीतर एक कोने पर थी। शाम होते-होते दरवाजे बंद कर दिए जाते थे। इसी कारण बस्ती का नाम चमार गेट पड़ा। बस्ती में शिक्षा का प्रसार हुआ तो उसे जाटव गेट कहा जाने लगा। वैसे नगर पालिका के रजिस्टर में इसे बाद में करमअली नाम से ही जाना गया। चुनाव की पर्चियों पर भी यही नाम छपता था। कुछ लोग इसे चमारों का मौहल्ला भी कहकर पुकारते थे। आज भी रिक्शे-तांगेवाले सवारी लेने के लिए जोर-जोर से चमार दरवज्जा कहकर पुकारते हैं।'[3]

तीनः

'बस्ती में चालीस पचास घरों के लिए एक नल होता था। बस्ती काफी बड़ी

थी। नल सवेरे पाँच बजे खुलता था और आठ बजे बंद हो जाता था। शाम को फिर साढ़े पाँच बजे खुलता और सिर्फ दो घंटे ही खुला रहता था। गरमी के दिनों में तो सिर्फ एक-डेढ़ घंटे ही पानी आता था। सबको सबेरे ही काम पर जाना होता था। इसलिए सबको पानी की जल्दी पड़ी रहती थी। लोग रात में तीन बजे से ही अपनी बारी के लिए बरतन रखते थे। नल के आगे बर्तनों, घड़ों की लाइन लगी रहती थी। अगर पीतल वगैरह के बर्तन रखते तो बार-बार देखने जाते क्योंकि चोरी जाने का डर रहता था। सवेरे से ही नल पर लोगों का शोर शुरू हो जाता था। कभी झगड़ा-फसाद, मारपीट भी हो जाती थी। झगड़ा औरतों में शुरू होता और बाद में घर के पुरुष भी उस झगड़े में उतर आते थे। औरतें एक-दूसरे के बाल नोचती थीं और गंदी-गंदी गालियाँ एक-दूसरे को देती थीं। जैसे 'तू रंडी है यारों साथ घूमती है' वगैरह-वगैरह। कुछ गालियाँ इतनी गंदी होती थीं कि सुनकर बड़ी घृणा आती थी।'[4]

जाहिर है **जूठन**, **अपने-अपने पिंजरे** और **दोहरा अभिशाप** की ये पंक्तियाँ दलित समाज की ज़िंदगी और उनकी समस्याओं के माध्यम से एक ऐसे समय और समाज को हमारे समाने उपस्थित करती हैं जिसकी साहित्यिक वास्तविकता से हम लगभग अछूते थे या अगर हम उनसे सामाजिक ज़िंदगी में परिचित भी थे तो उनसे टकराने का साहस हमने कभी नहीं किया। कारण, हम डरते थे कि कहीं हमने उन सच्चाइयों से टकराने का साहस किया भी तो खत्म हो जाएँगे हम और खत्म हो जाएगी हमारी वह दुनिया जो अब तक पवित्र, उत्कृष्ट और सुरक्षित थी। क्योंकि अगर ऐसा नहीं होता जो **जूठन** के नायक की वास्तविक दुनिया से परिचित होने के बाद भी महाराष्ट्रीय ब्राह्मण कुलकर्णी की बहन सविता अपने समाज के सत्य और पारंपरिक पवित्रता के बंधन तथा दबाव को नकारते हुए उसे स्वीकार लेती। पर केंद्र को तोड़ना इतना आसान नहीं होता और न ही व्यक्ति के अंदर इतना साहस होता है कि वह पारंपरिक केंद्रीय व्यवस्था पर बार-बार आक्रमण करके उसे छिन्न-भिन्न करने का प्रयास करे, जिसे हम पारंपरिक अर्थों में "वर्ण-व्यवस्था" अथवा जाति-व्यवस्था के रूप मे जानते हैं। हाँ, सामूहिक प्रयास से यह संभव है, अगर अन्य सामाजिक वर्ण (वर्ग) इसमें सहयोग करें। इसीलिए सविता भी ऐसा कुछ नहीं करती है क्योंकि उसकी आकांक्षा व्यक्तिगत है। कई बार व्यक्तिगत आकांक्षाएँ भी सामाजिक परिवर्तन और विकास में महत्त्वपूर्ण भूमिका निभाती हैं, परंतु इस प्रकार के अधिकांश प्रयास असफल ही होते हैं। यही कारण है कि सविता भी धीरे से एक नया झूठ ओढ़ते हुए इसलिए नायक की दुनिया से अलग हो जाती है कि दलित के स्पर्श का अहसास उसके परिवार की पवित्रता और उत्कृष्टता को नष्ट कर देगा। जैसे:

वह चलते-चलते रुक गई थी। बोली 'घर आओ या न आओ लेकिन यदि यह सच है तो बाबा से मत कहना ...।' वह फिर रुआँसी हो गई थी। उसका गला भर्रा गया था।

'लेकिन क्यों?' मैंने जानना चाहा था।

'नहीं कहोगे ... वादा करो ...' सविता की आँखों में अजीब-सी याचना थी।[5]

यह सच और कुछ नहीं नायक के एस.सी. यानी कि दलित होने का है जो अपनी तथाकथित प्रेमिका के सामने स्पष्टत: यह कह देता है कि 'मैंने साफ शब्दों में कह दिया था कि मैंने उत्तर प्रदेश के "चूहड़ा" परिवार में जन्म लिया है।'[6] जबकि हम और हमारा संपूर्ण समाज यह मानकर चलता है कि प्रेम की दुनिया पवित्र होती है और पवित्र होते हैं उसके वे सारे संबंध जो इस दौरान जन्म लेते हैं, इसलिए लेखन की दुनिया में जब कोई रचनाकार अपने समाज की सच्चाइयों से टकराए बिना आगे बढ़ने की कोशिश करता है अथवा एक ऐसी दुनिया को हमारे सामने रखता है जिसमें दलित या उस जैसे अन्य वंचित समाज अथवा व्यक्ति की कहीं कोई हिस्सेदारी नहीं होती है तो उसे संपूर्णता में स्वीकारने में दिक्कत होती है, क्योंकि यह कैसे संभव है कि समाज के एक हिस्से के संघर्ष का चित्रण तो हम कर रहे हैं और दूसरे से बिल्कुल अछूते हैं जैसे वहाँ कुछ हो ही नहीं। और यदि हम कर भी रहे हैं तो उसकी भूमिका मात्र खाली जगह भरने की है अथवा एक ऐसा दु:ख हमारे मन में आता है, जिसे पढ़कर मन में आक्रोश के बदले सहानुभूति के भाव उपजते हैं। उदाहरण के लिए, हम हिंदी के गैर-दलित लेखकों के दलित जीवन पर केंद्रित कृतियों अथवा उनके साहित्य में आए दलित पात्रों को देख सकते हैं जिनका जीवन या संघर्ष आक्रोश उत्पन्न करने की बजाय दया का भाव पैदा करता है और वह भी वहाँ जहाँ सिर्फ "सेवा" के आधार पर एक खास समाज को जीवन की बहुत सारी मूलभूत ज़रूरतों से वंचित कर देने के प्रयास होते रहे हैं।

आज के उत्तर-आधुनिक परिदृश्य में साहित्य पर इस ढंग से बातचीत करने पर अनेक बुद्धिजीवियों को आपत्ति हो सकती है, परंतु आज इन मुद्दों पर इस प्रकार से बातचीत करना इसलिए भी जरूरी हो गया है कि अगर आपके सामने यह स्पष्ट नहीं है कि आप क्या, क्यों, कैसे और किसके लिए लिख रहे हैं तब यह स्वाभाविक ही है कि आप जिंदगी भर यह वक्तव्य देते रह जाएँगे कि 'उसे अंतिम साँस तक कहने की कोशिश करता रहूँगा, पर कह पाऊँगा- इसका दावा नहीं कर सकता।'[7] और मुझे अपना यह विचार प्रकट करने में बिल्कुल पछतावा नहीं हो रहा है कि पिछले एक लंबे अरसे से हिंदी साहित्य की मुख्यधारा में ऐसा होता रहा है। हमने अधिकांशत: वैसे रचनाकारों को बड़ा बना दिया जो इस "कुछ" के प्रकटीकरण के केंद्र में रहे हैं और कई ऐसी रचनाओं और उनके रचनाकारों तथा आलोचकों को हाशिये पर डाल दिया, जो नए और निम्नवर्गीय समाज के आंदोलनों को स्वर दे रहे थे तथा जिन्हें आज के संदर्भ में दलित अथवा हाशिये के लोगों का आंदोलन कहा

जा सकता है। इन लेखकों और आलोचकों के सामने सब कुछ स्पष्ट था पर इन्हें ठीक से समझा नहीं गया अथवा समझने की कोशिश ही नहीं की गई। स्पष्टतः जहाँ तथाकथित बड़े-बड़े आंदोलन चल रहे हों और कुछ खास प्रकार की विचारधारा का आतंक हो, वहाँ दलित अथवा हाशिये के लोगों के आंदोलन का महत्त्व ही क्या है? जाहिर है, इस प्रकार की सामाजिक अस्मिता (social identity) वाले आंदोलनों को या तो दबा दिया गया अथवा उन्हें गलत करार देकर कमजोर कर दिया गया। चाहे वह आरक्षण हो अथवा कुछ और। साहित्य के क्षेत्र में, यद्यपि हाशिये पर डालने की इस प्रक्रिया में कुछ रचनाकार और उनका साहित्य ज़रूर मुख्यधारा के केंद्र में आ गया, परंतु उसका कारण थोड़ा बहुत इतिहास रहा है तो अधिकांशतः इनके पीछे कोई न कोई व्यक्ति अथवा संस्थान की मुख्य भूमिका रही है। कुछ तो इसके बावजूद पाठकों की निगाहों से आगे बढ़ नहीं पाए और अगर हम गहराई से छानबीन करें तो इनमें से अधिकांश के लेखन पर एक भी ढंग का लेख अथवा टिप्पणी नहीं मिलेगी।

यद्यपि हिंदी में दलित लेखन की परंपरा बहुत पुरानी नहीं है, फिर भी **जूठन**, **अपने-अपने पिंजरे** और **दोहरा अभिशाप** जैसी कुछ आत्मकथात्मक कृतियाँ ज़रूर आई हैं जिनके मूल्यांकन की ज़रूरत है। लेकिन वही पवित्रता और उत्कृष्टता की मापदंड वाली दीवार अन्य साहित्य की तुलना में इनके सामने अधिक शक्तिशाली दीवार के रूप में खड़ी है। **हंस**, **दलित साहित्य**, **युद्धरत आम आदमी** जैसी पत्रिकाओं और मैनेजर पांडेय, राजेंद्र यादव, रामशरण जोशी, राजकिशोर, विभांशु दिव्याल, मुद्राराक्षस, भवदेव पांडेय और प्रेमकुमार मणि जैसे कुछ लेखकों और विचारकों के चलते यद्यपि हिंदी में दलित साहित्य पर गंभीर विचार-विमर्श हो रहा है तथा ओमप्रकाश वाल्मीकि, मोहनदास नैमिशराय, डॉ. धर्मवीर, जयप्रकाश कर्दम, श्यौराज सिंह बेचैन, सूरजपाल चौहान, कौशल्या बैसंत्री, कंवल भारती, मलखान सिंह आदि जैसे लेखक स्थापित भी हो रहे हैं, परंतु अभी भी पाठकों और आलोचकों की एक लंबी कतार ऐसी है जो दलित साहित्य को स्वतंत्र साहित्य अथवा हिंदी साहित्य की एक नई मुख्यधारा नहीं मानती, केवल उसे एक सामान्य प्रवृत्ति के रूप में देख रही है। वह भी एक सीमा के अंदर ही। परिणामतः वह ओमप्रकाश वाल्मीकि कृत **जूठन** हो या डॉ. धर्मवीर कृत **कबीर के आलोचक** - ये पुस्तकें पाठकों और आलोचकों की इस लंबी कतार में बहुत धीरे-धीरे पढ़ी जा रही हैं तथा हो सकता है एक समय ऐसा आए जब वे इस साहित्य की ऊर्जा को सैद्धांतिक रूप देने के बदले नष्ट कर दें। फिर न तो उनकी कोई जवाबदेही होगी और न ही यह मुद्दा कि साहित्य में वर्णित ये अनुभव और आंदोलन तो बासी हो चुके हैं और अब के आर्थिक युग में उन पर बातचीत करने का कोई औचित्य नहीं रह गया है।

लेकिन क्या ऐसा संभव है? संभवतः नहीं, क्योंकि **जूठन** या इस जैसी अन्य आत्मकथात्मक कृतियों की सबसे बड़ी विशेषता यह होती है कि जहाँ अधिकांश गैर-दलित आत्मकथात्मक कृतियाँ केवल "स्वयं" तक ही सीमित होती हैं, वहाँ दलित आत्मकथाएँ "स्वयं" से आगे बढ़कर उस राजनीति से भी टकराने की कोशिश करती हैं, जिसके कारण उनका समाज हाशिये की ज़िंदगी व्यतीत करने को विवश होता है। इसलिए कई बार **जूठन** जैसी आत्मकथाएँ साहित्य के वैसे अनेक मापदंडों से अपने आपको मुक्त कर लेती हैं जिनके माध्यम से किसी रचना पर पवित्रता अथवा उत्कृष्टता की मुहर लगती है या वह महान घोषित होती है। परंतु अन्य साहित्यिक आत्मकथाओं के लिए यह स्थिति उतनी सहज नहीं होती है क्योंकि वह पारंपरिक साहित्य के मापदंडों और अन्य सभी बंधनों के दायरे के अंदर ही होती है। जो रचना इस प्रक्रिया से अपने आपको मुक्त कर लेती है, वह बड़ी रचना हो जाती है। लेकिन ऐसा आम तौर पर इसलिए नहीं होता कि कृतिकार के सामने अपनी रचना तथा स्वयं को स्थापित करने की महत्वाकांक्षा होती है जिसके कारण वह लगातार समझौते करते जाता है। दुर्भाग्य यह कि यह समझौता केवल लेखक के स्तर पर ही नहीं होता बल्कि उसकी रचना के साथ भी होने लगता है। उस रचना के साथ जो लेखक की रचना-प्रक्रिया से मुक्त होने के बाद एक सामाजिक संपत्ति हो जाती है। फिर भी लेखक को लगता है कि यह उसकी अपनी कृति है, संपत्ति है, जिसकी रक्षा की ज़रूरत है। ऐसे लेखक आजीवन अपनी रचनाओं को लेकर बयानबाजी करते रहते हैं, लेकिन इस बात पर ध्यान नहीं देते कि जिन समझौतों को वे करने जा रहे हैं, समाज पर उसका कितना व्यापक असर पड़ेगा? दलित आत्मकथाएँ फिलहाल इन समझौतों से मुक्त हैं, इसलिए कि वह स्वयं को स्थापित करने की बजाय "अपने समाज" (दलित समाज) को स्थापित करना चाहती हैं। उसे एक नई पहचान देना चाहती हैं, वह पहचान जो उसे पवित्रता और उत्कृष्टता की दहलीज के अंदर ले जाए। परंतु क्या प्रत्येक नए साहित्य की यह नियति होती है कि वह मुख्यधारा द्वारा बनाए गए प्रतिमानों के अनुकूल हो? यह एक विचित्र स्थिति है और नया साहित्य चाहे वह दलित साहित्य ही क्यों न हो, उसे इससे बचने की कोशिश करनी चाहिए। **जूठन** में भी ओमप्रकाश वाल्मीकि समझौते की स्थिति में होने के बावजूद, समझौता नहीं करते। बल्कि इससे आगे बढ़कर वह अपनी तथा अपने समाज की अस्मिता को बनाए रखने के लिए बार-बार उन मिथकों एवं प्रतीकों से टकराते हुए उन पर आक्रमण करने की कोशिश करते हैं जो हमारे समाज में मान्य और महत्त्वपूर्ण हैं। चाहे वह सविता से पहले प्रेम, फिर बाद में इन्कार करने का प्रसंग हो या शिक्षा जैसे पवित्र संस्थान में "गुरु" के मिथ से टकराने की बात। भाषा के

स्तर पर भी वह कहीं समझौता नहीं करने, जबकि वह चाहते तो निम्नलिखित स्थितियों में कर सकते थे:

> तीसरे दिन मैं कक्षा में जाकर चुपचाप बैठ गया। थोड़ी देर बाद उनकी दहाड़ सुनाई पड़ी 'अबे, ओ चूहड़े के, मादरचोद कहाँ घुस गया अपनी माँ ....
>
> उनकी दहाड़ सुनकर मैं थर-थर काँपने लगा था। एक त्यागी लड़के ने चिल्लाकर कहा 'मास्साब, वो बैट्ठा है कोणे में।'
>
> हेडमास्टर ने लपककर मेरी गर्दन दबोच ली थी। उनकी उँगलियों का दबाव मेरी गर्दन पर बढ़ रहा था। जैसे कोई भेड़िया बकरी के बच्चे को दबोचकर उठा लेता है। कक्षा से बाहर खींच कर उसने मुझे बरामदे में ला पटका। चीखकर बोले 'जा लगा पूरे मैदान में झाडू ... नहीं तो गांड में मिर्ची डालके स्कूल के बाहर काढ़ (निकाल) दूँगा।'[४]

यह एक "गुरु" का अपने "दलित छात्र" के साथ किया गया दुर्व्यवहार है जो शिक्षण संस्थाओं में दलित समाज की वास्तविक स्थिति की ओर संकेत करता है। इतना ही नहीं, उपर्युक्त उदाहरण के माध्यम से लेखक ने **जूठन** में दलित समाज की इस चुप्पी को भी तोड़ने का प्रयास किया है जो आमतौर पर दलितों को संकट में डाल देती है। इसलिए इस आत्मकथा का नायक अपने समाज की चुप्पी तोड़ने के साथ ही उसे भयमुक्त बनाने का प्रयास भी करता है और इस क्रम में इस राजनीति से भी टकराने की कोशिश करता है जो उसके ग्रामीण समाज को सदियों से हाशिये पर डाले हुए है। यही कारण है कि **जूठन** में लेखक अपने पिता के माध्यम से 'शिक्षा' को सर्वाधिक महत्त्व देता है। इतना ही नहीं, इस प्रक्रिया में उसको अपने पिता के साथ ही डॉ. भीमराव अंबेडकर के संघर्षशील व्यक्तित्व से नैतिक समर्थन तथा बाबूराम त्यागी, चमनलाल त्यागी जैसे कुछ लोगों से व्यापक मदद भी मिलती है। साथ ही जबलपुर, अमरनाथ जैसे शहर उसके सामाजिक दायरे को विस्तृत बनाते हैं और शरतचंद्र, गोर्की, राही मासूम रजा, यशपाल, राजेंद्र यादव जैसे रचनाकार उसे साहित्यिक संस्कार प्रदान करते हैं। लेकिन इन प्रसंगों का यहाँ एक व्यापक अर्थ है क्योंकि **जूठन** के लेखक के समाजीकरण में ये व्यक्ति, शहर और लेखक अन्य आत्मकथात्मक कृतियों की तरह केवल उसकी पहचान ही स्थापित नहीं करते हैं, अपितु उसके समाज के अस्तित्व को भी एक व्यापक सामाजिक-सांस्कृतिक स्वीकृति दिलाने की कोशिश करते हैं। इस क्रम में लेखक कहीं-न-कहीं अपने समाज की चुप्पी को तोड़ने तथा उसे मृत्यु के भय से मुक्त कराने की कोशिश भी करता है, जबकि अधिकांश आत्मकथाएँ स्वयं को स्थापित करने की प्रक्रिया में इस राजनीति को भूल जाती हैं जो उसके समाज को व्यापक जनसमुदाय में स्वीकृति और महत्त्वपूर्ण स्थान दिलाने में बाधक ही होता है। हिंदी की दलित आत्मकथाएँ ऐसा नहीं

कर रही हैं। इसीलिए **जूठन**, **अपने-अपने पिंजरे**, **दोहरा अभिशाप**, **नागफनी** में आया दलित समाज और उसका संघर्ष आज मुख्यधारा के समाज के लिए चुनौती बना हुआ है क्योंकि वह व्यक्ति की अपेक्षा अपने समाज को महत्त्व दे रहा है और उस राजनीति से टकरा रहा है जिसके कारण उसे भारतीय सामाजिक व्यवस्था में हाशिये पर रहने को विवश होना पड़ा।

वास्तव में **जूठन** का पूरा संघर्ष भारतीय सामाजिक व्यवस्था, संस्कृति और इतिहास में पवित्र तथा उत्कृष्ट समझे जाने वाले मुख्यतः तीन प्रतीकों से है– शिक्षण संस्थान, गुरु यानी कि शिक्षक और प्रेम। वह प्रेम जिसे भारतीय समाज में सर्वाधिक मार्मिक और पवित्र भाव माना जाता है चाहे उसकी परिणति विवाह में हो या न हो, परंतु उसकी नैतिक मर्यादा कभी भंग नहीं की जाती है। प्राचीन ऐतिहासिक और पौराणिक ग्रंथों में भी भारतीय समाज ने उसे एक गरिमामय स्थान प्रदान किया है तथा उसे ईश्वर प्राप्ति का एक माध्यम माना है। आत्मकथा **जूठन** इन तीनों की पवित्रता और उत्कृष्टता पर प्रश्नचिह्न खड़ा करते हुए कड़ा प्रहार करती है और यह मानकर चलती है कि दलित समाज को अपने व्यक्तित्व निर्माण और सामाजिक विकास की प्रक्रिया में इन तीनों की नकारात्मक भूमिकाओं का सामना करना पड़ता है। **जूठन** के नायक मुंशीजी शिक्षण संस्थान (educational institution) में मार खाते और अपमान सहते हुए इसलिए पढ़ाई जारी रखते हैं कि 'पढ़-लिखकर जाति सुधारनी है।' लेकिन यह जाति क्या केवल पढ़ने-लिखने से सुधर जाएगी। पढ़-लिखकर और नौकरी प्राप्त कर यह जीवन में पद और समाज में धन (wealth) तो ज़रूर प्राप्त कर लेगी परंतु मान (respect) और प्रतिष्ठा (prestige) कहाँ से मिलेगी? क्योंकि इतना तो तय है कि जब तक इनके साथ "दलित" की पहचान जुड़ी हुई है, शेष भारतीय समाज चाहे इन्हें जिस रूप में अथवा बंधन में स्वीकार कर ले, परंतु विवाह के प्रसंग में इन्हें स्वीकारने वाला नहीं है। कुलकर्णी जैसे लोग चाहे कितने भी प्रगतिशील क्यों न हो जाएँ, जब भी प्रेम अथवा विवाह का प्रसंग आएगा, "जाति" जैसी ताकतवर दीवार इसके बीच आकर खड़ी हो जाएगी और फिर ये कभी भी पारंपरिक पवित्रता की उस दहलीज को पार नहीं कर पाएँगे, जिसके चलते ये समाज में हाशिये पर रखे जाते हैं। **जूठन** में हो सकता था अनजाने नायक द्वारा सविता से विवाह कर लेने के बाद शायद यह बंधन टूट जाता और वह उस दहलीज को पार कर लेता, परंतु टूटने की इस प्रक्रिया को नायक खुद अस्वीकार कर देता है, क्योंकि उसे लगता है कि झूठ और अनजान अज्ञान के सहारे पवित्रता और उत्कृष्टता के इन प्रतीकों को तोड़ा नहीं जा सकता है। यथार्थ और क्रूर सत्य ही इन प्रतीकों की उत्कृष्टता और पवित्रता को तोड़ेंगे और वे सारी प्रतिमाएँ खंडित होंगी जिन्हें अपने को श्रेष्ठ समझने

वाला समाज सदियों से बचाकर रखता आया है। यद्यपि इस तथाकथित श्रेष्ठ समाज की श्रेष्ठता में भी अनेक विडंबनाएँ और विसंगतियाँ हैं तथा आर्थिक रूप से कमजोर भारतीय समाज के इस श्रेष्ठ तबके का एक हिस्सा वंचित समाज की समस्याओं से बहुत दूर नहीं है, परंतु जहाँ तक पवित्रता एवं उत्कृष्टता का सवाल है दलित समाज अब भी भारतीय समाज की मुख्यधारा के अंदर हाशिये पर खड़ा है। **जूठन, अपने-अपने पिंजरे** और **दोहरा अभिशाप** जैसी अनेक रचनाएँ आने वाले दिनों में इस उत्तर-आधुनिक भारतीय समाज में नए-नए अनुभवों और आंदोलनों के कारण मुख्य साहित्य का स्थान ग्रहण करेंगी और उपभोक्तावाद तथा उपयोगितावाद के इस दौर में उन पाठकों को अपनी ओर सर्वाधिक आकर्षित करेंगी, जिन्हें हम गैर-साहित्यिक मानते हैं और जो लगातार हिंदी साहित्य पर यह आरोप लगाते रहे हैं कि हिंदी का अधिकांश "साहित्यिक पाठ" (literary text) अब उबाऊ हो गया है तथा उसमें अब ऐसा कुछ नहीं रह गया है कि उसे पढ़ा जाए।

संदर्भ

1. 'यही वह प्रश्न है जिसका उत्तर आज हमें ढूँढ़ना है। एक ओर हमें स्वयं से यह सवाल करना है कि समाज में ... वास्तव में वह कौन-सी गतिविधियाँ हैं जिनसे कविताएँ, कहानियाँ, लघुकथाएँ आदि निकलती हैं? दूसरी ओर हमें विश्लेषण करना है कि सारे वर्णनों में से क्यों कुछ ही को पवित्र या उत्कृष्ट मानकर साहित्य में शामिल माना जाता है? वे तुरंत ही एक संस्था के साथ जोड़ दिए जाते हैं, जो मूलतः बहुत अलग हैं- जैसे विश्वविद्यालय।' **साहित्य का महत्त्व**, मिशेल फूको के साथ रोजे पॉल द्रुआ की बातचीत, **पल प्रतिपल**, समकालीन फ्रांसीसी साहित्य विशेषांक (अतिथि संपादकः हेमंत जोशी/देवेंद्र चौबे), संयुक्तांक 20-21, अप्रैल 1992 - सितंबर 1992, पृ. 47.
2. ओमप्रकाश वाल्मीकि, **जूठन**(आत्मकथा), राधाकृष्ण प्रकाशन, नई दिल्ली, पहला संस्करण, 1997, पृ. 11.
3. मोहनदास नैमिशराय, **अपने-अपने पिंजरे**(आत्मकथा), वाणी प्रकाशन, नई दिल्ली, पहला संस्करण, 1996, पृ. 17.
4. कौशल्या बैसंत्री, **दोहरा अभिशाप**(आत्मकथा), परमेश्वरी प्रकाशन, नई दिल्ली, पहला संस्करण, 1999.
5. ओमप्रकाश वाल्मीकि, **जूठन**, पृ.120.
6. वहीं, पृ. 119.
7. एक प्रसिद्ध लेखक का वक्तव्य।
8. ओमप्रकाश वाल्मीकि, **जूठन**, पृ. 15.
9. वही, पृ. 40.

टिप्पणी

* इस प्रसंग में हीरा डोम की निम्नलिखित आत्मकथात्मक कविता 'अछूत की शिकायत' ('सरस्वती', सितंबर 1914)को देखा जा सकता है जिसके माध्यम से वह ज्ञान और सत्ता पर सवर्ण समाज के वर्चस्व के कारण दलितों पर हो रहे उत्पीडन के खिलाफ आवाज़ उठाते हैं:

हमनी के राति दिन दुखवा भोगत बानी,
हमनी के साहेबे से मिनती सुनाइबि। ...
हमनी के राति दिन मेहनत करीलेजा,
दुइगो रूपयवा दरमहा पाइबि।
मुँह बान्हि ऐसन नोकरिया करत बानी,
ई कुल खबरि सरकार के सुनाइबि।
बभने के लेखे हम भिखिया न मांगबजां,
ठकुरे के लेखे नहिं लउरि चलाइबि।
सहुआ के लेखे नहिं डांडी हम मारबजां,
अहिरा के लेखे नहिं गइया चराइबि। ...
हमनी के इनरा के निगिचे न जाइलेजां,
पाँके में से भरि भरि पिअतानी पानी।
पनहीं से पिटि पिटि हाथ गोड़ तुरि दैलैं,
हमनी के एतनी काही के हलकानी?॥

10

कथा-आत्मकथा का एशियाई संदर्भ

यह एक मुश्किल सवाल है कि एशियाई साहित्य (जापानी एवं हिंदी) की नई प्रवृत्ति अथवा धारा क्या है? भारतीय प्रसंग में तो यह साफ-साफ कहा जा सकता है कि मार्क्सवाद से प्रभावित प्रगतिशील साहित्य एवं उसके बाद स्त्री साहित्य तथा अब खासकर हिंदी में 1990 के बाद तो "दलित साहित्य" साहित्य की नई प्रवृत्ति है। परंतु क्या एशियाई साहित्य में भी, दलित लेखन को एक नई प्रवृत्ति के रूप में देखा जा सकता है? कारण, एशियाई साहित्य में दलित प्रसंग की कोई ठोस तस्वीर दिखलाई नहीं पड़ती है। जापानी कथाकार शिमाजाकी तोसोन के **हाकाई** को ध्यान में रखें तो बीसवीं सदी के पहले दशक में इसे एक नई प्रवृत्ति के रूप में देखा गया था। पर तब तक भारत में दलित साहित्य का कोई व्यवस्थित विकास नहीं हुआ था। मराठी में जोतिबा फुले की कृति **तृतीय रत्न**(1855), **गुलामगीरी**(1873); तेलुगु में गोपाल कृष्णन शेट्टी की कृति **श्री रंगराजु चरित्र**(1872); हिंदी में स्वामी अछूतानंद हरिहर की कविताएँ एवं **नीति दर्शन**(1912), हीरा डोम की **अछूत की शिकायत**(1914), प्रेमचंद की कहानी **मंत्र**(1928), **सद्गति**(1931) **ठाकुर का कुआँ**(1932), रामनारायण यादवेंदु की **भारत का दलित समाज**(1941), अंबेडकर की *Who are the Shudras* (1946), आदि अनेक प्रसंग हैं जिन्हें दलित संदर्भ से जोड़ा जा सकता है, परंतु मराठी या हिंदी में दलित साहित्य का व्यवस्थित विकास क्रमशः 1960 तथा 1990 के बाद से माना जाता है। अभी तक चीन, बंगलादेश, पाकिस्तान, श्रीलंका अथवा किसी अन्य एशियाई देश में दलित साहित्य का प्रसंग दिखलाई नहीं पड़ता है। कम-से-कम मेरी जानकारी में तो अब तक नहीं आया है।

पर मेरे सामने मुख्य सवाल यह है कि क्या एशियाई साहित्य में दलित साहित्य की कोई सीधी-सादी लकीर खींची जा सकती है? और यदि हाँ, तो वह लकीर कैसी होगी? कम-से-कम 1906 में प्रकाशित शिमाजाकी तोसोन का **हाकाई** हमारे सामने है। यह उपन्यास जापानी समाज में अस्पृश्य समझे जाने वाले "एता" की ज़िंदगी का मार्मिक बयान करता है। साथ ही दिखलाता है कि कैसे उन्हें ज्ञान की

परंपरा से बाहर रखा गया। यह उपन्यास इस बात का भी एहसास दिलाता है कि कैसे जन्म के कारण किसी व्यक्ति अथवा समाज को जीवन की मुख्यधारा से बाहर निकाला जा सकता है। तो क्या इस उपन्यास को हिंदी अथवा मराठी के क्रमशः अमृतलाल नागर (**नाच्यौ बहुत गोपाल**, 1978), दया पवार (**बलूत**, 1974), शरणकुमार लिंबाले (हिंदी; **अक्करमाशी**, 1991), लक्ष्मण गायकवाड़ (हिंदी; **उचक्का**, 1992), जयप्रकाश कर्दम (**छप्पर**, 1994), मोहनदास नैमिशराय (**अपने अपने पिंजरे**, 1995), बेबी कांबले (हिंदी; **जीवन हमारा**, 1995), मदन दीक्षित (**मोरी की ईंट**, 1996), ओमप्रकाश वाल्मीकि (**जूठन**, 1997), कौशल्या बैसंत्री (**दोहरा अभिशाप**, 1999), के. नाथ (**गाँव का कुआँ**, 2000), सूरजपाल चौहान (**तिरस्कृत**, 2002), एस.आर. हरनोट (**हिडिम्ब**, 200), अभय मौर्य (**मुक्ति-पथ**, 2006) आदि के साहित्य के बरक्स रखकर इस बात की खोज करें कि एशियाई साहित्य में, दलित साहित्य का कौन-सा ऐसा रूप उभरकर सामने आता है जो उसे पारंपरिक साहित्य से अलग करता है।

पुनः यह एक मुश्किल सवाल है, पर इस पर विचार किए बिना किसी भी साहित्य का न तो सौंदर्यशास्त्र बनाना संभव है और न ही उसका इतिहास लिखना। अन्य पुस्तकों को छोड़ भी दें तो जिसे हम किसी भी नए साहित्य की प्रतिनिधि रचना मानते हैं कम-से-कम उसमें कुछ ऐसे संदर्भ जरूर होने चाहिए, जो अन्य साहित्य से उसे अलग करे। उदाहरण के लिए, शिमाजाकी तोसोन के **हाकाई** और ओमप्रकाश वाल्मीकि के **जूठन** में ऐसा क्या है जिसे हम साहित्य की एक नई प्रवृत्ति के रूप में देखते हुए विवेचित करने जा रहे हैं? यद्यपि इनमें से एक **हाकाई** उपन्यास है और दूसरा **जूठन** आत्मकथा, दोनों का प्रकाशन काल भी अलग-अलग है। **हाकाई** 1906 में प्रकाशित हुआ है ता **जूठन** 1997 में। इक्यानवे वर्षों का अंतराल। फिर दोनों की तुलना कैसी? कहा जाता है कि तुलना वहाँ होती है जहाँ कुछ समान "गुण" होते हैं और कम-से-कम आधे-से-अधिक गुण तो मिलने ही चाहिए। तब जाकर दोनों को एक साथ रखा या बैठाया जा सकता है। इस दृष्टि से **हाकाई** और **जूठन** पर विचार करें तो मुख्यतः दो बातें उभरकर सामने आती हैं:

एक, दोनों कथाकृतियाँ हैं। एक उपन्यास, तो दूसरी आत्मकथा। कहा जाता है कि उपन्यास में लोगों (पात्रों) की ज़िंदगी को समाज के नज़रिये से देखा जा सकता है। आत्मकथा में पात्र अपनी निगाह से समाज को देखता है। पर दोनों के केंद्र में "समाज" एवं उसके "यथार्थ" को देखना महत्त्वपूर्ण है।

दूसरी, दोनों कथाकृतियों के केंद्र में समाज का अस्पृश्य, यानी कि दलित तबका है। **हाकाई** में कथा के केंद्र में एता समुदाय का उशिमात्सु है तो **जूठन** में दलित समाज का कथावाचक "मैं"।

जिस तरह से भारतीय सामाजिक (वर्ण) व्यवस्था में "दलित" (शूद्र) का स्थान ब्राह्मण, क्षत्रिय और वैश्य के बाद सबसे नीचे है, ठीक उसी तरह जापानी सामाजिक व्यवस्था में एता सबसे नीचे बल्कि मुख्यधारा के समाज से बाहर है। वहाँ की सामाजिक व्यवस्था में भी मुख्यतः चार जातियाँ हैं – सामुराई, व्यापारी, किसान और पुजारी। इनमें इनसे भी नीचे के स्तर पर एक वर्ग **जूठन** "हिनिन" है जिसमें भिखारी, वेश्याएँ, नाच-गाने से मनोरंजन करने वाला समूह, घुमंतू आदि शामिल हैं। एता हिनिन से भी नीचे स्तर का समुदाय है। इस समुदाय को भी भारत के दलित समाज की तरह धार्मिक दृष्टि से अस्पृश्य समझा जाता है। इनकी आजीविका पशु-वध और उससे संबंधित चमड़े-खाल के व्यापार से है।[1] जिस तरह "शूद्र" का उल्लेख **मनुस्मृति** में एक निम्न जाति के रूप में हुआ है, ठीक उसी प्रकार जापान में "एता" का उल्लेख अभिलेखों में तेरहवीं सदी से मिलना शुरू हो जाता है; पर इनका अस्तित्व भारत के दलित(शूद्र) समाज की तरह सदियों से है। जापान में एता लोग सत्रहवीं शताब्दी में तोकुगावा राज्य-शासन काल में सबसे अधिक उपेक्षा के शिकार हुए। 1868 में मेइजी सरकार ने जब उन्हें मुख्यधारा से जोड़ने की कोशिश की तथा जापान में जाति-प्रथा को रद्द करने की सिफारिश की तो बड़े पैमाने पर आंदोलन हुआ। इनके खिलाफ हिंसा हुई। "एता गारी"(एता शिकार) और "एता सेईवत्सु"(एता संहार) जैसे अभियान चलाए गए। इनमें बड़ी संख्या में सामुराइयों ने एताओं की हत्या की। 1868 के इस आंदोलन को 1990 के मंडल कमीशन की रिपोर्ट लागू होने के आंदोलन से जोड़कर देखा जा सकता है। कारण, जिस प्रकार **हाकाई** के लेखन में 1868 की सुधार प्रक्रियाओं एवं एता को मुख्यधारा में जगह देने तथा प्रतिक्रियास्वरूप श्रेष्ठ जातियों द्वारा बरती गई हिंसा की मुख्य भूमिका है, ठीक उसी प्रकार **जूठन** की रचना में 1990 में विश्वनाथ प्रताप सिंह सरकार द्वारा मंडल आयोग की रिपोर्ट लागू करने के बाद भारत में आरक्षण के खिलाफ हुए हिंसक आंदोलन एवं सामाजिक जीवन की मुख्यधारा में दलितों के साथ किए जा रहे दुर्व्यवहार एवं हिंसक बर्ताव की भी भूमिका है। सेगावा उशिमात्सु और आत्मकथाकार के माध्यम से पूरी कथा क्रमशः इन दोनों संदर्भों के आसपास घूमती रहती है। **हाकाई** में वास्तविक जीवन में जाति छिपाकर स्कूल में शिक्षण का कार्य कर रहे उशिमात्सु की तो हत्या हो जाती है, पर तोसोन उपन्यास में उसे अमेरिका भेज देते हैं। **हाकाई** के नायक की तरह **जूठन** का नायक भी समाज की मुख्यधारा में जाति के कारण उपेक्षित और बहिष्कृत होता है तथा अपने आत्मगौरव की रक्षा करते हुए मुख्यधारा की व्यवस्था एवं उसकी रक्षा करने वालों के खिलाफ कड़ा प्रतिरोध दर्ज करता है।

इसे क्रमशः दोनों कृतियों के निम्नलिखित अंशों से समझा जा सकता है:

(i) 'जाति' के सवाल पर इन दोनों कृतियों में लेखकों ने गहराई से विचार किया है तथा इनका मानना है कि 'जाति (दलित)' में पैदा होने के कारण समाज में इनकी स्थिति तय हो जाती है। देखें-

> 'मैं एक "एता" हूँ'- रेन्तारो की उस नई पुस्तक का प्रारंभ इस निर्भीक वाक्य से था। आगे इस बात का जीता-जागता चित्रण प्रस्तुत किया गया था कि किस हद तक समाज ने "एता" जाति के लोगों को अज्ञान के गर्त में धकेल दिया था और कितने ही अच्छे-भले स्त्री-पुरुष केवल "एता" जाति में जन्म लेने के कारण अपदस्थ हो गए थे।' (**हाकाई:** शिमाजाकी तोसोन)
>
> 'भारतीय समाज में "जाति" एक महत्वपूर्ण घटक है। "जाति" पैदा होते ही व्यक्ति की नियति तय कर देती है।' (**जूठन:** ओमप्रकाश वाल्मीकि)

(ii) इसी प्रकार निम्न जाति में जन्म लेना, किसी व्यक्ति को कितना भयभीत और आतंकित करता है, यह बचपन की घटनाओं अथवा स्मृतियों से जाना जा सकता है। निम्नलिखित अंशों से पता चलता है कि सामाजिक व्यवस्थाएँ ही दलितों के खिलाफ ऐसा माहौल बनाती हैं:

> अचानक उस क्षण उशिमात्सु की पुरानी स्मृतियाँ सजीव हो उठीं। उसे याद आया, जब वह सात-आठ साल का लड़का था, पड़ोस के बच्चे उसकी खिल्ली उड़ाते थे। उस पर पत्थर फेंकते थे। उस समय वह भयभीत हो उठता था। उसी भय की भावना अब उसमें फिर से जागी। (**हाकाई**)
>
> कक्षा में कई बार लड़कों ने मेरे देहातीपन का मजाक उड़ाया था। ... वैसे भी गाँव में उपेक्षाओं और छींटाकशी सुन लेने की आदत थी।
>
> एक दिन अंग्रेजी की कक्षा से बाहर निकलते ही दूसरे सेक्शन के एक लड़के ने मुझे रोक लिया। उसके साथ तीन-चार लड़के भी थे। वे मेरा मज़ाक बनाने लगे। एक ने मेरी पैंट खींचते हुए कहा, 'किस टेलर से सिलवाई है? हमें भी उसका पता दे दो।' दूसरे लड़के जोर-जोर से हँस रहे थे। मैं उनसे बचकर निकलना चाहता था, लेकिन वे जाने नहीं दे रहे थे। कभी मेरी पैंट पकड़कर खींचते तो कभी कमीज। मैंने बेहद दयनीय लहजे में कहा था,'फट जागी ... इसे छोड़ दो ...' मेरे देहाती लहजे पर वे जोर से हँसे थे। एक ने पूछा, 'किस गाँव से पधारे हो जी?' उसका व्यंग्यात्मक अंदाज मुझे छलनी कर गया था। (**जूठन**)

इसी प्रकार, **जूठन** का निम्न उद्धरण भी जाति के कारण स्मृतियों में बसे बचपन की भयावह घटनाओं को गहरी सामाजिक विषमता के रूप में दर्ज़ करता है:

> बस्ती से लाये लोगों को मुर्गा बनाकर लाठियों से पीटा जा रहा था। ... बस्ती की औरत, बच्चे गली में खड़े दहाड़े मार-मारकर रो रहे थे। ... यह तमाशा घंटे भर चला था ...।

मेरे मन में वितृष्णा भर गई थी। वय:संधि की उस किशोरावस्था में मन पर एक खरोंच पड़ गई थी जो काँच पर खिंची लकीर की तरह आज भी यथावत है।

(**जूठन**)

(iii) **हाकाई** और **जूठन** में धर्म एक नियंत्रणकारी भूमिका के रूप में दर्ज है। जैसा कि यह सर्वविदित है जापान में बौद्ध धर्म की प्रधानता है, और भारत में हिंदू। भारत में कई लोग हिंदू धर्म को जीवन-पद्धति भी मानते हैं, पर यह धर्म (हिंदू) के रूप में रूढ़ है। इन दोनों कृतियों में खास बात यह है कि इनमें "धर्म" भयभीत एवं आतंकित करने वाले कारक के रूप में आया है। वह दलित समाज को उत्साहित नहीं करता है, बल्कि हतोत्साहित करते हुए हमेशा उन्हें "निम्न" एवं "अस्पृश्य" होने का अहसास कराते रहता है।

हाकाई में परंपरा, धर्म एवं धर्म केंद्रित संकेतों-रीतियों से "भयभीत" होने का उल्लेख करते हुए शिमाजाकी तोसोन ने लिखा है:

> 'तुम लोगों को पता होगा कि हर वर्ष एता लोग हाथ में धान की बाली लेकर तुम्हारे पिताजी य दादाजी के पास आते हैं और सिर झुकाकर प्रणाम करते हैं। ... तुम लोगों ने यह भी देखा होगा कि जब वे आते हैं तब तुम्हारे घर के कमरों के अंदर नहीं आ सकते। बाहर के दालान में, मिट्टी के फर्श पर ही उनको घुटने टेककर सिर झुकाकर रहना पड़ता है। ...ऐसी रीति बहुत दिनों से चली आ रही है। इस तरह एता से नीचे और कोई हीन जाति भी नहीं है।'

धर्म का यही आतंक कई बार सेगावा उशिमात्सु की सहज जिंदगी को विचलित कर देता है। उसे लगता है कि यदि मंदिर के आसपास के लोगों को पता चल गया है कि वह एता जाति का है, तब क्या होगा? मंदिर के पुजारी की बेटी ओ-शिओ से उसे लगाव है, पर इस लगाव को वह एक सीमा के बाद आगे ले जाने से इसलिए भयभीत होता है कि कहीं लोगों को उसकी वास्तविक जाति का पता न चल जाए। सबसे अधिक वह ओ-शिओ के सामने भेद खुलने को लेकर चिंतित होता है। देखें:

उद्धरण एक:

> दो श्वेतांबरधारी भिक्षु मंडप में दाखिल हुए। उनमें एक प्रधान पुजारी थे, दूसरा सहायक पुजारी था। ...
>
> 'यह शाम भी कितनी वीरान है, उदास है!' उस मंडप के एक खंभे से पीठ टिकाकर आँखें मूँदे, गहरी चिंता में डूबा खड़ा था।
>
> 'अगर ओ-शिआ को पता लग गया कि मैं एता जाति का हूँ...' उसकी कल्पना मात्र से, एता होने की हैसियत से अपने अर्थहीन जीवन की कटुता उसे महसूस होने लगी। (**हाकाई**)

उद्धरण दो:

प्रवचन के आरंभ होने में अभी देर थी। तभी बुनापेई आ पहुँचा। उसने पहले श्रमणी ओकुसामा को, फिर क्रम से ओ-शिओ और शोगो का अभिनंदन किया और तब जाकर उशिमात्सु पर ध्यान दिया। ...

'सेगावा! आज के "नगानो" दैनिक में प्रकाशित खबर के बारे में आपका क्या विचार है?' बुनापेई ने धीमे स्वर में उशिमात्सु को बातचीत में घसीटा। ...

'मुझे नहीं मालूम' - उशिमात्सु ने जवाब दिया।

'मजाक छोड़िए, सेगावा जी! यह भी न समझिए कि मैं आपसे मज़ाक कर रहा हूँ।'

'सच पूछिए तो मैं "एता" जाति में दिलचस्पी लेने लगा हूँ। इनोको सेनसेई जैसे व्यक्ति जिस जाति में पैदा हुए हैं, वह जाति अवश्य अध्ययन का विषय है। तभी तो आप भी उनकी पुस्तक **अपराध स्वीकार** पढ़ने की ओर प्रवृत्त हुए।' बुनापेई के स्वर में तिरस्कार का भाव था।

उशिमात्सु तब भी कुछ नहीं बोला, बस मुस्कुरा दिया।

ओ-शिओ के सम्मुख बुनापेई के बार-बार 'एता' शब्द दोहराने से उशिमात्सु अपने को संयत रखने के प्रयत्न में था जिस कारण उसके चेहरे का रंग फीका पड़ने लगा था। ...

... ठीक उसी समय प्रधान पुजारी ने मंडप में प्रवेश किया और दोनों चुप हो गए। **(हाकाई)**

पहले उद्धरण में, जहाँ उशिमात्सु की भयभीत मनःस्थिति का बयान है, वहीं दूसरे में जापान के सार्वजनिक जीवन में दलित प्रसंग (एता) की उपस्थिति को बुनियादी सरोकारों से दूर रखने के संकेत हैं। वहाँ स्थिति ऐसी थी कि जापानी समाज में एता एक बड़े यथार्थ के रूप में मौजूद है, पर सब उस पर चर्चा से बचना चाहते हैं। यहाँ तक कि सार्वजनिक चर्चाओं में भी लोग इस यथार्थ से बचना चाहते हैं। रूस के प्रसिद्ध मार्क्सवादी विचारक निकोलाई कोनराद शिमाजाकी तोसोन की इन्हीं विशेषताओं को यधार्थवाद से जोड़ते हुए उसका उल्लेख "जातीय विशिष्टताओं" के रूप में करते हैं।

दरअसल, धर्म और उसकी गतिविधियों के लिए स्थापित केंद्रों में दलितों का प्रवेश प्रारंभ से ही भारतीय एवं जापानी समाज में प्रतिबंधित किया गया है। 20 मार्च 1927 को महाड के चवदार तालाब से अंबेडकर द्वारा पानी लेने का सवाल भारत में पारंपरिक व्यवस्था के खिलाफ वह पहला बड़ा कदम था जिसका दूरगामी प्रभाव सामाजिक परिवर्तन और विकास की प्रक्रिया पर पड़ा। कई बार **हाकाई** में इनोको सेनसेई का चरित्र अंबेडकर से मिलता-जुलता लगता है जो पूरे जापान में घूम-घूमकर दलितों (एता) की बदहाली का बयान करता है और इसके लिए पारंपरिक व्यवस्था

को जिम्मेदार ठहराता है। उसके (सामाजिक व्यवस्था के) खिलाफ भाषण देता है और धर्म-केंद्रित समाज की आलोचनाओं का शिकार होता है।

जूठन में भी ओमप्रकाश वाल्मीकि ने हिंदू धर्म को हर जगह कठघरे में खड़ा किया है। जीवन में उसके नियंत्रणकारी दखल के खिलाफ प्रतिरोध व्यक्त किया है। लेकिन **हाकाई** में धर्म जहाँ उशिमात्सु के मन में भय पैदा करता है, वहीं **जूठन** में आक्रोश पैदा करता है। इस प्रसंग में **जूठन** के निम्नलिखित उद्धरण को देखा जा सकता है:

> हमारे घर में जब भी ये पूजा होती थी, मैं बाहर बैठा रहता था या इधर-उधर कहीं घूमता रहता था। बचपन से ही ये मेरी आदत बन गई थी। पिताजी इन बातों से नाराज होते थे। वे पुरखों के धर्म की बात कहते थे, जो मेरे गले ही नहीं उतरती थी। लेकिन मैं उनसे इन विषयों पर बहस नहीं करता था; बस, चुप होकर बैठ जाता था। वे चिढ़ जाते थे। डाँटते थे। आखिर में तंग होकर वे भी चुप हो जाते थे। बार-बार एक ही बात कहते थे, 'मुंशी जी ... ईसाई तो नहीं हो गए हो?' मैं उन्हें आश्वस्त कर देता था, 'नहीं, मैं ईसाई नहीं हुआ हूँ।'
>
> लेकिन मन में एक उबाल-सा उठता था जो कहना चाहता था, मैं हिंदू भी तो नहीं हूँ।

अंतिम वाक्य विचार करने योग्य है - 'मैं हिंदू भी तो नहीं हूँ।' कांचा इलैया ने **मैं हिंदू क्यों नहीं हूँ** में इन्हीं मुद्दों पर विचार करते हुए इस बात की स्थापना की है कि जब दलितों के समूचे जीवन में हिंदुओं से मिलता-जुलता कुछ नहीं है तो उन्हें क्यों हिंदू माना जाए? वह साफ लिखते हैं कि 'लोग किसी खास धर्म के साथ अपना नाता तभी मानते हैं जब वे या तो उस धर्म के ईश्वर की उपासना करते हों, उस धर्म के मंदिरों में जाते हों या उस धर्म के रीति-रिवाजों और उत्सवों का हिस्सा बनते हों।' इसी कारण अंबेडकर भी बार-बार बौद्ध धर्म स्वीकारने की बातें करते हैं और अंततः 1956 में अपने अनुयायियों के साथ बौद्ध धर्म में दीक्षा ले ही लेते हैं।

ओमप्रकाश वाल्मीकि भी **जूठन** में हिंदू धर्म के खिलाफ आक्रोश व्यक्त करते हुए लिखते हैं, 'लेकिन मन में एक उबाल-सा उठता था जो कहना चाहता था, मैं हिंदू ही नहीं हूँ। यदि हिंदू होता तो हिंदू मुझसे इतनी घृणा, इतना भेदभाव क्यों करते? बात-बात पर जातीय-बोध की हीनता से मुझे क्यों भरते? ... क्यों दलितों के प्रति हिंदू इतना निर्मम और क्रूर है?'

हिंदू धर्म और समाज के प्रति ओमप्रकाश वाल्मीकि का यह आक्रोश यथार्थवाद की उन्हीं "जातीय" विशिष्टताओं की ओर संकेत करता है जिसका उल्लेख रूसी विचारक निकोलाई कोनराद करते हैं। भारत सहित पूर्वी देशों में ये जातीय विशिष्टताएँ इसीलिए बची रह गईं कि उनकी उपनिवेश, अर्ध-उपनिवेश अथवा आश्रित देश की

हैसियत ने उनमें सामंतवाद के विघटन की प्रक्रिया को धीमा कर दिया था, और पूँजीवादी संबंधों के विकास को मंद, सीमित और विकृत बना डाला था। (**साहित्य और सौंदर्यशास्त्र**, संकलनकर्ता – ये. सीदोरोव)

दलित साहित्य के प्रसंग में अध्ययन की ये प्रक्रियाएँ कुछ नए निष्कर्षों को लेकर सामने आती हैं कि क्या हमें धर्म की भूमिका सामाजिक परिवर्तन और विकास की प्रक्रिया में एक केंद्रीय भूमिका के रूप में देखनी चाहिए? या क्या धर्म, जीवन को इतना नियंत्रित और संचालित करता है कि यथार्थवाद भी देश और काल के हिसाब से कुछ खास विशिष्टताएँ ग्रहण कर लेता है, जैसा कि **हाकाई** और **जूठन** के प्रसंग में दिखलाई पड़ता है? तीसरी बात, "जातीय" विशिष्टताओं को "जाति" से जोड़कर देखा जाए या "राष्ट्र" के प्रसंग में देखा जाए, जैसा कि नवजागरण के विद्वानों ने व्याख्यायित किया है?

चाहे जो हो, दलित प्रसंग में ये जातीय विशिष्टताएँ "जाति" के रूप में ही दिखलाई पड़ती हैं। कारण, जहाँ भी राष्ट्र और उसकी जनता ने राजनीतिक गुलामी से मुक्ति के लिए संघर्ष किया है, वहाँ तो यह "राष्ट्र" के रूप में है; पर जहाँ उसका प्रसंग सामाजिक मुक्ति की प्रक्रिया से जुड़ा हुआ है, वहाँ वह "जाति" के अर्थ में स्वीकृत है।

स्पष्टत: दोनों कृतियों के लेखकों ने यह दिखलाने का प्रयास किया है कि जन्म के कारण ही सामाजिक जीवन की मुख्यधारा में 'दलित' (एता) को उत्पीड़न की ज़िंदगी जीनी पड़ती है तथा कई बार यह उत्पीड़न इतना भयावह होता है कि उसके भविष्य की दिशा तय करने लगता है। समाज की जाति व्यवस्था और धर्म इस उत्पीड़न में केंद्रीय कारक की भूमिका निभाते हैं। इस स्थिति में दलित (एता) व्यक्ति या तो हाशिये पर चला जाता है अथवा आगे बढ़कर समाज के इस यथार्थ को स्वीकार कर लेता है और मुकाबले की तैयारी शुरू कर देता है। इसे प्रसिद्ध अमेरिकन समाजशास्त्री एवर्ट. वी. स्टॉनक्वीस्ट किसी भी व्यक्ति के संक्रमणकाल की तीसरी स्थिति के रूप में देखते हैं तथा कहते है कि संक्रमणकाल की चरमावस्था प्रतिरोध की होती है। इसमें व्यक्ति अथवा समाज अपनी दिशा तय कर लेता है।[2]

हाकाई और **जूठन** में भी कई ऐसे प्रसंग हैं जिनसे पता चलता है कि उत्पीड़न की चरमावस्था में नायक पलायन करते जरूर नज़र आते हैं, परंतु उनका पलायन अगली स्थिति की तैयारी का होता है जहाँ उनके नेतृत्वकारी अथवा निर्णयकारी व्यक्तित्व का उदय होता है। उदाहरण के लिए, **हाकाई** में सेगावा उशिमात्सु को 'दलित' (एता) होने के कारण जब स्कूल से निकाला जाता है तो उन विषमतापूर्ण

स्थितियों का उल्लेख करते हुए शिमाजाकी तोसोन ने लिखा है कि किस प्रकार गाँव एक विजेता की तरह ईईयामा से विदा लेता है।

> दूर रेंगेजी की घंटी बजी। ... एक बार और बजी। ... उशिमात्सु को लगा कि शो इस तरह अपने सरल हृदय से उसे अलविदा कह रहा है। यह उसकी विदाई की घंटी है।
>
> एक तरह से उसके नवजीवन के अरुणोदय को सूचित करने वाली घंटी ही तो थी वह। ...
>
> सूचना मिली की स्लेज गाड़ियाँ तैयार हैं। ... 'चलो हम सब धक्का दें' – एक छात्र ने उत्साह से आवाज दी और तैयरी में हाथ उठाया। एक और ने आवाज दी – 'सेनसेई, आपके साथ थोड़ी दूर तक चलें?' और उसने स्लेज गाड़ी के पीछे वाली डंडी को पकड़ लिया। ...
>
> 'चलो चलें, चलो चलें' – बच्चे उत्साह से हाथ हिलाकर चिल्लाने लगे।
>
> बच्चों को आखिरी बार समझा-बुझाकर उनसे विदा लेकर उशिमात्सु स्लेज गाड़ी में चढ़ गया। ...
>
> दो-तीन बार उशिमात्सु ने मुड़-मुड़कर शहर को देखा। उसने गहरी साँस ली – राहत की शांति की।
>
> **(हाकाई)**

इसी प्रकार **जूठन** का नायक भी सामाजिक जीवन की मुख्यधारा में जब भी अवसर आता है, जाति के सत्राल को अपमान का नहीं, बल्कि 'सामाजिक अस्मिता' (social identity) का मसला मानता है और सामाजिक-सांस्कृतिक वर्चस्व का प्रतिरोध करते हुए विपरीत परिस्थितियों में भी डटकर खड़ा हो जाता है। एक विजेता की तरह अपनी वास्तविक जाति को स्वीकारता है तथा उसे अस्मिता की लड़ाई का एक अहम हिस्सा मानता है:

> बात सन् 1980 के आसपास की है। मैं और मेरी पत्नी चंदा राजस्थान भ्रमण से वाया दिल्ली चंद्रपुर (महाराष्ट्र) लौट रहे थे। ... पास की सीट पर एक संभ्रांत परिवार, पति-पत्नी और दो छोटे बच्चे बैठे थे, जो जयपुर से दिल्ली जा रहे थे।...
>
> सामान्य बातचीत चल रही थी। ...
>
> अचानक बातचीत के बीच विषय बदल गया। अधिकारी की पत्नी ने मेरी पत्नी से पूछा, 'बहन जी, आप लोग बंगाली हैं?'
>
> मेरी पत्नी ने सहजता से उत्तर दिया, 'जी नहीं, उत्तर प्रदेश के हैं। मेरे पति ऑर्डिनेंस फैक्टरी, चंद्रपुर में पोस्टिड हैं।'
>
> 'कौन जात हो?' अधिकारी की पत्नी ने दूसरा सवाल दागा।
>
> प्रश्न सुनते ही मेरी पत्नी का चेहरा फक्क पड़ गया और मेरी ओर देखने लगी।
>
> सारा माहौल बिगड़ गया था। जैसे अचानक स्वादिष्ट व्यंजन में मक्खी गिर गई। जब तक मेरी पत्नी कुछ उत्तर देती, मैंने उत्तर दे दिया, 'भंगी।'

'भंगी' शब्द सुनते ही सन्नाटा छा गया।

(**जूठन**)

स्पष्टत: यहाँ आत्मकथाकार द्वारा 'भंगी' होने की स्वीकारोक्ति, सामाजिक-सांस्कृतिक संक्रमण, परिवर्तन एवं विकास की प्रक्रिया तथा संघर्ष में उस तीसरी स्थिति की देन है, जिसकी तरफ संकेत करते हुए समाजशास्त्री एवर्ट.वी. स्टॉनक्वीस्ट "प्रतिरोध" एवं पुन: "व्यक्ति" अथवा "समाज" द्वारा अपनी निर्णायक दिशा तय कर लेने की बात करते हैं। यदि यहाँ नायक अपनी "जाति" छिपा लेता तो वह कभी भी नेतृत्वकारी स्थिति में नहीं पहुँच पाता। संकट की इस तीसरी घड़ी में **जूठन** का नायक स्थितियों का सामना करता है तथा कहीं-न-कहीं "भंगी" कहकर भारतीय सामाजिक व्यवस्था की उन असंगतियों पर प्रहार करता है, जिससे आम तौर पर लोग बचने की कोशिश करते हैं। मार्क्सवादी विचारक निकोलाई कोनराद यथार्थवाद के प्रसंग में ऐसे ही संदर्भों को जातीय विशिष्टताओं के रूप में विचार का हिस्सा बनाते हैं। यद्यपि उनके ये विचार **हाकाई** के प्रसंग में हैं, पर **जूठन** पर विचार करें तो रचना में आत्मकथाकार की यह स्वीकारोक्ति कि वह भंगी जाति का है, भारतीय प्रसंग में यथार्थवाद की जातीय विशिष्टताओं के रूप में ही देखा जाएगा। **हाकाई** में सेगावा उशिमात्सु उपन्यास में विजेता बनकर तभी उभरता है, जब वह खुलेआम छात्रों और सहकर्मी अध्यापकों के सामने अपने एता(दलित) होने की बात स्वीकारता है - 'मैं एता जाति का हूँ।'

जूठन और **हाकाई** की यह स्वीकारोक्ति एशियाई साहित्य की इस नई धारा की वह चेतना है जो सामाजिक परिवर्तन और विकास की प्रक्रियाओं को समझने के लिए जरूरी है। समाज में यह एक अजीब विडंबना रही है कि श्रेष्ठ अथवा उच्च वर्ण के लोग अपनी जाति को स्वीकारते एवं उसकी प्रशंसा करते नहीं थकते, और निम्न जाति के छिपाते। 1868 में जापान में मेइजी काल में हुए सुधार ने वहाँ के एताओं को यह साहस और ताकत प्रदान की कि वे भी अपने जातीय गौरव के साथ समाज में रह सकते हैं, भले ही उसके लिए उन्हें क्यों न अनेक प्रकार के विरोधों का सामना करना पड़े। भारत में यह स्थिति अंबेडकर के कारण आई और महाराष्ट्र में तो महाद के आंदोलन ने 1927 में दलित समाज के जातीय सवाल को सांकेतिक तरीके से मुख्यधारा के समाज के सामने ला खड़ा किया। लेकिन जहाँ तक हिंदी पट्टी का सवाल है, वहाँ अंबेडकर के विचारों ने प्राथमिक स्तर पर एवं 1990 के मंडल आयोग ने एक दूसरे स्तर पर दलित समाज के अंदर यह साहस और ताकत जुटाई कि जाति भी आत्मगौरव का कारण हो सकती है, बशर्ते उसे परंपरा एवं इतिहास के तमाम अंतर्विरोधों का विरोध करते हुए स्वीकारा जाए। 1990 के बाद हिंदी में आए दलित साहित्य में परंपरा एवं इतिहास के अंतर्विरोधों खासकर

ब्राह्मणवाद एवं सामंतवाद से टकराने, संवाद करने एवं साहस के साथ आगे बढ़ने की चेतना साहित्य की इस नई प्रवृति(धारा) में दिखलाई पड़ती है।

एशियाई साहित्य की इन दोनों कृतियों की एक खास विशेषता यह है कि इनके नायक "ज्ञान" की सत्ता से टकराने का साहस दिखलाते हैं[3] अपने सामाजिक अस्तित्व के लिए संघर्ष करते हैं तथा दलित समाज के जातीय गौरव एवं इतिहास को ज्ञान की नई-नई पद्धतियों, प्रक्रियाओं एवं विधाओं से जोड़कर आगे बढ़ते हैं। **हाकाई** का नायक शिक्षक है तथा **जूठन** का नायक तकनीकी से जुड़ा नई-नई खोज करने वाला आविष्कारक। ज्ञान की यह सत्ता ही दोनों को सामाजिक जीवन की मुख्यधारा में खड़े होने में मदद करती है तथा दलित समाज के आत्मगौरव को स्थापित करती है। यदि एशियाई साहित्य की इस नई धारा को ठीक से खोजा एवं स्थापित किया जाए तो आने वाली सदी में यह साहित्य के क्षेत्र में एक बड़ी उपलब्धि होगी।

संदर्भ

1. **हाकाई** में तोसोन ने लिखा है: "एता जाति के लोग आज भी शहर के बाहर एक अलग बस्ती में रहते हैं। वे चमड़े के जूते बनाते हैं ...। वे शामिसेन का बाजा भी बनाते हैं। ... वे ... घर के कमरों के अंदर नहीं जा सकते। इस तरह एता जाति से नीचे और कोई हीन जाति भी नहीं है।"
2. इस संदर्भ में निम्नलिखित पत्रिकाएँ और पुस्तकें देखी जा सकती हैं:

   एवर्ट वी स्टॉनक्वीस्ट, "द प्रॉब्लम ऑफ मार्जिनल मैन", **द अमेरिकन जर्नल ऑफ सोशियोलॉजी**, वॉल्यूम XLI, 1935, नवंबर: 1, पृ. 1.

   देवेंद्र चौबे, **समकालीन कहानी का समाजशास्त्र**, प्रकाशन संस्थान, नई दिल्ली, प्रथम संस्मरण 2001, पृ. 6.

   "नये संघर्ष का चरित्र", देवेंद्र चौबे, **हंस**, सं. राजेंद्र यादव, अगस्त, 2007.
3. i) देखें, **हाकाई** की निम्नलिखित पंक्तियाँ:

   'मैं जब भी उन लोगों के बारे में सोचता हूँ जिनमें से मैं भी एक हूँ जो मेरे अपने हैं, मैं एकदम खिन्न हो जाता हूँ। यह कितनी लज्जाजनक बात है कि अभी तक हमारे वर्ग के लोगों को विचारों का भंडार, ज्ञान का पिटारा प्राप्त नहीं हो सका है। ... मेरे जीवन की सार्थकता इसी में है कि मैं दूसरों की उन्नति का सोपान बन जाऊँ। उसी उद्देश्य से मैंने अपना जीवन जिया है और अंत तक वैसा ही जिऊँगा भी।'

ii) देखें, **जूठन** की निम्नलिखित पंक्तियाँ:

'ओमदत्त त्यागी अंग्रेजी पढ़ाते थे। उनका बोलचाल का तरीका व्यंग्यात्मक था। प्रत्येक वाक्य में 'यानी के' जोड़ देते थे, वह भी प्रश्नचिह्न लगाकर। पढ़ाते हुए भी इसी तरह बोलते थे। जब मैं उनसे किसी समस्या पर बात करता या अपनी कोई समस्या उनके सामने रखता था, सबसे पहले मेरे 'भंगी' होने का वे मुझे एहसास करा देते थे। उस समय मुझे लगता था जैसे मेरे सामने कोई शिक्षक नहीं, जातीय अहम में डूबा हुआ कोई अनपढ़ सामंत खड़ा है। रामसिंह कक्षा का सबसे तेज छात्र था। कक्षा का ही नहीं, बल्कि पूरे विद्यालय का। हरफनमौला, तेज, कुशाग्र लेकिन फिर भी था तो चमार ही। यह भाव छात्रों से लेकर अध्यापकों तक में थे।'

[**टिप्पणी**: स्पष्टत: ये दोनों उद्धरण "ज्ञान" की परंपरा के साथ दलितों के अंतर्संबंध का बयान करते हैं। जापानी उपन्यास **हाकाई** में दलितों को ज्ञान की प्रक्रिया से जोड़ने का सवाल इसलिए है कि यह वृत्ति 1906 की है; जबकि हिंदी आत्मकथा **जूठन** के उद्धरण को देखकर पता चलता है कि दलित "ज्ञान" की प्रक्रिया से जुड़ चुके हैं। परंतु वहाँ उनकी स्थिति क्या है, इसका बयान **जूठन** की पंक्तियों से स्वत: हो जाता है। यह कृति 1997 की है। यानी कि प्रसंग 1965 से 70 के बीच का हो सकता है। – लेखक]

भाग चार : कहानी

11

साहित्य में यथार्थ की उपस्थिति और दलित कहानी का यथार्थ–I

[यह लेख दो हिस्सों में है। पहले हिस्से में जापानी कथाकार शिमाजाकी तोसोन के **हाकाई** और हिंदी के दलित कथाकारों में ओमप्रकाश वाल्मीकि, सुशीला टाकभौरे, श्यौराज सिंह बेचैन एवं अजय नावरिया की कहानियों में यथार्थ की उपस्थिति को देखा गया है।

इस लेख का दूसरा हिस्सा महत्त्वपूर्ण है। हिंदी में दलित कहानी की परंपरा पर विचार करते हुए लेख के इस हिस्से में दलित समाज के यथार्थ, रूसी विचारक निकोलाई कोनारद की यथार्थ संबंधी टिप्पणियों और कहानियों में उसकी उपस्थिति पर विचार किया गया है।]

यथार्थ क्या है? यह आज भी एक मुश्किल सवाल है जैसे कि आपसे कोई पूछे कि साहित्य क्या है? आज तो यथार्थ की कोई निश्चित परिभाषा देना और कठिन काम है; तब, जबकि हिंदी साहित्य में बीसवीं शताब्दी के आखिरी दशक से लेकर इक्कीसवीं शताब्दी के इन सात वर्षों में अचानक सामाजिक अस्थिरता से जुड़ी रचनाएँ महत्त्वपूर्ण हो उठी हैं, चाहे वह स्त्री साहित्य हो या दलित अथवा आदिवासी। खास बात यह है कि सामाजिक अस्थिरता से जुड़े साहित्य की इस नई धारा में मौजूद यथार्थ के समानांतर रचनाकारों ने एक नया यथार्थ गढ़ा है जो आम पाठकों में भी दिलचस्पी का कारण बना हुआ है।

"यथार्थ" की प्रस्तुति तथा उल्लेख, रचना और विचारधारा की दुनिया में अनेक स्तरों और रूपों में हुआ है, परंतु सामान्यत: यह मान लिया जाता है कि "जीवन से ली हुई रचना अथवा विचार" ही यथार्थ है। वह यथार्थ, जिसे कोई लेखक अथवा विचारक एक विशेष काल के समाज की एक निश्चित समझ निर्मित करते हुए विकसित करता है। पर मार्क्सवादी विचारकों के लिए "यथार्थ" की यह समझ एक निश्चित अर्थ में होती है तथा उसका गहरा संबंध इतिहास और वर्ग संघर्ष के साथ जुड़ा होता है। रचना और विचार की दुनिया में कोई लेखक अथवा विचारक,

सामाजिक जीवन की इन सच्चाइयों को एक ऐतिहासिक अंतर्वस्तु के रूप में विकसित करता है। प्रसिद्ध रूसी विचारक निकोलाई कोनराद ने "यथार्थवाद और पूर्वी देशों के साहित्य"[1] में यथार्थ के इन रूपों पर विचार करते हुए लिखा है कि 'सृजन की एक प्रणाली के रूप में यथार्थवाद ने वास्तविकता की ओर विचार के जरिये, अमूर्तन के जरिये बढ़ने के तरीके को ठुकराया, जो स्वच्छंदतावाद की विशेषता थी। इसके स्थान पर उसने माँग की कि लेखक सीधे यथार्थ को ही अपना आधार बनाए।'[2] आगे उन्होंने साहित्य में यथार्थवाद की उपस्थिति को स्पष्ट करते हुए बताया है कि 'साहित्य में यथार्थवादी रचनाकार समसामयिक वास्तविकता में प्रारूपिकता को तलाशता'[3] है और उसके आधार पर प्रत्येक घटना के प्रारूप (type) का निर्माण करने का प्रयत्न करता है।

स्पष्टतः साहित्य में यथार्थ की उपस्थिति का उल्लेख करते हुए निकोलाई कोनारद निम्नलिखित बातों पर ध्यान देने की बात करते हैं:

एक : यथार्थवाद का उदय स्वच्छंदतावाद का निषेध करने के लिए हुआ था।

दो : यथार्थवाद से लेखकों ने रचना में "वास्तविकता" के चित्रण पर जोर दिया।

तीन : साहित्य में वास्तविकता की इस स्थापना ने अमूर्तन के(रहस्यवादी) विचारों को खारिज किया तथा उनकी जगह साहित्य में "मूर्त" अथवा "यथार्थ" संदर्भों को रचना का विषय बनाने पर जोर दिया।

चार : यथार्थ से जुड़े लेखकों ने इस बात पर भी जोर दिया कि "समसामयिक वास्तविकता" (contemporary reality) को समझना जरूरी है, तभी एक यथार्थ के समानांतर दूसरे यथार्थ को समझा जा सकता है।

यथार्थ और यथार्थवाद पर बहस की इस प्रक्रिया में निकोलाई कोनारद फ्रांसीसी लेखिका मादाम बोवारी की तारीफ करते हुए इस बात की ओर संकेत करते हैं कि उन्होंने उन्नीसवीं शती के मध्य फ्रांस के आंचलिक इलाकों के बुर्जुवा परिवार की "स्त्री" को "पत्नी" का प्रारूप बनाया। पर लेख पूर्वी देशों के साहित्य के जिस यथार्थवाद की तरफ संकेत करता है, वह काफी रोचक है तथा एक ऐसे साहित्य में "जातीय विशेषताओं" (यथार्थ) की स्थापना की बात करता है जिसका गहरा संबंध दलित जीवन से है। निकोलाई कोनारद इस नए यथार्थवाद की स्थापना के प्रसंग में जापानी समाज में अस्पृश्य समझे जाने वाले एता समुदाय की ज़िंदगी की उन वास्तविकताओं का बयान करते हैं जिसे वामपंथी लेखकों ने भी छोड़ दिया था। इस प्रसंग में वह शिमाजाकी तोसोन के अन्य उपन्यास **हाकाई** जिसका हिंदी अनुवाद अनुवादक ने "आदेश का उल्लंघन" के संदर्भ में किया है। अपनी "जाति" न बताने

वाले युवक सेगावा उशिमात्सु के आंतरिक अंतर्द्वंद्व का गहरा विश्लेषण करते हुए वह जापानी समाज[4] में एताओं (दलित) की वास्तविक स्थिति का विश्लेषण करते हैं।

दलित साहित्य पर चर्चा के प्रसंग में निकोलाई कोनारद **हाकाई** के जिस "आंतरिक सौंदर्य" का उल्लेख करते हैं, उसे वह एक दूसरे यथार्थ के रूप में देखते हैं। यह दूसरा यथार्थ क्या है? इसका वह खुलकर वर्णन नहीं करते हैं। क्यों? क्योंकि मार्क्सवादी विचारकों के लिए यह एक अलग प्रसंग है। पूँजीपति सर्वहारा का शोषण करते हैं और वह शोषण आर्थिक होता है। यह मार्क्सवाद की एक बुनियादी धारणा है। पर किसी व्यवस्था में किसी व्यक्ति का "जाति" अथवा "जन्म" के कारण भी शोषण होता है – मार्क्सवादी विचारकों के लिए उस समय यह एक नया यथार्थ था। इसीलिए जब जापान में 1906 में **हाकाई** का प्रकाशन हुआ, तब उसकी आलोचना करनेवालों में जापान के मार्क्सवादी आलोचकों की एक लंबी कतार थी। उनका मानना था कि **हाकाई** में तोसोन शोषण और उत्पीड़न का कारक "जाति" (सामाजिक व्यवस्था) को मानकर "आर्थिक" शोषण की धारणा को दरकिनार कर रहे हैं, जबकि शिमाजाकी तोसोन ने **हाकाई** में साफ दिखलाया है कि किस प्रकार जापान के सामाजिक जीवन की मुख्यधारा में सामुराई, कारीगर, व्यापारी अथवा पुजारी एक "एता" को उत्पीड़ित करते हैं, जबकि वह स्कूल के विद्वान शिक्षकों में से एक है तथा छात्रों में लोकप्रिय भी। फिर भी, जब लोगों को उसके एता होने का पता चलता है, तब उसे स्कूल क्या, इईयामा शहर छोड़कर जाना पड़ता है। देखें,

> 'जैसा आपने सुझाया है सेगावा का हित इसी में है कि वह जल्द-से-जल्द इईयामा से निकल जाए।'[5]

हाकाई में जिस सामाजिक यथार्थ का उल्लेख करते हुए निकोलाई कोनराद ने साहित्य में "यथार्थ" की स्थिति का विश्लेषण किया है, वह भारत के दलित साहित्य के प्रसंग में भी एकदम सटीक बैठा है। इसे दलित लोगों द्वारा रचित आत्मकथाओं और कहानियों में देखा जा सकता है। सबसे बड़ी बात है कि सामाजिक व्यवस्था और विचार में एक "अस्पृश्य" के बारे में जो भी बातें हो सकती हैं, वह भारतीय (हिंदी) और जापानी साहित्य की इस धारा में देखी जा सकती हैं जो "यथार्थ" की एक नई परिभाष गढ़ते हैं। उदाहरण के लिए, शिमाजाकी तोसोन के उपन्यास **हाकाई** और अजय नावरिया की कहानी **उपमहाद्वीप** में कथाकारों ने दलित समाज के जिस उत्पीड़न का संकेत किया है, वह पारंपरिक सामाजिक व्यवस्था द्वारा निर्मित वही "यथार्थ" है जिसे हिंदी के प्रगतिशील आलोचकों द्वारा आम तौर से परंपरा का हिस्सा मानकर दरकिनार कर दिया गया है। इस यथार्थ की खासियत यह है कि यहाँ दलित समाज के अतीत की वे कठोर यातनामय स्मृतियाँ

दर्ज हैं जिसे मुख्यधारा "नैतिकता", "आस्था", "परंपरा" और व्यवस्था जैसे संकेतों के सहारे दलितों के लिए रचती हैं। देखें-

> 'बिल्कुल। वह एक तरह का "एता" था तो एक और ढंग का'- चेचक के दागवाला तीसरा सदस्य जो पेशे से व्यापारी था, बोल पड़ा।
>
> सब लोग फिर हँस दिए। उनको मालूम हो गया कि "यह" से किसकी ओर संकेत है। ...
>
> 'सेगावा की स्थिति सचमुच दयनीय हो रही है'- दाढ़ीवाले सदस्य ने आह भरकर कहा, 'पर और कोई चारा भी तो नहीं। आप तो जानते ही हैं इस इलाके में लोगों को। वे इन मामलों में बड़े कट्टर हैं, वे बच्चों को स्कूल भेजने से इंकार कर दें तो अचरज नहीं होगा। आप तो देख ही रहे हैं, नगर-संसद में इस मामले को लेकर शिक्षा कमेटी के पास बेपरवाही और निष्क्रियता की शिकायत आई है।'...
>
> 'आप ठीक फरमाते हैं, सेनसेई'- सुनहरे फ्रेमवाले सज्जन मुख्याध्यापक की बातों के बीच बोल पड़े, '...जैसा कि आपने इंगित किया है, शिक्षा के क्षेत्र में इस प्रकार के जाति-भेद का सवाल उठाना ही नहीं चाहिए। लेकिन इस तरह के इलाके में जहाँ हम रहते हैं, पुराना अंधविश्वास ऐसी जड़ पकड़े हुए है। मुझे खेद है, वैसे विचारों के समर्थक हमें बहुत कम मिलेंगे।'[6]

ध्यान दीजिए, उपर्युक्त अंश में दलित (एता) के खिलाफ कोई हिंसक घटना का उल्लेख नहीं है, परंतु गैर-एताओं की बातचीत से जो तथ्य उभरकर आ रहे हैं, उनसे साफ पता चलता है कि मुख्यधारा के समाज में उनके (एता) लिए क्या भावनाएँ हैं तथा वे किस हद तक खतरनाक हो सकती हैं। "इलाके के लोग इन मामलों में बड़े कट्टर हैं"- जैसी शब्दावली दलित के खिलाफ समाज की निर्मित उन धारणाओं को अभिव्यक्त करती हैं जो बेहद खतरनाक हैं। 1868 में मेइजी काल में सुधार के दौरान जापान में एता के खिलाफ हुए आंदोलन इसके प्रमाण हैं जिसमें सैकड़ों की संख्या में वे (एता) मारे गए। परंपरा को बचाने के नाम पर हिंदुस्तान में भी दलित समुदाय को कठोर उत्पीड़न की प्रक्रिया से गुजरना पड़ा है। हिंदी के दलित कथाकारों में यदि हम ओमप्रकाश वाल्मीकि, मोहनदास नैमिशराय, जयप्रकाश कर्दम, सुशीला टाकभौरे, श्यौराज सिंह बेचैन, रत्नकुमार सांभरिया, सूरजपाल चौहान, प्रहलाद चंद्र दास, सत्यप्रकाश, अजय नावरिया, दयानंद बटोही आदि की कहानियों को देखें तो स्पष्ट पता चलता है कि परंपरा को बचाने के नाम पर मुख्यधारा (सवर्ण) के निर्माताओं ने दलित समाज का कितना अधिक दमन और शोषण किया है। यद्यपि ओमप्रकाश वाल्मीकि की **सलाम** और सुशीला टाकभौरे की **सिलिया** जैसी कहानियों में मुख्यधारा द्वारा निर्मित परंपराओं के निषेध और दलित समाज के अंदर उसके प्रतिरोध की चेतना दिखलाई पड़ती है, परंतु अधिकांश दलित कहानियों

में लेखकों ने यथार्थ को जीवन से उठाते हुए उसे रचना और विचार का सिर्फ हिस्सा ही बनाया है, उसके खिलाफ प्रतिरोध की चेतना निर्मित नहीं की है। इसका कारण ज्ञान और सत्ता पर मुख्यधारा का वर्चस्व हो सकता है जिसे सामाजिक व्यवस्था (वर्ण-व्यवस्था) के अंदर रहते हुए दलित समाज को स्वीकारना पड़ता है। यह भी यथार्थ का एक रूप है, पर जो यथार्थ दलित समाज को महत्त्वपूर्ण बनाता है, वह है यथार्थ के समानांतर एक नए यथार्थ का सृजन जिससे कि पारंपरिक समाज के यथार्थ का निषेध हो सके।

सवाल है, यह निषेध होगा कैसे? इसे अजय नावरिया की कहानी 'उपमहाद्वीप" के माध्यम से समझा जा सकता है। इस कहानी को दो हिस्सों में बाँटकर देखा जा सकता है- एक, पारंपरिक समाज की यह व्यवस्था कि दलित युवक विवाह के अवसर पर घोड़ी पर नहीं चढ़ सकते और यदि चढ़ते हैं तो मुख्यधारा उनके साथ कैसा बर्ताव करेगी; एवं दो, उत्पीड़न से मुक्ति के रास्ते क्या हैं? इसे कहानी के इन उद्धरणों से समझें-

एक : 'नहीं-नहीं ऐसे नहीं पंडित जी। इस पर दंड लगाओ ताकि गाम-बिरादरी का कायदा-कानून तोड़ने से पहले यह नीच हजार बार सोचे। पुरखों ने इतनी मेहनत से बनाया है यह सब। इससे थूक के चटाओ।' इनमें से एक ने ज़मीन पर बेहोश पड़े पिताजी के बाल पकड़कर सिर उठाया था। पर उनमें कोई हरकत न देख वापस पटक दिया था।[7]...

'गलती हो गई हुजूर। आपकी परजा है हुकुम। उनके हाथ अब भी जुड़े थे। यह दुल्हे के दादा थे।[8]

दो : और उसी दोपहर मैंने निश्चय किया था। आनेवाले भविष्य के लिए। मैं अपनी पत्नी और बेटी को नहीं सिखाऊँगा कि औरत की इज्जत लूटने से लुट जाती है। कि वह सिर्फ शरीर है। वे गार्गी नहीं बनेगी। अंबपाली का मनोबल सीखेंगी।[9]

उपर्युक्त दोनों उद्धरणों से साफ है कि समाज में दलित की स्थिति कैसी है और मुक्ति कैसे संभव है? **हाकाई** में शिमाजाकी तोसोन साफ-साफ दिखलाते हैं कि मुख्यधारा में एक एता का रहना कितना मुश्किल है। यहाँ तक कि पारंपरिक समाज नैतिकता अथवा परंपरा के नाम पर कोई भी शिकंजा कसकर उन्हें दुनिया से रुखसत कर सकता है। **उपमहाद्वीप** में पिता के साथ जिस तरह का बर्ताव मुख्यधारा (सवर्ण) के लोग करते हैं, वह परंपरा को बचाने के नाम पर हिंसा नहीं तो और क्या है? उद्धरण में जिस कर्ता-भाव से गाँव के सवर्ण समाज के साथ अपने पुत्र (नायक के पिता) को बचाने के लिए विनती करते हैं, वह वही पारंपरिक "यथार्थ" है जिसकी अभिव्यक्ति अब तक साहित्य में होती आई है। प्रेमचंद के यहाँ भी दलित समाज का यही यथार्थ व्यक्त हुआ है।[10] यथास्थितिवाद से समझौता। व्यवस्था (वर्ण)

की मौन स्वीकृति। परंतु कहानी का दूसरा उदाहरण एक नए यथार्थ को रचता है। वह यथार्थ है पारंपरिक समाज में दलित जीवन के यथार्थ का निषेध करते हुए एक नए (समानांतर) यथार्थ की सृष्टि का। श्यौराज सिंह बेचैन ने भी **अस्थियों के असर** में मुख्यधारा के समानांतर दलित जीवन के उस यथार्थ को रचा है जो शोषण, आतंक एवं स्त्री विरोध पर केंद्रित है। स्वयं का उत्पीड़न! वह यथार्थ क्या है? **हाकाई** में तो वह यथार्थ "पलायन" का है, जब सेगावा उशिमात्सु ईइयामा छोड़कर चला जाता है तथा **अस्थियों के असर** में वह ज्ञान से वंचित समाज के उत्पीड़न की प्रक्रिया से जुड़ा हुआ है जहाँ एक स्त्री अपने ही समाज के उस दमन का सामना करती है जिसे उसने रचा ही नहीं था। यानी कि चोरी के झूठे आरोप को वह स्वीकार (?) लेती है। पर उपमहाद्वीप में कहानीकार ने जिस नए सामाजिक यथार्थ को रचा है, वह है– "दलित उत्पीड़न" के खिलाफ "दलित प्रतिरोध" की यह स्थापना (का यथार्थ)। "दलित प्रतिरोध" की यह स्थापना ही दलित साहित्य का वह नया यथार्थ है, जिसे आम तौर से पारपरिक सामाजिक व्यवस्था (वर्ण-व्यवस्था) के समर्थक स्वीकार नहीं करते। ओमप्रकाश वाल्मीकि ने भी **सलाम** और **पच्चीस चौका डेढ़ सौ** में दलित समाज के यथार्थ को रचा है। यद्यपि **पच्चीस चौका डेढ़ सौ** में दलित समाज के यथार्थ के दोनों रूपों का चित्रण हुआ है – पहला, जिसमें कहानी के नायक के पिता गाँव के चौधरी को बड़ा आदमी मानते हुए यथास्थितिवाद को स्वीकार कर लेते हैं। यह यथार्थ का पारंपरिक रूप है। पर कहानी के नायक द्वारा ओमप्रकाश वाल्मीकि ने जिस दूसरे यथार्थ को रचा है, वह वही सच्चाई है जिसे आज के दलित कथाकारों ने वर्ण-व्यवस्था का विरोध करते हुए रचा है। और वह है ज्ञान के रहस्य से पर्दा उठाने का यथार्थ कि परंपरा में जो कुछ भी बताया जाता है, वही सही नहीं होता है। यानी कि पच्चीस चौका "डेढ़ सौ" नहीं "सौ" होता है।

परंतु, **सलाम** शुरू से ही दलित प्रतिरोध की कहानी है। कहानी का नायक जब कहता है कि 'आप चाहे जो समझें, मैं इस रिवाज को आत्मविश्वास तोड़ने की साजिश मानता हूँ। यह सलाम की रस्म बंद होनी चाहिए ...'[11] तो वह सीधे "सत्ता" के उस केंद्र पर प्रहार करता है जिसे वर्ण-व्यवस्था ने परंपरा के नाम पर दलित या उन जैसे हाशिये के समाज के खिलाफ निर्मित किया था। यदि हम सुशीला टाकभौरे की कहानी **सिलिया** की इन पंक्तियों पर विचार करें, तो सही बात सामने आती है कि दलित कहानियों ने वर्ण-व्यवस्था की सबसे मजबूत संस्था – विवाह संस्था – को खारिज करते हुए एक नई व्यवस्था की माँग की है जिससे कि स्त्रियाँ पितृसत्ता के दबाव और आतंक से मुक्त हो सकें।

'मैं शादी कभी नहीं करूँगी।'[12] वास्तविक जीवन में किसी युवती द्वारा अभिव्यक्त

यह यथार्थ अनेक तरह के सवालों को उठाता है, संदेह पैदा करता है, परंतु कहानी में उपस्थित यह यथार्थ सीधे पितृसत्ता को चुनौती देता है। वर्ण-व्यवस्था को मजबूत बनाने वाली सबसे ताकतवर व्यवस्था को खारिज करता है। यह यथार्थ के समानांतर एक नए यथार्थ को खड़ा करने की बड़ी कोशिशें हैं जो दलित साहित्य को महत्त्वपूर्ण बनाती हैं। यह एक बड़ा मसला है। कारण, वास्तविक दलित साहित्य, पारंपरिक सामाजिक व्यवस्था (वर्ण-व्यवस्था) का निषेध करते हुए एक नई सामाजिक व्यवस्था (वर्गीय नहीं) निर्मित करना चाहता है। यह एक बड़ा कार्य है, क्योंकि पारंपरिक सामाजिक व्यवस्था ने भारतीय प्रसंग में यदि "वर्ण एवं जाति" केंद्रित सामाजिक व्यवस्था का विकल्प रखा तो आधुनिक विचारों (मार्क्सवाद) ने "वर्गीय समाज" की अवधारणा का विकास किया। दलित साहित्य और विचारधारा की दुनिया "बहुजन" समाज की रचना करना चाहती है, पर यह समाज गतिशील कैसे होगा– अभी वह साफ-साफ तस्वीर हमारे सामने नहीं है। जबकि "वर्ण" एवं "जाति" केंद्रित सामाजिक व्यवस्था यदि धर्म-केंद्रित संहिताओं के सहारे चलती है तो वर्ण-केंद्रित व्यवस्था "अर्थ" के अनुसार। गतिशील "बहुजन" समाज किस आधार पर गतिशील होगा यह अभी साफ नहीं है। यदि वह पुनः बौद्ध मत को ध्यान में रखते हुए "दुःख" को मनुष्य का मनुष्य से जुड़ने का कारण मानता है[13] और इस नाते यदि हम मान लें कि "बहुजन" समाज "दुःख" यानी कि मानवतावाद के सहारे गतिशील होगा, तो एक बात है। पर कई बार इतिहास इस बात का गवाह रहा है कि इसी मानवतावाद ने बौद्ध मत और उसके अनुयायियों को हाशिये पर ढकेलने में बड़ी भूमिका निभाई है। पर अंबेडकर का मानना था कि जो भी सामाजिक व्यवस्था हो, उसका आधार भेदभाव नहीं हो। वह हिंदू धर्म की इसलिए आलोचना करते थे कि उसमें अपने ही अनुयायियों के बीच भेदभाव मौजूद है और वह पक्षपाती है। इसलिए उन्होंने धर्म की जगह धम्म को महत्त्व दिया तथा बौद्ध धर्म संघ के "धम्म" को धर्म की तुलना में अधिक सामाजिक माना। इसलिए कि बौद्ध धर्म मानव की बात करता है, जबकि हिंदू उस "सनातन" सिद्धांत की बात करता है जिसमें अस्पृश्यता, जातिप्रथा एवं प्राचीनता (सनातन काल) आदि की प्रमुखता है। वह यह भी मानते थे कि बौद्ध धर्म ही सच्चा धर्म है क्योंकि वह मनुष्य को ऐसे जीवन पथ की ओर अग्रसर करता है, जिसमें ज्ञान, सन्मार्ग और दया है। संघ का तात्पर्य भी वह "सामाजिक जीवन" ही मानते थे। इसलिए अगर उपर्युक्त बातों पर विचार करें तो कहा जा सकता है कि "बहुजन समाज" की गतिशीलता के केंद्र में "दुःख" है और इस नाते वह एक मनुष्य का दूसरे मनुष्य से तथा एक समाज का दूसरे समाज से जुड़ने का कारण बन सकता है। इस तरह यह (दुःख) बहुजन

समाज की गतिशीलता को नियंत्रित एवं निर्धारित कर सकता है। पर ध्यान देने की बात है कि आधुनिक व्यवस्था में यह प्रयोग कितना सफल होगा, तब जबकि आर्थिक उदारीकरण और वैश्वीकरण की प्रक्रियाएँ धीरे-धीरे सभी व्यवस्थाओं को अधिग्रहित करती जा रही हैं।

दरअसल दलित साहित्य के प्रसंग में यथार्थ की इस उपस्थिति ने पारंपरिक व्यवस्था एवं विचारधारा के साथ ही आधुनिक विचारधाराओं को झकझोरा है। जहाँ विज्ञान ने पारंपरिक समाज की अनेक व्यवस्थाओं का निषेध करते हुए वैकल्पिक व्यवस्थाएँ स्थापित की हैं, वहीं अनेक मोर्चों पर उसे असफलता का मुँह भी देखना पड़ा है। प्रतिगामी ताकतों की वापसी इसका प्रमाण है। इसलिए यदि दलित साहित्य में अवधारणात्मक रूप ले रही व्यवस्थाएँ और विचारधाराएँ, गैर-दलित व्यवस्थाओं और विचारधाराओं के समकक्ष चुनौतियाँ खड़ी कर रही हैं तो इससे कुछ बेहतर ही निकलेगा। पर इसके लिए ज़रूरी है कि हम स्वीकृत परंपराओं के साथ एक बार पुनः मुठभेड़ करें। शायद नए साहित्य की स्वीकृति एवं एक नए यथार्थ के निर्माण के लिए यह जरूरी भी है।

संदर्भ

1. यह लेख पहली बार रूसी पत्रिका **वोप्रोसी लिटरातूरी (साहित्य के प्रश्न)** के 1957 के सातवें अंक में प्रकाशित हुआ था तथा बाद में ये. सीदोरोव द्वारा संकलित एवं रादुगा प्रकाशन, मास्को से 1987 में प्रकाशित पुस्तक **साहित्य और सौंदर्यशास्त्र** में संकलित हुआ।
2. **साहित्य और सौंदर्यशास्त्र**, पृ. 389-90.
3. वही, पृ. 390.
4. जापानी समाज में 'सामुराई" पहले स्थान पर है। उसके बाद क्रमशः व्यापारी, किसान और पुजारी हैं। अंत में इस सामाजिक व्यवस्था से भी बाहर 'एता" की चर्चा होती है। अर्थात् सबसे नीचे एता है।
5. **हाकाई**, अंग्रेजी अनुवाद: *The Broken Commandment* by Shimazaki Toson,Translated by Kenneth Strong; University of Tokyo Press, Tokyo; first paperback edition, 1977, p. 269.
6. वही, पृ. 272-73.
7. अजय नावरिया, **पटकथा और अन्य कहानियाँ**, वाणी प्रकाशन, दिल्ली, प्रथम संस्करण 2006, पृ. 39.
8. वही, पृ. 41.
9. वही, पृ. 43.

10. देखें प्रेमचंद की **सद्गति, दूध का दाम, ठाकुर का कुआँ** आदि कहानियाँ जिनमें दलित पात्र प्रतिरोध नहीं, परंपरा के नाम पर यथास्थिति को स्वीकार कर लेते हैं। **सद्गति** के दु:खी (चमार) का लकड़ी चीरते-चीरते मर जाना इसका प्रमाण है।
11. ओमप्रकाश वाल्मीकि, **सलाम**, राधाकृष्ण प्रकाशन, दिल्ली, प्रथम संस्करण 2000, पृ. 17.
12. सुशीला टाकभौरे, **सिलिया** (कहानी), **दलित कहानी संचयन**, सं. रमणिका गुप्ता, साहित्य अकादमी, दिल्ली, प्रथन संस्करण 2003, पृ. 65.
13. बुद्ध मानते थे कि 'संसार दु:खों का सागर है।' इसलिए उन्होंने सद्धर्म की नींव "दु:खवाद" पर रखी। उन्होंने दु:ख शब्द का आशय संपत्ति से लिया था तथा माना था कि "भिक्षु" को कोई व्यक्तिगत संपत्ति नहीं रखनी चाहिए। साम्यवादी व्यवस्था में भी इस बात पर जोर दिया जाता है कि "संपत्ति" व्यक्ति की नहीं राज्य की होती है। इस नाते कहा जा सकता है कि साम्यवाद बुद्ध के विचारों के करीब है

12

साहित्य में यथार्थ की उपस्थिति और दलित कहानी का यथार्थ – II

[लेख के प्रथम भाग में शिमाजाकी तोसोन के **हाकाई** और हिंदी के दलित कथाकारों ओमप्रकाश वाल्मीकि, सुशीला टाकभौरे, श्यौराज सिंह बेचैन एवं अजय नावरिया की कहानियों के बहाने साहित्य में यथार्थ की उपस्थिति पर विचार किया गया था। लेख के इस दूसरे भाग में दलित कहानी की परंपरा पर विचार करते हुए दलित समाज के यथार्थ, रूसी विचारक निकोलाई कोनराद की यथार्थ संबंधी टिप्पणियाँ और कहानियों में उसकी उपस्थिति पर विचार किया जाएगा ।]

"साहित्य में यथार्थ की उपस्थिति और दलित कहानी" पर केंद्रित पिछले लेख में हमने साहित्य में 'यथार्थ" की उपस्थिति के बहाने हिंदी के चार दलित कहानीकार–ओमप्रकाश वाल्मीकि, सुशीला टाकभौरे, श्यौराज सिंह बेचैन एवं अजय नावरिया की कहानियों पर विचार किया था। इस पूरे प्रसंग में जो महत्त्वपूर्ण बात उभरकर आई थी, वह यह है कि 'जीवन से ली हुई रचना अथवा विचार' ही यथार्थ है। यह यथार्थ तब और अधिक महत्त्वपूर्ण हो उठता है, जब लेखक जीवन की वास्तविकता को एक ऐतिहासिक अंतर्वस्तु के रूप में विकसित करता है। यह मार्क्सवाद की तरफ प्रस्थान भी है, जहाँ समसामयिक वास्तविकता को समझते हुए यथार्थ के समांतर एक नए यथार्थ को रचने की प्रक्रिया दिखलाई पड़ती है।

"दलित कहानी" के प्रसंग में हम जब इन सवालों पर विचार करते हैं तो कुछ ऐसे तथ्य उभरकर सामने आते हैं जो स्थापित विचारों और स्वीकृत परंपराओं के खिलाफ प्रतिरोध की संस्कृति रचते हैं। सवाल है कि ये स्वीकृत परंपराएँ अथवा विचार क्या हैं? इनका संबंध साहित्य खासकर दलित साहित्य के साथ क्या है तथा कहानी में इनकी उपस्थिति को किस रूप में देखा जाए?

थोड़ा-सा हम इतिहास को खंगालें। लखनऊ में होने वाले प्रगतिशील लेखक

संघ के पहले अधिवेशन में सभापति के रूप में साहित्य की भूमिका पर विचार करते हुए प्रेमचंद ने कहा था कि 'जो दलित है, पीड़ित है, वंचित है–चाहे वह व्यक्ति हो अथवा समूह, उसकी हिमायत और वकालत करना– साहित्य का फर्ज है। हमारी कसौटी पर वही साहित्य खरा होगा जिसमें उच्च चिंतन हो, स्वाधीनता का भाव हो, सौंदर्य का सार हो, सृजन की आत्मा हो, जीवन की सच्चाइयों का प्रकाश हो– जो हममें गति, संघर्ष और बेचैनी पैदा करे, सुलाए नहीं क्योंकि अब और ज्यादा सोना मृत्यु का लक्षण है।[1]

प्रेमचंद 1936 में जब प्रगतिशील लेखक संघ के मंच से यह भाषण दे रहे थे, तब उनके ध्यान में कहीं-न-कहीं यह बात थी कि साहित्य या तो अपने मूल रास्ते से भटक गया है अथवा दलित, शोषित और वंचित व्यक्ति या समूह की बात पूरी शिद्दत के साथ नहीं उठा रहा है। प्रेमचंद ने स्वयं भी शोषित पीड़ित और वंचित दलित समाज को लेकर **ठाकुर का कुआँ**, **सद्‌गति**, **मंत्र**, **दूध का दाम** और **कफन** जैसी कहानियाँ लिखीं; पर बाद में कुछ अपवादों को छोड़ दें तो लेखन की यह ध ारा, साहित्य की मुख्यधारा(या धारा) कभी बन नहीं पाई। यद्यपि बीच में यशपाल, रांगेय राघव, राहुल सांकृत्यायन, फणीश्वरनाथ रेणु आदि ने दलित समाज को लेकर कुछ रचनाएँ जरूर लिखीं। इस प्रसंग में रेणु की कहानी **ठेस** एक मार्मिक कहानी है जिसमें सिरचन के बहाने कथाकार ने एक दलित के आत्मगौरव को स्थापित करने का प्रयास किया है। बाद में इस धारा को तब एक वैचारिक पहचान मिली, जब 1967 में नक्सलवाड़ी से चारू मजुमदार के नेतृत्व में शुरू हुए आंदोलन ने पश्चिम बंगाल में खेतिहर मजदूरों और शोषितों के सवाल को एक बड़ा सवाल मानते हुए वामपंथी आंदोलन को एक नई दिशा देने का प्रयास किया। गाँवों में ज़मींदारों और मजदूरों के बीच कृषि संबंधी संघर्ष हुए और दलित समाज के अंदर भी दमन एवं शोषण के खिलाफ प्रतिरोध की चेतना जागृत हुई।

दलित कहानी पर बात करते हुए इस पृष्ठभूमि को जानना इसलिए भी जरूरी है कि इसके बाद शोषितों, पीड़ितों और वंचितों को लेकर रचनात्मक लेखन की जो धारा शुरू हुई, वह अनवरत जारी है। एक तरफ जहाँ 1971 में **सारिका** के माध्यम से कमलेश्वर ने कहानी में आम आदमी के सवाल को उठाते हुए कहानी की समानांतर धारा (समानांतर कहानी आंदोलन) की शुरुआत की, वहीं दूसरी तरफ इब्राहिम शरीफ, कामतानाथ, मधुकर सिंह, से. रा. यात्री, शेखर जोशी, राजेंद्र यादव, भीष्म साहनी, जगदम्बा प्रसाद दीक्षित, जगदीशचंद्र, कृष्णा सोबती, मन्नू भंडारी, विजेंद्र अनिल, सुरेश कांटक, विजयकांत, हृदयेश, अमरकांत, शैलेश मटियानी, ज्ञानरंजन, शानी, रमाकांत, बदीउज्जमा, रमेश बक्षी आदि ने कथा साहित्य में मुख्यधारा के अंदर

और बाहर शोषितों और वंचितों के सवाल को प्रमुखता के साथ उठाया। बाद में ममता कालिया, मंजूर एहतेशाम, दूधनाथ सिंह, रमेश उपाध्याय, स्वयं प्रकाश, चित्रा मुद्गल, संजीव, मेहरुन्निसा अब्दाली, पंकज बिष्ट, उदय प्रकाश, अरुण प्रकाश, प्रेमकुमार मणि, कर्मेंदु शिशिर, हरि भटनागर, गीतांजलीश्री, मैत्रेयी पुष्पा, अखिलेश आदि कहानीकारों ने रचना में सामाजिक अस्मिता के सवाल को शोषित एवं वंचित तबकों के साथ जोड़कर देखा। यद्यपि हिंदी में भी अंबेडकर के प्रभाव में दलित लेखक लिख रहे थे, पर 1990 के मंडल कमीशन ने दलित लेखकों द्वारा "दलित लेखन" को अधिक गतिशीलता प्रदान की तथा ओमप्रकाश वाल्मीकि, सुशीला टाकभौरे, मोहनदास नैमिशराय, जयप्रकाश कर्दम, प्रह्लाद चंद दास, सूरजपाल चौहान, प्रेम कापड़िया, रत्नकुमार सांभरिया, पुरुषोत्तम सत्यप्रेमी, कावेरी, कुसुम वियोगी, कुसुम मेघवाल, दयानंद बटोही, अजय नावरिया, सत्यप्रकाश, रजतरानी आर्य, सी. बी. भारती, रामचंद्र, राज वाल्मीकि, उषा चंद्र, उमेश कुमार सिंह आदि लेखकों ने हिंदी क्षेत्र में दलित लेखन को एक बड़ी पहचान दी। इस पहचान को मुख्यधारा के साहित्य में तीन लेखकों ने स्थापित किया– राजेंद्र यादव, मैनेजर पांडेय और तुलसीराम। इन तीनों लेखकों ने दलित साहित्य को बहस और विचार के केंद्र में तब एक बड़े सवाल के रूप में उठाया, जब हिंदी के अनेक स्थापित आलोचक "दलित साहित्य" को रचना मानने से ही इन्कार कर रहे थे।

दलित साहित्य या दलित कहानी के यथार्थ पर चर्चा के प्रसंग में बुद्ध के विचारों की चर्चा खूब होती है तथा इस बहाने अंबेडकर द्वारा भारतीय सामाजिक व्यवस्था (वर्ण) पर उठाए गए सवाल दलित लेखकों और विचारकों को आंदोलित करते हैं, पर जोतिबा फुले, हीरा डोम जैसे लेखक जो उस तरह से बुद्ध के प्रभाव में नहीं हैं, उनके साहित्य की उस अंतर्धारा को पहचानना भी जरूरी है जो दलित साहित्य के बुनियादी सवाल को उठाते हैं; खासकर मुख्यधारा की व्यवस्था (वर्ण-व्यवस्था) में एक "दलित" की वास्तविक स्थिति को विचार के केंद्र में रखकर, जब वह एक नई अथवा वैकल्पिक व्यवस्था बनाने की माँग करते हैं। इनमें जोतिबा फुले जहाँ अंग्रेजी राज को पुरानी व्यवस्था (वर्ण-व्यवस्था) से मुक्ति में एक सहायक कारक के रूप में देखते हैं, वहीं हीरा डोम आधुनिक लोकतांत्रिक प्रक्रियाओं (जैसे प्रेस, पत्रकारिता) के प्रति आस्था दिखाते हुए दलित समाज के उत्पीड़न से मुक्ति में उनकी भूमिका को जरूरी मानते हैं।[2]

आखिर वह व्यवस्था क्या है, जिसकी चर्चा बार-बार दलित लेखक अपनी रचनाओं और विचारों में करते हैं? उसकी मूल समस्या क्या है जिनसे दलित समाज को जूझना पड़ता है? इसे हिंदी के सर्वाधिक चर्चित दलित लेखक ओमप्रकाश

वाल्मीकि के इस कथन से समझा जा सकता है–

'एक ऐसी समाज व्यवस्था में हमने साँसें ली हैं जो बेहद क्रूर और अमानवीय है।[3]' (**जूठन**)

जाहिर है, यह सामाजिक व्यवस्था कोई और नहीं, भारतीय समाज की वही वर्ण-व्यवस्था है जिसमें दलितों को सबसे निचले स्थान पर रखा जाता है। ओमप्रकाश वाल्मीकि की उपर्युक्त पंक्तियाँ, सिर्फ एक लेखक का वक्तव्य नहीं हैं, बल्कि उस व्यक्ति की पीड़ा भी हैं जिसने एक दलित होने के कारण भारतीय समाज में लंबे समय तक यातना, उपेक्षा, प्रताड़ना और शोषण जैसी दमनकारी स्थितियों को भोगा है। दलित कहानियाँ भी भारतीय समाज की वर्ण-केंद्रित सामाजिक व्यवस्था की इन्हीं दमनकारी स्थितियों को उठाती हैं तथा दलित समाज के "उत्पीड़न" को कथा का मुख्य "थीम" बनाते हुए दलित समाज के अंदर वर्ण-व्यवस्था केंद्रित शोषण एवं दमन के खिलाफ प्रतिरोध तथा संघर्ष की चेतना का विकास करती हैं।

2

हिंदी में दलित कहानी की परंपरा कोई बहुत पुरानी नहीं है। खासकर हिंदी में दलित लेखकों द्वारा कहानी लिखने की शुरुआत आठवें दशक में होती है, जब सतीश **वचनबद्ध** (1975), मोहनदास नैमिशराय **सबसे बड़ा सुख** (1978) और ओमप्रकाश वाल्मीकि **अंधेरबस्ती** (1980) जैसी कहानियाँ लिखकर दलित समाज के यथार्थ को कहानी का विषय बनाते हैं। ये तीनों कहानियाँ क्रमशः **मुक्ति स्मारिका**, **कथालोक**, और **निर्णायक भीम** जैसी दलित सरोकारों से जुड़ी पत्रिकाओं में प्रकाशित होती हैं। खास बात यह है कि जब ये कहानियाँ छपीं, किसी का ध्यान इनकी तरफ नहीं गया तथा इसीलिए आलोचकों द्वारा हुई बहसों में इन कहानियों का उल्लेख भी नहीं मिलता है। यहाँ तक कि 1990 तक भी इन कहानियों की चर्चा मुख्यधारा के साहित्य में "दलित कहानी" के रूप में नहीं होती है; परंतु मंडल कमीशन(1990) के बाद हिंदी पट्टी में हुई हलचलें दलित साहित्य के लिए एक गतिशील ज़मीन तैयार करती हैं। यद्यपि यह बहस का मसला है तथा कई दलित विचारक हिंदी के दलित साहित्य को मंडल कमीशन से जोड़कर नहीं देखते हैं, पर यह भी सच है कि साहित्य की एक धारा के रूप में हिंदी में "दलित साहित्य" की पहचान एवं स्वीकृति 1990 के बाद ही मिलनी शुरू होती है। वही दौर था, जब मुख्यधारा के समाज के समानांतर दलित समाज अपनी जातीय संस्कृति[4], सामाजिक संघर्ष और पारंपरिक "वर्ण" एवं "जाति" केंद्रित सामाजिक व्यवस्था में अपना "वजूद" तलाशते हुए शेष समाज के सामने उठ खड़ा होता है तथा "अस्पृश्यता" के सवाल

को एक महत्त्वपूर्ण सवाल मानते हुए सवर्ण समाज को अपने शोषण का सबसे बड़ा कारण मानता है। यहाँ तक कि दलित समाज से जुड़े विचारक इस तथ्य को सामने रखते हैं कि भारतीय समाज में उनके शोषण एवं दमन का सबसे बड़ा कारण यह वर्ण-व्यवस्था ही है जो "अस्पृश्यता" के सहारे उन्हें उनके मूलभूत अधिकारों से वंचित करती है। यदि हम इस दौर में प्रकाशित मोहनदास नैमिशराय की आत्मकथा **अपने अपने पिंजरे**(1995), ओमप्रकाश वाल्मीकि की **जूठन**(1997), जयप्रकाश कर्दम का उपन्यास **छप्पर**(1994), ओमप्रकाश वाल्मीकि का काव्य-संग्रह **बस्स!बहुत हो चुका**(1997), कंवल भारती की आलोचनात्मक कृति **संत रैदास एक विश्लेषण** और **दलित विमर्श की भूमिका**(2002), डॉ धर्मवीर की **हिंदी की आत्मा**(1989) और **कबीर के आलोचक** (1997), सुशीला टाकभौरे की **परिवर्तन जरूरी है**(1997), श्यौराज सिंह बेचैन की **हिंदी की दलित पत्रकारिता पर पत्रकार अंबेडकर का प्रभाव**(1998), सूरजपाल चौहान की आत्मकथा **तिरस्कृत**(2002), कौशल्या बैसंत्री की आत्मकथात्मक कृति **दोहरा अभिशाप**(1999), दयानंद बटोही का कहानी संग्रह **सुरंग**(1995), मोहनदास नैमिशराय की **आवाजें**(1997), सूरजपाल चौहान की **हैरी कब आयेगा**(1999), ओमप्रकाश वाल्मीकि की **सलाम**(2000) और **घुसपैठिए**(2003), एस.आर. हरनोर की **वारोश तथा अन्य कहानियाँ**(2001), शत्रुघन कुमार की **हिस्से की रोटी**(2001), सुशीला टाकभौरे की नाट्य कृति **नंगा सत्य**(2007)आदि कृतियों को देखें तो स्पष्ट पता चलता है कि क्यों हिंदी साहित्य अथवा कहानी की परंपरा में दलित लेखक अपनी जातीय संस्कृति, सामाजिक संघर्ष एवं पहचान तथा विडंबनापूर्ण जिंदगी को रचना की विषयवस्तु बनाते हैं। इस तथ्यात्मक भाव को ओमप्रकाश वाल्मीकि के एक साक्षात्कार की इन पंक्तियों से समझा जा सकता है: 'दलित यदि गैर-दलित के पास आता है तो वह एक गुलाम की तरह आता है। गैर-दलित जब दलित के पास जाता है तो मालिक की तरह। उसका जातीय अहं, श्रेष्ठता का भाव उसके साथ होता है। उसके संस्कार उसके साथ होते हैं। सबकी बहुलता में वह दलित जीवन को नहीं देख पाता है।'[5]

स्पष्टत: यहाँ ओमप्रकाश वाल्मीकि इस बात की तरफ संकेत करते हैं कि कोई गैर-दलित, दलित साहित्य इसलिए नहीं लिख पाता क्योंकि वह अपने जातीय अहं अथवा संस्कार से मुक्त नहीं हो पाता है। इसलिए दलित रचनाएँ अथवा कहानियाँ उस सामाजिक व्यवस्था पर अत्यधिक चोट करती हैं जहाँ "वर्ण" अथवा "जाति" के आधार पर किसी व्यक्ति अथवा समुदाय को सामाजिक हिस्सेदारी के कार्यों से वंचित कर दिया जाता है, इसलिए कि वह दलित जाति का होने के कारण अस्पृश्य है। ओमप्रकाश वाल्मीकि अपनी कहानी **प्रमोशन** में इसी समस्या को उठाते हैं कि

आखिर क्यों सुरेश जैसे मजदूरों(दलित) को वर्कशॉप के मजदूरों के बीच दूध बाँटने जैसे काम से वंचित कर दिया जाता है जबकि वह भी वर्गीय सामाजिक व्यवस्था में वैज्ञानिक विचारधारा कही जाने वाली मार्क्सवादी चिंतन पद्धति के सर्वाधिक क्रांतिकारी तबके मजदूर वर्ग का हिस्सा है। पर गैर-दलित मजदूर उसे मजदूर नहीं, बल्कि एक दलित समझते हैं। इसी कारण उसके हाथ से दूध लेने से इन्कार कर देते हैं।[6]

यह वही बुनियादी सवाल और प्रसंग है, जहाँ आकर दलित कहानियाँ, हिंदी कहानी की परंपरा से अलग हो जाती हैं तथा अपना एक अलग वजूद बनाते हुए साहित्य की दुनिया में सामाजिक अस्मिता के सवाल को वर्ण-व्यवस्था के साथ जोड़कर एक बड़े सवाल के रूप में उठाती हैं। सन् 1990 के बाद हिंदी में प्रकाशित ओमप्रकाश वाल्मीकि की **सलाम**, जयप्रकाश कर्दम की **नो बार**, सूरजपाल चौहान की **साजिश** और **अहिल्या**, मोहनदास नैमिशराय की **अपना गाँव** और **आवाजें**, सुशीला टाकभौरे की **सिलिया**, दयानंद बटोही की **सुरंग**, एस. आर. हरनोट की **जीन-काठी**, विपिन बिहारी की **कंघा** शत्रुघन कुमार की **हिस्से की रोटी**, प्रहलाद चंद दास की **लटकी हुई शर्त**, श्यौराज सिंह बेचैन की **शोध-प्रबंध**, कुसुम वियोगी की **अंतिम बयान**, अजय नावरिया की **उपमहाद्वीप** आदि कहानियाँ वर्ण-व्यवस्था के कारण सामाजिक जीवन की मुख्यधारा में हाशिये की जिंदगी व्यतीत कर रहे दलितों की वास्तविक पीड़ा, जातीय संस्कृति, संघर्ष और सामाजिक महत्त्व के कार्यों में अछूत होने के कारण वंचित किए जाने की स्थिति का मार्मिक चित्र उपस्थित करते हुए सदियों से हो रहे शोषण एवं दमन के खिलाफ प्रतिरोध की एक संस्कृति विकसित करती हैं।

3

दलित कहानी का यथार्थ क्या है? अब यह कोई बहुत पेचीदा सवाल नहीं रह गया है। वर्ण एवं जाति केंद्रित असमानता तथा उसके शोषण एवं दमन के खिलाफ प्रतिरोध की चेतना विकसित करना दलित साहित्य का प्रमुख लक्ष्य है और यही दलित कहानी का यथार्थ भी। यद्यपि वर्ण-व्यवस्था को लेकर इतिहास और समाजशास्त्र जैसी विधाओं में अनेक तरह की बहसें हुईं तथा अनेक विचारक मानते हैं कि यह व्यवस्था समाज को नियंत्रित एवं संचालित करने के लिए बनायी गई थी। इसलिए इसका एक तार्किक आधार है। रामशरण शर्मा और हरबंस मुखिया जैसे इतिहासकारों का मानना है कि भारत में वर्ण-व्यवस्था की संरचना अथवा जातिप्रथा का आविर्भाव सामाजिक-आर्थिक असमानता को बरकरार रखने खासकर बड़े भू-स्वामियों की खेती के लिए खेतिहर एवं अन्य निम्नतर कार्यों के लिए "दास"

सुलभ कराने के उद्देश्य से हुआ था।[7] यही "दास" बाद में चतुर्थ वर्ण के रूप में रूढ़ हो गए। इसके पीछे विचारक **मनुस्मृति** की भूमिका सबसे अधिक देखते हैं। उसने एक ऐसी व्यवस्था दी, जिससे भारतीय समाज रूढ़ हुआ, यद्यपि कुछ इतिहासकार मानते हैं कि इस पुस्तक[8] में वर्णित निर्देशों से किसानों का खेती संबंधी कार्य व्यवस्थित भी हुआ।[9] जैसे, जो किसान समय पर खेती नहीं करते थे उन पर यह पुस्तक जुर्माना ठोकने की बात करती है।[10] पर मुख्य बात है, **मनुस्मृति** में सामाजिक असमानता को बनाए रखने की बात। उस पर आम तौर से इतिहासकार और समाजशास्त्री बात नहीं करते हैं। क्योंकि जिस सामाजिक व्यवस्था की तरफ यह पुस्तक संकेत करती है, वह सामाजिक-आर्थिक असमानता को बरकरार रखने की बात तो करती ही है, साथ-ही-साथ ग्रामीण जीवन की संरचना में दलित समाज को जमीन और ज्ञान जैसी बुनियादी सुविधाओं से वंचित रखने का निर्देश भी देती है। मराठी पत्रिका **मूकनायक** के प्रवेशांक के संपादकीय में अंबेडकर ने भारतीय वर्ण-व्यवस्था और उसका समर्थन करने वाले विचारकों पर हमला करते हुए लिखा है कि 'जाति प्रथा केवल श्रमिकों का विभाजन ही नहीं है .... वह वंशगत है जिसमें श्रमिकों का वर्गीकरण एक के ऊपर दूसरी सीढ़ीनुमा है।' इसमें, 'जिसका जन्म जिस तल(जाति) में होता है वह उसी तल में मरता है।'[11]

कहना न होगा कि भारतीय वर्ण-व्यवस्था के बारे में एक दलित और एक गैर-दलित के विचार कितने भिन्न हैं। एक ही पाठ में कुछ विचारकों को जीवन के सकारात्मक संकेत दिखलाई पड़ते हैं तो कुछ को नकारात्मक, एक (दलित) इस व्यवस्था को "वंशगत" मानता है तो दूसरा (गैर-दलित) श्रम केंद्रित। यही कारण है कि दलित समाज को लेकर हो रहे विचार-विमर्श की प्रक्रिया में भी घोर असमानता है तथा इसीलिए दलित चिंतक, अधिकांश गैर-दलितों के विचारों अथवा लेखन को विश्वसनीय नहीं मानते। दलित साहित्य को लेकर भी यह मतभेद है कि दलित साहित्य, गैर-दलित भी लिख सकते हैं, परंतु अब यह मत स्थिर हो चुका है कि दलित साहित्य वर्ण-व्यवस्था के खिलाफ लिखा गया साहित्य है जो मुख्यतः दलितों द्वारा ही लिखा जा सकता है। दलित कहानियाँ भी इस विवाद से अछूती नहीं हैं, पर यह तय है कि उन्हें ही दलित कहानी माना जाएगा, जिनमें वर्ण-व्यवस्था के खिलाफ प्रतिरोध की संस्कृति होगी। तो क्या यह मान लिया जाए कि दलित कहानी का यथार्थ वर्ण एवं जाति केंद्रित सामाजिक व्यवस्था का विरोध है? इस पर विचार करने की जरूरत है कि दलित कहानियों में कथाकारों ने वर्ण, जाति, धर्म, कर्मकांड, अंधविश्वास आदि के सवालों को किस प्रकार उठाया है तथा कैसे उसे समाज का यथार्थ मानते हुए इसके प्रतिरोध का सौंदर्यशास्त्र रचा है।

मनुस्मृति में चारों वर्णों का कर्तव्य क्या है, इस संदर्भ में अनेक श्लोक हैं; परंतु यहाँ मैं दो का उल्लेख करना चाहूँगा-

एक वेदाभ्यासो ब्राह्मणस्य क्षत्रियस्य च रक्षणम्।
वार्ता कर्मेव वैश्यस्य विशिष्टानि स्वकर्ममु।।10.80।।

अर्थात्, ब्राह्मण का कर्म है वेद का अभ्यास करें(कराए), क्षत्रिय प्रजा की रक्षा करें(कराए) तथा वैश्य वाणिज्य कर्म(व्यवसाय, खेती, पशुपालन) करें। और दलित (शूद्र) क्या करें! देखें-

दो विप्राणां वेदविदुषां गृहस्थानां यशरिचनाम्।
शुश्रूषैव तु शूद्रस्य धर्मो नैश्रेयस।।9.334।।

अर्थात्, शूद्र का धर्म यह है कि वेदज (ज्ञानी) गृहस्थ एवं यशस्वी द्विजों की सेवा करें। इसी से उन्हें स्वर्ग लाभ होगा।

उपर्युक्त दोनों श्लोकों से यह जाहिर होता है कि स्वीकृत परंपरा (**मनुस्मृति** के अनुसार) में एक दलित और गैर-दलित(द्विज) के कर्तव्य क्या हैं? यह वर्ण-व्यवस्था की वही आचार-संहिताएँ हैं जिनके खिलाफ पूरा दलित साहित्य खड़ा है। 1969 में **अस्मिता दर्श** में बाबूराव बागुल ने "दलित" की परिभाषा देते हुए कहा था कि 'दलित वह है जो वर्ण-व्यवस्था और तज्जनित मानसिकता को ध्वस्त करना चाहता है।' वह 'विश्व और जीवन को नए रूप में ढालना चाहता है।' यदि हम ओमप्रकाश वाल्मीकि की कहानी **सलाम** की निम्नलिखित पंक्तियों को देखें, तो साफ पता चलता है कि यह कहानी एक तरफ जहाँ वर्ण-व्यवस्था की ताकतवर दीवार सामंतवाद को ध्वस्त करती है, वहीं दूसरी तरफ दलित समाज के उस यथार्थ का चित्रण करती है जिसमें वह जी रहा होता है:

> रांघड़ परिवारों से कई बार बुलावा आ चुका था। बिरादरी के बड़े-बूढे अपने-अपने तर्क देकर ऊँच नीच समझा रहे थे।
>
> 'बाप-दादों की रीत है, एक दिन में तो न छोड़ी जावे है। वे बड़े लोग हैं। सलाम पे तो जाणा ही पड़ेगा। और फिर जल में रहकर मगरमच्छ से बैर रखना तो ठीक नहीं है। और इसी बहाने कपड़ा-लत्ता, बर्तन-माँडे भी नेग-दस्तूर में आ जाते हैं।'
>
> हरीश ने तो स्पष्ट तौर पर कह दिया था, 'मुझे न ऐसे कपड़े चाहिए, न बर्तन, मैं अपरिचितों के दरवाजे सलाम पर नहीं जाऊँगा।'[12]

इतना ही नहीं जब गाँव-घर के लोग बार-बार हरीश पर सलामी लेने जाने के लिए दबाव डालते हैं तो वह तीखे स्वरों में कहता है, 'आप चाहे जो समझें ...मैं इस रिवाज़ को आत्मविश्वास तोड़ने की साजिश मानता हूँ। यह सलाम की रस्म बंद होनी चाहिए।'[13]

उपर्युक्त दोनों उदाहरणों को देखें तो साफ पता चलता है कि मार्क्सवादी विचारक निकोलाई कोनराद जिस नए यथार्थ[14] की तरफ संकेत करते हैं, यह वही जातीय यथार्थवाद है जिसे दलित रचनाकारों ने साहित्य में नए तरीके से रचा है। हरीश एक तरफ जहाँ दलित समाज के क्रांतिकारी नायक के रूप में उभरकर सामने आता है, वहीं दूसरी तरफ वह और उसका परिवार और समाज एक दलित व्यक्ति के रूप में दिखलाई पड़ते हैं। यहाँ दलित व्यक्ति का यथार्थ है कि उसे गाँव में रहना है तो गाँव के रीति-रिवाज़ मानने ही होंगे, पर यहाँ हरीश के रूप में दलित समाज का वह 'टाइप' चरित्र भी है जो वर्ण-व्यवस्था की असंगतियों की तरफ संकेत करते हुए उसके खिलाफ तीखा प्रतिरोध दर्ज करता है।

इसी प्रकार, **सलाम** में भारतीय समाज की उस मानसिकता की तरफ भी संकेत है, जहाँ दलित होने के कारण ही किसी व्यक्ति को अछूत तथा अस्पृश्य समझ लिया जाता है। परिणामतः शेष समाज (गैर-दलित) उसके साथ इस प्रकार का व्यवहार करता है मानो वह मनुष्य है ही नहीं! कहना न होगा कि एक दलित को 'मनुष्य' न समझने की इस मानसिकता के कारण दलित लेखकों ने वर्ण-व्यवस्था को रचना का मुख्य विषय बनाया तथा बार-बार इस बात का उल्लेख किया के 'हाँ, वे दलित हैं! उन्हें अछूत समझा जाए!' दलित कथाकार विपिन बिहारी के इस आत्मकथ्य से इस बात का अनुमान लगाया जा सकता है कि क्यों दलित रचनाकारों की रचनाओं में जातीय अस्मिताएँ एक प्रमुख कारक के रूप में चित्रित होती हैं: 'दलित वर्ग से हूँ। कहानियाँ मेरे संस्कार में नहीं थीं। इर्द-गिर्द का परिवेश एवं स्वानुभूतियाँ ही मेरी कहानियों के संस्कार बने। पहचान ही मेरा आत्मकथ्य है।'[15]

जाहिर है, यह ''पहचान'' वर्ण-व्यवस्था केंद्रित सामाजिक संरचना में एक "दलित" की पहचान को साहित्य के माध्यम से पुनर्स्थापित करने की जिजीविषा का ही परिणाम है। यह आकांक्षा उसी यथार्थ से निर्मित हुई है जिसमें दलितों को "दलित" होने के कारण शोषित और प्रताड़ित किया जाता है, दबाया जाता है, और यदि कोई विरोध करने का ज़रा भी साहस करता है तो उसे मुख्यधारा का समाज या तो अधमरा कर देता है अथवा सामाजिक रूप से उसका बहिष्कार कर हाशिये पर फेंक देता है, जहाँ से उसकी वापसी सम्भव नहीं होती। दलित जीवन पर लिखी कहानियाँ हमें यथार्थ के इन्हीं रूपों से परिचित कराती हैं।

दरअसल यदि हम दलित कहानियों पर विचार करें तो दलित यथार्थ का एक रूप यह भी उभरकर सामने आता है कि भारतीय समाज की मुख्यधारा में उनके शोषण और दमन का एक मुख्य कारण उनकी जाति अथवा जातिगत पेशा है। यही नहीं यह समुदाय भी महसूस करता है कि उनके जातिगत पेशे के कारण ही शेष

समाज (सवर्ण) उन्हें अछूत अथवा अस्पृश्य समझता है। यद्यपि अंबेडकर का मानना था कि किसी कार्य से कोई भी व्यक्ति कुछ समय के लिए अछूत हो सकता है चाहे वह किसी भी जाति का क्यों न हो, पर यह कैसी सामाजिक व्यवस्था है कि 'हिंदुओं ने पूरी की पूरी जाति को ही अछूत बना डाला और वह भी पीढ़ी दर पीढ़ी, अनंतकाल के लिए।' उन्होंने यहाँ तक कहा कि 'जैसे यूरोपीय लोगों द्वारा संचालित क्लबों के दरवाजे पर बोर्ड टंगे हुए मिलते थे कि कुत्ते और हिंदुस्तानियों का प्रवेश वर्जित है। आज हिंदू मंदिरों पर वैसे ही बोर्ड टंगे हैं। अंतर केवल इतना है कि हिंदू मंदिरों में कुत्ते-जानवर प्रवेश कर सकते हैं, केवल अछूत नहीं कर सकते।'[16]

इस संदर्भ में अंबेडकर द्वारा 1927 में चलाए गए महाद और 1930 के मंदिर प्रवेश आंदोलन को भी देखा जा सकता है जिसका गहरा असर प्रेमचंद पर पड़ा। **कर्मभूमि** में चित्रित मंदिर प्रवेश आंदोलन और **ठाकुर का कुआँ** जैसी कहानियों को इस संदर्भ में देखा जा सकता है। सूरजपाल चौहान ने **टिल्लू का पोता** में अस्पृश्यता के इसी प्रसंग को दिखाया है जहाँ सवर्ण जातियाँ पानी के मामले में दलितों का उत्पीड़न करती हैं। अगर हम कहानी के निम्नलिखित अंशों को देखें तो पता चलता है कि कैसे दलितों को गाँवों में कुओं के नजदीक नहीं जाने दिया जाता है और गलती से यदि कोई अबोध दलित बालक भी उसके करीब चला गया तो सामंती समाज उसके साथ कैसा व्यवहार करता है।

> 'अरे मंगनिया, नेक पीछे कू हट के पानी पी, यह शहर ना है, गाँव है, मारे लठिया के कमर तोड़ दई जाएगी। सारे(साले) मंगिया चमार शहर में जा के नए-नए मित्तन(कपड़े)पहर के गाँव में आ जात है। कछु (कुछ) पतौ ना चालतु कि ने मंगिया चमार के हैं कि नाय (नहीं)।'[17]

हीरा डोम ने भी **अछूत की शिकायत** (1914)में इन्हीं मार्मिक स्थितियों का बयान किया है। दरअसल ये वे सामाजिक संबंध हैं जिसे मुख्यधारा का समाज दलितों के साथ रचता है। एक दलित कुएँ के नजदीक इसलिए नहीं जाता क्योंकि वह अछूत है। वह ऐसे-ऐसे कार्य करता है जो मुख्यधारा के लोग (सवर्ण) नहीं करते हैं। यह किस बात की तरफ संकेत करता है? जब कोई भी काम बुरा नहीं होता है तो कर्म के आधार पर किसी समाज को अस्पृश्य घोषित करना कहाँ तक न्यायोचित है? सवाल है, इसे तय कौन करता है? उपाय क्या है? इसे विपिन बिहारी की **बिवाइयाँ** कहानी की निम्नलिखित पंक्तियों में देखा जा सकता है जिसमें तथाकथित श्रम केंद्रित वर्ण-व्यवस्था को बहस के केंद्र में खड़ा करते हुए कहानीकार ने उसे बदलने पर जोर दिया है:

'पंडित, ब्राह्मण में है क्या? यह सच है कि चमार का बेटा चमार ही हो सकता है, लेकिन चमार ही जूते चप्पल सिए इसे मैं नहीं मानता, मैं आपका काम नहीं करूँगा।'[18]

कहानी का उपर्युक्त अंश एक बड़े सवाल को खड़ा करता है कि चमार का बेटा चमार हो सकता है, पर चमार ही जूते चप्पल सिए इसे स्वीकारने से नया दलित समाज इन्कार करता है। यह दलित साहित्य की वही विशेषता है जो एक नए सामाजिक यथार्थ के उदय की तरफ संकेत करती है। और वह यथार्थ है, 'श्रम" को जाति से जोड़ने की परंपरा का विरोध! यह विरोध कोई सामान्य विरोध नहीं है। इसमें पूरी व्यवस्था (सामाजिक) के खिलाफ विरोध का भाव दर्ज है जो दलित समाज के अंदर प्रतिरोध की एक नई चेतना रचता है। **दलित साहित्य का सौंदर्यशास्त्र** में दलित शब्द का अर्थ स्पष्ट करते हुए ओमप्रकाश वाल्मीकि ने उत्पीड़न के खिलाफ प्रतिरोध की जिस चेतना (वर्ण-व्यवस्था का विरोध) की निर्मिति को दलित लेखन का मुख्य लक्ष्य माना है,[19] यह कहानी उन्हीं चेतनाओं का निर्माण करती है। जब मराठी के चर्चित दलित लेखक शरणकुमार लिंबाले कहते हैं कि 'दलित साहित्य का जन्म अस्पृश्यता की कोख से हुआ है और यही उसकी विशिष्टता है'[20] तो कहीं-न-कहीं इस बात की तरफ भी संकेत करते हैं कि 'अस्पृश्यता" की समस्या दलित समाज की सबसे बड़ी समस्या है। **अक्करमाशी** में उन्होंने अपनी इसी पीड़ा को व्यक्त करते हुए लिखा है कि 'मैं रोज़ साबुन से नहाता हूँ। टूथपेस्ट से दाँत साफ करता हूँ। मुझमें कहीं पर भी अस्वच्छता नहीं है। फिर भी मैं अछूत क्यों? गंदा सवर्ण आदमी यहाँ स्पृश्य होता है तथा शुद्ध चरित्र का साफ रहन-सहनवाला अछूत अस्पृश्य।'[21]

उपर्युक्त अंश में 'फिर भी मैं अछूत क्यों?' शेष समाज के लिए एक बड़ा सवाल है। क्योंकि यह वही सवाल है जिससे दलित को बार-बार गुजरना पड़ता है। दलित कहानियों में भी सामाजिक यथार्थ से जुड़ा यह सवाल हर स्तर पर दिखलाई पड़ता है, क्योंकि वह मानते हैं कि उनके शोषण और दमन का सबसे बड़ा कारण शेष समाज (सवर्ण) के मन में बैठी यह अस्पृश्यता ही है जो इन्हें (सवर्ण) हिंसक बनाती है। खास बात यह है कि इस हिंसक मानसिकता का निर्माण वे सामाजिक परंपराएँ करती हैं जिन्हें वर्ण-व्यवस्था का समर्थन प्राप्त होता है। वर्ण-व्यवस्था के इस रूप की चर्चा करते हुए तुलसी राम ने लिखा है कि 'वर्ण-व्यवस्था सिर्फ सामाजिक व्यवस्था नहीं है', 'बल्कि धर्म पर आधारित एक क्रूर राजनीतिक प्रयास है', 'जिसके मूल में भगवान का भय बड़ी कृत्रिमता से, किंतु निहायत संगठित रूप से खड़ा किया गया था।'[22]

अगर हम तुलसी राम के उपर्युक्त कथन को ध्यान में रखें तो स्पष्ट पता चलता है कि जिस सामाजिक व्यवस्था को एक व्यवस्थित विचार के रूप में सदियों से प्रचारित किया गया, वह वास्तव में एक धार्मिक व्यवस्था थी जिसमें ईश्वर के भय के नाम पर प्रभुत्वशाली जातियों ने दलितों (शूद्रों) का सदियों से शोषण किया। प्रेमचंद की कहानी **सद्‌गति** में ईश्वर और उनके तथाकथित प्रतिनिधि पंडित घासीराम का 'भय' ही है कि दुखी चमार लकड़ी चीरते-चीरते मर जाता है और उसे न्याय नहीं मिलता है। यद्यपि इस कहानी में गोंड़ जाति के एक पात्र के माध्यम से न्याय के संकेत हैं, पर यथार्थ तो यही है कि एक सामाजिक व्यवस्था (वर्ण-केंद्रित) में एक दलित इसलिए काम करते-करते मर जाता है कि वह पहले वर्ण (ब्राह्मण) द्वारा दिए गए निर्देश को टालने की स्थिति में नहीं है। कहना न होगा कि ईश्वर के इस भय के विस्तार में धर्मग्रंथों की एक बड़ी भूमिका रही है। इन्हें भारतीय समाज (हिंदू) में इतना पवित्र और महान मान लिया गया है कि इनकी खिलाफत करना ईश्वर का विरोध करना है। ये ग्रंथ इस धारणा का भी निर्माण करते हैं कि इस धरती पर जो कुछ भी है, उसका निर्माण ईश्वर यानी हिंदू देवी-देवताओं ने किया है; चाहे वह व्यक्ति हो, या पशु-पक्षी, वर्ण हो या जाति, हम सब उनके अंश है। इतिहास में पहली बार इस विचार और व्यवस्था का विरोध किया ईसा पूर्व पाँचवी शताब्दी में गौतम बुद्ध ने। बुद्ध ने वर्ण-व्यवस्था केंद्रित समाज का विरोध करते हुए इस बात की स्थापना की कि जन्म से न कोई शूद्र होता है, न ब्राह्मण। कर्म से ही शूद्र होता है और कर्म से ही ब्राह्मण। यथा-

> न जच्चा वसलोहोति, न जच्चा होति ब्राह्मणो।
> कम्मना वसलोहोति, कम्मना होति ब्राह्मणो।। (सुत निपात 9-6-26)

दरअसल बौद्ध दर्शन की यह वही केंद्रित धारणा है जो मनुष्य-मनुष्य के बीच के भेद को अतार्किक बनाती है। और वैदिक ब्राह्मणों द्वारा प्रचारित उस धार्मिक अवधारणा का विरोध करती है जो वर्ण-व्यवस्था को ईश्वरीय देन मानता है।[23] हिंदी की दलित कहानियों के निम्न उद्धरणों में बौद्ध दर्शन की इस चेतना को देखा जा सकता है जिसमें धर्म (हिंदू) केंद्रित पारंपरिक व्यवस्था (वर्ण-व्यवस्था) के खिलाफ प्रतिरोध की एक गहरी चेतना दिखलाई पड़ती है:

एक:

विष्णुदत्त नैथानी ने गहरे पशोपेश के साथ अरविंद से कहा, 'अरविंद, एक बहुत बड़ी गड़बड़ हो गई है।'

"कैसी गड़बड़ पापा?..."

"पंडित जी नहीं चाहते हैं कि हम कंवल को बारात में लेकर जाएँ ...।" पिताजी ने चिंता जताई।

"लेकिन क्यों पापा?..." अरविंद ने भारी मन से पूछा।

"पंडित का कहना है कि बारात में कोई डोम चमार नहीं जाएगा," पिताजी ने दुःखी मन से कहा।

"लेकिन पापा, कंवल मेरा सबसे अच्छा दोस्त है ... हमारे बीच जाँत-पाँत कभी नहीं आई ... मैं उसे घर बुलाकर इस तरह बेइज्जत नहीं कर सकता ..." अरविंद ने अपने अंदर उठते विश्वास को व्यक्त किया।

(**ब्रह्मास्त्र**: ओमप्रकाश वाल्मीकि)[24]

दो:

"नहीं, न उन्होंने कभी पूछा और न कभी ऐसा मौका ही आया कि मैं उन्हें बतलाता। दरअसल जाति-पाति और भेदभाव का यह रोग अनपढ़ लोगों में ही है, पढ़ा-लिखा समाज कहाँ जाति को मानता है। पढ़े-लिखे और शिक्षित समाज में व्यक्ति को जाति से नहीं, उसकी शिक्षा, योग्यता और उसकी आर्थिक स्थिति के आधार पर जाना और मना जाता है। और जब सवर्ण लोग स्वयं जाति के भेदभाव से ऊपर उठकर हमारे साथ घुल-मिल रहे हैं, तो हमारे समाज द्वारा अपनी ओर से जाति का जिक्र करने का कोई औचित्य नहीं है। उसने पिताजी को समझाया।"

(**नो बार**: जयप्रकाश कर्दम[25])

तीन:

अशोक के बारे में भी गर्माहट उभर आई थी-'कर्ज देकर पाँच गुना वसूल भी तो करते हैं?'

इस बार नहाजन भभका था ...

'पाँच गुना देते हैं तो वह कर्ज लेते क्यों हैं ...?'

वह तपाक से बोला था-

'तुम लोग इन भोले-भालों को धर्म का सबक पढ़ाकर कर्ज लेने के लिए मजबूर करते हो। उन्हें तैंतीस करोड़ देवताओं के चक्कर में डालकर उनका शोषण करते हो।'

(**कर्ज़**: मोहनदास नैमिशराय[26])

यद्यपि उपर्युक्त तीनों अंशों में बौद्ध दर्शन की कोई स्थापनाएँ नहीं हैं और न ही किसी परंपरा की चर्चा है, पर यह सच है कि वर्ण एवं जाति केंद्रित सामाजिक व्यवस्था को यदि कहीं से कड़ी चुनौती मिली तो वह बौद्ध विचारकों द्वारा ही। पारंपरिक विचारधारा और साहित्य में सिद्धों एवं नाथों से प्रभावित लेखन में इसके रूप देखे जा सकते हैं। खासकर कबीर का पूरा दर्शन ही मुख्यधारा(वर्ण-व्यवस्था)

के खिलाफ खड़ा दिखलाई पड़ता है।[27] उपर्युक्त उद्धरणों में भी उन परंपराओं के खिलाफ प्रतिरोध की चेतना दिखलाई पड़ती है जिन्हें धर्म एवं शास्त्र ने रचा है। यदि अरविंद कहता है कि 'हमारे बीच जाँत-पाँत कभी नहीं आई ...' तो कहीं-न-कहीं वह यह भी दर्ज करना चाहता है कि जातिवाद का भाव और शास्त्र पुरानी पीढ़ी ने रचा है; नए तो उससे मुक्ति चाहते हैं। यही बात **नो बार** में भी उठाई गई है कि 'जब सवर्ण लोग स्वयं जाति के भेदभाव से ऊपर उठकर हमारे साथ घुल-मिल रहे है, तो हमारे समाज द्वारा अपनी ओर से जाति का जिक्र करने का कोई औचित्य नहीं है।' यानी कि नया दलित समाज जातिवाद के सवाल से आगे बढ़कर एक ऐसा नया समाज बनाना चाहता है जहाँ सबको समानता की दृष्टि से देखा जाए। **कर्ज़** में अशोक भी उधार की असंगतियों के बहाने कर्मकांड जैसी परंपराओं का विरोध करता है। खास बात यह है कि वर्ण एवं जाति केंद्रित व्यवस्था तथा परंपराओं का विरोध करने के लिए नया दलित समाज "ज्ञान" का सहारा लेता है। यह "ज्ञान" ही है जो उन्हें ईश्वर के भय से मुक्त कराता है तथा समाज में सम्मान के साथ जीने की ताकत देता है।[28] रत्न कुमार सांभरिया ने भी उसी फुलवा में ब्राह्मणवाद एवं सामंतवाद के अहं को तोड़कर कहीं-न-कहीं दलित समाज के आत्मगौरव को ही स्थापित किया है।[29]

यहाँ इस बात का उल्लेख करना जरूरी है कि भारतीय समाज को समझने के लिए विचारकों ने वर्ण-व्यवस्था को एक महत्त्वपूर्ण कारक माना है कि समाज को समझने की इस प्रविधि में प्रतिपक्ष (हाशिये का समाज) की बात कभी सुनी ही नहीं गई। दलित कहानियाँ सामाजिक इतिहास लेखन की प्रक्रिया को समझने और उसके संतुलित विकास के लिए महत्त्वपूर्ण स्रोत सामग्री प्रदान करती हैं। उदाहरण के लिए, यदि विवाह संस्था का इतिहास लिखना हो तो जयप्रकाश कर्दम की **नो बार** इस तथ्य को दर्शाती है कि तमाम प्रगतिशीलता और खुलेपन के जावजूद यह वर्ण-व्यवस्था ही है जो "विवाद" की नियति को तय करती है, यह मनुष्य को कई श्रेणियों में बाँटती हैं. उन श्रेणियों के अंदर अनेक उप-श्रेणियाँ निर्मित करती है तथा सामाजिक संबंधों के बीच दरार पैदा करती है। **नो बार** की विशिष्टता यही है कि वह तथाकथित प्रगतिशील समाज की इस छद्म नैतिकता को बेनकाब करती है, जो विज्ञापन में तो लिखता है, 'हाइली एजुकेटेड प्रोग्रेसिव फैमिली, कास्ट नो बार-', पर जब शादी की बात आती है तो यह कहने से नहीं हिचकता है कि "आखिर नो बार" का यह मतलब तो नहीं कि किसी चमार-चूहड़े के साथ ...।[30] अर्थात् विवाह तो होगा, पर उस वर्ण-व्यवस्था की संरचना में ही और उसमें भी उसके एक मुख्य पर निम्नतर हिस्से शूद्र को छोड़कर। यह कहानी दलित समाज को इस बात के लिए

भी सचेत करती है कि प्रगतिशील आंदोलनों द्वारा निर्मित यथार्थ भी पारंपरिक आचार संहिताओं से नियंत्रित और संचालित होता है। जाति का मसला भी वहाँ कमजोर नहीं पड़ा है। पर एक समाज (सवर्ण) जहाँ जाति को बचाए रखने की कोशिश इसलिए करता है कि वह फायदे की स्थिति में है, वहीं दूसरा (शूद्र) उसकी चर्चा इसलिए करता है कि उसे समाज में जातीय कारणों से ही हाशिये की जिंदगी व्यतीत करनी पड़ती है। उसे वंचित रहना पड़ता है। यही कारण है कि जब भी दलित साहित्य पर बातचीत होती है, विचारक साफ-साफ कहते हैं कि 'यह जाति विशेष का अनुभव है। ... इसलिए यह एक व्यक्ति का होते हुए भी पूरी जाति को प्रतिनिधित्व देता है। ... असमान व्यवस्था के नीचे पिसे हुए मनुष्य को केंद्र मानकर जाति-व्यवस्था के विरुद्ध संघर्ष की प्रेरणा इसी से मिली। ... दलित होने का ज्ञान, गुलाम को गुलामी के ज्ञान की तरह है। यह ज्ञान ही दलित साहित्य का सार है। यह ज्ञान अन्य लेखकों की अपेक्षा दलित लेखक के ज्ञान को अलग करता है, उसे विशिष्ट बनाता है।'[31]

तो क्या मान लिया जाए कि दलित साहित्य या दलित कहानी का यथार्थ यही है? असमान सामाजिक (जाति) व्यवस्था के विरुद्ध लोगों, खासकर दलित समाज में संघर्ष की चेतना जगाना?

उपर्युक्त कथन मराठी के प्रसिद्ध दलित लेखक शरणकुमार लिंबाले का है। अन्य दलित साहित्यकारों की तरह वह भी मानते हैं कि जाति व्यवस्था के विरुद्ध संघर्ष की चेतना उन्हें भी अंबेडकर से ही मिलती है। यानी कि दलित समाज का नया यथार्थ अंबेडकर के विचारों से निर्मित होता है तथा वह रचना और विचार, दोनों की धारा को प्रभावित, व्यवस्थित और नियंत्रित करता है। यह एक बड़ी सच्चाई है जिसे जाने और समझे बिना दलित समाज और साहित्य की वास्तविकता को समझना असंभव है। तो क्या यह मानकर चला जाए कि दलित साहित्य और दलित कहानी का यथार्थ अंबेडकर के विचारों से तय होगा और वे विचार असमान (असंगत) सामाजिक व्यवस्था को लेकर हैं?

सवाल है, वह (जाति) क्या है, जिसके खिलाफ अंबेडकर दलित समाज का एक नया यथार्थ रचते हैं? यह तो निश्चित है कि इस बहस के केंद्र में जाति और वर्ण-केंद्रित सामाजिक व्यवस्था है, क्योंकि ये वही कारक हैं जो भारतीय सामाजिक व्यवस्था को आधार प्रदान करते हैं तथा इनकी कुछ निर्मितियाँ ऐसी हैं जो मनुष्य, मनुष्य के बीच भेद गढ़ती हैं। वह क्या है?

अंबेडकर पर लिखित चर्चित पुस्तक **भीमराव अंबेडकर** में जाति-प्रथा के मूल सिद्धांतों की चर्चा करते हुए डब्ल्यू. एन. कुबेर ने लिखा है—जाति प्रथा के मूल सिद्धांतों का सार यह है: 1)जन्म के आधार पर मनुष्यों में असमानता; 2)व्यवसायगत

असमानता; और 3) चारों मुख्य वर्णों में पूर्ण एवं कठोर सामाजिक विभाजन और उनकी उपजातियों के मध्य उतना ही कठोर भेदभाव।[32]

जाति व्यवस्था के ये वही सार हैं जिन्होंने भारत की सामाजिक अव्यवस्था को जड़ीभूत बनाया। दलित कहानियाँ भी इसी यथार्थ को रचती हैं कि पारंपरिक समाज की इस "जड़" व्यवस्था में दलित समाज का सर्वाधिक शोषण और दमन होता है। यह व्यवस्था ही अस्पृश्यता जैसी स्थिति को जन्म देती है जिनमें एक व्यक्ति (सवर्ण हिंदू) द्वारा, एक व्यक्ति (गैर-सवर्ण हिंदू यानी कि दलित) को छूना या एक दूसरे के कर्म करना पाप समझा जाता है और यदि गलती से दोनों में से कोई छू गया अथवा जीविका के लिए एक दूसरे के कर्म को अपना लिया, तो उसे तरह-तरह के प्रायश्चित करने पड़ते थे या दंड का भागी बनना पड़ता था। देखें,

यो लोभादधमो जात्या जीवेदुत्कृष्टकर्मभिः।
तं राजा निर्धनं कृत्वा क्षिप्रमेव प्रवासयेत्।। 10.96।।

अर्थात् जो नीच (शूद्र) लोभ से श्रेष्ठ जाति की जीविका धारण करे, राजा उसका सर्वस्व हरण कर तत्काल ही उसे निर्वासित कर दें।

यानी कि कोई गलती से भी कर्म के स्तर पर एक वर्ण से दूसरे में आवाजाही न करे, चाहे इसके लिए उसे भूखे क्यों न मरना पड़े। सूरजपाल चौहान ने **साजिश** में दिखलाया है कि किस प्रकार दलित समाज का युवक नत्थू जब पढ़ाई के बाद अपना जातिगत पेशा छोड़ना चाहता है, तब बैंक का मैनेजर ऐसी साजिश रचता है[33] कि नत्थू ट्रांसपोर्ट के व्यवसाय के लिए कर्ज लेने के बदले, "पिगरी लोन" लेने को तैयार हो जाता है,[34] जबकि उसकी पत्नी और दलित समाज के युवक बैंक की इस साजिश का विरोध करते हैं।[35]

यह दलित कहानी का वही यथार्थ है जिसे हाल के दिनों में दलित कथाकारों ने रचा है। विपिन ने भी "बिवाइयाँ" में साफ लिखा है कि 'ये सच है कि चमार का बेटा चमार ही हो सकता है, लेकिन चमार ही जूते चप्पल सिए उसे मैं नहीं मानता।'[36]

क्या यह साहित्य का वही नया यथार्थ है जिसे रचने की कोशिश दलित लेखक कर रहे हैं? कहना न होगा कि रूसी विचारक निकोलाई कोनारद शिमाजाकी तोसोन के **हाकाई** के बहाने जिस जातिगत वैशिष्ट्य की चर्चा करते हैं, सूरजपाल चौहान जैसे दलित कथाकारों की कहानियों में आया यह वही जातिगत वैशिष्ट्य है जो साहित्य की इस धारा को एक नए यथार्थ के साथ एक नई पहचान दे रहा है। वह समाज द्वारा बनाई हुई उत्कृष्टता और पवित्रता के उन मानदंडों को रचना का विषय बनाता है जिसे मुख्यधारा के लेखकों ने सिर्फ सहानुभूति के साथ रचा है। वहाँ

मुख्यधारा में दलितों की ज़िंदगी में न तो बदलाव के संकेत दिखलाई पड़ते हैं और न ही प्रतिरोध के। प्रेमचंद अथवा पिछले एक-डेढ़ दशकों में दूधनाथ सिंह, अखिलेश जैसे कहानीकारों ने दलित समाज को लेकर जो कहानियाँ रची हैं उनमें दलित समाज के प्रति या तो सहानुभूति के भाव निर्मित होते हैं अथवा उनके सामाजिक अंतर्विरोध दिखलाई पड़ते हैं;[37] प्रतिरोध की न तो कोई सत्ता चेतना दिखलाई पड़ती है और न ही मुख्यधारा के उत्कृष्टता और पवित्रता जैसे मानकों को तोड़ने का साहस ही, जैसा कि सूरजपाल चौहान अथवा ओमप्रकाश वाल्मीकि की **सलाम** जैसी कहानियों में दिखलाई पड़ता है।

दरअसल भारतीय सामाजिक व्यवस्था (वर्ण-व्यवस्था) अथवा सामाजिक जीवन की मुख्यधारा में हमने कुछ चीजों को उत्कृष्ट (superior) और पवित्र (चनतम) बना रखा है, चाहे वह ज्ञान के केंद्र शिक्षण संस्थान हों या जीवन को संचालित करने वाले "पानी" के केंद्र, जैसे तालाब, कुएँ, नदी के घाट आदि। इसी तरह हमने **वेद**, **पुराण**, **गीता**, **महाभारत** और **रामचरितमानस** जैसी पुस्तकों को पवित्र और उत्कृष्ट घोषित कर रखा है जिससे कि समाज का दलित तबका उन्हें स्पर्श न कर सके और इस नाते पारंपरिक ज्ञान से वंचित रह जाए। जाहिर है, जब उसके पास ज्ञान ही न होगा तो वह कैसे विकास की प्रक्रिया से जुड़ेगा? ज्ञान के अभाव में ही उनका आर्थिक शोषण और सामाजिक रूप से बहिष्कार होता है। ओमप्रकाश वाल्मीकि की **पच्चीस चौका डेढ़ सौ**, **सलाम**, **दिनेशपाल जाटव उर्फ दिग्दर्शन** जैसी कहानियाँ दलित समाज के आर्थिक शोषण और सामाजिक दमन के खिलाफ प्रतिरोध का जो शास्त्र रचती हैं, उसमें "ज्ञान" की ही निर्णायक भूमिका है। सुशीला टाकभौरे की **सिलिया** की नायिका यदि यह निर्णय करती है कि 'मैं शादी कभी नहीं करूँगी -' तो उसके इस साहस और नकार* के पीछे "ज्ञान" की ही बड़ी भूमिका है। ज्ञान की प्रक्रिया से जुड़कर दलित समाज ने उन संकेतों को तोड़ना शुरू किया जिनके आधार पर हिंदू-बहुल भारत की पहचान बनती है; खासकर जिनके आधार पर दलित समाज का सर्वाधिक दमन और शोषण हुआ होगा। गेल ओमवेत ने **दलित विज़न** में ब्राह्मण समाजवाद (brahmin socialism) की चर्चा करते हुए इन्हीं ताकतवर वर्चस्वशाली भारतीय अस्मिता को, उन्नीस सौ सत्तर के दशक में महाराष्ट्र में दलित पैंथर एवं पश्चिम बंगाल तथा अन्य प्रदेशों में नक्सलवाद से मिली चुनौतियों की तरफ संकेत किया है।[38] खासकर कृषि संबंधी क्षेत्रों में हुए सामाजिक परिवर्तन

---

* ध्यान दीजिए, वह भारतीय/पारंपरिक समाज की सबसे ताकतवर संस्था विवाह संस्था को खारिज करता है जो मंत्रशक्ति (ब्राह्मणवाद) के जरिए सामाजिक संबंधों को उदात्त रूप देता है।

को दलित प्रतिरोध ने एक नई दिशा दी। हाशिये के समाज को मुख्यधारा के केंद्र में खड़ा किया।[39]

वस्तुत: दलित कथाकारों ने कहानियों में दलित समाज के जिस नए यथार्थ को रचना का विषय बनाया है, वह है जातीय अस्मिताओं की एक नई व्याख्या। एक नए जमाने** में इस "जातीय अस्मिता" के मायने "राष्ट्रीय अस्मिता" हुआ करता था जिसकी चर्चा और व्याख्या हिंदी के बालकृष्ण भट्ट, महावीर प्रसाद द्विवेदी, हजारीप्रसाद द्विवेदी, रामविलास शर्मा जैसे आलोचकों ने स्वाधीनता आंदोलन से जोड़कर की। यानी कि प्रेमचंद का साहित्य इस अर्थ में जातीय(राष्ट्रीय) साहित्य है कि उसमें भारतीय किसानों की ज़िंदगी के यथार्थ का चित्रण दिखाई पड़ता है। लेकिन दलित साहित्य में "जातीय अस्मिता" का अर्थ "राष्ट्रीय अस्मिता" नहीं है। यहाँ "जातीय" का सीधा अर्थ भारतीय(हिंदू) समाज की जाति-व्यवस्था से है, जो यहाँ के लोगों को जाति एवं उपजाति में विभाजित करती है। उनके बीच के सामाजिक संबंधों की चर्चा और व्याख्या करती है। सामाजिक-सांस्कृतिक सरोकारों को एक खास समाज (दलित) के शोषण और उत्पीड़न से जोड़कर देखती है। साफ शब्दों में कहा जाए तो दलित साहित्य में उपस्थित "जातीय यथार्थ" भारतीय समाज की वर्ण एवं जाति व्यवस्था के उत्पीड़न से जुड़ा हुआ है। यहाँ "दलित" (शूद्र) का अर्थ सिर्फ चतुर्थ वर्ग और उसके लिए निर्धारित "कर्म" से नहीं है, बल्कि जातीय का अर्थ एक समाज के शोषण और दमन से संबंधित है तथा जिसका सीधा संबंध दलित समाज को उन बुनियादी सुविधाओं से बेदखल करने का जिसे एक सामाजिक सदस्य होने के बाद किसी भी व्यक्ति को पाने का अधिकार है। इस नए यथार्थ को निम्नलिखित उदाहरणों से समझा जा सकता है:

एक:

'कहाँ तर गए थे भोसड़ी के ... तड़के से ढूँढ़-ढूँढ़ कर गोड्डे टूट गए हैं। और अब आ रहे हो महाराज की तरियों ... इस बैल को कौन उठावेगा ... तुम्हारा बाप ...' पंडित बिरिज मोहन उनपर बिफर पड़ा था।

(**बैल की खाल** : ओमप्रकाश वाल्मीकि[40])

दो:

वह सब तो ठीक है कि जाति-पाति को नहीं मानते और हमने मैट्रीमोनियल में 'नो बार' छपवाया था, लेकिन फिर भी कुछ चीजें तो देखनी ही होती हैं। आखिर

** 1857 के बाद "जातीय" शब्द का अर्थ "राष्ट्रीय" के रूप में भी रूढ़ होना शुरू हो गया था।

'नो बार' का यह मतलब नहीं कि किसी चमार-चूहड़े के साथ ...।

(**नो बार:** जयप्रकाश कर्दम[41])

उपर्युक्त दोनों उदाहरणों में दो संदर्भ हैं। पहला जहाँ ग्रामीण जीवन की संरचना में श्रमिक संस्कृति से जुड़े दलित समाज के प्रति ब्राह्मणवाद के पूर्वाग्रह को प्रकट करता है, वहीं दूसर व्यवस्थित जीवन को संचालित करने वाली सर्वाधिक प्रचलित और स्त्री-पुरुष संबंध को नैतिक ताकत प्रदान करने वाली संस्कृति – "विवाह" में जाति के सवाल को एक केंद्रीकृत इकाई के रूप में स्थापित करता है। अर्थात् जब गाँव में किसी के पशु या मवेशी की मृत्यु होगी तो उससे संबंधित सफाई का काम दलित जाति में जन्मा कोई व्यक्ति ही करेगा और विवाह में बंधन टूटेंगे ही पर उसके केंद्र में दलित नहीं होंगे। दूसरे उद्धरण में पिता का यह कहना कि 'मैट्रीमोनियल में नो बार छपवाया था, लेकिन फिर भी कुछ चीजें तो देखनी ही होती हैं अर्थात् नो बार का यह मतलब तो नहीं होता कि किसी चमार चूहड़े के साथ ...' बतलाता है कि आज भी समाज नें जातीयता की जड़ें कितनी गहरी पैठी हुई हैं। दोनों कहानियों में कहानीकार ने दलित समाज से जुड़े इन यथार्थों को पारंपरिक समाज की विचारधारा से जोड़कर देखने का प्रयास किया है। उपर्युक्त दोनों उद्धरणों में जो शब्द सर्वाधिक परेशान करते हैं, वे हैं – संबोधनसूचक शब्द। जैसे पहले उद्धरण में में "भोसड़ी के" और दूसरे में "चमार-चूहड़े के" –जैसे शब्द भारतीय समाज की मुख्यधारा के संबंध को बतलाते ही नहीं हैं बल्कि यह भी साबित करते हैं कि पारंपरिक समाज (ब्राह्मणवादी एवं सामंतवादी) ने उनके लिए एक नई भाषा भी गढ़ रखी है। वह भाषा है वर्चस्व की, जो एक समाज द्वारा, दूसरे समाज के अधीनस्थ होने की तरह है–उनकी जगह निश्चित, भाषा निश्चित, खान-पान निश्चित, यहाँ तक कि कर्म भी निश्चित। इसीलिए **बैल की खाल** कहानी के पंडित बिरिज मोहन बैल के मरने के बाद उसे खुद नहीं उठाते, बल्कि कहानी के दलित पात्र का इंतजार करते हैं तथा आने पर उसे तरह-तरह के अपमानसूचक संकेतों से संबोधित करते हैं- "भोसड़ी के", "गोड्डे टूट गए हैं", "आ रहे हो महाराजा की तरियों", "तुम्हारा बाप" आदि, आदि।

तो क्या यह मान लिया जाए कि "वस्तु" की तरह दलित कहानी की भाषा भी और लेखन शैली भी मुख्यधारा के साहित्य से अलग है? यदि अलग है तो सवाल यह है कि इसे रचा किसने है? दलित समाज ने या उनके दमन और शोषण से निकली हुई यह वह भाषा है जिसे लेखकों ने सीधे ज़िंदगी से उठा लिया है।

4

दलित कहानी अथवा साहित्य को लेकर यह सवाल बार-बार उठाया जाता है कि न तो इसकी भाषा शास्त्र-सम्मत है और न ही लेखन शैली। यहाँ तक कि कुछ आलोचक इसे साहित्य मानते ही नहीं यानी वह साहित्य जो मुख्यधारा की श्रेणी में आता है। इतना ही नहीं, जब मुख्यधारा के आलोचक दलित साहित्य की आलोचना करते हैं तब उनके सामने दलित लेखकों की भाषा और प्रस्तुति दोनों बहस एवं विमर्श के केंद्र में होते हैं। भाषा पर हमने अभी थोड़ी-सी चर्चा की, आगे भी विचार करेंगे; पर जहाँ तक रूप का सवाल है, दलित लेखन ने साहित्य की पारंपरिकता और कई मायने में तो आधुनिक रूप को भी तोड़ा है। उदाहरण के लिए, लेखन की प्राथमिक विधा 'आत्मकथा" को दलित लेखक आत्मकथन कहते हैं। आत्मकथन यानी कि स्वकथन – अपनी बात। जैसी है, जहाँ भी है, जिस रूप में है, जो दिमाग में है, वही जबान पर और कागज पर। न तो गढ़ने की कोई कला और न ही सौंदर्य की कोई चिंता। जीवन की भाषा जैसी है, रचना की भाषा भी वैसी ही है; जीने की कला जैसी है, लेखन की शैली भी वैसी ही है। कोई छिपाव व दुराव नहीं। यह यथार्थ है। एक वास्तविक यथार्थ–जो छद्म कला, सौंदर्य और बौद्धिकता को आँख दिखाता–आगे बढ़ जाता है। तेलुगु कवि वरवर राव जीवन के इसी खुरदुरेपन को एक नए पर वास्तविक सौंदर्य के रूप में देखते हैं।[42] तारीफ करते हैं और संघर्ष के तमाम साथियों से इस बात की अपील करते हैं कि जीवन की इस यथार्थ कला को दलित कला के रूप में स्वीकार किया जाए। इसीलिए दलित साहित्य का सौंदर्यशास्त्र, पारंपरिक सौंदर्यशास्त्र नहीं, बल्कि उससे भी भिन्न एवं अलग होगा–अति आधुनिक, अति यथार्थ। यह साहित्य भी इस तरह का शुद्ध साहित्य नहीं होगा जैसा कि मुख्यधारा के आलोचक मानते हैं। जब जीवन अलग है, उसके जीने की कला अलग है, भाषा अलग है, तब कैसे यह साहित्य शुद्ध साहित्य जैसा होगा? और इसीलिए उसका मूल्यांकन भी पारंपरिक सौंदर्यशास्त्र के आधार पर न होकर अलग होगा, बिल्कुल भिन्न–मार्क्सवाद के समानांतर दमित और पीड़ित जन की आकांक्षाओं और यथार्थ के साहित्य के रूप में। इसमें अंतोनियो ग्राम्शी की "सबॉल्टर्न" अवधारणा हमारी थोड़ी मदद कर सकती है। बुद्ध के विचार उसे विस्तार दे सकते हैं और अंबेडकर के प्रतिरोध की चेतना इस समानांतर विचारधारा को गतिशील बना सकती है।

यहाँ यह ध्यान देने की बात है कि अधिकांश दलित लेखकों ने लेखन के स्तर पर "आत्मकथात्मक" शैली का उपयोग किया है। दलित कहानियों में भी यह आत्मकथात्मक लेखन शैली दिखलाई पड़ती है। आखिर ऐसा क्यों है? इसका कारण

क्या, दलित साहित्य की कोई रचना "फॉरमेट" की मोहताज नहीं है। अगर रचना "सच" पर आधारित है तो वह खुद अपना रूप तय कर लेती है। आज भी हिंदी के **मैला आँचल**(फणीश्वरनाथ रेणु) और **राग दरबारी** (श्रीलाल शुक्ल) को लेकर यह बहस होती है कि इन्हें उपन्यास माना जाए कि कुछ और? यद्यपि अकादमिक और विचार की दुनिया में इन्हें उपन्यास के रूप में स्वीकार कर लिया गया है, परंतु रेणु स्वयं **मैला आँचल** को आंचलिक उपन्यास और व्यंग्य विधा से जुड़े आलोचक **राग दरबारी** को प्रतिनिधि व्यंग्य रचना मानते हैं। अर्थात् 'व्यंग्य" को वह शैली नहीं, बल्कि विधा मानते हैं। यही मुश्किल हरिशंकर परसाई की रचनाएँ खड़ा करती हैं। **राग दरबारी** की तरह लोग उन्हें भी व्यंग्य मानते हैं, कहानी नहीं! बहरहाल, यह बहस का एक अलग मुद्दा है, पर जहाँ तक दलित साहित्य के "फॉरमेट" और आत्मकथात्मक लेखन शैली का सवाल है, अन्य बेहतर रचनाओं की तरह साहित्य की इस धारा ने भी अपने रूप और लिखने की शैली खुद तय की हैं और उसमें "आत्मकथात्मक लेखन शैली' सर्वाधिक प्रचलित है। कहानी में भी दलित लेखकों ने आत्मकथात्मक शैली का खूब उपयोग किया है। मोहनदास नैमिशराय ने एक बातचीत में कहा कि 'हिंदी के दलित लेखक-साहित्यकारों को अभी सच लिखने से डर लगता है और आत्मकथात्मक लेखन सच पर आधारित है। दूसरी बात यह है कि जब तक हम अपने अतीत को नहीं जानेंगे, तब तक भविष्य के लेखन की रूपरेखा कैसे बनाएँगे?'[43]

यद्यपि मोहनदास नैमिशराय दलित लेखन की आत्मकथात्मक शैली पर साफ-साफ कुछ नहीं कहते हैं, पर दो बातों की ओर संकेत करते हैं: एक साहित्य, खासकर आत्मकथात्मक लेखन, सच पर आधारित होता है और दो, बिना अतीत को समझे भविष्य की रचना संभव नहीं है। अर्थात् सच साहित्य के केंद्र में होता है और उसका गहरा संबंध अतीत से होता है। सवाल है, दलित समाज का सच क्या है और अतीत के साथ उस "सच" का संबंध क्या है? मुझे लगता है और अब तक हमने जो बहसें की हैं उससे भी यह निष्कर्ष निकलता है कि "अस्पृश्यता" (अछूत) दलित समाज से जुड़ी सबसे बड़ी सच्चाई है और भारतीय समाज(हिंदू) में इसे स्थापित करने में "वर्ण" एवं "जाति" केंद्रित सामाजिक व्यवस्था की सबसे बड़ी भूमिका रही है। दलित साहित्य का पूरा सच "वर्ण" एवं "जाति" केंद्रित असंगत सामाजिक व्यवस्था के खिलाफ खड़ा है। पर इसके बारे में लिखेगा कौन? हिंदी साहित्य में भी वर्ण एवं जाति केंद्रित सामाजिक व्यवस्था के खिलाफ कोई नई एवं वैकल्पिक व्यवस्था की परिकल्पना दिखाई नहीं पड़ती है। यद्यपि राहुल सांकृत्यायन, प्रेमचंद, यशपाल, हजारीप्रसाद द्विवेदी आदि के यहाँ नए समाज के संकेत दिखाई पड़ते हैं, पर पूरी

व्यवस्था के खिलाफ खड़े होने का साहस उनमें भी नहीं दिखाई पड़ता है। आधुनिक काल में पहली बार हिंदी के दलित लेखकों ने इस असमान सामाजिक व्यवस्था (वर्ण-व्यवस्था) के खिलाफ लिखने का साहस दिखाया तथा उसे समाप्त करने की माँग की। उन्होंने भारतीय सामाजिक व्यवस्था (वर्ण-व्यवस्था) में दलित समाज की बुनियादी समस्याओं को "अपनी कथा" (स्वकथन) के रूप में प्रस्तुत किया। इसके अनेक कारण हो सकते हैं; पर मुख्य कारण दो हैं। एक, दलित लेखन से जुड़े रचनाकारों को लगता है कि यदि साहित्य समाज का दर्पण है तो समाज का 'यथार्थ" जैसा है उसे उस रूप में रखना रचना की पहली शर्त है[44] और वह वास्तविक तभी लगेगी जब उसे अपने ही जीवन के सच से जोड़कर लिखा जाए। दूसरा, स्वयं के जीवन का सच अतीत की परंपराओं और संघर्ष से ही निर्धारित होता है[45], पर यह स्वयं नहीं निर्मित होता है, इसे बनाना पड़ता है। बनाने की इस प्रक्रिया में आत्मकथात्मक पद्धति (शैली) अधिक सार्थक और उपयोगी लगती है। यदि हम इन बातों को ध्यान में रखें और ओमप्रकाश वाल्मीकि की कहानी "अम्मा" सूरजपाल चौहान की "छूत कर दिया", श्यौराज सिंह बेचैन की "अस्थियों के अक्षर" एवं दयानंद बटोही की "सुरंग" की निम्नलिखित पंक्तियों को देखें तो साफ पता चलता है कि आखिर क्यों दलित जीवन का यथार्थ प्रस्तुत करना अर्थपूर्ण लगता है:

एक:

मैं जिस अम्मा की बात कर रहा हूँ – उसका नाम क्या है, मैं नहीं जानता। शायद वह स्वयं भी अभी तक अपना नाम भूल चुकी होगी। क्योंकि जब वह मायके से ससुराल आई थी तो सास-ससुर ने उसे 'बहू" कहकर पुकारा, देवर और ननद ने भाभी या भावज, पास-पड़ोस की बड़ी-बूढ़ियों ने उसके खसम के नाम पर 'सुकडू की बहू" नामकरण अनजाने में ही कर दिया था। (**अम्मा:** ओमप्रकाश वाल्मीकि[46])

दो:

मैं और बिहारी सब बच्चों से दूर, पीपल के नीचे बैठे रहते। कभी किसी मास्टर का ध्यान आ जाता तो हमारी घोटा लगी तख्तियों पर हरफ खींच जाता और हम उन हरफों पर खड़िया पोत लिया करते थे। कई माह तक तो हम दोनों इसे ही स्कूल जाना और पढ़ना समझते रहे। (**छूत कर दिया:** सूरजपाल चौहान[47])

तीन:

करीब बीस साल बाद जब मैंने ग्रेजुऐशन कर लिया था तो जल्दी नौकरी पाकर मैं माँ को वह घटना बताने की उत्सुकता में था। माँ भुखमरी, मेरी बेकारी और भयंकर

गरीबी के कारण बीमार रहती थी। उसे भूख से जन्मे टी.बी. जैसे रोग हो गए थे। मरने से पहले माँ सच सुन ले और मेरी किताब की तमन्ना को जान सके, मेरे गुनाहों के लिए मुझे मुआफ कर दे, मैं ऐसा सोचता था, लेकिन माँ दवाई की गोली और परहेज के अभाव में मौत से पहले मर गई। मैं गाँव में भी नहीं था, लाश भी नहीं देख पाया माँ की। जब मैं पहुँचा तो चिता की राख ठण्डी हो गई थी, कई दिन मैं अपनी माँ की राख पर जाकर बैठा रहा, अपनी कृतज्ञ स्मृतियों के साथ।

(**अस्थियों के अक्षर:** श्यौराज सिंह बेचैन[48])

चार:

मैं पसीने में भीग जाता हूँ। पैसे तो परसो ही समाप्त हो गए थे। घर में पिताजी भी बिमारी से लड़ रहे हैं। माँ भी आजकल दिन गिन रही हैं। पत्नी उलाहना देती है कि दो बच्चों के बाप होकर भी पढ़ रहे हैं। मैं पुनः सोचने लगता हूँ, आखिर अँधेरी सुरंग में हम लोग कब तक रहेंगे? (**सुरंग:** दयानंद बटोही[49])

उपर्युक्त चारों उद्धरण क्रमशः ओमप्रकाश वाल्मीकि, सूरजपाल चौहान, श्यौराज सिंह बेचैन और दयानंद बटोही की कहानियों से है। पहले उद्धरण में कथावाचक "मैं", सामाजिक और पारिवारिक जीवन की मुख्यधारा में एक दलित स्त्री के जीवन की सच्चाइयों का बयान यथार्थवादी नज़रिये से करता है। जैसा है, वैसा ही कहानीकार ने चित्र बनाया है कि "स्त्री" की पहचान उसके नाम से नहीं, पुरुष से जुड़े संबंधों के आधार पर बनती है। लेखक इन सारे यथार्थ का बयान "मैं" शैली यानी की आत्मकथात्मक शैली में करता है। दूसरे उद्धरण में "मैं" और "बिहारी" के माध्यम से शिक्षण संस्थानों में दलितों की उपस्थिति का यथार्थ चित्रण है। तीसरे उद्धरण में कहानीकार ने "मैं" के माध्यम से दलित जीवन के उस यथार्थ को चित्रित किया है जिससे ज्ञान पाने की प्रक्रिया में दलित बच्चों को उससे गुजरना पड़ता है। यहाँ कथावाचक के साथ माँ के उस भावनात्मक यथार्थ का भी मार्मिक चित्रण है जिसे किसी और शैली में व्यक्त करने पर शायद उतना प्रभाव नहीं बन पाता। आखिरी उद्धरण में भी कहानीकार ने ज्ञान की परंपरा में दलितों की ज़िंदगी और उससे बनने वाले सामाजिक यथार्थ का चित्रण किया है। यदि ध्यान दें तो चारों कथाकार "मैं" शैली में बिना किसी द्वंद्व और भ्रम के अपने समाज की वास्तविकताओं का बयान कर देते हैं और मुख्यधारा को इस बात का अहसास करा देते हैं कि भारतीय समाज (वर्ण-व्यवस्था) में मौजूदा स्थिति से वे वाकिफ हैं। यद्यपि इन स्थितियों का चित्रण सामान्य लेखन शैली में भी किया जा सकता था, पर चारों कहानीकारों को लगता है कि आत्मकथात्मक लेखन शैली में वे अपनी बात को सहजता और अधिक प्रामाणिकता के साथ शेष समाज के सामने रख सकते हैं।

वास्तव में किसी भी कृति का स्वरूप या उसकी लेखन शैली एक हद तक बाहर के सामाजिक यथार्थ और भीतर के यथार्थ के अंतर्संबंध से अधिक निर्धारित होती है। आत्मकथात्मक लेखन शैली में लिखी गई कहानियाँ इस बात की तरफ संकेत करती हैं कि रचना के बाहर का यथार्थ और भीतर का यथार्थ स्वयं लेखक की जिंदगी से प्रभावित होता है। इसका कारण यही है कि दलित कहानियों में वस्तुगत तथ्यों के उपयोग के बहाने कहानीकार दलितों के अंदर प्रतिरोध की संस्कृति और संघर्ष की चेतना विकसित करना चाहते हैं। **सुरंग** में रचनाकार पारिवारिक स्थिति का बयान जितनी बेबाकी के साथ करता है, वह साहित्य की "आत्मकथा" विधा में ही संभव है। परंतु दलित लेखकों को लगता है कि जिंदगी की वास्तविकता का बयान करने के लिए यह शैली सर्वाधिक तर्कसंगत और प्रमाणिक है, चाहे विधा कोई भी हो। दलित कहानियों की भाषा पर विचार करते हुए भी यह कहा जा सकता है कि उनकी भाषा ज़िंदगी की भाषा इसलिए लगती है कि वह आत्मकथात्मक शैली में रची हुई होती है। यहाँ एक बात और गौर करने लायक है कि दलित कहानीकारों और गैर-दलित कथाकारों की कहानियों की भाषा में जो फर्क दिखता है उसके कारण क्या हैं? क्या यह फर्क आत्मकथात्मक लेखन शैली के कारण है या बात कुछ और है? इसे प्रेमचंद और ओमप्रकाश वाल्मीकि की कहानियों के इन उद्धरणों के माध्यम से आसानी से समझा जा सकता है। देखें–

एक:

इसलिए जब पंडिताइन आग लेकर निकली तो वह मानों स्वर्ग का वरदान पा गया। दोनों हाथ जोड़कर जमीन पर माथा टेकते हुए बोला – 'पंडाइन माता, मुझसे बड़ी भूल हुई कि घर में चला आया। चमार की अक्ल ही तो ठहरी। इतने मूरख न होते तो लात क्यों खाते।"

(**सद्गति:** प्रेमचंद[50])

दो:

हरीश ने तीखे शब्दों में कहा, 'आप चाहे जो समझें मैं इस रिवाज को आत्मविश्वास तोड़ने की साजिश मानता हूँ। यह सलाम की रस्म बंद होनी चाहिए।'

(**सलाम:** ओमप्रकाश वाल्मीकि[51])

इन दोनों उद्धरणों और इनमें आए शब्दों एवं शब्दों के माध्यम से निर्मित दलित पर्वों की भाषा का विश्लेषण कीजिए तो साफ पता चलता है कि प्रेमचंद की भाषा जहाँ सपाट और दमित व्यक्तित्व को उजागर करती हुई दिखती है, वहीं ओमप्रकाश वाल्मीकि की कहानी की भाषा में वर्चस्व के खिलाफ प्रतिरोध की एक चेतना दिखाई पड़ती है। यह कहा जा सकता है कि उपर्युक्त दोनों कहानियों की भाषा

समयानुकूल है। यह आम धारणा है कि 1947 के पहले किसी दलित पात्र के प्रतिरोधी चरित्र का निर्माण संभव नहीं था, जैसा कि हिंदी में 1990 के मंडल कमीशन के बाद रचित कहानियों में दिखलाई पड़ता है। यद्यपि प्रेमचंद के यहाँ कुछ प्रतिरोधी दलित पात्रों की संरचना दिखलाई पड़ती है,[52] फिर भी उनकी कहानियों के चरित्रों और उनकी भाषा में वह तीखापन नहीं दिखाई पड़ता है जैसा कि दलित रचनाकारों द्वारा रचित कहानियों में है। ओमप्रकाश वाल्मीकि के हरीश की भाषा में दलित समाज के आत्मगौरव की रक्षा के जो भाव निहित हैं, वह प्रेमचंद के दुःखी चमार की भाषा में नहीं हैं; जबकि तब तक राजनीतिक पटल पर अंबेडकर का आगमन हो चुका था तथा 1927 के महाद के जल लेने के सवाल को दलितों के आत्मगौरव[53] से जोड़ते हुए उन्होंने शेष समाज की सोच के खिलाफ प्रतिरोध की भाषा का प्रयोग करना शुरू कर दिया था। इसलिए भाषा में आए इस फर्क को समय के साथ-साथ रचनाकार की सामाजिक पृष्ठभूमि में देखना भी जरूरी है। कारण, लेखक के अंदर अस्वीकार का जो साहस होता है, वह कहीं बाहर से नहीं आता है। वह उसे अपने समाज से ही मिलता है, जिसके आत्मगौरव की रक्षा करते हुए वह परंपरा के नाम पर निर्मित रूढ़ियों से लड़ते हुए उसे प्राप्त करता है। कहना न होगा कि इन संकेतों को तोड़ने में उसके "स्व" की चेतना निर्णायक भूमिका निभाती है। रचना में यह "स्व" की चेतना भाषा में प्रकट होती है तथा इस पूरी प्रक्रिया में "आत्मकथात्मक" शैली की बहुत बड़ी भूमिका होती है। दलित रचनाकारों द्वारा लिखित कहानियों की भाषा का यह रूप सशक्त तरीके से उभरकर सामने आया है। यही दलित कहानियों की भाषा की विशिष्टता भी है, और उनका यथार्थ भी। यह यथार्थ कितना निर्मम और कटु है, कहानियों की भाषा के माध्यम से समझा जा सकता है। दिक्कत यह है कि हमने एक समाज और उसकी भाषा को तो "अस्पृश्य" बना दिया, पर हम उसमें निहित उन संकेतों और अर्थों को नहीं समझ पाए जिससे एक पूरा का पूरा समाज प्रभावित होता है और उनमें जीने के लिए अभिशप्त होता है।

दरअसल भारतीय समाज एवं संस्कृति में प्रारंभ से ही कुछ चीजें "उत्कृष्टता" और "पवित्रता" का प्रतीक रही हैं, चाहे वे ज्ञान की परंपरा से जुड़े शिक्षण संस्थान हों अथवा "जल" की संस्कृति से जुड़े कुएँ, तालाब, नदी के घाट जैसे केंद्रीय स्थल। दलित कहानियाँ स्वीकृत परंपराओं में इस प्रकार की उत्कृष्ट और पवित्र समझी जाने वाली संरचनाओं का विरोध करती हैं तथा एक ऐसे समाज का निर्माण करना चाहती हैं जहाँ एक समाज को दूसरे समाज से अथवा एक व्यक्ति को दूसरे व्यक्ति से पवित्र तथा उत्कृष्ट संकेतों के आधार पर अस्पृश्य घोषित न किया जाए। उन्हें सामाजिक जीवन की मुख्यधारा में हाशिये पर न रखा जाए। कहना न होगा कि

हाल के दशकों में दलित कहानियों के माध्यम से दलित लेखकों ने जो यथार्थ रचा है, वह पूरा का पूरा जाति एवं वर्ण-केंद्रित वर्चस्ववादी सामाजिक यथार्थ के खिलाफ है। यह एक नया यथार्थ है, जिसे समझने के लिए एक नए मानदंड की जरूरत है, क्योंकि यहाँ सामाजिक गतिशीलता का कारण "अर्थ" नहीं "दुःख" है। यह दुःख ही इस सामाजिक यथार्थ के केंद्र में है। यह दुःख एक व्यक्ति का नहीं, पूरे समाज का है जिसे हमारी पारंपरिक सामाजिक व्यवस्थाएँ निर्मित करती हैं। उसे बदलना ही इस नए सामाजिक यथार्थ की रचना है।

संदर्भ

1. **साहित्य का उद्देश्य**, हंस प्रकाशन, इलाहाबाद, नवीन संस्करण पृ. 13 और 26.
2. देखें, **सरस्वती** (1914) में प्रकाशित हीरा डोम की कविता **अछूत की शिकायत**।
3. ओमप्रकाश वाल्मीकि, **जूठन**, राधाकृष्ण प्रकाशन, दिल्ली, पृ. 07.
4. यह वही ''जातीय संस्कृति'' है जिसकी चर्चा ''जातीय'' विशिष्टताओं के रूप में रूसी विचारक निकोलाई कोनराद जापानी कथाकार शिमाजाकी तोसोन के **हाकाई** (1906) के प्रसंग में करते हुए साहित्य में एक नए यथार्थ के उदय की घोषणा करते हैं। इस संदर्भ में रादुगा प्रकाशन, मास्को द्वारा प्रकाशित पुस्तक **साहित्य और सौन्दर्यशास्त्र** में शामिल उनके लेखों को देखा जा सकता है।
5. श्यौराज सिंह बेचैन और देवेंद्र चौबे, सं. **चिंतन की परंपरा और दलित साहित्य**, नवलेखन प्रकाशन, हजारीबाग एवं दिल्ली. 2000, पृ. 255.
6. देखें राधाकृष्ण प्रकाशन, दिल्ली द्वारा प्रकाशित ओमप्रकाश वाल्मीकि के कहानी-संग्रह **घुसपैठिए** (2003) (पृ. 49-50) की निम्नलिखित पंक्तियाँ:

   'साहब, जाने दो ...नहीं लेते हैं, तो न लें। आपने तो माँग दिया है, आपकी जिम्मेदारी खत्म। अब्दुल ने भी टालने की कोशिश की।
   नहीं ... लेकिन पता तो चले? सुपरवाइजर ने जोर दिया।
   साहब, सुरेश को इस काम पर मत लगाइए। अब्दुल ने कहा।
   लेकिन क्यों? सुपरवाइजर ने ताज्जुब से पूछा।
   अब, आपको क्या बताएँ
   खुलकर बोलो ... बात क्या है? सुपरवाइजर ने और अधिक जोर देकर पूछा।
   साहब, आपको पता नहीं ... सुरेश स्वीपर है ... उसके हाथ की चीज़ कोई कैसे खा-पी सकता है, अब्दुल ने आखिर रहस्य खोल ही दिया।'

7. देखें, हरबंस मुखिया के **मध्यकालीन भारतः नए आयाम** का यह उद्धरण:
'जातिप्रथा का आविर्भाव सामाजिक-आर्थिक असमानता को बरकरार रखने, खासकर बड़े भू-स्वामियों की खेती के लिए खेतिहर मजदूर सुलभ कराने के लिए हुआ था।'
8. **मनुस्मृति।**
9. हरबंस मुखिया, **मध्यकालीन भारतः नए आयाम**, राजकमल प्रकाशन, दिल्ली, प्रथम संस्करण 1998, पृ. 108.
10. वही।
11. **डॉ. बाबा साहब भीमराव अंबेडकरः भाषण और लेखन**, खंड: 5, पृ. 376.
12. ओमप्रकाश वाल्मीकि, **सलाम**, राधाकृष्ण प्रकाशन, दिल्ली, पहला संस्करण: 2000, पृ 16.
13. वही, पृ. 17.
14. ये. सीदोरोव, संकलनकर्ता, **साहित्य और सौंदर्यशास्त्रः** 1987, पृ. 378.
15. रमणिका गुप्ता, सं., **दूसरी दुनिया का यथार्थः** नवलेखन प्रकाशन, हजारीबाग एवं दिल्ली, 1997, पृ. 180.
16. अंबेडकर, **कांग्रेस और गाँधी ने अछूतों के लिए क्या किया?**, अनु. जगन्नाथ कुरील, समता साहित्य प्रकाशन, लखनऊ, 1988 , पृ.128.
17. सूरजपाल चौहान, **हैरी कब आयेगा**, अनुभव प्रकाशन, साहिबाबाद, वर्ष 1999, पृ. 26.
18. कमला प्रसाद एवं पुन्नी सिंह, सं., **वसुधा**, जुलाई-सितंबर 2003, पृ. 253.
19. ओमप्रकाश वाल्मीकि, **दलित साहित्य का सौंदर्यशास्त्र**, पृ. 13.
20. श्यौराज सिंह बेचैन और देवेंद्र चौबे, सं., **चिंतन की परंपरा और दलित साहित्य**, नवलेखन प्रकाशन, हजारीबाग एवं दिल्ली, वर्ष 2000, पृ. 69.
21. शरणकुमार लिंबाले, **अक्करमाशी**, अनु. सूर्यनारायण रणसुभे, ग्रंथ अकादमी, दिल्ली; संशयः 1997, पृ.161-162.
22. प्रणव बंद्योपाध्याय, सं., **दलित-प्रसंग**, शिलालेख प्रकाशन, दिल्ली, वर्ष 1999, पृ .134-135.
23. तुलसीराम, **बौद्ध धर्म तथा वर्ण-व्यवस्था**, **हंस**, अगस्त 2004, पृ. 58.
24. ओमप्रकाश वाल्मीकि, **घुसपैठिए**, राधाकृष्ण प्रकाशन, दिल्ली, वर्ष 2003, पृ.85-86.
25. डॉ रजत रानी मीनू, सं., **हाशिये से बाहर**, श्री साहित्यिक संस्थान, गाजियाबाद, वर्ष 2001, पृ.113.
26. सूरजपाल चौहान, सं., **हिंदी के दलित कथाकारों की पहली कहानी**, अनुभव प्रकाशन, गाजियाबाद, वर्ष 2004, पृ. 31.
27. जब कबीर कहते हैं कि 'जाति न पूछो साधु की, पूछ लीजिए ज्ञान।' अथवा 'चलन चलन सब लोग कहत कहत है, न जाने बैकुंठ कहाँ है?' तो कहीं-न-कहीं मुख्यधारा द्वारा स्थापित उन धाराओं का विरोध ही करते हैं, जहाँ संस्थान में पढ़े लोगों को ज्ञानी और सब को मूर्ख

समझा जाता था अथवा स्वर्ग में जगह पाने के लिए दानपुण्य करने के निर्देश दिए जाते थे। पर कबीर सीधा सवाल करते हैं कि साधु(सज्जन) की कोई जाति(ब्राह्मण) नहीं होती; ज्ञान से ही लोगों की साधुता का पता चलता है। ऐसा नहीं है कि सवर्ण ''ज्ञानी'' होंगे और शेष ''अज्ञानी''। वह मजाक भी करते हैं कि सभी कहते हैं कि बैकुंठ(स्वर्ग/परलोक)चला जाए– पर बैकुंठ कहाँ है, उसका पता क्या है – पहले यह तो पता चल जाए। या सिर्फ मंदिरों में (ब्राह्मणों को) दान-पुण्य करने से ही बैकुंठ मिल जाएगा?

28. इस प्रसंग में प्रह्लाद चंद दास की कहानी **लटकी हुई शर्त** को देखा जा सकता है जिसमें गंगाराम भोज में खाने के बाद पत्तल उठाने से इन्कार कर देता है: 'खाने के बाद हम अपना पत्तल नहीं उठाएँगे।' (रमणिका गुप्ता **दलित कहानी संचयन**, पृ. 83)

29. देखें **फुलवा** कहानी के यह अंश:
चारपाई पर पड़े बिस्तर को देखकर रमेश्वर के तन मन में आग लग गई थी। यह तो वही बिस्तर था, जो फुलवा के एक कमरे में पड़ा था। रामेश्वर ने विवशता में डूबी साँस भरी, 'दूसरी जाति की गाय, भैंस, बकरी जब बामन के घर आ जाती है तो वह बामनी बन जाती है। रात निकाल रामेश्वर।' बकरी का भीगना और पेशाब से समूचा गैरेज गंधा रहा था। कुत्ते की खों-खों अलग। रामेश्वर की नींद कोसों दूर भाग गई थी। (रमणिका गुप्ता, **दलित कहानी संचयन**, पृ. 105)

30. वही, पृ. 60.

31. श्यौराज सिंह बेचैन एवं देवेंद्र चौबे, सं., **चिंतन की परंपरा और दलित साहित्य**, पृ. 70.

32. डब्ल्यू. एन. कुबेर, **भीमराव अंबेडकर**, प्रकाशन विभाग, नई दिल्ली, चतुर्थ संस्करण, 2004, पृ. 1.

33. 'तू पढ़ा लिखा है मैं तो केवल सलाह ही दे सकता हूँ। तू पिगरी लोन हेतु क्यों नहीं फार्म भरकर देता है? इस काम में लागत कम है और फायदा ज्यादा है।' बैंक मैनेजर ने नत्थू को प्यार से समझाते हुए कहा। (सूरजपाल चौहान, **साजिश**; रमणिका गुप्ता, **दलित कहानी संचयन**, पृ. 66.)

34. मैनेजर की बात सुनकर नत्थू के मन में रह-रहकर सवाल उठने लगे। वह सोच रहा था, एक्सीडेंट हो गया तो क्या होगा? बर्बाद हो जाऊँगा मैं, फिर कैसे चुकाऊँगा बैंक का कर्ज। (वही, पृ. 67.)

35. एक विशाल जनसमूह नत्थू और शांता के नेतृत्व में चल पड़ा। 'मनचाहे पेशे के लिए कर्ज देना होगा–पुश्तैनी धंधों में रखने की साजिश बंद करो–हमें भी बहुमुखी विकास का अवसर दो –' के नारे लगाते हुए सैकड़ों लोगों ने बैंक को घेर लिया। (वही, पृ. 69.)

36. बिपिन बिहारी, **बिवाइयाँ**, कमला प्रसाद और मुन्नी सिंह, सं., **वसुधा**, जुलाई-सितंबर 2003, पृ. 253.

37. इस संदर्भ में दूधनाथ सिंह की **ग्राह्य** और अखिलेश की **शापग्रस्त** कहानी को देखा जा सकता है।
38. Gail Omvedt; **Dalit Vision,** Orient Longman (now Orient Blackswan), Delhi; page 70-71.
39. इस प्रसंग में स्वयं लेखक द्वारा लिखित एवं प्रकाशन संस्थान दिल्ली द्वारा 2001 ई. में प्रकाशित पुस्तक **समकालीन कहानी का समाजशास्त्र** को देखा जा सकता है जिसमें हाशिये के समाज (जैसे- स्त्री, आदिवासी, घरेलू नौकर, पागल, भिखारी, खेतिहर दिहाड़ी मजदूर, स्वरोजगार में लगे लोगों) का विचारधारात्मक अध्ययन किया गया है।
40. ओमप्रकाश वाल्मीकि, **सलाम**, पृ. 33.
41. रमणिका गुप्ता, **दलित कहानी संचयन**, पृ. 60.
42. चर्चित मार्क्सवादी आलोचक प्रो. मैनेजर पांडेय के साथ हुई एक बैठक में बातचीत के दौरान यह बात उभरकर आई। बाद में दिल्ली में दिए एक सार्वजनिक कार्यक्रम में भी वरवर राव ने श्रोताओं का ध्यान साहित्य के इस नए यथार्थ केंद्रित "सौंदर्य" की तरफ खींचा।
43. श्यौराज सिंह बेचैन और देवेंद्र चौबे, सं., **चिंतन की परंपरा और दलित साहित्य**, पृ. 277.
44. इस संदर्भ में प्रसिद्ध समाजशास्त्री जेन उल्फ की निम्नलिखित पंक्तियों को देखा जा सकता है: 'Art is a social production.' अर्थात 'कला एक सामाजिक उत्पादन है।' *The social production of art;* Macmillan Press, London; first edition: 1982; p.1
45. इस संदर्भ में एस. जॉनसन के उस प्रसिद्ध कथन को देखा जा सकता है जिसमें वह साहित्य को इतिहास से जोड़ते हुए उसे जीवन के सतत विकास की प्रक्रिया के रूप में देखते हैं। New Literary History , Volume 35 , Spring 2004, Numbers 2.
46. ओमप्रकाश वाल्मीकि, **सलाम**, पृ. 113.
47. सूरजपाल चौहान, **हैरी कब आएगा**, पृ. 133.
48. रमणिका गुप्ता, **दलित कहानी संचयन**, पृ. 77.
49. दयानंद बटोही, **सुरंग**, पृ. 10-11.
50. अमृतराय, **मंजूषा** (चयन), हंस प्रकाशन, इलाहाबाद, 1982, पृ. 83.
51. ओमप्रकाश वाल्मीकि, **सलाम**, राधाकृष्ण प्रकाशन, दिल्ली, 2000, पृ. 17.
52. जैसे **गोदान** (1936) के दलित पात्र।
53. महाड़ के चवदार तालाब से पानी लेने के सवाल पर 20 मार्च 1927 को अंबेडकर ने कहा था, 'अगर हमने चवदार का पानी नहीं पिया तो हमारी जान के लाले पड़ जाएँगे, ऐसी कोई बात नहीं है। हम तो यह दिखाना चाहते हैं कि औरों की तरह हम भी इंसान हैं।'

13

ज्ञान, संस्थान और दलित जीवन

मैं अपनी बात की शुरुआत एक चीनी कहावत से करना चहता हूँ। एक चिड़िया के बारे में वह कहावत इस प्रकार है–चिड़ियाँ इसलिए नहीं गातीं कि उनके पास जुबान है, वे गाती हैं क्योंकि उनके पास गीत हैं।

दलित साहित्य आज भारतीय साहित्य की मुख्यधारा इसलिए नहीं है कि यह हिंदुस्तान की लगभग हर बड़ी जुबान में मौजूद है, बल्कि इसलिए है क्योंकि इसमें सामाजिक जीवन की मुख्यधारा में वंचितों और शोषितों की ज़िंदगी जी रहे एक बड़े समाज के यथार्थ का "जीवंत अनुभव" प्रतिरोध की भाषा में दर्ज है। इसमें एक ऐसे समाज की जातीय ज़िंदगी अपनी विशिष्टताओं के साथ मौजूद है जिसे "यातना" और "संघर्ष" से सँजोया गया है। रूसी विचारक निकोलाई कोनराद ने **यथार्थवाद और पूर्वी देशों का साहित्य** में जापानी कथाकार शिमाजाकी तोसोन के दलित (एता) समाज पर आधारित उपन्यास **हाकाई** का उल्लेख यथार्थवादी साहित्य के रूप में करते हुए लिखा है कि "उन्नीसवीं शती पूँजीवाद के एक विश्वव्यापी", और वह भी प्रमुख सामाजिक–आर्थिक प्रणाली के रूप में प्रस्थापित हो जाने की शती थी। इस प्रणाली में विभिन्न देशों को विभिन्न स्थान प्राप्त थे और इस विकास की राहें भी सर्वत्र एक समान नहीं थीं। इसका कारण बताते हुए उन्होंने लिखा है कि 'जापान में ही नहीं, पूर्व के अन्य प्राचीन संस्कृति वाले देशों में भी, उनकी औपनिवेशक, अर्द्ध–औपनिवेशक अथवा आश्रित देश की हैसियत ने उनमें सामंतवाद के विघटन की प्रक्रिया को धीमा कर दिया था, और पूँजीवादी संबंधों के विकास को मंद, सीमित और विकृत बना डाला था।' विचार की इसी प्रक्रिया में कोनराद इस बात का उल्लेख करते हैं कि सामंतवाद के विघटन की मंद प्रक्रियाओं ने पूँजीवाद के उदय के बावजूद उन पारंपरिक सामाजिक व्यवस्थाओं को बनाए रखा तथा इसी कारण पूर्वी देशों में एक ऐसे यथार्थवादी साहित्य का उदय हुआ जिसके सामान्य लक्षण तो पश्चिमी देशों के साहित्य की तरह थे, परंतु उसकी कुछ अपनी जातीय विशिष्टताएँ भी थीं। कोनराद जिस जापानी उपन्यास **हाकाई** की चर्चा करते

हैं वह पारंपरिक जापानी समाज में सामुराई, व्यापारी, किसान और पुजारी के बाद सबसे नीची जाति एता पर केंद्रित है। उपन्यास का नायक सेगावा उशिमात्सु अपनी एता पहचान को छुपाकर ईईयामा के एक स्कूल में अध्यापन कार्य करता है तथा हमेशा पकड़े जाने के भय से बेचैन रहता है। वह एक अच्छा अध्यापक है, ज्ञान की परंपरा से जुड़ा हुआ है; फिर भी उसे अपना एता होना यातनापूर्ण लगता है और एक दिन जब वह अपना भेद खोलता है तो उसे स्कूल क्या, शहर छोड़कर जाना पड़ता है। व्यवस्था का दबाव उसे जीवन की मुख्यधारा से निकाल बाहर करता है।[1] निकोलाई कोनराद, शिमाजाकी तोसोन के प्रसंग में जापान के यथार्थवादी साहित्य की जिन जातीय विशिष्टताओं की तरफ संकेत करते हैं, ये वही विशिष्टताएँ हैं जिनका संबंध एता जाति से था।[2]

दरअसल **हाकाई** के इस लंबे प्रकरण के उल्लेख का अर्थ इतना ही है कि क्या हमें दलित साहित्य को भी एक "यथार्थवादी साहित्य" के रूप में देखना चाहिए तथा इस प्रसंग में उसकी जातीय विशिष्टताओं को चिह्नित(?) या जातीय विशिष्टताओं के साथ ही दलित साहित्य को यथार्थवादी साहित्य की परंपरा में रखा जाना चाहिए? कारण, यह एक महत्त्वपूर्ण प्रसंग है तथा हम सब भी इस मत से परिचित हैं कि दलित साहित्य के विचारकों का एक नया तबका इसे यथार्थवादी परंपरा से अलग मानता है कि वैचारिक स्तर पर भारतीय दलित साहित्य अंबेडकर और बौद्ध मत से प्रभावित है। यह सही है, बावजूद इसके हमें इन प्रसंगों पर इसलिए भी विचार करना पड़ेगा कि हम यहाँ ओमप्रकाश वाल्मीकि की कहानी पर विचार करने जा रहे हैं। इसका गहरा संबंध दलित समाज के यथार्थ से है और वह यथार्थ है, ज्ञान की परंपरा में दलितों की उपस्थिति का यथार्थ, जिसकी नियति को आज भी भारतीय पारंपरिक व्यवस्थाएँ पूँजीवाद के उदय के बाद भी तय करने में लगी हुई हैं। **हाकाई** में भी सेगावा उशिमात्सु को शहर छोड़कर इसलिए जाना पड़ता है कि जापानी समाज के सर्वाधिक ताकतवर समुदाय सामुराइयों का आतंक जापानी सामाजिक जीवन की मुख्यधारा में एताओं (दलित) को इतनी जगह नहीं देता था कि वे उनकी मर्जी के खिलाफ खड़े हो पाएँ। हिंदी का दलित साहित्य, 1990 के बाद उभरकर आया साहित्य है। इसमें सामंतवाद के लक्षण तो दिखाई पड़ते हैं, परंतु वही एक निर्णायक व्यवस्था के रूप में मौजूद नहीं है। जापान में ताकतवर समुदाय "सामुराई" पहले स्थान पर है और ज्ञान से जुड़ा समुदाय "पुजारी" आखिरी। "एता" तो इस जातीय व्यवस्था से बाहर है। जबकि भारत में वह चारों वर्ण के अंदर, सबसे नीचे है और ताकतवर समुदाय "क्षत्रिय" दूसरे नंबर पर एवं ज्ञान से जुड़ा "ब्राह्मण" पहले स्थान पर। परंतु खास बात यह है कि इन दोनों समाजों (जापानी एवं भारतीय) में "ज्ञान"

और "ताकत" से जुड़े समुदाय ("एता" और "दलित" प्रसंग में) निर्णायक भूमिका में रहे हैं। एक सामान्य विशेषता यह भी है कि दोनों समाजों में दलित(एता)समुदाय का प्रवेश न तो सामाजिक परंपरा में उत्कृष्ट एवं पवित्र समझे जानेवाले मंदिरों में रहा है और न ही ज्ञान से जुड़े गुरुकुल जैसे शिक्षण संस्थानों में। भारत में ज्योतिबा फुले एवं सावित्री बाई फुले के प्रयत्न से दलित समाज को शिक्षित करने का कार्य शुरू हुआ तथा 1857 के बाद तो ब्रिटिश हुकूमत ने इसे और आगे बढ़ाया। जापान में भी 1871 में मेइजी काल(1868-1912) में एताओं के विकास के लिए सुधार के तहत शुरू हुए कार्य के कारण ज्ञान के क्षेत्र में उनकी हिस्सेदारी की प्रक्रिया बढ़ी तथा कई क्षेत्रों में उनका विकास हुआ। पर भारत की तरह वहाँ भी उन्हें ताकतवर समुदाय द्वारा की गई हिंसा का सामना करना पड़ा। 1990 में विश्वनाथ प्रताप सिंह सरकार द्वारा वर्षों से लंबित मंडल आयोग की रिपोर्ट लागू करने के बाद दलितों के खिलाफ देश के अनेक हिस्सों में हुए हिंसक आंदोलन की घटनाएँ हमारे सामने हैं ही। एक खास समाज के खिलाफ हुए हिंसक आंदोलन की इन घटनाओं पर विचार करें तो साफ पता चलता है कि सामाजिक जटिलताओं ने हमेशा ऐतिहासिक विकास की उन प्रक्रियाओं को प्रभावित किया है जिससे नए प्रकार के यथार्थ का उदय होता है। इस उदय में ज्ञान से जुड़े शिक्षण संस्थानों की हमेशा निर्णायक भूमिका रही है। ओमप्रकाश वाल्मीकि की कहानी **पच्चीस चौका डेढ़ सौ** को पढ़ते हुए उस नए सामाजिक यथार्थ को समझा जा सकता है जिसे निकोलाई कोनराद "जातीय विशिष्टताएँ" कहकर संबोधित करते हैं।

दरअसल **पच्चीस चौका डेढ़ सौ** हिंदी की प्रतिनिधि दलित कहानी है। इस अर्थ में कि भारतीय सामाजिक व्यवस्था(वर्ण-व्यवस्था) को मजबूत करनेवाली दोनों ताकतें - ब्राह्मणवाद और सामंतवाद - के खिलाफ इसमें कड़ा प्रतिरोध दर्ज है। खासकर यह कहानी दलित साहित्य के उस केंद्रीय विषय को उठाती है जहाँ ज्ञान के बिना समाज का विकास संभव नहीं माना जाता है। यह कहानी यह भी दर्ज करती है कि ज्ञान के बिना सामंती व्यवस्था एक दलित का किस हद तक शोषण करती है और ज्ञान प्राप्ति के बाद किस सीमा तक शोषित अस्मिताएँ (दलित) उनका प्रतिवाद। विचार की दृष्टि से **पच्चीस चौका डेढ़ सौ** को चार हिस्सों में बाँटा जा सकता है: एक, सुदीप के पिता द्वारा चौधरी से ऋण लेने का प्रसंग; दो, सुदीप द्वारा पढ़ने के लिए स्कूल जाना तथा इन सब में पच्चीस के पहाड़े का प्रसंग; तीन, ज्ञान (ब्राह्मणवाद) और सत्ता (सामंतवाद) का अंतर्द्वंद्व और चार, सुदीप का ज्ञान के सहारे दलित मुक्ति का प्रसंग।

कथा का पहला हिस्सा इतना है कि (कहानी के) नायक सुदीप का पिता गाँव

के चौधरी से उसकी माँ की बीमारी के इलाज के लिए सौ रुपये उधार लेता है। जब चार महीने बाद वह मूल धन लौटाने चौधरी के पास जाता है, तब चौधरी प्रति माह पच्चीस रुपये ब्याज के हिसाब से मूलधन लौटाने की बात कहता है तथा चार महीने का ब्याज पच्चीस का पहाड़ा पढ़ते हुए डेढ़ सौ बताता है। देखें,

'ब्याज-ब्याज के हो गए हैं पच्चीस चौका डेढ़ सौ।'(**सलाम**)

अर्थात् पच्चीस चौका सौ नहीं, बल्कि डेढ़ सौ होता है। यह है पारंपरिक व्यवस्था के संवाहकों का गणित! वह सुदीप के अनपढ़ पिता से पचास रुपया अधिक ब्याज लेना चाहता है।

यह **पच्चीस चौका डेढ़ सौ** की कथा का पहला हिस्सा है जहाँ "ऋण" दलित समाज की बड़ी समस्या के रूप में दर्ज है। **दि चमार्स** में प्रसिद्ध समाजशास्त्री जी. डब्ल्यू ब्रिगस ने लिखा है कि 'ऋण उनके लिए काफी बड़ा अंकुश होता है और प्राय: उनका सारा परिवार ऋण को चुकाने में लगा रहता है।'

पर इस कहानी में चौधरी का सारा ऋण सुदीप के पिता ही चुकाते हैं। परिवार पर अब कोई ऋण नहीं है। यह एक आधुनिक दलित समाज है जो सजग है, सचेत है तथा शेष समाज के दबाव के समानांतर विकास की प्रक्रियाओं से जुड़ा हुआ है। खास बात है कि यह समाज सबसे अधिक अपने बच्चों के प्रति सचेत है तथा उन्हें मुख्यधारा से जोड़ने के लिए ज्ञान की प्रक्रियाओं से जुड़ना जरूरी समझता है।

कहानी का दूसरा हिस्सा, इसी ज्ञान की प्रक्रिया से जुड़ा हुआ है। सुदीप के पिता उसका नामांकन मास्टर फूलसिंह से पैरवी कर स्कूल में करवा देते हैं तथा सुदीप गाँव के अन्य बच्चों की तरह स्कूल जाना शुरू कर देता है। पच्चीस का पहाड़ा रटने की प्रक्रिया में जब एक दिन सुदीप 'पच्चीस चौका सौ" पढ़ता है, तब सुदीप के पिता के कान खड़े होते हैं। उन्हें पुरानी बात याद आती है कि गाँव के चौधरी ने उनसे 'पच्चीस चौका डेढ़ सौ" के हिसाब से ब्याज लिया था। वह उसे टोकते हैं कि 'पच्चीस चौका सौ नहीं; डेढ़ सौ" होता है। पर सुदीप बार-बार कहता है कि 'पच्चीस चौका सौ" ही होता है। पिता-पुत्र के इस असमंजसपूर्ण संवाद को देखें-

> 'किताब में तो साफ-साफ लिक्खा है- पच्चीस चौका सौ ...' सुदीप ने मासूमियत से कहा।
>
> 'तेरे किताब में तो गलत बी तो हो सके ... नहीं तो क्या चौधरी झूठ बोलेंगे। तेरी किताब से कहीं ठाड्डे (बड़े) आदमी हैं चौधरी जी। उनके घोरे (पास) तो ये मोट्टी-मोट्टी किताबें हैं ... वह जो तेरा हेडमास्टर है वो बी पाँव छुए है चौधरी जी के फेर भला वो गलत बतावेंगे ...मास्टर से कहणा सही-सही पढ़ाया करें ...' पिताजी ने उखड़ते हुए कहा। (**सलाम**)

पिता-पुत्र के इस संवाद में निम्नलिखित बातें उभरकर आई हैं:
एक : स्कूल की किताबों के पाठ सही होते हैं। एक छात्र भी उसी पाठ पर विश्वास करता है।
दो : पर व्यावहारिक जीवन में स्कूल के पाठ अपना अर्थ खो देते हैं। वहाँ सत्ता जिसके पास होती है वही पाठ भी लिखता है, वही अर्थ भी तय करता है। एक तरह से वह पाइ की मनमानी व्याख्या करता है[3] चौधरी जी इस कहानी में "सत्ता" के केंद्र में हैं। इसीलिए वह ज्ञान की प्रक्रिया से जुड़े पाठों को अपने वर्गीय हितों को ध्यान में रखते हुए व्याख्यायित-पुनर्व्याख्यायित करते रहते हैं। कई बार उनके द्वारा पाठ के निर्धारित अर्थ गलत होते हैं जैसा कि इस कहानी में 'पच्चीस चौका डेढ़ सौ' दर्ज है।
तीन : समाज का शोषित और वंचित तबका सत्ता के केंद्र द्वारा निर्धारित पाठ के अर्थ को मानने के लिए बाध्य होता है। या यूँ कहें कि वह सहज ही सत्ता द्वारा व्याख्यायित पाठ के अर्थ को स्वीकार कर लेता है। जैसे कि सुदीप का पिता चौधरी द्वारा बताए हुए गणित को सही मान लेता है। मिशेल फूको की प्रसिद्ध मान्यता "नॉलेज इज पावर" इसी प्रकार के संदर्भों को समझने में मदद करती है।
चार : चौथी बात जो इस संवाद से उभरकर सामने आती है, वह यह है कि शोषित और वंचित तबके द्वारा पाठ की गलत व्याख्या को स्वीकारने के दो कारण हैं- पहला, शोषित और वंचित तबके का अनपढ़ होना और दूसरा, ज्ञान के संस्थान से जुड़े संकेतों (जैसे अध्यापक, पुस्तकें आदि) का "सत्ता" के हित में इस्तेमाल होना।

जैसे-स्कूल के हेडमास्टर चौधरी जी के पाँवों को छूना। चूँकि ग्रामीण समाज में शिक्षक, "ज्ञान" का प्रतीक होता है।

इसीलिए उसकी हर पहल शेष समाज के लिए अनुकरणीय हो जाती है।

इसके बाद कहानी का तीसरा हिस्सा शुरू होता है जिसमें ओमप्रकाश वाल्मीकि ने ज्ञान और सत्ता के केंद्रों के साथ दलित समाज की टकराहट और संघर्ष का बयान किया है। पिता के दो वक्तव्य, सुदीप की जिंदगी में हलचल मचा देते हैं- एक, पच्चीस चौका डेढ़ सौ होता है और दो, उसके स्कूल के हेडमास्टर चौधरी जी के पाँव छूते हैं, यह एक बड़ा सवाल है। पर सुदीप को, उनके पाँव छूने के जो कारण समझ में आते हैं, वह यह कि चूँकि चौधरी जी के पास मोटी-मोटी किताबें हैं और हेडमास्टर उनके पाँव छूता है-इसका अर्थ यह निकला कि चौधरी जी अधिक "ज्ञानी" हैं। उत्तर-आधुनिकतावादियों (खासकर मिशेल फूको) की नजर से देखें तो इस कहानी में "ज्ञान" तत्कालीन समाज के सभी प्रभावों और अभिप्रायों से संचालित होता दिखाई पड़ता है।

दरअसल ज्ञान की परंपरा को दो चीजें महत्त्वपूर्ण बनाती हैं: एक, ज्ञान की परंपरा में पवित्र समझी जानेवाली मोटी-मोटी किताबें और दो, उन पुस्तकों को पढ़ाने वाले या ज्ञान देनेवाले उत्कृष्ट और महान गुरु। **पच्चीस चौका डेढ़ सौ** में गुरु सिर्फ शिक्षण संस्थान से ही नहीं जुड़ा हुआ है, बल्कि वह सत्ता के केंद्रों से भी जुड़ा हुआ है। कहानी का यह वह बिंदु है, जहाँ से संघर्ष का निर्माण होना शुरू होता है। महत्त्वपूर्ण बात यह है कि इस संघर्ष के निर्माण में लगी शक्तियाँ, जिन्हें हम ज्ञान(ब्राह्मणवाद) और सत्ता(सामंतवाद) के रूप में मानकर चल रहे हैं, उसे सुदीप (दलित समाज) के रूप में प्रारंभ से ही चुनौती मिलनी शुरू हो जाती है। संघर्ष के निर्माण और ज्ञान की प्रक्रियाओं को मिल रही चुनौती तथा उससे उत्पन्न सामाजिक अंतर्द्वंद्व को कहानी के उन अंशों से समझा जा सकता है जिनमें कथाकार ने सुदीप द्वारा कक्षा में 'पच्चीस चौका डेढ़ सौ" सुनाने एवं उससे मास्टर शिवनारायण के उखड़ने की घटना का वर्णन किया है। देखें,

> मास्टर शिवनारायण हत्थे से उखड़ गया। खींचकर एक थप्पड़ उसके गाल पर रसीद किया। आँखें तरेरकर चीखा, 'अरे, तेरा बाप इतना बड़ा विद्वान है तो यहाँ क्या अपनी माँ ... (एक क्रिया जिसे सुसंस्कृत लोग साहित्य में त्याज्य मानते हैं)... आया है साले; तुम लोगों को चाहे जितना भी सिखाओ, पढ़ाओ ... रहोगे वही-के-वही . .. दिमाग में कूड़ा-करकट जो भरा है। पढ़ाई-लिखाई के संस्कार तो तुम लोगों में आ ही नहीं सकते। चल बोल ठीक से ... पच्चीस चौका सौ' **(सलाम)**

कहानी का यह वह अंश है जो संघर्ष के निर्माण के कारणों को तो बताता ही है, साथ-ही-साथ दलित समाज के प्रति मुख्यधारा की निर्मित मानसिकता का पर्दाफाश भी करता है।

यहाँ इस बात का उल्लेख करना जरूरी है कि **पच्चीस चौका डेढ़ सौ** में सिर्फ ज्ञान की परंपरा से जुड़े मिथकीय संकेतों पर ही प्रहार नहीं है, बल्कि उसमें (ज्ञान की परंपरा में) वंचित दलित समाज की उस पीड़ा का भी बयान है जो अनपढ़ होने के कारण उन्हें भोगना पड़ता है। उपर्युक्त उद्धरण में मास्टर शिवनारायण ने सुदीप के पिता और माँ पर इसलिए अनैतिक आरोप लगाए हैं कि वे ज्ञान की प्रक्रिया से वंचित रहे हैं। कहानीकार ने कोष्ठक में जिस "एक क्रिया" का उल्लेख किया है, वह समाज की मुख्यधारा पर एक गंभीर टिप्पणी भी है। कक्षा में कहा गया यह कथन सिर्फ एक दलित छात्र का अपमान नहीं है, बल्कि उसकी उस जातीय परंपरा और संस्कृति का भी अपमान है जिसे रूसी विचारक निकोलाई कोनराद **हाकाई** के प्रसंग में "जातीय विशिष्टताएँ" कहकर रेखांकित करते हैं। साथ ही, उपर्युक्त उद्धरण में आया "कोष्ठक प्रसंग", यह भी बताता है कि ज्ञान के केंद्र में दलित समाज के

छात्रों को किस पद्धति से कोई पाठ पढ़ाया जाता है। जबकि यह ज्ञातव्य है कि दलित जाति में जन्मना और उसके अनुसार कर्म करना किसी भी व्यक्ति के वश में नहीं है[4] और न ही कोई व्यक्ति जिस समाज में जन्म लेता है, उसकी जातीय विशिष्टताओं का त्याग करता है। यद्यपि यह एक अलग प्रसंग है तथा हिंदी में भी "जातीय" संदर्भ को लेकर गंभीर टीका-टिप्पणी हुई है,[5] पर इतना कहकर मैं अपनी बात आगे बढ़ाना चाहूँगा कि मुख्यधारा के लेखकों में कबीर, तुलसीदास, भारतेंदु, आचार्य रामचंद्र शुक्ल, प्रेमचंद, निराला, महादेवी वर्मा, रेणु आदि के लेखन में भी जातीय परंपराओं के भिन्न-भिन्न रूपों को देखा जा सकता है। उदाहरण के लिए, आचार्य रामचंद्र शुक्ल के समस्त लेखन में "वर्ण' केंद्रित जातीय विशिष्टताओं के चिह्न ढूँढ़े जा सकते हैं। उपर्युक्त उद्धरण में जब मास्टर शिवनारायण यह टिप्पणी करते हैं कि '...पढ़ाई-लिखाई के संस्कार तो तुम लोगों में आ ही नहीं सकते' तो कहीं-न-कहीं यह दलित समाज की जातीय परंपरा को उन असंगतियों पर टिप्पणी है जिसे "ज्ञान" से न जुड़ने के कारण उन्हें सुनना पड़ता है। पर इसके लिए जिम्मेदार कौन है? हमारी सामाजिक (वर्ण) व्यवस्था जिसे ज्ञान (ब्राह्मणवाद) और सत्ता से जुड़े लोगों ने निर्मित किया है या विकास की असमान धारणाएँ?

कहानी का चौथा और आखिरी हिस्सा है, पढ़-लिखकर सुदीप द्वारा अपने पिता को उस मानसिक गुलामी से मुक्ति दिलाना जो यह मानता है कि चौधरी एक बड़े आदमी हैं और साथ ही प्रतिरोध की उस संस्कृति का निर्माण, जिसके सहारे दलित समाज ज्ञान प्राप्त कर शोषण और दमन के खिलाफ खड़ा होता है। यह आसान कार्य नहीं है। अगर हम **पच्चीस चौका डेढ़ सौ** को एक प्रतिनिधि दलित कहानी मानकर चल रहे हैं तो उसका सबसे बड़ा कारण यही है कि इसमें दलित समाज के शोषण का कारण उनका अनपढ़ होना ही लेखक ने माना है तथा मुक्ति के लिए उनका (दलित समाज) ज्ञान की प्रक्रिया से जुड़ना लेखक जरूरी समझता है। अंबेडकर भी दलित समाज के विकास के लिए उनका "शिक्षण संस्थान" से जुड़ना जरूरी समझते थे तथा मानते थे कि युवा समाज ही शिक्षित होकर दलित समाज को अंधकार से बाहर निकाल सकता है।[6] यह कहानी अंबेडकर की इसी धारणा का शब्दशः समर्थन करती है। सुदीप युवा होकर शिक्षा प्राप्ति के बाद अपने पिता को इसी प्रकार अज्ञानता के अंधकार से बाहर निकालता है।

याद कीजिए, जब स्कूल के अध्यापक मास्टर शिवनारायण एक थप्पड़ सुदीप के गाल पर इसलिए रसीद करते हैं कि सुदीप बार-बार 'पच्चीस चौका सौ के बदले डेढ़ सौ' कहता है। वह समझ नहीं पाता है कि पिता की बात माने या मास्टर साहब की? उसे यह भी पता नहीं है कि आखिर उसके पिता क्यों उसे पच्चीस चौका 'सौ'

के बदले, 'डेढ़ सौ' रटने को बाध्य करते हैं?

कहानीकार ने लिखा है कि 'बालमन की यह खरोंच ग्रंथि बन गई थी। जब भी पच्चीस की संख्या पढ़ता या लिखता, उसे 'पच्चीस चौका डेढ़ सौ' ही याद आता। ... सोते-जागते, उठते-बैठते, 'पच्चीस चौका डेढ़ सौ' उसे परेशान करने लगा।' (**सलाम**)

बचपन में बनी खरोंच की यह ग्रंथि ही **पच्चीस चौका डेढ़ सौ** में सुदीप के अंदर स्वीकृत परंपराओं के खिलाफ प्रतिरोध का समाजशास्त्र रचती है। और यहाँ यह कहना अतिशयोक्तिपूर्ण न होगा कि इसमें शिक्षण संस्थाएँ (कहानी के प्रसंग में गाँव का स्कूल और शहर का कॉलेज) एक निर्णायक भूमिका निभाती हैं। वर्चस्व की अवधारणा की जटिलताओं का उल्लेख करते हुए **न्यू लेफ्ट रिव्यू** के नवंबर-दिसंबर 1973 के अंक में प्रकाशित लेख "संस्कृति के मार्क्सीय सिद्धांत में आधार और ऊपरी ढाँचे की सार्थकता" में प्रसिद्ध समाजशास्त्री रेमंड विलियम्स ने लिखा है कि 'शिक्षण संस्थाएँ प्राय: प्रभावकारी प्रधान संस्कृति के प्रसारण की प्रमुख एजेंसियाँ हैं; और आजकल के जमाने में आर्थिक तथा सामाजिक गतिविधियों का एक प्रमुख हिस्सा हैं; बल्कि एक ही साथ दोनों हैं।" स्पष्टत: ज्ञान (ब्राह्मणवाद) और सत्ता (सामंतवाद) के जिस गठजोड़ की तरफ यह कहानी संकेत करती है, उसमें शिक्षण संस्थाएँ प्रभावशाली भूमिका में हैं। जब तक दलित समाज ज्ञान की परंपरा से वंचित रहा, तब तक वह शिक्षण संस्थाओं के इस प्रभावशाली रूप का उपयोग नहीं कर पाया। पर ज्योंही ज्ञान की परंपरा में दलितों की भागीदारी शुरू हुई, उसने ज्ञान की प्रभावशाली भूमिका का उपयोग अपने पक्ष में करना शुरू कर दिया। कहानी का नायक सुदीप शिक्षा ग्रहण करता है, शहर जाता है और नौकरी प्राप्त करता है। पर मन में बैठी बचपन की वह खरोंच कि पच्चीस चौका 'सौ" या 'डेढ़ सौ" इससे मुक्त नहीं हो पाता है। कहानीकार ने लिखा है, 'जैसे-जैसे बड़ा होने लगा, कई सवाल उसके मन को विचलित करने लगे। जिनके उत्तर उसके पास नहीं थे।' (**सलाम**) पर सुदीप को इस ग्रंथि से मुक्ति मिलती है तब, जब वह नौकरी मिलने के बाद पहली तनख्वाह घर ले जाता है तथा अपने पिता को चौधरी के पच्चीस चौका "ड़ेढ सौ" या "सौ"-का समाजशास्त्र समझाता है। देखें,

> 'पिताजी, मुझे आपसे एक बात करनी है।'
>
> 'क्या बात है बेटे? कुछ चाहिए?' पिताजी ने जिज्ञासावश पूछा।
>
> 'नहीं पिताजी, कुछ नहीं चाहिए ... मैं आपको कुछ बताना चाहता हूँ।'
>
> सुदीप ने पच्चीस-पच्चीस रुपये की चार ढेरियाँ लगाईं। पिताजी से कहा 'अब आप इसे गिनिए।'

पिताजी चुपचाप सुदीप की ओर देख रहे थे, उनकी समझ में कुछ भी नहीं आ रहा था। असहाय होकर बोले, 'बेटे, मुझे तो बीस से आगे गिनना ही नी आता, तू ही गिन के बता दे।' सुदीप ने धीमे स्वर में कहा, 'पिताजी, ये चार जगह पच्चीस-पच्चीस रुपये हैं। अब इन्हें मिलाकर देखते हैं पच्चीस चौका सौ होते हैं या डेढ़ सौ।'

पिताजी अवाक होकर सुदीप का चेहरा देखने लगे। उनकी आँखों के आगे चौधरी का चेहरा घूम गया। तीस-पैंतीस साल पहले की पुरानी घटना साकार हो उठी। वह घटना जिसे वे अब तक न जाने कितनी बार दोहराकर लोगों को सुना चुके थे।

सुदीप रुपये गिन रहा था बोल-बोलकर। सौ पर जाकर रुक गया। बोला, 'देखो, पच्चीस चौका सौ हुए डेढ़ सौ नहीं।' (**सलाम**)

इस उद्धरण में कई ऐसे प्रसंग है जो अलग से बहस की माँग करते हैं, चाहे वह पिता-पुत्र का संबंध हो या सुदीप द्वारा पिता के मन से इस भ्रांतिपूर्ण धारणा को बाहर निकालना कि चौधरी जी "बड़े" आदमी हैं। "बड़े" आदमी के बारे में समाज की आम धारणा होती है कि वह नैतिक दृष्टि से चरित्रवान और बेहद ईमानदार होता है। वह हमेशा समाज के विकास के बारे में सोचता रहता है। किसी को धोखा नहीं देता। छल-कपट नहीं करता, आदि आदि। सुदीप के पिता के मन में चौधरी जी के बारे में ये सारी धारणाएँ मौजूद हैं। इसलिए उन्हें चौधरी की बेईमानी समझ में नहीं आती है। वह सुदीप की बातों पर विश्वास नहीं करते हैं। पर जब सुदीप बार-बार उनके सामने रुपये गिनता है, उन्हें उलट-पुलटकर दिखलाता है तथा अंत में उनके हाथ में रख देता है, तब निरक्षर पिता को इस बात का अहसास होता है कि उनके साथ गाँव के सम्मानित चौधरी ने कितना बड़ा विश्वासघात किया है। जिस 'चौधरी के गुणगान करते नहीं अघाते थे, आज अचानक वह काँच की तरह चटखकर रोम-रोम में समा गया था।'(**सलाम**)

यह प्रतिरोध का वही भाव है जो पारंपरिक समाज में आस्था के खत्म होने के बाद निर्मित होना शुरू होता है। छले जाने की गहरी पीड़ा का यह बोध सुदीप के पिता के मन में पारंपरिक समाज, उसकी संस्कृति, जीवन-पद्धति, सामाजिक व्यवहार आदि के प्रति विरोध प्रकट करने का सहज भाव उत्पन्न कर देता है। अगर हम कहानी के अंत के निम्नलिखित हिस्सों को देखें, तो **पच्चीस चौका डेढ़ सौ** के अंदर निहित प्रतिरोध की संस्कृति का स्वरूप अपने आप प्रकट हो जाता है:

'कीड़े पड़ेंगे चौधरी ... कोई पानी देने वाला भी नहीं बचेगा।' (**सलाम**) अर्थात् यह प्रतिरोध सक्रिय शारीरिक प्रतिरोध नहीं है, बल्कि आस्था के टूटने की प्रक्रिया में निर्मित प्रतिरोध है, जो सामाजिक ज़िंदगी की मुख्यधारा में एक लंबी कालावधि

में एक समाज अथवा एक व्यक्ति का दूसरे व्यक्ति के प्रति होता है।

दरअसल अन्य कहानियों की तरह **पच्चीस चौका डेढ़ सौ** में प्रतिरोध की जिस संस्कृति का दर्शन होता है, उसमें "ज्ञान" और ज्ञान से जुड़े संस्थानों की एक अहम भूमिका है। यहाँ यह देखना महत्त्वपूर्ण है कि एक दलित का शोषण और दमन इसलिए होता है क्योंकि वह अनपढ़ है तथा इससे मुक्ति तभी संभव होती है जब वह ज्ञान प्राप्त कर लेता है।

वस्तुत: ओमप्रकाश वाल्मीकि की यह कहानी दलित समाज के आर्थिक शोषण के माध्यम से भारतीय समाज की उन मान्यताओं और परंपराओं पर प्रहार करती है जिसमें या तो दलितों को ज्ञान की परंपरा से वंचित किया गया है अथवा उन्हें ज्ञान--प्राप्ति के योग्य समझा ही नहीं गया। ओमप्रकाश वाल्मीकि **पच्चीस चौका डेढ़ सौ** के माध्यम से इस धारणा को तोड़ने की कोशिश करते हैं तथा ज्ञान को दलित समाज की सामाजिक एवं आर्थिक गुलामी से मुक्ति के एक बड़े हथियार के रूप में स्थापित करते हैं। दूसरे शब्दों में, "ज्ञान" को शोषण से मुक्ति का एक मुख्य मार्ग मानते हैं। पच्चीस चौका "सौ" या "डेढ़ सौ" की ग्रंथि से सुदीप तब मुक्त होता है, जब पढ़-लिखकर वह शहर में नौकरी प्राप्त कर लेता है। पर उसकी वास्तविक मुक्ति तब होती है, जब वह अपने पिता के इस भ्रम को तोड़ता है कि पच्चीस चौका "डेढ़ सौ" नहीं, "सौ" होता है। साथ ही, इस कहानी **पच्चीस चौका डेढ़ सौ** में ओमप्रकाश वाल्मीकि ने दलित समाज की उस पीड़ा को भी गहराई के साथ व्यक्त किया है जिसमें ज्ञान से वंचित अबोध मेहनतकश समाज को छलकर "बड़े" बने हुए व्यक्ति आज भी समाज में सम्मान पा रहे हैं और व्यवस्था उन्हें "सज़ा" देने के बदले जीवन की मुख्यधारा में उनके लिए "विशिष्ट जगह" बनाए हुए है। यह कहानी मुख्यधारा की इस "विशिष्टता" को चुनौती देती है तथा परंपरा में महान, उत्कृष्ट और पवित्र समझे जानेवाले प्रतीकों (जैसे: गुरु, ग्रंथ, शिक्षण संस्थान आदि) को संदेह के घेरे में खड़ा करती है, उनपर सवाल उठाती है। उत्तर-आधुनिकतावादी विचारकों की तरह "पाठ" के स्थापित एवं सत्ता-केंद्रित अर्थ पर सवालिया निशान लगाते हुए वास्तविक अर्थ की खोज पर जोर देती है। यह कहानी यह भी स्थापित करती है कि अन्य मोर्चों पर तो जातीय विशिष्टताएँ ठीक हैं, पर यही जातीय विशिष्टताएँ जब ज्ञान की दुनिया को नियंत्रित और संचालित करना शुरू कर देती हैं, तब यातना और संघर्ष का एक नया दौर शुरू होता है। अत: "ज्ञान की दुनिया" को जातीय विशिष्टताओं से मुक्त रखना इसलिए जरूरी है कि "पाठ" का सही अर्थ ढूँढ़ा जा सके। कारण, पाठ का सही अर्थ ही जनता को प्रतिबद्ध बनाता है और विकास से जुड़ी गतिशीलता को एक नई दिशा देता है। **पच्चीस चौका डेढ़ सौ**

कहानी ज्ञान की परंपरा से जुड़े, दलित समाज को इसी यथार्थ के रूप में स्थापित करती है। यह कहानी बताती है कि मुख्यधारा को नियंत्रित करने वाली ताकतों के ज्ञान एवं दलित समाज के ज्ञान में फर्क होता है। पर ज़रूरी है वास्तविक ज्ञान की स्थापना जो दलित समाज के प्रसंग में चेतना, संवाद और संघर्ष से ही संभव होती है। मुक्ति का रास्ता भी यही है।

संदर्भ

1. '...स्कूल के इंस्पेक्टर की भी यही राय है कि उशिमात्सु को फिलहाल नौकरी से निकाल दिया जाए। ...सेगावा का हित इसी में है कि वह जल्द से जल्द ईईयामा से निकल जाए।' **हाकाई**, पृ. 289.
2. इस प्रसंग में उपन्यास की प्रमुख स्त्री पात्र ओ-शिया के निम्नलिखित कथन को देखा जा सकता है:

   'आप भी ज़रा सोचिए इसमें उसका अपना क्या दोष है? इसलिए कि वह एता में जन्मा? उसे अब अपना पेशा भी छोड़ना पड़ रहा है और उसके साथ ही अपना मान-सम्मान, जीवन की सारी आकांक्षाएँ-आशाएँ सब को लुटाना पड़ रहा है। इससे बढ़कर किसी के साथ अन्याय हो सकता है क्या?'
3. उत्तर-आधुनिकतावादी विचारों में जॉक देरिदा, जुलिया क्रिस्तोवा ने इस पर गहराई से विचार किया है।
4. इस संदर्भ में मराठी लेखक शरणकुमार लिंबाले की आत्मकथा **अक्करमाशी** और **सुत्त पिटक**, **मज्झिम निकाय**–अस्सलायन सुत्त के निम्नलिखित कथन को देखा जा सकता है:

   न जच्चा वसलोहोति, न जच्चा होति ब्राह्मणो।
   कम्मना वसलोहोति, कम्मना होति ब्राह्मणो॥

   अर्थात्, जन्म से न कोई शूद्र होता है, न जन्म से कोई ब्राह्मण। कर्म से ही शूद्र होता है, और कर्म से ही ब्राह्मण।
5. रामविलास शर्मा और उनके लेखन को लेकर हो रही बहसों को इस प्रसंग में देखा जा सकता है।
6. 'राजनीति के समान ही शिक्षण संस्थान महत्त्वपूर्ण हैं। किसी भी समाज की उन्नति उस समाज के बुद्धिमान, तेजस्वी और उत्साही तरुणों के हाथ में होती है। इस दिशा में मैंने कुछ वर्षों से राजनीति पे अधिक ध्यान देना शुरू किया है। मुंबई में सिद्धार्थ कॉलेज शुरू किया है ... औरंगाबाद जाकर वहाँ भी कॉलेज खोलने का विचार कर रहा हूँ।' – बाबा साहेब अंबेडकर, रांची भाषण, अनु. नीरा नाहटा

संदर्भ: शंभुनाथ, सं., **सामाजिक क्रांति के दस्तावेज**, वाणी प्रकाशन, दिल्ली, प्रथम संस्करण 2005

7. देखें, मैनेजर पांडेय द्वारा अनूदित और वाणी प्रकाशन, दिल्ली द्वारा 1998 में प्रकाशित वैचारिक अनुवादों की पुस्तक **संकट के बावजूद**।

14

दलित कहानी की जमीन

20 जनवरी 1994 को **काली सुर्खियाँ**[1] में संकलित कहानियों पर टिप्पणी करते हुए प्रसिद्ध कथाकार और **हंस** पत्रिका के संपादक राजेंद्र यादव ने कहा था कि 'यह संयोग नहीं है कि तीसरी दुनिया का सारा संघर्षरत लेखन अपने आपको अश्वेत साहित्य से ही जोड़ता रहा है– दलित साहित्य का मॉडल तो लगभग वही है। चाहे वह अमेरिका का नस्लभेद हो, गोरी दुनिया के अल्पसंख्यकों की नियति हो या फ्रेंच अमरीकन उपनिवेशी चंगुल में छटपटाता अफ्रीका हो। हम कहीं भी अपने को उनसे अलग नहीं पाते। गरीबी, भुखमरी, अकाल, वर्ण और वर्ग संघर्ष या सांप्रदायिकता की अपने समाज के भीतर लड़ी जाने वाली लड़ाइयाँ और फिर उपनिवेशी शोषण, दमन की क्रूर या बारीक मुठभेड़ हमारी स्थितियों का प्रतिरूप ही लगती है।[2]

हिंदी में अब तक उपलब्ध दलित कहानियों की स्थिति भी लगभग यही है। यह वर्ण, भुखमरी, गरीबी, शोषण और दमन ही है जो दलित समाज को भारतीय सामाजिक व्यवस्था की मुख्यधारा से जोड़ता भी है और दूर भी करता है। उस पर दुर्भाग्य यह कि इस समाज को 'प्राय: अपने शोषकों और दुश्मनों की भाषा और एक ही धर्म बिंबों में अपनी बात कहनी पड़ती है।'[3] हिंदी के दलित लेखकों ने जिस भाषा में कहानियाँ लिखी हैं, मुख्यधारा के प्राय: अधिकांश विचारक उस भाषा के साहित्य को साहित्य ही नहीं, बल्कि हिंदी भी नहीं मानते हैं। दूसरे शब्दों में, कहें तो वह उसे हिंदी जैसी कुछ टूटी-फूटी बोलियों में रचित "कथात्मक बिंबों का संग्रह" मात्र मानते हैं। इतना ही नहीं, यह समाज जिस धर्म और जाति या वर्ग के शासक के खिलाफ अपने शोषण और दमन की शिकायत करता है, वह जाति, वर्ग अथवा धर्म ही उनके शोषण और दमन का कारण होता है। यदि हम भारतीय समाज और उसमें दलित समाज को देखें तो यह बात स्पष्ट हो जाती है। हिंदी में प्रकाशित दलित लेखकों की अधिकांश कहानियाँ इसी सत्य को स्थापित करती हैं कि भारतीय सामाजिक व्यवस्था में दलित होने और एक भिन्न प्रकार के वर्ण में जन्मे होने के कारण इस समाज को बराबर हाशिये की ज़िंदगी गुजारनी पड़ी है अथवा मुख्यधारा के अंदर

रहते हुए भी "अस्पृश्य" होने की पीड़ा सहनी पड़ी है। यह कितनी बड़ी विडंबना है और दलित समाज के साथ पारंपरिक समाज का सामाजिक व्यवहार (दुर्व्यवहार) है कि भारतीय समाज की मुख्यधारा के अंदर हाशिये की ज़िंदगी व्यतीत कर रहे दलितों के कार्यक्रमों में आए गैर-दलितों के साथ भी मुख्यधारा का समाज जाने-अनजाने दलित-सा ही व्यवहार करता है और उसके जातीय बोध और उच्च वर्ण की स्वीकारोक्ति को भी असत्य मानकर "अस्पृश्य" करार देता है। उदाहरण के लिए, हम लोग ओमप्रकाश वाल्मीकि की **सलाम** कहानी को ले सकते हैं जहाँ सामाजिक परंपराएँ और मान्यताएँ इतनी रूढ़ हो चुकी हैं कि विकास की सारी प्रक्रियाएँ अवरुद्ध लगती हैं।[4] यहाँ तक कि लगता है कि ज़िंदगी वहाँ से आगे जा ही नहीं सकती। यद्यपि भारतीय समाज की नई पीढ़ी के अंदर एक वर्ग ऐसा जरूर आया है जो गैर-दलित समाज के 'दलितवाद' (Dalitism) का प्रतिरोध करते हुए उसे ध्वस्त करना चाहता है।

यह अकारण नहीं हुआ है। दलित समाज के अंदर प्रतिरोध का यह स्वर उस खास सामाजिक विकास की प्रक्रिया का एक हिस्सा बनकर आया है, जहाँ मुद्रण के आविष्कार के बाद ज्ञान की अनेक धाराएँ तेज़ी से समाज में फैलीं। उन्नीसवीं सदी के प्रारंभिक दशकों में पत्र-पत्रिकाओं के प्रकाशन और जोतिबा फुले (ज्योतिराव गोविन्दराव फुले: 1827-1890) के प्रयासों से भारत, खासकर महाराष्ट्र में दलितों के बीच ज्ञान-विज्ञान का तेज़ी से प्रचार-प्रसार हुआ। 1855 में प्रकाशित अपनी पहली कृति **तृतीय रत्न**(नाटक) में फुले ने कथा के माध्यम से दलित समाज की ज़िंदगी, उसके अंतर्विरोधों और समस्याओं को समझते हुए अन्य समाज के साथ उनके "व्यवहार" को समझने की कोशिश की। यह दलित समाज के अंदर ज्ञान की वह पहली कोशिश थी, जो "ब्राह्मणवाद" के खिलाफ अथवा दूसरे शब्दों में कहें तो अदृश्य ताकत के "भय" के खिलाफ ज्ञान को सामने रखकर दलित समाज के प्रगतिशील विचारकों ने की थी। कारण, इस नाटक में आए पादरी, मुसलमान, पुरुष ब्राह्मण (संवाद में) विदूषक जैसे पात्र कथा-बिंबों और चरित्रों के माध्यम से दलित समाज को जागृत करने की एक सार्थक कोशिश करते हैं। यह नाटक यह भी बतलाता है कि किस प्रकार दलित समाज को "ज्ञान" और उसकी परंपरा से वंचित रखा गया।[5] इतना ही नहीं, यह नाटक तत्कालीन समाज में शिक्षा के क्षेत्र में की जा रही कोशिशों को भी एक सकारात्मक दिशा देने का प्रयास करता है,[6] और यह बतलाता है कि रात्रि पाठशाला जैसी व्यवस्था दलितों को ज्ञान की दुनिया से परिचित कराएगी।[7] जाहिर है, जोतिबा फुले के प्रसंग की इतनी विस्तार से चर्चा का एक खास मकसद है। यह वही "जमीन" है जहाँ से दलित समाज ऊर्जा ग्रहण करते हुए

भारतीय सामाजिक व्यवस्था, उस व्यवस्था को मजबूत बनाने वाले सामंतवाद और उनके सबसे बड़े औजार ब्राह्मणवाद के खिलाफ संघर्ष करता है, जिसकी सर्वाधिक सार्थक अभिव्यक्ति दलित कहानियों मे दिखलाई पड़ती है।

हिंदी में लिखित अधिकांश दलित कहानियाँ इसी जातिवादी, सामंतवादी और ब्राह्मणवादी व्यवस्था के खिलाफ प्रतिरोध का स्वर मुखरित करती हैं। **सलाम** कहानी में ओमप्रकाश वाल्मीकि जिस संस्कृति का विरोध करते हैं, यह वही संस्कृति है जिसे सामंतवाद और ब्राह्मणवाद ने **दलित समाज** को प्रताड़ित और अपमानित करने के लिए सदियों से बनाए रखा है। उदाहरण के लिए, बड़े घर की बहू-बेटियों का घर में बैठकर सलाम करवाने के लिए इंतजार करना, दलित समाज के नए जोड़ों को आशीर्वाद देने के लिए नहीं, बल्कि उस "वर्चस्व" की संस्कृति का अहसास कराने के लिए है जो उन्हें(नई दलित दंपति को) भारतीय सामाजिक व्यवस्था (वर्णवादी) में उनकी वास्तविक स्थिति(दशा और दिशा) खासकर "दलित" होने का बोध करवाने के लिए किया जाता है।[8] और यह वास्तविक स्थिति क्या है? बल्लू रांघड़ वर्चस्व की जिस भाषा में जुम्मन को भारतीय समाज में उसकी वास्तविक स्थिति का बोध करवाता है, यह वही स्थिति है जिसके खिलाफ दलित समाज एक नई जमीन पर उन्मुक्त ज़िंदगी व्यतीत करने के लिए एक वास्तविक लड़ाई लड़ रहा है। उदाहरण के लिए, हम ये पंक्तियाँ देख सकते हैं:

> 'तभी तो कहूँ–जातकों (बच्चों) कू स्कूल ना भेजा करो। स्कूल जा के कोग-सा इन्हें बालिस्टर बणना है। ऊपर इनके दिमाग चढ़ जांगे। यो न घर के रहेंगे न घाट के। गाँव की नाक तो तूने पहले ही कटवा दी जो लौंडिया कू दसवीं पास करवा दी। क्या जरूरत थी लड़की कू पढ़ाने की, गाँव की हवा बिगाड़ रहा है तू। इब तेरा जँवाई "सलाम" पे जाणे से मना कर रहा है ... उसे समझा दे ... "सलाम" के लिए जल्दी आए।"[9]

स्पष्टत: जिस 'सलाम" के लिए आने की बातें बल्लू रांघड़ कर रहा है, वह दरअसल सवर्ण समाज के वर्चस्व की मुहिम का एक महत्त्वपूर्ण हिस्सा है, जिसे परंपरा से जोड़कर मुख्यधारा का समाज "श्रम" पर अधिकार करना चाहता है। इतिहासकार हरबंस मुखिया ने इरफान हबीब की किताब **एग्रेरियन सिस्टम** का संदर्भ देते हुए "क्या भारतीय इतिहास में फ्यूडलिज्म रहा है"[10] लेख में लिखा है कि भारत में, 'जाति प्रथा का आविर्भाव सामाजिक-आर्थिक असमानता को बरकरार रखने, खासकर बड़े भू-स्वामियों की खेती के लिए खेतिहर मजदूर सुलभ कराने के लिए हुआ था।"[11]

स्पष्टतः इतिहासकार हरबंस मुखिया जिस बात की तरफ संकेत करना चाहते हैं, उसे ग्रामीण समाज के बरक्स रखकर आसानी से समझा जा सकता है। ग्रामीण जीवन की संरचना में दलित समाज को शिक्षा, जमीन और पानी से वंचित रख कर लंबे समय तक हाशिये पर रखा गया। दूसरे शब्दों में, हम कह सकते हैं कि ग्रामीण जीवन की जो संरचना है उसमें दलित समाज के लिए शिक्षा की व्यवस्था तो नहीं ही है, साथ ही साथ रहने के लिए न तो कोई स्थायी जमीन है और न ही पानी लेने के लिए कोई निश्चित स्रोत। जो पानी के स्रोत हैं उन पर सवर्ण समाज का कब्जा है और जो जमीन है उसे सामंतों ने दबा रखा है। दलित इन दोनों में से किसी समाज के करीब नहीं हैं और यदि करीबी रिश्ता बनता है तो उसमें जमीन से "खेतिहर मजदूर" का, पानी से "अस्पृश्यता" का और "ज्ञान" से मूर्ख बनाए रखने की साजिश का। खेतिहर मजदूर और हिंदी कहानी पर हम अलग से बात कर चुके हैं। यहाँ "पानी" और "ज्ञान" पर एक छोटा-सा विमर्श।

हिंदी में ओमप्रकाश वाल्मीकि की **पच्चीस चौका डेढ़ सौ**, सूरजपाल चौहान की **टिल्लू का पोता**, श्यौराज सिंह बेचैन का **शोध-प्रबंध**, दयानंद बटोही की **सुरंग**, अजय नावरिया की **एस घम्भ सनंतनो** आदि कहानियाँ दलित समाज का "ज्ञान" और "पानी" के साथ के रिश्ते को गहरी मार्मिक संवेदना के साथ उठाती हैं। ये कहानियाँ बताती हैं कि ज्ञान से दूर रखकर ही दलित समाज को लंबे समय तक सत्ता से बाहर रखा गया और जब कभी भी दलितों ने ज्ञान की परंपरा से जुड़ने की कोशिश की तो उन्हें या तो रास्ते से हटा दिया गया अथवा इस तरह से अपमानित और उत्पीड़ित किया गया जैसा कि एकलव्य के साथ गुरु द्रोणाचार्य जैसे शिक्षकों ने किया। बावजूद इसके दलित समाज ने ज्ञान की परंपरा के साथ अपने को जोड़ा और सामाजिक व्यवस्था एवं सत्ता की हिस्सेदारी में अपनी स्थिति मजबूत की। ओमप्रकाश वाल्मीकि की **अम्मा** जैसी कहानियाँ बताती हैं कि यह ज्ञान ही है जिसने उन्हें समाज में एक महत्त्वपूर्ण स्थान प्रदान किया।

बहरहाल हम उदाहरण के लिए कुछ अन्य कहानियों की निम्नलिखित पंक्तियों को देख सकते हैं जो दलित समाज को ज्ञान से वंचित करने की स्थितियों का यथार्थ चित्र उपस्थित करती हैं:

एक

'तेरी किताब में गलत बी तो हो सके ... नहीं तो क्या चौधरी झूठ बोलेंगे। तेरी किताब से कहीं ठाड्डे (बड़े) आदमी हैं चौधरी जी। उनके धोरे (पास) तो ये मोट्टी-मोट्टी किताबें हैं ... वह जो तेरा हेडमास्टर है वो बी परखें हुए हैं चौधरी जी के। फेर भला वो गलत बताएँगे ... मास्टर से कहणा सही-सही पढ़ाया करें ...

(ओमप्रकाश वाल्मीकि: **पच्चीस चौका डेढ़ सौ**)[11]

दो

'अरे मंगनिया, नेक पीछे कू हट के पानी पी, यह शहर ना है गाँव है, मारे लठिया के कमर तोड़ दई जाएगी। सारे (साले) भंगिया-चमरा के सहर में जा के नए-नए लत्तन (कपड़े) पहर के गाँव में आ जात हैं। कछु (कुछ, पतो न चालत कि जे भंगिया-चमार के हैं कि नाय (नहीं)।

(सूरजपाल चौहान: **टिल्लू का पोता**)[12]

तीन

'सर एक बार आपने कहा था अगर कोई एस.सी. स्टूडेंट रिसर्च के लिए लेना पड़े तो होशियार की अपेक्षा कमजोर को लो। ताकि उसके बहाने हमारी अपनी स्थापनाएँ आगे आएँ और यदि लड़की हो तो उसको प्रथमिकता दो। फिर ऐसा फुसलाओ कि ससम्मान वापस अपने समाज में न लौट पाए, यदि स्वाभिमानी निकल आए तो उसे स्वजाति के लड़के से शादी करा दो और उसे जाति तोड़ने की दिशा में प्रगतिशील विवाह घोषित कर दो। यदि कोई भूला-भटका प्रतिभाशाली लड़का आ जाए तो अपनी बिरादरी की किसी मंद बुद्धि लड़की का उससे संबंध जुड़वा दो ताकि वह भी हमारा पक्षधर बन जाए। कुछ मिलाकर एस.सी., एस.टी. को पंचम दर्जे में बनाकर रखो। हाँ, कथनी में आगे बढ़-चढ़कर उनके हितों की जुबानी वकालत करते रहो क्योंकि वेदों में कहा गया है- 'वचने किं दरिद्रता।'

(श्यौराज सिंह बेचैन: **शोध प्रबंध**)[13]

चार:

'रिसर्च में करा देंगी, लेकिन विष्णु कहते हैं-अधिकार की माँग क्यों करता है? वह तो हरिजन होकर पढ़े-लिखे जैसी बात करता है। भंडफोड़ कर रहा है आरक्षण नहीं लागू करने का।'

(दयानंद बटोही: **सुरंग**)[14]

पाँच:

वह बकरी वाली कैसी चिल्ला रही थी 'ओरी बाई दौड़ो री जा मोड़ी को समझाओ देखो तो मना करने के बाद भी कुएँ से पानी भर रही है। हमारी रस्सी बाल्टी खराब कर दई जाने ...।' और मामी को उसने कितनी बातें सुनाई थीं-'क्यों बाई, जई सिखाओं को तुम अपने बच्चों को एक दिन हमारे मूड पर मूतने की कह देना। तुम्हारे नजदीक रहते हैं तो का हमारा कोई धरम करम नहीं है? का मरजी है तुम्हारी साफ-साफ कह दो।' मामी गिड़गिड़ा रही थी 'बाई जी, माफ कर दो। इतनी बड़ी हो गई मगर अकल नहीं आई इसको। कितना तो मारूँ हूँ फिर भी नहीं समझे।'

(सुशीला टाकभौरे: **सिलिया**)[15]

उपर्युक्त पाँचों कहानियाँ दलित हिंदी कहानी के पाँच महत्त्वपूर्ण रचनाकारों की

हैं। इनमें "ज्ञान" और "पानी" के साथ दलित समाज के जिन संबंधों को कहानीकारों ने दिखलाया है, उनसे दलित और गैर-दलित समाज के आपसी रिश्तों की हकीकत का पता चलता है। इन कहानियों की पंक्तियों में सवर्ण समाज के प्रति दलित समाज की सोच का पता चलता है। उदाहरण के लिए, ओमप्रकाश वाल्मीकि की कहानी की पंक्तियाँ बतलाती हैं कि जिसके पास "सत्ता" (power) है, वही ज्ञान का वास्तविक अधिकारी और प्रामाणिक स्रोत है; सूरजपाल चौहान की पंक्तियाँ "पानी" पर सवर्णों के एकाधिकार और पारंपरिक वर्चस्व को चुनौती देती हैं; श्यौराज सिंह बेचैन की पंक्तियाँ शिक्षण संस्थानों में सवर्ण समाज के ज्ञान पर वर्चस्व और सामाजिक सत्ता पर उनके कब्जा करने की साजिश का भंडाफोड़ करती हैं; दयानंद बटोही की पंक्तियाँ ज्ञान की दुनिया की राजनीति पर गैर-दलितों के अधिकार को चुनौती देती हैं और दलितों द्वारा ज्ञान पर अधिकार पाने से सवर्णों के अंदर फैल रही बेचैनी का यथार्थ चित्र उपस्थित करती हैं तथा सुशीला टाकभौरे की कहानी "पानी" पर सवर्णों के अधिकार और उनकी सामाजिक सत्ता में दखल को मार्मिकता के साथ स्वीकार करती है। ये कहानियाँ बतलाती हैं कि **ठाकुर का कुआँ** में प्रेमचंद ने स्वाधीनता के दौरान दलितों के पानी के हक के लिए जिस लड़ाई की शुरूआत की थी वह अब भी दलित रचनाकारों के लिए एक अहम मुद्दा है। इसी प्रकार महाभारत में वर्णित कथा के अनुसार, ज्ञान पर अधिकार प्राप्त करने की एकलव्य ने जो कोशिश द्रोणाचार्य के माध्यम से की थी, उस कोशिश की सार्थकता को ये कहानियाँ सकारात्मक तरीके से आज के समाज के सामने रखती हैं।

दरअसल दलित कहानी की वास्तविक चिंता अपने समाज को पराधीनता की उन परंपराओं से मुक्ति दिलाने की है जिन्होंने उन्हें सदियों से भारतीय समाज की मुख्यधारा में "अस्पृश्य" और "कमजोर" बनाए रखा है। इसमें संदेह नहीं कि यह मुख्यतः वही वर्णवाद अथवा दूसरे शब्दों में कहें तो जातिवाद की परंपरा है जो भारतीय सामाजिक व्यवस्था में इनका निम्नतर स्थान तय कर देती है। इस व्यवस्था में यह समाज अपने को "ज्ञान" में निकृष्ट समझता है, यह "शक्ति" में कमजोर समझता है और सांस्कृतिक दृष्टि से पिछड़ा हुआ। इतना ही नहीं, वर्ण के कारण सवर्ण समाज इसे असुर समझता है, व्यवहार में असभ्य मानता है और उसकी ज़िंदगी को पिछले जन्मों के निकृष्ट कर्मों (पापों) का प्रतिफल घोषित करता है। दुर्भाग्य यह कि उनके अंदर इस समझ को बनाने तथा विकसित करने में उसी वर्ण एवं जाति केंद्रित सामाजिक व्यवस्था की सर्वाधिक भूमिका रही है जिसे ये अपना मानते हैं तथा जो इन्हें निम्न और हीन समझते हुए अन्य सामाजिक वर्गों तथा समूहों के लिए "अस्पृश्य" करार देता है। हिंदी में लिखित दलित कहानियाँ इसी "अस्पृश्यता" के

खिलाफ संघर्ष की आवाज उठाती हैं तथा भारतीय सामाजिक जीवन की मुख्यधारा में दलित समाज को एक निश्चित अर्थ प्रदान करते हुए उनके द्वारा ज्ञान, पानी और जमीन जैसी सार्वजनिक वस्तुओं के लिए किए जा रहे संघर्ष को आज के राष्ट्रीय जीवन का एक अहम सवाल घोषित करती हैं। जाहिर है, दलित कहानी में अभिव्यक्त यह सवाल और उनसे उपजा संघर्ष उसी वृहत्तर समाज से जुड़ने की कोशिश का एक हिस्सा है, जिसमें एक मनुष्य, दूसरे मनुष्य के साथ अपने संबंध की कहानी कहता है। कहना न होगा कि दलित कहानी में उभरा यह संघर्ष एक समान जीवन मूल्यों पर केंद्रित सामाजिक व्यवस्था की माँग करता है जिसमें ज्ञान, पानी और जमीन पर सबका अधिकार हो! कैसे, यह संघर्ष की दिशा और उसका जन-केंद्रित दर्शन तय करेंगें।

संदर्भ

1. राजेंद्र यादव, सं., **काली सुर्खियाँ**, (अश्वेत लेखन से चुनी हुई कुछ कहानियाँ), प्रवीण प्रकाशन, दिल्ली, प्रथम संस्करण 1944
2. वही पृ. 14.
3. वही पृ. 14.
4. *उदाहरण: एक*

   'चूहड़ा है। खुद कू बामन बतारा है। जुम्मन चूहड़े का बाराती है। इब तुम लोग ही फैसला करो। जो यो बामन है तो चूहड़ों की बारात में क्या मूत पीये आया है। जात छिपा के चाय माँग रहा है। मैन्ने तो साफ कह दी। बुद्धू की दुकान पे तो मिलेगी ना चाय चूहड़ों-चमारों कू कहीं और ढूँढ़ ले जाके।" (ओमप्रकाश वाल्मीकि, **सलाम**, राधाकृष्ण प्रकाशन, दिल्ली, प्रथम संस्करण 2000, पृ. 12.)

   उदाहरण: दो

   'बाप-दादों की रीत है, एक दिन में तो ना छोड़ी जावे हैं। "सलाम" ये तो जाणा ही पड़ेंगा। और फिर जल में रहकर मगरमच्छ से बैर रखना तो ठीक नहीं है। और इसी बहाने कपड़ा-लता बर्तन-भाँड़े की नेग दस्तूर में आ जाते है।' (वही पृ. 16)
5. 'साहब जी, जब मैं छोटा था, तब मेरा बाप एक गाँव में रहता था। उसने उस समय मुझे स्कूल में पढ़ने के लिए भेजा था, लेकिन स्कूल में ब्राह्मण पंडित मुझे बहुत मारता था, इसलिए मेरी माँ ने मेरा नाम स्कूल से कटवाकर ढोर चराने के लिए भेज दिया।' (डॉ. एल. जी. मेश्राम एवं विमल कीर्ति, **महात्मा जोतिबा फुले रचनावली**, भाग एक, राधाकृष्ण

प्रकाशन, दिल्ली, प्रथम संस्करण 1994, पृ. 39.)

6. 'मुझे ऐसा लगता है कि सरकारी बोर्ड ऑफ एज्यूकेशन के द्वारा एक ऐसा कानून बना लेना चाहिए कि हर देहात के गाँव में माली–कुनबियों के मोहल्लों का अंदाज करके निश्चित संख्या में उनके बच्चे स्कूल में अपने चाहिए।' [वहीं, संदर्भ –**तृतीय रत्न** (नाटक) पृ. 41.]
7. 'बहुत ही अच्छी बात बताई है तुमने। चलो हम दोनों आज से ही जोतिबा फुले की रात्रि-पाठशाला में जाएँगे और पढ़ना-लिखना सीखेंगे। इसी से ही हम लोगों को सारी संसार की बातें समझ में आएँगी। (वही, पृ. 50.)
8. 'जुम्मन तेरा जँवाई इब तक "सलाम" पर क्यों नहीं आयां तेरी बेटी का ब्याह है तो हमारा बी कुछ हक बन्ता है। जो नेग–दस्तूर होता है, वो तो निभाना ही पड़ेगा। हमारी बहू–बेटियाँ घर में बैठी इंतजार कर रही हैं। उसे ले के जल्दी आ जा ...' (ओमप्रकाश वाल्मीकि, **सलाम,** पृ. 17.)
9. वही, पृ. 18.
10. हरबंस मुखिया, **मध्यकालीन भारतः नए आयाम**, राजकमल प्रकाशन, दिल्ली, प्रथम संस्करण 1998, पृ. 110.
11. ओमप्रकाश वाल्मीकि, **सलाम**, पृ. 80.
12. सूरजपाल चौहान, **हैरी कब आएगा**, अनुभव प्रकाशन, साहिबाबाद, प्रथम संस्करण 1999, पृ. 26.
13. रजत रानी मीनू, सं., **हाशिये से बाहर**, श्री साहित्यिक संस्थान, गाजियाबाद, प्रथम संस्करण 2001, पृ. 86-87
14. दयानंद बटोही, **सुरंग**, ज्योत्सना गहलौत प्रकाशन, चंद्रपुरा (झारखण्ड), प्रथम संस्करण 1995, पृ. 12.
15. रमणिका गुप्ता, सं., **दूसरी दुनिया का यथार्थ**, नवलेखन प्रकाशन, हजारीबाग, प्रथम संस्करण 1997, पृ. 101.

15

हाशिये की अवधारणा, दलित साहित्य और कहानी की दुनिया

अन्य सामाजिक अवधारणाओं की तरह "हाशिये के लोग" (marginal people) की अवधारणा भी एक समाजशास्त्रीय अवधारणा है, जिसका गहरा संबंध साहित्य, खासकर कहानी की दुनिया से है। विभिन्न प्रजातियों के अंतर्संबंध के उत्तरोत्तर विकास, किसी समुदाय या उसके सदस्य द्वारा अन्य समुदाय में व्यवस्थित होने की प्रक्रिया, सांस्कृतिक परिवेश में विकसित हो रहे व्यक्ति के समाजीकरण की प्रक्रिया अथवा किसी समूह या व्यक्ति द्वारा स्थान-परिवर्तन (migration) के बाद उत्पन्न विपरीत परिस्थितियों के कारण आसन्न संकट के अनुभव के दौर से गुजर रहे व्यक्ति या समूह के चरित्रों तथा समस्याओं के अध्ययन को लेकर समाजशास्त्र में इस अवधारणा का विकास हुआ। प्रसिद्ध अमेरिकन समाजशास्त्री रॉबर्ट ई. पार्क ने एक खास संदर्भ में हाशिये के लोगों के अध्ययन पर टिप्पणी करते हुए लिखा है कि 'किसी एक स्थिति में रहने वाले लोगों और प्रजातियों के बीच जो सांस्कृतिक भिन्नताएँ हैं, उनका विश्लेषण करने की प्रवृत्ति सभ्य समाज के विद्यार्थियों में रहती है।' जाहिर है, यह सभ्य समाज, मुख्यधारा का समाज ही होता है जो हाशिये की जिंदगी व्यतीत कर रहे लोगों का अध्ययन ऐतिहासिक काल से करता आ रहा है। लेकिन एक अवधारणा के रूप में इस प्रकार के अध्ययन का उद्भव और विकास आधुनिक काल में हुआ जिसे रॉबर्ट ई. पार्क ने "सीमांत आदमी" (marginal man) के नाम से पहली बार **अमेरिकन जर्नल ऑफ सोशिअलॉजी** के मई 1928 के अंक में प्रकाशित अपने चर्चित लेख 'Human Migration and the Marginal Man' (**मानव का स्थान परिवर्तन और सीमांत आदमी**) में किया। उन्होंने अपने लेख में इस बात की ओर संकेत किया है कि विभिन्न प्रजातियों के बीच के आपसी संबंध के बाद जो नई प्रजाति अथवा पीढ़ी विकसित होती है, वह संक्रमण के दौर से गुजरती है तथा धीरे-धीरे वह अपने समाज में हाशिये पर चली जाती है। इसी कारण वे इस

बात की स्थापना करते हैं कि सीमांत आदमी मिश्रित खून का आदमी होता है क्योंकि वह एक ही साथ ऐसे दो विश्व में रहता है, जिसमें वह कम या अधिक अपने आपको अजनबी महसूस करता है। इसके साथ ही धीरे-धीरे उसके अंदर कुछ ऐसी प्रवृत्तियाँ पनपने लगती हैं, जिसके कारण वह अपने आपको बेचैन, रुग्ण और क्लांत अनुभव करने लगता है तथा उसके अंदर अस्थायीपन का भाव झलकने लगता है। प्रजातीय अंतर्संबंधों के कारण जन्मे व्यक्ति में ये सारे गुण अधिक मात्रा में पाए जाते हैं क्योंकि प्रजातियों में परिवर्तन के कुछ समय बाद उनकी संस्कृति में भी परिवर्तन आता है। इसके साथ ही लोगों की गतिशीलता और उनके समन्वय के कारण प्रायः उनकी रीतियों और व्यवहारों में भी द्रुतगति से बदलाव आता है। इतना ही नहीं, रॉबर्ट ई. पार्क ने लिखा है कि 'समय के साथ दो प्रजातियों के अंतःप्रजनन के फलस्वरूप उनके मिजाज और शारीरिक आकृति में भी परिवर्तन आता है।' बहुत सारी प्रजातियाँ अपनी शारीरिक आकृति के कारण ही हाशिये पर चली जाती हैं। जैसे कि दक्षिण अफ्रीका के अश्वेत समाज और भारत के ऐंग्लो-इंडियन समाज तथा आदिवासियों के साथ हुआ। रिचर्ड राइव की बेंच, सैमुअल काहिगा की **भोर में विदाई**, चिनुआ अचेबे की **पागलपन** जैसी अफ्रीकी कहानियाँ और उड़िया की प्रतिभा राय की **नारंगी**, हिंदी की मेहरून्निसा परवेज की **टोना**, मनीष राय की **शिलान्यास**, संजीव की **दुनिया की सबसे हसीन औरत** और **पाँव तले की दूब**, अरुण प्रकाश की **बेला एक्का लौट रही है** तथा बंगला की महाश्वेता देवी की **शनीचरी** और **राजाबाशा की रूपकथा** आदि कहानियों में हाशिये की ज़िंदगी व्यतीत कर रहे लोगों की मुश्किलें, संघर्ष और उनके चरित्र में आ रहे बदलाव की प्रक्रिया को देखा जा सकता है।

दरअसल रॉबर्ट ई. पार्क अपनी प्रजाति संबंधी स्थापनाओं से यह साबित करना चाहते हैं कि दो प्रजातियों के अंतःप्रजनन के फलस्वरूप उत्पन्न "वर्ण-संकर" चरित्र और शारीरिक आकृति के कारण विभिन्न प्रजाति के लोग मुख्यधारा के अंदर और बाहर हाशिये पर खड़ा अनुभव करते हैं। लेकिन प्रजातीय गुणों और सांस्कृतिक गुणों में परिवर्तन की गति अलग-अलग होती है। खासकर भारतीय संदर्भ में दलितों के अंदर जातीय गुणों एवं सांस्कृतिक गुणों में परिवर्तन का सबसे बड़ा कारण "अस्पृश्यता" है। दूसरी बात, यूरोपीय संदर्भ में यह सांस्कृतिक परिवर्तन, जैविक रूप से प्रसारित अथवा स्थापित नहीं होता है और यदि होता भी है तो बहुत सीमित रूप में। संभवतः इसीलिए रॉबर्ट ई. पार्क ने लिखा है कि 'किसी से ग्रहण किया गया गुण जैविक रूप से वंशानुगत नहीं होता है।' प्रत्येक काल में तत्कालीन सामाजिक, राजनीतिक और आर्थिक कारणों से संस्कृति में परिवर्तन आते रहते हैं, जिसके कारण

उस विशेष परिवेश और काल में व्यक्ति का चरित्र बदल जाता है।

हाशिये के लोगों की एक बड़ी विशेषता यह होती है कि विभिन्न प्रकार के सांस्कृतिक परिवेश में पलने-बढ़ने के कारण धीरे-धीरे उनके व्यक्तित्व में दोहरापन आने लगता है और ड्यू ब्लॉयज के शब्दों में वह 'दोहरी चेतना का अनुभव करता है।' उसके अंदर इस दोहरी चेतना का उदय अचानक नहीं होता है। सांस्कृतिक परिवेश में पलने और बढ़ने के कारण हाशिये के लोगों की नैसर्गिक चाहत होती है कि वह अपने से ताकतवर समूह में स्थान पा जाएँ। इस प्रयास के कारण उनका परिचय दो संस्कृतियों से होता है तथा ताकतवर समूह में अपने आपको व्यवस्थित न कर पाने की स्थिति में वे संकट और बेचैनी के जीवन-चक्र से गुजरने लगते हैं। इस काल में वे अपने आपको हाशिये पर खड़ा महसूस करते हैं। यह स्थिति किसी भी समाज में 'वर्ण-संकर' चरित्रवाले के साथ तो होती ही है, साथ ही साथ वे सभी लोग अपने आपको हाशिये पर खड़ा महसूस करने लगते हैं जो आर्थिक अथवा राजनीतिक विषमता के कारण अपना मूल स्थान छोड़कर किसी नई जगह पर व्यवस्थित होने की कोशिश करते हैं। भारत के आदिवासी समाज या खानाबदोश अथवा विश्व समाज में चौथे दशक के बाद के यहूदियों को लिया जा सकता है जो आर्थिक अथवा राजनीतिक कारणों से हाशिये की जिंदगी व्यतीत करने को विवश हुए। इस समय के हिब्रू कथाकार लेव्यो लीब्रेखत की कहानी **मुण्डन** और हिंदी कहानीकार हृषिकेश सुलभ की कहानी **पथरकट** में इस प्रकार के हाशिये के लोगों की मनोव्यथा को देखा जा सकता है।

कई बार हाशिये के लोगों को नए स्थान का प्रभावशाली समूह अथवा समूह का कोई व्यक्ति स्वीकार कर लेता है तथा कभी-कभार अस्वीकार। अस्वीकार की स्थिति में भी कम ताकतवर समूह का व्यक्ति इस ताकतवर समूह की तुलना में अपने आपको अकेला और हाशिये पर खड़ा महसूस करता है। एवर्ट वी स्टॉनक्वीस्ट के शब्दों में 'यह वही आदमी होता है जिसने अपने घर की संस्कृति छोड़ दी है और नई स्थिति में खुद को व्यवस्थित नहीं कर सका है।' इसका सबसे बड़ा कारण यही है कि जब दोहरी संस्कृति के दौर से कोई व्यक्ति गुजरता है तो उसके व्यक्तित्व में परिवर्तन आने लगता है। ऐसा इसलिए कि वह व्यक्ति अपने समुदाय के सांस्कृतिक प्रभाव को छोड़कर अपने से ताकतवर और सम्मानित समुदाय में प्रवेश करने का प्रयास करता है। इस प्रयास में जब उसे समुचित सहयोग और सफलता नहीं मिलती है, तब वह हाशिये का आदमी बन जाता है। आम तौर पर इसके दो कारण हैं: एक तो प्रजातीय भिन्नता वाली मिश्रित संस्कृति से उसका सामना होता है तथा दो, पूरी तरह से सांस्कृतिक भिन्नता उसके समूह में व्यवस्थित होने में कठिनाई उत्पन्न करती

है। इस स्थिति में वह व्यक्ति अपने-आपको एकदम अकेला पाता है। हिंदी में शेखर जोशी की कहानी **दाज्यू** इसका बेहतरीन उदाहरण है जिसमें पहाड़ी लड़का मदन, शहर के होटल में काम करते हुए अपने आपको अकेला, अजनबी और हाशिये पर खड़ा अनुभव करता है। ऐसा इसलिए होता है कि स्थान परिवर्तन के बाद मदन का अपने पहाड़ और घर की संस्कृति से नाता टूट जाता है तथा शहर के नए परिवेश में वह खुद को व्यवस्थित नहीं कर पाता है।

"स्थान परिवर्तन" को रॉबर्ट ई. पार्क ने भी हाशिये पर जाने का एक बहुत बड़ा कारण माना है। उन्होंने लिखा है कि "स्थान परिवर्तन" का प्रभाव सिर्फ तत्कालीन संस्कृतियों में परिवर्तन लाने तक ही सीमित नहीं है; दीर्घकाल में स्थान परिवर्तन ने ऐतिहासिक लोगों के प्रजातीय गुणों को भी प्रभावित करने में निर्णायक भूमिका निभाई है। अपने इस तर्क को प्रामाणिक बनाने के लिए उन्होंने फ्रेडरिक टेगार्ट के "सभ्यता के विनाश का सिद्धांत" (catastrophic theory of civilization) प्रस्तुत किया है तथा इस बात को स्थापित करने की कोशिश की है कि 'सांस्कृतिक भिन्नताओं में भौगोलिक परिवर्तन और आंतरिक वंशानुगत गुणों का योगदान तो है ही, लेकिन वह अंशत: है। वास्तव में प्रजाति और संस्कृतियाँ एक ही प्रकार की स्थितियों से पैदा होने की विरोधात्मक प्रवृत्तियों की उपज हैं, जिसमें सभ्यता, प्रजाति भिन्नताओं की कीमत पर फलती-फूलती हैं। इस संदर्भ में टेगार्ट की मूल मान्यता यह है कि 'यदि प्रजाति अलग-अलग और अंतत: प्रजनन की उपज है तो यह भी निश्चित है कि सभ्यता संबंध और संचार की परिणति है' क्योंकि 'मनुष्य के इतिहास में निर्णयकारी कारक वे हैं जिन्होंने मानव को स्पर्द्धा, संघर्ष और सहयोग के क्षेत्र में एक-दूसरे के करीब लाने में मदद की है।' इसलिए पार्क ने लिखा है कि 'इन सारे प्रभावों में सबसे महत्त्वपूर्ण है, विकास के विनाश का सिद्धांत जो स्थान परिवर्तन और घटनात्मक टकराहट, संघर्ष और लोगों तथा उनकी संस्कृतियों के सहयोग से उत्पन्न होता है।' स्थान परिवर्तन की दृष्टि से बूसर की वह मान्यता भी काफी महत्त्वपूर्ण है, जिसे "औद्योगिक विकास" नामक लेख में उन्होंने प्रस्तुत किया है। वह कहते हैं, 'संस्कृति में प्रत्येक विकास घुमक्कड़पन के एक नए काल के साथ आता है।' बूसर ने अपनी इस मान्यता की पुष्टि के लिए यह तर्क दिया है कि 'पुराने समय में व्यापार का रूप स्थान परिवर्तन से ही संबंधित था।' भारतीय समाज के संदर्भ में भी ये बातें लागू होती हैं क्योंकि यहाँ भी जो लोग हाशिये पर हैं, उनका स्थान परिवर्तन हुआ है, जिसके कारण घर की संस्कृति से उनका नाता टूटा है। अमरकांत की कहानी **ज़िन्दगी और जोंक** का रजुआ इसीलिए हाशिये का आदमी बन जाता है कि वह रामपुर कस्बे के बरई समुदाय से बाहर निकल कर उत्तर प्रदेश के बलिया शहर के एक मुहल्ले में

आकर रहने लगता है तथा अस्तित्व और आत्मसम्मान की लड़ाई लड़ते हुए शनैः शनैः समाजीकरण की प्रक्रिया से दूर होता जाता है। वह चाहता है कि समाज के लोग उसे अपनाएँ, उसकी खुशियों में शरीक हों, उसके हँसने खिलखिलाने को महसूस करें। पर ऐसा कुछ नहीं होता है। और इसका सबसे बड़ा कारण है इसका अपने बरई समुदाय और उसकी संस्कृति से अलग होना, जिसके चलते वह दो संस्कृतियों के माहौल में एक समानांतर जिंदगी बसर करने के लिए बाध्य हो जाता है। इसी प्रकार ओमप्रकाश वाल्मीकि की कहानी **प्रमोशन** का नायक भी मूल स्थान से शहर आकर फैक्टरी की ज़िंदगी में दलित होने के कारण हमेशा अपने आप को हाशिए पर महसूस करता है।

वस्तुतः मात्र स्थान परिवर्तन गतिशीलता नहीं है। इसमें कम-से-कम जन्म स्थान अथवा मूल-स्थान में परिवर्तन होता है तथा जो पुराने बंधन होते हैं, वे टूटते हैं अर्थात् व्यक्ति का घर से नाता टूटता है। अर्थशास्त्री रोडगर्स के शब्दों में 'आर्थिक विवशता इसका एक महत्त्वपूर्ण कारण है, क्योंकि एक स्थान से दूसरे स्थान पर जाने का सबसे बड़ा कारण जनसंख्या वृद्धि तथा उसके कारण वहाँ काम का अभाव होना है। काम की तलाश में लोग स्थान-परिवर्तन करते हैं तथा नई जगह पर अपने आपको व्यवस्थित करने की कोशिश करते हैं।' भारतीय समाज में खेतिहर तथा बंधुआ मजदूरों अथवा घरेलू नौकर या वेश्यावृत्ति के पीछे आर्थिक कारण ही हैं जो लोगों को स्थान परिवर्तन के लिए बाध्य करते हैं। अरुण प्रकाश की **भैया एक्सप्रेस**, अर्चना वर्मा की **राजघाट**, कर्मेन्दु शिशिर की **प्रतीक्षा**, चित्रा मुद्‌गल की **फातिमाबाई कोठे पर नहीं रहती**, जगदंबा प्रसाद दीक्षित की **गंदगी और जिंदगी**, प्रेमपाल शर्मा की **सूबेदार**, भीष्म साहनी की **संभाल के बाबू**, मदन मोहन की **बच्चे बड़े हो रहे हैं**, माधव नागदा की **जहरकांटा**, मिथिलेश्वर की **मेघना का निर्णय**, रमाकांत की **भागमनी आएगी**, रामस्वरूप अणखी की **जोहड़ बस्ती**, विजेन्द्र अनिल की **विस्फोट**, विजयकांत की **बीच का समर**, शेखर जोशी की **दाज्यू**, शमोएल अहमद की **सिंघरदान**, शैलेन्द्र सागर की **गुलईचो**, सुरेश कांटक की **एक बनिहार का आत्मनिवेदन**, हरि भटनागर की **मुन्ने की उम्र**, अखिलेश की **खोया हुआ पुल** आदि कहानियों को हम देख सकते हैं जिसमें आर्थिक विवशता के कारण लोग स्थान परिवर्तन के लिए बाध्य होते हैं तथा नई जगह पर व्यवस्थित न होने के कारण धीरे-धीरे हाशिये की जिंदगी जीने को विवश हो जाते हैं। यद्यपि इस पूरी प्रक्रिया में खेतिहर और दिहाड़ी मजदूरों की हाशिये की ज़िंदगी व्यतीत करने का कारण आर्थिक होने के साथ कहीं-न-कहीं उनका दलित होना भी है जिसकी तरफ उपर्युक्त कहानियों में संकेत है, खासकर **बच्चे बड़े हो रहे हैं**, **विस्फोट**, **गुलईचो** आदि की कहानियों में।

प्राचीन काल में कभी-कभी युद्ध के कारण भी लोग या कबीले संगठित रूप से स्थान परिवर्तन करते थे तथा नए भौगोलिक परिवेश में अपने आपको व्यवस्थित करने का प्रयास करते थे। कई बार पलायन न कर पाने की स्थिति में विजयी और पराजित लोगों के बीच का संबंध भी पराजित लोगों के हाशिये पर जाने का कारण बन जाता था। दलित के जीवन पर केंद्रित उपन्यास **नाच्यौ बहुत गोपाल** में अमृतलाल नागर ने स्टेनले राइस की पुस्तक **हिन्दू कस्टम्स एण्ड देअर ओरिजिन्स** का संदर्भ देते हुए लिखा है कि 'भंगी कोई जाति नहीं है, यदि है भी तो केवल गुलामों की जाति। अछूत मानी जाने वाली जातियों में प्रायः वे जातियाँ भी हैं, जो विजेताओं से हारीं और अपमानित हुईं तथा जिनसे विजेताओं ने अपने मनमाने काम करवाए थे।' भंगी भारतीय समाज का वह दलित समुदाय है, जो अछूत माना जाता है तथा जिसका निवास स्थान गाँव से बाहर होता है। ग्रामीण समाज की संरचना में यह समुदाय पूरी तरह से हाशिये पर होता है। शहरों में भी इसका निवास स्थान एक निश्चित स्थान पर होना है। हिंदी में अनेक ऐसी कहानियाँ लिखी गईं हैं जिनमें इनकी ज़िंदगी का समान चित्र दिखाई पड़ता है।

वास्तव में हाशिये के लोग की मूल अवधारणा आर्थिक, सामाजिक, राजनीतिक एवं सांस्कृतिक भिन्नता को लेकर है, जो कहीं प्रजातिवाद के कारण है तो कहीं स्थान परिवर्तन के चलते नई जगह पर व्यवस्थित न हो पाने के कारण। स्थान परिवर्तन का मुख्य कारण आर्थिक है जो लोगों को अपनी घर की संस्कृति छोड़ देने के लिए बाध्य कर देता है। इन दोनों स्थितियों में व्यक्ति एक ही साथ दो विश्व में रहने को मजबूर हो जाता है। एक ही साथ दो विश्व में रहने के कारण उसका सामना दोहरी संस्कृति से होता है तथा धीरे-धीरे उसके अंदर "दोहरी चेतना" का विकास होने लगता है। इस दोहरी चेतना के कारण ही वह स्थिर नहीं रह पाता है तथा एक ही साथ बेचैनी, तनाव, अजनबीपन, अस्थायीपन, शारीरिक क्लेश, मानसिक यंत्रणाओं जैसी स्थितियों से गुजरने लगता है। परिणामतः एक ही साथ दो विश्व और दो संस्कृतियों में रहते हुए वह कहीं का भी नहीं रह पाता है। उसकी लगातार यह कोशिश रहनी है कि संबंधित समाज अथवा समुदाय में उसकी भी एक पहचान बने। कभी-कभी उसे इस लंबे समय तक अस्तित्व की लड़ाई लड़नी पड़ती है। यद्यपि यह पूरी प्रक्रिया तीन चरणों में घटित होती है जिसमें पहला चरण तैयारी का होता है। इसमें हाशिये के लोगों की पहचान दो भिन्न संस्कृतियों से होती है। इस क्रम में उसकी अपनी पहचान खोने लगती है। दूसरा चरण, संकट का होता है जिसमें व्यक्ति अथवा समुदाय या समाज को लगता है कि उसे किन्हीं कारणों से हाशिये पर ढकेला जा रहा है। तीसरे चरण में व्यक्ति, समुदाय अथवा समाज अपनी दिशा

तय कर लेता है कि उसे संघर्ष करना है या प्लायन। ओमप्रकाश वाल्मीकि के **सलाम** को इस प्रसंग में देखा जा सकता है ज्हाँ हरीश संघर्ष करता है। इसके बाद भी तथाकथित सभ्य अथवा मुख्यधारा का समाज उसे स्वतंत्र पहचान देने से इन्कार कर देता है। यहीं से संघर्ष की शुरुआत होती है। सलामी की प्रथा को बंद करने की हिमायत करना, हरीश द्वारा उस वृहत्तर सवर्ण समाज को चुनौती देना है जिसके कारण दलित समाज उत्पीड़ित है। यह दलित साहित्य की खास विशेषता है तथा यही उसे अन्य साहित्य से अलग करती है।

16

दलित मजदूर, हिंदी कहानी और आज का समाज

भारतीय समाज की मुख्यधारा के अंदर जो समूह हाशिये की ज़िंदगी जी रहे हैं, उसमें खेतिहर और दिहाड़ी मजदूरों की स्थिति सर्वाधिक दयनीय है। ये मजदूर दो प्रकार के हैं- ग्रामीण जीवन की संरचना में खेतिहर और कस्बाई तथा एक हद तक शहरी जीवन की संरचना में काम कर रहे दिहाड़ी मजदूर। इन मजदूरों में भी मुख्यतः कई प्रकार के समूह हैं- ईंट भट्ठा मजदूर, सड़क मजदूर, मकान-निर्माण में कार्यरत मजदूर आदि। ये मजदूर रोजाना तय दर पर काम करते हैं तथा दिन भर जो कमाते हैं, उसमें अपना और घर का खर्च चलाते हैं। ऐसा नहीं है कि खेतिहर मजदूर, जो मूलतः दलित होते हैं, दैनिक मजदूरी पर काम नहीं करते हैं। गाँवों में रहने वाले अधिकांश मजदूर दिहाड़ी पर काम करते हैं, लेकिन मालिक के साथ पुराने संबंध होने और कहीं-कहीं पुश्तों से अपने मालिक के यहाँ हलवाही से लेकर चरवाही तक का काम करने के कारण वे उनके अत्यंत निकट होते हैं तथा इस कारण चाहकर भी उनके शोषण एवं दमन के खिलाफ कुछ कह नहीं पाते हैं। लेकिन यह सत्य है कि चाहे वह खेतिहर मजदूर हो या दिहाड़ी - इनका परोक्ष अथवा प्रत्यक्ष संबंध गाँव की ज़िंदगी से ही होता है। दूसरे शब्दों में, हम कह सकते हैं कि ये दलित मजदूर ग्रामीण मानसिकता के होते हैं और सामुदायिक ज़िंदगी के प्रति इनके अंदर आकर्षण होता है तथा इस कारण ये ग्रामीण जीवन की संरचना की अच्छाइयों और बुराइयों दोनों से सीधा टकराने के लिए अभिशप्त होते हैं।

यह एक अजीब विडंबना है कि खेतिहर और दिहाड़ी दोनों प्रकार के मजदूर श्रमिक वर्ग से होते हुए भी सिर्फ इस कारण मार्क्सवाद की उस वर्गीय अवधारणा से बाहर होते हैं क्योंकि ये दलित हैं, जबकि मालिक के साथ इनका संबंध शोषक और शोषित का होता है तथा न चाहते हुए भी ये सामंती एवं आधुनिक पूँजीवादी व्यवस्था में अपना जीवनयापन करने के लिए मजबूर होते हैं। कारण, मार्क्सवाद की

स्पष्ट मान्यता है कि "वर्ग" का सीधा संबंध उत्पादन से होता है और जो समूह अथवा समुदाय उत्पादन की प्रक्रिया से बाहर है, वह मार्क्सवाद की वर्गीय अवधारणा में मजदूर नहीं है। इस कारण भी ये दलित खेतिहर और दिहाड़ी मजदूर तथाकथित उत्पादन की प्रक्रिया से दूर होने के कारण एक निश्चित संगठन के अभाव में अभिशप्त ज़िंदगी व्यतीत करने के लिए बाध्य होते हैं।

जाहिर है, दलित मजदूरों के लिए यह एक विचित्र स्थिति है। दूसरे शब्दों में, हम कह सकते हैं कि आधुनिक भारतीय समाज के विकास को जो प्रक्रिया रही है, उसमें 1857 के प्रथम स्वाधीनता संघर्ष के बाद विकसित औद्योगिक पूँजी की बहुत बड़ी भूमिका रही है। उपनिवेशवादी दौर मे विकसित नव्य-सामंतवाद, 1857 के बाद साम्राज्यवाद के प्रभाव में आकर एक सीमा के बाद औद्योगिक पूँजीवाद में तब्दील नहीं हो पाता है। परिणामतः जिस तरह से भारत में औद्योगिक इकाइयों को विकसित होना चाहिए था, वैसा हो नहीं पाता है। इसीलिए इन उद्योगों में काम करते हुए भी दलित मजदूर, दलित ही रह जाते हैं, इनका उस तरह से श्रमिक वर्ग में बदलाव नहीं हो पाता है जैसा कि यूरोप के अनेक देशों में होता है। इन दलित मजदूरों को न तो जातीय संस्कारों से मुक्त होने दिया जाता है और न ही कोई ऐसी कोशिश होती है कि ये अपने आप मुक्त हो पाएँ। गाँधी जी भी राष्ट्रीय आंदोलन के दौरान दलितों के सवाल को पारंपरिक वर्ण-व्यवस्था से मुक्त करके नहीं देखते हैं वरन् वे सुधार के बदले परिवर्तन की माँग करते हैं। सामाजिक-राजनीतिक व्यवस्था में डॉ. भीमराव अंबेडकर और साहित्य में प्रेमचंद पहली बार गंभीरता के साथ दलित मुक्ति के सवाल को उठाते हैं। प्रेमचंद तो स्पष्टतः पराधीनता के इस सवाल को वर्ण और जाति व्यवस्था से जोड़कर देखते हैं तथा इनका अंत भारतीय राष्ट्रीयता की पहली शर्त मानते हैं। 1934 में प्रकाशित अपने लेख **क्या हम वास्तव में राष्ट्रवादी हैं** में वह स्पष्टतः कहते हैं कि 'राष्ट्रीयता की पहली शर्त है समाज में साम्यभाव का दृढ़ होना।' इस संदर्भ में उनकी **दूध का दाम**, **सद्गति**, **ठाकुर का कुआँ** आदि कहानियों को देखा जा सकता है, जिनमें वह वर्ण और जाति व्यवस्था के कारण भारतीय समाज में छाई विषमता का पर्दाफाश करते हुए दलित और दलित मजदूरों के पक्ष में जा खड़े होते हैं। इतना ही नहीं, 1927 में अंबेडकर द्वारा महाद में चलाए गए आंदोलन और 1930 के बाद के मंदिर-प्रवेश आंदोलन का भी समर्थन करते हैं जिसका प्रभाव **मंत्र** जैसी कहानियों पर देखा जा सकता है। इसीलिए जब दलित लेखक ओमप्रकाश वाल्मीकि यह कहते हैं कि 'वर्ण-व्यवस्था से उपजी घोर अमानवीयता, स्वतंत्रता-समता-विरोधी सामाजिक अलगाव की पक्षधर सोच को परिवर्तित कर बदलाव की प्रक्रिया को तेज करना' दलित और दलित साहित्य की

मूलभूत संवेदना है तथा इसी क्रम में उनका यह स्वीकारना कि 'अंबेडकर और ज्योतिबा फुले की जीवन-दृष्टि दलित साहित्य' और दलितों की ऊर्जा है तो यह मान लेना पड़ता है कि वामपंथी आंदोलन से जुड़ी विचारधाराओं को छोड़कर अन्य और गैर-दलित आधुनिक विचारधाराएँ भी भारतीय समाज में शोषण और दमन की ज़िंदगी जी रहे दलितों की स्वाधीनता के सवाल को विस्मृत कर देती हैं। एक सीमा के बाद मार्क्सवाद भी दलित सवालों को प्राथमिकता नहीं देता है। समाज में साम्यवाद का प्रचार-प्रसार कराना और मजबूत बनाना मार्क्सवाद अथवा इस जैसी प्रगतिशील विचारधाराओं की पहली शर्त है, परंतु भारतीय समाज के संदर्भ में, खासकर वर्ण-व्यवस्था में ये विचारधाराएँ भी एक निश्चित सीमा के बाद कोई मदद नहीं कर पातीं। यद्यपि ओमप्रकाश वाल्मीकि जैसे दलित लेखकों का भी मानना है कि 'मार्क्सवादी विचार और आंदोलन ने दुनिया में जबर्दस्त बदलाव की प्रक्रिया तेज़ की है, बल्कि मनुष्य को अधिक चैतन्य, जागरूक और क्रांतिकारी बनाया है' लेकिन इन्हें दिक्कत वहाँ होती है, जब भारतीय संदर्भ में वामपंथी विद्वान, कार्यकर्ता और लेखक वर्ग चेतना के साथ आलोचक मैनेजर पांडेय के शब्दों में "वर्ण" चेतना के वास्तविक तथा संभावित संबंधों की उपेक्षा करते हैं। इसीलिए ओमप्रकाश वाल्मीकि जैसे दलित लेखक भारत के वामपंथी आंदोलन पर आरोप लगाते हुए स्पष्टतः कहते है कि 'इस आंदोलन ने जाति भेद को अनदेखा ही नहीं किया, बल्कि अपने बीच किसी दलित नेतृत्व को उभरने भी नहीं दिया।'[1] कहना न होगा कि स्वाधीनता के बाद और सातवें दशक में हुए नक्सलवादी आंदोलन के दौरान गाँवों में जो कृषि-संबंधी संघर्ष हुए उनमें मारे गए अधिकांश मजदूर दलित जाति से ही थे।

इसमें संदेह नहीं कि खेतिहर और दिहाड़ी मजदूरों का एक बड़ा हिस्सा उसी साम्यवादी विचारधारा से जुड़ा हुआ है, जहाँ शोषित होने के बाद वे मजदूर मुक्ति के लिए जन-संघर्ष से जुड़ जाते हैं। यद्यपि जमीन के बराबर बँटवारे और 'जो जोते बोये, वह काटे' जैसे नारों ने नक्सलवादी संघर्ष के दौरान गाँव के खेतिहर मजदूरों, सीमांत किसानों और कस्बों तथा शहरों में काम करने वाले दिहाड़ी मजदूरों को शोषक-शोषित के बीच होने वाले वर्ग संघर्ष की ओर मोड़ा तथा एक बड़े पैमाने पर पश्चिम बंगाल और देश के कुछ अन्य राज्यों में उसका सार्थक परिणाम भी दिखाई पड़ा, परंतु वास्तविक समस्याओं की ओर इस आंदोलन का भी वैसा ध्यान नहीं गया जैसा जाना चाहिए था। इसलिए इस दौरान हिंदी में जो कहानियाँ लिखी गईं, उनमें दलित मजदूरों के साथ गैर-दलित पात्र भी आए, परंतु उनकी गैर-दलित भूमिका अधिकांशतः नेतृत्व क़ी ही रही। परिणामतः दलितों के बीच से जो नेतृत्व होना चाहिए था, उसका उभार ठीक से नहीं हो पाया। रचना के स्तर पर भी कहानी लेखन

में दलितों का प्रवेश न के बराबर हुआ, इसीलिए उसमें संघर्ष भी वर्ण-व्यवस्था से मुक्ति पर केंद्रित होने की बजाए छोटी-छोटी समस्याओं पर केंद्रित रहा, चाहे वह जमीनी हक पाने के लिए संघर्ष हो अथवा किसी खास गैर-दलित भू-पति द्वारा दलितों को परेशान करने का प्रसंग। कभी-कभी ये संघर्ष हल-बैल पाने के लिए भी होते दिखाई पड़ते हैं। यद्यपि ये संघर्ष ऊपर से वर्गीय संघर्ष दिखाई पड़ते हैं, परंतु सच यह है कि उनकी मुक्ति का कोई रास्ता इस संघर्ष से निकलता दिखलाई नहीं पड़ता है। कारण, इस लड़ाई अथवा संघर्ष में वर्ण-व्यवस्था से मुक्ति का कोई प्रयास नहीं है। आज भारतीय समाज में यदि दलित और गैर-दलित आमने-सामने खड़े हैं और एक दूसरे पर शोषण और अपमानित करने का जो आरोप लगा रहे हैं उसका कारण यही है कि गैर-दलित सामाजिक सत्ता ने जाति अथवा वर्ण-व्यवस्था खत्म करने की कभी भी ईमानदार कोशिश नहीं की।

वास्तव में स्वाधीनता के बाद खेतिहर और दिहाड़ी मजदूरों को लेकर हिंदी में जो कहानियाँ लिखी गईं उनका अधिकांश हिस्सा उन सामाजिक समुदायों और समूहों पर केंद्रित है जो शोषित और अपमानित होने के बाद मुक्ति के लिए जन-संघर्षो से जुड़ जाते हैं विजेंद्र अनिल की **विस्फोट**, मधुकर सिंह की **मेरे गाँव के लोग**, चंद्रमोहन प्रधान की **एहि नगरिया केहि विध रहना**, अंजना रंजन दाग की **मुआवजा**, मदन मोहन की **बच्चे बड़े हो रहे हैं** मिथिलेश्वर की **मेघना का निर्णय**, संजीव की **तिरबेनी का तड़बन्ना**, प्रेमकुमार मणि की **जुगाड़**, अरुण प्रकाश की **भैया एक्सप्रेस**, विक्रम जनबंधु की **प्रहरी** आदि कहानियाँ खेतिहर और दिहाड़ी मजदूरों द्वारा किए जा रहे इसी प्रकार के जन संघर्षों से हमारा परिचय कराती हैं। खेतिहर मजदूरों पर केंद्रित कहानियों में कहानीकारों ने खेतिहर तथा दिहाड़ी मजदूरों की जीवन व्यथा का चित्रण गहरी मार्मिकता के साथ करते हुए शोषणकारी व्यवस्था पर मार्मिक व्यंग्य किया है। इसी प्रकार विजेंद्र अनिल की ही **हल** विजयकांत की **बीच का समर**, सुरेश कांटक की **धनपत का बैल**, **वंचित और एक बनिहार का आत्मनिवेदन**, कमलाकांत त्रिपाठी की **पुण्यात्मा**, रामस्वरूप अणखी की **जोहड़ बस्ती**, सृंजय की **कामरेड का कोट**, हृदयेश की **मजदूर**, प्रेमपाल शर्मा की **तीसरी चिट्ठी**, हरि भटनागर की **सगीर और उसकी बस्ती के लोग**, हृषिकेश सुलभ की **पथरकट** आदि कहानियाँ इन दलित मजदूरों की ज़िंदगी की दुर्दशा का मार्मिक चित्र उपस्थित करते हुए भारतीय सामंती व्यवस्था और मानसिकता पर गहरी चोट करती हैं। यह ध्यान देने की बात है कि ग्रामीण संरचना में इन मजदूरों की स्थिति और हैसियत आर्थिक और सामाजिक रूप से कमजोर होने के कारण "टइलुआ" जैसी है। वे बार-बार इस स्थिति से मुक्त होने का प्रयास करते हैं परंतु भूख की विवशता इनकी एक ऐसी बड़ी समस्या है जो इन्हें

हमेशा तोड़ देती है तथा न चाहते हुए भी ये सामाजिक ज़िंदगी की मुख्यधारा में हाशिये पर रहते हुए शोषण और दमन का शिकार होने पर मजबूर होते रहते हैं। उदाहरण के लिए, विजेंद्र अनिल ने **विस्फोट** में दिखलाया है कि किस प्रकार सात साल तक रामसरन उपाध्याय के यहाँ रमुआ अपनी जमीन रेहन पर रखता है तथा जब उसे वह जमीन लौटाने की बात आती है तो उपाध्याय साफ इन्कार कर देता है, जबकि सरकार की ओर से यह कानून पास हो गया है कि 'रेहन की जमीन सारा साल के बाद जमीन के मालिक को वापस कर दी जाएगी।' रमुआ सारी ज़िंदगी मालिक उपाध्याय के यहाँ हलवाही करके गुजार देता है। उसके मन में केवल इतनी सी चाह है कि उसके पास जब अपनी जमीन वापस आ जाएगी तब वे 'दोनों घरानी दिन-रात मेहनत करके खेत से खाने-पीने का अनाज तो निकाल ही लेंगे।' लेकिन जब उसकी जमीन को रामसरन उपाध्याय लौटाने से इन्कार कर देता है तब वह पूरी तरह से टूट जाता है, जबकि उसका बाप भी उनके यहाँ आजीवन हलवाही का काम करता रहा था:

> 'अगर आज रामसरन उपाध्याय से बतकही हुई तो उसका माथा घूमने लगा। उपाध्याय के कब्जे में सैकड़ों एकड़ जमीन है। हर साल कुछ न कुछ जमीन परती रह जाती है लेकिन अभी तक इसका पेट जमीन से नहीं भरा।... कहता है, जाकर कचहरी में केस करो। जीत जाओगे, तब भी खेत नहीं छोड़ूँगा। कूबत हो तो खेत जोत लो।[2]'

जाहिर है, यहाँ सवाल सिर्फ रमुआ के खेत लौटाने का नहीं है। आम खेतिहर मजदूरों के पास जो भी थोड़ी बहुत जमीनें होती हैं, वे उनकी पूँजी होती हैं। उसी से उनका सालाना कार्य-व्यापार चलता है, चाहे परिवार के लिए रोजी-रोटी जुगाड़ करने की बात हो अथव बेटी के विवाह का मामला। यह खेत ही है जो उनके समस्त पारंपरिक और गैर-पारंपरिक कार्यों के लिए पूँजी अथवा मुद्रा की व्यवस्था करता है। यद्यपि गाँव में बहुत ही कम दलित मजदूरों के पास छोटे-मोटे खेत होते हैं, फिर भी वही उनकी आमदनी का मुख्य जरिया होता है तथा काम करके वे अपनी स्वाधीनता का आनंद लेते हैं। लेकिन गाँवों में स्थिति ऐसी है कि बिना संघर्ष के प्रभु-वर्ग इन्हें इनका वाजिब हक भी नहीं देता है। सृंजय की कहानी **कामरेड का कोट** के कामरेड कमलकांत, विजयकांत की कहानी **बीच का समर** का बैजू अर्थात् बैजनाथ साहनी, विजेंद्र अनिल की कहानी **विस्फोट** का कवलेसर और मिथिलेश्वर की कहानी **मेघना का निर्णय** का मेघना—ये सारे संघर्षशील चरित्र जीवन की विषम परिस्थितियों से बार-बार हारने के बावजूद संघर्ष के लिए पुनः उठ खड़े होते हैं।

दरअसल ग्रामीण जीवन की संरचना में जिस प्रकार ये दलित और खेतिहर

मजदूर रह रहे हैं तथा गाँव में उनकी जो सामाजिक स्थिति और हैसियत है, वह ऐसी नहीं है कि बिना किसी शोषण अथवा दबाव के अपनी जिंदगी व्यतीत कर सकें। जीवन के हर मोड़ पर इन्हें प्रभु-वर्ग के अहंकार और वर्ण-व्यवस्था केंद्रित समाज की नीतियों से टकराना पड़ता है। उनसे ये जीवन के हर मोड़ पर अपमानित होते हैं। अपनी जान से भी हाथ धोना पड़ता है जैसा कि चंद्रमोहन प्रधान की **एनकाउंटर** और अंजना रंजन दाग की **मुआवजा** कहानियों में होता है। पर चाहकर भी ये अथवा इनका समुदाय कुछ कर नहीं पाता है, लेकिन जिस दिन ये एक होते हैं इनकी माँगें एक होती हैं– वह दिन इनके जीवन का सर्वाधिक महत्त्वपूर्ण दिन होता है। वहाँ से ये सीधे मुख्यधारा के नियंताओं से टकराते हैं और अपनी हाशिये की ज़िंदगी से मुक्त होने की कोशिश करते हैं। विजयकांत की **बीच का समर**, विजेंद्र अनिल की **विस्फोट**, सृंजय की **कामरेड का कोट** आदि कहानियाँ इन्हीं सच्चाइयों से हमारा परिचय कराती हैं। लेकिन क्या वास्तविक जीवन में ऐसा संभव हो पाता है? जाहिर है, जिस तरह की वर्ण-केंद्रित हमारी सामाजिक व्यवस्था है, उसमें कहीं भी इन दलितों और खेतिहर मजदूरों के लिए जगह नहीं है। आज भी वे ग्रामीण और शहरी जीवन की संरचना में हाशिये की ज़िंदगी व्यतीत कर रहे हैं। जमींदारों, भू-पतियों और पूँजीपतियों से हुए संघर्ष के बाद पिछले एक-दो दशकों में इनकी आर्थिक और एक हद तक सामाजिक स्थिति तो बदली है, लेकिन गैर-दलितों की मानसिकता में कोई बहुत बड़ा बदलाव नहीं आया है। इन्हें आज भी भारतीय सामाजिक व्यवस्था में 'सेवा-वर्ग' का आदमी माना जाता है। यही कारण है कि ग्रामीण जीवन से जो दलित और खेतिहर दिहाड़ी मजदूर भागकर शहर आते हैं, उन्हें वहाँ भी कोई बड़ा काम नहीं मिल पाता है तथा जो मिलता भी है, वह इस लायक नहीं होता है कि वे ढंग से ज़िंदगी गुजार सकें। फर्क इतना ही है कि गाँव में जहाँ इन्हें "जोत" के एक टुकड़े अथवा मजदूरी के रूप में खेसारी जैसे अनाज से गुजारा करना पड़ता था, वहीं शहर में इन्हें नगद मजदूरी मिल जाती है। लेकिन इससे इनकी घर की समस्या का समाधान नहीं होता अथवा सामाजिक हैसियत ऐसी नहीं हो पाती है कि सिर उठाकर गर्व से बात कर सकें। बल्कि हमारी सामाजिक व्यवस्था ऐसी है कि दिन-रात कड़ी मेहनत करने के बाद ये एक ऐसी अव्यवस्थित ज़िंदगी व्यतीत करने को विवश होते हैं जहाँ इन्हें हमेशा अजनबीपन के संकट का अनुभव और दोहरी चेतना के दौर से गुजरना पड़ता है। खासकर आने वाले दिनों में आर्थिक उदारीकरण और भूमंडलीकरण की जो प्रक्रिया चल रही है तथा उसके कारण जो नई निजी व्यवस्था विकसित हो रही है, उसमें इन दलितों और अन्य मजदूरों की स्थिति अत्यंत भयावह होती जा रही है। धीरे-धीरे इनके जो थोड़े बहुत खेत हैं वे निजी हाथों में जा रहे हैं तथा उससे इन्हें

जो आर्थिक मुनाफा हो रहा है वह इतना नहीं है कि उससे पूरी ज़िंदगी गुजार सकें। दुर्भाग्य यह कि खेतों के निजीकरण की यह प्रक्रिया जिस तरह से बहुराष्ट्रीय कंपनियों के हितों के लिए काम कर रही है उसका खामियाजा आने वाले दिनों में पूरे ग्रामीण समाज को चुकाना पड़ेगा, चाहे वह कोई दलित मजदूर हो अथवा गैर-दलित सीमांत किसान। कारण, जब खेत ही इनके पास नहीं रहेंगे तो क्या करेंगे ये दलित मजदूर और क्या करेंगे गैर-दलित सीमांत किसान अथवा अन्य ग्रामीण किसान। इनके खेतों को तो एक बड़ा भूखंड बनाकर बहुराष्ट्रीय कंपनियाँ पूँजी-वृद्धि केंद्रित खेती को बढ़ावा देंगी और उसके लिए इनके पास जो मजदूर आएँगे वे आधुनिक तकनीकी के जानकार होंगे। जाहिर है, वे खेती भी उसी नई तकनीक से करेंगे। वे खेत, जो एक जमाने में सामंतों के पास गिरवी रखे होते थे, आज के समय और समाज में बहुराष्ट्रीय कंपनियों के पास रहेंगे तथा वहाँ इनकी आवाज सुनने वाला कोई नहीं होगा। जाहिर है, इसके लिए सबसे पहले तथाकथित सवर्ण जातियों को अपनी सामंती और जातीय मानसिकता से मुक्त होना पड़ेगा, तभी वे इन मजदूरों की वास्तविक दशा को समझ पाएँगे और आने वाले दिनों में आर्थिक उदारीकरण और भूमंडलीकरण की प्रक्रिया में अपनी स्थिति मजबूत कर पाएँगे। अन्यथा इनकी स्थिति वैसी ही बनी रहेगी तथा इनके संघर्ष का जो अंतहीन सिलसिला जारी है, वह अनवरत चलता रहेगा।

संदर्भ

1. ओमप्रकाश वाल्मीकि, **कल के लिए**, दिसंबर 1998, पृ. 19.
2. विजेंद्र अनिल, **विस्फोट**, पृष्ठ: 111-112.

भाग पाँच: उपन्यास

17

हिंदी में उपन्यास लेखन की परंपरा और दलित उपन्यास का यथार्थ

हिंदी भाषा में उपन्यास लेखन की परंपरा सौ साल से भी अधिक पुरानी है। आम तौर से 1877 में प्रकाशित श्रद्धाराम फिल्लौरी के उपन्यास **भाग्यवती** की चर्चा हिंदी के पहले उपन्यास के रूप में होती है, यद्यपि हिंदी में अंग्रेजी ढंग का पहला उपन्यास लाला श्रीनिवास दास की **परीक्षागुरु**(1882) को ही माना जाता है तथा इस नाते अधिकांश आलोचक इसे हिंदी का पहला उपन्यास भी मानते हैं। हिंदी में उपन्यास लेखन की यह परंपरा बाद में बालकृष्ण भट्ट के **नूतन ब्रह्मचारी**(1886), ठाकुर जगमोहन सिंह के **श्यामा स्वप्न**(1888), राधाकृष्ण दास के **निस्सहाय हिंदू**(1890), देवकीनंदन खत्री के **चंद्रकांता** और **चंद्रकांता संतति**(क्रमशः 1891 एवं 1905), गोपालराम गहमरी के **देवरानी जेठानी**(1902), किशोरीलाल गोस्वामी के **चपला**(1903), अयोध्या सिंह उपाध्याय 'हरिऔध' के **अधखिला फूल**(1907), बृजनंदन सहाय के **सौंदर्योपासक** (1911), मेहता लज्जाराम शर्मा के **आदर्श हिंदू**(1915) आदि उपन्यासों से होते हुए उस दौर में पहुँचती है, जिसका गहन संबंध 1917 की रूसी क्रांति, भारतीय स्वाधीनता आंदोलन, वामपंथी राजनीति के उदय, अंबेडकर के दलित सवाल, विभाजन, नए राष्ट्र के निर्माण, नक्सलवाद, स्त्रीवाद आदि आंदोलनों से है। जाहिर है, हिंदी साहित्य के इतिहास में उपन्यास के इन विभिन्न कालों को क्रमशः प्रेमचंद-पूर्व युग(1877-1918), प्रेमचंद-युग(1918-1936), प्रेमचंदोत्तर-युग(1936-1947), स्वतंत्र्योत्तर हिंदी उपन्यास साहित्य(1947-1970) आदि के रूप में जाना जाता है। 1970 के बाद के उपन्यासों की चर्चा "समकालीन हिंदी उपन्यास" के रूप में होती है। इसलिए इस बीच हिंदी में जो उपन्यास लिखे गए उनका गहरा संबंध विभिन्न प्रकार के आंदोलनों और विचारधाराओं से है। चाहे वह प्रेमचंद का **सेवासदन**(1918) हो अथवा **प्रेमाश्रम**(1922), **रंगभूमि**(1925) हो अथवा **गोदान**(1936)– प्रेमचंद के अलावा जिन कथाकारों ने उपन्यासों के माध्यम

से स्वाधीनता आंदोलन और उसके बाद के भारतीय समय एवं समाज के यथार्थ से सीधा संवाद किया उनमें शिवपूजन सहाय का **देहाती दुनिया**(1926), पाण्डेय बेचन शर्मा 'उग्र' का उपन्यास **बुधुआ की बेटी**(1928), वृंदावनलाल वर्मा का **गढ़कुण्डार**(1929), जैनेंद्र का **त्यागपत्र**(1937), सच्चिदानंद हीरानंद वात्स्यायन अज्ञेय का **शेखर: एक जीवनी**(दो भागों में क्रमशः 1941 एवं 1944), राहुल सांकृत्यायन का **सिंह सेनापति**(1947), हजारीप्रसाद द्विवेदी का **बाणभट्ट की आत्मकथा**(1946), रांगेय राघव का **मुर्दों का टीला**(1948) और **कब तक पुकारूँ**(1957), फणीश्वरनाथ रेणु का **मैला आँचल**(1954), बाबा नागार्जुन का **बलचनमा**(1952), अमृतलाल नागर का **बूँद और समुद्र**(1956), **नाच्यौ बहुत गोपाल**(1978) और **करवट**(1987), उदयशंकर भट्ट का **सागर, लहरें और मनुष्य**(1956), यशपाल का **झूठा सच**(दो भागों में क्रमशः 1958 एवं 1960), मोहन राकेश का **अंधेरे बंद कमरे**(1961), रामदरश मिश्र का **पानी के प्राचीर**(1961), राही मासूम रजा का **आधा गाँव**(1968), निर्मल वर्मा का **वे दिन**(1964), राजेंद्र यादव का **सारा आकाश**(1960), शानी का **काला जल**(1965), श्रीलाल शुक्ल का **राग दरबारी**(1968), कृष्णा सोबती का **मित्रो मरजानी**(1967) और **जिंदगीनामा**(1980), भीष्म साहनी का **तमस**(1967), शिवप्रसाद सिंह का **अलग अलग वैतरणी**(1968), जगदम्बा प्रसाद दीक्षित का **मुर्दाघर**(1974), गोपाल उपाध्याय का **एक टुकड़ा इतिहास**(1977), मन्नू भंडारी का **महाभोज**(1979), मनोहरश्याम जोशी का **कुरू कुरू स्वाहा**(1980), पंकज बिष्ट का **लेकिन दरवाजा**(1984) और **उस चिड़िया का नाम**(1989), मंजूर एहतेशाम का **सूखा बरगद**(1986), कर्मेन्दु शिशिर का **कोचान की धार**(1983), गिरिराज किशोर का **परिशिष्ट**, मृदुला गर्ग का **चितकोबरा**(1979), अब्दुल बिस्मिल्लाह का **झीनी-झीनी बीनी चदरिया**(1986), असगर वजाहत का **सात आसमान**(1996), कमलेश्वर का **कितने पाकिस्तान**(2000), मनमोहन पाठक का **गगन घटा घहरानी**(1991), चित्रा मुद्गल का **एक जमीन अपनी**(1990) और **आवाँ**(1999), मैत्रेयी पुष्पा का **इदं न मम**(1994) और **अल्मा कबूतरी**(1999), वीरेन्द्र जैन का **डूब**(1991), कामतानाथ का **काल कथा**(1998), संजीव का **सावधान! नीचे आग है।**(1991), भगवानदास मोरवाल का **काला पहाड़**(1999), गीतांजलिश्री का **माई**(1998), अखिलेश का **अन्वेषण**(1992), प्रेमकुमार मणि का **ढलान**(2000), अलका सरावगी का **कलिकथा वाया बाइपास**(1998), विनोद कुमार का **समर शेष है**(1999), पुन्नी सिंह का **सहराना**(1999), मिथिलेश्वर का **चल खुसरो घर आपने**(2001), चंद्रमोहन प्रधान का **एकलव्य**(1997), ज्ञान चतुर्वेदी का **बारामासी**(1999), सुरेंद्र स्निग्ध का

छाड़न(2005), अभय मौर्य का **मुक्ति-पथ**(2006), अनामिका का **दस द्वारे का पींजरा**(2008) आदि उपन्यासों का महत्त्वपूर्ण स्थान है। यहाँ यह सवाल उठ सकता है कि इतने अधिक उपन्यासों के नामोल्लेख का औचित्य क्या है? क्या इनसे दलित उपन्यास की परंपरा बनती या जुड़ती है? अथवा क्या ये उपन्यास दलित उपन्यास की परंपरा को समझने के लिए कोई संदर्भ उपस्थित करते हैं?

दरअसल उपर्युक्त उपन्यासों के नामोल्लेख और उन पर चर्चा का एक खास कारण है। दलित साहित्य की जब भी चर्चा होती है, उसे हिंदी साहित्य से काटकर देखने की माँग होती है। खासकर, अनेक दलित साहित्यकार मानते हैं कि हिंदी में लिखित "दलित साहित्य" एक स्वतंत्र साहित्य है। यह हिंदी साहित्य से अलग किया जाना चाहिए। पर अगर हम ऐसा करते हैं तो यहाँ एक दूसरी दिक्कत यह खड़ी होगी कि साहित्य भाषा का होता है अथवा जातियों का? अगर "साहित्य" जातियों का होता है तो जरूर दलित साहित्य की चर्चा अलग से होनी चाहिए! परंतु यदि साहित्य का पहला संबंध किसी भी रूप में भाषा से होता है तो वह भाषा का साहित्य अथवा जिस भाषा में साहित्य रचा जाएगा उसे उस भाषा का साहित्य माना जाएगा। चाहे वह हिंदी हो या उर्दू, तमिल हो या तेलुगू' फिर बाद में प्रवृत्ति के अनुसार विशेषताओं को देखते हुए उसका नामकरण किया जाएगा, क्योंकि हर भाषा का अपना एक खास समाज होता है और उसी सामाजिक, राजनीतिक, धार्मिक और भौगोलिक परिस्थितियों में उस भाषा की निर्मिति होती है। दूसरे शब्दों में कहें तो भाषा कोई स्वतंत्र अवधारणा नहीं है, बल्कि प्रत्येक भाषा की एक सामाजिक अस्मिता होती है और उस सामाजिक अस्मिता से ही भाषा की अस्मिता भी तय होती है, जैसा कि यूरोप के समाजों की पहचान उनकी अलग-अलग भाषाओं से होती है। चाहे वह रूसी जाति हो, या अंग्रेज जाति या फ्रांसीसी। इन समाजों की अस्मिताओं की निर्मिति उनकी भाषा से अलग करके नहीं देखी जा सकती है। हिंदी में रामविलास शर्मा जिस "हिंदी जाति" की बात करते हैं, उसकी सामाजिक अस्मिता इसी "जातीय भाषा" से निर्मित होती है। उनकी दृष्टि में भाषा का यह जातीय स्वरूप ही "हिंदी समाज" की निर्मिति करता है। इस हालत में अगर हम "दलित साहित्य" पर बात करते हैं और इस प्रसंग में भाषा और समाज की अलग-अलग अस्मिता तय करते हैं तो सबसे बड़ी दिक्कत दलित समाज की अलग-अलग अस्मिता की निर्मिति में ही होगी। दलित समाज इसी भारतीय(हिंदू) समाज का एक हिस्सा है अथवा यों कहें कि भारतीय वर्ण-व्यवस्था या जाति-व्यवस्था में इस समाज का अस्तित्व हिंदू धर्म की धार्मिक और नैतिक मान्यताओं से निर्धारित होता रहा है और इसी समाज में सवर्ण हिंदुओं द्वारा "अस्पृश्य" समझा जाने के कारण दलित समाज उनका

(ब्राह्मणवाद का) विरोध करता रहा है। इसीलिए सवर्ण समाज से तमाम भिन्नताओं के बावजूद यदि दलित समाज का रचनात्मक लेखन हिंदी भाषा में आता है तो जाहिर है, उसे हिंदी साहित्य की मुख्यधारा के समानांतर हिंदी में लिखित हिंदी का एक नया साहित्य माना जाना चाहिए। इसीलिए यह जरूरी है कि अनुभव के स्तर पर इस साहित्य के मूल्यांकन की पद्धति भी कुछ अलग से विकसित की जानी चाहिए। कारण, अब तक की रचना के मूल्यांकन का इतिहास मुख्यधारा के समाज द्वारा निर्मित साहित्य के आकलन की प्रक्रिया में ही विकसित होता रहा है। इसलिए मूल्यांकन के प्रतिमान भिन्न हैं। परंतु जिसे हम दलित साहित्य मान कर चल रहे हैं, वह रचना के कलात्मक रूप की तुलना में उसमें अभिव्यक्त समाज को महत्त्वपूर्ण मानकर चलता है। इसलिए इस साहित्य(दलित) में अभिव्यक्त समाज ही भिन्न नहीं है, बल्कि उसकी संस्कृति (क्रियाशीलता)भी भिन्न है। अभिव्यक्ति की भाषा का रूप भिन्न है, उसकी संरचना भिन्न है, परिवार और समाज के बीच के आपसी रिश्तों की जमीन भिन्न है (जिनका निर्धारण उनकी 'श्रमिक संस्कृति' करती है) और साथ ही दूसरे समाज (सवर्ण) के साथ उनके रिश्ते भी भिन्न हैं।

यदि हम हिंदी में लिखित दलित उपन्यासों को देखें तो ये बातें अपने आप स्पष्ट हो जाएँगी। यद्यपि हिंदी में गिनती के दलित उपन्यास हैं और आज जिसे दलित साहित्य कहा जाता है उसमें गिनकर तीन-चार उपन्यास ही ऐसे हैं, जो दलित लेखकों द्वारा लिखे गए हैं। ये उपन्यास हैं- रामजी लाल सहायक का **बंधन मुक्त**(1954), जयप्रकाश कर्दम का **छप्पर**(1994), डी.पी. वरुण का **अमर ज्योति**(1980), प्रेम कपाड़िया का **मिट्टी की सौगंध**(1995), सत्यप्रकाश का **जस तस भई सबेर**(1998), लोकप्रिय दलित लेखकों में के. नाथ का **पलायन**(2006) और अजय नावरिया का **उधर के लोग**(2008)। इन उपन्यासों में मेरठ के जैन प्रकाशन से प्रकाशित रामजी लाल सहायक का उपन्यास **बंधन मुक्त** उपलब्ध नहीं है। पर ऐसी चर्चा होती है कि रामजी लाल ने इस उपन्यास में अंबेडकर से प्रभावित होकर भारतीय समाज की जाति-व्यवस्था में दलितों की मुक्ति के सवाल को गंभीरता के साथ उठाया है। और औपन्यासिक संरचना की दृष्टि से डी.पी. वरुण का उपन्यास **अमर ज्योति** एक सामान्य कृति है। अन्य उपन्यास भी कुछ इसी प्रकार के हैं।

दरअसल हिंदी में लिखित दलित उपन्यासों के साथ सबसे बड़ी दिक्कत उनकी औपन्यासिक संरचना और कथा के संयोजन तथा विराम को लेकर है। यह दिक्कत अन्य विधाओं में लिखित दलित साहित्य के साथ भी है, अगर हम उनपर प्रचलित साहित्यिक विधाओं के तहत बातचीत करना चाहें। मात्र आत्मकथा विधा ही एक

ऐसी विधा है जो लेखक को विधागत छेड़छाड़ की छूट देती है। इसमें लेखक एक सीमा तक अपनी ज़िंदगी के उन तमाम पक्षों को पाठकों के सामने रखता है, जिनका गहरा संबंध उसकी सामाजिक, सांस्कृतिक, आर्थिक स्थिति, राजनैतिक चेतना और दार्शनिक बौद्धिकता से होता है। इसमें उसकी ज़िंदगी का कोई भी पक्ष हो सकता है, बशर्ते (लेखक द्वारा) ईमानदारी के साथ उसका आत्मपरक विश्लेषण किया जाए। हिंदी के अब तक प्रकाशित दलित उपन्यासों के साथ सबसे बड़ी दिक्कत उनका आत्मकथात्मक होना है। यदि सीधे शब्दों में कहा जाए तो कृति के विधात्मक परिचय से उपन्यास शब्द को हटाकर आत्मकथा रख दिया जाए तो पाठक की पाठकीय मानसिकता में कोई बहुत बड़ा बदलाव नहीं आएगा। इसी प्रकार, इधर बहुत सारी ऐसी दलित कृतियाँ प्रकाशित हुई हैं, जिनका ढाँचा औपन्यासिक है परंतु वे छपी हैं आत्मकथा अथवा आत्मकथात्मक उपन्यास के रूप में। जैसा कि कौशल्या बैसंत्री की कृति **दोहरा अभिशाप** है। दूसरी बात, यदि हम दलित साहित्य को एक स्वतंत्र साहित्य मान लेते हैं और उस दृष्टि से रचित पुस्तकों के आधार पर विधागत निर्णय करते हैं तो पाठकों और साहित्यिक चिंतकों के सामने एक बहुत बड़ी समस्या उठ खड़ी होगी। अधिकांश भाषाओं की रचनाओं में यदि विभिन्न काव्यरूपों को छोड़ दिया जाए तो "गद्य" का विधात्मक रूप संरचना के स्तर पर एक हद तक स्थिर रहा है। कथा कहने की शैली और कथानक में जरूर साहित्यिक आंदोलनों ने थोड़े-बहुत फेर बदल किए हैं, पर विधागत लेखन का मूल आधार लगभग प्रचलित (विधागत) ढाँचा ही है। उदाहरण के लिए, हिंदी उपन्यास की परंपरा में फणीश्वरनाथ रेणु का **मैला आँचल** और श्रीलाल शुक्ल का **राग दरबारी** दोनों आँचलिक कृतियाँ होते हुए भी औपन्यासिक ढाँचे से बहुत अलग नहीं हैं। हाँ कथा कहने की शैली और प्रस्तुति में जरूर नयापन है। इन कृतियों में प्रचलित औपन्यासिक संरचना के साथ ही वही भारतीय समय, समाज और राजनैतिक संस्कृति है, जिससे यहाँ के समाज की एक पहचान बनती है। ये उपन्यास प्रेमचंद के **गोदान** की परंपरा को ही आगे बढ़ाते हैं। **गोदान** जहाँ औपनिवेशिक राजनीति में ग्रामीण भारतीय समाज, खासकर गरीब एवं दलित किसानों की ज़िंदगी का समग्र रूप उपस्थित करता है, वहीं **मैला आँचल** और **राग दरबारी** क्रमशः विभाजन के बाद की भारतीय राजनीति एवं नेहरू-युग के बाद की पतनशील भारतीय राजनीति के यथार्थ का चित्रण गहरी मार्मिक संवेदना के साथ करते हैं। हिंदी में जो दलित उपन्यास उपलब्ध हैं उनमें जयप्रकाश कर्दम कृत उपन्यास **छप्पर**[1] की चर्चा एक अच्छे "दलित उपन्यास" (dalit novel) के रूप में की जा सकती है। उसकी औपन्यासिक संरचना भी लगभग आत्मकथात्मक ही है। यद्यपि कथाकार ने संरचना के स्तर पर एक हद तक

छप्पर में गाँव और शहर की कथा उठाते हुए दलित समाज की भूख जैसी वास्तविक समस्या और उससे मुक्ति के लिए किए जा रहे प्रयासों का मार्मिक चित्रण किया है, इस उपन्यास की सबसे बड़ी विशेषता है, दलित समाज की वास्तविक समस्याओं की पहचान और उनके समाधान के लिए किए जा रहे सही प्रयास।[2] जाहिर है, भारतीय समाज में दलितों की वास्तविक समस्या है, जमीन का न होना। इस जमीन के अभाव में ही वे दूसरों (सवर्णों/सामंतों) के यहाँ काम करने को विवश होते हैं। इस जमीन के अभाव में ही वे स्वयं अन्न, जल और आवास की क्रमशः उपज, निकासी तथा निर्माण नहीं कर पाते हैं। परिणामतः इनकी प्राप्ति के लिए उन्हें ज़िंदगी भर भटकते रहना पड़ता है। कारण, यह जमीन ही है जो उन्हें खाने के लिए अन्न दे सकती है, पीने के लिए पानी का स्रोत मुहैया करा सकती है, रहने के लिए घर दे सकती है और उस "स्वाधीनता का बोध" जिसका सर्वाधिक अनुभव उन्मुक्त गगन में उड़ते पक्षियों को होता है, बहती हुई नदी की धारा को होता है, खेतों में लहलहाती फसलों को होता है और होता है जंगलों में रहने वाली उन मूल प्रजातियों को जिन्हें मुख्यधारा का समाज आदिवासी के रूप में जानता है। इस जमीन के अभाव में मुख्यधारा के लोग भी असहाय महसूस करते हैं, हाशिये के लोगों की तो बात ही और है। मातापुर गाँव से निकाले जाने के बाद कथानायक चंदर के बूढ़े माँ-पिता रमिया और सुक्खा जिस अभाव और उत्पीड़न के दौर से गुजरते हैं, वह इस बात का प्रमाण है कि अपनी पारंपरिक अस्मिता खोने के बाद दलित समाज किस प्रकार की मानसिक और शारीरिक पीड़ा के बोध से गुजरता है। उदाहरण के लिए, **छप्पर** की निम्नलिखित पंक्तियों में दलित समाज की इस पीड़ा को देखा जा सकता है:

> 'यहाँ आकर कितने अलग-थलग से पड़ गए हैं हमें न किसी से खास मेल-जोल है न बातचीत। मदद माँगें भी तो किससे माँगें?... गाँव में होते तो दो चार टैम का पास पड़ौस से माँग लेते, लेकिन यहाँ कौन देगा।'
>
> 'तू ठीक कहता है रमिया! हम बिल्कुल अकेले हैं यहाँ और यही हमारी सबसे बड़ी समस्या है। गाँव में पूरी बिरादरी में चाहे कोई कितना भी मजबूर और परेशान रहा हो, लेकिन भूख से मरते नहीं देखा कभी किसी को। गाँव में तो बिना माँगे ही मदद करते है लोग एक-दूसरे की। हम भी गाँव में होते यदि तो और चाहे जो होता हमारा, लेकिन कम से कम भूखे तो नहीं मरते हम।'[3]

स्पष्टतः रमिया और सुक्खा यहाँ जिस ग्रामीण संस्कृति और सामाजिकता की बात कर रहे हैं, यह वही 'अस्मिता" है जो दलित समाज के अंदर भी एक खास

प्रकार की "जातीय अस्मिता" का बोध कराती है। कहना न होगा कि उनकी यह जातीय अस्मिता पारंपरिक ग्रामीण समाज में सामाजिक परिवर्तन और विकास की प्रक्रिया के तहत "सामाजिक अस्मिता" का रूप अख्तियार कर लेती है। यद्यपि दलित आंदोलन के प्रसंग में यह "सामाजिक अस्मिता" एक खास प्रकार की राजनीतिक प्रक्रिया के तहत निर्मित हो रही है, पर सच यह भी है कि इस निर्मिति में राजनीति से अधिक भारत की जाति-व्यवस्था और उस व्यवस्था में दलितों की बदतर सामाजिक स्थिति की सर्वाधिक भूमिका रही है। जी.डब्लू ब्रिग्गस ने बाडेन पावेल कृत **दि ओरिजन एण्ड ग्रोथ ऑफ विलेज कम्युनिटीज इन इंडिया** का संदर्भ देते हुए और भारत के संयुक्त प्रांतों के चमारों की जिंदगी को अहमियत देते हुए **दि चमार्स**(1920) में लिखा है कि 'सम्भवत: आर्यों के आगमन के समय से ही भारत में आज की तरह ही, लोग गाँवों में रहते थे जिनमें खेती करने वाले लोग गाँव के अंदर तथा निम्न श्रेणी के लोग गाँव के बाहर रहते थे। इन लोगों में श्रमिक तथा वे लोग थे जो अपने घृणित पेशों के कार्य एवं जीवन के कारण अस्वच्छ एवं अस्पृश्य माने जाते थे। आर्य लोग विजेता के रूप में आए थे और उन्होंने आरामपरस्त वर्ग के विशेषाधिकारों के साथ-साथ सामाजिक व्यवस्था के धार्मिक तथा नैतिक कार्यों के अधिकार अपने पास रखे। अत: जैसे-जैसे समय गुजरता गया, पुरोहित (पुजारी) वर्ग के लोग अभिजात (महान कुलीन), बड़े भू-स्वामी (जमींदार) तथा पशुपालक बनते गए। इन विजेता लोगों ने जीवन के सर्वाधिक सरल अथवा हल्के-फुल्के कार्यों पर अपना अधिकार रखा तथा वे ही कार्य उन्होंने किए।[4]

ब्रिग्गस अंतिम पंक्तियों में जिन बातों की ओर संकेत करते हैं, उनसे स्पष्ट हो जाता है कि भारतीय सामाजिक परंपरा और व्यवस्था में दो ऐसे कार्य रहे हैं जिनसे दलितों को अलग रखा गया–धार्मिक और नैतिक कार्य। ज्ञान का संबंध भी प्राचीन समाज में धर्म और नैतिकता से ही रहा है। उनसे वंचित कर ही भारतीय समाज में दलित समाज को श्रमिक बनाए रखने की साजिशें होती रही हैं। यदि **छप्पर** का नायक दलितों में ज्ञान की परंपरा का विकास करना चाहता है[6] तो उसका सबसे बड़ा कारण यही है कि वह चाहता है कि पढ़-लिखकर दलित समाज अपनी वास्तविक स्थिति के साथ ही सवर्ण समाज की साजिशों को भी समझे और अपने समाज के उत्थान के लिए कार्य करे। **जस तस भई सवेर** उपन्यास की भूमिका लिखते हुए डॉ. कुसुम वियोगी ने भी लिखा है कि 'यह देश अशिक्षा के कारण मिथ्या आडंबरों में फँसा हुआ है, जिसके कारण आए दिन नर बलि, पशु बलि, पुजारी या तांत्रिक ओझाओं द्वारा उत्पीड़ित नर-नारी आए दिन आत्महत्या कर लेते हैं।[7] आगे उन्होंने बंधुआ मजदूरी के उदय के कारणों में इन धार्मिक अंधविश्वासों और अशिक्षा की

चर्चा करते हुए लिखा है कि 'जिसकी परिणति बंधुआ मजदूरी से शुरू होती है और श्रमिक शोषण से गुजरती हुई उसकी त्रासदी दैहिक शोषण पर जाकर भी नहीं रुकती, बल्कि गाँव की जमीन-जायदाद तक से बेदखल हो खुले आकाश के नीचे शरण लेकर समाप्त होती है। उन्हीं बेलाग सच्चाइयों के आईने को प्रस्तुत करता यह उपन्यास दलितों के सामाजिक, आर्थिक उत्पीड़न को उजागर करता है जो अशिक्षित दलित समाज की व्यथा-कथा भी है।'[8]

जाहिर है, सत्यप्रकाश के उपन्यास **जस तस भई सबेर** की चर्चा करते हुए डॉ. कुसुम वियोगी भी मानती हैं कि अशिक्षा अर्थात् ज्ञान की परंपरा से वंचित होने के कारण ही दलित समाज उपेक्षा, शोषण और दमन का शिकार होता रहा है। उपन्यास में आया रूपलाल जैसा पात्र भी मंगल पहलवान के साथ बात-विचार की प्रक्रिया में इस सत्य का उद्घाटन करता है कि व्यवस्था के दोष, खासकर अज्ञानता के कारण दलित श्रमिक(वर्ग) चौधरी जैसे सामंत और भगत जैसे पुरोहित के जाल में फँसता है और ज़िंदगी भर उनकी गुलामी सहने को विवश होता है:

> 'भगत धार्मिक आडंबरों के लिए प्रेरित करता है और चौधरी इसके लिए कर्ज देता है। दोनों का उद्देश्य शोषण करना है। फिर दोनों अपनी बुद्धि बल और धन बल के बल पर भोर होने से पूर्व ही कमेरे[9] वर्ग का सवेरा छीन लेते हैं और फिर शुरू होता है उन्हें अंधकार में धकेलने का कार्य जिसमें कमेरा वर्ग भटकता ही रह जाता है। जबकि उनमें से एक[10] समाज पर बोझ बनकर खाली पड़े मौज मारता है, दूसरा[11] कर्ज के बदले पीढ़ी-पीढ़ी तक बेगार करवाता है और जब मेहनतकश पूरी तरह उनके जाल में फँस जाता है तो दोनों मिलकर तुम्हारी औरत का यौन शोषण करते हैं।'[12]

वास्तव में औपनिवेशिक भारत और उससे मुक्ति-आंदोलन के दौरान डॉ. अंबेडकर के जीवन-दर्शन और विचारधारा ने जिस अज्ञानता, अशिक्षा को दलित समाज के शोषण, दमन और उपेक्षा का वास्तविक कारण घोषित किया था, उसे हिंदी में प्रकाशित दलित उपन्यासों ने कथा का मुख्य आधार बनाया है। उनका मानना है कि ज्ञान की परंपरा से वंचित रहने के कारण ही दलित समाज भारतीय सामाजिक व्यवस्था में निम्नतर ज़िंदगी व्यतीत करने को विवश रहा है। यह अशिक्षा ही है जो उन्हें गुलामी की यातना भोगने को विवश करती है। जयप्रकाश कर्दम **छप्पर** में इसी अज्ञानता को दलित समाज के पिछड़ेपन का सबसे बड़ा कारण मानते हैं। इसीलिए कथानायक चंदर अपने परिवार और समाज की आकांक्षा और यथार्थ से टकराते हुए दलितों के बीच "ज्ञान-विज्ञान" के प्रचार-प्रसार को अपनी ज़िंदगी का सबसे बड़ा और पहला लक्ष्य घोषित करता है। हिंदी में प्रकाशित दलित उपन्यास दलित समाज

के यथार्थ की इस भूमि से टकराने की कोशिश करते हैं और **महाभारत** के एकलव्य जैसे पात्रों की परंपरा, प्रतिबद्धता और संघर्ष को कथा का मुख्य लक्ष्य घोषित करते हैं। फर्क सिर्फ इतना है कि एकलव्य की तरह दलित आंदोलन से उभरे ये कथा पात्र अपनी "अंगुली" नहीं गँवाते हैं, बल्कि परंपरा और आधुनिकता से टकराते, संवाद करते तथा संघर्ष करते हुए आगे बढ़ना चाहते हैं। इतना ही नहीं, वे अपनी तथा समाज की ज़िंदगी को नए सिरे से संयोजित करते हुए भारतीय समाज में एक मुकम्मल जगह चाहते हैं, जिससे कि उनकी एक सामाजिक अस्मिता बन सके। इसीलिए यहाँ आदर्शवाद नहीं, बल्कि यथार्थवाद उनके विचारों को मजबूती प्रदान करता है और इस यथार्थवाद से निकला सत्य पारंपरिक समाज की धार्मिक और नैतिक मान्यताओं को जड़ से खत्म करना चाहता है। जाहिर है, यह "यथार्थ" वह प्रचलित यथार्थ नहीं है जो प्रेमचंद के **गोदान** अथवा फणीश्वरनाथ रेणु के **मैला आँचल** में समाजवादी यथार्थ से प्रभावित दिखलाई पड़ता है। बल्कि अब तक के दलित उपन्यासों में वर्णित यथार्थ में उस नई परंपरा और इतिहास की सृष्टि दिखलाई पड़ती है, जहाँ ज़िंदगी की वास्तविक सच्चाई का बयान ही "यथार्थ" है, न कम न अधिक; और यह सत्य है कि "कोरा यथार्थ" का मूल्यांकन प्रचलित साहित्यिक मूल्यों के आधार पर संभव नहीं है। उसके लिए उस उपन्यास के पाठ के सही अर्थ की खोज के लिए, उस धार्मिक और नैतिक मान्यताओं से मुक्त मानदंड की खोज आवश्यक है जिसके आधार पर अब तक साहित्य के मूल्यांकन के प्रतिमान विकसित होते रहे हैं। दलित उपन्यास आलोचना के सामने खड़ी एक बहुत बड़ी चुनौती हैं। यदि ये उपन्यास अपने को हिंदी उपन्यास की परंपरा से नहीं जोड़ते हैं तो यह और भी बड़ी चुनौती है कि इनके अर्थ की खोज आप किस प्रकार करेंगे? भाषा एक अहम सवाल है। प्रसिद्ध इतालवी विचारक अंतोनियो ग्राम्शी का संदर्भ देते हुए मैनेजर पांडेय भाषा को जब एक ही साथ एक जीवित वस्तु और जीवन तथा सभ्यता का अजायबघर मानते हैं तो कुछ गलत नहीं करते। इतना ही नहीं, वे तो लेखक के सामने इस चुनौती को भी प्रकट करते हैं कि 'यथार्थवादी लेखक के सामने भाषा के इन दोनों रूपों में से एक के चुनाव की समस्या होती है तथा इसी चुनाव पर यथार्थवाद की सफलता निर्भर होती है।'[13] ग्राम्शी का संदर्भ और मैनेजर पांडेय के उपर्युक्त कथन के अभिप्राय पर ध्यान देते ही यह बात स्पष्ट हो जाती है कि रचना अथवा किसी कथा कृति की भाषा केवल भावों और विचारों की अभिव्यक्ति का साधन ही नहीं बल्कि वह भावों और बोध के विचार का माध्यम भी है[14], क्योंकि हमारे जीवन का जो यथार्थ है, वह अनेक भाषाओं के द्वारा पैदा किए अपने भीतर के साम्य और वैषम्य से बनता है।[15] जाहिर है, किसी भी रचना में भाषा

का यह रूप इस बात की ओर संकेत करता है कि भाषा एक सक्रिय, गतिशील और जीवंत रूप होती है जो किसी भी मनुष्य अथवा समाज के अंतः और बाह्य संरचना को हमारे सामने लाकर उपस्थित कर देती है तथा वह संरचना एक ओर जहाँ उस व्यक्ति और समाज के जीवन की वास्तविकता से हमारा परिचय कराती है, वहीं दूसरी ओर उसकी सोच और उसमें आ रहे परिवर्तन की ओर भी संकेत करती है।[16] इसलिए भाषा का सवाल सिर्फ दलित उपन्यासो के साथ ही नहीं है, बल्कि यह सभी दलित विधाओं अथवा यों कहें कि दलित कृतियों के लिए भी एक अहम सवाल है। पर इतना तय है कि अब तक का दलित लेखन चाहे वह उपन्यास हो या अन्य विधात्मक लेखन, उसकी आंतरिक और बाह्य संरचना स्पष्ट कर देती है कि संरचना के स्तर पर ये हिंदी साहित्य के ही नए रूप हैं। इसीलिए इनके मूल्यांकन के प्रतिमान, प्रचलित प्रतिमानों के सहरे ही विकसित होंगे। परंतु इतना जरूर है कि उनमें धार्मिक और नैतिक मान्यताओं की भूमिका नकारात्मक होगी। उनका विकास जरूर भारतीय सामाजिक व्यवस्था और मिथकीय इतिहास के बरअक्स होगा, परंतु मूल्यांकन के मानदंड पाठ की आंतरिक संरचना से ही निकलेंगे। हो सकता है, उसमें उत्तर-आधुनिकता, खासकर जॉक देरिदा के विखंडन जैसे सिद्धांत की महत्त्वपूर्ण भूमिका हो और मुख्यधारा एवं हाशिये का संघर्ष रचना के मूल्यांकन के वास्तविक प्रतिमानों को तय करे अथवा ज्ञान और सत्ता का आपसी संबंध सहयोग समाज की मुख्यधारा को प्रभावित करे, जैसा कि **छप्पर** में होता है।[17] पर यह सब तभी संभव है, जब दलित उपन्यास, दलित समाज की वास्तविक समस्याओं की खोज और उसकी पहचान करें तथा फिर उन्हें सामाजिक परिवर्तन एवं विकास के साथ जोड़कर उन्हें मुख्यधारा में लाने की कोशिश करें। **छप्पर** में जयप्रकाश कर्दम ने यह कोशिश की है, इसलिए यह उपन्यास महत्त्वपूर्ण बन पड़ा है।

संदर्भ

1. जयप्रकाश कर्दम, **छप्पर**, संगीता प्रकाशन, दिल्ली, प्रथम संस्करण।
2. एक: 'अभाव और उत्पीड़न हमारे समाज का यथार्थ रहा है, सदियों से आपने इस यथार्थ को जिया और भोगा है।' (**छप्पर**, जयप्रकाश कर्दम, पृ. 79)

   दो: 'सदियों से अज्ञान और पिछड़ेपन की गर्त में पड़ा रहा है हमारा समाज। मेरा प्रयास है कि समाज से यह अज्ञान और पिछड़ापन दूर हो तथा निराशा और अंधकार के साए में जी रहे समाज में आशा और विश्वास पैदा हो।' (**छप्पर**, जयप्रकाश कर्दम, पृ. 78)

3. वही, पृ. 89–90.
4. जी. डब्ल्यू. ब्रिग्गस, **दी चमार्स**, अनुवाद: जयप्रकाश कर्दम, समता प्रकाशन, दिल्ली, हिंदी संस्करण 1998, पृ. 10.
5. जयप्रकाश कर्दम, **छप्पर**, वही, पृ. 78
6. 'यही तो मैं तुम्हें समझाना चाहता हूँ बेटो। अकेले चंदन की पढ़ाई-लिखाई से हमें कोई ऐतराज नहीं है। वह पढ़-लिखकर कहीं नौकरी कर ले इसमें हमें कोई आपत्ति नहीं है। लेकिन चंदन की देखा-देखी यदि सब चमार चूहड़े पढ़-लिख जाएँ और सब के सब बाहर जाकर नौकरी करने लगेंगे तो कल को हमारे खेतों और घरों में कौन काम करेगा?' (जयप्रकाश कर्दम, **छप्पर**, पृ. 67.)
7. पं. कुसुम वियोगी, **कृति के लिए**: सत्यप्रकाश, **जस तस भई सबेर**, कामना प्रकाशन, दिल्ली, प्रथम संस्करण 1998, पृ. 7.
8. वही, पृ. 8.
9. दलितों में एक श्रमिक वर्ग। कई बार घर में काम करने वाले व्यक्ति विशेष को भी इस शब्द से संबोधित किया जाता है।
10. ब्राह्मण पुरोहित।
11. सामंत/क्षत्रिय।
12. सत्यप्रकाश, **जस तस भई सबेर**, पृ. 123.
13. मैनेजर पांडेय, **साहित्य के समाजशास्त्र की भूमिका**, हरियाणा साहित्य अकादमी, चंडीगढ़(पंचकूला), प्रथम संस्करण 1989, पृ. 244.
14. हेमंत जोशी और देवेंद्र चौबे, अतिथि संपादक, **पल प्रतिपल**, आधार प्रकाशन, पंचकूला, अप्रैल-सितंबर 1992, पृ. [illegible]7.
15. फर्डिनेंड स्योसूर, **ए कोर्स इन जनरल लिंग्विस्टिक्स**, 1974, संदर्भ: सुधीश पचौरी, **संरचनावाद और उत्तर-संरचनावाद**, हिमाचल पुस्तक भण्डार, दिल्ली, प्रथम संस्करण 1994, पृ. 113.
16. देवेंद्र चौबे, **समकालीन कहानी का समाजशास्त्र**, प्रकाशन संस्थान, दिल्ली, प्रथम संस्करण 2001, पृ. 240.
17. **छप्पर** में मुख्यधारा (सवर्ण) और हाशिये का समाज (दलित)।

भाग छह: कविता

18

दलित कविता का समाजशास्त्र

पिछले दिनों हिंदी लेखक कर्मेंदु शिशिर ने आलोचना पुस्तक **नवजागरण और संस्कृति**[1] के "लोक संस्कृति की अवधारणा और प्रतिगामी हस्तक्षेप" लेख में सामंती-युग की दो प्राचीन चीनी कविताओं का उल्लेख किया है जो निम्नलिखित हैं:-

एक

मालिक तुमने काम किया न,
कभी खेत में पाँव धरा न,
अंबार धान के फिर क्यों छीने?
बैल तुम्हारे घर क्यों पहुँचे
सच्चा आदमी कभी न खाये
हराम की रोटी तुम लोगों जैसे।

दो

लोग सभी क्यों सम्मान नहीं हैं
अभी तो देखो, खा-खा मुटियाये
और गरीब-जूठन को भी ललचाये
क्या गरीब बुरे और दास मूर्ख हैं?

यदि हम उपर्युक्त दोनों कविताओं के पाठ के अर्थ पर विचार करें और उनके सांकेतिक अर्थ को ढूँढ़ें तो बहुत सारी चीजें एक साथ स्पष्ट होती हैं। एक दृष्टि में तो ये पाठ बतलाते हैं कि संभवतः सामंती युग में चीन में भी भारत की तरह जबरदस्त जाति-प्रथा अथवा दास-प्रथा मौजूद थी और वहाँ भी कुछ लोग, समुदाय या जातियाँ ऐसी थीं जो दासों की तरह खेतों में काम करने को अभिशप्त थीं। ये जातियाँ कौन हैं, इनकी सामाजिक और वैचारिक संरचनाएँ कैसी हैं और क्या इनसे लोकतांत्रिक चीन की सामाजिक ज़िंदगी में कोई बहुत बड़ा परिवर्तन होता है अथवा दीखता है- इन बातों की प्रामाणिक जानकारी एक सीमा के बाद इन पंक्तियों से या

किताब[3] से नहीं मिलती है, पर इतना ज़रूर आभास मिलता है कि ऐसा कुछ वहाँ ज़रूर रहा होगा। यहाँ इन दोनों लोकगीतों के उल्लेख का मतलब सिर्फ इतना है कि क्या कविता एक ऐसी विधा है अथवा अभिव्यक्ति का माध्यम है जिसके द्वारा एक खास प्रकार के समाज, उसकी ज़िंदगी और संघर्ष को जाना, समझा और महसूस किया जा सके? क्योंकि ये दोनों गीत बतलाते हैं कि प्रत्येक समाज और देश में निम्न समुदाय के लोगों की ज़िंदगी का एक खास रूप निर्मित होता रहा है और अनेक कारणों से ये निर्मितियाँ शेष समाज से उसे (निम्न समुदाय) बिल्कुल अलग-थलग कर देती हैं। जिस विवशता के साथ दोनों लोकगीतों के नायक चीनी समाज में अपने शोषण और दमन की तस्वीरें प्रस्तुत करते हैं, वह एक तरफ जहाँ उनकी सामाजिक तथा राजनीतिक स्थिति की ओर संकेत करती हैं, वहीं दूसरी तरफ उनके संसाधनों एवं उपलब्ध न्यूनतम संपत्ति पर प्रभुत्वशाली वर्ग के अधिकार तथा उसके प्रति उनके आक्रोश को गहरी मार्मिकता के साथ दर्शाती हैं। यद्यपि हिंदी कविता के इतिहास में इस प्रकार के शोषण और दमन की राजनीति(व्यवस्था) की कई तस्वीरें दिखाई पड़ती हैं और हिंदी के कवियों में बाबा नागार्जुन, मुक्तिबोध, धूमिल, आलोकधन्वा, देवेंद्र कुमार, राजेश जोशी, गोरख पांडेय, अरुण कमल, पंकज सिंह, मंगलेश डबराल, बद्रीनारायण, गुरु प्रसाद मदन, ए. आर. अकेला, विमल कुमार, निर्मला पुतुल, प्रियदर्शन, कुमार नयन आदि ने अनेक ऐसी कविताएँ लिखी हैं जिनमें आम जनता के हक में देश की राजनीतिक व्यवस्था को बदलने की माँग दिखाई पड़ती है, परंतु सामाजिक और सांस्कृतिक व्यवस्था पर जितनी तल्खी के साथ दलित कवियों ने आक्रमण और आक्रोश व्यक्त किया है, वह अन्यत्र कम ही दिखाई पड़ता है। इसलिए **साहित्य के समाजशास्त्र की भूमिका** में जब मैनेजर पांडेय कविता के समाजशास्त्र के सवाल पर संशय तथा संदेह व्यक्त करते हुए समाजशास्त्र के इतिहास में यथार्थवाद के सहारे हुए कविता के कुछ असफल समाजशास्त्रीय विश्लेषणों[4] की चर्चा करते हैं तब वाकयी यह प्रश्न उठता है कि क्या वास्तव में कविता का समाजशास्त्र संभव नहीं है? हिंदी कविता के संबंध में यह सवाल और महत्त्वपूर्ण है क्योंकि इसका एक लंबा इतिहास रहा है तथा इस लंबे इतिहास में अनेक ऐसे काव्य-महाकाव्य लिखे गए हैं जो वास्तव में मनुष्य की ज़िंदगी और उनके सामाजिक संबंध के साथ ही पीड़ा एवं संघर्ष का महाकाव्यात्मक रूप उपस्थित करते हैं। चाहे वह चंदबरदई की कृति **पृथ्वीराज रासो** हो अथवा विद्यापति की **कीर्ति लता**; तुलसीदास की **रामचरितमानस** हो या जायसी की **पद्मावत**; जयशंकर प्रसाद की **कामायनी** हो अथवा मैथिलीशरण गुप्त की **साकेत**। जिस तरह से उपन्यास अथवा एक हद तक नाटक का (यथार्थवाद के सहारे) समाजशास्त्रीय

विश्लेषण संभव है, ठीक उसी तरह कविता अथवा उपर्युक्त काव्य-कृतियों का नहीं। इसके अनेक कारण हैं। एक तो कविता में व्यक्ति के अनुभव को अधिक महत्त्व दिया जाता है; दूसरा, उनमें यदि कहीं सामाजिक अनुभव प्रकट होता भी है तो वैयक्तिक अनुभव बनकर। पर सबसे बड़ा कारण कविता की आंतरिक बनावट है, जिसमें संगीत, लय, छंद आदि सौंदर्यात्मक गुणों की भूमिका होती है। समाजशास्त्रियों का मानना है कि कविता की आंतरिक बनावट, रचना के समाजशास्त्रीय विवेचन में मदद नहीं कर पाती। कारण, इनका न तो सामाजिक यथार्थ से कोई गहरा संबंध होता है और न ही राजनीतिक शब्दावली में प्रचलित यथार्थवाद के प्रतिमानों से। मैनेजर पांडेय ने **साहित्य के समाजशास्त्र की भूमिका** में इस बात की ओर संकेत किया है कि कविता में जीवन की वास्तविकता से अधिक मानवीय आकांक्षा की व्यंजना होती है। इतना ही नहीं, कविता की संरचना को ध्यान में रखते हुए तथा समाजशास्त्री लूसिएं गोल्डमान की चर्चा करते हुए उन्होंने लिखा है कि 'कविता में भाषिक संरचनाएँ उपन्यास और नाटक से अधिक महत्त्वपूर्ण होती हैं। और भाषिक संरचनाओं के विश्लेषण के अभाव में कविता की व्याख्या मुश्किल होगी।'[5] कई बार यथार्थवाद के सहारे भी कविता के समाजशास्त्रीय विश्लेषण की कोशिश दिखलाई पड़ती है जैसा कि नाटक अथवा उपन्यास में होता है। परंतु समाजशास्त्रियों का यह मानना एक हद तक सही है कि 'वर्णनात्मक और कथात्मक कविताओं के प्रसंग में यथार्थवाद भले ही उपयोगी हो, लेकिन प्रगति और प्रगीतात्मक संरचनावाली कविताओं की व्याख्या में यथार्थवाद बहुत सहायक सिद्ध नहीं होता।'[6] उदाहरण के लिए, मैनेजर पांडेय नागार्जुन की कविताओं की चर्चा करते हुए कहते हैं कि नागार्जुन की 'अब तो बंद करो हे देवी यह चुनाव का प्रहसन' या 'तुम रह जाते दस साल और' या 'सत्य को लकवा मार गया है' जैसी कविताओं का सामाजिक अर्थ और अभिप्राय यथार्थवाद की मदद से कुछ समझा-समझाया जा सकता है, लेकिन 'कालिदास सच-सच बतलाना' या 'श्याम घटा सित बिजुरी रेह', 'सुजन नयन मनि', 'मेघ बजे' आदि कविताओं की कला यथार्थवाद के दायरे के बाहर पड़ती है।'[7]

जाहिर है, इन सारी विवेचनाओं का एक ही निष्कर्ष निकलता है और वह है – कविता का समाजशास्त्रीय विवेचन संभव नहीं है तब तक, जब तक कि सामाजिक यथार्थ अथवा यथार्थवाद के अतिरिक्त कोई अन्य ऐसी समाजशास्त्रीय प्रविधि सामने नहीं आती है जो एक ही साथ कविता में व्यक्त सामाजिक यथार्थ और भाषा की आंतरिक संरचनाओं को भी विवेचन का आधार बनाए। कारण 'कविता की आंतरिक बनावट में लय, छंद, संगीत जैसे प्रस्तुतिपरक संकेतों और माध्यमों की अहम भूमिका होती है। बल्कि यही सारे ऐसे तत्त्व हैं जो कविता को गद्य से अलग करते हैं और

रचनाकार की भावभूमि को यथार्थ से थोड़ा हटकर मनुष्य की आंतरिक अनुभूतियों की दुनिया में ले जाते हैं। कहना न होगा कि मनुष्य की आंतरिक अनुभूतियों की यह दुनिया वहाँ आकर सामाजिक यथार्थ अथवा संबंधों से कट जाती है, जहाँ वह आध्यात्मिक होते-होते रहस्यवादी होने लगती है। पाठक के लिए इस रहस्य को समझना इसलिए मुश्किल होता है कि वह यथार्थ में रहता है। यह वह "पाठक" नहीं है जो इस दुनिया को छोड़कर दूसरी दुनिया से अपना नाता जोड़ना चाहता है। या यों कहें कि रहना चाहता है। इसलिए कि समाजशास्त्र में "समाज" की जो धारणा है, वह समाज में क्रियाशील संगठनों, संस्थाओं, संबंधों और व्यवहारों पर निर्भर है।

जाहिर है, जो कविता समाज की इस धारणा को लेकर चलती है वही समाजशास्त्रीय विवेचन का माध्यम बनती है। बीसवीं शताब्दी के आखिरी दशकों में लिखी गई कविताएँ खासकर दलित कविताएँ[9] समाज की इस धारणा का व्यापक समर्थन करती हैं। इसमें वह यथार्थवाद भी है, जिसके सहारे उपन्यासों अथवा नाटकों का समाजशास्त्रीय विश्लेषण होता रहा है। दलित लेखक ओमप्रकाश वाल्मीकि ने भी दलित साहित्य के लिए अलग सौंदर्यशास्त्र की माँग करते हुए कुछ इसी प्रकार की समाजशास्त्रीय आलोचना के विकास की वकालत की है जिससे कि पारंपरिक भारतीय समाज में संगठित और क्रियाशील धार्मिक(हिंदू) संगठनों और शैक्षणिक संस्थाओं का दलित समाज के साथ अतीत में हुए व्यवहार(दुर्व्यवहार) और संबंध (शोषण, दमन और उत्पीड़न का) का विवेचन किया जा सके।[10] इस प्रक्रिया में ओमप्रकाश वाल्मीकि रचना के "उद्गम" और "भावबोध" की खोज और व्याख्या की माँग करते हैं जो कि समाजशास्त्रीय आलोचना का एक महत्त्वपूर्ण पक्ष है। दलित कवि जिस मार्मिक संवेदना और पीड़ा के साथ अपनी रचना के स्रोत की चर्चा करते हैं, वह यही भारतीय समाज और उसकी जाति-व्यवस्था है जिसने उन्हें सदियों से "जातीय पंचायतों" की लौह जंजीरों में जकड़ रखा है। दलित समाज की इस पीड़ा को निम्नलिखित पंक्तियों में देखा जा सकता है:

साफ-सुथरा रंग तुम्हारा
झुलसकर सांवला पड़ जाएगा
खो जाएगा आँखों का सलोनापन
तब तुम कागज पर
नहीं लिख पाओगे-
सत्यं! शिवं!! सुंदरं!!!
देवी-देवताओं के वंशज तुम-
हो जाओगे लूले-लंगड़े और अपाहिज।

जो जीना पड़ जाए युगों-युगों तक,
मेरी तरह-
तब तुम क्या करोगे?[11]

ओमप्रकाश वाल्मीकि की ये पंक्तियाँ जिस गहरी पीड़ा के साथ एक दलित की मनोव्यथा, उसके साथ जातीय संगठनों एवं शैक्षणिक संस्थाओं द्वारा किए गए व्यवहार और प्रभुत्वशाली वर्ग तथा जाति के साथ उसके संबंधों का बयान करती हैं, उससे साफ पता चलता है कि भारतीय सामाजिक व्यवस्था में दलितों के साथ सदियों से अन्याय किया जाता रहा है। यद्यपि भावबोध के स्तर पर यह कविता सवर्ण समाज को शक्तिशाली और अद्‌भुत शक्तियों के स्वामी देवी-देवताओं के वंशज के रूप में देखती है तथा इससे इस कविता के उद्‌गम स्रोत का भी पता चलता है, परंतु जिस प्रकार के आक्रोश की भाषा में यह कविता दलित समाज के संताप को प्रकट करती है, उसकी निर्मिति अचानक नहीं होती है। कविता की यह भाषा भी इसी दलित समाज के शोषण और दमन की प्रक्रिया से उपजी हुई है जिसका एकमात्र लक्ष्य है, अपने समाज के यथार्थ को वृहत्तर दुनिया के सामने प्रकट करना। ज्ञान की परंपरा से वंचित इस समाज की उग्र पीड़ा का अंदाज़ा इसी बात से लगाया जा सकता है कि यह पारंपरिक और उस ऐतिहासिक सवर्ण समाज को चुनौती देने का साहस करता है जो "सत्य" को "शिव" और "शिव" को "सुंदर" मानता रहा है।

दलित कवियों द्वारा वर्ण-व्यवस्था केंद्रित समाज की आलोचना और जातीय शोषण एवं दमन के खिलाफ आक्रोश व्यक्त करना, दलित कविता में व्यक्त वे सामाजिक यथार्थ हैं जिनकी निर्मिति की एक लंबी ऐतिहासिक प्रक्रिया रही है। ऐतिहासिक दृष्टि से, अंबेडकर द्वारा चलाए गए दलित आंदोलन के पूर्व हिंदी कविता में तीन ऐसे कवियों की चर्चा होती है जिनकी वाणियों और रचनाओं में भारतीय समाज की परंपराएँ और सांस्कृतिक गतिविधियों के साथ ही इस समाज (दलित) की बदहाल स्थिति, दमन, शोषण, संघर्ष तथा पीड़ा का यथार्थ चित्र दिखाई पड़ता है। वे हैं, भक्तिकाल के संतकवि रैदास, आधुनिक काल के कवि हीरा डोम और स्वामी अछूतानंद हरिहर। इनमें रैदास एकमात्र ऐसे कवि हैं जिनकी रचनाएँ भारतीय परंपराओं के साथ संवाद करते हुए समाज में दलितों की मार्मिक दशा और दिशा का बयान करती हैं। और संभवतः इसी (परंपरा से संबंध) के कारण दलित कविता में उनकी चर्चा नहीं होती है। अन्य दोनों कवियों में, हीरा डोम जहाँ अन्य (सवर्ण) जातियों द्वारा दलितों के शोषण, दमन और सामाजिक प्रताड़ना का कारुणिक बयान करते हुए ईश्वरीय उपेक्षा का उल्लेख करते हैं, वहीं स्वामी अछूतानंद हरिहर भारतीय सामाजिक और धार्मिक व्यवस्था में दलितों की स्थिति का ऐतिहासिक चित्रण करते

हुए आर्यों द्वारा दलितों पर किए गए अत्याचार के सवाल को उठाते हैं। उदाहरण के लिए, हम लोग निम्नलिखित काव्य पंक्तियाँ देख सकते हैं:

एक

रैदास जन्म के कारणे, होत न कोई नीच।
नर को नीच कर डारि है, ओछे करम की कीच॥[12] (रैदास)

दो

जाति भी ओछी पाति भी ओछि, ओछा कसब हमारा।
तुम्हरी क्रिया ते ऊँच भए हैं, कह रविदास चमारा।[13] (रैदास)

तीन

ऐसी मेरी जाति विख्यात चमार।[14] (रैदास)

चार

खंभवा के फारि पहलाद के बंचवाले जा,
ग्राह के मुंहे से गजराज के बचवाले।
धोती जोर जोधना के भइया छोरत रहै,
परगट होके तहाँ कपड़ बढ़वले,
मरले खनवां के पलले भभिखना के,
कानी अंगुरी पै धै के पथरा उठवाले।
कहंवा सुतल बाटे सुनत न बाटे अब
डोम जानि हमनी के छुए से डरेले॥

(हीरा डोम: **अछूत की शिकायत**, 'सरस्वती', सितंबर-1914)[15]

पाँच

हमनी के राति दिन दुःखवा भोगत बानी,
हमनी के सहेबे से मिनती सुनाइवि।
हमनी के दुःख भगवनओं न देखताजे,
हमनी के कबले कलेसवा उठाइवि[16] (हीरा डोम)

छह

जब से आर्य हिंद में आये, तब से तुम्हें गुलाम बनाये।
है ये भेद वेद बतलाये, जरा ऋग्वेद मंत्र पढ़वालो।[17]

(स्वामी अछूतानंद हरिहर; क्रम संख्या-23, भजन, दिनांक 3.5.1913)

सात

जहं तुम करते बूदो बास, है यह देश तुम्हार खास
देखो जरा खोल इतिहास, दस्यु आर्यों का युद्ध निकालो।[18]

(स्वामी अछूतानंद हरिहर; भजन, क्रम संख्या-23)

आठ

अहो दासन की ओरे कृपा दृष्टि हरि कीजै
जो थे प्राचीन निवासी, इस हिंदुस्तान के निवासी,
तिन्हें कर दीय कमजौरे।
वे आर्य थे या कि अनारी जो बनकर अत्याचारी
छीन लिये धन-जन होरे[19]

(स्वामी अछूतानंद हरिहर; भजन, क्रम संख्या-25, भजन)

उपर्युक्त तीनों कवियों की कविताएँ भारतीय समाज में दलितों की ज़िंदगी का यथार्थ चित्र उपस्थित करती हैं। इन कविताओं पर बातचीत करने के पहले यह स्पष्ट कर देना ज़रूरी है कि इन पर अंबेडकर या उनके दलित आंदोलन का असर नहीं है। इन कविताओं को पढ़ते हुए जिस सामाजिक यथार्थ का बोध होता है और उससे जिन शक्तिशाली समाजों की तस्वीरें बनती हैं वह है इस देश का प्रभुत्वशाली सवर्ण-समाज जिसकी अपनी कुछ परंपराएँ और संस्कृतियाँ हैं। इनका संचालन करने वाली कुछ संस्थाएँ, संगठन और अदृश्य ताकतें हैं। इन कविताओं को पढ़ते हुए लगता है कि ये संस्थाएँ(शैक्षणिक), संगठन(जातीय) और अदृश्य ताकतें(ईश्वर, देवी-देवताओं) इन पर(दलितों पर) अत्याचार करते रहे हैं। उन्होंने(आर्यों ने) इन्हें(दलितों को) गुलाम बना रखा है, और इन्हें दिन-रात प्रताड़ित करते रहते हैं। जाहिर है, इस दृष्टि से दलित और आर्य का संबंध अत्याचार और अत्याचारी का बनता है। अर्थात् स्वामी अछूतानंद हरिहर की कविताएँ बतलाती हैं कि हिंदुस्तानी समाज में दलित(प्राचीन निवासी) सुखी-संपन्न थे जिन्हें आर्यों ने आकर गुलाम बना लिया। इस प्रकार इनके बीच के संबंध की जो कड़ी है वह "अत्याचार" से निर्मित होती है। इतिहास देखने पर ये बातें अपने आप स्पष्ट हो जाती हैं- 'देखो जरा खोल इतिहास'। भजन संख्या पच्चीस की अंतिम पंक्तियों को पढ़ते हुए यह भी लगता है कि आर्यों ने इन सुखी-संपन्न प्राचीन निवासियों(दलितों) की सारी संपत्तियाँ छीन लीं, उनकी स्वाधीनता हर ली और इस प्रकार उन्हें कमजोर बना दिया और ईश्वर ऐसा है कि इन दासन (दलितों) पर कृपा भी नहीं करता, जिसकी ज़रूरत है। ठीक ऐसी ही स्थिति हीरा डोम के काव्य नायक के साथ भी है। आत्मकथात्मक शैली में लिखित यह छंदोबद्ध संगीतमय कविता बतलाती है कि समाज में दलितों की स्थिति बहुत खराब है। उनके ऊपर तरह-तरह के अत्याचार किए जाते हैं। उन्हें जूतों से पीटा जाता है ताकि सोचने-समझने की बची-खुची चेतना भी समाप्त हो जाए। उन्हें बोलने का अधिकार नहीं है। इसीलिए हीरा डोम का नायक पौराणिक, द्वापर, त्रेता आदि युगों की चर्चा करते तथा अपनी मार्मिक स्थिति का बयान करते हुए कहता है कि

ईश्वर ने सबको भयानक-से-भयानक मुसीबतों से बचाया है, चाहे वह प्रह्लाद हो या विभीषण अथवा गोकुल निवासी। यहाँ तक कि राम ने विभीषण को लंबे समय तक पाला-पोसा, उसके लिए रावण की हत्या की। पर वह हमारे(दलितों के) दुख को नहीं देखता है। वह(ईश्वर) तो कहीं सोया है। क्या इसीलिए कि हम सब "डोम"(दलित) हैं जिन्हें अपने को उत्कृष्ट और पवित्र समझने वाले समाज के साथ ईश्वर ने भी अछूत मान लिया है? हीरा डोम इसलिए भी ऐसा मान लेते हैं कि वह अदृश्य ताकत(ईश्वर) उन्हें छूने से डरती है (क्या इसीलिए कि यदि ईश्वर ने उन्हें छू लिया तो वह ईश्वर भी अछूत हो जाएगा?) – डोम जानि हमनी के छुए से डरेले॥

हीरा डोम की यह कविता उस सामाजिक यथार्थ से हमारा परिचय कराती है जिसका गहरा संबंध परंपरा(पुराण) से है। उस परंपरा से जिसे समाज में 'उत्कृष्ट" और "पवित्र" समझा जाता है। जाहिर है, यह कविता दलितों के साथ अन्य सामाजिक वर्गों के रिश्ते खासकर "अस्पृश्यता" के माध्यम से दोनों समाजों को जोड़ती है, जहाँ "उत्कृष्टता" और "पवित्रता" सामाजिक संबंध और व्यवहार का माध्यम है। यदि आप उत्कृष्ट और पवित्र हैं तो आपके(दलितों के) साथ सवर्ण समाज का मधुर संबंध हो सकता है चाहे वह वैवाहिक संबंध ही क्यों न हो। और इसे तय करती है "जाति"। अगर आप दलित जाति से हैं तो आपका संबंध अथवा व्यवहार ब्राह्मण या क्षत्रिय के साथ नहीं हो सकता है, क्योंकि न तो आपका समाज पवित्र है और न ही आपकी मान्यताएँ उत्कृष्ट। यदि होगा भी तो उसका आधार होगा शोषण, दमन, अत्याचार, सामाजिक उत्पीड़न आदि, जिसकी तरफदारी दलित आंदोलन से जुड़े कवि इशारा करते हैं।

इन दोनों कवियों के विपरीत संत कवि रैदास एक भिन्न प्रकार की मानवीय संवेदना के कवि हैं। उनके यहाँ भारतीय परंपरा और संस्कृति का महत्त्वपूर्ण स्थान है। रैदास अपनी कविताओं में ईश्वर को महत्त्वपूर्ण स्थान देते हैं। यह वही ईश्वर है, जिनके लिए भक्त कवि "दास" है और वह "स्वामी"। स्वामी के बिना दास का कोई अस्तित्व नहीं है। कारण, यह "ईश्वर" ही है जो उन्हें ज्ञान देता है, प्रकाश देता है और ये "दास" उनके महानतापूर्ण कार्यों को माध्यम बनाकर अपना लोक और परलोक दोनों ठीक करते हैं। रैदास जिस भक्ति-भाव से "प्रभुजी" की महिमा की रट लगाते हैं,[20] उसका एक खास सामाजिक संदर्भ है। वह संदर्भ है कविताओं में बार-बार "चमार"(दलित) शब्द का प्रयोग। ऐसी पंक्तियाँ स्पष्ट करती हैं कि रैदास जैसे व्यक्ति के अंदर की यह जातीय चेतना (जिसे जातीय बोध कहना अधिक उचित होगा) मध्यकालीन भारत के उस सामाजिक यथार्थ की ओर संकेत करती है, जहाँ दलितों को उत्कृष्ट और पवित्र समझी जाने वाली चीजों को छूना

अथवा "पवित्र" समझे जाने वाले स्थानों में प्रवेश करना एक घोषित सामाजिक अपराध माना जाता था। अगर गलती से कोई दलित ऐसा कर लेता तो उसे तरह-तरह से अपमानित, खासकर शारीरिक रूप से प्रताड़ित किया जाता था। जबकि उस समय की दलित जातियाँ अपने को भी ईश्वर की ही संतान मानती थीं। 'जाकी अंग-अंग बास समानी।' जैसी पंक्तियाँ यह बतलाती है कि चंदन रूपी ईश्वर की सुगंध दासों(दलितों) के अंदर इस प्रकार समा गई है कि वे भी ईश्वर की संतान सदृश हो गए हैं। इसलिए अस्पृश्य नहीं हैं। वे भी "राम" नाम का जाप करते हैं। उन्हें (राम) "पुनर्जन्म" से मुक्ति का माध्यम मानते हैं- 'कहै 'रविदास' राम जपि भाई, संत साथि दै बहुरि न आऊँ॥' उनकी शरण में जाना ही "सच्चा सत्संग" है- 'प्रभुजी संगति सरनि तिहारी। जग जीवन राम मुरारी।' जो मनुष्य (दलित) ईश्वर सदृश स्वामी को छोड़कर दूसरे स्वामियों की आशा करते हैं, ये यमपुर (नरक) जाएँगे क्योंकि ऐसे लोग अंदर की गति का ज्ञान नहीं रखते हैं, पर बाहर का ज्ञान बखानते रहते हैं-

> हरि सा साहिब छाडि कै, करै आन की आस।
> ते नर जमपुर जाइहि सत भाषै रैदास ॥9॥
> अंतर गति राचै नहीं, बाहरि कथै उजास।
> ते नर नरकहि जांहिगे, सत भाषै रैदास ॥21॥

स्पष्टतः रैदास की इन पंक्तियों का उल्लेख करने का एक खास कारण है। बिना रैदास की चर्चा और हीरा डोम एवं स्वामी अछूतानंद हरिहर की व्याख्या के दलित आंदोलन से उपजी (दलित) कविताओं को समझना और उनके समाजशास्त्र पर बातचीत करना मुश्किल है। क्योंकि दलित आंदोलन से उभरी कविताएँ उन्हीं परंपराओं और संस्कृतियों का विरोध करती हैं जिनका गहरा संबंध ईश्वरीय सत्ता, पुनर्जन्म या ब्राह्मणवाद से है तथा जिनकी ओर रैदास भी संकेत करते हैं। जोतिबा फुले ने भी दलितों की दुर्दशा के लिए ब्राह्मणवाद को ही दोषी ठहराया है। 'सदियों के संताप' (पूर्व में उद्धृत पंक्तियाँ) में ओमप्रकाश वाल्मीकि जिस वितृष्णा और आक्रोश की भाषा में भारतीय धार्मिक ग्रंथों में मौजूद ईश्वरीय सत्ता और उसके अनुयायियों को चुनौती देते हैं, उसे रैदास, हीरा डोम और स्वामी अछूतानंद हरिहर को पढ़े बिना नहीं समझा जा सकता है। ये सारे कवि, खासकर रैदास "दलित अस्मिता" को नकारते हुए उसे पारंपरिक भारतीय समाज में विद्यमान ईश्वरीय अस्मिता के साथ जोड़ देते हैं, जबकि दलित आंदोलन से उभरे हिंदी के बीसवीं शताब्दी के अंतिम दशक के कवि अन्य सारी अस्मिताओं की तुलना में **दलित अस्मिता** की खोज और

उसकी स्थापना **दलित कविता** (साहित्य) का सबसे बड़ा लक्ष्य मानते हैं। इसलिए ओमप्रकाश वाल्मीकि, डॉ. धर्मवीर, जयप्रकाश कर्दम, श्यौराज सिंह बेचैन, कंवल भारती, नामदेव ढसाल, दयानंद बटोही, कर्मशील भारतीय, सोहनपाल सुमनाक्षर, पुरुषोत्तम सत्यप्रेमी, मलखान सिंह, कुसुम वियोगी, एन.आर. सागर, सी.बी भारती, रजनी तिलक, शरद कोकस, सुशीला टाकभौरे, एन. सिंह, लक्ष्मीनारायण सुधाकर, सुखबीर सिंह और मंसाराम विद्रोही जैसे कवि उन सभी परंपराओं तथा संस्कृतियों का विरोध करते हैं जिनकी निर्मिति में ब्राह्मणवाद की भूमिका रही है और जाहिर है इस ब्राह्मणवाद के केंद्र में वही पवित्र मंत्र और उत्कृष्ट एवं महान ईश्वर है, जिसने इस दुनिया का निर्माण किया है। दलित कविता मंत्र-केंद्रित इस सत्ता का विरोध करती है और उन संस्थानों पर प्रहार करती है जो 'मंत्र' में जनक और पोषक हैं।

उदाहरण के लिए, ओमप्रकाश वाल्मीकि की निम्नलिखित पंक्तियों को देखा जा सकता है जिनमें ईश्वरीय सत्ता का विरोध करते हुए कवि ने दलित अस्मिता को स्थापित किया है तथा उन सभी संकेतों और प्रतीकों को निरर्थक घोषित किया है जिनसे ब्राह्मणवाद को बल मिलता है:

मेरी स्मृति में
राक्षस नहीं
डरावने देवता हैं
जो चैन से सोने नहीं देते मुझे।
हर एक दिन
चढ़ जाता है बलि
देवताओं के थान पर
फूटती है रक्तधार
मेरी शिराओं से।
फिर भी बचा है अभी तक
मेरा वजूद
टूटे-फूटे मिट्टी के बर्तनों की शक्ल मे
जो दबे पड़े हैं
खंडहरों के नीचे
इतिहास बनकर
जितना खोदोगे
उतना गहरे पाओगे मुझे।
जितना तोड़ोगे

ढहाओगे
जलाओगे
फिर भी बचा रह आऊँगा
फैल जाऊँगा
चारों ओर हवा में उड़ती
राख की तरह।
राख से बनेगी मिट्टी
मिट्टी से उपजेगा पौधा
पौधे से पेड़
पेड़ की डालें
जब हिलेंगी
भय से थरथराओगे तुम
दोहराओगे मंत्र
फिर भी
रह जाओगे अकेले असहाय
देवता विहीन।[22]

ओमप्रकाश वाल्मीकि की इस कविता के समाजशास्त्र को दो तरह से समझा जा सकता है। एक, किसी भी कविता में जीवन-जगत के यथार्थ और अनुभव की अभिव्यक्ति का एक खास सामाजिक संदर्भ होता है और दो, उस संदर्भ को समझने के लिए ज़रूरी है कि उसमें आए प्रतीकात्मक शब्दों और रचना की केंद्रीय संरचना को भी समझा जाए। यहाँ खास बात यह है कि बिना इन दोनों संदर्भों की आपसी एकता के कविता का सामाजिक अर्थ भी नहीं खुल सकता। कारण, कविता में यथार्थ और अनुभव की जो अभिव्यक्ति होती है, वह एक तरह से पुनर्रचित ही होती है। कवि उन्हें अपने जीवन अथवा सामाजिक संदर्भों से उठाकर रचनात्मक भाषा में अभिव्यक्त करता है। ओमप्रकाश वाल्मीकि की यह कविता एक तरफ जहाँ पारंपरिक समाज में देवता और राक्षस के बारे में प्रचलित यह मिथकीय धारणा तोड़ने की कोशिश करती है कि डरावने सिर्फ 'राक्षस' ही नहीं 'देवता' भी होते हैं, वहीं दूसरी तरफ लोक में प्रचलित मंत्र-शक्ति की व्यर्थता की घोषणा भी करती हैं। साथ ही, यह कविता बतलाती है कि ईश्वरीय ताकतों अथवा मंत्रों के सहारे जीनेवाली ब्राह्मणवादी शक्तियों का अंत अब दूर नहीं है क्योंकि उनके सहारे जीने वाले लोग निर्बल हो चुके हैं। वास्तविक ताकत अब ऐसे लोगों के पास है जो श्रमिक हैं, संघर्षरत हैं। स्पष्टतः यह कविता, कवि के वैयक्तिक अनुभव को सामाजिक अनुभव

के रूप में प्रस्तुत करती है। यहाँ समाज की अस्मिता(दलित अस्मिता) बचाने की चिंता महत्त्वपूर्ण है। उस समाज की, जो तमाम प्रकार के दमनकारी आतंकों का सामना करते तथा संघर्ष करते हुए रास्ता बनाता है। यहाँ 'राख से मिट्टी', 'मिट्टी से पौधा' एवं 'पौधों से पेड़' बनने की प्रक्रिया कोई वनस्पतिशास्त्र की प्रायोगिक पद्धति नहीं है, बल्कि एक दलित की वैचारिक सोच और संघर्ष के तमाम दबावों के बावजूद, नष्ट न होने का प्रमाण भी है। यहाँ संकेत तो कई हैं परंतु उनके खुलने अथवा खोलने की सार्थकता इसी बात में है कि इसे दलित समाज के साथ जोड़कर देखा जाए। शायद यही कारण है कि जयप्रकाश कर्दम **मुझसे जन की भाषा में बतियाओ** कविता में उस भाषा की बात करते हैं जिसे अनपढ़ दलित समाज भी समझ सके:

मेरे दोस्त मेरे लिए
उस भाषा में शुभकामनाएँ मत करो
जो भाषा
कभी मेरी नहीं रही
जिसके लिए रहा मैं सदैव
अंत्यज अस्पृश्य
मुझे नफरत है
उस भाषा के संस्कारों से
उसके शास्त्रीय सरोकारों से
इसलिए मेरे दोस्त
उस भाषा में अभिनन्दन कर
मेरा अपमान मत करो
मुझे उस भाषा में
संबोधित कर मत बुलाओ
मैं देव नहीं जन हूँ
मुझसे जन की भाषा में बतियाओ।[23]

जाहिर है, वह अनपढ़ समाज कोई और नहीं, दलित समाज ही है क्योंकि कविता में आए "अंत्यज", "अस्पृश्य" जैसे शब्द भारतीय समाजिक परंपरा और व्यवस्था में एक खास समाज दलित अथवा अछूत के संदर्भ में प्रयुक्त होते रहे हैं। हिंदू समाज की व्यवस्था और जापान की सामाजिक व्यवस्था को छोड़कर संसार की संभवत: किसी भी सामाजिक और धार्मिक व्यवस्था में समाज के एक बड़े हिस्से को सांस्कृतिक प्रक्रियाओं से इस प्रकार दूर(अछूत) नहीं रखा गया है जैसा कि

हिंदुस्तान के दलित समाज को (और जापान के बौद्ध समाज में एता अथवा बुराकमीन समाज को)। यह अलगाव सवर्ण जातियों के व्यवहारों और संबंधों में तो है ही, साथ-ही-साथ अभिव्यक्ति के भाषागत माध्यम (संस्कृत) की स्वतंत्रता में भी है; जहाँ भाषा चुनने का अधिकार भी उन्हें नहीं है। अगर ध्यान दें तो इसका सबसे बड़ा कारण है- स्वर्ण समाज द्वारा दलितों को सत्ता में भागीदारी न देने का प्रयास। इस समाज (दलित) की सत्ता में भागीदारी नहीं हो, इसीलिए सदियों से भारतीय सामाजिक व्यवस्था में (इस श्रमिक वर्ग को) ज्ञान (शैक्षणिक संस्थान) की परंपरा से दूर रखा गया। उदाहरण के लिए, कंवल भारती की कविता **तब तुम्हारी निष्ठा क्या होती** में जिस आक्रोश और व्यथा के साथ दलित समाज की चिंता और चेतना व्यक्त हुई है, वह उसी ज्ञान और सत्ता के संबंध की तरफ इशारा करती है, जहाँ "ज्ञान" के बिना एक मनुष्य का पूरा समाज, हाशिये के समूह(जाति) में तब्दील हो जाता है:

तुम जिंदा रहो हमारी जूठन पर,
हमारे दिए हुए पुराने वस्त्रों पर,
तुम्हें अधिकार न हो पढ़ने-लिखने का
तुम्हारे बच्चे सेवक बने हमारे। पीढ़ी-दर-पीढ़ी
हम रहे तुम्हारे शासक?
तब, तुम्हारी निष्ठा क्या होती?[24]

इस कविता में कंवल भारती ने परिस्थितियों को उलट दिया है और सवर्ण समाज को, दलित समाज की जगह देखने की माँग की है। यह सही है कि वास्तविक जीवन में ऐसा नहीं है पर रचना की दुनिया में कुछ खास सामाजिक वर्गों (जातियों) द्वारा बदलाव की जिस जटिल सामाजिक संरचना एवं मानसिक प्रक्रिया की ओर यह कविता संकेत करती है, वह उसी समाजीकरण और संस्कृतिकरण की प्रक्रिया का हिस्सा है, जिसे अत्यंत विशिष्ट बनाकर रखा गया है। दलित कविता इसका विरोध करती है और एक ऐसी सामाजिक व्यवस्था की माँग करती है, जहाँ मनुष्य को एक मनुष्य की तरह समझा जाए। मनुष्यों और जातियों के बीच कोई ऐसी दीवार नहीं हो जो राष्ट्रीय एकता में भी बाधक हो सके। श्यौराज सिंह बेचैन की निम्नलिखित पंक्तियाँ इन्हीं सामाजिक और राष्ट्रीय संदर्भों को प्रकट करती हैं:

देश ले रहा है
देशप्रेमियों का इम्तहान
सब हो समान

असमानता हटाओ रे–
भूल जाओ
आज ले अछूत या अछूत भेद
आदमी हो, आदमी का रूप अपनाओ रे।
तारों से गगन को
बहारों से चमन को तो
जन से वतन को नमन कराओ रे।[25]

दरअसल हिंदी की दलित कविता में समाज की अवधारणा अमूर्त होकर उपस्थित नहीं हुई है। कविता के समाजशास्त्र की समस्या वहाँ सर्वाधिक होती है जहाँ रचना में अभिव्यक्त सामाजिक यथार्थ अमूर्त हो, सामाजिक अनुभव वैयक्तिक अनुभव बनकर उपस्थित हो तथा कविता की भाषा में आए शब्द और उनके अर्थ सांकेतिक शब्दावली में बातचीत करें। हिंदी की दलित कविता की भाषा न तो सांकेतिक है और न ही इसके भाव अमूर्त। इसमें एक खास प्रकार की सामाजिकता है जो पाठक अथवा श्रोता को दलित समाज के यथार्थ से गहरे मार्मिक संवेदना के साथ प्रभावित करती है। दूसरी बात, कविता में अभिव्यक्त सामाजिक यथार्थ, वैयक्तिक बनकर नहीं बल्कि दलित समाज का यथार्थ बनकर उपस्थित हुआ है। इसलिए दलित कविता की बनावट, उसका स्वरूप, अभिव्यक्ति की उदात्तता, कलात्मक संरचना और सामाजिक अस्मिता के साथ उसका गहरा लगाव आदि कुछ ऐसी बातें हैं जो कविता की ऐतिहासिकता और सामाजिकता की तलाश में मदद करती हैं। **साहित्य के समाजशास्त्र की भूमिका** में मैनेजर पांडेय ने 'कविता की आत्मपरकता और भाषिक संवेदनशीलता में निहित सामाजिकता की पहचान कराने वाले'[26] जिस समाजशास्त्रीय दृष्टिकोण के विकास पर बल दिया है, वह वही दृष्टि है जो कविता को भी समाज का एक अनिवार्य हिस्सा मानती है। इसलिए दलित कविता में कवियों ने भी समाज को एक अनिवार्य हिस्सा मानते हुए उसे रचना का मुख्य आधार बनाया है। वह मानती है कि सभ्यता पर संकट अथवा मुश्किल समय में यह कविता ही है जो समाज और मनुष्यता की रक्षा के लिए सामने आकर खड़ी हो जाती है। आज की दलित कविता, इस समाज(दलित) की सामाजिकता की रक्षा में खड़ी है।[27] उसमें दलित समाज के जीवन और जगत के जिस यथार्थ और अनुभव की अभिव्यक्ति हो रही है उसके और कविता की भाषा के बीच एक द्वंद्वात्मक संबंध है। इसीलिए दलित कविता के माध्यम से, कविता का समाजशास्त्र विकसित हो सकता है, इसमें ज़रा भी संदेह नहीं।

संदर्भ

1. कर्मेंदु शिशिर, **नवजागरण और संस्कृति**, आधार प्रकाशन, पंचकूला, प्रथम संस्करण 2000.
2. सम्मान = समान, बराबर आदि।
3. कर्मेंदु शिशिर, **नवजागरण और संस्कृति**, आधार प्रकाशन, पंचकूला (हरियाणा), प्रथम संस्करण 2000, पृ. 1 से 174.
4. 'कविता साहित्य के समाजशास्त्र के लिए आज भी एक चुनौती है। यह चुनौती साहित्य के समाजशास्त्र के अधूरेपन का एक प्रमाण भी है। यह ऐसी चुनौती है जिसका सामना करने से अधिकांश समाजशास्त्री बचते हैं। जिन्होंने कोशिश की है उनमें से अधिकांश यांत्रिक या कुत्सित समाजशास्त्री रह गए हैं। इसलिए बहुत कम समाजशास्त्री कविता से मुठभेड़ की कोशिश करते हैं। (उदाहरण के लिए: लूसिएं गोल्डमान द्वारा सेंट की कविताओं की पुस्तक का विश्लेषण। रेमण्ड विलियम्स द्वारा **देहात और शहर** नामक पुस्तक का विश्लेषण आदि।) देखें 'कविता के समाजशास्त्र की समस्याएँ' (लेख), मैनेजर पांडेय, **साहित्य के समाजशास्त्र की भूमिका**, हरियाणा साहित्य अकादमी, पंचकूला (चंडीगढ़), प्रथम संस्करण 1989, पृ.219.
5. वही, पृ. 220.
6. वही, पृ. 222.
7. वही, पृ. 223.
8. वही।
9. उदाहरण के लिए, **हीरामन और कम्पिला** (डॉ. धर्मवीर); **सदियों का संताप; बस्स! बहुत हो चुका** (ओमप्रकाश वाल्मीकि); **गूंगा नहीं था मैं** (जयप्रकाश कर्दम); **नई फसल; क्रौंच हूँ मैं** (श्यौराज सिंह बेचैन); **सतह से उठते हुए** (डॉ. एन. सिंह); **यातना की आँखें** (दयानंद बटोही); **सुनो ब्राह्मण** (मलखान सिंह); **आक्रोश** (सी.बी. भारती); **व्यवस्था के विषधर** (कुसुम वियोगी); **तब तुम्हारी निष्ठा क्या होती** (कंवल भारती); **सिंधु घाटी बोल उठी** (सोहनपाल सुमनाक्षर); **दलित पचासा** (मंसाराम विद्रोही); **कलम को दर्द कहने दो** (कर्मशील भारती); **बयान बाहर** (सुखबीर सिंह); **उत्पीड़न की यात्रा** (लक्ष्मीनारायण सुधाकर); **हम आजाद हैं** (भीमसागर-एन.आर सागर); **एकलव्य और अन्य कविताएँ** (श्याम सिंह शशि); **प्रयास** (सूरजपाल चौहान); आदि।
10. 'दलित साहित्य के लिए अलग सौंदर्यशास्त्र की आवश्यकता क्यों पड़ी, यह एक अहम सवाल है। हिंदी के समीक्षक रचना के मापदंडों के प्रति बहुत ज्यादा संवेदनशील दिखाई पड़ते हैं। रचना का मापदंड क्या हो? कैसे हो? इसके लिए ज़रूरी है कि उद्‌गम और भावबोध पर चर्चा हो, समाजशास्त्रीय आलोचना का विकास हो।'– ओमप्रकाश वाल्मीकि,

दलित साहित्य का सौंदर्यशास्त्र, राधाकृष्ण प्रकाशन, दिल्ली, प्रथम संस्करण 2001, पृ. 11.

11. ओमप्रकाश वाल्मीकि, **सदियों का संताप**, फिलहाल प्रकाशन, देहरादून, प्रथम संस्करण 1989, पृ. 30.
12. सुभाष सेतिया, संपादक: **आजकल**, प्रकाशन विभाग, भारत सरकार, दिल्ली, दिसंबर 2000, पृ. 6.
13. **रैदास वाणी**, राज्य संदर्भ केंद्र, राजस्थान प्रौढ़ शिक्षण समिति, जयपुर, दूसरा संस्करण 1988, पृ. 5.
14. रामचंद्र शुक्ल, **हिंदी साहित्य का इतिहास**, नागरी प्रचारिणी सभा, काशी (वाराणसी), इक्कीसवाँ संस्करण 1986, पृ. 59.
15. श्यौराज सिंह बेचैन एवं देवेंद्र चौबे, **चिंतन की परंपरा और दलित साहित्य**, श्री साहित्यिक संस्थान, गाजियाबाद, प्रथम संस्करण 2000, पृ. 150.
16. वही, पृ. 151.
17. वही, पृ. 153.
18. वही, पृ. 153.
19. वही पृ.-153.
20. अब कैसे छूटे नाम रट लागी।
    प्रभुजी तुम चंदन, हम पानी,
    जाकी अंगअंग बास समानी।
    प्रभुजी तुम धन वन हम मोरा,
    जैसे चितवत चंद चकोरा।।
    प्रभुजी, तुम दीपक हम बाती,
    जाकी जोति जेरे दिन राती।
    प्रभुजी तुम मोती, हम धागा,
    जैसे सोनहि मिलत सोहागा।।
    प्रभुजी तुम स्वामी, हम दासा।
    ऐसी भगति करे 'रविदासा'।।

    —**रैदास वाणी**(1988)

21. **रैदास वाणी**, पृ. 7.
22. ओमप्रकाश वाल्मीकि, 'डंगातो' **तीसरा पक्ष**, त्रैमासिक: सं. देवेश चौधरी देव, वर्ष 1, प्रवेशांक, अक्टूबर-दिसंबर 2000, पृ. 26-27.
23. जयप्रकाश कर्दम, **गूँगा नहीं था मैं**, अतिश प्रकाशन, दिल्ली, पृ. 197.
24. 'तब तुम्हारी निष्ठा क्या होती', कंवल भारती, **नवभारत टाइम्स** (दैनिक), दिल्ली, दिनांक,

31 मार्च 1992 पृ. 2 (पत्रिका)।

25. श्यौराज सिंह बेचैन, **नई फसल,** मानसी प्रेस, बिलारी, मुरादाबाद, प्रथम संस्करण: 1989, पृ. 26-33.
26. मैनेजर पांडेय, **साहित्य के समाजशास्त्र की भूमिका,** पृ. 226.
27. इस प्रसंग में विमल थोरात और सूरज बड़जत्या के संपादन में प्रकाशित 'भारतीय दलित साहित्य का विद्रोही स्वर' (2008) में शामिल कविताओं को देखा जा सकता है जिनमें सामाजिक न्याय एवं अधिकार के लिए संघर्षरत दलित समाज की चेतना तथा प्रतिबद्धता दर्ज है।

भाग सात: आलोचना

19

आलोचना का अर्थ और हिंदी की दलित आलोचना

पिछले कुछ दशकों में आलोचना का अर्थ बदला है। यह हिंदी की वह आलोचना नहीं है जिसका विकास शास्त्रार्थ के दौरान संरक्षणकर्त्ताओं को संतुष्ट और श्रोताओं को मुग्ध करने के लिए हुआ करता था। यह वह आलोचना भी नहीं है जो रस, छंद, अलंकार, रीति, वक्रोक्ति, ध्वनि और औचित्य जैसे संप्रदायों के सहारे मात्र परंपरा का रूढ़ अर्थों में अनुगमन करती हुई विकसित होती रही है। हाल के दशकों में हिंदी में लिखी जा रही यह वह आलोचना है जो भारतेंदु हरिश्चंद्र, बालकृष्ण भट्ट, हजारीप्रसाद द्विवेदी, रामविलास शर्मा, मुक्तिबोध, मलयज जैसे जन आंदोलनों से जुड़े रचनाधर्मियों के सहारे विकसित होती रही है। जिन अर्थों में भारतेंदु काल (1857–1900 ई.) में भारतीय राष्ट्र की अस्मिता की आवाज उठाने और जनता की आकांक्षाओं को प्रकट करने वाले बालकृष्ण भट्ट जैसे लेखक ब्रिटिश उपनिवेशवाद के खिलाफ आवाज़ उठाते हुए यह घोषणा करते हैं कि 'साहित्य जन समूह के हृदय का विकास है' (**हिंदी प्रदीप**, जुलाई 1881 ई.), यह आलोचना उन्हीं अर्थों में इस बात की खोज करते हुए विकसित होती है कि आखिर रचना में व्यक्त सामाजिक विडंबनाओं एवं विसंगतियों के मूल स्रोत क्या हैं? अर्थात् महादेवी वर्मा की कविताओं में जो 'नीर भरी दुःख की बदली' है, उनकी इस पीड़ा का स्रोत क्या है? इसे थोड़ा और स्पष्ट करते हुए कहा जा सकता है कि हिंदी की यह नई आलोचना जिस समाज और साहित्य की चिंता से हमारा परिचय कराती है, वह है पिछले दो-तीन दशकों में भारतीय परिदृश्य में उभरा दलित समाज और उनके द्वारा रचित साहित्य। ओमप्रकाश वाल्मीकि ने **दलित साहित्य का सौंदर्यशास्त्र** की भूमिका में दलित रचना एवं आलोचना के उदय के कारणों की चर्चा करते हुए लिखा है कि 'दलित लेखकों द्वारा आत्मकथाएँ लिखने की जो छटपटाहट है वह भी इन स्थितियों की ही परिणति है। सामाजिक अंतर्विरोध से उपजी विसंगतियों ने दलितों में गहन नैराश्य पैदा किया है। सामाजिक संरचना के परिणाम बेहद अमानवीय एवं नारकीय सिद्ध हुए हैं।

सामाजिक जीवन की दग्ध अनुभूतियाँ अपने अंतस् में छिपाए दलितों के दीन-हीन चेहरे सहमे हुए है। इन भयावह स्थितियों के निर्माता कौन हैं? दोहरे सांस्कृतिक मूल्यों को पीढ़ी-दर-पीढ़ी ढोते रहने को अभिशप्त जनमानस की विवशता साहित्य के लिए ज़रूरी क्यों नहीं है? क्यों साहित्य एकांगी होकर रह गया है? ये सारे प्रश्न दलित साहित्य की अंतःचेतना में समायोजित हैं।'[2] आगे वह लिखते हैं- 'दलित साहित्य के लिए अलग सौंदर्यशास्त्र की आवश्यकता क्यों पड़ी, यह एक अहम सवाल है। हिंदी के समीक्षक रचना के मापदंडों के प्रति बहुत ज्यादा संवेदनशील दिखाई पड़ते हैं। रचना का मापदंड क्या हो? कैसे हो? इसके लिए ज़रूरी है कि उद्गम और भावबोध पर चर्चा हो, समाजशास्त्रीय आलोचना का विकास हो।'[3] यहाँ आकर ओमप्रकाश वाल्मीकि दलित साहित्य के मूल्यांकन के लिए अलग सौंदर्यशास्त्र की माँगों को जायज ठहराते हुए हिंदी (भारतीय) समाज की उन सच्चाइयों का पर्दाफाश करते हैं, जिनके आधार पर अब तक के साहित्य की आलोचना के लिए मापदंडों का विकास होता रहा है। वह बेझिझक उन मापदंडों को बदलने की माँग करते हैं, 'उन मापदंडों में भी परिवर्तन की आवश्यकता है जो सामंती सोच के पक्षधर हैं, कुलीन घरानों के नायकत्व से आतंकित हैं। उनकी अभिलाषाएँ, उनकी आकांक्षाएँ ही यदि साहित्य के सौंदर्यशास्त्र का निर्धारण करती हैं तो ऐसा साहित्य मानवीय संवेदनाओं को कहाँ तक संजो पाएगा, इसमें सन्देह है।'[4] इसीलिए ओमप्रकाश वाल्मीकि जैसे दलित लेखक बार-बार दलित साहित्य, उसकी सोच और दृष्टि को व्याख्यायित करने का प्रयत्न करते हुए दलित रचनाओं के लिए एक नए सौंदर्यशास्त्र की माँग करते हैं।

वास्तव में हिंदी में आचार्य रामचंद्र शुक्ल ने साहित्य के विकास के जिन सामाजिक आधारों की खोज की थी और आचार्य हजारीप्रसाद द्विवेदी ने उन सामाजिक आधारों में हाशिये पर पड़े समाज तथा उनकी विकासशील सांस्कृतिक परंपराओं की खोज एवं पहचान की थी, वह 1936 के बाद मार्क्सवादी आलोचना के उद्भव और विकास के साथ ही धीरे-धीरे भारतीय समाज की मूल परंपराओं से दूर होती गई। यहाँ "मूल परंपराओं" का अर्थ भारतीय समाज की उन परंपराओं से है, जिनके माध्यम से इस देश की "राष्ट्रीय अस्मिता" की पहचान निर्मित होती है। चाहे वह किसान-केंद्रित राष्ट्रीय अस्मिता हो अथवा संस्कृति के भिन्न-भिन्न रूपों से निर्मित परंपराएँ। यद्यपि रामविलास शर्मा जैसे प्रतिबद्ध मार्क्सवादी आलोचकों ने अवश्य हिंदी प्रदेश की अस्मिता की खोज करते हुए 'हिंदी की जातीय परंपरा' की खोज और उसकी पहचान स्थापित की तथा भारतीय संदर्भ में मजदूर के साथ ही किसान को भी वर्गीय संरचना में शामिल करते हुए सामाजिक परिवर्तन की बात की, परंतु बाद की हिंदी आलोचना या तो मार्क्सवादी साहित्य की विसंगतियों की

खोज एवं उनकी सुरक्षा में कमजोर पड़ती गई अथवा आलोचना की दूसरी धारा अध्यात्म के साथ-साथ उन "सांप्रदायिक" मिथकों की पहचान में उलझती गई जिनका विकास भारतीय महादेश में शास्त्रार्थ के दौरान काव्यशास्त्रीय संप्रदायों में हुआ था तथा जिनका एकमात्र लक्ष्य था संरक्षणकर्ताओं को संतुष्ट करना और श्रोताओं को मुग्ध करना। दलित आलोचना, आलोचना की (भारतीय परंपरा की) उन संरचनाओं को तोड़ती है और उनके प्रभुत्ववादी निर्मितियों को खारिज करते हुए भारतीय समाज के प्रसंग में वर्णवाद खासकर सामंती वर्णवाद के खिलाफ रचित साहित्य के लिए एक नई आलोचनात्मक निर्मिति की माँग करती है। कह सकते हैं, हिंदी की यह नई आलोचना दलित साहित्य के मूल्यांकन के लिए एक नए सौंदर्यशास्त्र गढ़ने की माँग करती है और आलोचना के प्रचलित सौंदर्यशास्त्रीय निकषों (मापदंडों) में "सौंदर्य", "कल्पना", "बिंब", "प्रतीक", 'रूप", आदि का निषेध करते हुए उनके समानांतर नए निकषों (मापदंडों) को रचने की आवाज उठती है। कारण, हिंदी की इस नई आलोचना का मानना है कि 'सौंदर्यशास्त्र की विवेचना में "सौंदर्य", "कल्पना", "बिंब" और "प्रतीक" को प्रमुख माना है विद्वानों ने, जबकि सौंदर्य के लिए सामाजिक यथार्थ एक विशिष्ट घटक है।' (**दलित साहित्य का सौंदर्यशास्त्र**, पृ. 9) क्योंकि 'कल्पना और आदर्श की नींव पर खड़ा साहित्य किसी भी समाज के लिए प्रासंगिक नहीं हो सकता। साहित्य के लिए वैचारिक प्रतिबद्धता और वर्तमान की दारुण विसंगतियाँ ही उसे प्रासंगिक बनाती हैं। यदि कबीर आज भी प्रासंगिक लगता है तो वे सामाजिक स्थितियाँ ही हैं जो कबीर को प्रासंगिक बनाती हैं।'[5]

स्पष्टत: ओमप्रकाश वाल्मीकि इस नई आलोचना के मापदंडों की चर्चा करते हुए उसकी उत्पत्ति में जिन स्थितियों की चर्चा करते हैं, उनमें "सामाजिक स्थितियाँ" सर्वाधिक महत्त्वपूर्ण हैं। उनकी दृष्टि में यह समाज ही है, जो किसी भी लेखक की रचनात्मक निर्मिति में सक्रिय और सार्थक भूमिका निभाता है। राजनीतिक, आर्थिक और भौगोलिक स्थितियाँ तो मात्र बहाने हैं जो लेखन प्रक्रिया के दौरान रचनाकार के लिए उत्प्रेरक का काम करते हैं। खासकर भारतीय संदर्भ में, इस बहुलतावादी समाज की जो संरचना है उनमें जिस हिंदू समाज में दलित रहते हैं वहाँ तमाम संरचनाओं में यह सामाजिक संरचना ही है जो सब कुछ होने के बावजूद दलित समाज को हाशिये पर रहने के लिए बाध्य करती है। चाहे दलित समाज के लोग आर्थिक, राजनीतिक, भौगोलिक आदि रूप से कितने ही मजबूत क्यों न हो जाएँ, भारतीय समाज में हिंदू समाज की जो संरचना है वह उन्हें निम्नतर बने रहने के लिए बाध्य करती है। आदिकवि वाल्मीकि के परवर्ती और कालिदास के पूर्ववर्ती कवि

नाटककार एवं दार्शनिक अश्वघोष की **वज्र-सूची** की चर्चा करते हुए मैनेजर पांडेय ने लिखा है कि 'ब्राह्मणों ने वर्णभेद को स्थायी, अकाट्य और संदेह से परे रखने के लिए उसे कई तरह से ईश्वरीय व्यवस्था बनाया। पुराणों के अनुसार ब्रह्मा के मुख से 'ब्राह्मण', बाँहों से 'क्षत्रिय', जंघा से 'वैश्य' और पैरों से 'शूद्र' की उत्पति हुई है। इसके आधार पर ब्राह्मण स्वयं को श्रेष्ठ और शूद्र को सबसे नीच कहते हैं। अश्वघोष ने इस रहस्यमयी कल्पना से जुड़े वर्णभेद का विस्तार से खंडन किया है। इस प्रसंग में उनका एक तर्क अत्यंत दिलचस्प है। अश्वघोष कहते हैं 'आप(ब्राह्मण) को मालूम होना चाहिए कि जैसे एक वृक्ष से पैदा होने वाले फलों में कोई ऊँच-नीच का भेद नहीं होता, वैसे ही एक पुरुष(ब्रह्मा) से उत्पन्न संतानों में कोई वर्णभेद क्यों? उदाहरण के लिए, "कटहल" को लीजिए। कटहल के पेड़ में जड़ से डाली तक फल लगते हैं। ऐसा नहीं होता कि डाली पर लगने वाले फल को ब्राह्मण फल और जड़ में लगने वाले फल को शूद्र फल कहा जाए। वे सभी एक ही वृक्ष के फल हैं। इसलिए एक समान माने जाते हैं, उसी प्रकार एक ही ब्रह्मा से पैदा होने के कारण मनुष्यों के बीच वर्णभेद गलत है।'[6]

जाहिर है, अश्वघोष की **वज्र-सूची** यहाँ भारतीय समाज (हिंदू) की दो सच्चाइयों से हमारा परिचय कराती है- एक, यह कि अश्वघोष के समय, जो कि पचास ई. पू. से पचास ई. तक माना जाता है भारत की जाति-व्यवस्था मजबूत थी और दो, यह कि तत्कालीन समय और समाज में भी भारत की जातीय व्यवस्था के खिलाफ प्रतिरोध की आवाजें उठतीं रहती थीं, उसमें भी ऐसे लोगों के द्वारा जो स्वयं उच्च कुल से आते थे। अश्वघोष ने इस जाति-व्यवस्था और जातियों की उत्पत्ति के तर्कों को खारिज करते हुए कठोर शब्दों में उसकी आलोचना की है तथा ब्राह्मणों की श्रेष्ठता संबंधी मान्यताओं की असंगतियों का उल्लेख करते हुए लिखा है कि 'अगर ब्राह्मण की उत्पति ब्रह्मा के मुँह से हुई है तो प्रश्न होगा कि ब्राह्मणी की उत्पत्ति कहाँ से हुई है? निश्चय ही उसकी भी उत्पत्ति ब्रह्मा के मुख से ही हुई है। खेद है। तब तो वह आपकी बहन हुई है फिर उसके साथ स्त्री-प्रसंग? यह तो लोक-विरोधी आचरण होगा।'[7]

अश्वघोष के कथन में यह "लोक-विरोधी" जो शब्द है, एक ऐसा हथियार है जो दलित प्रसंग में, उच्च वर्ग द्वारा लंबे समय तक उनके (दलितों) खिलाफ इस्तेमाल किया गया है। खासकर "उत्कृष्टता" और "पवित्रता" जैसे संकेतों के माध्यम से ब्राह्मणवादी समुदाय द्वारा उनके आचरण, सोच-विचार, जीवन जीने के लिए किए गए प्रयास के दौरान रचित चर्म-शास्त्र का मुख्यधारा से दूर उपयोग आदि कई ऐसी स्थितियाँ थीं जो उन्हें हाशिये पर डाल देती थीं। यहाँ ओमप्रकाश वाल्मीकि

दलित साहित्य के सौंदर्यशास्त्र में जिन सामाजिक स्थितियों की ओर संकेत करते हैं, उनका गहरा संबंध इसी "उत्कृष्ट" एवं "पवित्र" समझे जाने वाले समाज एवं उनके संकेतों से है। इसीलिए जब वे इस आलोचनात्मक पुस्तक के पहले अध्याय **दलित साहित्य की अवधारणा** में "दलित" शब्द के अर्थ पर बात करते हैं तो स्पष्टतः कहते हैं कि 'दलित' शब्द का अर्थ है- जिसका दलन और दमन हुआ है, दबाया गया है, उत्पीड़ित, शोषित, सताया हुआ, उपेक्षित, घृणित, रौंदा हुआ, मसला हुआ, विनिष्ट, मर्दित, पस्त-हिम्मत, हतोत्साहित, वंचित आदि।[8] अर्थात "दलित" शब्द के इन अर्थों के अनुसार भारतीय सामाजिक व्यवस्था (हिंदू) में सबसे निचले स्तर पर समझी जाने वाली जातियों को लेकर जो साहित्य लिखा जाएगा, उसे दलित साहित्य कहा जाएगा। अगर स्पष्टतः कहा जाए तो 'वर्ण व्यवस्था ने जिसे अछूत या अंत्यज की श्रेणी में रखा।'[9]

हिंदी में दलित आलोचना पर केंद्रित अब तक ठीक-ठाक जो पुस्तकें छपी हैं, उनमें तीन महत्त्वपूर्ण हैं- डॉ. धर्मवीर की **कबीर के आलोचक**(1997), ओमप्रकाश वाल्मीकि की **दलित साहित्य का सौंदर्यशास्त्र**(2001), कंवल भारती की **दलित विमर्श की भूमिका**(2002) और तेज सिंह की **आज का दलित साहित्य**(2000)। इनमें ओमप्रकाश वाल्मीकि की किताब सर्वाधिक महत्त्वपूर्ण है। डॉ. धर्मवीर की पुस्तक **कबीर के आलोचक** जहाँ कबीर के साहित्य के मूल्यांकन के बहाने कबीर को एक दलित कवि के रूप में देखने की माँग करते हुए उन पर ब्राह्मणवादी मानसिकता से की गई समीक्षाओं की जांच पड़ताल करती है, वहीं तेज सिंह की पुस्तक समय-समय पर की गई पुस्तक समीक्षाओं के माध्यम से रचना के सामाजिक सरोकार और उसमें वर्गीय दृष्टिकोण का आकलन दलित समाज के प्रसंग में करने की माँग करती है। कंवल भारती की पुस्तक **दलित विमर्श की भूमिका** थोड़ी भिन्न है। यहाँ लेखक ने दलित साहित्य की विचारधारा के इतिहास को व्याख्यायित करते हुए उन कारणों पर गंभीरता से विचार किया है जिनसे दलित साहित्य का उदय होता है। उदाहरण के लिए यहाँ उन्होंने दलित विमर्श की अर्थवत्ता पर तो विचार किया ही है; साथ-ही-साथ अंबेडकर, हरिजन, कम्युनिस्ट आदि आंदोलनों को भी विमर्श का विषय बनाया है। इस पुस्तक का एक और महत्त्वपूर्ण पक्ष है—दलित साहित्य के इतिहास को रेखांकित करना। इन तीनों पुस्तकों की तुलना में ओमप्रकाश वाल्मीकि की **दलित साहित्य का सौंदर्यशास्त्र** व्यावहारिक तरीके से दलित साहित्य पर लिखे गए लेखों और विचारों का आलोचनात्मक विश्लेषण तथा मूल्यांकन करते हुए दलित साहित्य के सौंदर्यशास्त्र के विकास के लिए बने पारंपरिक साहित्य के मूल्यांकन के मापदंडों से भिन्न कुछ अलग प्रकार के प्रतिमान

तय करती है। कारण, 'दलित साहित्य की भाषा, बिंब, प्रतीक, भावबोध परंपरावादी साहित्य से भिन्न हैं। उसके संस्कार भिन्न हैं।'[10] ये प्रतिमान, मापदंड अथवा सूत्र क्या होंगे, उपर्युक्त कथन से कुछ अंदाज लगाया जा सकता है। परंतु इतना तय है कि ये सूत्र अब तक के साहित्य के लिए सौंदर्यशास्त्रीय विवेचनाओं में निर्धारित सूत्रों (जैसे- कल्पना, बिंब, प्रतीक, सौंदर्य आदि) से भिन्न होंगे और उनका संबंध दलित समाज के यथार्थ से होगा। ये सूत्र उन कारणों की भी तलाश करेंगे, जो दलित साहित्य की निर्मिति में सक्रिय और सार्थक भूमिका निभाते हैं। जहाँ ज़िंदगी की सबसे बड़ी और पहली समस्या "भूख", "पानी" तथा "अस्मिता" की तलाश हो – उस ज़िंदगी में रचित साहित्य (जिसे हम दलित साहित्य मानकर चल रहे हैं) का मूल्यांकन न तो "कल्पना" के सहारे संभव है और न ही प्रचलित बिंबों-प्रतीकों के सहारे। कारण, उस समाज अथवा ज़िंदगी से जो साहित्य, दलित साहित्य आएगा वह एक तरफ जहाँ "भूख" और "पानी" जैसी समस्याओं से संघर्ष करता दिखाई देगा, वहीं दूसरी तरफ अपनी "सामाजिक अस्मिता" की तलाश करेगा। उसमें वामपंथी विचारधारा के निम्नवर्गीय समाज की तरह अभावग्रस्त ज़िंदगी की विवशता अथवा पीड़ा का दर्द नहीं होगा, बल्कि उस साहित्य में पीड़ा का जो बोध होगा उसमें "दुत्कारने" अथवा "अछूत" समझे जाने की स्थितियों का आक्रोशजनक मार्मिक बयान होगा, जिसे ज़िंदगी भर ढोने और छुटकारा पाने के लिए एक पूरी की पूरी जाति अभिशप्त होती है। ओमप्रकाश वाल्मीकि की आलोचना पुस्तक को पढ़ते हुए बार-बार इस पीड़ा का बोध होता है। इसीलिए वह मानकर चलते हैं कि यदि दलित साहित्य के सौंदर्यशास्त्र के विकास की बात होती है तो उसमें 'दलित पीड़ा' अथवा दूसरे शब्दों में कहें तो भारतीय समाज(हिंदू) की जाति व्यवस्था में निम्नतर एवं अछूत समझी जाने वाली "दलित जाति" (समाज) की पीड़ा के बोध को समझना पहली शर्त होगी। जोतिब फुले कहते हैं कि 'गुलामी की यातना को जो सहता है वही जानता है और जो जानता है, वही पूरा सच कह सकता है। सचमुच राख ही जानती है जलने का अनुभव, कोई और नहीं।'[11] ऐसा कहकर वे कोई गलत तो नहीं कहते हैं। दलित समाज की वास्तविक पीड़ा को वही समझ और महसूस कर सकता है जो वास्तव में दलित हो ओमप्रकाश वाल्मीकि ने लिखा है कि 'दलितों ने हजारों वर्ष की सामाजिक यातना में जो भोगा है, उनके जो अनुभव हैं, उन्हें गैर-दलित जान ही नहीं पाता है। इसीलिए उसकी पीड़ा के साक्षात्कार की उनकी कल्पना अधूरी होती है। यही वजह है कि हिंदी साहित्य में दलितों की पक्षधरता का दंभ भरने वाले लेखकों की रचनाएँ सिर्फ सहानुभूतिपरक या फिर करुणाजनक होती हैं, किसी बदलाव की प्रक्रिया को तीव्रता देने के लिए नहीं। बदलाव तथा क्रांति की स्थितियाँ

आने से पूर्व ही या तो ऐसे रचनाकार पाला बदल लेते हैं या फिर यथास्थिति बनाए रखने में मदद देते हैं।'[12] उदाहरण के लिए, यहाँ ओमप्रकाश वाल्मीकि, अमृतलाल नागर के दलितों पर लिखित उपन्यास **नाच्यौ बहुत गोपाल** का उल्लेख करते हुए कहते हैं कि 'दलित जीवन पर गैर-दलितों द्वारा जो लिखा गया उनमें अमृतलाल नागर के उपन्यास **नाच्यौ बहुत गोपाल** की चर्चा अक्सर गैर-दलित आलोचक बढ़-चढ़कर करते हैं। इस उपन्यास में एक ब्राह्मण परिवार की स्त्री अपने घर में काम करने वाले भंगी के साथ चली जाती है और उसी जमाव में शामिल हो जाती है। लेखक उपन्यास में दिखाता है कि लेखक की पत्नी उस स्त्री को अपने पूजा घर में सिर्फ इसलिए आने देती है क्योंकि उसने एक ब्राह्मण घर में जन्म लिया है।'[13] इतना ही नहीं, इस उपन्यास और कथाकार पर आरोप लगाते हुए लेखक ने लिखा है कि 'यह स्थापना लेखकीय चातुर्य है जो उसे दलित चेतना से अलग कर देती है। इस उपन्यास में यह भी सिद्ध करने का प्रयास किया गया है कि भंगी जमात के लोग कुलीन सवर्ण थे जिन्हें मुसलमानों ने दंडित करके, मार-मारकर भंगी बनाया था।'[14] उपर्युक्त कथन से ओमप्रकाश वाल्मीकि यह निष्कर्ष निकालते हैं कि 'यह लेखन, यह संदेश स्थापित करता है कि इस देश के मुसलमानों ने सवर्णों पर बहुत जुल्म ढाए हैं। उन्हें दलित बनाया है।'[15] इतना ही नहीं, वे इस बात की तरफ भी संकेत करते हैं कि मुसलमानों के आने से यहाँ की सवर्ण सामाजिक व्यवस्था कमजोर हुई।[16] जाहिर है, लेखक इस पूरे प्रसंग से अंतिम निष्कर्ष निकालते हुए कहता है कि 'दलित लेखन के नाम पर गैर-दलित लेखकों ने सवर्ण लेखन ही किया है जो सांप्रदायिक उद्देश्यों की पूर्ति के लिए है।'[17]

अंतिम निष्कर्ष भयानक और चौंकाने वाला है। भयानक इसलिए कि एक "पाठ" का अर्थ किस-किस तरह से निकाला जाता है। संभवतः इसीलिए उत्तर-आधुनिकतावादी विचारक इस बात की चर्चा करते हैं कि एक पाठ के अनेक अर्थ हो सकते हैं। यह पाठक पर निर्भर करता है कि पाठ के अध्ययन और व्याख्या में उसका अर्थ किस प्रकार से निकालें। अगर हम उत्तर-संरचनावादी विचारकों में जुलिया क्रिस्तोवा की "पाठ का अंतर्वर्ती संबंध" संबंधी अवधारणा को ध्यान में रखें तो स्पष्टतः पता चलता है कि कोई भी रचना अपने आप में पूर्ण और स्वायत्त रचना नहीं होती, बल्कि वह रचना परंपराओं से अनेक रूपों से जुड़ती है।[18] इस स्थिति में जाहिर है कि किसी भी "पाठ" की व्याख्या अनेक दृष्टियों से अनेक अर्थों में की जा सकती है। इसीलिए यदि ओमप्रकाश वाल्मीकि **नाच्यौ बहुत गोपाल** की व्याख्या भारत की जातीय परंपरा से जोड़कर दलित विरोधी उपन्यास के रूप में करते हैं तो गलत नहीं करते। हाँ, अमृतलाल नागर के संदर्भ में उनकी यह स्थापना चौंकाने वाली

है कि 'यह कृति भी "सांप्रदायिक उद्देश्यों की पूर्ति" करने के लिए है।'[19] किस प्रकार, उसे वह स्पष्ट नहीं करते। सिर्फ वक्तव्य देकर आगे बढ़ जाते हैं, जबकि हिंदी में लिखित किसी गैर-दलित लेखक द्वारा रचित यह एक ऐसी कृति है जिसका गहरा असर हिंदी उपन्यास की परंपरा पर पड़ा है।

दलित साहित्य का सौंदर्यशास्त्र में कुछ ऐसे पाठ अथवा अध्याय हैं जो समग्रता में इस समाज की चिंता और चेतना का आलोचनात्मक विश्लेषण करते हैं। उदाहरण के लिए, इस पुस्तक के कुछ अध्याय, जैसे दलित साहित्य की वैचारिकता एवं दार्शनिकता, दलित साहित्य की सामाजिक प्रतिबद्धता, दलित साहित्य और राजनीति, दलित साहित्य की धार्मिक-सांस्कृतिक मान्यताएँ, दलित साहित्य की आर्थिक मान्यताएँ दलित साहित्य की शिल्पगत प्रवृत्तियाँ, कब तक इन प्रश्नों से बचेगा मार्क्सवाद, हिंदी समीक्षा और दलित साहित्य, एवं समकालीन हिंदी दलित कहानी परिदृश्य ऐसे अध्याय हैं जो दलित समाज और उनको लेकर लिखे जा रहे साहित्य को समझने में मदद करते हैं। उदाहरण के लिए, 'दलित साहित्य और राजनीति' नामक अध्याय में लेखक जहाँ दलित समाज के कठिन जीवन-संघर्ष की चर्चा करता है,[20] वहीं 'दलित साहित्य की आर्थिक मान्यताएँ' में दलित समाज की आर्थिक संरचनाओं की ओर संकेत करते हुए साहित्य पर पड़े उसके प्रभाव का विवेचन करता है। उदाहरण के लिए, डॉ. धर्मवीर की एक कविता 'हीरामन'[21] का उल्लेख करते हुए उन्होंने लिखा है कि तमाम आर्थिक विभिन्नताओं के बावजूद 'दलित रचनाकार अपने समाज की अज्ञानता, दरिद्रता, हीनता से लड़ने की अदम्य इच्छा रखते हुए साहित्य सृजन करता है।'[22] यद्यपि इस आलोचनात्मक विवेचन में ओमप्रकाश वाल्मीकि दलित समाज की आर्थिक संरचना और विसंगतियों के कारणों की चर्चा अथवा व्याख्या नहीं करते, बल्कि दलित लेखकों की आर्थिक विषमताओं का सर्वाधिक उल्लेख करते हैं। हाँ, आरक्षण जैसी व्यवस्था को वह आर्थिक दुर्बलताओं से जूझ रहे दलित समाज के लिए सरकार द्वारा दिया गया एक बड़ा प्रोत्साहन मानते हैं।

दरअसल दलित साहित्य की आलोचना का गहरा संबंध "दलित समाज" की आलोचना से भी है। बिना दलित समाज की समस्याओं को ध्यान में रखे "दलित पाठ" का मूल्यांकन असंभव है। यह वह पाठ नहीं है, जिसका अर्थ मात्र पाठों की व्याख्या के आधार पर निकाला जा सकता है अथवा पाठ में आए शब्द, वाक्यों की बनावट, लालित्य योजना या कल्पना के आधार पर तय किया जा सकता है क्योंकि इस प्रकार के दलित पाठ के मूल्यांकन की कोशिश, पाठक समाज के अंदर "दलित साहित्य" के प्रति एक भिन्न प्रकार की "अस्पृश्यता" का बोध कराएगी जैसा कि अब तक भारतीय सामाजिक व्यवस्था में दलितों के साथ होता

रहा है। यह साहित्य(दलित साहित्य) "पाठीय आलोचना" नहीं बल्कि पाठ के माध्यम से सामाजिक व्यवस्थाओं एवं परंपराओं की आलोचना की भी माँग करती है जैसा कि पारंपरिक सामाजिक व्यवस्था और साहित्यिक रचनाशीलता एवं आलोचना के प्रति एक समय मार्क्सवाद ने किया। यह साहित्य, ठीक उसी प्रकार के एक भिन्न प्रकार की आलोचना दृष्टि की माँग करता है, जहाँ पर "पाठ" का मूल्यांकन न तो पारंपरिक आलोचना पद्धतियों के सहारे होगा और न ही मार्क्सवाद के प्रचलित साहित्यिक मूल्यों(वर्गीय) के आधार पर। इसीलिए यदि दलित रचनाकार दलित साहित्य के मूल्यांकन के लिए एक भिन्न प्रकार के नए "निष्कर्ष" की माँग करते हैं तो कोई अतिशयोक्ति नहीं करते। ओमप्रकाश वाल्मीकि की **दलित साहित्य का सौंदर्यशास्त्र** अथवा डॉ. धर्मवीर की **कबीर के आलोचक** या डॉ. तेज सिंह की **आज का दलित साहित्य** जैसी कृतियाँ दलित आलोचना के औचित्य को स्पष्ट करती हैं तथा आलोचना के एक नए प्रकार के "अर्थ" की निर्मिति करते हुए हिंदी की दलित आलोचना की दशा और दिशा की तरफ महत्त्वपूर्ण संकेत करती हैं।

संदर्भ

1. ओमप्रकाश वाल्मीकि, **दलित साहित्य का सौंदर्यशास्त्र**, राधाकृष्ण प्रकाशन, दिल्ली, प्रथम संस्करण 2001 पृ. 10 (भूमिका)।
2. वही, पृ. 11.
3. वही, 1.
4. वही, 1.
5. वही, पृ. 9-10.
6. मैनेजर पांडेय, **अनभै साँचा**, पूर्वोदय प्रकाशन, दिल्ली, प्रथम संस्करण 2002, पृ. 172.
7. वही पृ. 172.
8. ओमप्रकाश वाल्मीकि, **दलित साहित्य का सौंदर्यशास्त्र**, पृ. 13.
9. वही, पृ. 14.
10. भूमिका, वही, पृ. 10.
11. मैनेजर पांडेय, **अनभै साँचा**, पृ. 275.
12. ओमप्रकाश वाल्मीकि, **दलित साहित्य का सौंदर्यशास्त्र**, पृ. 36-37.
13. वही, पृ. 34-35.
14. वही, पृ 35.
15. वही।
16. वही।
17. वही।

18. **पल प्रतिपल** (समकालीन फ्रांसीसी साहित्य अंक): 20-21 अप्रैल-सितंबर 1992, पृ. 103.
19. ओमप्रकाश वाल्मीकि, **दलित साहित्य का सौंदर्यशास्त्र**, पृ. 35.
20. वही, पृ. 68.
21. 'शोषण की अमरबेल,
    दमन की महागाथा
    यातना के पिरामिड
    उत्पीड़न की गंगोत्री
    ऋणों के पहाड़
    ब्याज के सागर
    निरक्षरों के भक्तिवक
    महाजनों की बही
    रूक्कों पर अँगूठों की छाप
    ऊटपटाँग
    जोड़ घटा, गुणा भाग देना
    सब एक

    (डॉ. धर्मवीर: **हीरामन** से)

    -ओमप्रकाश वाल्मीकि, **दलित साहित्य का सौंदर्यशास्त्र**, पृ. 77.
22. वही।

भाग आठ: पत्रकारिता

20

हिंदी पत्रकारिता में दलित-विमर्श और अंबेडकर

पिछले एक-दो दशकों से हिंदी लेखन में दलित-विमर्श की प्रक्रिया तेज हुई है। खासकर हिंदी प्रदेशों में मंडल विरोधी आंदोलन के बाद दलित समाज की ओर से सामाजिक और राजनीतिक जीवन के विभिन्न क्षेत्रों में उनकी अपनी हिस्सेदारी की माँग व्यक्तिगत और सामूहिक-दोनों स्तरों पर उठने लगी है। यद्यपि हिंदी साहित्य में मोहनदास नैमिशराय, ओमप्रकाश वाल्मीकि, एस. आर. हरनोट, डॉ. धर्मवीर, कंवल भारती, माता प्रसाद, सुशीला टाकभौरे, रजनी तिलक और के. नाथ जैसे रचनाकारों ने भी हिस्सेदारी की इस माँग को इधर प्रभावशाली तरीके से उठाया है, परंतु पत्रकारिता के क्षेत्र में यह लंबे समय से होता रहा है और आजादी के बाद, खासकर पिछले एक-दो दशकों में प्रकाशित हिंदी की दलित पत्र-पत्रिकाओं ने दलित समाज की समस्याओं और उनकी सोच को ठोस तथा वैचारिक आधार प्रदान किया है। इस संदर्भ में श्यौराज सिंह बेचैन की शोध पुस्तक **हिंदी की दलित पत्रकारिता पर पत्रकार अंबेडकर का प्रभाव** स्वतंत्र्योत्तर दलित पत्रकारिता का आलोचनात्मक विश्लेषण तो प्रस्तुत करती ही है, साथ ही साथ आजादी के पूर्व महात्मा गाँधी द्वारा प्रकाशित **हरिजन** और अंबेडकर द्वारा संपादित **मूकनायक**, **बहिष्कृत भारत**, **समता**, **जनता** (बाद में **प्रबुद्ध भारत** के नाम से प्रकाशित) जैसी पत्र-पत्रिकाओं पर विचार-विमर्श के बहाने दलित समाज की सोच और भारतीय सामाजिक व्यवस्था में उसकी माँगों को तीखे तेवर के साथ उठाती है। इस पुस्तक में लेखक ने बार-बार इस तथ्य को प्रामाणिक बनाने की कोशिश की है कि केवल राजनीतिक और आर्थिक स्वावलंबन से ही दलित समाज का संपूर्ण विकास संभव नहीं है, जब तक कि सामाजिक तथा सांस्कृतिक मोर्चे पर सवर्ण समाज उसे पूरी तरह स्वीकार नहीं लेता है। यह सही भी है, क्योंकि राजनीति और नौकरियों में शिखर पर पहुँचे दलित समाज के लोगों को आज भी सवर्ण समाज की उस मानसिकता से रू-ब-रू होना पड़ता है, जिसे वे सदियों से महसूस करते आए हैं तथा समाजीकरण की उसी पारंपरिक प्रक्रिया से उन्हें बार-बार गुजरना पड़ता है,

जिससे वे अब गुजरना नहीं चाहते हैं।

श्योराज सिंह बेचैन की इस पुस्तक में कुल सात अध्याय हैं जो अंबेडकर के बहाने दलित समाज की सोच और उसकी माँग को हमारे सामने रखते हैं। ये अध्याय हैं: भारतीय समाज व्यवस्था में दलित वर्ग, पत्रकार के रूप में अंबेडकर का मूल्यांकन, अंबेडकर युग की हिंदी पत्रकारिता का स्वरूप और उसे उनकी चुनौतियाँ, हिंदी की स्वातंत्र्योत्तर दलित पत्रकारिता और अंबेडकर; प्रजातंत्र की अवधारणा और संविधान की व्याख्या, संपादकीय टिप्पणियाँ, लेख, समाचार-संयोजन; कुछ प्रमुख अंतर्राष्ट्रीय घटनाएँ और दलित पत्रकारिता और अंतिम अध्याय है- स्त्री की दशा-दिशा के संदर्भ में दलित हिंदी पत्रकारिता का विश्लेषण। परिशिष्ट में कमलेश्वर, मृणाल पांडेय, सुभाष धूलिये, सुरेंद्र प्रताप सिंह, अभय कुमार दूबे, राजकिशोर, राजेंद्र यादव, मंगलेश डबराल, डॉ. महीप सिंह, कंवल भारती, मोहनदास नैमिशराय, मस्तराम कपूर, श्रीमती कला मामट, प्रो. जयराम प्रसाद सिंह, सुंदरलाल सागर, जितेंद्र कुमार, मोहन कुमार और नाथू सिंह तंवर जैसे हिंदी के दलित और गैर-दलित पत्रकारों के साक्षात्कार हैं। उपसंहार में लेखक ने पूर्व में किए गए अध्ययन का आकलन करते हुए यह दिखलाया है कि भारतीय वर्ण-व्यवस्था की विसंगतियों पर आक्रमण केवल दलितों की ओर से ही नहीं होता रहा है, बल्कि अंबेडकर जैसे लोगों के साथ नाईक, कायस्त और तिलक के सुपुत्र श्रीधर पंत बलवंत तिलक जैसे प्रगतिशील ब्राह्मण पुत्र भी शामिल रहे हैं तथा समय-समय पर अनेक गैर-दलितों की सांस्कृतिक मुक्ति की बात की है।

वास्तव में हिंदी की दलित पत्रकारिता का एक लंबा इतिहास रहा है। कुछ दलित विमर्शकारों का मानना है कि वर्ष 1905 के आस-पास स्वामी अछूतानंद द्वारा प्रकाशित **अछूत** और **आदि हिंदू** से हिंदी की दलित पत्रकारिता की शुरूआत होती है, लेकिन मराठी में इसके पूर्व ही ज्योतिबा फुले 1 जनवरी, 1899 से **दीनबंधु** साप्ताहिक का प्रकाशन कर दलित पत्रकारिता की शुरूआत कर चुके थे। इसकी चर्चा करते हुए बेचैन ने लिखा है कि 'इसके माध्यम से फुले दंपति ने इच्छा व कार्यशक्ति से समाज-सुधार के बुनियादी कार्य को पत्रकारिता में प्रतिबिंबित किया तथा उनके योगदान की रचनात्मक छाप डॉ. अंबेडकर सहित अनेक दलित पत्रकरों पर पड़ी।' इसी क्रम में वे गोपाल बाबा बलंकर, संत गाउगे, इव्ही रामास्वामी पेरियार और स्वामी अछूतानंद जैसे विचारकों की चर्चा करते हैं, जिन्होंने अपनी पत्रकारिता और कार्यों से दलित समाज को एक नई दिशा दी। परंतु लेखक बाद के दिनों में इनके बुनियादी प्रभाव को तो स्वीकारता है, परंतु राष्ट्रव्यापी नहीं। क्यों? क्योंकि 'ये कड़ियाँ, पत्रकार अंबेडकर से पूर्व अशक्त, अपर्याप्त और विशृंखलित थीं।' किस

तरह, इसकी तरफ लेखक न तो इशारा ही करता है और न ही चर्चा। बल्कि यह मानकर चलता है कि अंबेडकर के **मूकनायक**(जनवरी 1920) के प्रकाशन से ही दलित पत्रकारिता की वास्तविक शुरुआत होती है। इसके बाद बेचैन, अंबेडकर द्वारा प्रकाशित **बहिष्कृत भारत**(3 अप्रैल, 1827), **समता**(29 जून, 1928), **जनता**(1930) जैसी पत्रिकाओं के प्रकाशन के माध्यम से भारत की जाति-व्यवस्था और इस व्यवस्था में बहिष्कृत दलित समाज की विडंबनापूर्ण स्थिति पर गंभीर टिप्पणी करते हैं। इन टिप्पणियों में वे अंबेडकर के कथनों का सहारा लेते हैं। उदाहरण के लिए, 'सामाजिक विषमता का बहिष्कृत समाज पर घोर परिणाम हुआ है। दौर्बल्य, दारिद्रय व अज्ञान के इस त्रिवेणी संगम में यह विशाल समाज बह गया है।' इस कथन पर टिप्पणी करते हुए लेखक कहते हैं कि इसके माध्यम से अंबेडकर बहिष्कृत समाज को उसकी वास्तविक स्थिति और इस स्थिति से समझौता करने वाली विवशता की ओर संकेत करते हैं। वस्तुतः भारतीय सामाजिक व्यवस्था में हिंदू समाज को लेकर अंबेडकर शुरू से ही स्पष्ट थे। उनका मानना था कि 'हिंदू समाज एक मीनार है। एक-एक जाति इस मीनार का एक-एक तल है और एक से दूसरे तल में जाने का कोई मार्ग नहीं। जो जिस तल में जन्म लेता है उसी तल (जाति) में मरता है।' अंबेडकर का यह कथन एक ओर जहाँ हिंदू समाज की विसंगतियों पर मार्मिक टिप्पणी है, वहीं दूसरी ओर तत्कालीन और तथाकथित हिंदू समाज की संकीर्णता पर कड़ा प्रहार; जिसमें रोटी-बेटी का परस्पर व्यवहार न होने के कारण पूरा हिंदू समाज पृथक जातियों में बिखरने को था। परिणामतः एक ही समाज में रहते हुए भी एक जाति-विशेष का होने के कारण दलित समाज, सामाजिक जीवन की मुख्यधारा के अंदर रहते हुए भी हाशिये पर रहने के लिए उस समय भी बाध्य था और लगभग आज भी है। संभवतः यही कारण है कि दलित पत्रकारिता में शेष हिंदू समाज से दलित समाज के अलग-थलग रहने की मानसिकता सर्वाधिक मुखर होकर सामने आई है, जिसकी तरफ इस पुस्तक में लेखक ने संकेत किया है।

हिंदी की दलित पत्रकारिता में अंबेडकर का आगमन **जनता**(1930) पत्र के माध्यम से होता है। इस पत्र के द्वारा अंबेडकर भारत की जाति और वर्ण-व्यवस्था पर सीधा प्रहार करते हैं। यद्यपि बाद में 14 अक्टूबर 1956 को सामूहिक रूप से धर्म-परिवर्तन के बाद अंबेडकर इस पत्र का नाम बदलकर **प्रबुद्ध भारत** कर देते हैं। कारण, इसका तार्किक आधार, धर्म-परिवर्तन की प्रक्रिया में दलितों को प्रबुद्ध हो गए माना जाना है (पृ. 193)। लेकिन इसके पूर्व **जनता** और अपने अन्य पत्रों के माध्यम से अंबेडकर अपना विचार रखते हैं। खासकर हिंदू धर्म पर एक से बढ़कर एक गंभीर टिप्पणियाँ करते हैं। धर्म परिवर्तन को लेकर वे स्पष्टतः कहते हैं

कि 'हिंदू समाज जात-पात छोड़ दे तो मुझे धर्मांतर करने की आवश्यकता नहीं'। लेकिन वे मानकर चलते हैं कि इस धर्म में ऐसा संभव नहीं है। इसलिए वे जाति-व्यवस्था के कारण एक विशेष समुदाय में अप्रासंगिक हो रहे हिंदू धर्म पर टिप्पणी करते हुए कहते हैं, 'जब तक जातियाँ रहती हैं हिंदू धर्म को मिशनरी धर्म नहीं बनाया जा सकता' क्योंकि उन्हें लगने लगा था कि हिंदू समाज में जाति-प्रथा का अंत नहीं किया जा सकता है। कारण, 'जाति ही हिंदू का धर्म है। इसी समर्थन में हिंदू शास्त्रों, पुराणों, रामायण, महाभारत आदि महाकाव्यों की रचना हुई। इन्हें त्याग देने से हिंदू 'हिंदू' नहीं रहेगा' (**बहिष्कृत भारत**, 1 जुलाई, 1927)। संभवतः इसी कारण देश की आजादी के बाद अपने आखिरी दिनों में अंबेडकर कहने लगे थे कि 'मैं हिंदू होकर पैदा हुआ यह मेरे वश में नहीं था, किंतु मैं हिंदू होकर नहीं मरूँगा।' इस टिप्पणी के बाद अंबेडकर के पास ऐसा कुछ नहीं बचा था कि वे हिंदू धर्म में रहकर अपनी मुक्ति का मार्ग खोजते। अंबेडकर के इस कथन पर टिप्पणी करते हुए डॉ. बेचैन ने लिखा है कि 'दलित समाज के लिए हिंदू धर्म अग्राह्य वस्तु बन गया और वह विचार सामाजिक आंदोलन के रूप में सामने आने लगा।' इस संदर्भ में गाँधीवादी पत्रकारिता की भूमिका की चर्चा करते हुए लेखक ने सटीक बात कही है कि 'ऐसे में गाँधीवादी पत्रकारिता ने अस्पृश्यता का विरोधी और आर्य समाजी साहित्यिक पत्रकारिता ने शुद्धिकरण का आंदोलन छेड़ा।' (वही) डॉ. बेचैन का यह कहना ऐतिहासिक दृष्टि से सही है। अगर अंबेडकर ने **जनता** का प्रकाशन न शुरू किया होता तो शायद ही गाँधी **हरिजन** शुरू करते। इसी प्रकार अस्पृश्यता को लेकर भी अंबेडकर शुरू से ही स्पष्ट रहे हैं और उनका मानना है कि 'सभ्य समाज का यह कहना गलत है कि गंदगी के कारण वे दलित को हिंदू धर्म में अछूत मानते हैं- मालाबार में अछूत मानी हुई जातियों में कई जातियाँ ऐसी हैं जिनका रहन-सहन उच्च जातियों की अपेक्षा अधिक स्वच्छ है और इसमें कई स्त्री-पुरुष विश्वविद्यालयी पदवीधारी भी हैं, परंतु समाज में अछूत हैं। अतः रहन-सहन व संस्कृति से अस्पृश्यता का कोई संबंध नहीं है, सिर्फ दुराग्रह ही छुआछूत का मूल है।' यही कारण है कि अछूतों को स्पृश्यों की किसी भी व्यवस्था में कोई स्थान नहीं मिलता। और अंबेडकर को इस बात पर भी आश्चर्य होता है कि गैर-दलित इसे अन्याय भी नहीं स्वीकार करते हैं। जाहिर है डॉ. बेचैन जब इन उद्धरणों की चर्चा अपनी इस पुस्तक में करते हैं तो उनका सीधा मतलब यही है कि वे अंबेडकर को दलित समाज का प्रतिनिधि समझते हैं और उनकी सोच को इस समाज की सोच मानते हुए स्वातंत्र्योत्तर भारत के दलित समाज पर इनका प्रभाव महसूस करते हैं।

दरअसल किसी भी कृति का महत्त्व इस बात से पता चलता है कि वह

समकालीन मुद्दों से किस हद तक टकराती है। अंबेडकर भी अपने समय, खासकर औपनिवेशिक भारत में दलितों की स्थिति एवं राष्ट्र तथा समाज की मुक्ति के सवालों से लगातार टकराते रहे हैं। इस पुस्तक में बेचैन ने देश की अंग्रेजी दासता से मुक्ति, संविधान, प्रजातंत्र, समाज में स्त्री की दशा आदि के विषय में अंबेडकर के विचारों का संकलन और दलित समाज पर पड़े उसके प्रभावों का सटीक मूल्यांकन किया है। इस क्रम में उन्होंने अंबेडकर के कई ऐसे मतों को उद्धृत किया है जो बाद में दलित समाज के चिंतन में निर्धारक की भूमिका निभाते हैं। अंबेडकर का मानना था कि 'बिना सामाजिक परिवर्तन लाए राजनैतिक लोकतंत्र का कोई महत्त्व नहीं और परिवर्तन केवल कानून बनाने भर से नहीं लाया जा सकता है।' पिछले कुछ वर्षों में हुए दलित चिंतन और पत्रकारिता में अंबेडकर के इस कथन का प्रभाव महसूस किया जा सकता है। इसी प्रकार संविधान की भूमिका पर टिप्पणी करते हुए अंबेडकर उसकी सार्थकता-निरर्थकता पर बात करते हुए कहते हैं, 'प्रजातंत्र प्रेमियों को यह ध्यान रखना चाहिए कि संविधान का मुख्य उद्देश्य सत्ताधारी वर्ग को गद्दीच्युत करना और उसे सदा के लिए सत्ताधारी वर्ग बने रहने से रोकना है।' इतना ही नहीं, आजादी के कुछ समय बाद ही समता के मुद्दे पर अंबेडकर को संविधान की भूमिका निरर्थक लगने लगी थी और आखिरी दिनों में उन्होंने कहना शुरू कर दिया था कि 'समता, स्वतंत्रता, बंधुता के लक्ष्यों की पूर्ति न कर पाए तो संविधान में आग लगा देनी चाहिए।' ये कुछ टिप्पणियाँ हैं जो भारतीय प्रजातंत्र और संविधान के विषय में एक दलित की दृष्टि को हमारे सामने रखती हैं। और यह दृष्टिकोण अंबेडकर के अंदर ऐसे नहीं आया था। बेचैन ने बतलाया है कि 'वे जनतंत्र को सामाजिक समानता का पर्याय मानते थे। साथ ही प्रजातंत्र की प्रामाणिकता को उन्होंने प्रजा की समस्त जातियों की सहभागिता को संयुक्त करने में देखा था।' और जब उन्हें ऐसा होता न दिखाई पड़ा तब भारतीय संविधान को, जिसके निर्माता वे खुद थे लेकर उन्हें इस प्रकार की टिप्पणी करनी पड़ी। लेखक तो यहाँ तक कहता है कि 'वह इसके लेबर, सुपरवाइजर और कुशल कारीगर तीनों थे।' यहाँ बेचैन भारतीय राजनीति में वंशवाद की आलोचना करते हुए लिखते हैं कि 'इसका दोष डॉ. अंबेडकर की संविधान विषयक सोच पर जाता है या जनता अथवा सत्तासीन वर्ग पर, यह एक अलग विवेचन का विषय है।'

भारतीय समाज में स्त्रियों की दशा और दिशा के बारे में भी अंबेडकर की कुछ अपनी मान्यताएँ रही हैं, जिसका उल्लेख दलित पत्रकारिता से जोड़कर डॉ. बेचैन अपने तीसरे और सातवें अध्याय में करते हैं। स्त्रियों के विषय में अंबेडकर का मानना था कि 'चाहे वे दलित हों या गैर-दलित मनु की व्यवस्था के बाद भारतीय समाज

में उनकी स्थिति लगातार शोचनीय होती गई है। उदाहरण के लिए, मनु की व्यवस्था में स्त्री को बचपन में पिता के, यौवन में पति के और स्वामी की मृत्यु के बाद बेटों के अधीन रहना चाहिए।' या 'संपत्ति के मामले में स्त्री को एक दास का दर्जा दिया गया है।' (वही) अगर उस दौरान हम फ्रांस में सीमोन द बोउवार अथवा जुलिया क्रिस्तोवा द्वारा हुए स्त्री-विमर्श को देखें तो साफ कहा जा सकता है कि जिस तरह से पश्चिमी विचारक स्त्रियों की दशा और दिशा पर विचार कर रहे थे, अंबेडकर भी ठीक उसी तरह से विचार करते हैं। अंबेडकर का मानना था कि दास समझने के कारण ही स्त्रियों को भारतीय समाज में उनके मौलिक अधिकारों से भी वंचित किया गया। हिंदू कोड बिल का पूर्ण रूप से पास न हो पाना भी स्त्रियों को दास बनाकर ही रखने की प्रक्रिया का एक हिस्सा है। डॉ. बेचैन ने अपनी इस पुस्तक में अंबेडकर के इन विचारों का खुलकर समर्थन किया है और सुरेंद्र मोहन के एक वक्तव्य के माध्यम से इस बात पर आश्चर्य व्यक्त किया है कि स्त्री-संगठनों ने अंबेडकर के स्त्रियों से संबंधित इन कार्यों की लगातार उपेक्षा की है तथा उनके 'स्त्री विषयक चिंतन को एकांगी और केवल दलित (अनुसूचित जाति, अनुसूचित जनजाति) तथा पिछड़ी जातियों की स्त्रियों तक सीमित कर उनकी भूमिका को एकांगी कर दिया है।' जबकि भारतीय समाज में भिन्न-भिन्न जाति, धर्म और वर्ग की होने के बावजूद स्त्रियों की मूलभूत समस्याएँ लगभग एक-सी हैं और वह है उनकी प्रजनन की क्षमता और उनसे जुड़ी अनेक समस्याएँ। अपने अंदर प्रजनन की क्षमता होने के कारण ही स्त्रियों को समाज के अंदर गुलामों-सी ज़िंदगी व्यतीत करनी पड़ती है। बिना पिता, पति और पुत्र की अनुमति के वे इस कारण भी कुछ करने में या कोई भी निर्णय लेने में अपने आपको असमर्थ पाती हैं कि कहीं किसी के साथ उनके अवैध संबंध के कारण उत्पन्न संतान परिवार की संपत्ति का उत्तराधिकारी न हो जाए। यहाँ तक कि बहुत सारे पारिवारिक निर्णयों में उनकी भूमिका नगण्य होती है। इसलिए अंबेडकर मानते हैं कि 'हिंदू स्त्री को आजादी कम और गुलामी बहुत ज्यादा है।' और इसी कारण मनु की व्यवस्था में स्त्रियों को संपत्ति के मामले में दासों का दर्जा दिया गया है। इसी प्रकार दलित समाज में स्त्रियों की अशिक्षा, गरीबी आदि पर अंबेडकर ने खुलकर अपने विचारों को प्रकट किया है।

अंबेडकर के विचारों का गहरा असर स्वातंत्र्योत्तर दलित पत्रकारिता पर तो पड़ा ही, साथ ही उसने तत्कालीन पत्रकारिता और सामाजिक-राजनीतिक चिंतन को गहराई के साथ प्रभावित किया। कुछ विचारकों का तो यहाँ तक मानना है कि यदि अंबेडकर ने **मूकनायक**, **बहिष्कृत भारत**, **समता** और **जनता** जैसी पत्र-पत्रिकाओं की शुरूआत न की होती तो शायद ही गाँधी **हरिजन** का प्रकाशन करते। कारण,

अंबेडकर दलित-विमर्श से जुड़े जिन मुद्दों को पत्र-पत्रिकाओं और सामाजिक-राजनीतिक सम्मेलनों में उठा रहे थे, कमोबेश गाँधी भी उन पर बातें करते थे, चाहे वह वर्णाश्रम का मुद्दा हो अथवा राम का। अस्पृश्यता का हो या धर्म का। इन मुद्दों पर इन दोनों विचारकों में इतनी अधिक प्रतिस्पर्धा और मतभेद है कि उन्हें देखकर लगता है कि यदि वह समाज स्वाधीनता आंदोलन का न होता तो उसी समय मंडल कमीशन और उसके बाद जैसे हालात पैदा हो गए होते। उदाहरण के लिए, 'राम भारतीय जीवन में लगभग सभी मूल्यों के लिए प्रतीक और आदर्श पुरुष हैं, जबकि अंबेडकर उन्हें वर्ण-व्यवस्था का पालनकर्त्ता बतलाकर शंबूक हत्या जैसे उदाहरणों से घृणा का पात्र साबित करते हैं।' इसी प्रकार गाँधी वर्णाश्रम को जहाँ समता भूमि मानते हैं, वहाँ अंबेडकर उसे बहुमंजिली मीनार बताते हैं, जिनमें कभी समानता हो ही नहीं सकती है। अंबेडकर के कई वक्तव्य इतने अधिक कटु हैं कि वे गाँधी और उनके विचारों की धज्जियाँ उड़ा देते हैं। 'गाँधी युग भारत का अंधकार-युग है।'—जैसे वक्तव्य गाँधी के उन समस्त कार्यों पर पानी डाल देने के लिए काफी हैं जो उन्होंने दलितों के लिए किया। आज की दलित राजनीति और पत्रकारिता पर इस सोच का स्पष्ट प्रभाव देखा जा सकता है। लेकिन इस पुस्तक की सबसे अच्छी बात यह है कि लेखक ने इन दोनों विचारकों का मूल्यांकन तटस्थ होकर किया है- 'दोनों ही उच्च कोटि के विचारक हैं। दोनों के लिए व्यक्तिगत चिंताओं से ऊपर समाज और देश की चिंता है।' इसी प्रकार, 'गाँधीवाद, गाँधी के जीवनकाल में ही अस्तित्व में आ गया था और उनकी मृत्यु के बाद वह शनैःशनैः क्षय होता गया; जबकि अंबेडकरवाद, अंबेडकर की मृत्यु के बाद अधिक फैला है। ये बातें दीगर हैं कि वह सही वैचारिक रूप में कम और व्यक्ति-पूजा के विकृत रूप में ज्यादा फैला'। क्या अंबेडकर के तथाकथित समर्थक बेचैन को इस टिप्पणी से सबक लेंगे?

हिंदी की दलित पत्रकारिता पर पत्रकार अंबेडकर के प्रभाव को बेचैन ने चौथे से लेकर सातवें अध्याय में दिखलाया है। इनमें चौथे अध्याय में वह अंबेडकर के विचारों की चर्चा करने के बाद देश के विभिन्न राज्यों से प्रकाशित होने वाली दलित पत्र-पत्रिकाओं का विवरण, कुछ प्रमुख दलित पत्रकारों और संपादकों का परिचय तथा धर्म, जाति, वर्ण-व्यवस्था, सांप्रदायिकता आदि के संदर्भ में दलित पत्र-पत्रिकाओं की पक्षधरता की चर्चा उद्धरणों सहित करते हैं। जाहिर है, इस क्रम में लेखक ने उन मुद्दों पर अधिक बल दिया है जिनका संबंध अंबेडकर से रहा है। उदाहरण के लिए, **सिंहनाद** (11 नवंबर 1985) का संपादकीय, अंबेडकर के इसी मत की पुष्टि करता है कि 'हिंदू-धर्म, दलितों का धर्म नहीं है। इतना ही नहीं पाँचवें और छठे अध्याय में लेखक ने दिखलाया है कि किस प्रकार अंबेडकर के चिंतन की तरह

ही स्वातंत्र्योत्तर दलित पत्रकारिता में भी जाति, वर्ण-व्यवस्था, स्त्रियों की स्थिति आदि के साथ ही प्रजातंत्र और संविधान का मामला छाया रहा है। जैसे कंवल भारती 1980 में प्रकाशित **मूकभारत** में 'लोकतंत्र को भारतीय जनजीवन, खासकर दलितों के लिए अभिशाप मानते हैं।' लेकिन कई जगह दलित पत्रकारों और संपादकों के चिंतन में बिखराव है तथा वे तय नहीं कर पाते हैं कि क्या सही है और क्या गलत? जैसे मोतीराम शास्त्री **दलित चेतना** (1980) के संपादकीय में एक तरफ जहाँ इंदिरा गाँधी के वंशवाद की निंदा करते हैं, वहीं जनता के अंदर उनके प्रभाव को लेकर उसका (वंशवाद का) समर्थन भी कर देते हैं – 'इंदिरा गाँधी जनतंत्र के भीतर से राजतंत्र, बापतंत्र, वंशतंत्र अथवा वंश परंपरा को जीवित करना चाह रही हैं। यह भी सही है कि इनके प्रति इतनी श्रद्धा हो चुकी है जिससे वंश परंपरा भी एक प्रकार का प्रजातंत्र-सा दिखाई देने लगता है।' इसके समर्थन अथवा विरोध में लेखक कोई तर्क नहीं प्रस्तुत करता है। इसी प्रकार **प्रबुद्ध अंबेडकर** (1989) में रामस्वरूप बौद्ध जहाँ भारतीय संविधान की तारीफ करते हैं वहीं **निर्णायक भीम** (1979) का संपादकीय 'उसकी प्रासंगिकता पर सवाल खड़ा करता है।'

स्वातंत्र्योत्तर दलित पत्रकारिता में स्त्रियों की दशा और दिशा को लेकर लगातार बहस होती रही है। इन पर अंबेडकर के प्रभाव को स्पष्ट देखा जा सकता है। इस दौरान प्रकाशित **भीमा पत्रिका**, **अस्मितादर्श**, **बहुजन अधिकार**, **बहुजन संगठक**, **संयुक्त एकता**, जैसी पत्र-पत्रिकाओं ने भारतीय समाज में दलित स्त्रियों की शोचनीय दशा को लेकर अनेक विशेषांकों और लेखों का प्रकाशन किया है। लेकिन इनमें और अंबेडकर की पत्रकारिता में मूल फर्क यह है कि अंबेडकर जहाँ दलित के साथ ही गैर-दलित स्त्रियों की दशा पर भी अपनी चिंता प्रकट करते हैं, वहाँ स्वातंत्र्योत्तर दलित पत्रकारिता की चिंता का विषय मात्र दलित स्त्रियाँ ही हैं। इसका एक कारण यह भी हो सकता है कि दलित स्त्रियाँ स्त्री, दलित और हिंदू समाज में सबसे नीचे होने के कारण सबसे अधिक शोषित तथा प्रताड़ित होती हैं, जैसा कि मैनेजर पांडेय और अन्य विचारक अपने लेखों तथा वक्तव्यों में चर्चा करते रहे हैं। लेकिन दलित पत्रकारिता इस विषय में क्या बतलाती है, इसे कांशीराम द्वारा प्रकाशित **बहुजन संगठक**(1982) के संपादकीय के इस अंश से समझा जा सकता है: 'दलित समाज की स्त्रियों की ज़िंदगी में आजादी के अनुकूल परिवर्तन इसलिए नहीं आया क्योंकि जहाँ एक ओर महिलाएँ अपने अस्तित्व के प्रति सजग हैं वहीं दलित-शोषित समाज की महिलाएँ आज भी अपने अस्तित्व के प्रति बेखबर।'

इसी प्रकार बेचैन ने इस पुस्तक में राष्ट्रीय-अंतर्राष्ट्रीय घटनाओं के विषय में दलित पत्र-पत्रिकाओं के दृष्टिकोण को प्रस्तुत किया है और कई ऐसी टिप्पणियों का

संकलन किया है जो दलित पत्रकारिता की सटीक समझ को दर्शाती हैं। जैसे- **जमीं के तारे** (5 मार्च, 1966) में 'ताशकंद समझौता एक फ्राड है' अथवा **बहुजन संघर्ष** (25 जुलाई, 1992) में 'पाकिस्तान में प्रजातंत्र' शीर्षक संपादकीय को देखा जा सकता है। इनके अतिरिक्त बांग्लादेश और चीन को लेकर **प्रबुद्ध अंबेडकर** (14 अप्रैल, 1971) का संपादकीय भी महत्त्वपूर्ण है, जिसमें पाकिस्तान द्वारा बांग्लादेश पर हो रहे अत्याचार और लोकतंत्र की बहाली तथा चीन द्वारा नेहरू को धोखा देने की बात कही गई है।

दलित पत्रकारिता पर केंद्रित इस पुस्तक का परिशिष्ट अत्यंत महत्त्वपूर्ण है, जिसमें दलित और गैर-दलित पत्रकारों से लेखक ने दलित-विमर्श से जुड़े कुछ सवालों के बहाने उनके विचार को पकड़ने की कोशिश की है। यद्यपि इस परिशिष्ट में सवाल-जवाब का क्रम अव्यवस्थित है और सभी लोगों से एक ही सवाल नहीं पूछे गए हैं फिर भी कुछ एक जैसे सवालों पर यहाँ सबके उत्तर मौजूद हैं। खासकर हिंदी पत्रकारिता हिंदी है या हिंदू, इसको लेकर लेखक ने करीब सभी पत्रकारों से सवाल किया है और इनमें से राजेंद्र यादव, अभय कुमार दूबे, मस्तराम कपूर, मोहनदास नैमिशराय, महीप सिंह, मंगलेश डबराल आदि ने हिंदी पत्रकारिता को स्पष्टतः हिंदू पत्रकारिता घोषित किया है। इसी प्रकार मंदिर और मंडल कमीशन पर हिंदी पत्रकारिता के दृष्टिकोण की करीब सबने निंदा की है तथा इसे एक दुःखद प्रकरण माना है। राजेंद्र यादव, सुरेंद्र प्रताप सिंह और मस्तराम कपूर ने खुलकर इस दौरान हुई रिपोर्टिंग की निष्पक्षता पर संदेह व्यक्त किया है। पत्रकारिता में दलितों की हिस्सेदारी की कमी के सवाल पर यद्यपि शिक्षण-प्रशिक्षण की कमी को सबने मुख्य कारण माना है परंतु सुरेंद्र प्रताप सिंह ने इसे जानबूझकर की गई साजिश माना है। दलित साहित्य के प्रकाशन के मुद्दे पर सबके जवाब अलग-अलग हैं। मृणाल पांडे जहाँ सामग्री नहीं मिलने की बात करती हैं, वहीं सुरेंद्र प्रताप सिंह का मानना है कि 'जान-बूझकर दलित साहित्य के प्रकाशन को रोक दिया जाता है। कारण, हिंदी साहित्य और हिंदी पत्रकारिता को जानबूझकर सवर्ण पत्रकारिता व सवर्ण साहित्य रखा गया और आज भी रखा जा रहा है।' सुरेंद्र प्रताप सिंह तो मराठी के दलित साहित्य का हिंदी अथवा अन्य भाषाओं में अनुवाद का कारण उसकी साहित्यिक गुणवत्ता अथवा प्रतिबद्धता नहीं, बल्कि बाजार का होना मानते हैं, 'मराठी के दलित साहित्य का हिंदी, अंग्रेजी में इसलिए अनुवाद नहीं हुआ कि उन्हें इज्जत देनी है अपितु इसलिए कि वह भी अब बिकने लगा है।' इसी प्रकार मोहनदास नैमिशराय, जितेंद्र कुमार, सुंदरलाल सागर जैसे दलित पत्रकार स्पष्टतः दलित पत्रकारिता में अंबेडकर के प्रभाव को स्वीकारते हैं। **बहुजन संघर्ष** के संपादक जितेंद्र कुमार तो यहाँ

तक कहते हैं कि 'हमारी पत्रकारिता का मुख्य लक्ष्य महात्मा फुले एवं डॉ. अंबेडकर की विचारधारा का फैलाव करना तथा बहुजन समाज में चेतना पैदा करना है।' ये कुछ ऐसे सवाल और प्रसंग हैं, जिन पर बेचैन की यह पुस्तक प्रकाश डालती है।

यह ध्यान देने की बात है कि हिंदी की दलित पत्रकारिता पर पत्रकार अंबेडकर के प्रभाव की खोज एक ऐसे समय में की जा रही है, जब भारतीय समाज और राजनीति की मुख्यधारा में कुछ विचारकों की निगाह में गाँधी और गाँधीवाद की प्रासंगिकता लगभग खत्म हो चुकी है। बी.जे.पी. जैसी घोषित राष्ट्रवादी पार्टियाँ भी स्वदेशी और हिंदी भाषा, जैसे मुद्दों पर समय और समाज को देखकर बोलती हैं। इस अवस्था में, जब विचारधारा के अंत की बात हो रही है, तब अंबेडकर और उनके विचारों की स्थापना एक नए सिरे से जारी है। अंबेडकर को लेकर इधर एक नई बात यह हुई है कि दलित समाज में भी उनके विचारों की तुलना में व्यक्ति-पूजा पर बल अधिक दिया जा रहा है। गाँधी और गाँधीवाद के साथ भी यही गलती हुई थी। गाँधीवाद को अपनाने की जगह सरकारी और गैर-सरकारी संगठनों-स्थानों पर उनकी तस्वीरें अधिक लगाई गईं, बड़ी-बड़ी मूर्तियों की स्थापना हुई। आज अंबेडकर के साथ भी लगभग यही हो रहा है। जगह-जगह उनकी मूर्तियाँ स्थापित की जा रही हैं। गाँधी से दो कदम आगे अब अंबेडकर के मंदिर भी बनने लगे हैं। लेकिन यह सब एक ऐसे समय और समाज में हो रहा है, जहाँ उदारीकरण और भूमंडलीकरण की प्रक्रिया जारी है। इधर इस प्रक्रिया ने जीवन के विभिन्न क्षेत्रों तथा व्यक्तिगत संबंधों के मध्य एक ऐसी स्थिति खड़ी कर दी है, जिसकी शुरुआत ही उपयोगितावाद से होती है। यह उपयोगितावाद न दलित को पहचानता है, न सवर्ण को। न गाँधी को, न अंबेडकर को। वह केवल उपयोगिता के हिसाब से लोगों को स्वीकार/अस्वीकार करता है। संबंध बनाता है अथवा बिगाड़ता है। विचारों को अपनाता है अथवा उनका त्याग करता है। आज उपर्युक्त संदर्भों को समझे बिना मुझे नहीं लगता है कि किसी व्यक्ति या उसकी विचारधारा पर सार्थक ढंग से बात हो सकती है।

संदर्भ

श्योराज सिंह बेचैन, : **हिंदी की दलित पत्रकारिता पर पत्रकार अंबेडकर का प्रभाव**, समता प्रकाशन, दिल्ली; 1998. श्यौराज सिंह बेचैन की यह पुस्तक अंबेडकर, दलित पत्रकारिता और दलित समाज की सोच को जानने तथा समझने के लिए एक महत्त्वपूर्ण संदर्भ ग्रंथ है। दलित पत्रकारिता पर शायद यह पहली किताब है। डॉ. बेचैन ने इस पूरी पुस्तक को इतिहास की तरह

लिखा है। कई बार तो इस पुस्तक को पढ़ते हुए ऐसा लगता है कि लेखक आँखों देखी घटनाओं का सच्चा बयान कर रहा है और संभवतः यह सही भी है तथा इसी कारण यह पुस्तक महत्त्वपूर्ण बन पड़ी है।

21

क्या दलित साहित्य हिंदी का एक नया पाठ है?

हिंदी का "दलित पाठ" एक विशेष और नया साहित्यिक पाठ है, जो वर्चस्व की संस्कृति और समाज के खिलाफ दलित समाज द्वारा लिखा जा रहा है तथा जिसकी सामाजिक-साहित्यिक स्वीकृति-अस्वीकृति की चर्चा पिछले कुछ वर्षों से हिंदी क्षेत्र में विचार और बहस के केंद्र में है। एक तरफ इसकी स्वीकृति का कारण जहाँ अब तक के साहित्य में अनुपस्थित हाशिये के लोगों के वास्तविक जीवन की पहली बार अभिव्यक्ति माना जा रहा है, वहीं दूसरी तरफ कुछ विचारक ऐसे भी हैं जो पिछले तीन-चार दशकों में विकसित नई बाजार-व्यवस्था और उपभोक्तावाद को नकारते हुए यह मानकर चल रहे हैं कि प्रत्येक काल के साहित्य में पारंपरिक ढंग से लगातार कुछ ऐसे पाठ लिखे जाते रहे हैं जिन्हें पाठक एक "साहित्यिक पाठ" के रूप में सहज स्वीकार कर लेता है। इन पाठों के निश्चित स्वरूप और मानदंड क्या होने चाहिए इसकी तरफ ये विचारक संकेत नहीं करते हैं, बल्कि उसे उत्कृष्ट और पवित्र मानते हुए विश्वविद्यालय जैसी शैक्षणिक संस्थाओं से जोड़कर स्थापित करने की कोशिश करने लगते हैं। आखिर ऐसा क्यों होता है? क्यों लोग पाठ को शैक्षणिक संस्थानों से जोड़ना चाहते हैं? वस्तुतः समाज की यह आम धारणा होती है कि शिक्षण संस्थाओं में व्यवहृत पाठ लगभग उत्कृष्ट और पवित्र होते हैं क्योंकि उनके रचयिता (आम तौर से) बड़े और महान होते हैं। इसलिए जब किसी विश्वविद्यालय अथवा शिक्षण संस्थान में पढ़ाए जाने वाले साहित्यिक पाठ पर बातचीत या बहस होती है तो उसका एक अर्थ परंपरा का समर्थन अथवा विरोध करना भी माना जाता है। शब्दों और वाक्यों की बनावट तथा भाषा के कलात्मक सौंदर्य की चर्चा तो उसके बाह्य आवरण होते हैं जो बहस को और तेज बनाते हैं। मूल बात है, वह पाठ और उसका संदर्भ, जो किसी भी रचना के स्वीकृत होने या न होने की घोषणा करता है। इसलिए इस प्रक्रिया में ऐसे साहित्यिक पाठ का समर्थन किया जाता है जिसमें पारंपरिक सामाजिक व्यवस्था के प्रति सामंजस्य और सहानुभूति की दृष्टि होती है तथा ऐसे पाठों का विरोध जो व्यवस्था की क्रूरताओं और दमनपूर्ण नीतियों का

खुलासा करते हैं। यह काम विश्वविद्यालय और उससे जुड़ा बौद्धिक समाज अधिक करता है, जिसे समाज में "उदार विचारों वाला" मनुष्य माना जाता है।

कई बार बातचीत अथवा बहस की इस प्रक्रिया में कुछ पारंपरिक आलोचक और अध्यापक उन पाठों को भी व्यर्थ और बकवास घोषित कर एक विचित्र स्थिति पैदा कर देते हैं जिनमें साहित्य को आगे ले जाने की क्षमता होती है। आज हिंदी के दलित पाठ के साथ ऐसा ही हो रहा है। आज दलित पाठ को एक अपूर्ण गद्य मानकर उसकी मनमानी व्याख्या की जा रही है। इस व्याख्या में पारंपरिक आलोचकों और विश्वविद्यालयों के अध्यापकों का एक बड़ा वर्ग शामिल है क्योंकि वह नहीं चाहता है कि दलित साहित्य भी शिक्षण संस्थाओं में शामिल होकर उत्कृष्ट और पवित्र साहित्यिक पाठ का दर्जा पा जाए। इस प्रकार की राजनीति को ध्यान में रखते हुए ही प्रसिद्ध फ्रांसीसी संरचनावादी विचारक मिशेल फूको ने रोजे पोल द्रुआ को 20 जून 1975 को दिए गए एक साक्षात्कार में कहा था कि 'सारे वर्णनों में से क्यों कुछ ही को पवित्र और उत्कृष्ट मानकर साहित्य में शामिल' कर लिया जाता है तथा उन्हें तुरंत ही "एक संस्था" के साथ जोड़ दिया जाता है। इस संस्था को उदाहरण के रूप में वे "विश्वविद्यालय" कहते हैं जो किसी भी पाठ को मान्यता देने या न देने का निर्णय लेता है। इसलिए साहित्य की दुनिया में जब "दलित पाठ" जैसा कोई नया पाठ आता है, तब उसके समर्थन या विरोध में अनेक प्रकार की आवाजें उठने लगती हैं। विरोध में उठने वाली आवाजें मुख्यत: पारंपरिक आलोचकों और विश्वविद्यालयों के अध्यापकों की ही होती हैं जो यह भ्रम फैलाते हैं कि साहित्य का यह अपूर्ण गद्य वर्षों से चली आ रही परंपरा को नष्ट कर देगा, नष्ट कर देगा उन चरित्रों, विचारों और संदर्भों को, जिन्हें अब तक हम श्रेष्ठ और महान समझते आ रहे थे। यह खत्म कर देगा उन विशिष्ट परंपराओं को जिन्हें हम अखंड और सर्वव्यापी मानते आ रहे थे। साथ ही यह नष्ट कर देगा उस अनुशासन को भी जो समाज को शिष्टाचार की सभ्यता सिखलाता है, जबकि ऐसा कुछ भी नहीं है। क्योंकि दलित साहित्य के आने से न तो तुलसीदास के **रामचरितमानस** की महत्ता कम होने वाली है और न ही वेद व्यास के **महाभारत** अथवा **श्रीमद्भगवतगीता** की, न ही प्रेमचंद के **गोदान** की और न ही फणीश्वरनथ रेणु के **मैला आंचल** की। दलित पाठ की स्वीकृति से न ही लोग मुक्तिबोध की **चाँद का मुँह टेढ़ा है** को पढ़ना छोड़ देंगे और न ही मनोहर श्याम जोशी की **कुरू कुरू स्वाहा** को। लेकिन यह डर और भ्रम ही ऐसा है कि पारंपरिक आलोचक और विश्वविद्यालय के अध्यापक 'दलित पाठ' को शिक्षण संस्थाओं से जोड़ने में झिझक रहे हैं क्योंकि उन्हें लगता है कि ज्योंहि यह साहित्य शिक्षण संस्थाओं से जुड़ेगा, त्योंहि यह भी उसी तरह उत्कृष्ट,

पवित्र, प्रसिद्ध और महान हो जाएगा जैसा कि आज हिंदी का भक्ति अथवा प्रगतिशील आंदोलन से जुड़ा साहित्य है। फिर इसके सामने होगा छात्रों का वह विशाल पाठक वर्ग जो भविष्य में रचना को लोक-प्रसिद्ध बनाता है।

वस्तुतः साहित्य के इतिहास में प्रारंभ से ही ऐसी रचनाओं और विचारों के विरोध की कोशिश दिखाई पड़ती है, जिनमें सामंजस्य के विपरीत विद्रोह और विरोध की चेतना अधिक होती है। यह चेतना ही पारंपरिक आलोचकों और अध्यापकों को परेशान करती है। परिणामस्वरूप ये आलोचक और अध्यापक "दलित पाठ" जैसे नए साहित्य और नए विचार की नकारात्मक व्याख्या करते हुए उसे समाज, खासकर छात्रों के लिए अनुपयोगी करार देते हैं। विचार-विमर्श की इस प्रक्रिया में उनका सबसे बड़ा तर्क यह होता है कि यह नया साहित्य और नया विचार अधूरा है, उसका गद्य अपूर्ण है, पाठ अतार्किक और अव्यवस्थित है। जबकि, अगर वह गद्य (जिसे हम दलित पाठ मानकर चल रहे हैं) अधूरा है या पाठ और उसकी भाषा अतार्किक और अव्यवस्थित है तो उसे नकारने के बदले विचार और बहस का केंद्र बनाया जाना चाहिए और एक हद तक (यदि वह हिंदी साहित्य की मुख्यधारा में आना चाहता है तो) उसे ठीक करने की कोशिश की जानी चाहिए, जबकि ऐसा कुछ भी नहीं हो रहा है। बल्कि उसे ठीक करने अथवा विचार-विमर्श का केंद्र बनाने के बदले भाव, भाषा और विचार के स्तर पर आज दलित साहित्य की मनमानी व्याख्या की जा रही है। उन मुद्दों साहित्यिक विचारों और सिद्धांतों को विचार-विमर्श का केंद्र बनाया जा रहा है जो दलित पाठ का अर्थ खोलने के बदले, उसे संकुचित और अपठनीय घोषित करते हैं। ठीक उसी तरह से, जिस तरह से एक जमाने में कबीर के पाठ की मनमानी व्याख्या की गई और भाव, भाषा तथा विचार के स्तर पर उसे अव्यवस्थित, असाहित्यिक एवं अतार्किक घोषित किया गया। आज दलित पाठ को भी भाव के स्तर पर 'कच्चा', भाषा के स्तर पर 'असाहित्यिक और अपठनीय' एवं विचार के स्तर पर 'समाज विरोधी' घोषित किया जा रहा है।

वास्तव में 'दलित पाठ' की मनमानी व्याख्या को देखते हुए, अब यह ज़रूरी हो गया है कि इस पर व्यवस्थित ढंग से बातचीत की जाए। दलित पाठ एक विशेष पाठ है। भारतीय(हिंदू) वर्ण-व्यवस्था की पक्षपातपूर्ण और दमनकारी नीतियों के खिलाफ दलित समाज की यह एक रचनात्मक अभिव्यक्ति है और इस पर रचनात्मक तरीके से ही बातचीत होनी चाहिए। उदाहरण के लिए, "उत्कृष्टता" और "पवित्रता" दो ऐसे शब्द हैं जो दलित पाठ के सांकेतिक अर्थ वर्ण-व्यवस्था द्वारा स्वीकृत मानदंड की आलोचना करते हैं तथा वर्ण-व्यवस्था केंद्रित समाज की विसंगतियों को खोलते हैं। अगर हम पिछले कुछ वर्षों में प्रकाशित दलित कृतियों पर

ध्यान दें तो यह बात अपने आप स्पष्ट हो जाएगी। चाहे वह आत्मकथात्मक कृतियों में ओमप्रकाश वाल्मीकि की **जूठन** हो या मोहनदास नैमिशराय की **अपने-अपने पिंजरे**, कथाकृतियों में जयप्रकाश कर्दम की **छप्पर** (उपन्यास) हो अथवा अजय नावरिया की **उधर के लोग**, प्रह्लाद चंद्र दास की **पुटुस के फूल** (कहानी-संग्रह)या उमेश कुमार सिंह की **पहली रात का अंत** (कहानी-संग्रह), काव्य कृतियों में ओमप्रकाश वाल्मीकि की **बस्स बहुत हो चुका** हो या श्यौराज सिंह बेचैन की **क्रौंच हूँ मैं**, सोहनपाल सुमनाक्षर की **सिंधु घाटी बोल उठी** हो या मलखान सिंह की **सुनो ब्राह्मण**, आलोचनात्मक कृतियों में डॉ. धर्मवीर की **कबीर के आलोचक** हो अथवा माता प्रसाद की **हिंदी काव्य में दलित काव्यधारा** या कंवल भारती की **दलित विमर्श की भूमिका** आदि अनेक ऐसी कृतियाँ हैं जो दलित पाठ का अर्थ स्पष्ट करती हैं। तेजस्वी कट्टीमनी एवं शरणकुमार लिंबाले भी **भारतीय दलित साहित्य : एक परिचय** और **दलित साहित्य का सौंदर्यशास्त्र** में भारतीय समाज (हिंदू) की उन विसंगतियों की तरफ संकेत करते हैं जो दलित समाज को "अस्पृश्यता" की तरफ ढकेलते हैं। इतना ही नहीं, ये कृतियाँ भारतीय समाज और संस्कृति की परंपरा के उस नए पाठ से हमारा परिचय कराती हैं, जिसमें जीवन और ऊर्जा के साथ ही दमन और शोषण के खिलाफ तीव्र प्रतिरोध है। इसलिए "दलित पाठ" मात्र एक साहित्यिक पाठ नहीं है, बल्कि यह भारतीय समाज के उस हिस्से का जीवंत दस्तावेज है जो सदियों से जीवन की मुख्यधारा के बाहर हाशिये की ज़िंदगी व्यतीत करने को विवश रहा है। साथ ही, पाठ की पठनीयता की दृष्टि से भी "दलित पाठ" के अंदर यह क्षमता है कि पारंपरिक साहित्यिक पाठ से कटते जा रहे उस वर्ग को भी अपनी ओर खींच सके, जो अब उससे (पारंपरिक पाठ) ऊब चुके हैं और कुछ नया पढ़ना चाहते हैं। उस नए पाठ को, जो सदियों से चली आ रही वर्चस्व की संस्कृति के खिलाफ लिखा जा रहा है, क्योंकि इस संस्कृति में कई ऐसी अवधारणाएँ है जो मनुष्य और मनुष्य के बीच भेद करती हैं। उस व्यवस्था को अपना आदर्श रूप मानती हैं, जिसमें दमन के खिलाफ विद्रोह और प्रतिरोध करना सामाजिक अपराध माना जाता है। दलित समाज का साहित्यिक पाठ वर्चस्व की संस्कृति से जुड़े इन सारे सवालों को उठाता है और उनसे संवाद करते हुए टकराने की कोशिश करता है। इसलिए मूल्यांकन के पारंपरिक प्रतिमानों के आधार पर दलित पाठ की व्याख्या संभव नहीं है। दलित पाठ के वास्तविक अर्थ को जानने और समझने के लिए पाठ के अंदर से ही मूल्यांकन के प्रतिमान ढूँढ़ने और गढ़ने होंगे तभी दलित साहित्य की सार्थक व्याख्या संभव है। बाहर के प्रतिमान अथवा विचार हमेशा दलित पाठ के वास्तविक अर्थ को उलझाएँगे क्योंकि उनकी मान्यताएँ और प्रतिमान स्थिर हैं। और

स्थिर प्रतिमान तथा मान्यताएँ कभी भी नए साहित्य की सही व्याख्या करने में सक्षम नहीं होती हैं, पहल जरूर कर सकती हैं।

परिशिष्ट-I

आधुनिक साहित्य में दलित-विमर्श का इतिहास: कुछ उल्लेखनीय संदर्भ

[यह दलित साहित्य का इतिहास नहीं है। यहाँ वे संदर्भ दिए गए हैं जो दलित-विमर्श को आधुनिक काल में क्रमबद्ध तरीके से समझने में मदद करते हैं]

1800 : मध्यप्रदेश क्षेत्र में गुरु घासीदास(1756-1850) द्वारा जातिभेद के खिलाफ आंदोलन। गुरु घासीदास ने 'सतनामी संप्रदाय' स्थापित किया तथा दलित समाज के अंदर स्वाभिमान जगाया।

1848 : सावित्री बाई फुले(1831-1897) द्वारा पेठ (पुणे) में लड़कियों के लिए पहले स्कूल की स्थापना। इस प्रकार सावित्री बाई फुले देश की पहली शिक्षिका के रूप में चर्चित हुईं।

1852 : जोतिबा फुले(1827-1890) द्वारा महाराष्ट्र में दलितों को शिक्षित करने के लिए पाठशाला की शुरुआत। सावित्री बाई फुले द्वारा विधवा माँओं के लिए पुणे में 'बाल-हत्या प्रतिबंधक गृह' की स्थापना।

1855 : जोतिबा फुले की पहली रचना **तृतीय रत्न**(नाटक) प्रकाशित। इस रचना ने आधुनिक युग में दलित साहित्य की नींव रखी। इसी दौरान फुले ने दलित मुक्ति और जाति-व्यवस्था के विनाश की बात को गंभीरता से उठाया।

1857 : दलितों द्वारा 1857 के संग्राम में बड़े पैमाने पर भागीदारी, जिनको केंद्र में रखकर मोहनदास नैमिशराय ने **वीरांगना झलकारी बाई**(2003) जैसे उपन्यास और के. नाथ ने **1857-दलित्स सेक्रिफाइस-इन-गदर** जैसी इतिहास की पुस्तकें लिखीं। अब इस तरह की अनेक ऐसी रचनाएँ आ रही हैं जिनमें यह दिखलाया गया है कि 1857 के संघर्ष में किस प्रकार दलितों ने सक्रिय भूमिका निभाई तथा मुक्ति-अभियान का सफलतापूर्वक संचालन किया। इनमें गंगू मेहतर, अवंतिका बाई लोधी, महाबीरी देवी, झलकारी बाई, लोचन मल्लाह, वीरा पासी आदि का नाम इतिहास में क्रांतिकारी योद्धा के रूप में दर्ज है। 31 मई 1860 को इनमें से कुछ को तथा साथ ही कुछ अन्य योद्धाओं को फाँसी दे दी गई जिनमें बुद्ध चौधरी, लोचन मल्लाह, समाधान निष और ज्वाला प्रसाद प्रमुख हैं। इनमें गंगू मेहतर को 1858 में फाँसी दी गई थी।

1872 : तेलुगू में गोपाल कृष्णम शेट्टी कृत पहला दलित उपन्यास **श्री रंगराजु चरित्र** (सोना बाई परिणय) प्रकाशित।

1873 : जोतिबा फुले की चर्चित रचना **गुलामगिरी** प्रकाशित। 24 सितंबर को सत्यशोधक समाज की स्थापना।

1881 : तमिल विद्वान अयोतिदास पंडीधर(1845-1914) द्वारा 'द्रविड़यन महाजन संगम' की

स्थापना। इस संगठन द्वारा दिसंबर में एक सम्मेलन आयोजित किया गया जिसमें 'अस्पृश्यता' को सामाजिक विकास में सबसे बड़ा बाधक माना गया।

1879 : जोतिबा फुले द्वारा बंबई (मुंबई) में मिल मजदूरों के संगठन की स्थापना।

1888 : नारायण गुरु(1856-1928) द्वारा अरुविप्पुरम (केरल) में स्थापित शिव मंदिर की दीवारों पर 'जाति भेद, धर्म द्वेष' से मुक्त आदर्श समाज की परिकल्पना का प्रसार। इनके द्वारा स्थापित मंदिरों में देवता की मूर्ति की जगह आईने का एक टुकड़ा हुआ करता था। खास बात यह है कि इन मंदिरों के पुजारी दलित होते थे। उनका प्रसिद्ध नारा था– 'जाति मत पूछो, जाति मत बताओ, और जाति के बारे में मत सोचो।' इन सबका केरल के सामाजिक जीवन पर गहरा असर पड़ा। इसी वर्ष मराठी कवि केशव सूत रचित **अत्यंज के पुत्र का पहला प्रश्न** प्रकाशित।

1891 : बंगाल में चाँद गुरु(1850-1930) द्वारा 'चंडाल' शब्द के विरुद्ध आंदोलन की शुरुआत।

1906 : जापानी कथाकार शिमाजाकी तोसोन द्वारा रचित दलित उपन्यास **हाकाई** का प्रकाशन। हिंदी में यह किताब **अवज्ञा** नाम से भारतीय ज्ञानपीठ द्वारा 1993 में प्रकाशित।

1907 : अयोतिदास पंडीधर द्वारा **ओरू पैसे तमिड़न** साप्ताहिक का प्रकाशन। बाद में सिर्फ **तमिड़न** नाम से प्रकाशित। इस पत्र ने दलितों के अंदर आत्मसम्मान की चेतना का विकास किया।

1912 : आदि हिंदू आंदोलन के प्रवर्तक स्वामी अछूतानंद(1879-1933) की रचनाएँ पत्र-पत्रिकाओं में प्रकाशित। आदि हिंदू प्रेस की स्थापना तथा आदि हिंदू एवं अछूत अखबारों का प्रकाशन। इसी वर्ष राधामोहन गोकुल की वैचारिक पुस्तक **नीति-दर्शन** का प्रकाशन जिसमें अस्पृश्यता पर गंभीर टिप्पणियाँ शामिल हैं। गोकुल ने अपने लेखों में जोतिबा फुले और सावित्री बाई फुले के कार्यों की सराहना खुले हृदय से की है।

1914 : **सरस्वती** के सितंबर अंक में हीरा डोम की चर्चित कविता **अछूत की शिकायत** प्रकाशित।

1915 : आंध्र प्रदेश में पंचमों(दलित) के लिए चिलकमूर्ति नरसिंहम एवं रघुपति वेंकट रत्नम नायुडु द्वारा 'राम मोहन' नाम से पाठशाला का प्रारंभ।

1916 : तमिलनाडु में 'दक्षिण भारत विमुक्ति सभा' एवं 'जस्टिस पार्टी' का गठन जिसने दलितों की समस्या को जोरदार तरीके से उठाया।

1917 : कांग्रेस के कलकत्ता(कोलकाता) अधिवेशन में एनी बेसेंट की अध्यक्षता में 'दलित प्रश्न'(अस्पृश्यता निवारण) प्रस्ताव के रूप में पारित। कर्नाटक में ब्राह्मणों के वर्चस्व के विरुद्ध 'प्रजा मित्र मंडली' का गठन।

1920 : बाबा साहेब भीमराव अंबेडकर(1891-1956) द्वारा **मूकनायक** का प्रकाशन। इसी वर्ष **यंग इंडिया** के 20 अक्टूबर के अंक में महात्मा गाँधी द्वारा दलित प्रश्न पर बहस शुरू। स्वामी अछूतानंद एवं रामचरन राम(1888-1938) द्वारा 'आदि हिंदू आंदोलन' प्रारंभ। एम. एन. राय द्वारा 17 अक्टूबर 1920 को भारतीय कम्युनिस्ट पार्टी का गठन।

1922 : अखिल भारतीय हिंदू महासभा के गया(बिहार) अधिवेशन में छुआछूत के खिलाफ प्रस्ताव पारित।

1923 : इटावा (उ. प्र.) में स्वामी अछूतानंद द्वारा **आदि हिंदू** कविता का पाठ। बंबई (मुंबई) की विधान परिषद द्वारा दलितों को तालाब, कुओं और धर्मशालाओं आदि का उपयोग करने का प्रस्ताव पास।

1924 : त्रावनकोर स्टेट के वाइकोम मंदिर को जानेवाली सड़कों पर दलितों को चलने का अधिकार प्राप्त। मार्च में अंबेडकर द्वारा 'अस्पृश्य निवारण आंदोलन' प्रारंभ तथा 'बहिष्कृत हितकारिणी सभा' द्वारा दलितोद्धार की मुहिम की शुरुआत। जायबाई चौधरी द्वारा नागपुर में चोखामेला कन्या पाठशाला की शुरुआत। इसी वर्ष आचार्य रामचंद्र शुक्ल(1884-1941) द्वारा अंग्रेजी में लिखित लेख **जाति व्यवस्था** का प्रकाशन जिसमें जाति-व्यवस्था पर टिप्पणी करते हुए उन्होंने लिखा कि 'जाति-व्यवस्था के विरुद्ध सबसे बड़ी आपत्ति यह है कि इसने मनुष्य का स्तरों और श्रेणियों में रूढ़ विभाजन कर दिया है। ... इसे यदि समाप्त नहीं किया गया तो भारतीय संस्कृति और शिष्टता, राष्ट्रभक्ति तथा देशभक्ति की मृत्यु निश्चित है।'

1925 : पेरियार ई. बी. रामास्वामी नायकर(1879-1973) द्वारा कांग्रेस पार्टी में ब्राह्मणवाद के वर्चस्व से दुखी होकर पार्टी से त्यागपत्र देना एवं जस्टिस पार्टी में शामिल होना। तमिलनाडु में पेरियार द्वारा दलितों के विकास के लिए 'आत्मसम्मान आंदोलन' की शुरुआत। इस आंदोलन का मुख्य लक्ष्य था ब्राह्मणवाद का विरोध, ईश्वर और धर्म के नाम पर चल रहे पुरोहितों के शोषण की समाप्ति और तमिल स्वाभिमान का सवाल।

1926 : स्वामी अछूतानंद द्वारा उत्तर प्रदेश के मैनपुरी में 'आदि हिंदू आंदोलन' सम्मेलन का आयोजन।

1927 : 18 मार्च से 20 मार्च तक महाड़ के कोलाबा जनपद में अंबेडकर की अध्यक्षता में दलितों का एक सम्मेलन आयोजित। 20 मार्च को ढाई हजार दलितों(अछूतों) के जत्थे द्वारा अंबेडकर के नेतृत्व में महाड़ के चवदार तालाब से पानी पीने की अभूतपूर्व घटना। अंबेडकर ने तालाब से पानी लेने के सवाल पर साफ कहा कि 'अगर हमने चवदार का पानी नहीं पिया तो हमारी जान के लाले पड़ जाएँगे, ऐसी कोई बात नहीं। हम तो यह दिखाना चाहते हैं कि औरों की तरह हम भी इन्सान हैं।' 20 दिसंबर को महाड़ में हुए सम्मेलन में दलितों द्वारा **मनुस्मृति** का दहन। अंबेडकर ने इस घटना की तुलना फ्रांस की राज्य क्रांति से की थी।

1928 : अंबेडकर द्वारा बहिष्कृत हितकारी सभा की ओर से साइमन कमीशन से दलितों के लिए शैक्षणिक सुविधाओं की माँग। इसी वर्ष प्रेमचंद की कहानी **मंत्र** प्रकाशित। स्वामी सहजानंद सरस्वती द्वारा 'बिहार प्रदेश किसान सभा' का गठन जिसने भूमिहीन एवं गरीब किसानों के आत्मसम्मान को बढ़ाया।

1929 : अंबेडकर द्वारा 'समता संघ' का गठन।

1930 : 2 मार्च को अंबेडकर के नेतृत्व में नासिक के कालाराम मंदिर में दलितों के प्रवेश के लिए संघर्ष। अंबेडकर सहित बड़ी संख्या में लोग (दलित) घायल। 12 नवंबर को आयोजित गोलमेज सम्मेलन में देश के दलित नेता के रूप में हिस्सेदारी के लिए

अंबेडकर को लंदन से निमंत्रण मिला। लंदन में हुए इस गोलमेज सम्मेलन में अंबेडकर ने दलितों के लिए हिंदुओं से अलग राजनैतिक अधिकारों की माँग की। माँग अस्वीकार, जिसके विरोध में गाँधी द्वारा आमरण अनशन की शुरुआत।

1931 : दलित जीवन पर प्रेमचंद की चर्चित कहानी **सद्गति** का प्रकाशन।

1932 : महात्मा गाँधी द्वारा 'हरिजन सेवक संघ' की स्थापना। दलितों के लिए पृथक निर्वाचक मंडल की माँग पर अंबेडकर का गाँधी के साथ समझौता। 24 सितंबर को हुए इस समझौते को 'पूना पैक्ट' के नाम से जाना जाता है। 6 नवंबर को पटना में सूर्यपुरा के राजा और प्रसिद्ध लेखक राजा राधिका रमण प्रसाद सिंह की अध्यक्षता में पटना के अंजुमन-इ-इस्लामिया सभागार में अस्पृश्यता विरोधी सम्मेलन आयोजित। इसी वर्ष अंबेडकर द्वारा दलितों के लिए अधिक सीटों के आरक्षण की माँग। 'शेड्यूल्ड कास्ट' की अवधारणा का सामने आना।

1933 : बिहार से **वर्ण-व्यवस्था का भंडाफोड़** पुस्तक प्रकाशित। 30 मई को 'त्रिवेणी संघ' का गठन।

1934 : बिहार के पाकुड़ में 'हरिजन स्कूल' की स्थापना। 'हरिजन सभा' (हजारीबाग) एवं 'हरिजन सेवक संघ'(जमशेदपुर) का गठन।

1935 : अंबेडकर द्वारा यह घोषणा कि वे हिंदू के रूप में नहीं मरेंगे। कारण, अहमदाबाद(गुजरात) के गाँव घोलका में हिंदुओं द्वारा दलितों का सामाजिक बहिष्कार एवं उत्पीड़न। सरदार बल्लभभाई पटेल की दलितों के लिए यह सलाह कि वे गाँव छोड़ दें, अंबेडकर को व्यथित कर गया।

1936 : अंबेडकर द्वारा 'इंडिपेंडेंट लेबर पार्टी' का गठन। वैसे यह संगठन 1942 में भंग हो गया, पर इसने दलितों के अंदर स्वाभिमान का भाव जगाया। इसी वर्ष लखनऊ में 'प्रगतिशील लेखक संघ' का गठन जिसके पहले अधिवेशन में सभापति के रूप में "साहित्य के उद्देश्य" पर बोलते हुए प्रेमचंद ने यह घोषणा की कि 'जो दलित है, पीड़ित है, वंचित है – चाहे वह व्यक्ति हो या समूह, उसकी हिमायत और वकालत करना साहित्य का फर्ज है।' इसी वर्ष प्रेमचंद का चर्चित उपन्यास **गोदान** प्रकाशित।

1937 : बिहार से रघुनंदन प्रसाद के संपादन में **दलित मित्र** का प्रकाशन प्रारंभ। 9 अगस्त को पटना के हिंदू सभा मैदान में जगजीवन राम, जगलाल चौधरी एवं राम प्रसाद के संयोजन में 'खेत मजदूर संघ' का गठन। चंद्रिका प्रसाद जिज्ञासु के संपादन में लखनऊ से **नवजीवन** का प्रकाशन शुरू।

1941 : रामनारायण यादवेंदु की चर्चित पुस्तक **भारत का दलित समाज** प्रकाशित।

1942 : 7 अगस्त को कांग्रेस की बंबई बैठक में 'भारत छोड़ो' आंदोलन शुरू करने का प्रस्ताव। अंबेडकर द्वारा 'आल इंडिया शेड्यूल्ड कास्ट्स फेडरेशन' का गठन।

1944 : पेरियार रामास्वामी नायकर द्वारा 'द्रविड़ कड़िगम' का गठन। उनका मानना था कि 'भारत में जब तक ईश्वर का अस्तित्व होगा, तब तक छुआछूत रहेगी।'

1945 : अंबेडकर द्वारा पृथक मतदाता मंडलों की माँग। इसी वर्ष अंबेडकर की चर्चित पुस्तक What the Congress and Gandhi have done to the Untouchable? प्रकाशित जिसमें उन्होंने साफ शब्दों में कहा कि ब्राह्मण ही मुख्य शासक वर्ग है।

1946 : अंबेडकर की चर्चित पुस्तक Who were the Shudras? प्रकाशित, जिसे महान जोतिबा फुले की स्मृति को समर्पित करते हुए उन्होंने लिखा कि 'The greatest shudra of Modern India who made the lower classes of Hindus conscious of their slavery to the Higher Classes and who preached the gospel that for India social democracy was more vital than independence from foreign value.' प्रसिद्ध दलित लेखक बिहारीलाल हरित (1913–1999) की गीत रचना **अछूतों का पैगंबर** प्रकाशित।

1947 : भारत अंग्रेजों की गुलामी से मुक्त हुआ। अगस्त में ही अंबेडकर संविधान प्रारूप समिति के अध्यक्ष के रूप में मनोनीत एवं कानून मंत्री के रूप में उनका शपथ ग्रहण।

1948 : महात्मा रामचरण कुरील द्वारा लिखित **रविदास महिमा** कानपुर से प्रकाशित।

1951 : अंबेडकर द्वारा हिंदू कोड बिल के पूरी तरह से पास न होने के विरोध में कानून मंत्री के पद से इस्तीफा। उन्होंने दुःखी होकर कहा कि 'चार धाराएँ पास होने के बाद विधेयक की हत्या कर दी गई और उसे दफना दिया गया बेरहमी के साथ।'

1953 : बंबई में (दलित साहित्य परिषद) के बैनर तले और प्रो. सुखराम हिरवाले की अध्यक्षता में दलित लेखकों का पहला अधिवेशन संपन्न।

1954 : महाराष्ट्र में संभवतः पहली बार दलित समुदाय द्वारा लिखित रचनाएँ 'दलित साहित्य' के नाम से संबोधित। हिंदी का पहला दलित उपन्यास **बंधन मुक्त** प्रकाशित। उपन्यासकार – रामजी लाल सहायक। इसी वर्ष हिंदी के पहले आंचलिक उपन्यास **मैला आँचल** का प्रकाशन। इस उपन्यास में फणीश्वरनाथ रेणु ने दलितों एवं आदिवासियों के सवाल को गंभीरता के साथ उठाया।

1955 : शेड्यूल्ड कास्ट्स फेडरेशन के नेताओं से अंबेडकर ने इस बात का आग्रह किया कि वे दलितों के लिए सुरक्षित सीटों को समाप्त करने की माँग करें। कारण, अंबेडकर को लगने लगा था कि दलितों के लिए सुरक्षित सीटों की सार्थकता खत्म हो गई है। शायद इन्हीं बातों को ध्यान में रखते हुए उन्होंने 'रिपब्लिकन पार्टी ऑफ इंडिया' गठित की। इन सब का कला और साहित्य की दुनिया पर गहरा असर पड़ा।

1956 : 14 अक्टूबर को हिंदू धर्म छोड़कर बाबा साहेब अंबेडकर का तीन लाख अस्सी हजार समर्थकों के साथ बौद्ध धर्म में प्रवेश। बौद्ध धर्म में दीक्षा लेने के बाद उन्होंने कहा कि 'गले सड़े धर्म को त्यागकर जो असमानता और उत्पीड़न को मान्यता देता है, मैं आज एक नया जन्म ले रहा हूँ और नरक से मुक्ति प्राप्त कर रहा हूँ।' उस समय उनका गला भर आया जब उन्होंने कहा कि 'मैं हिंदू धर्म को त्यागता हूँ।' अंबेडकर बौद्ध धर्म के तीन सिद्धांतों को महत्त्वपूर्ण मानते थे जो अन्य धर्मों में दुर्लभ हैं– प्रज्ञा, करुणा और समता। इतना ही नहीं अंबेडकर 'दुख' निवारण के लिए बौद्ध धर्म के मार्ग को सुरक्षित मानते थे। कारण, बुद्ध 'संसार को दुखों का सागर' कहते थे। 'दुख' से उनका आशय 'संपत्ति' से था। बुद्ध कहते थे कि 'किसी भिक्षु की कोई व्यक्तिगत संपत्ति नहीं होनी चाहिए'। 6 दिसंबर को अंबेडकर का निधन।

1957 : चंद्रिका प्रसाद जिज्ञासु द्वारा समाज सेवा प्रेस की स्थापना। इस प्रेस द्वारा प्रकाशित बहुजन कल्याण माला के अंतर्गत उन्होंने लगभग तीस पुस्तिकाएँ लिखीं जिनमें **भगवान गौतम बुद्ध**, **मूल भारतवासी**, **बुद्ध**, **रावण और उसकी लंका**, **बाबा साहेब का जीवन दर्शन**, **जाति तोड़ो** आदि प्रमुख हैं।

1960 : महाराष्ट्र में साहित्य के क्षेत्र में दलित लेखन का तेजी से विकास।

1961 : महाराष्ट्र से **अस्मितादर्श** का प्रकाशन प्रारंभ।

1964 : चर्चित लेखक भवानी प्रसाद विशारद ने वीरांगना झलकारी बाई पर पुस्तक लिखकर उनके जीवन संघर्ष को दलित समाज के सामने रखा।

1965 : चंद्रिका प्रसाद जिज्ञासु के संपादन में **बाबा साहेब के पंद्रह व्याख्यान** प्रकाशित।

1969 : ओवेन एम. लिंच की चर्चित पुस्तक The Politics of Untouchability, Social Mobility and Social Change in a City of India न्यूयार्क से प्रकाशित। **बाबा साहेब के पंद्रह व्याख्यान** प्रकाशित।

1972 : नामदेव ढसाल और जे. वी. पवार द्वारा बंबई में दलित पैंथर का गठन। 1973 में जारी घोषणापत्र में दलित की व्याख्या करते हुए कहा गया कि 'राजसत्ता, धर्म, संपत्ति और सामाजिक हैसियत के आधार पर होनेवाली सभी ज्यादतियों के खिलाफ संघर्ष के लिए प्रतिबद्ध अनुसूचित जातियाँ, जनजातियाँ, भूमिहीन मजदूर, छोटे किसान और घुमंतू जनजातियाँ दलित मानी जाएँगी।' इसी वर्ष जगदीशचंद्र का दलित जीवन पर चर्चित उपन्यास **धरती धन न अपना** प्रकाशित।

1973 : उड़ीसा के दलित कवि विचित्रानंद नायक की कृति **अनिर्वाण** एवं नमुलकंटी जगन्नाथन का तेलुगू उपन्यास **अंटरानी नंट**, **अछूत युग्म** प्रकाशित।

1974 : अस्मितादर्श द्वारा प्रतिवर्ष आयोजित होने वाले 'लेखा मेले' का आयोजन प्रारंभ। कमलेश्वर के संपादन में **सारिका** का समानांतर कहानी अंक प्रकाशित। जयप्रकाश नारायण द्वारा 'संपूर्ण क्रांति' का आह्वान।

1975 : आपातकाल लागू। बड़े पैमाने पर जनविरोध। सिद्धलिंगय्या के कन्नड़ गीतों का संग्रह **होले मादिग के गाने**, बिहारी लाल हरित की चर्चित कविता **चमार हूँ मैं**, गोपाल उपाध्याय का दलित जीवन पर केंद्रित उपन्यास **एक टुकड़ा इतिहास**, हिंदी की पहली दलित कहानी **वचनबद्ध** (पत्रिका : **मुक्ति स्मारिका**) और **स्मारिका** का दलित कहानी केंद्रित अंक प्रकाशित। इसी वर्ष अगस्त में 'दलित पैंथर' द्वारा **पेंथर** पत्रिका का प्रकाशन प्रारंभ।

1976 : नागपुर में प्रथम दलित साहित्य सम्मेलन का आयोजन प्रारंभ।

1977 : 27 मई को पटना के बेलछी गाँव में ग्यारह दलितों को जिंदा जलाया गया। इस घटना के विरोध में प्रगतिशील कवि बाबा नागार्जुन ने **हरिजन गाथा** कविता लिखी। बाबा नागार्जुन की इस कविता में दलितों को 'मनु-पुत्र' कहने पर दलित चिंतकों द्वारा तीखी प्रतिक्रिया और विरोध। बाबा नागार्जुन की कविता की वे पंक्तियाँ निम्नलिखित हैं : ऐसा तो कभी नहीं हुआ था कि / एक नहीं, दो नहीं, तीन नहीं–/ तेरह के तेरह अभागे/ अकिंचन मनु पुत्र / जिंदा झोंक दिए गए हों / प्रचंड अग्नि की विकराल लपटों में/

साधन-संपन्न ऊँची जातियों वाले / सौ-सौ मनु पुत्रों द्वारा / ऐसा तो कभी नहीं हुआ था।

1978 : 14 अगस्त को दलित पैंथर द्वारा आक्रोश पत्रिका का प्रकाशन प्रारंभ। कांशीराम द्वारा नागपुर में All India Backward and Minority Communities Employees Federation (बामसेफ) का गठन। कथालोक में मोहनदास नैमिशराय की पहली दलित कहानी सबसे बड़ा सुख प्रकाशित।

इसी वर्ष दलित जीवन पर अमृतलाल नागर का चर्चित उपन्यास नाच्यौ बहुत गोपाल प्रकाशित। इस उपन्यास में भी निर्गुनिया को 'ब्राह्मणी' बताने पर दलित चिंतकों ने आपत्ति जताई है तथा उसे ब्राह्मणवाद से प्रेरित बताया है।

1979 : चर्चित मराठी लेखक दया पवार (1935-1996) की आत्मकथा बलूत प्रकाशित। बाद में यह आत्मकथा अछूत नाम से हिंदी में राधाकृष्ण प्रकाशन से प्रकाशित।

1980 : ओमप्रकाश वाल्मीकि की पहली कहानी अंधेर बस्ती, निर्णायक भीम में प्रकाशित।

1981 : सूर्यनारायण रणसुभे के संपादन में दलित कहानियों का संकलन जयपुर से प्रकाशित। दलित साहित्य अकादमी की पत्रिका दलित वॉयस द्वारा पूर्व अछूतों एवं सताए गए अल्पसंख्यकों एवं पिछड़े वर्ग को भी दलित मानने की घोषणा। जगजीवन राम की पुस्तक भारत में जातिवाद और हरिजन समस्या प्रकाशित। कांशीराम द्वारा 6 दिसंबर को 'दलित शोषित समाज संघर्ष समिति' (डी. एस. फोर) का गठन। देश भर में 'धिक्कार रैली' का आयोजन। इसी वर्ष सोहनपल सुमनाक्षर द्वारा दलित समाचार पत्रों के संपादकों के पहले सम्मेलन का आयोजन।

1982 : अर्जुन डांगले द्वारा संपादित पॉयजंड ब्रेड का ओरियंट लांगमैन (संप्रति ओरियंट ब्लैकस्वॉन प्रा. लि.) से प्रकाशन।

1984 : कांशीराम द्वारा 'बहुजन समाज पार्टी' का गठन।

1985 : 6 अगस्त को दिल्ली में प्रथम राष्ट्रीय दलित साहित्यकारों का सम्मेलन आयोजित। भारतीय दलित साहित्य अकादमी का गठन।

1986 : गोपाल प्रसाद का खंडकाव्य **सूर्पणखा** प्रकाशित।

1987 : मोहन परमार एवं हरीश मंगलम द्वारा गुजराती में **गुजराती दलित वार्ता** का प्रकाशन। धर्मवीर का काव्य-संग्रह **हीरामन** प्रकाशित।

1988 : 15 अगस्त से कांशीराम द्वारा पाँच सूत्रीय सामाजिक रूपांतरण आंदोलन की शुरुआत, जिनके सूत्र थे– आत्मसम्मान के लिए संघर्ष, समता के लिए संघर्ष, मुक्ति के लिए संघर्ष, जाति उन्मूलन के लिए संघर्ष, और विभाजित समाज को भाईचारे से जोड़ने के लिए एवं 85 प्रतिशत भारतीय जनता के ऊपर अस्पृश्यता, अन्याय, अत्याचार और आतंक थोपने के लिए संघर्ष। यह आंदोलन 15 अगस्त 1989 तक चला। मायावती की आंदोलन में सक्रिय भूमिका।

1989 : ओमप्रकाश वाल्मीकि का काव्य-संग्रह **सदियों का संताप** प्रकाशित। इसी वर्ष मंसाराम विद्रोही की **दलित पचासा** और धर्मवीर की **हिंदी की आत्मा** प्रकाशित।

1990 : विश्वनाथ प्रताप सिंह की सरकार द्वारा वर्षों से लंबित मंडल आयोग की रिपोर्ट लागू।

आरक्षण पर सर्वानुमति एवं दलित पिछड़े वर्गों के सशक्तीकरण का दौर शुरू। सोहनपाल सुमनाक्षर की काव्य-कृति **सिंधु घाटी बोल उठी** एवं आचार्य अश्वघोष कृत **वज्रसूची** का भन्ते डॉ. प्रज्ञानंद द्वारा हिंदी में अनूदित पुस्तक प्रकाशित। इसी वर्ष जून में नवबौद्धों के लिए आरक्षण लागू।

1991 : केंद्र सरकार द्वारा 'हरिजन' शब्द को प्रशासनिक, सामाजिक एवं व्यावहारिक स्तर पर प्रयोग न करने का अध्यादेश जारी किया गया। मराठी लेखक शरणकुमार लिंबाले की आत्मकथा **अक्करमाशी** का हिंदी में प्रकाशन।

1992 : लक्ष्मण गायकवाड़ की मराठी आत्मकथा **उचक्का** का हिंदी में प्रकाशन।

1993 : **हंस** (सं. राजेंद्र यादव) द्वारा पहली बार दलित कहानी का पाठ का आयोजन जिसमें ओमप्रकाश वाल्मीकि ने **पच्चीस चौका डेढ़ सौ** का पाठ किया। प्रगतिशील लेखक संघ (म.प्र.) द्वारा जून में शिवपुरी में 'दलित कलम' नाम से सम्मेलन आयोजित। माता प्रसाद की आलोचना पुस्तक **हिंदी काव्य में दलित काव्यधारा** एवं सुशीला टाकभौरे का काव्य-संग्रह **स्वाति बूँद और खारे मोती** प्रकाशित।

1994 : एल. जी. मेश्राम 'विमलकीर्ति' के संपादन में राधाकृष्ण प्रकाशन, दिल्ली से दो भागों में **महात्मा जोतिबा फुले रेचनावली** हिंदी में प्रकाशित। पंजाब के फागवाड़ा में पंजाबी दलित साहित्य का पहला अधिवेशन आयोजित जिसमें प्रमुख लेखकों में महीप सिंह, गुरमीत कलर, तरसेम सागर, हरनेत सिंह कलेर आदि ने भाग लिया। जयप्रकाश कर्दम के उपन्यास **छप्पर** और पंजाबी के दलित कथाकार प्रेम गोरखी की आत्मकथा **गैर हाजिर आदमी** का प्रकाशन।

1995 : मोहनदास नैमिशराय की आत्मकथा **अपने अपने पिंजरे**, बेबी कांबाले की मराठी आत्मकथा का हिंदी अनुवाद **जीवन हमारा**, दयानंद बटोही का कहानी संग्रह **सुरंग**, मलखान सिंह की कविता **सुनो ब्राह्मण** और रमणिका गुप्ता के संपादन में **युद्धरत आदमी** एवं **प्रज्ञा साहित्य** का दलित अंक प्रकाशित।

1996 : मदन दीक्षित का दलित जीवन पर केंद्रित उपन्यास **मोरी की ईंट**, रजत रानी आर्य की **नवें दशक की दलित हिंदी कविता**, डॉ. एन. सिंह कृत **संत कवि रैदास**, कांचा इलैया की चर्चित पुस्तक Why I am not a Hindu?, कावेरी का कहानी-संग्रह **द्रोणाचार्य एक नहीं** एवं अरुण ठाकुर तथा मुहम्मद खडस की **नरक सफाई** का प्रकाशन।

1997 : ओमप्रकाश वाल्मीकि की आत्मकथा **जूठन**, काव्य-संग्रह **बस्स, बहुत हो चुका!**, जयप्रकाश कर्दम का काव्य-संग्रह **गूंगा नहीं था मैं**, मोहनदास नैमिशराय का कहानी-संग्रह **आवाजें**, सुशीला टाकभौरे की कहानी कृति **टूटता वहम**, श्यौराज सिंह बैचेन कृत **दलित क्रांति का साहित्य**, रमणिका गुप्ता द्वारा संपादित **दूसरी दुनिया का यथार्थ**, कुसुम वियोगी की **चर्चित दलित कहानियाँ**, सुशीला टाकभौरे की वैचारिक पुस्तक **परिवर्तन जरूरी है**, कंवल भारती की **डॉ. अंबेडकर: एक पुनर्मूल्यांकन** एंव किशोर शांति बाई काले की आत्मकथा **छोरा कोल्हाटी** का प्रकाशन। **राष्ट्रीय सहारा** के हस्तक्षेप (18 एंव 25 जनवरी) का हिंदी क्षेत्र में दलित लेखन का अंक प्रकाशित। जनवादी लेखक संघ द्वारा पहली बार दलित साहित्य पर

साहित्य अकादमी सभागार में संगोष्ठी का आयोजन। रमणिका फाउंडेशन एवं विनोबा भावे वि.वि., हजारीबाग द्वारा 'दलित साहित्य लेखक सम्मेलन' का आयोजन। 1857 की वीरांगना ऊदा देवी की स्मृति में वीरांगना ऊदा देवी संस्थान द्वारा 16 नवंबर को लखनऊ में शिलापट्ट की स्थापना। तत्कालीन रेल मंत्री रामविलास पासवान कार्यक्रम के मुख्य अतिथि के रूप में आमंत्रित।

1998 : श्यौराज सिंह बेचैन की शोधकृति **हिंदी की दलित पत्रकारिता पर पत्रकार अंबेडकर का प्रभाव**, जयप्रकाश कर्दम द्वारा जी.डब्ल्यू. ब्रिग्स की चर्चित कृति **दी चमार्स**, जयनारायण के संपादन में **कल के लिए** (अतिथि संपादक: अजय तिवारी), प्रहलाद चंद दास की कहानी **टुटुस के फूल**, सत्यप्रकाश का उपन्यास **जस तस भई सबेर** आदि का प्रकाशन।

1999 : कौशल्या बैसंत्री का आत्मकथात्मक उपन्यास **दोहरा अभिशाप**, दयानंद बटोही की **साहित्य और सामाजिक क्रांति**, जयप्रकाश कर्दम द्वारा संपादित **जाति : एक विमर्श**, सोहनपाल सुमनाक्षर की **विश्व धरातल पर दलित साहित्य** आदि पुस्तकें प्रकाशित।

2000 : शरणकुमार लिंबाले की आलोचना पुस्तक **दलित साहित्य का सौंदर्यशास्त्र**, कर्मशील भारती का काव्य-संग्रह **कलम को दर्द कहने दो**, डॉ. तेज सिंह की आलोचना पुस्तक **आज का दलित साहित्य**, के. नाथ कृत **मेरे गाँव का कुआँ**, ओमप्रकाश वाल्मीकि का कहानी-संग्रह **सलाम**, श्यौराज सिंह बेचैन एवं देवेंद्र चौबे द्वारा संपादित आलोचना पुस्तक **चिंतन की परंपरा और दलित साहित्य**, डी. आर. जाटव की आत्मकथा **मेरा सफर मेरी मंजिल** आदि प्रकाशित। देवेश चौधरी के संपादन में जबलपुर से दलित पत्रिका **तीसरा पक्ष** का प्रकाशन शुरू।

2001 : अगस्त में डरबन में नस्लवाद के खिलाफ एक विश्व कांग्रेस का आयोजन। अनेक भारतीय बुद्धिजीवियों की हिस्सेदारी। चमनलाल के संपादन में भारतीय उच्च अध्ययन संस्थान, शिमला से **दलित और अश्वेत साहित्य : कुछ विचार**, एस.आर. हरनोट की **दारोश और अन्य कहानियाँ**, ओमप्रकाश वाल्मीकि की आलोचना पुस्तक **दलित साहित्य का सौंदर्यशास्त्र**, मोहनदास नैमिशराय की नाट्य कृति **हैलो कामरेड**, शत्रुघन कुमार का कहानी-संग्रह **हिस्से की रोटी**, रमणिका गुप्ता द्वारा संपादित **गुजराती साहित्य में दलित कलम**, **तेलुगु साहित्य में दलित दस्तक** (संयुक्त: वी. कृष्णा) आदि प्रकाशित।

2002 : माता प्रसाद की आत्मकथा **झोपड़ी से राजभवन**, बलवीर माधोपुरी की पंजाबी आत्मकथा **छांग्या रुक्ख**, सूरजपाल चौहान की आत्मकथा **तिरस्कृत**, कंवल भारती की वैचारिक पुस्तक **दलित विमर्श की भूमिका**, तेजस्वी कट्टीमनी की **भारतीय दलित साहित्य: एक परिचय**, अभय कुमार दूबे के संपादन में **आधुनिकता के आईने में दलित** बेबी हलधर की आत्मकथा **आलो आंधारि** (बांगला से हिंदी) आदि प्रकाशित।

2003 : ओमप्रकाश वाल्मीकि का कहानी-संग्रह **घुसपैठिये**, और साहित्य अकादमी से

रमणिका गुप्ता के संपादन में **दलित कहानी संचयन** प्रकाशित। तेज सिंह के संपादन में दलित पत्रिका **अपेक्षा** का दलित लेखक संघ की तरफ से प्रकाशन शुरू। वैंकुवर(कनाडा) में 16 से 18 मई तक पहला अंतर्राष्ट्रीय दलित सम्मेलन आयोजित। जार्ज वाशिंगटन वि. वि., अमेरिका के प्रो. के. पी. सिंह और जे. पी. बिर्दी आयोजन के मुख्य सूत्रधार। इस सम्मेलन में डी. श्याम बाबू द्वारा तैयार ग्यारह सूत्रीय एजेंडा जारी, जिसमें इस बात पर जोर दिया गया कि 'कनाडा, यू. के. और अमेरिका में रहनेवाले दलित अभियान चलाएँगे कि जो अमेरिकी बहुराष्ट्रीय कंपनियाँ भारत जा रही हैं, वे दलितों के लिए डाइवर्सिटी का सिद्धांत इसी प्रकार लागू करें जिस प्रकार वे अश्वेतों के लिए अमेरिका में करती हैं। संयुक्त राष्ट्र संघ जाति आधारित भेदभाव को नस्लीय भेदभाव के बराबर मान्यता दे। दलित वर्ग की महिलाओं के विकास पर विशेष ध्यान दिया जाए।' आदि-आदि।

2004 : सूरजपाल चौहान के संपादन में **हिंदी के दलित कथाकारों की पहली कहानी**, सत्यप्रकाश का कहानी-संग्रह **सायरन**, दयानंद तिलखन पारसी की कहानियों का संग्रह **गाँव के आंचल में** आदि प्रकाशित। **वागर्थ**(सं. रवींद्र) के फोकस कॉलम में पहली बार किसी दलित लेखक पर केंद्रित सामग्री प्रकाशित – **ओमप्रकाश वाल्मीकिः एक लेखक का दलित होना** (ले. देवेंद्र चौबे)।

2005 : के. नाथ की **जाति अपराध**, एच. एल. दुसाल की **डाइवर्सिटी**, हरपाल सिंह की **दलित साहित्य की भूमिका**, डॉ. अवनिज सुब्बन की काव्य-कृति **आस किरिन** आदि प्रकाशित।

2006 : इलाहाबाद के नजदीक अजूहा गाँव में गोविंद बल्लभ सामाजिक विज्ञान संस्थान, झूँसी(इलाहाबाद) के दलित संसाधन केंद्र (Dalit Resource Center) की तरफ से बद्रीनारायण के संयोजन में लोकप्रिय दलित लेखक गुरु प्रसाद मदन को लेकर पहला ग्राम सम्मेलन-'अपना लेखक, अपना गाँव' आयोजित। सूरजपाल चौहान की आत्मकथा का दूसरा भाग **संतप्त**, अजय नावरिया का कहानी-संग्रह **पटकथा और अन्य कहानियाँ**, के. नाथ का उपन्यास **पलायन** आदि प्रकाशित। चर्चित लेखक मोहनदास नैमिशराय द्वारा दलित मुद्दों पर केंद्रित पत्रिका **बयान** का प्रकाशन प्रारंभ।

2007 : चर्चित दलित लेखक श्यौराज सिंह बेचैन द्वारा दलित साहित्य में सामाजिक न्याय के सवाल पर शिमला के भारतीय उच्च अध्ययन संस्थान में नवंबर में दो दिवसीय राष्ट्रीय संगोष्ठी का आयोजन जिसमें टी. वी. कट्टीमनी, मोहनदास नैमिशराय, अरविंद मोहन, हीरालाल नागर, रजतरानी मीनू, हरीश नारंग आदि लेखकों की सक्रिय भागीदारी। लोकप्रिय दलित लेखकों पर केंद्रित **हंस** का अंक दिसंबर में प्रकाशित। गोविंद वल्लभ पंत सामाजिक विज्ञान संस्थान, इलाहाबाद के दलित संस्थान केंद्र की तरफ से इस अंक के लिए जिन लेखकों की सामग्री उपलब्ध कराई गई थी, उनमें शामिल हैं: बौद्धाचार्य एस. राव सजीवन नाथ, भवानी शंकर विशाद, राजकुमार, इतिहासकार के. नाथ, बुद्धशरण हंस, चंद्रिका प्रसाद जिज्ञासु, स्वामी अछूतानंद हरिहर, ए. आर. अकेला

और गुरु प्रसाद मदन। एच. एल. दुसाध की चर्चित पुस्तक **बहुजन डाइवर्सिटी मिशन का घोषणापत्र** प्रकाशित।

2008 : विमल थोराट और सूरज बड़त्या के संपादन में भारतीय दलित अध्ययन संस्थान, दिल्ली से **भारतीय दलित साहित्य का विद्रोही स्वर** प्रकाशित, दलित साहित्य पर केंद्रित चार अनूठी संगोष्ठियों का आयोजन- पहला, गोविंद वल्लभ पंत सामाजिक विज्ञान संस्थान झूँसी द्वारा जनवरी में बद्रीनारायण के संयोजन में दलित महिला लेखकों पर; दूसरा, जवाहरलाल नेहरू विश्वविद्यालय के अंग्रेजी अध्ययन केंद्र द्वारा मार्च में हरीश नारंग के संयोजन में 'Lived Experience As Literature: Aesthetics and Architectonics of Writing Dalit' तीसरा, भारतीय उच्च अध्ययन संस्थान, शिमला द्वारा मोहनदास नैमिशराय के संयोजन में सितंबर में 'दलित साहित्य की अवधारणा में रंगमंच' और चौथा, साहित्य अकादमी द्वारा लक्ष्मण गायकवाड़, शरणकुमार लिंबाले, के. एस. राव एवं कृष्ण किरवले के संयोजन में 27 नवंबर से 29 नवंबर तक शिवाजी विश्वविद्यालय, कोल्हापुर (महाराष्ट्र)में 'समकालीन भारतीय दलित साहित्य' विषयक तीन-दिवसीय संगोष्ठी का आयोजन जिसमें एस. एस. नूर, अग्रहारा कृष्णमूर्ति, जनार्दन वाघमारे, अरुण कांबले, माया पंडित, अर्जुन डांगले, ज्योति लंगजेवार, हरीश नारंग, सूर्यनारायण रणशुभे, उत्तम कांबले, कंवल भारती, मोहनदास नैमिशराय, विमल थोरात, श्यौराज सिंह बेचैन, देवेंद्र चौबे, कांतिभाई मालसतार, ए. अच्युतन, बजरंग बिहारी तिवरी, पुष्पा भावे, कुमार अनिल सपकाल, संजय कुमार सिंह आदि लेखकों की सक्रिय भागीदारी।

[**नोट** : उपर्युक्त संदर्भ में प्रयुक्त तथ्यों का संकलन भिन्न-भिन्न स्रोतों (जैसे- पुस्तकें, पत्र-पत्रिकाएँ, संस्थाओं, व्यक्तियों आदि) से किया गया है। उनसे संबंधित एक सूची संदर्भ-पुस्तकें/ पत्र-पत्रिकाएँ में दे दी गई हैं। -लेखक]

परिशिष्ट–II

संदर्भ–सूची

[इस पुस्तक में शामिल लेख मुख्यतः प्राथमिक स्रोतों (जैसे- दलित लेखकों के रचनात्मक/आलोचनात्मक) पर आधारित हैं। इन स्रोतों के विस्तृत संदर्भ अधिकांश लेखों के अंत में दर्ज़ हैं। इस संदर्भ सूची में वे पुस्तकें शामिल हैं जो पाठकों, खासकर छात्रों की दिलचस्पी दलित साहित्य में जगा सकें एवं अन्य समकालीन विमर्शों के साथ उन्हें समझने में मदद कर सकें। यहाँ उन पुस्तकों और पत्र–पत्रिकाओं की सूची भी दी गई है जो कालकम्रानुसार दलित लेखन (दलित लेखकों द्वारा) एवं समांतर लेखन (गैर–दलित लेखकों द्वारा) को समझने में मदद कर सकें। यहाँ दी गई अधिकांश पुस्तकें आलोचनात्मक हैं। रचनात्मक पुस्तकों के नाम के साथ विधा के नाम दर्ज़ कर दिए गए हैं।]

हिंदी पुस्तकें

अरूष हरपाल सिंह, **दलित साहित्य की भूमिका**, जवाहर पुस्तकालय, मथुरा, 2005.

अंबेडकर, भीमराव रामजी: **भगवान बुद्ध और उनका धम्म**, अनु. भदंत आनंद कौसल्यायन, बुद्धभूमि प्रकाशन, नागपुर, 1997.

आर्य, डॉ. रमाशंकर, **घुटन** (आत्मकथा), नेहा प्रकाशन, दिल्ली, प्रथम संस्करण, 2005.

इलैया, कांचा, **मैं हिंदू क्यों नहीं हूँ**, आरोही बुक ट्रस्ट, नई दिल्ली, पहला संस्करण, 2003.

कांबले, बेबी, **जीवन हमारा**, अनु. ललिता अस्थाना, किताबघर, दिल्ली, प्रथम संस्करण, 1995.

कर्दम, जयप्रकाश, **जाति एक विमर्श** मुहिम प्रकाशन, हापुड़, प्रथम संस्करण, 1999.

कट्टीमनी, डॉ. तेजस्वी, **भारतीय दलित साहित्यः एक परिचय** वाल्मीक प्रकाशन, जनकपुरी, नई दिल्ली, 2002.

कुबेर, डब्ल्यू. एन., **भीमराव अंबेडकर**, प्रकाशन विभाग, भारत सरकार, दिल्ली, चतुर्थ संस्करण, 2004.

कुमार, शत्रुघ्न, **दलित आंदोलन के विविध पक्ष**, आकाश पब्लिशर्स एण्ड डिस्ट्रीब्यूटर्स, गाजियाबाद, 2004.

गायकवाड़, लक्ष्मण, **उचक्का** (आत्मकथा), राधाकृष्ण पेपरबैक्स, दिल्ली, पहली आवृत्ति, 2004.

गुप्ता, रमणिका, **दलित चेतनाः साहित्यिक एवं सामाजिक सरोकार**, शिल्पायन, दिल्ली, 2000.

(सं.), **दूसरी दुनिया का यथार्थ**, नवलोकन प्रकाशन, हजारीबाग, 1997.

–(सं.), **दलित कहानी संचयन**, साहित्य अकादमी, दिल्ली, प्रथम संस्करण, 2003.

ठाकुर, अरुण एवं खडस, मोहम्मदः **नरक सफाई**, राधाकृष्ण प्रकाशन, दिल्ली, हिंदी प्रथम संस्करण, 1996.

चौहान, सूरजपालः **हिंदी के दलित कथाकारों की पहली कहानी**(कहानी संग्रह), अनुभव प्रकाशन, गाजियाबाद, प्रथम संस्करण, 2004.

— **तिरस्कृत** (आत्मकथा), अनुभव प्रकाशन, गाजियाबाद, प्रथम संस्करण, 2002.

चौबे, देवेंद्र, **समकालीन कहानी का समाजशास्त्र**, प्रकाशन संस्थान, दिल्ली, प्रथम संस्करण, 2001.

— (सं.), **साहित्य का नया सौंदर्यशास्त्र**, किताबघर, दिल्ली, प्रथम संस्करण, 2006

चौधरी, प्रसन्न कुमार एवं श्रीकांत, **स्वर्ग पर धावा: बिहार में दलित आंदोलन** (1912-2000), वाणी प्रकाशन, दिल्ली, द्वितीय संस्करण, 2005.

जोशी, रामशरण, **आस्थाओं का कोलाज**, सं. दुर्गा प्रसाद गुप्त, खुराना पब्लिशिंग हाउस, दिल्ली 2008.

टाकभौरे, डॉ. सुशीला: **परिवर्तन जरूरी है**, शरद प्रकाशन, नागपुर, प्रथम संस्करण, 1997.

—, **नंगा सत्य** (नाटक), शरद प्रकाशन, नागपुर, प्रथम संस्करण, 2007.

तिवारी, विश्वनाथ प्रसाद: **आलोचना के हाशिये पर**, नेशनल पब्लिशिंग हाउस, दिल्ली, 2008.

तोसोन, शिमाजाकी, **अवज्ञा**, अनु. सावित्री विश्वनाथन एवं आनंदी रामनाथन, भारतीय ज्ञानपीठ दिल्ली, प्रथम संस्करण, 1993.

थापर, रोमिला, **भारत का इतिहास**, राजकमल प्रकाशन, दिल्ली, संस्करण, 1991.

देवी, महाश्वेता एवं घोष, निर्मल, **भारत में बँधुवा मजदूर**, अनु. आनंद स्वरूप वर्मा, राधाकृष्ण प्रकाशन, दिल्ली, प्रथम संस्करण, 1997.

दंसाध, एच. एल., **हिंदू साम्राज्यवाद के वंचितों का मुक्ति का घोषणापत्र**, अंबेडकर बुद्ध मिशन, बेगूसराय, प्रथम संस्करण, 2005.

दुबे, अभय कुमार (सं.), **आधुनिकता के आइने में दलित**, वाणी प्रकाशन, विकासशील समाज अध्ययन पीठ, दिल्ली, पहला संस्करण, 2002.

धर्मवीर, **कबीर के आलोचक**, वाणी प्रकाशन, दिल्ली, प्रथम संस्करण, 1997.

नाथ, के., **जाति अपराध**, बौद्ध उपासक संघ साहित्य प्रकाशन, कानपुर, 2005.

नैमिशराय, मोहनदास, **अपने-अपने पिंजरे** (आत्मकथा), वाणी प्रकाशन, दिल्ली, प्रथम संस्करण, 1995.

—, **वीरांगना झलकारी बाई** (उपन्यास), राधाकृष्ण प्रकाशन, दिल्ली, प्रथम संस्करण, 2003.

नावरिया, अजय, **उधर के लोग** (उपन्यास), राजकमल प्रकाशन, दिल्ली, 2008.

पवार, दया, **अछूत** (आत्मकथा), राधाकृष्ण पेपरबैक्स, दिल्ली, पहला संस्करण, 1998.

प्रेमचंद, **साहित्य का उद्देश्य**, हंस प्रकाशन, इलाहाबाद, 2001.

पांडेय, मैनेजर, **अनभै साँचा**, वाणी प्रकाशन, दिल्ली, पूर्वोदय प्रकाशन, दिल्ली, प्रथम संस्करण, 2002.

पांडेय, मैनेजर, **आलोचना की समाजिकता**, वाणी प्रकाशन, दिल्ली, प्रथम संस्करण, 2005.

पालीवाल, कृष्णदत्त, **उत्तर-आधुनिकता और दलित साहित्य**, वाणी प्रकाशन, दिल्ली, प्रथम संस्करण, 2008.

बैसंत्री, कौशल्या, **दोहरा अभिशाप** (आत्मकथा), परमेश्वरी प्रकाशन, दिल्ली, प्रथम संस्करण, 1999.

बटोही, दयानंद, **साहित्य और सामाजिक क्रांति**, विकल्प, दिल्ली, 1995.

बिपन चंद्र, **समकालीन भारत**, अनु. ब्रजकिशोर अंशुमाली एवं द्वारिका प्र. चारूमित्र, अनामिका पब्लिशर्स, दिल्ली, 2005.

बद्रीनारायण, विष्णु महापात्र एवं अनंत राम मिश्र (सं.), **उपेक्षित समुदायों का आत्म इतिहास**, वाणी प्रकाशन, दिल्ली, प्रथम संस्करण, 2006.

बेचैन, श्यौराज सिंह एवं चौबे, देवेंद्र (सं.): **चिंतन की परंपरा और दलित साहित्य**, नवलेखन प्रकाशन, हजारीबाग, 2000-2001.

—, **हिंदी की दलित पत्रकारिता पर पत्रकार अंबेडकर का प्रभाव**, समता प्रकाशन, दिल्ली, 1998.

बेचैन, श्यौराज सिंह एवं रजत रानी मीनू (सं.): **दलित दखल**, श्री साहित्यिक संस्थान, गाजियाबाद, संस्करण, 2001.

भारती, कंवल, **दलित विमर्श की भूमिका**, साहित्य उपक्रम, इतिहासबोध प्रकाशन, इलाहाबाद, प्रथम संस्करण, 2002.

—, **डॉ. अंबेडकरः एक पुनर्मूल्यांकन**, बोधिसत्व प्रकाशन, दिल्ली, प्रथम संस्करण, 1997.

मुखिया, हरबंस, **मध्यकालीन भारतः नए आयाम**, राजकमल प्रकाशन, दिल्ली, प्रथम संस्करण, 1998.

मणि, प्रेमकुमार, **यह सच नहीं है**, पुस्तक भवन, दिल्ली, 2001.

मेकवान, जोसेफ, **अंगलियात** (उपन्यास), साहित्य अकादमी, दिल्ली, प्रथम संस्करण, 2005.

मेकवाल, मार्टिन, **मेरी कथाः दलित यातना, संघर्ष और भविष्य**, वाणी प्रकाशन, दिल्ली, प्रथम संस्करण, 2006.

मीनू, रजत रानी (सं.), **हाशिये से बाहर** (कहानियाँ), श्री साहित्यिक संस्थान, गाजियाबाद, 2001.

मीनू, रजत रानी (सं.), **नवें दशक की हिंदी दलित कविता**, दलित साहित्य प्रकाशन संस्थान, नई दिल्ली, प्रथम संस्करण, 1996.

मदन, गुरु प्रसाद, **जय भीम का जागृत सिपाही**, सिद्धार्थ प्रकाशन, कौशांबी (उ.प्र.), 2004.

रणदिवे, बी.टी., **जाति और वर्ग**, नेशनल बुक सेंटर, दिल्ली, प्रथम संस्करण, 1991.

राम, दिनेश, **दलित मुक्ति का प्रश्न और दलित साहित्य**, श्री साहित्यिक संस्थान, गाजियाबाद, प्रथम संस्करण, 2002.

राजवाड़े, विश्वनाथ काशीनाथ, **भारतीय विवाह संस्था का इतिहास** वाणी प्रकाशन दिल्ली, प्रथम संस्करण, 2004.

लिंबाले, शरणकुमार, **अक्करमाशी** (आत्मकथा), अनु. सूर्यनारायण रणसुभे, ग्रंथ अकादमी, दिल्ली, 1997.

लाल, चमन, **दलित और अश्वेत साहित्यः कुछ विचार**, भारतीय उच्च अध्ययन संस्थान, शिमला, प्रथम संस्करण, 2001.

वाल्मीकि, ओमप्रकाश, **जूठन** (आत्मकथा), राधाकृष्ण प्रकाशन, दिल्ली, प्रथम संस्करण, 1997.

—, **दलित साहित्य का सौंदर्यशास्त्र**, राधाकृष्ण प्रकाशन, दिल्ली, प्रथम संस्करण, 2001.

—, (सं.), **दलित हस्तक्षेपः रमणिका गुप्ता**, शिल्पायन प्रकाशन, दिल्ली, 2004.

विमलकीर्ति, एल. जी. मेश्राम, **महात्मा ज्योतिबा फुले रचनावली**, राधाकृष्ण प्रकाशन, दिल्ली, प्रथम संस्करण, 1994.

वाजपेयी, काशीनाथ, **मनुस्मृति**, बाबू बैजनाथ प्रसाद बुक्सेलर, बनारस सिटी, द्वितीय संस्करण, 1937.

शर्मा, रामविलास, **महावीर प्रसाद द्विवेदी और हिंदी नवजागरण**, राजकमल प्रकाशन, दिल्ली, द्वितीय संस्करण, 1989.

शुक्ल, दुर्गा प्रसाद, **ज्योतिबा फुले**, राष्ट्रीय शैक्षिक अनुसंधान और प्रशिक्षण परिषद, दिल्ली, 1991.

शंभुनाथ, **सामाजिक क्रांति के दस्तावेज**, दो भाग, वाणी प्रकाशन, दिल्ली, द्वितीय संस्करण, 2006.

श्रीनिवास, एम. एन., **आधुनिक भारत में जातिवाद तथा अन्य निबंध**, अनुः शरद जोशी, हिंदी माध्यम कार्यान्वय निदेशालय, दिल्ली विश्वविद्यालय दिल्ली, चतुर्थ संस्करण, 1982.

सिंह, उमेश कुमार, **पहली रात का अंत**, साहित्य संस्थान, गाजियाबाद, प्रथम संस्करण, 2007.

सिंह, डॉ. तेज, **आज का दलित साहित्य**, अतिश प्रकाशन, दिल्ली, 2000.

सीदोरोव, ये. (संकलनकर्ता), **साहित्य और सौंदर्यशास्त्र**, साहित्य अकादमी, नई दिल्ली एवं रादुगा प्रकाशन, मास्को, 1987.

हार्टन, माइल्स और फ्रेरे पओलो, **चलकर राह बनाते हम**, प्रकाशन संस्थान, दिल्ली, द्वितीय संस्करण, 2005.

Beteille, Andre, *Caste, Class and Power* , OUP, Delhi, 2002.

Baudrillard, Jean, *The System of Objects*, Verso, London, 1996.

Charsley, Simon R. & Karanth, G.K.(ed.), *Challenging Untouchability*, Sage Publications, Delhi, London, 1998.

Derrida, Jacques, *Margins of Philosophy* (1972), Trans. Alan, Bass, London, 1982.

Derrida, Jacques, *Writing and Difference* (1967), Trans. Alan Bass, London, 1981.

Derrida, Jacques, *The Post Card: From Socrates to Freud and Beyond* (1980), Tran. Alan Bass, Chicago, 1987.

Dubey, S.C., *Indian Society*, National Book Trust, Delhi, 1992.

Dumont, Louis, *Homo Hierarchicus: The Caste System and Its Implications*, Vikas Publications, Delhi, 1966.

Gramsci, Antonio, *Selection from the Prison Notebook*, ed. & tran. Quintin Hoare & Geottrey Nowell Smith; Orient Longman Pvt. Ltd. (now Orient Blackswan Pvt. Ltd.) Chennai , 2004.

Gupta, Dipankar , *Caste in Question: Identity and Hierarchy?*, Sage, Delhi/London , 2004.

Toshi, Barbara R., *Democracy in Search of Equality*:

Untouchability, Politics and Indian Social Change; Hindustan Publishing Corporation (India), Delhi, 1982.

Kumar, Vivek, *Dalit Leadership in India*, Kalpaz Publications, Delhi, 2002.

Oberai, A.S. & Manmohan H. K. *Causes and Consequence of Internal Migration*, OUP, Delhi, 1983.

Omvedt, Gail, *Dalit Vision*, Orient Longman (now Orient Blackswan), New Delhi, 1986.

Pathak, Avijit: *Modernity, Globalization and Identity*, Aakar Books, Delhi, First Published, 2006.

Ram, Nandu, *Beyond Ambedkar: Essays on Dalits in India*; Har Anand Publication, Delhi ; 1995.

Shyamlal, *The Bhangis in Transition*, Inter-India Publication, New Delhi, 1983.

Srinivas, M.N.(ed.), *Caste: Its Twentieth Century Avtar*, Viking by Penguin Books India, Delhi, 1996.

Shah, Ghanshyam(ed.), *Dalit Identity and Politics*, Sage Publication, N. Delhi/London : 2001.

Jaiswal, Suvira, *Caste: Origin, Function and Dimension of Change*, Manohar, Delhi, 1998.

Thapar, Romesh (ed.), *Tribe, Caste and Religion in India*, Macmillan India, Delhi, 1977.

Wolff, Janet, *The Social Production of Art*, The Macmillan Press Ltd. London, 1982.

Widdowson, Peter, *Literature*, Routledge, Abingdon, OXON OX14 4RN, 1988.

Yagti, Chinna Rao, *Dalit Studies: A Bibliographical Handbook* Kanikshka Publishers , New Delhi, 2003.

Zizek, Slavoj, *The Sublime Object of Ideology*, Verso, London, 1989.

Zelliot, Eleanor, *From Untouchable to Dalit: Essays on the Ambedkar Movement*, Manohar, Delhi, 1996.

पत्र-पत्रिकाएँ

[यहाँ जिन पत्र-पत्रिकाओं के साथ प्रकाशन वर्ष का विवरण नहीं दिया गया है, उनके बारे में मानकर चला जाए कि वे प्रामाणिक स्रोत के रूप में हैं तथा उनके अधिकांश अंकों से कुछ-न-कुछ लिया गया है। शेष के विवरण दे दिए गए हैं।]

तेज सिंह, सं., **अपेक्षा**, 27 घोडली कृष्ण नगर, दिल्ली

कृष्ण किशोर, सं., **अन्यथा:** 2035, फेज-1, अरबन स्टे डुगरी, (लुधियाना पंजाब), जून - 2008.

कुमकुम शर्मा, सं. प्रधान संपादक, विजय राय, **उत्तर प्रदेश:** सूचना एवं जनसंपर्क विभाग, पार्क रोड़, लखनऊ, दलित साहित्य विशेषांक, सितंबर-अक्टूबर, 2002.

सं. मुद्राराक्षस एवं शैलेंद्र सागर, **कथाक्रम:** लखनऊ, नवंबर, 2000.

सं. जयनारायण, बहराइच, **कल के लिए:** दिसंबर, 1998.

हरिनारायण सं., **कथादेश:** सहयात्रा प्रकाशन प्रा. लि., सी.-52/जेड-3 दिलशाद गार्डेन, दिल्ली - 95.

अखिलेश सं., **तद्भव:** 18/201, इंदिरानगर, लखनऊ (उ.प्र.)

देवेश चौधरी देव सं., **तीसरा पक्ष:** जबलपुर, अक्टूबर-दिसंबर, 2000.

जयप्रकाश कर्दम सं., **दलित साहित्य वार्षिकी:** सी-19, डी.डी.ए. फ्लैट, ईस्ट आफ लोनी रोड़, दिल्ली

विश्वनाथ प्रसाद तिवारी, सं., **दस्तावेज:** बेतियाहाता, गोरखपुर (उ.प्र.)

नया पथ: सं. राजेश जोशी, जनवादी लेखक संघ की केंद्रीय पत्रिका, भोपाल, 8 वी. पी. हाउस, दिल्ली, जनवरी, 1998.

पहल: सं. ज्ञानरंजन, 101, रामनगर, आधारताल, जबलपुर (म.प्र.)।

पश्यंती: सं. जयप्रकाश कर्दम एवं प्रणव कुमार वंद्योपाध्याय, दिल्ली, जून, 1997.

पल प्रतिपल: सं. देश निर्मोही, आधार प्रकाशन. एस. सी. एफ. 267 सेक्टर-16, पंचकूला

प्रज्ञा साहित्य: सं. ओमप्रकाश वाल्मीकि, फर्रुखाबाद, मार्च-जून, 1995.

बयान: सं. मोहनदास नैमिशराय, बी.जी. 5 ए/30 बी, पश्चिम विहार, दिल्ली

भारत अश्वघोष: सं. तुलसीराम, प्रकाशक: दिलीप एस. मेन्ढ़े, संपर्क: 64 ए लश्करी बाग, सन 15/21, नागपुर (महाराष्ट्र)।

युद्धरत आम आदमी: सं. रमणिका गुप्ता, रमणिका फाउन्डेशन, ए-221, डिफेंस कालोनी, नई दिल्ली

राष्ट्रीय सहारा (हस्तक्षेप): सं. विभांशु दिव्याल, नौएडा (उ.प्र.), 18और 25 जनवरी 1997.

वाङ्मय: सं. एम.फीरोज अहमद, बी-4 लिबर्टी होम्स, अब्दुल्लाह कॉलेज रोड़, सिविल लाइन्स, अलीगढ़

वॉयस ऑफ द वीक: सं. के. आर. मुण्डा, एक्शपो प्रिंट एंड मीडिया, 97/12, सुंदर पैलेस, ज्वालाहेडी, पश्चिम विहार, नई दिल्ली, मई, 2008.

समकालीन सृजन: सं. शंभूनाथ, कोलकाता, जुलाई-दिसंबर, 1989.

संचेतना: सं. महीप सिंह, दिल्ली, सितम्बर, 1999.

समयांतर: सं. पंकज बिष्ट, 79-ए, दिलशाद गार्डन, दिल्ली

साक्षात्कार: सं. हरि भटनागर, मध्य प्रदेश साहित्य परिषद, भोपाल।

हंस: सं. राजेंद्र यादव, अक्षर प्रकाशन प्र. लि., 2/36, दरियागंज. दिल्ली

American Journal of Sociology; May - 1928 Number-6 and July 1935; Number -1
Economic and Political Weekly; vr. XLII no.19; May 12 18, 2008.
JSL; Journal of SLL&CS Autumn 2005; New series 4.
NEW LITERARY History; Spring 2004; Number 2.
Seminar; December 1993
Social Forces; March 1952; vr. 339-340.

अनुक्रमणिका